Rainer M. Schröder • Auf der Spur des Falken

DER AUTOR

Rainer M. Schröder, 1951 in Rostock geboren, hat vieles studiert (Operngesang, Jura, Theater-, Film- und Fernsehwissenschaft) und einige Jobs ausprobiert (Bauarbeiter, Trucker, Reporter, Theaterautor, Verlagslektor), bevor er sich für ein Leben als freier Autor entschied. 1980 ging er in die USA, bereiste das Land und kaufte sich in Virginia eine Farm. Dort lebte er als Autor und Hobbyfarmer. Aber immer wieder brach er zu neuen Abenteuerreisen auf. Er hat zahlreiche Jugendbücher, Romane, Sachbücher sowie Hörspiele und Reiseberichte veröffentlicht. Er lebt in Wipperfürth, in Florida – oder ist irgendwo unterwegs auf dem Globus.

Die Falken-Saga
von Rainer M. Schröder
Gesamtausgabe in vier Bänden

Im Zeichen des Falken
Auf der Spur des Falken
Im Banne des Falken
Im Tal des Falken

Rainer M. Schröder

Auf der Spur des Falken

Band 20230

Der Taschenbuchverlag
für Kinder und Jugendliche
von Bertelsmann

Von Rainer M. Schröder ist bei
OMNIBUS außerdem erschienen:

Abby Lynn – Verbannt ans Ende der Welt (20080)
Abby Lynn – Verschollen in der Wildnis (20346)
Sir Francis Drake – Pirat der Sieben Meere (20126)
Dschingis Khan – König der Steppe (20050)
Die Irrfahrten des David Cooper (20061)
Entdecker, Forscher, Abenteurer (20619)
Goldrausch in Kalifornien (20103)

*Umwelthinweis: Dieses Buch wurde
auf chlorfrei gebleichtem Papier gedruckt.*

Erstmals als OMNIBUS Taschenbuch Januar 1996
Einmalige Sonderausgabe 2000 der vier Bände im Schuber
Gesetzt nach den Regeln der Rechtschreibreform
© 1990 C. Bertelsmann Jugendbuch Verlag, München
in der Verlagsgruppe Bertelsmann GmbH
Alle Rechte vorbehalten
Umschlagbild und -konzeption: Klaus Renner
bm · Herstellung: Peter Papenbrok/han
Satz: IBV Satz- und Datentechnik GmbH, Berlin
Druck: Presse-Druck Augsburg
ISBN 3-570-20230-5 · Printed in Germany

www.omnibus-verlag.de

Inhalt

Erstes Buch:
Falkenhof 7

Schüsse in der Nacht · Expedition unter einem bösen Stern · Drecksarbeit für noch größere Lumpen

Zweites Buch:
Abenteuer der Landstraße 43

Eine ungewöhnliche Einladung · Leben auf des Löffels Spitze · In der Falle · Die Verführung · Ein Mann von Ehre · Wildwasserfahrt · Zwei Goldmakrelen für Jakob Bassermann · Die Witwe und der Bettelmönch · Wünsche und Zweifel · Wie Feuer und Eis · Janas magisches Spiel · Als Gaukler unter Gauklern · Wegelagerer · Warten auf Jakob · Die Axt und der Kahn · Sadiks Schlummerhappen · Alles auf eine Karte! · Nachrichten aus Mainz · Gänsekopf und Falkenkopf · Hoch die Kanne!

Drittes Buch:
Die Freiheit auf den Barrikaden 307

Tollhaus Paris · »Augenklappe« greift ein · Wie auf einem Pulverfass! · Tumult unter den Kolonnaden · Paris vor einer Revolution? · Barrikadenkämpfe · Das Ultimatum · Ein genialer Wurf

Nachwort
zur französischen Julirevolution 407

Bibliografie 409

*In Liebe meinen Eltern gewidmet,
die mir die unendlichen Gärten
der Bücher erschlossen haben und mich lehrten,
im Abenteuer des Lebens auch nach den
Sternen meiner Träume zu greifen.*

ERSTES BUCH

Falkenhof

Mai 1830

Schüsse in der Nacht

In einem weiten Kreis rund um *Falkenhof* loderten hell die Feuer der Wachtposten. An acht Stellen hatten sie Scheiterhaufen entzündet. Seit Stunden leckten die Flammen auf den nachtfeuchten Wiesen, die den ersten Sommerschnitt noch vor sich hatten, meterhoch in den Himmel. Das Knacken und Bersten von Ästen und Reisig war weithin zu hören. Unruhiger Flammenschein tanzte über die Mauern des trutzigen Gevierts, in dem sich der Universalgelehrte und Geheimbündler Heinrich Heller verschanzt hatte. Immer wieder stoben Funken in die Nacht, wenn die Gendarmen Brennholz in die Flammen warfen. Die Feuer durften nicht verlöschen, damit keinem im Schutz der Dunkelheit die Flucht aus dem Landgut in die nahen Wälder gelingen konnte.

Den Fuchspelzkragen seines Umhangs hoch gestellt, stand Armin von Zeppenfeld im tiefen Schatten der alten Ulmen, die eine prächtige Allee bildeten. Sie führte vom Wald die Anhöhe zum *Falkenhof* herauf und endete vor dem Westtor. Die beiden Flügel unter dem steinernen Rundbogen waren aus schweren Eichenbalken gezimmert und zudem noch mit breiten Eisenbändern beschlagen. Kein Tor also, das sich so leicht einrennen ließ – schon gar nicht gegen den bewaffneten Widerstand der Eingeschlossenen.

Das wehrhafte Landgut im Sturmangriff zu nehmen erwies sich glücklicherweise als nicht erforderlich. Heinrich Heller gab endlich auf! Er hatte eingesehen, dass er auf *Falkenhof* in der Falle saß und seine Sache als verloren ansehen musste – wie mächtig Tore und Mauern auch sein mochten.

Der Professor bot einen Handel an.

»Sie wollen den Spazierstock! Und wenn Sie den haben wollen, werden Sie mit mir verhandeln müssen, Zeppenfeld!«, rief ihm der grauhaarige Gelehrte durch eine kleine Luke im Westtor zu. Und drohend fügte er hinzu: »Werde den verdammten Stock nämlich zu Kleinholz zerhacken und mir an dem Feuer die kalten Füße wärmen, wenn Sie nicht bereit sind, mit mir einen Handel zu schließen!«

»Bin zu Handel bereit, Professor!«, erwiderte Zeppenfeld hastig in der ihm eigenen zackigen Redeweise. Die Vorstellung, der Spazierstock mit dem silbernen Falkenkopf könnte tatsächlich im Feuer landen, trieb ihm kalten Schweiß auf die Stirn. Er musste den Stock unversehrt in seinen Besitz bringen, wenn er das verschollene Tal in Ägypten finden wollte!

»Unter Umständen! Welche Bedingungen?«

»Verdammt noch mal, erwarten Sie, dass ich mir hier die Kehle aus dem Leib schreie? Einer Ihrer gedungenen Halsabschneider hat mir eine Kugel in die Schulter verpasst, falls Ihnen das entfallen ist! Ich hab mich in meinem Leben schon mal besser gefühlt. Wenn Sie mit mir verhandeln wollen, müssen Sie sich schon zu mir begeben – oder haben Sie Angst, ich könnte Sie über den Haufen schießen?«

Armin von Zeppenfeld lachte. Er war ein hoch gewachsener Mann von vierzig Jahren und sich seiner Attraktivität genauso bewusst wie sich seiner Macht jetzt. Das dichte schwarze Haar trug er sorgfältig gekämmt, was auch auf den penibel getrimmten Backen- und Schnurrbart zutraf. Die markanten Gesichtszüge mit der scharf geschnittenen Nase und Augenpartie vergaß man nicht so leicht. Und obwohl er in das dunkle, elegante Tuch eines vermögenden Städters gekleidet ging, war seiner Haltung und seinem Auftreten noch immer anzumerken, dass er einmal den Uniformrock eines Offiziers getragen hatte.

»Sind ein Staatsfeind, aber kein Mörder. Jakobiner mit der Feder, nicht mit der Guillotine! Werden also verhandeln!«, rief Zeppenfeld zurück.

»Gut, ich öffne das Tor.«

Zeppenfeld glaubte zu wissen, wie dieser Handel aussehen sollte. Heinrich Heller würde für sich, seinen Neffen Tobias und den Araber Sadik Talib freien Abzug verlangen. Im Prinzip hatte er nichts dagegen einzuwenden, wenn er nur endlich den Falkenstock erhielt. Er interessierte sich nicht für die verbotenen politischen Aktivitäten des Professors, dem jetzt eine langjährige Kerkerstrafe drohte. Dass sich demokratisch gesinnte Freigeister wie Heinrich Heller gegen die Fürsten stellten und für das Volk mehr Menschenrechte wie die Pressefreiheit und sogar eine republikanische Verfassung forderten, ließ ihn kalt. Er hatte stets nur seine eigene Freiheit und seinen Vorteil im Auge. Der Teufel mochte seinetwegen Fürsten und Geheimbündler gleichermaßen holen, solange er nur sein Leben so gestalten konnte, wie es ihm beliebte.

Doch er hatte mit dem Polizeispitzel Xaver Pizalla, der jeden Augenblick mit einer Abteilung Soldaten aus Mainz anrücken musste, eine Vereinbarung getroffen. Und Pizalla, der im Auftrag der Obrigkeit in Mainz und Umgebung Jagd auf Volksaufwiegler veranstaltete, brannte darauf, den Gelehrten vor ein Gericht und in den Kerker zu bringen. Außerdem wollten Stenz und Tillmann mit Tobias abrechnen. Der sechzehnjährige Neffe des Gelehrten hatte seinen beiden Handlangern mit der blanken Waffe eine demütigende Lektion erteilt. Vor allem Tillmann, der in diesem Gefecht sein halbes rechtes Ohr verloren hatte, wollte blutige Rache nehmen.

All das schoss Zeppenfeld durch den Kopf, als Heinrich Heller die kleine Luke schloss. Jeden Augenblick konnte ein Flügel des Eichenbohlentores aufschwingen. Er musste sich entscheiden, wie er vorgehen wollte.

Nein, er konnte weder den Gelehrten noch seinen Neffen abziehen lassen! Aus dem Handel würde nichts. Doch den Falkenstock würde er sich jetzt holen. Was dann mit Heinrich und Tobias Heller geschah, ging ihn nichts mehr an.

»Stenz! Tillmann! Valdek!«, rief er mit gedämpfter Stimme. Die drei ehemaligen Söldner, deren Loyalität immer dem galt, der sie am besten bezahlte, schlossen im Schutz der Bäume zu ihm auf. Sie hielten schussbereite Musketen in den Händen. Leise klirrten Säbel und Degen an ihren Hüften.

»Wollen Sie wirklich da rein und mit ihm *verhandeln*?«, fragte Tillmann scharf. Sein stoppelbärtiges Gesicht trug einen unverhohlen feindseligen Ausdruck. »Der ist reif. Da gibt es nichts zu verhandeln!«

Zeppenfelds Blick ging unwillkürlich zu Tillmanns verstümmeltem Ohr. Ein echtes Galgengesicht, ging es ihm durch den Sinn. Und da wird er eines Tages auch landen – zusammen mit Stenz und Valdek.

»Blas dich nicht auf! Brauchst nicht jeden gleich mit der Nase drauf zu stoßen, dass du das Denken nicht erfunden hast! Weiss schon, was ich tue!«, wies er ihn mit leiser, aber schneidender Stimme zurecht. Bei diesem Gesindel war eiserne Autorität eine Frage des Überlebens. Nur keine Schwäche zeigen, das wäre gefährlich.

»Die Rotznase gehört mir!«, zischte Tillmann, gab seine drohende Haltung jedoch auf. »Das war so vereinbart.«

»Ich hab auch noch 'ne Rechnung mit dem Burschen zu begleichen«, unterstrich Stenz die Forderung seines Komplizen. Er war ein gedrungener, stämmiger Mann in einem verschlissenen Soldatenrock. Seine kleinen Augen verloren sich beinahe in dem aufgedunsenen Gesicht, das von Hängebacken und einer roten Narbe quer über die Stirn geprägt war. Unter dem stechenden Blick des Mannes, in dessen Sold sie standen, fügte er dann aber noch abschwächend hinzu: »Bei allem Respekt, Herr von Zeppenfeld!«

Valdek, groß, hager und mit einem fettigen Haarzopf, stand hinter ihnen und verzog nur spöttisch das Gesicht. Reden war seine Sache nicht. Das überließ er gern den anderen. Er hielt sich jetzt aber auch aus der Sache heraus, weil sie ihn nichts anging. Weder kannte er diesen Heinrich Heller noch dessen Enkel Tobias, der sich trotz seiner Jugend offenbar meisterlich darauf verstand, eine Klinge zu führen. Den Professor hatte er an diesem Abend zum ersten Mal gesehen – und zwar in

Mainz im Hof des Mannes, in dessen Haus die Mitglieder des verbotenen Geheimbundes *Schwarz, Rot, Gold* zusammengekommen waren, um im Keller Flugschriften zu drucken.

Im Gegensatz zu Stenz und Tillmann stand er erst seit wenigen Tagen auf der Lohnliste dieses vornehmen Herrn, der sich wegen eines lächerlichen Spazierstocks derart in Unkosten und Gefahren stürzte, dass man schon an seiner geistigen Zurechnungsfähigkeit zweifeln musste. Eine wahrlich merkwürdige Obsession, der er da nachging. Doch ihm sollte es gleich sein. Solange Armin von Zeppenfeld so großzügig in den Geldbeutel griff, war er ihm gern mit Muskete und Säbel zu Diensten. Und dass er jede Münze wert und seinen Aufgaben gewachsen war, hatte er bewiesen: Als sie mit Pizallas Leuten den Geheimbund ausgehoben hatten, war es die Kugel aus *seiner* Muskete gewesen, die den flüchtenden Professor niedergestreckt hatte. Wenn dieser Araber nicht so geistesgegenwärtig gehandelt und ihn in die Kutsche gezerrt hätte, wäre Heinrich Heller die Flucht aus Mainz hier in sein festungsähnliches Landgut erst gar nicht gelungen. Aber das war nicht ihm anzukreiden. Er hatte mit diesem Schuss im Dämmerlicht des Abends erstklassige Arbeit geleistet – ganz im Gegensatz zu Stenz und Tillmann, die in den vergangenen Wochen so manche Schlappe hatten hinnehmen müssen. Sogar aus der flinken Hand eines Halbwüchsigen!

»Habt meinen Segen! Könnt ihn euch vorknöpfen!«, beruhigte Zeppenfeld Stenz und Tillmann barsch und fuhr hastig fort: »Wird keinen Handel geben! Werden *Falkenhof* jetzt stürmen. Haltet euch hinter mir! Sowie der Professor das Tor öffnet, stürmt ihr vor und packt ihn euch! Muss aber schnell gehen! Werden keine zweite Gelegenheit erhalten. Muss jetzt auf Anhieb klappen! Denkt daran: Wenn Pizalla mit den Soldaten hier ist, kommt ihr an Tobias nicht mehr heran. Skrupelloser Bursche, dieser Polizeispitzel, doch den Jungen wird er euch nicht ausliefern. Verstanden?«

Tillmann schnaubte grimmig und packte seine Muskete fester. »Wir werden unseren Teil schon leisten! Aber denken Sie daran, dass Sie bei uns im Wort stehen, mein Herr!«

Zeppenfeld hielt es für unter seiner Würde, diese Dreistigkeit durch eine Erwiderung zur Kenntnis zu nehmen.

»Los! Es gilt!«, befahl er, trat hinter den Bäumen hervor und ging mit zielstrebigen Schritten auf das Westtor zu. Valdek, Stenz und Tillmann blieben im Schutz der Ulmen, bewegten sich jedoch auf einer Höhe mit ihm.

Es rumpelte hinter den Flügeln des Tores. Zeppenfeld lachte leise und voller Hohn auf. Der verletzte Professor mühte sich wohl mit dem schweren Balken ab, der das Tor verschloss.

Eine wilde Erregung, wie er sie sonst nur auf der Fuchsjagd kurz vor dem entscheidenden Schuss empfand, packte ihn. Aber diese Sache mit dem Falkenstock und Heinrich Heller war ja auch eine Jagd gewesen. Sogar eine sehr aufregende, die ihm alles an List und Tücke abverlangt hatte. Mehrmals war ihm sein Opfer entwischt. Doch jetzt hatte er es in die Enge getrieben und konnte es endgültig zur Strecke bringen. Gleich würde er den Falkenstock in seinen Händen halten – und damit den ersten Schlüssel zu weltweitem Ruhm und unermesslichem Reichtum!

Es trennten ihn nur noch wenige Schritte vom Tor, als das dröhnende Schlagen von Holz gegen Mauerwerk und der scharfe Knall einer Peitsche Zeppenfeld zusammenfahren ließen. Abrupt blieb er stehen. Im selben Augenblick drang aus dem Innenhof des Gevierts Hufschlag in die Nacht. Als erfahrener Reiter wusste er dieses Geräusch sofort zu deuten: ein Pferd, das aus dem Stand zu einer schnellen Gangart getrieben wurde und fast augenblicklich in einen fliegenden Galopp fiel.

Und darüber lag das unablässige Knallen einer Peitsche.

»Hölle und Verdammnis!«, schrie Tillmann und stürmte hinter den Ulmen hervor. »Der Mistkerl wollte gar nicht verhandeln. Er hat uns reingelegt! Sie versuchen durch das Osttor zu flüchten!«

Von der anderen Seite vom *Falkenhof* ertönten jetzt die Alarmrufe der Gendarmen. Ein Schuss krachte. Wütende Schreie gellten durch die Nacht, während die Pferdehufe dumpf und unbeirrt im Galopp über den Boden trommelten.

»Weit werden sie nicht kommen!«, rief Stenz beinahe gelassen, während sie um die Ecke des Landgutes liefen. »Da drüben gibt es nichts weiter als offene Weiden und Wiesen. Da hat es sogar 'ne Ratte schwer, ein Versteck zu finden.«

»Heiliges Kanonenrohr, sie versuchen es in einer Kutsche!«, stieß Tillmann ungläubig hervor, als sie die freie Fläche östlich vom *Falkenhof* im Blickfeld hatten. Die Kutsche wurde von vier berittenen Gendarmen verfolgt.

Zeppenfeld kannte die Gegend um *Falkenhof* mittlerweile so gut wie kaum ein anderes Gelände. Stenz hatte völlig Recht. Eine Flucht nach Osten, zumal noch in Richtung Mainz, war von vornherein zum Scheitern verurteilt. Sie hatten nicht den Schimmer einer Chance, in diese Richtung zu flüchten. Nicht einmal mit einem Kilometer Vorsprung. Und das ließ ihn plötzlich stutzen. Heinrich Heller mochte ein politischer Phantast sein, doch eines war er ganz sicher nicht: ein Dummkopf. Im Gegenteil. Er hatte einen ungewöhnlich hellen Verstand. Deshalb passte diese Fluchtroute auch nicht zu ihm. Saßen er, Tobias und dieser Muselmane vielleicht gar nicht in dieser dahinjagenden Kutsche? Nein! Es konnte sich dabei nur um eine Täuschung handeln!

Will die Gendarmen, mich und meine Männer dazu verleiten, die Kutsche zu verfolgen um durch das dann unbewachte Westtor in den nahen Wald zu flüchten, der einfallsreiche Herr Professor!, schoss es ihm blitzartig durch den Kopf. Werde auf den Trick aber nicht hereinfallen! Soll nur kommen, der Herr Universalgelehrte! Werde ihn gebührend empfangen!

Doch er zögerte. Denn andererseits konnte er auch nicht ausschließen, dass der Gelehrte darauf baute, dass er, Zeppenfeld, genau diese Überlegung anstellte und seine Männer hier am Westtor zurückhielt, statt sie der Kutsche hinterherzuschicken. Befand sich das saubere Trio doch in der Kutsche und hielt er seine Männer zurück, dann hatten sie es nur noch mit den Gendarmen zu tun, und mit deren Reit- und Fechtkünsten stand es sicherlich nicht zum Besten. Allein Tobias Heller konnte mit der Klinge dreien von ihnen auf einmal das Fürchten lehren. Und wie gut der Araber mit Flinte und blankem Stahl war, wusste er nur zu gut.

Diese Gedanken jagten sich in Sekundenschnelle hinter seiner Stirn. Doch wie er es auch drehte und wendete: Jede Entscheidung konnte genauso richtig wie falsch sein. Er steckte in einem Dilemma. Doch er musste handeln. Und zwar schnell!

Es blieb ihm gar nichts anderes übrig, als seine Truppe aufzuteilen – was wiederum ein schwerer Fehler sein konnte. Aber Himmelherrgott, irgendetwas musste er ja tun!

»Stenz! Valdek! Zurück zum Tor!«, rief er ihnen zu. »Tillmann, hol unsere Pferde! Rasch!«

»Aber ...«, setzte dieser zu einem Einwand an.

»Die Pferde, Mann!«, schrie Zeppenfeld ihn an, während seine Rechte unter den Umhang fuhr und augenblicklich mit einer geladenen Pistole wieder erschien. Er setzte ihm den Lauf auf die Brust. »Noch ein Widerwort und ich muss mir einen neuen dritten Mann suchen!«

Tillmann erblasste und wich zurück. Er öffnete den Mund zu einer hastigen Versicherung, dass er den Befehl sofort ausführen würde. Doch die Worte blieben ihm in der Kehle stecken und seine Augen weiteten sich noch mehr, während sein Blick an Zeppenfeld vorbei nach oben zum Dachgiebel des Landgutes ging.

Ihm war, als stiege eine schwarze Wolke, die schwärzer als die dunkelste Nacht war, aus dem Innenhof des Landgutes auf. Sie wurde größer und größer und nahm die Form einer riesigen Kugel an.

»Allmächtiger!«, ächzte er.

Zeppenfeld ließ die Pistole sinken, fuhr herum und blickte

kaum weniger verstört nach oben. Im ersten Augenblick glaubte er auch seinen Augen nicht trauen zu dürfen. Wie gelähmt stand er da.

Ein Ballon!

Ein nachtschwarzer Ballon stieg vom *Falkenhof* auf! Gerade geriet der Bastkorb in sein Blickfeld, der haarscharf über den First hinwegglitt. Eine Gestalt zeigte sich an der Brüstung der Gondel.

Zeppenfeld begriff, dass er Heinrich Heller gewaltig unterschätzt hatte. Alles war eine Täuschung gewesen, das Angebot eines Handels und die angebliche Flucht mit der Kutsche, die nur für zusätzliche Verwirrung hatten sorgen sollen, um vom Ballonaufstieg abzulenken.

In rasender Wut riss er die Pistole hoch, zielte auf die Gestalt an der Brüstung und drückte ab. Mit einem scharfen Knall löste sich der Schuss und er hörte, wie die Kugel in den Gondelboden einschlug.

Augenblicklich wurde ihm bewusst, dass er sich in seiner Wut zu einer unüberlegten Handlung hatte hinreißen lassen, die kaum wieder gutzumachen war: Er hatte seine Kugel vergeudet. Statt auf die Gondel zu schießen, hätte er seine Pistole auf die aufgeblähte Ballonhülle richten sollen, um den Stoff zu zerfetzen und das Luftschiff zum Absturz zu bringen.

Tillmann, Stenz und Valdek hatten indessen ebenfalls die Waffen angelegt. Der Ballon, der nach Osten davontrieb, drehte sich etwas und zeigte nun sein Emblem: einen feuerroten Falkenkopf, unter dem die ineinander verschlungenen goldfarbenen Buchstaben HH prangten.

»Nicht auf die Gondel feuern!«, schrie Zeppenfeld ihnen zu. »In den Ballon schießen! Die Hülle!«

Doch es war schon zu spät. Die drei Schüsse aus den Musketen seiner Männer klangen wie eine einzige Salve. Zwei der Geschosse sirrten seitlich am Bastkorb vorbei, der atemberaubend schnell an Höhe gewann. Die dritte Kugel schlug dumpf in einen der Sandsäcke, die außen an der Gondel hingen.

Zeppenfeld tobte. »Elende Schwachköpfe! Nachladen! Nachladen! Holt ihn vom Himmel!« Seine Stimme überschlug sich vor ohnmächtigem Zorn, denn er wusste, dass sich der Ballon längst außer Reichweite der Musketen befand.

Inzwischen hatten auch die Gendarmen die nachtschwarze, gasgefüllte Stoffkugel am Nachthimmel bemerkt. Flintenschüsse krachten in schneller Folge. Zeppenfeld hoffte, dass wenigstens einige ihrer Kugeln die Hülle aufreißen und den Absturz herbeiführen würden.

Doch seine Hoffnung erfüllte sich nicht. Die Hülle fiel nicht in sich zusammen und statt abzustürzen und am Boden zu zerschellen, stieg der Ballon höher und höher. Dabei schien er wie von Zauberhand zu schrumpfen, von einem fast haushohen, tropfenförmigen Gebilde zu einer bald nur noch faustgroßen Kugel. Er verschwamm mit der nächtlichen Dunkelheit und zeichnete sich Augenblicke später vor einer vorbeiziehenden grauen Wolke wieder deutlich ab. In einem unregelmäßigen Rhythmus verschwand und tauchte er wieder am Himmel auf, während er sich nach Osten hin entfernte.

Die Erkenntnis, seine Chance vertan zu haben, trieb Übelkeit in ihm hoch. Wie nah war er doch seinem Ziel gewesen! Er hatte den Falkenstock schon in seinem Besitz gewähnt. Hundertprozentig sicher war er sich seiner Sache gewesen. Und dann machte dieser Ballon alles zunichte!

Nach Wochen kostspieliger Vorbereitungen und Intrigen, die ihn seinem Ziel zum Greifen nahe gebracht hatten, stand er nun mit leeren Händen da. Wieso nur war ihm trotz eingehender Nachforschungen über die Lebensgewohnheiten des Gelehrten nicht bekannt geworden, dass er einen solchen Ballon besaß und auf *Falkenhof* zudem auch über die nötigen Vorrichtungen und Materialien verfügte, um das nötige Gas für ein so großes Luftschiff zu erzeugen? Der Ballon war mit Gas gefüllt. Daran bestand kein Zweifel. Bei einem Heißluftballon hätte unter dem offenen Hals eine Feuerpfanne zum Verbrennen von Stroh und Schafwolle gehangen.

Er hatte geglaubt alles über Heinrich Heller und sein Leben als Universalgelehrter auf *Falkenhof* zu wissen. Doch die zweitwichtigste Information war ihm verborgen geblieben.

Einen Moment lang drohte ihm diese bittere Niederlage alle Kraft zu rauben. Er war versucht der Müdigkeit nachzugeben, die seine Erregung bisher überspielt hatte. Dann aber straffte sich sein Körper. O nein, ein Armin von Zeppenfeld gab nicht so leicht auf. Eine verlorene Schlacht war noch längst kein verlorener Krieg. Ein solches Luftschiff, auch wenn es prall mit Gas gefüllt war, hielt sich nicht ewig am Himmel! Höchstens ein paar Stunden.

Er fuhr zu seinen Männern herum. »Tillmann und Valdek! Zu den Pferden! Ihr folgt dem Ballon!«, rief er ihnen zu.

Valdek zog fragend die Augenbrauen hoch, während Tillmann sein Unverständnis offen in Worte fasste. »Nichts für ungut, mein Herr, aber wie sollen wir einem Ballon folgen? Flügel sind uns keine gewachsen.«

Zeppenfeld musste an sich halten, um seine Beherrschung nicht zu verlieren. »Ein Ballon ist keine Kutsche, die sich nach Belieben lenken lässt. Folgt allein dem Wind! Kennt man dessen Richtung, kennt man auch den Weg des Luftschiffes!«, kanzelte er ihn in schulmeisterlichem Ton ab.

Valdek nickte stumm.

»Oh!«, sagte Tillmann nur und rieb sich verlegen das spitze Kinn.

»Ballon treibt nach Osten. Wird sich bestenfalls bis zum Morgen in der Luft halten. Dann Abstieg«, fuhr Zeppenfeld in seiner knappen Sprache fort. »Wird nicht ohne Aufsehen abgehen. Schwarzer Ballon mit rotem Falkenkopf und goldenem Monogramm wird überall die Leute zusammenlaufen lassen.«

»Da ist was dran«, pflichtete Stenz ihm bei. »Zu Pferd sind wir mindestens genauso schnell wie dieser Ballon, auch wenn wir nicht immer querfeldein reiten können. Wenn wir uns an der Windrichtung orientieren, kann er uns kaum entwischen.« Er zögerte. »Es sei denn, sie landen noch bei Nacht irgendwo auf einer einsamen Waldlichtung und verstecken Hülle und Gondel im Unterholz. Dann haben wir Probleme.«

Zeppenfeld schüttelte gereizt den Kopf. »Können sich nicht im Wald verkriechen, die drei. Ein verletzter alter Mann, ein junger Bursche und ein dunkelhäutiger Muselmane! Werden überall auffallen wie ein Kamel unter Schafen. Zudem: Sie sind zu Fuß! Werden sich Pferde beschaffen wollen. Müssen daher Ortschaften aufsuchen. Werden schnell erfahren, wohin der Wind sie getrieben hat.«

Stenz grinste. »Stimmt. Sie haben einen Vorsprung, aber das ist auch alles. Und mit dem angeschossenen Alten haben sie einen Klotz am Bein. Also gut, brechen wir auf.«

»Du nicht. Nur Tillmann und Valdek«, hielt Zeppenfeld ihn zurück. »Wir bleiben, bis Pizalla mit Soldaten eingetroffen ist. Erst dann folgen wir.«

»Aber wozu soll denn das gut sein?«, fragte Stenz verwundert. »Hier ist doch für Sie nichts mehr zu holen, wo die Burschen doch mit dem Ballon weg sind.«

»Habe meine Gründe!«, beschied Zeppenfeld ihn schroff. Er wollte ganz sichergehen, nicht einer weiteren Täuschung des Gelehrten aufzusitzen. Nach allem, was geschehen war, mochte er nicht mehr ausschließen, dass Heinrich Heller den Falkenstock vielleicht gar nicht mitgenommen, sondern irgendwo auf dem Landgut versteckt hatte. Möglicherweise hatte er einem seiner Bediensteten den Auftrag erteilt, den Spazierstock an einen sicheren Ort zu bringen, wenn Pizalla wieder abgerückt war. Er musste mit allem rechnen.

Tillmann zuckte mit den Achseln. »Soll mir recht sein, mein Herr. Aber wie halten wir Kontakt?«, wollte er wissen.

»Werdet überall auf Poststationen treffen. Hinterlasst dort Nachricht«, trug Zeppenfeld ihm auf. »Werden euch schon finden.«

»Kann ein paar Tage dauern, bis wir den Kerlen im Nacken sitzen. Werden bestimmt einige Ausgaben haben, für frische Pferde etwa«, gab Tillmann zu bedenken.

Zeppenfeld griff in seine Rocktasche und zog einen kleinen Stoffbeutel mit Münzen hervor. »Hier! Das sollte reichen! Und nun auf die Pferde!«

Mit einem breiten Grinsen fing Tillmann den Geldbeutel auf. »Stets zu Diensten, mein Herr«, versicherte er mit falscher Unterwürfigkeit und eilte mit Valdek zu den Pferden. Wenig später jagten sie durch die Nacht nach Osten.

»Muss ja ein mächtig kostbares Stück sein, dieser Spazierstock mit dem Falkenknauf«, sagte Stenz in der Hoffnung, endlich zu erfahren, was es mit dem Stock auf sich hatte.

Zeppenfeld blieb ihm eine Antwort schuldig. Er dachte gar nicht daran, irgendjemandem zu verraten, wie wertvoll der Falkenstock war.

Expedition unter einem bösen Stern

»Heilige Mutter Gottes! Sie werden den Ballon treffen!«, stieß Lisette entsetzt hervor, als den aufgeregten Rufen vor dem Landgut die ersten Schüsse folgten. »Der Ballon wird in Flammen aufgehen und sie – sie werden in den Tod stürzen!«

»Ganz ruhig«, sagte Jakob Weinroth, der breitschultrige Kutscher und Stallknecht vom *Falkenhof*. Er legte seiner jungen Frau einen Arm um die Schulter. »Nur Gottvertrauen. Sie werden es schon schaffen!«

Lisette presste eine Hand vor den Mund und betete lautlos, während sie mit angstgeweiteten Augen den Aufstieg des Ballons verfolgte – wie auch Agnes Kroll, die gewichtige Köchin, und Heinrich Heller. Er war nicht, wie Zeppenfeld angenommen hatte, mit Tobias und Sadik im Ballon geflüchtet.

Der Gelehrte, ein kleiner, untersetzter Mann von einundsechzig Jahren, zuckte bei jedem Schuss zusammen, der auf den *Falken*, wie sie den Ballon getauft hatten, abgegeben wurde. Seine Hand krallte sich um den Knauf des Stockes, auf den er gestützt stand. Ihm stockte der Atem. Ein eiserner Ring schien sich um seine Brust gelegt zu haben. Er wusste, dass sich das Schicksal von Tobias und Sadik in den ersten dreißig Sekunden entscheiden würde. Das war die kritische Phase des Aufstiegs. Danach befand sich der Ballon außerhalb der Gefahrenzone.

Es wurden die schlimmsten und längsten dreißig Sekunden seines Lebens. Hätte er diese gefährliche Ballonflucht nicht zulassen dürfen? War es unverantwortlich von ihm gewesen, auf die Verwirrung der Männer und die schnelle Steiggeschwindigkeit des *Falken* zu bauen?

Aber welche Alternative hatte er denn gehabt? Das Wagnis mit dem Ballon nicht einzugehen hätte bedeutet, dass Tobias möglicherweise sein Schicksal hätte teilen müssen – und das hieß Kerker. Xaver Pizalla war ein Bluthund, der nicht davor zurückschreckte, die Wahrheit zu verdrehen und auch Unschuldige einzukerkern. Wusste er denn, welche Abmachung er mit Zeppenfeld getroffen hatte? Die Pest über die beiden!

»Sie schaffen es! Gelobt sei Gott, sie schaffen es! Der Ballon ist unversehrt geblieben!«, rief Agnes und bekreuzigte sich.

»Ja, jetzt sind sie zu hoch, als dass dieses Schurkenpack ihnen noch etwas anhaben könnte«, pflichtete Jakob ihr bei und erlaubte sich einen tiefen, erlösten Seufzer.

Die ungeheure Anspannung wich nun auch von Heinrich Heller und in sein bleiches Gesicht, das von einem eisgrauen Bart umrahmt war, trat wieder ein wenig Farbe. Er nahm den Zwicker von der Nase und fuhr sich über die Augen. »Eine gute und sichere Reise, mein Junge«, murmelte er. »Und dir auch, Sadik. Möge der Herr, welchen Namen er auch immer tragen mag, euch beschützen und sicher nach Paris zu Monsieur Roland geleiten.«

»Was wird jetzt?«, fragte Lisette, sich ihrer eigenen ungewissen Zukunft wieder bewusst werdend. »Mit uns?«

»Was soll schon werden, Frau?«, fragte Jakob fast grob zurück. »Es gibt nichts, worüber du dir Gedanken machen müsstest. Sieh besser zu, dass du ein paar Sachen für den Professor zusammenpackst. Später wird dafür keine Zeit mehr sein!«

»Nein, nein!«, griff Heinrich Heller ein. »Es ist schon ihr gutes Recht, besorgt zu sein und danach zu fragen. Lisette, ich gebe dir mein Wort darauf, dass keinem von euch ein Nachteil erwachsen wird. Euch kann Pizalla nichts anhaben, dafür werde ich Sorge tragen.«

Lisette machte eine skeptische Miene, was Jakob noch mehr erboste. Das furchtsame Benehmen seiner Frau verletzte seinen Stolz, weil es erkennen ließ, dass sie dem Professor nicht so treu ergeben war und vertraute, wie er es tat. Das empfand er nach den langen Jahren, die er in Heinrich Hellers Diensten stand, als schändlich.

»Wie kannst du dich so kleinlichen Gedanken hingeben, wenn hier das Leben des Professors auf dem Spiel steht?«, fuhr er sie an. »Ist das der Dank, dass er dich aus dem Waisenhaus geholt und dir die Chance gegeben hat, etwas Ordentliches zu lernen und einen ehrlichen Lohn Woche für Woche einzustreichen? Geh ins Haus! Ich schäme mich für dich!«

Agnes unterstrich seine Zurechtweisung mit einem Nicken. Schamesröte stieg Lisette ins Gesicht. Schnell raffte sie ihre Röcke und lief ins Haus.

»Das hättest du nicht tun sollen, Jakob«, tadelte Heinrich Heller seinen getreuen Stallknecht. »Sie ist noch jung und stets etwas ängstlich gewesen.«

»Was in diesem Fall keine Entschuldigung ist, Professor«, erwiderte Jakob hart, der sonst nie etwas auf seine junge Frau kommen ließ. »Und jetzt kein Wort mehr über Lisettes Verhalten. Ich bringe Sie auf Ihr Zimmer. Sie müssen sich mit Ihrer Verletzung schonen.«

»Danke, Jakob.« Heinrich Heller nahm die Stütze, die Jakob ihm bot, bereitwillig an. Das schmerzstillende Mittel, das Sadik ihm vor wenigen Stunden verabreicht hatte, ließ merklich in seiner betäubenden Wirkung nach. Die Wunde in seiner linken Schulter pochte heiß und er glaubte zu spüren, wie frisches Blut den Verband nässte.

»Sie hätten mit Tobias und Sadik flüchten sollen«, meinte Jakob sorgenvoll, während er ihm die Treppe ins Obergeschoss hochhalf. »Dann wären Sie Zeppenfeld und Pizalla entkommen.«

»Mit diesem Schulterdurchschuss?« Der Gelehrte schüttelte den Kopf. »Das wage ich zu bezweifeln. In meinem Zustand wären wir alle nicht weit gekommen. So jedoch haben Tobias und Sadik eine Chance zu entwischen. Ja, es ist schon richtig so, wie wir es angepackt haben.«

»Richtig, dass dieser Pizalla Sie in den Kerker bringen kann?«, zweifelte Jakob und stieß die Tür zu Heinrich Hellers Studierzimmer auf.

»Mit diesem Wissen habe ich all die Jahre gelebt, mein Bester«, erwiderte Heinrich Heller ruhig und sank mit schmerzverzerrtem Gesicht in einen der beiden dunkelgrünen Ledersessel, die vor dem Kamin standen. »Ich kann also nicht behaupten, dass ich unvorbereitet bin und nicht gewusst hätte, auf was ich mich eingelassen habe.«

»Ich bin nur ein einfacher Mann und verstehe nichts von Politik. Doch es ist ungerecht, was hier mit Ihnen geschieht!«

Heinrich Heller lächelte müde. »Recht und Unrecht ist eine Frage der Definition und des Standpunktes. Unsere Fürsten und Könige haben sich das Recht stets so zurechtgebogen, wie es ihnen genehm war. In einer Tyrannei gegen geltendes Gesetz zu verstoßen ist damit Unrecht aus der Sicht der Herrschenden. In Wirklichkeit ist dieser Widerstand und Kampf gegen die Unterdrückung der erste Schritt zu wahrer Gerechtigkeit. Aber lassen wir das.« Er atmete tief durch. »Auch wenn ich gesund und munter gewesen wäre, hätte ich mein Heil nicht in der Flucht gesucht. Alle meine Freunde, mit denen ich seit Jahren für eine geeinte deutsche Nation und für Reformen gekämpft habe, sind heute verhaftet worden. Wie kann ich mich da davonschleichen?«

»Nur ein lebender Soldat ist auch ein nützlicher Soldat – egal, für welche Sache er kämpft!«, hielt der Stallknecht ihm vor. »Ihre eigenen Worte, Professor. Ich erinnere mich noch genau!«

»Richtig. Doch für jeden schlägt einmal die Stunde, dass er klar Stellung beziehen muss«, erwiderte Heinrich Heller. »Und diese Stunde hat jetzt für mich geschlagen. Gut, den Kerker werde ich mir nicht ersparen können. Diese Genugtuung wird Pizalla haben. Aber zum Glück hat mich das Schicksal mit einem beachtlichen väterlichen Vermögen gesegnet. Zudem habe ich sogar in den höchsten Mainzer Kreisen so manchen einflussreichen Freund. Auch einige von denjenigen, die ich politisch bekämpfe, sind mir noch den einen oder anderen Gefallen schuldig. Du siehst also, hier in Mainz kann ich sehr wohl noch einiges für mich und meine Gefährten tun. Hätte ich sie unter diesen Umständen im Stich gelassen und ihrem Schicksal überantwortet, wäre das ein schändlicher Verrat gewesen – und damit hätte ich nicht leben können.«

»Ob man Freunde hat und Gefälligkeiten eintreiben kann, zeigt sich erst in der Not«, brummte Jakob. »Ich hoffe nur für uns alle, dass Sie nicht bitterlich enttäuscht werden.«

»Gewiss. Erst die Zukunft wird es zeigen«, räumte Heinrich Heller ein. »Doch ich bin voll Zuversicht.«

Jakobs düstere Miene drückte das Gegenteil aus. »Zeppenfeld ist an allem schuld! Hätte Ihr Bruder ihn damals doch nur in der Wüste verrecken lassen«, sagte er erbittert und legte Holz im Kamin nach.

Heinrich Heller ging nicht darauf ein. »Es kann noch etwas dauern, bis Pizalla mit einer Abteilung Soldaten eintrifft. Ein starker Kaffee mit einem Schuss Kognak wäre jetzt genau richtig«, sagte er mild.

»Ich werde mich sofort darum kümmern«, versicherte Jakob, froh, dass er etwas für ihn tun konnte, und eilte aus dem Zimmer.

Heinrich Heller blickte in die Flammen. Eine tiefe Niedergeschlagenheit befiel ihn. Seit vielen Jahren kämpfte er nun schon gegen die Unterdrückung liberaler und republikanischer Ideen. Mehr als einmal hatte er sich dadurch in ernste Gefahr gebracht, dass er versucht hatte das angeblich gottgewollte Recht der Fürsten auf Herrschaft nachdrücklich infrage zu stellen. Eine geeinte deutsche Nation und mehr bürgerliche Freiheiten – dafür hatte er mit Leidenschaft und Ausdauer gestritten. Aber was war der Erfolg gewesen? Vor elf Jahren hatte er seine Professur der Philosophie und Naturwissenschaften in Gießen verloren und die Stadt bei Nacht und Nebel verlassen müssen. Er hatte damals von Glück reden können, dass er dem Kerker entkommen und vermögend genug war, um sich dieses Landgut bei Mainz kaufen und sich weiterhin seinen vielfältigen wissenschaftlichen Forschungen und Experimenten widmen zu können – und der Erziehung seines überdurchschnittlich begabten Neffen Tobias.

In diesen elf Jahren war er aber auch politisch nicht untätig gewesen. Im Gegenteil. Er hatte in Mainz den Geheimbund *Schwarz, Rot, Gold* gegründet und gemeinsam mit seinen Freunden alles in seiner Macht stehende getan, um durch Flugschriften das träge Volk über die Ideen der Menschenrechte, der geeinten Nation und einer republikanischen Verfassung zu informieren und aufzurütteln.

Stets hatte er gewusst, dass Erfolge nicht über Nacht zu erzielen waren und man Geduld haben musste. Veränderungen, wie sie ihm vorschwebten, gingen nur ganz langsam vonstatten – oder aber eruptiv und gewaltsam in einem Volksaufstand, der mit einem Schlag hinwegfegte, was an tyrannischen Herrschaftssystemen bis dahin existiert hatte.

Auf eine solche Erhebung breiter Massen, wie sie die Französische Revolution von 1789 und der amerikanische Unabhängigkeitskrieg von 1776 bis 1783 gewesen waren, hatte er in Deutschland nie zu hoffen gewagt. Die Deutschen hatten sich auch vor knapp zehn Jahren kein Beispiel an den Revolutionen in Spanien, Portugal, Piemont und Neapel genommen. Dasselbe galt für den griechischen Unabhängigkeitskrieg von 1821 bis 1829 und den Abfall der spanischen Kolonien in Südamerika, die sich zu unabhängigen Republiken ausgerufen hatten. Diese Freiheitsbewegungen waren in Deutschland, das noch immer aus dutzenden von kleinen souveränen Fürstentümern und Königreichen bestand und von einer geeinten Nation nur träumen konnte, tatenlos verhallt.

Heinrich Heller seufzte schwer. Ja, es war deprimierend, dass sich in den vielen Jahren so gut wie nichts zum Positiven verändert hatte. Und er fragte sich in diesem Augenblick der Schwäche, ob er seine Zeit nicht sinnlos vergeudet hatte. War er wie Don Quichotte gegen Windmühlenflügel angeritten?

Er musste an seinen zwanzig Jahre jüngeren Bruder Siegbert denken, den Vater von Tobias, der vor wenigen Monaten zu einer neuen Afrikaexpedition aufgebrochen war. Von Madagaskar aus wollte er einen neuen Vorstoß ins Herz des Schwarzen Kontinents wagen, um den Quellen des Nils endlich auf die Spur zu kommen.

Siegbert hat richtig gehandelt, ging es ihm nicht ohne eine Spur Bitterkeit durch den Sinn. Er hat sich nicht in undankbare politische Aktivitäten verstrickt, sondern seine wissenschaftlichen Ziele immer in den Mittelpunkt seines Lebens gestellt. Seine Entdeckungsreisen nach Afrika und die Suche nach den Quellen des Nils waren ihm stets wichtiger gewesen als alles andere. Leider auch wichtiger als sein Sohn.

Der Gedanke schmerzte ihn. Tobias war bei ihm, Heinrich, aufgewachsen und ihm wie ein leibliches Kind gewesen. Er hatte es genossen, diesen aufgeweckten Jungen all die Jahre um sich zu haben, während es seinen Bruder immer wieder rastlos in die Welt hinausgetrieben hatte. Aber bei aller gegenseitigen Zuneigung, den Vater und die Mutter, die schon kurz nach seiner Geburt gestorben war, hatte er ihm nicht ersetzen können. Umso schwerer belastete es ihn, dass sich Tobias nun seinetwegen mit Sadik auf der Flucht befand und schweren Gefahren ausgesetzt war.

Das Einzige, was ich mit meinem Eintreten für Freiheit und Menschenrechte erreicht habe, ist, dass der Junge sein Zuhause wie ein Verbrecher verlassen musste und jetzt zusehen kann, wie er sich mit Sadik nach Paris zum Freund seines Vaters durchschlägt, warf sich Heinrich Heller vor.

Er fuhr aus seinen düsteren Gedanken auf, als Jakob den Kaffee mit einem Schuss Kognak brachte. Das heiße Getränk tat seinem geschwächten und durchkühlten Körper gut.

»Agnes meint, ich sollte Ihren Verband erneuern, solange wir noch Zeit dafür haben.«

Heinrich Heller wollte erst abwehren, war dann aber vernünftig genug, ihn gewähren zu lassen. Es war wichtig, dass er die Schussverletzung ohne Komplikationen überstand und im Kerker nicht das Opfer eines schweren Wundfiebers wurde.

»Ich mache mir große Sorgen«, murmelte Heinrich Heller, der oft Selbstgespräche führte, mehr zu sich selbst.

»Das brauchen Sie nicht, Herr Professor. Sadik hat vorzügliche Arbeit geleistet. Es ist zum Glück ein glatter Durchschuss und seine Salbe wirkt wahre Wunder, wie wir ja schon bei Jana, der jungen Landfahrerin, erlebt haben«, beruhigte ihn Jakob. »Sagten Sie damals nicht selbst, als wir das Mädchen auf dem Gut hatten und Sadik sich ihrer Verletzungen annahm, dass seine arabischen Medizinkenntnisse die eines jeden deutschen Arztes weit übertreffen?«

Der Gelehrte nickte. »Gewiss, und nicht ein Wort davon war Übertreibung. Aber ich sorge mich auch nicht um mich, sondern um Tobias«, erklärte er. »Sadik und der Junge haben einen Vorsprung. Das ist alles. Zeppenfeld wird die Verfolgung aufnehmen und er ist ein zäher Hund.«

Jakob strich frische Salbe auf die offene Wunde. »Entschuldigen Sie meine Neugier, aber wer ist dieser Armin von Zeppenfeld überhaupt?«

»Er war einmal ein Freund meines Bruders, der ihn vor gut zwei Jahren auf einer Sudanexpedition begleitete – zusammen mit Eduard Wattendorf sowie Jean Roland aus Paris und dem Engländer Rupert Burlington«, berichtete Heinrich Heller. »Natürlich gehörte auch Sadik Talib dieser Expedition an, die unter einem bösen Stern stand. Die Freundschaft zwischen meinem Bruder und Zeppenfeld zerbrach, als dieser die Gruppe leichtfertig in eine tödliche Gefahr brachte. Auch Eduard Wattendorf erwies sich in der Not als Lump, denn er ging eines Nachts mit fast allen Wasserschläuchen und ihrem letzten Kamel auf und davon. Der Rest der Gruppe wäre damals in der Wüste elendig verdurstet, wenn ihnen die Fügung des Schicksals nicht eine Karawane über den Weg geschickt hätte. Hätte mein Bruder damals den Anführer der Karawane nicht mit viel Geld und guten Worten dazu bewegt, die Suche nach Wattendorf trotz dessen schändlicher Tat aufzunehmen, wäre dieser im Sandmeer verendet. Doch Siegbert hielt es für seine Pflicht, ihn zu retten, obwohl er sie verraten hatte. Er hätte es besser nicht getan. Dann wäre das alles nicht passiert.«

Jakob legte einen neuen Verband an. »Es war Wattendorf, der Ihrem Bruder diesen merkwürdigen Stock geschickt hat, nicht wahr?«

Heinrich Heller nickte. »Ja, er blieb damals in Kairo und kehrte nicht wieder nach Europa zurück. Es hieß, sein Verstand wäre so angegriffen gewesen wie sein Körper. Als mein Bruder ihn nach über einer Woche Herumirrens mehr tot als lebendig in der Wüste fand, war er nicht mehr ganz bei Sinnen. Er phantasierte von einem sagenhaften verschollenen Tal, auf das er gestoßen sei. Aber damals nahm das keiner ernst. Auch mein Bruder glaubte, dass Wattendorf in seinem verwirrten Zustand nur das erzählte, was sie vorher an den Lagerfeuern der Beduinen gehört hatten. Doch dann, kurz vor Siegberts Aufbruch zu seiner neuen Expedition vor ein paar Wochen, erhielt er diesen unseligen Spazierstock. Ich erinnere mich nicht mehr genau an Wattendorfs Begleitschreiben, doch darin stand etwas in der Art, dass er seine schändliche Tat wieder gutmachen wolle und dieser Stock der Schlüssel zu unsterblichem Ruhm für Siegbert als Forscher und Entdecker sei. Mein Bruder hat darüber nur verächtlich gelacht, das kuriose Stück Tobias geschenkt und die Sache vergessen – wie auch ich.«

»Offenbar birgt der Stock aber wohl doch ein großes Geheimnis, wenn Zeppenfeld vor keinem Verbrechen zurückschreckt, um ihn in seinen Besitz zu bringen«, meinte Jakob.

»Er ist ihm auf jeden Fall jede Anstrengung wert, das ist richtig. Ob es sich tatsächlich so verhält, wie Wattendorf behauptet hat, ist dagegen nicht so gewiss«, sagte Heinrich Heller skeptisch. »Fest steht nur, dass Zeppenfeld an diese Geschichte glaubt. Ob sie stimmt oder nicht, ist völlig ohne Bedeutung, denn sie macht ihn nicht weniger gefährlich. Ich möchte bloß wissen, woher er erfuhr, dass Wattendorf meinem Bruder diesen Stock geschickt hat.« Er schüttelte den Kopf. »Je länger ich darüber nachdenke, desto mysteriöser wird die ganze Sache. Ach, ich wünschte, ich hätte Zeppenfeld vor ein paar Wochen, als er zum ersten Mal auf *Falkenhof* auftauchte und mir den Spazierstock abschwatzen wollte, das verflixte Ding überlassen. Dann wäre er zufrieden abgereist, statt gefährliche Intrigen zu spinnen und uns alle in höchste Gefahr zu bringen.«

»Sie haben keine Veranlassung sich etwas vorzuwerfen«, widersprach Jakob. »Schurken wie Zeppenfeld darf man nicht ihren Willen lassen. Dann sähe die Welt noch düsterer aus.«

Heinrich Heller lächelte gequält. »Diese Meinung habe auch ich mein Leben lang vertreten. Aber wenn man seinen eigenen Kopf und den seiner geliebten Menschen dafür hinhalten soll, gerät diese Überzeugung doch mächtig ins Wanken.«

»Sie sind wie eine Eiche, Herr Professor!« Stolz schwang in der Stimme von Jakob Weinroth. »Sie haben noch nie gewankt und Sie werden es auch jetzt nicht tun.«

»Ach, Jakob«, sagte der grauhaarige Gelehrte nur bewegt und versank in trübseliges Schweigen.

Eilige Schritte näherten sich auf dem Gang dem Studierzimmer. Dann stand Agnes Kroll in der Tür. »Soldaten!«, rief sie mit atemloser Stimme. »Eine ganze Armee Soldaten reitet die Allee hoch!«

»Das wird Pizalla sein«, sagte Heinrich Heller ruhig.

Jakob sprang zum Fenster, das nach Westen hinausging. Er sah den Schein von Kutschenlampen und mehreren Fackeln zwischen den Ulmen. Vom Fenster aus war schwer festzustellen, wie viele Soldaten dort heranritten. Doch es waren mehr als genug.

»Wenn wir doch nur etwas tun könnten!«, stieß er in ohnmächtigem Zorn hervor.

Heinrich Heller erhob sich. »Das können wir – nämlich Ruhe und Gelassenheit bewahren. Also dann, bringen wir es hinter uns«, sagte er und ließ seinen Blick durch sein geliebtes Studierzimmer schweifen. Er war bereit. Seine wichtigsten Aufzeichnungen hatte er Tobias mitgegeben. Alles andere, was ihn und seine Mitstreiter vom Geheimbund noch mehr hätte belasten können, hatte er längst den Flammen übergeben. Er nahm zwei philosophische Schriften von seinem Schreibtisch und hoffte, dass man sie ihm im Kerker lassen würde.

Agnes und Jakob begleiteten ihn hinaus auf den Hof. Lisette stand schon dort und wartete mit der gepackten Reisetasche in der Hand. Ihr Gesichtsausdruck zeigte noch immer Beschämung, dass sie sich vorhin so hatte gehen lassen.

Während sich die anrückenden Soldaten mit lauter werdendem Hufschlag, Waffengeklirr und Rufen bemerkbar machten, blickte Heinrich Heller in die Runde seiner drei Bediensteten. »Ihr habt nichts mit alldem zu tun, was geschehen ist, und nur getan, was ich euch befohlen habe. Ihr wisst von nichts und ihr bleibt hier auf *Falkenhof*. Pagenstecher, der meine Tuchfabrik in Mainz leitet, wird euch weiterhin in meinem Auftrag bezahlen. Er vertritt mich. Eine entsprechende Anweisung und Vollmacht habe ich ihm schon vor vielen Monaten ausgestellt. Für euch ist gesorgt. Wir werden uns wieder sehen. Also fassen wir uns kurz.«

Lisette schluckte. »Herr Professor, es tut mir so Leid ...«

Er fiel ihr ins Wort: »Nichts da! Du brauchst dich für nichts zu entschuldigen, Lisette. Keine Widerworte.« Er strich ihr kurz über die Wange. »Und jetzt geht da in den Keller. Ich werde euch einsperren, damit Pizalla wirklich keine Handhabe gegen euch hat.« Er wies auf eine offen stehende Kellertür, zu der ein halbes Dutzend Granitstufen hinunterführten.

»Gott beschütze Sie!«, sagte Agnes mit Tränen in den Augen zum Abschied.

»Euch auch«, erwiderte der Gelehrte und schob sie in Richtung Kellertreppe. »Und nun runter mit euch.«

Die beiden Frauen folgten seiner Aufforderung. Jakob jedoch blieb abwartend stehen. »Es bleibt wie abgesprochen, Herr Professor?«, fragte er leise.

Heinrich Heller nickte. »Pagenstecher wird dir eine Nachricht zukommen lassen. Traust du es dir auch zu?«

Jakob sah ihn fast empört an. »Ich werde den Weg nach Speyer genauso sicher finden wie nach Furtwipper. Sie können sich auf mich verlassen.«

»Ja, das weiß ich, Jakob. Kümmere dich auch um Klemens. Man wird ihn und die leere Kutsche mittlerweile eingeholt haben. Ich hoffe, er spielt den schwachsinnigen Dummkopf, für den ihn alle halten, nur weil er verwachsen ist. Dann wird ihm nichts passieren.«

»Wir werden dafür sorgen, dass Sie den *Falkenhof* wieder so vorfinden, wie Sie ihn verlassen haben«, versprach Jakob Weinroth.

Der Gelehrte nickte. Das war seine geringste Sorge. »Wenn du dich auf den Weg machst, um mit Tobias und Sadik zusammenzutreffen, wirst du Geld brauchen. Ich habe eine flache Schatulle mit ausreichend Silber- und Goldmünzen drüben in meiner Experimentierwerkstatt im Südflügel versteckt. Du findest sie in einer der Schubladen, in denen ich meine Insektensammlung untergebracht habe – und zwar in der Schublade mit der Aufschrift *Tropenfalter* 14. Diese Lade hat einen doppelten Boden. Hinten links unten kannst du einen winzigen Stift erfühlen. Den musst du ins Holz drücken, dabei aber gleichzeitig den Schubladenknopf vorn nach rechts drehen und herausziehen. Dann klappt das hintere Drittel vom ersten Schubladenboden hoch«, instruierte er ihn.

»Tropenfalter 14, ich habe verstanden«, wiederholte Jakob leise. »Ich werde Ihnen über jeden Kreuzer Rechenschaft ablegen, Herr Professor.«

»Als ob ich das nicht wüsste«, brummte Heinrich Heller scheinbar ungnädig und schob ihn die Treppe hinunter. »Es wird Zeit. Gleich beginnt das Spektakel und dann möchte ich euch alle drei hinter Schloss und Riegel wissen. Ach, noch etwas!«

Jakob drehte sich im schwarzen Rechteck der Tür zu ihm um. »Ja?«

»Schlagt ordentlich Krach, wenn die Bande hier gleich hereinströmt, und rüttelt an der Tür. Auch ein paar grimmige Worte können nicht schaden, um eurem Einschluss mehr Glaubwürdigkeit zu verleihen. Aber bitte keine Übertreibung. Ein bisschen Groll, gemischt mit ängstlicher Verwirrung, was das ganze Spektakel bloß zu bedeuten hat, reicht völlig.«

Jakob grinste leicht. »Wenn ich Sie so reden höre, habe ich wirklich Hoffnung, dass es Ihnen vielleicht doch noch gelingen wird, aus dem Kerker rasch wieder herauszukommen.«

»Vielleicht sogar schneller, als euch lieb ist«, zwang sich Heinrich Heller zu einem letzten Scherz. Dann zog er die Tür zu und verriegelte sie von draußen. Den Schlüssel ließ er stecken.

Mit dem schleppenden Gang eines alten, rheumatischen Mannes, der sich jede einzelne Stufe schmerzhaft erkämpfen muss, stieg er die Treppe wieder hoch. Und Schmerzen bereiteten ihm die sechs Stufen in der Tat. Ein brennender Stich fuhr ihm bei jedem Schritt durch die Schulter. Aber dieser körperliche Schmerz war leichter zu ertragen als das, was ihn in Gedanken quälte.

Wenn Tobias etwas zustieß ...

Er zwang sich, diesen Gedanken nicht weiter zu verfolgen. Sein Blick ging über den ausgestorbenen Innenhof. Das quadratische Bretterpodest, von dem der *Falke* so oft in den Himmel aufgestiegen war, die seitlich weggeklappten Stützbalken, die schweren Winden mit den dicken Seilen sowie die Rohre, durch die das Gas geströmt war und die aus acht Fässern quer über den Platz verlegt waren und in der Mitte des Startpodestes in einer Glaskugel mit schornsteinähnlichem Aufsatz zusammenliefen – all dies erinnerte ihn an die schöne und aufregende Zeit, da er mit Tobias des Nachts im Fesselballon zu ihren geheimen und stets auch unbemerkt gebliebenen Himmelsfahrten aufgestiegen war und kein Zeppenfeld ihrer aller Leben bedroht hatte.

Er erinnerte sich auch noch gut an den Tag vor gar nicht so langer Zeit, als Tobias zu ihm in die Werkstatt gekommen war und sich bitterlich beklagt hatte: Sein Leben wäre so trist und bar jeglicher abenteuerlicher Abwechslungen! Etwas sehen und erleben wolle er! Und jetzt trieb er dort oben in einem Ballon durch die Schwärze der Nacht, verstrickt in ein Abenteuer von erschreckend lebensgefährlicher Dimension. Ein Abenteuer, von dem niemand wusste, wo und wie es sein Ende finden würde.

Drecksarbeit für noch größere Lumpen

Mit verbissener Miene erwartete Zeppenfeld den Polizeispitzel vor dem Westtor. Er vermochte seine Ungeduld und seinen Groll über das späte Erscheinen von Pizalla und den Soldaten kaum unter Kontrolle zu halten. Den glatten, kalten Lauf der Pistole, die er nachzuladen sich erspart hatte, klatschte er immer wieder in seine geöffnete linke Hand. Dabei wippte er auf den Zehenspitzen auf und ab.

Stenz stand ein gutes Stück abseits und hielt die Pferde am Zügel. Die Erfahrungen der vergangenen Wochen hatten es ihm ratsam erscheinen lassen, sich nicht in unmittelbarer Nähe seines Herrn aufzuhalten, wenn er in solch wutgeladener Stimmung war. Da tat man besser daran, Distanz zu wahren und vor allem den Mund zu halten. Eine Einsicht, die Tillmann noch immer nicht gekommen war – was vielleicht daran lag, dass er mehr Branntwein in sich hineinkippte, als sein sowieso schon dürftiger Verstand verdauen konnte. Nun ja, dafür schien sein Magen aus Eisen zu sein. Aber wenn er mit diesem schweigsamen Stockfisch Valdek die Geschichte mit dem Ballon vergeigte, würde Zeppenfeld ihn seine ungezähmte Wut kosten lassen – und dann half ihm auch ein Magen aus bestem Gusseisen nichts.

Auf einen Befehl des Korporals, der die berittene Abteilung anführte, sprangen die Soldaten von ihren Pferden und bezogen Stellung, die Musketen im Anschlag.

Zeppenfeld rührte sich nicht von der Stelle. Das martialische Bild, das die Soldaten im Schein der Lagerfeuer boten, verstärkte nur den geringschätzigen Ausdruck auf seinem Gesicht.

Wenige Meter vor ihm brachte der Kutscher das Gespann zum Stehen. Der Schlag flog schon auf, als die Räder noch in Bewegung waren, und Xaver Pizalla sprang aus der Kutsche. Er war ein kleinwüchsiger Mann mit Halbglatze und einem schmallippigen Gesicht. In den blank polierten, kniehohen Stiefeln, die im Licht der Fackeln glänzten, schien er fast zu versacken. Und der Säbel an seiner Hüfte wirkte geradezu lächerlich. Er sah wahrlich nicht aus, als könnte er eine Klinge führen. Der offene Kampf entsprach auch gar nicht seinem Charakter. Seine Welt war die der Intrige, der Bespitzelung und des wohl vorbereiteten Hinterhaltes. Und seine Hand erreichte dann größte Gefährlichkeit, wenn sie mit der Feder Protokolle aufsetzte und freiheitlich gesinnten Menschen zu Leibe rückte.

»Sie haben die Situation unter Kontrolle, ja?«, rief er und fuhr, ohne eine Antwort abzuwarten, großspurig fort: »Gehen Sie zur Seite. Ich werde die Angelegenheit jetzt zum Abschluss bringen und dieses Verrätergesindel aus seinem Bau holen. Notfalls stecke ich diesem Volksaufhetzer das ganze Landgut über dem Kopf an!«

»Hol Sie der Teufel!«, brach es aus Zeppenfeld hervor. »Erscheinen eine verdammte Stunde zu spät mit Ihrer Sturmtruppe! Haben den Bau schon verlassen, diese Ratten!«

Pizalla sah ihn verständnislos an. »Wie bitte? Sie belieben zu scherzen, Herr von Zeppenfeld!«

»Mir ist nicht nach Scherzen zu Mute! Der Bau ist leer! Ausgeflogen, die Brut!«, stieß Zeppenfeld wütend hervor.

Pizalla schluckte. »Aber Sie haben mir doch einen Boten geschickt und ausrichten lassen, dass sich der Professor hier verschanzt hat und Sie mit Ihren Männern und den Gendarmen den *Falkenhof* umstellt haben. Es hieß, Sie könnten das Landgut ohne Unterstützung nur nicht ...«

Zeppenfeld schnitt ihm das Wort ab. »Eine Stunde zu spät! Eine gottverdammte Stunde! Sind aus *Falkenhof* geflüchtet – in einem Ballon!«

Pizallas Kiefer klappte auf. »Ballon?«, wiederholte er ungläubig. Sein Blick ging verstört zu den trutzigen Mauern des Landgutes hoch und kehrte dann zu Zeppenfeld zurück. »Aber das – das ist unmöglich!« Er wollte es einfach nicht wahrhaben. Man würde es ihm als großes Verdienst anrechnen, dass er den Geheimbund *Schwarz, Rot, Gold* zerschlagen hatte, auch wenn dem Professor die Flucht gelungen war. Doch ihm persönlich reichte das nicht. Ein flüchtiger Heinrich Heller, der zu den führenden Köpfen der verbotenen Vereinigung gehört hatte, würde seinen Triumph zunichte machen. Schon seit Jahren brannte er darauf, diesen Universalgelehrten in die Schranken zu weisen und zu vernichten. Und nun, da er ihn schon im Kerker gesehen hatte, sollte er mit einem Ballon geflohen sein?

»Ein Ding der Unmöglichkeit, Herr von Zeppenfeld!«, entfuhr es ihm beschwörend.

»Werde nicht von Halluzinationen verfolgt, Herr Pizalla! Kann mich noch ausgezeichnet auf meine Augen und Ohren verlassen. Wäre nicht zu diesem Fiasko gekommen, wenn ich mich auf alles so gut hätte verlassen können«, erwiderte Zeppenfeld gereizt. »Der Professor hätte Mainz erst gar nicht verlassen dürfen! Hatten mir Ihr Wort darauf gegeben!«

»Ich habe getan, was ich konnte!«, verteidigte sich Pizalla erregt, rote Flecken auf dem Gesicht. »Sie hatten mit Ihren Männern doch die Sicherung der Tordurchfahrt übernommen. Also machen Sie mich jetzt nicht dafür verantwortlich, dass er Ihnen in Mainz entwischt ist!«

Zeppenfeld fegte diesen Einwand mit einer herrischen Handbewegung beiseite. »Haben sich geschlagene fünf Stunden Zeit gelassen, mein Herr, um hier endlich mit ordentlicher Verstärkung aufzutauchen! Hatte so Zeit genug, ihre Flucht vorzubereiten, die Heller-Brut. Wäre nicht passiert, wenn Sie unverzüglich mit den Soldaten hier eingetroffen wären«, warf er ihm vor. »Konnte das von Ihnen erwarten! Haben die Aufdeckung und Zerschlagung des Geheimbundes mir zu verdanken!«

»Hören Sie, ich bin so schnell hergeeilt, wie ich konnte«, gab Pizalla ärgerlich zurück. »Sie scheinen vergessen zu haben, dass ich nicht Standortkommandant bin und über Soldaten keine Befehlsgewalt habe. Es war gar nicht so leicht, zu dieser späten Stunde überhaupt noch zum Kommandeur vorzudringen und ihm die Order für einen Militäreinsatz vor den Toren der Stadt abzuringen. Herrgott, das hat alles seine Zeit gebraucht!«

Eine Kutsche bog um die südwestliche Ecke des Landgutes, flankiert von zwei berittenen Gendarmen. Auf dem Kutschbock saß Klemens Ackermann, der vor zweiundfünfzig Jahren stumm und mit einer Rückenverwachsung auf *Falkenhof* zur Welt gekommen war. Heinrich Heller hatte ihn vor elf Jahren, als er das Landgut erstanden hatte, übernommen und diese Entscheidung nie bereut. Er war ihm stets treu ergeben gewesen und hatte sich auf mannigfache Weise auf dem Gut nützlich gemacht. Dass er bei der Landbevölkerung wegen seiner Verwachsung und Sprachlosigkeit fälschlicherweise als einfältiger Trottel galt, war ihm jetzt von Nutzen.

»Die Kutsche war leer. Aber das hier haben wir bei dem Buckligen gefunden«, sagte einer der Gendarmen zu Pizalla und reichte ihm einen gefalteten Bogen.

Pizalla las. Das Schreiben, eindeutig vom Gelehrten aufgesetzt, war an den Arzt in der Nachbargemeinde Finthen gerichtet und enthielt die dringende Aufforderung, umgehend nach *Falkenhof* zu kommen, um eine schwere Schussverletzung zu behandeln.

»War ein Ablenkungsmanöver, das mit der Kutsche«, sagte Zeppenfeld.

Klemens Ackermann blickte mit betont dümmlichem Grinsen in die Runde und ließ etwas Speichel von seinen Lippen tropfen.

»Weiß er noch etwas?«, fragte Pizalla.

Der Gendarm schüttelte den Kopf. »Er ist stumm und nicht ganz richtig im Kopf. Aus dem kriegen Sie nichts raus, weil nichts in seinem hohlen Schädel ist. Er heißt Klemens Ackermann, ist hier auf dem Hof geboren und hat auch nie woanders gelebt. Wilbart kennt ihn. Er stammt aus dieser Gegend«, sagte er und deutete auf den jungen Uniformierten, der sich auf der anderen Seite der Kutsche hielt. »Sag du ihm, was das für ein Bursche ist.«

Wilbart winkte geringschätzig ab. »Ist 'n Dorfdepp, der nicht mal zwei und zwei zusammenkriegt, aber sonst harmlos.«

Klemens Ackermann nickte heftig, während sich sein Gesicht zu einem noch breiteren Grinsen verzog. Mit der Zunge schob er mehr Speichel vor, um das Bild des sabbernden Idioten noch zu verstärken.

Pizalla zerknüllte das Schreiben und warf es hinter sich.

»Schafft mir diesen Schwachkopf aus den Augen und lasst ihn laufen!«

»Erwarte gründliche Durchsuchung des Landgutes!«, meldete sich Zeppenfeld wieder zu Wort. »Kann nicht ausschließen, dass der Professor den Spazierstock nicht mitgenommen, sondern hier irgendwo versteckt hat.«

Pizalla nickte heftig. »Was ich für Sie tun kann, werde ich tun! Ich werde *Falkenhof* auf den Kopf stellen! Nicht ein Staubkorn wird auf dem anderen bleiben!«, versicherte er grimmig. »Aber zuerst werde ich diesem unverschämten Volk, das die Tore noch immer nicht geöffnet hat, eine letzte Warnung erteilen. – Korporal!«

Der Korporal trat zu ihm und wenn er auch keine militärische Haltung annahm, so zeigte er doch sichtlichen Respekt. Xaver Pizalla bekleidete weder einen Offiziersrang noch sonst eine offizielle Position. Doch er war so etwas wie eine graue Eminenz, die über viel Einfluss verfügte und ihre Fäden im Dunkeln zog.

»Ja, zu Diensten, mein Herr.«

»Lassen Sie eine Salve auf die Fenster im Obergeschoss abgeben!«, trug Pizalla ihm auf. »Das wird ihnen Beine machen.«

»Sehr wohl.« Der Korporal gab das entsprechende Kommando, die Soldaten richteten ihre Gewehre auf die Fenster im Obergeschoss und drückten ab, als der Befehl zum Feuern kam. Die Salve aus über drei Dutzend Gewehren war ohrenbetäubend. Auf der gesamten Westseite vom *Falkenhof* gingen die Fenster im ersten Stock mit lautem Bersten zu Bruch.

Beißender Pulverrauch strömte aus den Läufen der Gewehre und trieb vor den Mauern nach Osten davon. Pizalla und Zeppenfeld wandten den Kopf ab, um den in Auge und Nase brennenden Schwaden auszuweichen. Als sie sich wieder umdrehten und ihr Blick auf das Tor fiel, zuckten sie zusammen. Fassungslosigkeit zeichnete ihre Gesichter.

Der linke Flügel des Tores stand halb offen und die Gestalt, die aus der Dunkelheit des Rundbogens getreten war, war niemand anderer als Heinrich Heller. Er stützte sich auf seinen Stock.

»Warum haben Sie nicht um Einlass gebeten, Pizalla?«, rief er mit sarkastischem Tonfall in die Stille. »Ich hätte Ihnen schon geöffnet. Aber blinde Zerstörungswut passt natürlich besser zu Ihrem Stil, wie ich zugeben muss. Nun, treten Sie näher.«

Pizalla fasste sich zuerst. Triumph loderte in seinen Augen auf. »Was haben Sie da geredet, er wäre mit einem Ballon geflüchtet?«, raunte er Zeppenfeld zu.

Dieser schüttelte verstört den Kopf. »Hätte schwören können, dass er sich in der Gondel befand! Aber mich interessiert nur der Falkenstock. Denken Sie an unsere Abmachung!«

»Wenn wir ihn finden, gehört er Ihnen«, bekräftigte Pizalla, gab dem Korporal ein Zeichen und stürmte auf Heinrich Heller zu, als wollte er sich auf ihn stürzen. »Sie sind verhaftet, Sie Volksaufhetzer! Endlich habe ich Ihnen das Handwerk gelegt! Den Rest Ihres Lebens werden Sie im Kerker verbringen, Professor Heller!«

Heinrich Heller hielt seinem hasserfüllten Blick mit kühler Gelassenheit stand. »Sie tun mir Leid, Pizalla. Menschen wie Sie werden wohl nie begreifen, dass sie die Drecksarbeit für noch größere Lumpen als sie selber erledigen.«

Pizalla schlug ihm mit der flachen Hand ins Gesicht. »Korporal!«, schrie er. »Fesseln und abführen!«

»Augenblick!«, rief Zeppenfeld und packte Heinrich Heller am Arm. »Wo ist der Falkenstock?«

»Ich habe ihn zu Kleinholz zerhackt und verbrannt. Und der Falkenknauf steckt in irgendeinem der Ballastsäcke des Ballons. Wer weiß, wo er mit dem Sand vom Himmel fällt«, erwiderte der Gelehrte.

»Sie lügen!«

Heinrich Heller lächelte milde. »Sind Sie sich da so sicher?«

Zeppenfeld tobte und drohte, doch Heinrich Heller würdigte ihn keines Wortes mehr. Er wusste, dass die Soldaten den *Falkenhof* auf den Kopf stellen würden, nicht nur wegen des Spazierstockes, denn Pizalla hoffte wohl, noch belastende Schriften aus seiner Feder zu finden. Doch keinem von beiden würde Erfolg beschieden sein.

Er war froh, als man ihn in die Kutsche zerrte und nach Mainz brachte. So brauchte er wenigstens nicht mitanzusehen, wie sie auf *Falkenhof* wüteten und seine Zimmer und Werkstätten verwüsteten.

Der Morgen dämmerte herauf, als man ihn in Mainz in eine Kerkerzelle stieß und die Tür dröhnend hinter ihm zufiel. Kalte Steinwände umschlossen ihn. Durch das vergitterte Fenster, das er noch nicht einmal auf Zehenspitzen und mit hoch gereckten Armen erreichen konnte, sickerte das erste graue Licht des neuen Tages.

Erschöpft sank er auf die harte Pritsche, die an zwei Eisenketten von der Wand hing. Ihm standen harte Wochen und Monate bevor, vielleicht sogar Jahre. Aber das schreckte ihn nicht. Er war ein alter Mann und hatte sein Leben gelebt. Was ihn viel mehr mit Angst erfüllte, war das ungewisse Schicksal seines geliebten Neffen Tobias.

Hätte ich seinem Wunsch damals doch bloß sofort nachgegeben und ihn zu Jean Roland nach Paris geschickt, warf er sich vor. Damals hatte er die gut zehntägige Fahrt mit der Postkutsche von Mainz nach Paris als zu unsicher für einen sechzehnjährigen Jungen ohne Reiseerfahrung gehalten. Doch gegen das, was Tobias jetzt an Gefahren erwartete, erschien sie ihm so harmlos wie ein Ponyritt über den Innenhof seines Landgutes. Doch alles Hätte, Wenn und Aber nutzte nichts. Der wilde Lauf der Ereignisse ließ sich nicht mehr zurücknehmen.

Ein Glück nur, dass Tobias Sadik an seiner Seite hatte. Der Mohammedaner war an ein Leben voller Gefahren gewöhnt und zudem noch genauso schnell im Kopf wie mit seinen Messern, die er meisterlich zu werfen verstand. Das nahm seiner Angst um Tobias die sonst unerträgliche Schärfe. Dennoch blieb genug, um ihm beim Gedanken an die Gefahr, in der die beiden schwebten, einen kalten Schauer über den Rücken zu jagen. Denn dass Zeppenfeld und seine gedungenen Schurken sie verfolgen würden, stand außer Frage.

Wo Tobias und Sadik jetzt wohl waren?

ZWEITES BUCH

Abenteuer der Landstraße

Mai – Juni 1830

Eine ungewöhnliche Einladung

Wie sturmzerzauste Wolken jagten sich die wilden Bilder in Tobias' Träumen. Noch einmal durchlebte er den riskanten Start vom *Falkenhof*, sah die Feuerzungen aus den Musketenläufen nach ihm greifen und hörte das Krachen der Blitze, als der Ballon in ein schweres Unwetter geriet und dahintaumelte wie ein Korken auf rauer See, während Sadik mit monotoner Stimme wie in Trance eine Koransure nach der anderen betete.

Aber in seinem Traum tauchten auch Bilder auf, die nichts mit der nächtlichen Sturmfahrt zu tun hatten. So sah er Zeppenfeld, Stenz und Tillmann, die ihn in die Hütte des Köhlers verschleppten. Dann färbte ihr Blut seine Klinge. Er sprang aufs Pferd und ritt wie von Furien gehetzt. Das Landgut konnte er schon sehen, doch sosehr er Astor auch antrieb, *Falkenhof* rückte nicht näher. Schon spürte er den Atem seiner Verfolger im Nacken, hörte Zeppenfelds höhnisches Lachen und glaubte sich verloren, da schwebte plötzlich ein riesiges magisches Auge vor ihm auf der Landstraße, das ihn merkwürdigerweise nicht ängstigte. Wie ein Zaubertor verschluckte es ihn und sein Pferd – und im nächsten Moment befand er sich innerhalb der Mauern des Gevierts und Jana lächelte ihn beruhigend an, während sich das Sonnenlicht in ihren tiefschwarzen Haaren fing. Hinter ihr stand ihr bunt bemalter Gauklerwagen, mit dem sie durch die Lande zog. Auf dem Kutschbock lagen ihre Tarotkarten. Ein Windstoß wirbelte sie auf einmal hoch. Jana fing eine der Karten auf und hielt sie ihm hin.

Es war die Karte Zehn der Schwerter.

Das Symbol des Untergangs!

Er erschrak und streckte seine Hand aus, um die Karte abzudecken. Doch kaum berührten sich ihre Hände, da löste sich Jana vor seinen Augen auf. Er rief nach ihr und plötzlich war es wieder Nacht. Der Ballon, längst von allem Ballast befreit, trieb über den dunklen Spiegel eines Sees. Noch einmal hob er sich ein paar Meter in die Lüfte und erreichte den Wald am Seeufer, dann brach die Gondel durch das Geäst der Baumwipfel. Zweige brachen, während Seide und Taft zu Fetzen gingen. Die Gondel neigte sich und der Ebenholzstock mit dem silbernen Falkenkopf als Knauf rutschte über den Rand.

Voller Entsetzen griff er nach dem Stock. Ohne ihn waren sie verloren! Auch sein Onkel war ohne ihn zu ewigem Kerker verdammt! Und er würde Jana nie wieder sehen, wenn er ihn verlor! Der Falkenstock garantierte ihnen Freiheit und Leben und die Erfüllung all ihrer Wünsche!

Augenblicklich warf er sich nach vorn, um ihn zu fassen. Doch er entglitt seinen Händen und stürzte in die Tiefe. Obwohl die Nacht pechschwarz war, sah er jedoch ganz deutlich, wie der Stock fiel und fiel und immer kleiner wurde, während der Abgrund kein Ende nehmen wollte.

Er wollte schreien, doch er bekam kein Wort heraus, denn sein Mund war plötzlich voll Wasser, das ihn zu ersticken drohte ...

*

Tobias hatte sich im Schlaf auf die Seite gedreht und war mit dem Kopf mitten in eine Regenpfütze geraten. Sofort war er wach. Mit angewidertem Gesicht spuckte er den Rest schlammigen Wassers aus, das ihm in den Mund gedrungen war, und richtete sich mit einem unterdrückten Stöhnen auf. Sein Nacken, sein Rücken, seine Arme – alles schmerzte.

Im ersten Moment wusste er nicht, wo er sich befand und warum er irgendwo auf regenfeuchter Erde gelegen hatte. Doch dann setzte die Erinnerung wieder ein.

Die Flucht mit dem Ballon!

Nach mehreren Stunden Sturmfahrt bei wechselhaften

Winden waren sie irgendwo in der Nähe eines Sees niedergegangen. Sie hatten sich aus der Baumkrone, wo der *Falke* gelandet war, abgeseilt und sich zu Fuß auf die Suche nach einem Lagerplatz gemacht, wo sie die Nacht vor Wind und Wetter geschützt verbringen konnten. Mehrere Stunden waren sie bei strömendem Regen und mit knurrendem Magen marschiert, ohne jedoch auf eine Ansiedlung oder zumindest auf einen einsamen Hof zu stoßen.

Die Weidentruhe, die neben dem geheimnisvollen Spazierstock auch die einundzwanzig Reisetagebücher seines Vaters und einige andere Erinnerungsstücke enthielt, war ihm so schwer wie eine Tonne Blei geworden. Als er der völligen Erschöpfung schon sehr nahe gewesen war und Sadik gerade hatte bitten wollen, doch irgendwo im Wald zu nächtigen, weil er nicht mehr konnte, waren sie auf ein freies Feld gestoßen und hatten einen Heuschober entdeckt. Dort hatten sie dann ihr Nachtlager aufgeschlagen, auf nacktem Boden und unter einem sehr schadhaften Dach.

Tobias fuhr sich mit der gespreizten Hand durch sein zerzaustes sandbraunes Haar. Verschlafen blinzelten seine Augen in das helle Licht, das durch die fingerbreiten Ritzen zwischen den Brettern in den Heuschober fiel und ein Sonnenmuster auf den Boden warf. Es musste schon ein paar Stunden nach Tagesanbruch sein, dem hohen Stand der Sonne nach zu urteilen.

Der Platz neben ihm, wo Sadik gelegen hatte, war verlassen. Doch die säuberlich zusammengerollte Decke und die ärmellose Schaffelljacke des Arabers lagen neben dem Stützbalken, wo die Erde trocken war. Der Gedanke, Sadik könnte ihn im Stich gelassen haben und allein weitergezogen sein, kam ihm nicht. Obwohl schon Anfang Vierzig und in vielen Dingen ein merkwürdiger Kauz, war Sadik Talib ihm Freund und Bruder in einer Person – und mehr. Ihm konnte er blindlings vertrauen – wie es auch sein Vater in all den Jahren getan hatte, die er nun schon in seinen Diensten stand: als wüstenerfahrener Führer, Reisebegleiter, mehrsprachiger Dolmetscher und nicht zuletzt als Freund und Vertrauter.

Vermutlich sieht er sich draußen nach etwas Essbarem um, dachte Tobias. Er hoffte es so sehr, wie er es jetzt bereute, gestern Nacht auch ihren gesamten Proviant über Bord geworfen zu haben, als der Ballon in den See zu stürzen drohte. Aber in der Situation war wohl keiner von ihnen sehr ruhig und bedacht gewesen.

Seine Gedanken kehrten nach *Falkenhof* und zu seinem Onkel zurück. Wie mochte es ihm ergehen? Die Vorstellung, dass er jetzt wohl längst im Mainzer Kerker saß und sich wegen seiner geheimbündlerischen Aktivitäten vor einem Gericht würde verantworten müssen, bedrückte ihn sehr. Hoffentlich überstand er die Schussverletzung gut und schaffte es tatsächlich, ein mildes Urteil zu erwirken.

Heinrich Heller hatte ihm die Geborgenheit und Liebe geschenkt, die sein leiblicher Vater ihm nie in diesem Maße hatte geben können, da er zwischen seinen langjährigen Entdeckungsreisen stets nur wenige Monate auf dem Landgut geweilt hatte. Es war sein Onkel gewesen, der ihn wie seinen eigenen Sohn aufgezogen und ihn an seinem ungeheuren Wissen hatte teilhaben lassen. Die besten Hauslehrer und Fechtmeister hatte er nach *Falkenhof* geholt, um seine vielfältigen Begabungen zu fördern. Er hatte ihm so unendlich viel zu verdanken und es schmerzte ihn, dass er nun in der Stunde der Not nicht bei ihm sein und ihm helfen konnte, sondern gezwungen war, nach Paris zu fliehen, um seine eigene Haut zu retten.

Wenn alles so klappte, wie sie es besprochen hatten, würde Jakob in vier Wochen zu den Detmers nach Speyer kommen, um ihnen mitzuteilen, wie es seinem Onkel erging. Sollten sie sich dort verpassen, war als zweiter Treffpunkt zwei Wochen später der Gasthof *Zur Goldenen Gans* nahe der französischen Grenze vereinbart worden. Aber vier oder sogar sechs Wochen ohne eine Nachricht von Heinrich Heller zu sein, erschien ihm eine schrecklich lange Zeit.

Sein Blick fiel auf die Weidentruhe, die neben ihm im Dreck stand, und er zwang sich, seinen düsteren Gedanken nicht länger nachzuhängen, denn sie führten zu nichts. Er klappte den Deckel hoch und nahm den Spazierstock heraus. Nachdenklich blickte er auf den silbernen Falkenkopf mit dem aufgerissenen Maul und den merkwürdigen Kerben und ägyptischen Zeichen, die in das dunkle Ebenholz des Stockes eingeritzt waren. Was für ein wichtiges Geheimnis mochte er nur hüten, dass Zeppenfeld vor keiner noch so verbrecherischen Tat zurückschreckte, um ihn in seine Gewalt zu bringen? Und wie war dieses rätselhafte Gedicht zu lösen, das Wattendorf seinem Vater zusammen mit dem Stock geschickt hatte? Leider existierte von diesem Begleitbrief nur noch die zweite Seite.

Tobias legte den Stock zurück und nahm sich Wattendorfs verschlüsselten Brief noch einmal vor. Das seltsame Gedicht lautete folgendermaßen:

> *Die Buße für die Nacht*
> *Die Schande und Verrat gebar*
> *Der Falke hier darüber wacht*
> *Was des Verräters Auge wurd' gewahr*
>
> *Den Weg der Falke weist*
> *Auf Papyrusschwingen eingebrannt*
> *Im Gang des Skarabäus reist*
> *Verschollenes Tal im Wüstensand*
>
> *Die Beute nur wird abgejagt*
> *Dem Räuber gierig Schlund*
> *Wo rascher Vorstoß wird gewagt*
> *Würgt aus des Rätsels Rund*

Unter dem Gedicht standen noch ein paar Zeilen in derselben zittrigen Handschrift, die die Einschätzung seines Vaters und Sadiks bestätigte, Wattendorf wäre körperlich und seelisch als gebrochener Mann aus der Wüste gekommen und hätte sich auch nie wieder davon erholt. Er hatte den Brief an seinen Vater wie folgt beendet:

›... So, jetzt habe ich mein Wissen in deine Hände gelegt, Siegbert. Du wirst das Rätsel gewiss schnell lösen. Das Unheil, das Armin über uns gebracht und das mich in der Stunde der Versuchung hat schwach werden lassen, soll dir den Ruhm bringen, der dir gebührt. Rupert und Jean haben die Schlüssel zu den versteckten Pforten im Innern. Doch ohne dich werden sie nie herausfinden, wo sich diese Pforten für ihre Schlüssel befinden. Nur du kannst ihnen den Weg weisen, wenn du sie an deinem Ruhm beteiligen willst. Dir allein gebe ich hiermit den Schlüssel zum großen Tor. Das ist meine Sühne – und sie soll deinem Stern als Forscher und Entdecker unsterblichen Ruhm bringen.*
                Eduard Wattendorf‹

Tobias grübelte darüber nach, was Wattendorf wohl mit den inneren Pforten und dem großen Tor meinte und wo sich im Gedicht die Antwort nach dem Sinn des Spazierstocks verbarg. Doch sein Grübeln brachte ihn keinen Schritt weiter.

»Hat der junge Herr wohl geruht?«

Die leicht spöttische Stimme des Arabers riss Tobias aus seinen Gedanken. Er ließ den Brief sinken und wandte den Kopf zum Eingang.

Sadik Talib stand im offenen Tor des Heuschobers, eine schmächtige, aber sehnige Gestalt. Krauses, blauschwarzes Haar mit einigen grauen Strähnen bildete einen eindrucksvollen Kontrast zu seinen hellblauen Augen, die klar und scharf wie Adleraugen blickten und unter buschig schwarzen Brauen lagen. Die ausgeprägten Wangenknochen, die scharfe Nase und die dunkle Haut wiesen deutlich auf seine Herkunft. Er war ein *bàdawi*, ein Beduine von Geburt, und stolz darauf.

Tobias verzog das Gesicht. »Geruht ist gut! Ich fühle mich

schlapp und wie gerädert, Sadik. Als hätte ich überhaupt nicht geschlafen.« Er faltete das Schreiben zusammen, steckte es in die Jackentasche und wickelte sich aus seinem feuchten Umhang.

»Das wird schon wieder. Wenn wir erst mal ein paar Stunden unterwegs sind, fühlst du dich wieder besser. Bewegung erzeugt Wärme und Wärme ist die beste Medizin gegen verspannte Muskeln.«

Die Vorstellung, dass ihnen ein weiterer stundenlanger Fußmarsch bevorstehen mochte, ließ Tobias aufstöhnen. »Auf nüchternem Magen kann ich deinen Witzen nichts abgewinnen. Wo bist du überhaupt gewesen?«

»Es war zwar schon ein wenig spät für das Morgengebet mit seinen vier *rakats*, aber Allah wird es mir wohl nachsehen, dass ich nach dieser Nacht nicht schon in der Morgendämmerung meine Waschungen und Gebete verrichtet habe«, erklärte der gläubige Muslim, der den Koran auswendig zitieren konnte und auch sonst eine schier unerschöpfliche Quelle arabischer Spruchweisheiten war.

Tobias bemerkte nun den kleinen Gebetsteppich, den sich Sadik als handtuchschmale Rolle unter den rechten Arm geklemmt hatte. Er war klein genug, um in eine Satteltasche zu passen. Leider fehlten ihnen nicht nur letztere, sondern zuallererst die dazugehörigen Pferde!

»Ich dachte, du hättest etwas Essbares für uns aufgetrieben«, sagte Tobias enttäuscht.

»Habe ich auch.« Sadik deutete hinter sich nach draußen. »Bedien dich. Der Tisch ist gedeckt. Eine Hand voll Gräser und ein kräftiger Schluck Wasser helfen gegen die Leere im Magen, glaube mir. Gleich hinter der Hütte fließt ein kleiner Bach. Ich hab mir schon den Magen gefüllt. Es hält nicht lange an, aber immerhin.«

Tobias streckte seinen langen, kräftigen Körper und wankte mit steifen Gliedern hinaus ins Freie. Die Sonne war schon angenehm warm. Was hätte er jetzt nur für einen Kanten frisches

Brot gegeben! Doch er musste sich mit kaltem Bachwasser den knurrenden Magen füllen. Er verzichtete jedoch darauf, eine Hand voll Gräser zu kauen, wie Sadik es offenbar getan hatte. Dazu konnte er sich nicht überwinden. Er war doch kein Schaf!

Als er zu Sadik zurückkehrte, zerschnitt dieser gerade den Kleidersack aus Leinen, in dem er die Tagebücher seines Vaters aufbewahrt hatte. »Sadik! Bist du noch zu retten? Was tust du denn da?«

»Ich zerschneide den Sack zu Verbandsstreifen.«

»Ein Verband? Wofür soll der denn gut sein?«

Sadik zog das Leinen gleichmäßig über die Klinge. »Zeppenfeld wird Himmel und Hölle in Bewegung setzen, um so schnell wie möglich herauszufinden, wo wir sind. Natürlich wird es auch eine Beschreibung von uns geben. Ein Junge und ein arabischer Muselman auf der Flucht. Ein zu auffälliges Paar, um es nicht im Handumdrehen aufzuspüren.«

»Einen Jungen wird es nicht geben«, widersprach Tobias. »Ich werde mich gleich in einen armen Schlucker verwandeln, der sein karges Brot als Hauslehrer auf dem Land verdient ... und manchmal noch nicht mal das.« Er erzählte Sadik von den Sachen, die er auf Onkel Heinrichs Anraten hin mitgenommen hatte.

»Ausgezeichnet! Ich werde den rauflustigen Knecht spielen, der sich bei der letzten Schlägerei im Wirtshaus eine Pfanne heißes Fett mitten ins Gesicht eingehandelt hat«, erklärte Sadik grinsend. »Werde mich verbinden, dass ich wie eine Mumie aussehe.«

Tobias lachte. »Und schon sind der Junge und der Araber wie vom Erdboden verschluckt!«

»Sehen wir zu, dass wir so schnell wie möglich auf die Landstraße und ins nächste Dorf gelangen«, schlug Sadik vor.

Tobias kramte die Sachen seines Vaters aus der Truhe und zog sich bis auf seine Leibwäsche aus. Onkel Heinrich hatte Recht gehabt. Der dunkle Anzug seines Vaters passte ihm einigermaßen. Dass ihm die Hosen um die Hüften herum ein wenig zu weit waren, kam ihm ganz gelegen. Er wollte ja einen jungen Lehrer darstellen, der am allerwenigsten Geld für gut sitzende Kleidung übrig hatte. Hemd und Kragen waren sauber, aber sichtlich abgetragen, und die altmodische Krawatte, burgunderrot mit grässlich unpassend gelben Pünktchen, bildete mit dem Zwicker das Pünktchen auf dem i.

»Na, dir würde ich meine halbwüchsigen Söhne aber nicht anvertrauen«, spottete Sadik. »Geschweige denn meine Töchter! Du hast genau die richtige Mischung aus durchgeistigtem Hungerleider und gut aussehendem Herzensbrecher!«

»Und du könntest mit Jana von einem Volksfest zum anderen ziehen«, erwiderte Tobias mit breitem Grinsen, »und zwar als lebende Mumie!«

Sadik hatte sich die langen Leinenstreifen vom Haaransatz bis zum Hals hinunter um den Kopf gewickelt. Von seinem Gesicht waren nur noch Augen, Mund und Nasenlöcher zu sehen, für die er entsprechend große Öffnungen gelassen hatte.

»Dann sind wir beide ja bestens gerüstet! Machen wir uns auf den Weg zum Frühstück!«

»Dein Wort in Allahs Ohren!«

»*Aiwa*, ja, Allahs Größe und Barmherzigkeit sind grenzenlos. Also warum soll er uns nicht ein kräftiges Mahl bescheren?«

Tobias verstaute alles in der Truhe und dann zogen sie los. Nach der nasskalten Nacht im Heuschober begrüßte Tobias erst den warmen Sonnenschein auf seinem Gesicht. Doch als sich die Landstraße kilometerweit durch Felder und kleinere Waldstücke zog, ohne dass ein Bauernhof oder eine Ansiedlung zu sehen waren, wünschte er sich schon bald, der Himmel wäre ein klein wenig bewölkt. Er bedauerte Sadik, der unter dem Verband sicherlich noch mehr schwitzte als er.

Um sich von seinen schmerzenden Füßen, dem Muskelkater in den Armen und seinem Hunger abzulenken, zog er Wattendorfs Brief heraus und las Sadik das Gedicht mehrmals vor. Im Gegensatz zur letzten Nacht war der Araber jetzt gern bereit, mit ihm darüber zu reden und Vermutungen anzustellen.

»Als du Jana und mir vor ein paar Wochen von Zeppenfeld und Wattendorf erzählt hast, hast du die Legende vom verschollenen Tal erwähnt«, erinnerte ihn Tobias. »Das Tal, das sich in der Nähe der Oase Al-Kariah befinden soll. Von einem verschollenen Tal ist auch in seinem Gedicht die Rede, hier: *Im Gang des Skarabäus reist/Verschollenes Tal im Wüstensand!* Ich wette, das ist das große Geheimnis, um das sich alles dreht!«

Sadik dachte darüber nach, während sie für ein paar Minuten in den Schatten eines Waldstücks eintauchten. »Nun ja, es ist nur eine Legende von vielen, die man sich an den Lagerfeuern der Beduinen erzählt ...«, begann er dann mit skeptischer Einschränkung.

»Viele Legenden haben einen wahren Kern!«, fiel Tobias ihm ins Wort. »Und hat nicht dieser Beduine geschworen, dass sich dieses Tal in der Nähe jener Oase befindet?«

Sadik nickte. »*Aiwa*, das hat er schon.« Er klang nachdenklich.

»Außerdem würde ein Mann wie Zeppenfeld doch nicht solche Anstrengungen unternehmen, wenn es nicht um etwas Außergewöhnliches ginge!«

»Richtig, nur ist auch jemand wie Zeppenfeld nicht davor gefeit, einer Spur zu folgen, die letztlich doch nur im Reich blumiger Legenden versandet.«

Heftig schüttelte Tobias den Kopf. »Wattendorf *muss* auf dieses verschollene Tal gestoßen sein! Ein Tal, das seinem Wiederentdecker unsterblichen Ruhm einbringen wird, das schreibt er ja auch in seinem Brief an meinen Vater. Aber welchen Weg weist der Falke? Und was bedeutet das mit dem Gang des Skarabäus?«

»Vielleicht ist das ein Hinweis auf versteckte Königsgräber«, überlegte Sadik. »Aus Angst vor Grabräubern haben die Erbauer viele Pharaonengräber und deren Schatzkammern häufig mit komplizierten Labyrinthsystemen und Fallen gesichert.«

»Und du meinst, der ›Gang des Skarabäus‹ führt an den Fallen vorbei zur Grabkammer?«

»Eine Möglichkeit, nichts weiter.« Sadik wollte sich nicht festlegen.

»Aber wo sind die Papyrusschwingen, auf denen der Weg eingebrannt ist?«

»Vielleicht steckt eine Karte im Stock.«

»Nein, unmöglich«, sagte Tobias. »Als mein Vater ihn mir gegeben hat, habe ich ihn gleich genau untersucht. Ich dachte erst auch, dass sich der Falkenkopf abschrauben ließe. Aber es funktioniert nicht.«

»Vielleicht warst du nicht gründlich genug?«

»Versuch's doch selber.«

Sie blieben stehen, Tobias holte den Stock hervor und Sadik prüfte ihn eingehend. Er versuchte den Kopf abzuziehen. Erfolglos. Auch ließ er sich weder nach rechts noch nach links schrauben. Er rührte sich nicht von der Stelle, wieviel Kraft er auch anwandte.

»Nichts. Sitzt wie festgegossen«, stellte er fest.

»Wie ich gesagt habe!«

»Er kann aber dennoch hohl sein. Ich kann ihn ja mal durchbrechen. Dann wissen wir es.« Sadik schaute ihn fragend an, ob er es tun sollte.

Tobias zögerte. »Besser nicht. Denk an die Zeichen und Markierungen auf dem Holz. Das hat bestimmt etwas zu bedeuten. Vielleicht ist er so etwas wie ein Schlüssel, der zerbrochen nichts mehr nutzt. Dieses Risiko sollten wir nicht eingehen.«

Sadik zuckte mit den Achseln. »Auch möglich.«

»Außerdem steht im Gedicht, dass sich der Vogel seine Beute nur durch einen mutigen Vorstoß entreißen lässt. Den Stock übers Knie zu brechen ist damit garantiert nicht gemeint.«

»Vielleicht gibt es einen verborgenen Mechanismus«, murmelte Sadik und tastete den Falkenkopf ab. Gefieder, Schnabel, Augen, Zunge. Er riss, zerrte und drückte. Doch nichts passierte. Nichts bewegte sich. »Auch nichts.« Er klang enttäuscht.

»Ich verstehe nur nicht, dass Wattendorf meinem Vater ein Rätsel aufgegeben hat«, sagte Tobias. »Aus dem Brief geht doch eindeutig hervor, dass er seinen schändlichen Verrat bereut hat und ihn wieder gutmachen wollte. Aber wenn er das so kompliziert verpackt, ist es doch sinnlos.«

»Wattendorf war ein merkwürdiger Mann, schon bevor ihn die Wüste zerbrach und um den Verstand brachte«, berichtete Sadik. »Er hegte zudem schon immer eine Vorliebe für derartige Rätsel und selbst verfasste Gedichte.«

Sie setzten ihren Marsch fort, während sie sich den Kopf darüber zerbrachen, was Wattendorf in seinem Gedicht versteckt haben mochte. Doch schließlich gaben sie es auf.

»Erzähl mir eines von deinen arabischen Rätseln«, bat Tobias ihn, um sich auf andere Gedanken zu bringen. »Deine gefallen mir zehnmal besser als die von Wattendorf.«

Sadik, der ein ebenso ausgezeichneter wie leidenschaftlicher Erzähler war, ließ sich nicht zweimal bitten.

»Sperr deine Ohren gut auf, denn es ist ein vielleicht nicht minder schweres Rätsel als das von Wattendorf: ›Ich frage dich nach einem Reiter. Zwei Kamele reitet er – doch ist der Reiter nur einer; sie lassen keinen anderen drauf; alle anderen Reittiere werden müde, diese aber nie.‹ So, nun überlege gut und vergiss nicht, dass ein Beduine dieses Rätsel stellt.«

Tobias zog die Stirn kraus. »Das klingt wirklich schwer. Er reitet zwei Kamele, doch der Reiter ist nur einer«, wiederholte er nachdenklich.

Schweigend legten sie ein Stück Weges zurück.

»Puh, da fällt mir nichts dazu ein«, gestand Tobias schließlich. »Reittiere, die niemals müde werden, die könnten wir jetzt verdammt gut gebrauchen. Nur ich komm nicht auf diese Fabelwesen!«

Sadik schmunzelte. »Es sind keine Fabelwesen. Du kennst sie sehr gut, denn du ›reitest‹ täglich in ihnen«, half er ihm auf die Sprünge.

Verwundert sah Tobias ihn an. »Wie bitte? Oh!« Er schlug

sich mit der flachen Hand lachend vor die Stirn. »Sag bloß, damit sind Schuhe gemeint!?«

»Du hast es erraten.«

»Da hast du mir aber ein reichlich verdrehtes Rätsel aufgegeben.«

»Wer in solchen Bildern zu denken gewohnt ist, sieht das anders, Tobias. Wir Beduinen lieben nun mal diese Art Geschichten, die sich einem nicht auf den ersten Blick offenbaren.«

»Versuch es mit einem anderen Rätsel«, forderte ihn Tobias auf.

»Ein Tuch, ohne Faden gewebt, besiegt Türken und Sultan.«

»Der Schlaf!«, kam es wie aus der Pistole geschossen. »Das kannte ich schon.«

Doch Sadik kannte noch tausendundein Rätsel und Tobias hegte die feste Überzeugung, dass viele davon in dem Moment in seinem Kopf geboren wurden, in dem er zu sprechen begann.

Nach gut zwei Stunden mühsamen Marschierens trafen sie endlich auf den ersten Hof. Es war ein stattliches Anwesen mit mehreren Nebengebäuden. Kein armer Mann, dem dieser Hof gehörte!

Sie verließen die Landstraße und folgten dem sandigen Weg, der zum Hof führte. Doch sie gelangten nicht weit. Ein bulliger Mann mit einer dreigezackten Heugabel in den Pranken trat aus der Scheune, musterte sie mit zusammengekniffenen Augen und ging ihnen dann in drohender Haltung entgegen.

»Verschwindet von meinem Grund!«, schrie er ihnen zu. »Ich dulde keine Vagabunden und Bittsteller auf meinem Hof! Ich gebe nichts! Versucht es mit ehrlicher Arbeit! Und jetzt verschwindet, bevor ich euch Beine mache!«

»Wir haben Geld!«, rief Tobias.

»So siehst du auch aus!«, tönte es höhnisch zurück.

Da sie nicht wussten, wohin der Sturm sie letzte Nacht getrieben hatte, wollte er zumindest nach dem Namen der Region fragen, in der sie sich befanden. »Können Sie uns denn wenigstens sagen ...«

Weiter kam er nicht, denn sofort fiel ihm der Bauer ins Wort. »Verschwindet! Auf der Stelle oder ihr werdet mich kennen lernen! Ihr müsst fremd hier sein, sonst würdet ihr nicht wagen meinen Hof zu betreten! Anton! Hannes! Carl!«

»Komm, bloß zurück zur Landstraße. Streite niemals mit einem, der dir zwei gute Mahlzeiten voraus ist. Wir können uns Ärger jetzt nicht erlauben!«, drängte Sadik und kehrte rasch um. »Dem steigt das Blut zu schnell in den Kopf, als dass es sinnvoll wäre, mit ihm ein vernünftiges Wort wechseln zu wollen. Der droht die Prügel nicht nur an.«

»Cholerischer Bauernschädel!«, zürnte Tobias, hielt aber mit Sadik Schritt, nicht nur wegen der Truhe, die sie zwischen sich trugen. »Dabei hätte ich ihm für jedes Brot und jedes Ei mit Freuden den dreifachen Preis gezahlt!«

»Und hättest dich damit so verdächtig gemacht, dass man uns im nächsten größeren Ort gleich festgehalten hätte«, sagte Sadik. »Nein, du wirst dich hübsch von der geizigen Seite zeigen und feilschen, was das Zeug hält, wieviel Geld dir Sihdi Heinrich auch mitgegeben hat! Ein ehrlicher Mann handelt auf dem Land noch um ein Kupferstück. Nur der Gauner wirft achtlos mit dem Geld um sich. So denken die Leute nun mal.«

»Ob geizig oder großzügig, mir soll alles recht sein, wenn wir nur endlich irgendwo etwas kaufen können«, sagte Tobias verdrossen. »Mir ist schon ganz schlecht vor Hunger.«

»Ich gebe zu, dass auch ich schon mal ein besseres Gefühl im Magen gehabt habe als jetzt«, sagte Sadik seufzend.

Tobias dachte nur ans Essen, während sie wieder auf der Landstraße waren und sich mit der Truhe abschleppten. Kein Reiter, kein Fuhrwerk war zu sehen.

»Ich habe noch ein Rätsel«, sagte Sadik beiläufig. »Etwas enthält zwei Flüssigkeiten, doch beide sind unvermischt.«

»Das ist gemein!«, rief Tobias.

»Wieso?« Sadiks Mund verzog sich unter dem durchschwitzten Verband spöttisch.

»Das ist ein Ei!«

Sadik lachte. »Sehr gut. Du machst Fortschritte. Offenbar regt der Hunger deine Phantasie an. Mal sehen, wie weit. Hier ist noch eins: Die Mutter wird zum Schlachten gebracht, aber ihre Haut wird nicht abgezogen. Der Tochter wird die Haut entfernt, aber sie wird nicht geschlachtet. Na, was fällt dir dazu ein?«

»Gar nichts.«

»Denk nach.«

Tobias sah ihn missmutig von der Seite an. »Hat es was mit Essen zu tun?«

»Hat nicht alles, was uns derzeit durch den Kopf geht, mit Essen zu tun?«, fragte der Araber zurück.

»Du bist ein Schuft! Ich wollte gerade *nicht* daran denken! Und jetzt muss ich über Essen nachdenken, um dieses blöde Rätsel zu lösen!«

Doch er fand es nicht heraus. Und Sadik löste es: »Ganz einfach: das Huhn und das Ei. Das Huhn wird geschlachtet, behält aber seine Haut. Das Ei wird gepellt, aber nicht geschlachtet.«

»Du bist wirklich gemein, Sadik«, maulte Tobias. »Ich habe schon wirklich das Gefühl, ein herrlich knuspriges Huhn riechen zu können.«

Sadik blieb abrupt stehen und schnupperte mehrmals. »Heilige Stutenmilch! Das ist nicht nur ein Gefühl, es riecht hier tatsächlich nach gebratenem Huhn!«, stieß er dann hervor.

»Du hast Recht! So einen köstlichen Geruch kann man sich gar nicht einbilden«, stellte Tobias aufgeregt fest. »Aber wo kommt er her?«

»Von irgendwo da drüben«, sagte Sadik und wies auf die Bäume und das dichte Gestrüpp, die zu seiner Linken lagen. »Das sollten wir uns mal näher anschauen.«

Die Truhe versteckten sie hinter einem Strauch. Sadik ging voran. Vorsichtig schlichen sie an der Baumgruppe vorbei. Das

Gelände fiel etwas ab und war sehr unübersichtlich, weil hier ein hohes Gebüsch neben dem anderen stand.

Sie hatten sich etwa fünfzig, sechzig Meter von der Landstraße entfernt, als sie Stimmen hörten.

»Willste vielleicht Holzkohle aus den Viechern machen?«

»Was verstehsten du von Hühnerbraten?«

»So viel wie du allemal.«

»Hört doch auf euch zu streiten. Wir können ja mal eins aufschneiden.«

»Gibt nix aufzuschneiden. Sind innen noch zu roh. Aber wenn ihr's blutig fressen wollt, nur zu. Ich nehm dann das andere.«

Tobias und Sadik hatten sich indessen so weit herangeschlichen, dass sie die Männer sehen konnten. Sie waren zu dritt und saßen im Gras um ein Feuer, über dem zwei Hühner am Spieß in ihrem eigenen Saft brutzelten.

»*Zwei* Hühner! Direkt vor unserer Nase!«, stöhnte Tobias unterdrückt auf und presste eine Faust in seinen knurrenden Magen. Ihm lief das Wasser im Mund zusammen.

Auch Sadik schluckte. »Allahs Güte sei gepriesen!«

»Und was jetzt?«, raunte Tobias.

»Die Burschen sehen mir nicht danach aus, als hätten sie das Federvieh im Geschäft oder beim Bauern gekauft«, murmelte Sadik neben ihm. »Und vom Himmel sind sie auch nicht gefallen.«

Tobias gab ihm mit einem Nicken Recht. Die drei Männer sahen wahrlich nicht aus, als hätten sie die Hühner rechtmäßig erstanden. Es waren hagere, unrasierte Gestalten in abgerissenen, dreckigen Sachen. Es waren die Gesichter von Männern, die auf und von der Straße leben, ohne sich ihren Lebensunterhalt jedoch durch harte Arbeit zu verdienen. Die langen Messer, die unter ihren Jacken hervorlugten, und die knorrigen Stöcke, die neben ihnen im Gras lagen, waren nicht nur dazu bestimmt, ihnen das Wandern zu erleichtern. Und die Federn, die überall das frische Grün sprenkelten, verrieten, dass die Hühner erst hier gerupft worden waren.

»Ich denke, wir leisten der Einladung Folge«, flüsterte Sadik ihm zu.

»Welcher Einladung?«, fragte Tobias verdutzt.

»Ich bitte dich! Was kann denn noch einladender sein als so ein Duft?«

»Ja, aber ...«

»Lass mich nur machen! Es könnte aber nicht schaden, wenn du die Augen aufhältst und das Florett schon mal in der Scheide lockerst. Sie sollen gleich wissen, woran sie sind. Das nimmt ihnen den Wind aus den Segeln.«

Tobias nickte.

»Der Kerl mit der Hasenscharte da, der den Spieß dreht, hat in dem Sack vor sich nämlich eine Muskete liegen«, fuhr Sadik leise fort. »Siehst du? Das Tuch zeichnet die Umrisse nach. Die Burschen fühlen sich offenbar sehr sicher.«

»Sie sehen gefährlich aus«, gab Tobias zu bedenken.

»Sie kennen uns noch nicht!« Sadik zog eines seiner beiden Messer hervor. Es war ein kostbares Stück. In die beidseitig geschliffene, gut zwei Finger breite Klinge waren arabische Schriftzeichen eingraviert, die Feuerzungen ähnelten. Das Griffstück bestand aus Elfenbein, das vom jahrelangen Gebrauch nachgedunkelt war. Ornamente rahmten auf beiden Seiten einen Skarabäus ein. Die aus gehämmertem Silber gearbeitete Scheide war innen mit dunklem Holz ausgeschlagen. Mit Degen und Florett verstand Sadik fast so gut umzugehen wie Tobias, doch mit seinen Wurfmessern war er unschlagbar.

»Aber wenn du keinen Appetit auf Brathuhn hast, verzichten wir eben auf die Einladung. Was ist?«

Tobias schoss ihm einen gereizten Blick zu und fasste nach dem Florett, das ihm sein Fechtlehrer Maurice Fougot geschenkt hatte, nachdem er ihm, dem Meister aus Paris, in der Fechtkunst über den Kopf gewachsen war. Es war eine kostbare Toledoklinge mit einer langen, ruhmreichen Vergangenheit.

»Zum Teufel, ich glaube, ich fühle mich auch eingeladen!«, stieß er leise hervor.

»Dann hat ja alles seine Richtigkeit! Aber vergiss nicht: Du hältst nur die Augen offen und greifst erst ein, wenn es wirklich notwendig ist!«

Tobias machte nur eine ungeduldige Kopfbewegung.

Sadik richtete sich auf und trat hinter dem dichten Gestrüpp hervor. Bis zur Feuerstelle der drei Männer waren es keine zehn Schritte. Sie hatten den Ort für ihre Mahlzeit, die wohl zulasten eines Bauern in der Umgebung ging, sehr umsichtig gewählt. Man konnte den Platz von keiner Seite einsehen. Dichtes Buschwerk und mannshohe Bäume umschlossen die kleine Grasfläche von drei Seiten. Zwanzig, dreißig Meter hinter den Männern ging die Wiese in den Hang eines Hügels über, der von halber Höhe an von einem verfilzten, undurchdringbaren Dickicht bedeckt war.

»Einen schönen Tag, Kameraden!«, grüßte Sadik die Männer, die erschrocken zusammenfuhren. Der Mann mit der Hasenscharte fasste blitzschnell in den Sack, der vor ihm lag. Dann aber erstarrte er mitten in der Bewegung.

Sadiks Messer sirrte durch die Luft und bohrte sich bis zum Heft in die Brust eines Huhns.

»Hände weg von der Muskete!«, rief Sadik scharf. »Oder willst auch du heute den Weg allen Fleisches gehen? Die Hühner hat es ja schon erwischt. Aber in dir steckt noch eine Menge Leben. Setz es besser nicht aufs Spiel! Die Klinge, die in dem armen Huhn steckt, hat nämlich noch einen Zwilling und der ist genauso schnell!« Wie hingezaubert hielt er das zweite Messer zum Wurf bereit in der erhobenen Hand.

»Was wollt ihr?«, schnarrte Hasenscharte feindselig, doch blass vor Schreck.

»Nicht so schroff, Kamerad«, sagte Sadik. »Für diese Tonart ist der Tag viel zu sonnig. Rück ein wenig weg vom Feuer. Dir scheint die Hitze nicht zu bekommen. Das gilt auch für euch beide. Drei Schritte zurück! Drei Schritte! Habt ihr es mit den Ohren?«

Hasenscharte und die beiden anderen zögerten. Sie warfen einen Blick zu Tobias hinüber, der inzwischen blankgezogen hatte. Er glaubte nicht, dass er auch nur halb so Furcht einflößend wirkte wie Sadik, an dessen Treffsicherheit nach seiner Kostprobe kein Zweifel bestand. Doch wenn sie es darauf anlegten, würde er sie schon eines Besseren belehren.

Zum Glück kam es nicht dazu. Denn schließlich folgten sie Sadiks Aufforderung und räumten ihren Platz am Feuer.

»Ja, so gefallt ihr mir schon besser«, lobte Sadik. »Und nun macht es euch wieder im Gras bequem. Im Sitzen plaudert es sich viel angenehmer. Nur immer schön die Hände weg von euren Obstmessern. Damit könnt ihr euch bestenfalls den Dreck unter den Fingernägeln wegkratzen und auf so feine Tischmanieren legen wir nicht viel Wert. Also ganz ruhig bleiben. Es könnte sonst passieren, dass mein Freund nervös wird. Und dann verpasst er euch ein paar schnittige Gesichtszüge, dass ihr Hasenscharte hinterher zum Schönsten im Lande kürt! Keine Sorge, ich kümmere mich schon um die Hühner. Es wäre doch eine Schande, wenn sie anbrennen würden.«

»Das sind unsere Hühner!« Es war nur noch ein schwacher Protest, den Hasenscharte da von sich gab. Er wollte vor seinen Kameraden wohl nur sein Gesicht wahren.

»Wir teilen schon gerecht mit euch«, erwiderte Sadik großzügig und drehte den Spieß mit der Linken, ohne sie aus den Augen zu lassen. »Ihr habt sie dem Bauern gestohlen, der eine halbe Stunde Fußmarsch weiter oberhalb seinen Hof hat, nicht wahr? Braucht es gar nicht erst abzustreiten. Die Federn sprechen für sich. Na, der Hitzkopf von einem Bauern hat es nicht besser verdient.«

»Nichts haben wir geklaut!«, begehrte Hasenscharte ohne großen Nachdruck auf.

Sadik blickte zu Tobias. »Sie haben sie geklaut, aber wir wollen nicht so sein, einverstanden? Wir kaufen ihnen ein Huhn ab.« Er verzog sein Gesicht.

»Wenn es um kleinere Gaunereien geht, sind wir nie mit von der Partie. Im Kleinen seriös und ein Ehrenmann! Das ist unser Prinzip. Denn nur wenn es um eine Börse mit Gewicht geht, lohnt sich der Schnitt!« Und er fuhr mit dem Messer einem imaginären Opfer über die Kehle.

Tobias kramte ein paar Münzen aus seinem ledernen Geldbeutel und warf sie den nun völlig verstörten Männern vor die Füße. »Ist so, wie mein Kamerad sagt. Für Kleinigkeiten bezahlen wir«, gab auch er sich abgebrüht. »Was sich lohnt, lassen wir uns dagegen gerne schenken – wenn es manchmal auch einer gewissen Überredungskunst bedarf.«

Sie wagten noch nicht einmal, die vor ihnen im Gras liegenden Münzen aufzusammeln. Es war genug Geld, um im nächsten Dorf zwei Hühner zu erstehen.

Sadik nahm den Spieß vom Feuer, stach mit dem Messer in ein Huhn und warf es ihnen zu. »Genießt den schönen Tag, Kameraden! Auch wenn es nur Brathuhn gibt. Man muss auch für die kleinen Freuden des Lebens dankbar sein«, sagte er leichthin, als wären sie nicht auch mit trockenem Brot zufrieden gewesen, und zerteilte das zweite.

Tobias war so ausgehungert, dass er sich fast Zunge und Lippen verbrannt hätte. Er pustete wie ein Wilder, bis das Fleisch endlich so weit abgekühlt war, dass er es von den Knochen reißen und hinunterschlucken konnte. Noch nie zuvor in seinem Leben hatte er ein so köstliches Brathuhn gegessen! Ach, nichts hatte je so gut geschmeckt! Dass die Haut stellenweise schwarz wie Kohle war und ein Teil des Fleisches noch rosa schimmerte, fiel dabei überhaupt nicht ins Gewicht. Welch ein Genuss, sich endlich den Magen füllen und das Grollen des Hungers ersticken zu können!

Sadik blieb auch jetzt weiterhin wachsam. Er aß mit links. In der Rechten hielt er deutlich das Wurfmesser. Die drei Herumtreiber, mittlerweile ein wenig beruhigt, dass sie ihnen nicht an die Kehle gingen, machten sich nun über ›ihr‹ Huhn her.

Schließlich warf Sadik den letzten abgenagten Knochen ins Feuer und sagte zu Tobias: »Rück noch ein paar Münzen raus. Mir scheint, unsere Freunde haben schlechte Zeiten erlebt und mehr Pickel auf dem Hintern als Geld in den Taschen. Dreimal fünf Kreuzer. Das reicht für ein reichhaltiges Essen in einem Gasthof und ein anständiges Besäufnis mit Branntwein.«

Tobias wusste nicht, was Sadik damit bezweckte, spielte jedoch mit. »Solange du ihnen den Tag nicht mit Goldstücken veredeln willst, habe ich nichts dagegen. Wie gesagt: immer großzügig im Kleinen.«

Sadik wandte sich den drei Landstreichern zu. »Lasst uns ein Spiel spielen, Kameraden«, sagte er fröhlich. »Ich stelle euch eine Frage und jeder hat eine Antwort frei. Wer mit seiner Antwort am genauesten liegt, kriegt fünf Kreuzer.«

»Der spinnt«, murmelte eine der abgerissenen Gestalten.

Sadik schien zu überlegen. »Ihr sollt alle eine faire Chance haben. Deshalb fange ich mit was Leichtem an. Lasst mich mal überlegen ... Ah ja, das dürfte eigentlich jeder von euch wissen. Also passt auf! Es gibt fünf Kreuzer für den Schnellsten von euch.« Er machte eine Pause und fragte dann: »Wie heißt der nächste Ort?«

»Steinbach natürlich«, sagte Hasenscharte abschätzig und zu seinen Freunden: »Der will uns wirklich verarschen.«

»Irrtum. Du hast als Einziger geantwortet. Also hast du gewonnen. Hier, fang auf!« Sadik schnippte ihm die Münze zu.

Verblüfft riss Hasenscharte den Mund auf, fischte die Münze jedoch blitzschnell aus der Luft. »Der spinnt wirklich!«, stieß er ungläubig hervor. »Fünf Kreuzer! Für so einen Blödsinn!«

»Aufgepasst! Es geht weiter!«, rief Sadik. »Die zweite Frage: Wie viele Kilometer sind es von hier bis nach Steinbach?«

Nun wollte keiner so dumm sein, nicht mitzuraten.

»Sechzehn!«

»Zwölf!«

»Vierzehn!«

Sadik seufzte schwer, wies auf den Dürren, der vierzehn gerufen hatte, und sagte: »Vierzehn stimmt. Diese Münze gehört dir!« Er warf sie ihm zu.

Tobias grinste. Jetzt begriff er Sadiks Spiel.

»Aller guten Dinge sind drei«, fuhr Sadik fort. »Schnelligkeit ist jetzt gefragt. Zwei Fragen. Wer am schnellsten die Antworten gibt, und zwar in einem Rutsch, kriegt die letzte Münze. Also: Wie heißt die nächste wirklich große Stadt und in welchem Land liegt sie?«

»Würzburgkönigreichbayern!«, stieß Hasenscharte wie aus der Pistole geschossen und in einem Wort hervor.

»Das hätte ich auch gewusst«, maulte der Dritte, der leer ausgegangen war. »So 'ne blöde Frage!«

Tobias konnte es kaum glauben. Der Ballon hatte sie bis in die Nähe von Würzburg gebracht, hinein ins Königreich Bayern! Das war viel weiter östlich, als er angenommen und gehofft hatte.

Sadik warf Hasenscharte das Geldstück zu, zog die Muskete aus dem Sack und grinste. Sie war noch nicht einmal geladen. Er warf sie in einem hohen Bogen hinter sich ins Gebüsch und erhob sich. »War nett gewesen, mit euch zu plaudern, Kameraden. Ich hoffe, ihr behaltet uns in guter Erinnerung. Wir werden mal wieder weiterziehen.«

Er trat ein paar Schritte vom Feuer weg, blieb dann aber im Durchgang zwischen den Sträuchern noch einmal stehen und wandte sich zu ihnen um.

»Ach, das hätte ich fast zu erwähnen vergessen, Kameraden. Wir marschieren nach Steinbach und ihr nehmt die andere Richtung, kapiert?« Das Messer wippte auf seinen Fingerspitzen auf und ab. »Wir sind da nämlich ein bisschen eigen, wenn jemand in unserem Revier wildert. War diesmal eine freundliche Begegnung. Solltet ihr uns aber auf dem Weg nach Steinbach über den Weg laufen, müsste ich meinem treuen

Freund hier«, er schleuderte das Messer hoch in die Luft und fing es hinter seinem Rücken geschickt auf, »etwas anderes als Brathuhnfleisch zu schmecken geben. Haben wir uns verstanden?«

Die drei Landstreicher nickten mit bleichen Gesichtern, als wären sie Marionetten.

»Ausgezeichnet. Dann fröhliche Wanderschaft!«

Sie liefen rasch zur Straße zurück, holten die Truhe aus dem Versteck und machten sich auf den Weg. Steinbach konnte nur in der Richtung liegen, in der sie schon unterwegs gewesen waren.

Tobias lachte. »Das hast du toll gemacht, Sadik! Wie du ihnen all die Informationen aus der Nase geholt hast! Ich wusste erst gar nicht, was das sollte! Und ihre bedepperten Gesichter! Ich hätte mich kranklachen können. Erst tust du so, als wolltest du ihnen die Kehlen durchschneiden, und dann verschenkst du bei so einem scheinbar schwachsinnigen Spiel Geld! Fünfzehn Kreuzer für drei dumme Antworten. Ich glaube, das werden sie nie begreifen.«

Sadik stimmte in sein Lachen ein. »Ich gebe zu, dass ich selber meinen Spaß daran hatte.«

»Aber wieso hast du ausgerechnet dem Dürren das Geld gegeben?«, wollte Tobias wissen. »So genau weiß von denen doch keiner, wie weit es bis nach Steinbach ist – und du natürlich auch nicht.«

»Er lag mit seiner Angabe genau in der Mitte. Ich wollte bescheiden sein und bete zu Allah, dass nicht der andere Recht hat, der von sechzehn Kilometern gesprochen hat«, erklärte Sadik. »Mit dieser Truhe sind auch schon vierzehn Kilometer ein reichlich langer Weg!«

Auch Tobias wurde wieder ernst. »Königreich Bayern! So weit ab von unserer geplanten Route!«, grollte er. »Hätte es nicht Mannheim oder Heidelberg sein können?«

»*Aiwa*, aber es hätte auch Marienborn sein können.« Das war eine Ortschaft, die in der Nähe vom *Falkenhof* lag. »Also hadern wir nicht mit dem Schicksal. Sehen wir zu, dass wir nach Steinbach kommen. Es scheint mir heute ein heißer Tag zu werden.«

Tobias seufzte. »Nach dem Regen gestern soll das wohl der Ausgleich sein!«, spottete er, denn die Straße lag im vollen heißen Sonnenschein.

Vierzehn Kilometer! Das hieß noch viel Staub schlucken und noch mehr Schweiß vergießen. Hätte der *Falke* denn nicht in irgendeinem Wäldchen vor den Toren von Worms landen können?

»Allah küsst nur die Fleißigen, mein Junge. Und Ausdauer ist der Schlüssel zur Freude«, sagte Sadik, als hätte er seine Gedanken erraten.

»Dieses eine Schloss kann mir getrost verschlossen bleiben«, murrte Tobias, tröstete sich aber mit dem Gedanken, dass sie von Steinbach aus ihre Reise auf dem Rücken von Pferden fortsetzen würden.

Das nahm er als gegeben hin. Und es war gut, dass er nicht ahnte, dass es mit diesem Fußmarsch bis nach Steinbach allein nicht getan sein würde.

Leben auf des Löffels Spitze

Die *Trompete von Jericho* trafen sie vier Tage später. Sie waren noch immer zu Fuß unterwegs. Mittlerweile hatten sie sich an das stundenlange Marschieren und die Blasen an den Füßen gewöhnt, doch mit diesem Zustand angefreundet hatten sie sich dagegen keinesfalls. Auch Sadik nicht. Für einen Beduinen kam es einer Demütigung gleich, tagelang den Sand der Straße zu treten.

Steinbach, aber nicht nur dieses Dorf, erwies sich als bittere Enttäuschung. Als man ihnen Prügel androhte, wenn sie das

Dorf nicht auf der Stelle verließen, erinnerte sich Tobias an Janas Worte. Sie hatte ihm vor ihrem Aufbruch von *Falkenhof* erzählt, mit welchem Misstrauen und welch aggressiver Abneigung Landfahrer vielerorts behandelt wurden. Sie spürten es nun am eigenen Leib.

In Steinbach war ein paar Nächte zuvor eingebrochen worden. Die Einbrecher hatten unter anderem auch eine Muskete gestohlen. Jetzt waren Fremde, die zu Fuß gingen und sogar noch den ganzen Kopf bandagiert hatten, alles andere als willkommen. Es war Abend, und die jungen Burschen vor dem Wirtshaus, die sie mit Streitlust in den Augen musterten, ließen es geraten erscheinen, erst gar nicht im Schritt zu verhalten.

Sie übernachteten im Freien. Wieder mit knurrendem Magen. Am nächsten Tag hatten sie zumindest so viel Glück, auf einen fahrenden Händler zu stoßen, der ihnen von seinen eigenen Vorräten Brot, Wurst und ein gutes Stück Käse verkaufte – zu einem Wucherpreis, da ihnen der Hunger sichtlich aus den Augen sprang.

Ihre Hoffnungen, im nächsten Dorf Pferde erstehen zu können, erfüllten sich nicht. Es standen keine zum Verkauf. Kein Ochsenfuhrwerk, kein Esel. Es war eine sehr arme, dünn besiedelte Gegend und Sadiks ungewöhnlicher Verband weckte bei der schon so Fremden gegenüber misstrauischen Landbevölkerung den Argwohn, es mit finsteren Gesellen zu tun zu haben. Da half auch nicht der Zwicker auf Tobias' Nase. In einem anderen Dorf hätten sie Pferde kaufen können. Doch der Bauer warf nur einen Blick auf Sadiks Verband und besann sich urplötzlich darauf, dass die beiden Braunen schon dem Huber Alois versprochen wären.

Und so marschierten sie weiter nach Westen. Sie hatten viel Zeit zum Nachdenken und Rätseln. Doch was Wattendorfs Gedicht zu bedeuten hatte, blieb weiterhin ein Rätsel. Insgeheim musste Tobias auch zugeben, dass ihn mittlerweile wohl die rechte Begeisterung verlassen hatte – und zwar mit jedem Kilometer mehr, den sie unter ihre Sohlen nahmen. Er war der tagelangen Landstreicherei, wie er es nannte, schlicht und einfach überdrüssig.

Als sie an die Grenze zum Großherzogtum Baden gelangten, schlugen sie einen Bogen um die Zollstation bei Neubronn und wechselten im Schutze der Nacht von Bayern ins Badische.

Es war tags darauf, als sie auf die *Trompete von Jericho* stießen. Das heißt, es war vielmehr umgekehrt.

Nepomuk Mahn war es, der auf *sie* stieß.

Sadik und Tobias lagerten im Schatten einer Weide am Wegesrand und hatten gerade ihr karges Mittagsmahl verzehrt, als ein Kastenwagen durch den Hohlweg fuhr.

Das Rumpeln des Wagens weckte Hoffnungen in Tobias. »Ob er uns vielleicht ein Stück mitnimmt?«, fragte er mit einem sehnsuchtsvollen Unterton.

»Wer nicht fragt, bleibt dumm«, gab Sadik zur Antwort.

»Aber auch wenn Fragen dumm machen würden, ich würde jeden fragen, der nicht zu Fuß daherkommt!« Tobias sprang auf, setzte schnell den Zwicker auf die Nase und trat an die Landstraße.

Es war ein Wagen, wie Jana ihn besaß, nur nicht so bunt bemalt. Der schmutzig braune Anstrich blätterte schon überall von den Brettern der Wände. Der einzige Farbfleck war das schwarze Tuch, das auf die Wagenseite genagelt war und dessen leuchtend rote Aufschrift verkündete: *Bruder Nepomuk – Die Trompete von Jericho!*

Die *Trompete von Jericho* war ein untersetzter, stämmiger Mann von unbestimmtem Alter. Er konnte genauso gut Ende Dreißig wie auch Anfang Fünfzig sein. Sein Gesicht war ausgesprochen knochig, spitz die Wangenknochen, wie ein Keil die Kinnpartie, ein kantiger Bogen die Nase und tiefe Höhlen die Augen. Und doch strahlte dieses Gesicht eine ansteckende Fröhlichkeit aus.

Bruder Nepomuk trug einen schwarzen, altmodischen Anzug, der seine besten Zeiten vor ein paar Jahren gesehen hatte – und die bestimmt nicht auf dem Kutschbock eines solchen Wagens! Das Gleiche galt für den schwarzen Zylinder, der aber so staubbedeckt war, dass er von weitem eher grau schimmerte.

Tobias hob die Hand, um ihn zum Anhalten zu bewegen, wozu es nicht viel bedurfte, denn eilig hatte es diese seltsame Gestalt nicht.

»Gott zum Gruße, mein Sohn!«, rief er ihm zu und zügelte das ungepflegte Pferd, das seinen Wagen zog. Seine Augen, die einen sehr wachen Blick hatten, gingen von ihm zu Sadik und dann wieder zu ihm zurück.

»Guten Tag, der Herr ...«, grüßte Tobias.

»Nicht Herr, mein Sohn!«, tadelte ihn der Mann, lächelte jedoch dabei und fuhr mit der Stimmkraft eines routinierten Redners schwungvoll fort: »Es gibt nur einen Herrn und das ist der Heiland, Jesus Christus, unser Erlöser! Ich bin nur sein bescheidener, kniefälliger Diener, sein williges Werkzeug und für dich, mein Sohn, wie für alle Sünder dieser Welt, Bruder Nepomuk Mahn. Der Name schon von Geburt an Sendung und Programm! Nepomuk Mahn – *Die Trompete von Jericho*! Die mahnende Stimme des HERRN in der Gottlosigkeit von Babylon! Und Babylon ist heute überall, mein junger Freund. Doch der HERR wird richten, wer dem Götzen dient statt dem Wort Gottes zu folgen!«

»Dann sind Sie Wanderprediger?«, stellte Tobias fest und wusste nicht, ob er belustigt oder beeindruckt sein sollte. Er war beides zu gleichen Teilen.

»Ich bin Gottes Biene, die das heilige Wort auch zur unscheinbarsten Blume bringt, fern der großen Äcker und Felder der Menschheit, die meine Glaubensbrüder von der Kanzel ihrer Kirchen herab beackern! Meine Kanzel ist der Kutschbock, mein Sohn!«, erklärte er pathetisch. »Von Berlin bis München bin ich bekannt als die *Trompete von Jericho*! Der große

Evangelist, der den prächtigen Gotteshäusern und Kathedralen, den Tempeln der Pracht, abgeschworen hat und das Wort Gottes unter dem Himmel des HERRN verkündet! Bruder Nepomuk Mahn, der übers Land zieht, um Gottes Herrlichkeit auch zum einsamsten Schafhirten und zum entlegensten Hof zu bringen! Denn ich bin das Licht und die Stimme, spricht der HERR, und diese Welt der Sünde wird einstürzen wie die Mauern von Jericho, wenn ihr euch nicht zum Heiland bekennt und von eurem gottlosen Leben abschwört! Halleluja!«

Er fasste unter den Kutschbock, holte eine verbeulte Trompete hervor und stieß hinein. Es klang, als blase ein aufgeregter Armeetrompeter zur Attacke. Nicht schön, aber laut und durchdringend.

Tobias wollte sich erst die Ohren zuhalten, hielt das aber nicht für geeignet, um das Wohlwollen dieses höchst merkwürdigen Wanderpredigers zu gewinnen. Als dieser die Trompete endlich wieder absetzte, sagte er scheinbar beeindruckt: »Da steckt wirklich was hinter, Bruder Nepomuk. Ein paar mehr von den Dingern und ich könnte mir vorstellen, dass die Mauern von Jericho einfallen.

»Die Mauern von Jericho sind überall, mein Sohn! Die Trägheit und Gottlosigkeit der Menschen errichtet in jeder noch so kleinen Hütte himmelhohe Mauern. Doch ich bringe sie zum Einstürzen! Sie zerbröseln unter dem Wort des HERRN wie Sandkuchen zwischen meinen Fingern!«, verkündete er, nahm seinen Zylinder ab und entblößte eine hohe Stirn, die in eine Halbglatze überging.

»Könnten Sie uns vielleicht ein Stück mitnehmen, Bruder Nepomuk?«, kam Tobias nun zum Kern seines Anliegens.

Der Wanderprediger zog ein bunt geblümtes Taschentuch hervor und wischte sich die verschwitzte Stirn ab. »Wo soll es denn hingehen, mein Sohn?«

Tobias zuckte mit den Achseln. »Uns ist es gleich und jeder Ort recht, wenn es dort nur Arbeit gibt. Für heute wäre uns Bischofsheim schon weit genug.«

»Studiosus, mein Sohn?«, erkundigte er sich, seine Kleidung taxierend.

Tobias schüttelte den Kopf und gab sich betrübt. »Nein, Hauslehrer. Habe vor ein paar Tagen meine Anstellung verloren. Er auch«, sagte er und deutete mit dem Kopf auf Sadik, der sich erhoben hatte. »War Knecht auf dem Hof.«

Bruder Nepomuks Blick blieb auf dem Florett hängen und seine Brauen gingen in die Höhe. »Du trägst das Schwert an deiner Hüfte, mein Sohn? Nicht gerade das passende Handwerkszeug für einen Scholar, will mir scheinen.« Er pulte unverhohlen in seiner Nase. »Schaut auch nicht nach billigem Trödel aus! Solltest es verkaufen. Bekämst eine hübsche Börse Geldes dafür. Bräuchtest dann auch nicht auf der Landstraße zu liegen und am Hungertuch zu nagen.«

»Oh, das Florett ist von meinem – Vater, Gott habe ihn selig.«

Nepomuk Mahn bekreuzigte sich. »Möge er in Frieden ruhen«, murmelte er salbungsvoll.

»Es war das Einzige, was er mir hinterlassen hat«, fuhr Tobias fort. »Ich könnte es nie verkaufen, egal, wie schlecht es mir ginge!«

»Wer das Schwert führt, stirbt durch das Schwert!«, mahnte ihn der Wanderprediger und musterte dann Sadik mit gefurchter Stirn. »Kein schöner Anblick, mein Sohn. Was ist mit seinem Gesicht?«

»Es hat auf dem Hof eine Rauferei gegeben. Mit dem ersten Knecht. Und da hat – Gabriel eine Pfanne voll heißem Fett abbekommen. Ohne Verband ist er deshalb noch schlimmer anzuschauen«, erklärte Tobias.

»So, so, eine Rauferei unter Knechten. Wohl um einen Weiberrock, was?«, fragte er augenzwinkernd. »Ja, ja, die lockende Frucht des Weibes! Sie kostete Adam das Paradies und seitdem jedem Mann den Seelenfrieden – sofern er nicht zu den wenigen Glücklichen zählt, denen der Segen eines gottesfürchtigen, untertänigen Weibes zuteil geworden ist.«

Tobias hatte den Eindruck, als versänke der Wanderprediger in ganz bestimmten Erinnerungen. Und was immer er auch darunter verstehen mochte, es entlockte ihm ein fast versonnenes Lächeln, gefolgt von einem schweren Seufzer.

»Was ist, Bruder Nepomuk? Nehmen Sie uns mit?«

Der Wanderprediger fuhr aus seinen Gedanken. »Gewiss, gewiss! Wie Jesus mit Sündern und Gläubigen das Wenige teilte, das er besaß, so teile ich gern meinen Kutschbock mit euch! Liebe deinen Nächsten! Seid Gäste auf der fahrenden Kanzel des HERRN, Brüder in Christo! Doch was ist in der Truhe da?«

Tobias frohlockte. Endlich jemand, der sie mitnahm. Genug der Blasen und lahmen Arme. Wahrlich, der Herr schien ihnen diesen Kauz geschickt zu haben! Dreimal Halleluja!

»Nur meine Bücher und ein paar Kleider.«

Der Evangelist sprang gewandt vom Kutschbock. »Ich helfe dir, mein Bruder Gabriel! Mächtig schwer für ein paar Bücher und Kleider«, sagte er, als er einen der Griffe packte und die Truhe gemeinsam mit Sadik hinter den Bock wuchtete. »Aber Petrus wird auch über diese zusätzliche Last nicht klagen, da ist er ganz wie unser großer Apostel.«

Tobias und Sadik setzten sich zu ihm auf den harten Kutschbock und Petrus trottete los. Himmlischen Eifer legte er aber nicht gerade an den Tag.

»Na, wie habe ich das gemacht?«, raunte Tobias stolz.

»Ich bin schon mal bequemer gefahren – aber auch mühseliger gelaufen«, gab Sadik leise und mit einem Augenzwinkern zurück. »Wenn Allah dir einen Kochlöffel beschert, brauchst du dir zumindest nicht die Hand zu verbrennen.«

Nepomuk Mahn bestritt das Gespräch während der Fahrt fast allein. Sadik beschränkte sich auf ein paar höfliche Floskeln und gab sich dann den Anschein, als döse er vor sich hin.

Tobias hatte nichts dagegen, sich die blumigen Reden des Wanderpredigers anzuhören. Aber das war Nepomuk Mahn auf die Dauer dann wohl doch ein zu kleines Publikum, sodass er zu einer Stunde der inneren Sammlung aufrief.

Auch Petrus schien zu meditieren. Tobias hatte den Eindruck, als wäre er mit Sadik zu Fuß schneller vorangekommen. Doch die Höflichkeit verbot es ihm, an dem lahmen Schritt des Pferdes zu mäkeln, zumal Nepomuk Mahn das Schneckentempo offenbar ganz in Ordnung fand. So schickte er sich in das Unvermeidliche und dachte daran, was Sadik über Allah und den Kochlöffel gesagt hatte. Doch als die Sonne rasch zu sinken begann und es immer noch mehrere Kilometer bis nach Bischofsheim waren, wurde er unruhig und vermochte seine Ungeduld nicht länger zu verbergen.

»Kennt Petrus nur dieses eine Tempo, Bruder Nepomuk?«, fragte er schließlich.

»Ist es dir zu langsam, mein Sohn?«

»Na ja, wenn er nicht ein bisschen zulegt, schaffen wir es vor Einbruch der Dunkelheit nicht mehr bis nach Bischofsheim«, gab Tobias zu bedenken.

»Vertraue auf den HERRN! Er wird es schon richten, mein Sohn. Er ist unser Hirte und sein göttliches Auge ruht barmherzig auf uns. Schaffen wir es heute nicht mehr, so wird ein neuer Tag unter Gottes Sonne vollenden, was uns heute nicht mehr gelang«, erklärte er.

Bischofsheim würden sie erst am nächsten Tag erreichen, das wurde zur Gewissheit, als die versinkende Sonne den Himmel in Brand setzte und die Wolken mit flammend rotem Schein überzog.

»Es wird Zeit, einen Platz für das Nachtlager zu suchen«, sagte Sadik.

Der Wanderprediger nickte. »Ich kenne da ein ideales Plätzchen. Es liegt gleich hinter der nächsten Biegung. Ein wahres Gottesgeschenk.« Er lenkte den Wagen von der Straße und folgte zwei Spurrillen, die zwischen den Bäumen hindurchführten. Der Weg, der als solcher kaum noch zu erkennen war, schlängelte sich durch ein kleines Waldstück und lief dann im Gras einer sichelförmigen Lichtung aus. Ein idyllischer Teich, halb von Birken und Sträuchern gesäumt, lag vor ihnen. Links davon standen die Reste eines niedergebrannten Hauses, von dem nur noch ein paar Mauerreste und der halb eingestürzte, rauchgeschwärzte Kamin übrig geblieben waren.

»Der Brunnen funktioniert noch!« Bruder Nepomuk wies auf den Ziehbrunnen links von der Ruine. »Nimm den Kessel, der hinten unter dem Wagen hängt! Der Glaube ist die Nahrung der Seele, aber auch der Körper fordert sein Recht.«

Wenig später hatte er ein eisernes Dreibein aufgestellt. Sadik hatte Feuerholz gesammelt und schälte nun Kartoffeln. Nepomuk Mahn saß neben ihm im Gras und zog einen dicken Kanten durchwachsenen Speck aus seinem Proviantsack.

»Oh, ich hab mein Messer oben im Wagen. Würdest du mir mal deins überlassen, Bruder Gabriel?«, bat er.

»Aber sicher«, sagte Sadik und reichte es ihm.

Tobias gesellte sich wieder zu ihnen ans Feuer. Er hatte sich um Petrus gekümmert, der ihm nun, da er vom Geschirr befreit war und nach Herzenslust grasen konnte, nicht mehr halb so lahm erschien wie auf der Straße.

Das Essen war deftig und reichhaltig. Von der Zubereitung einfacher Speisen verstand der Wanderprediger mindestens genauso viel wie von Gottes Zorn und der ewigen Verdammnis, über die er sich beim Essen leidenschaftlich und mit sehr anschaulichen Bildern ausließ.

»Du kannst drinnen bei mir schlafen, mein Sohn«, sagte er, als das Feuer heruntergebrannt war und herzhaftes Gähnen einsetzte. »Du wirst mit der Kutschbank vorlieb nehmen müssen, Bruder Gabriel.«

Sadik wehrte dankend ab. »Ich schlafe lieber im Freien, genauso wie mein Freund.«

Tobias wollte protestieren, doch Sadiks eindringlicher, ja fast beschwörender Blick hielt ihn zurück. »Ja, das stimmt«, sagte er deshalb. »Bei so mildem Wetter schlafe auch ich lieber im Freien.«

Nepomuk Mahn versuchte ihm das auszureden, zuckte dann aber mit den Schultern, als Tobias standhaft blieb.

Sie holten die Truhe und breiteten ihre Decken am Feuer aus. »Würdest du mir mal verraten, was das soll?«, fragte Tobias leise. »Als hätten wir nicht schon genug Nächte unter freiem Himmel verbracht.«

»Diese *Trompete von Jericho* gefällt mir nicht!«

»Wie meinst du das?«

»Sie hat in meinen Ohren einen gefährlich falschen Klang, Tobias!«

»Jetzt siehst du Gespenster. Gut, er ist ein komischer Kauz, aber das ist auch alles.«

»Allah hat mir Augen zum Sehen und Ohren zum Hören gegeben. Und mir gefällt weder, was ich gesehen, noch was ich gehört habe«, beharrte Sadik. »Wenn er ein gottesfürchtiger Wanderprediger ist, bin ich ein Schweineschlächter!«

Als Moslem gab es für ihn nichts Ekelhafteres als das unreine Schwein. Einen drastischeren Vergleich hätte er also kaum ziehen können.

»Aber er hat doch gar nichts getan, dass du Grund hättest, solch ein vernichtendes Urteil über ihn zu fällen, Sadik! Im Gegenteil. Er war freundlich, hilfsbereit, hat uns mitgenommen und sogar sein Essen geteilt. Wie kannst du ihm jetzt so etwas unterstellen?«

»Keiner sagt von seinem Öl, dass es trübe ist«, erwiderte Sadik murmelnd, »aber sein Öl ist so trübe wie die Nacht. Und Dreck bleibt Dreck, auch wenn er zehnmal über den Euphrat gegangen wäre.«

»Sadik, ich verstehe dich nicht!« Tobias klang empört.

»Ich glaube nicht, dass er mir den Knecht und dir den Hauslehrer abnimmt. Hast du nicht gemerkt, wie sehr er sich für den Inhalt der Truhe und dein Florett interessiert hat? Er wusste sofort, dass das ein wertvolles Stück ist.«

»Aber das ist doch noch längst kein Grund …«

»Nein, aber für mich Anlass zu erhöhter Wachsamkeit. Wer seiner Katze einen reichhaltigen Tisch deckt, dem frisst die Maus die Ohren ab! Und die Katze der Vorsicht in dir ist satt und schläfrig, mein Junge, dass sie keine Mäuse mehr sieht«, tadelte ihn der Araber.

»Mir scheint eher, dass du Mäuse siehst, wo keine sind«, erwiderte Tobias.

»Als ich ihm mit dem Dreibein zur Hand ging, was ihm gar nicht recht war, habe ich Drahtschlingen gesehen – wie man sie braucht, wenn man Wild fangen will. Und eine Korbflasche Branntwein hat er auch unter seinen Sachen!«

»Und wenn schon? Warum soll er nicht ab und zu mal ein Kaninchen fangen und eine Schwäche für Branntwein haben?«

Sadik schüttelte den Kopf. »Das allein ist es nicht. Doch seit der Sache mit dem Messer weiß ich, dass ihm nicht über den Weg zu trauen ist!«

»Was für eine Sache mit dem Messer?«

»Ich schälte Kartoffeln mit meinem Messer, du weißt, das mit dem Elfenbein.«

Tobias nickte. »Ich habe mich überhaupt gewundert, dass du nicht das andere genommen hast.«

»Ich tat es mit Absicht. Dann holte er den Speck hervor, um Scheiben davon abzuschneiden. Und nun pass auf: Seine rechte Hand fuhr gewohnheitsmäßig unter seine Jacke, wo er wohl sein Messer stecken hat, hielt jedoch plötzlich inne. Und dann bat er um mein Messer, weil er seines angeblich im Wagen hätte. Warte! Ich bin noch nicht zu Ende!«, sagte er schnell, als Tobias ihm ins Wort fallen wollte. »Ich gab es ihm und wandte den Kopf etwas, sodass er sich unbeobachtet wähnte. Und weißt du, was er tat? Er balancierte blitzschnell und gekonnt das Messer aus! Etwas, das nur jemand tut, der viel von Wurfmessern versteht. Bei Allah und seinem Propheten, ich sage dir, die *Trompete von Jericho* bläst die falsche Melodie!«

Tobias war nachdenklich geworden. »Wenn du mit deinen Vermutungen Recht hast ...«

»Ich habe Recht«, versicherte Sadik.

»Und was jetzt?«

»Hol den Geldbeutel hervor! Na los! Er soll wissen, dass es sich lohnt. Nun tu schon, was ich dir sage! Ja, mach ihn auf und lass die Münzen schön klingen«, raunte er und sagte mit gespielt aufbrausender Stimme: »Aber morgen zahlst du mich aus! Ich will meinen Anteil!« Und leise fuhr er fort: »Nun steck den Beutel wieder ein und sag irgendetwas Schroffes!«

Tobias zog den Lederbeutel zu. »Es bleibt, wie wir es vereinbart haben!«, schien es ihm ärgerlich zu entfahren. »Und jetzt will ich schlafen!«

»Gut! Sehr gut so«, sagte Sadik gedämpft. »Leg du dich etwas oberhalb von mir hin. Lass das Florett hier bei mir. Aber unauffällig. Schieb es unter die Decke.«

»Was hast du vor?«

»Uns eine ruhige Nacht verschaffen. Wenn die Katze still liegt, so erjagt sie eine fette Maus. Keine Bange. Ich passe schon auf, auch wenn es so klingt, als würde ich schlafen. Wenn Bruder Nepomuk der ist, für den ich ihn halte, wird er nicht lange auf sich warten lassen. Und dann werde ich ihm ein paar Takte blasen, die in seinem Repertoire nicht fehlen sollten«, murmelte er.

Tobias hatte den Haken der Florettschnalle geöffnet, schlug Sadiks Decke darüber und zog seinen dicken Umhang aus der Kiste.

»Mir fallen die Augen zu«, sagte er halblaut, dass Nepomuk Mahn ihn gerade noch verstehen konnte, und rollte sich zwei Schritte schräg oberhalb von Sadik in seinen Umhang.

Sadik knurrte etwas Unverständliches. Dann kehrte nächtliche Stille am Ort der niedergebrannten Heimstatt ein. Eine Stille, die von zahlreichen verschiedenen Lauten erfüllt war. Fische schnappten im Teich nach Insekten, die der Wasseroberfläche zu nahe kamen. Frösche palaverten mit lautem Quaken im Schilf. Eine Eule gab ihren Missmut über so viel Geschwätzigkeit mit einem ernsten, tadelnden Ruf kund. Im Unterholz zwischen den Bäumen knackte und raschelte es.

Das Klatschen der Schwingen eines abstreichenden Nachtvogels, das sich schnell in der Nacht verlor, und das gleichmäßige *Rupf, rupf – rupf, rupf* von Petrus, der sich wohl bis zum Morgen müde fressen wollte.

Das Feuer glühte aus.

Hellwach lag Sadik im Gras, die Decke bis zu den Schultern hochgeschlagen, darunter das Florett aus der Scheide gezogen, und lauschte aufmerksam in die Nacht. Er gab sich den Anschein, als schliefe er. Kein besonders lautes Schnarchen, sondern nur ab und zu ein Laut, wie ihn ein Schlafender im Traum manchmal von sich gibt, wenn er sich auf die Seite dreht und der Atemrhythmus sich kurz verändert.

Er verlor das Zeitgefühl nach der zweiten Stunde angespannten Wartens. Hatte er sich vielleicht doch in Nepomuk Mahn geirrt? War er zu misstrauisch gewesen?

Nichts geschah.

Doch dann veränderte sich die natürliche Geräuschkulisse der Nacht. Ein Geräusch, das die ganze Zeit da gewesen war, fehlte auf einmal. Das Ausbleiben dieses Lautes irritierte ihn, ohne dass er jedoch im ersten Moment zu sagen vermocht hätte, was es war, das da im Nachtkonzert der Natur verstummt war. Er horchte, grübelte und wusste plötzlich die Antwort: Es war das beständige *Rupf, rupf – rupf, rupf* des Pferdes!

Augenblicke später waren leises Klirren von Metall zu hören sowie ein paar dumpfe Geräusche. Kein Zweifel: Bruder Nepomuk spannte Petrus vor den Wagen!

Sadik verzog das Gesicht. Nicht dumm, der Bursche. Erst alles für eine rasche, problemlose Flucht vorbereiten. Würde jetzt einer von ihnen aufwachen, gab es nichts, was sie ihm hätten vorwerfen können. Irgendeinen scheinbar plausiblen Grund, weshalb er mitten in der Nacht anspannte, würde er gewiss parat haben.

Nepomuk Mahn war in der Tat alles andere als dumm. Als das Pferd im Geschirr stand, zwang er sich und Sadik eine weitere Geduldsprobe auf.

Sadik zählte seine Herzschläge, um wieder ein Gefühl für die Zeit zu bekommen. Zehn Minuten vergingen, fünfzehn, zwanzig, dreißig ...

Verdammte Schlange!, zürnte Sadik in Gedanken. Zeig deine Giftzähne oder zieh dich in dein Versteck zurück! Aber entscheide dich!

Dann endlich: Die *Trompete von Jericho* blies zum Angriff! Lautlos. Wie ein Schatten und tief geduckt schlich er vom Wagen heran, ein Messer in der Hand.

Grimmiger Triumph erfüllte Sadik. Ein feiner Bruder! So gottesfürchtig wie ein Meuchelmörder, der für ein paar Kreuzer zu jedem Verbrechen bereit ist! Aber diese Trompete würde er schon zum Klingen bringen! Bei Allah und seinem Propheten, ein paar ganz neue Töne würde er aus ihr herauslocken!

Nepomuk Mahn kniete sich nun neben Tobias ins Gras und tastete nach dem Geldbeutel. Die Bewegung in seinem Rücken ahnte er mehr, als dass er sie sah. Doch es war schon zu spät, darauf zu reagieren. Etwas entsetzlich Spitzes und Kaltes lag plötzlich hinter seinem linken Ohr und spannte die Haut.

»Nur ein einziger falscher Atemzug, Bruder Nepomuk, und die Klinge geht quer durch deinen gottesfürchtigen Schädel auf Wanderschaft zu deinem rechten Auge«, warnte Sadik mit leiser Stimme, die dadurch einen noch drohenderen Klang erhielt.

Nepomuk Mahn erstarrte mitten in der Bewegung zur Salzsäule. »Allmächtiger!«, stieß er zu Tode erschrocken hervor.

Tobias fuhr jäh aus dem Schlaf. Er hatte wie Sadik stundenlang in angespannter Erwartung wach gelegen. Doch als nichts passiert war, war er überzeugt gewesen, dass Sadik der kauzigen *Trompete von Jericho* unrecht tat, und hatte seinem Verlangen nach Schlaf nachgegeben. Er sah nun die erstarrte Gestalt des Wanderpredigers über sich, das Messer in der Hand – und Entsetzen ließ ihn erschauern. Sadiks Verdacht hatte sich als richtig erwiesen. Bruder Nepomuk hatte ihn ausrauben und ihm vielleicht die Kehle im Schlaf durchschneiden wollen!

Rasch rollte er sich unter ihm weg und sprang auf.

»Er hat es wirklich versucht!« Gänsehaut überzog seine Arme und ihn fröstelte.

»Und ob er es versucht hat!«, stieß Sadik grimmig hervor. »Die gottesfürchtige *Trompete von Jericho* wollte uns wohl ins Jenseits blasen und dazu brauchte er noch nicht einmal seine Trompete. Denn er versteht sich offenbar auch auf das stumme Lied der Messerklinge! Ich werde ihm vermutlich nichts Neues beibringen können. Aber im Himmelreich wird er derlei Künste wohl nicht mehr bedürfen.«

»Nein, nein, das hätte ich nie getan! Der HERR ist mein Zeuge! Ich wollte nur den Beutel! Das Menschenleben ist mir heilig! Nicht angetastet hätte ich ihn, bei allen Seelen, die ich vor dem Fegefeuer gerettet habe!«, versicherte Nepomuk Mahn in panischer Angst und das Messer entglitt seiner zitternden Hand.

»Kein Wort glaube ich ihm!« Tobias saß der Schock der Erkenntnis, dass er jetzt schon hätte tot sein können, wenn Sadik nicht so ein feines Gespür gehabt hätte, noch immer tief in den Gliedern.

»Ich auch nicht! Wir sollten ihn den Fischen zum Fraß vorwerfen! In handlichen Portionen«, knurrte Sadik.

»Habt Erbarmen mit einem armen Sünder, Brüder!«, wimmerte Nepomuk Mahn. »Ich habe noch nie einem ein Haar gekrümmt, das schwöre ich bei der Heiligen Schrift und meiner Seele. Möge sie auf ewig im Fegefeuer lodern, wenn es nicht die Wahrheit ist! Blut ist nicht an meinen Händen! Ich gebe zu, dass die Verlockung gelegentlich stärker war als mein Glaube, und so manches Mal habe ich der Versuchung nicht widerstehen können, mich am Eigentum meiner Brüder ein wenig zu bereichern.«

»Ein wenig! Pah!« Tobias hob das Messer auf.

»Es ist die Wahrheit!«, beteuerte er angstschlotternd. »Nur Almosen habe ich mir aus fremden Taschen zugestanden. Ich hätte mir auch nur eine Münze aus dem Beutel genommen, mein Sohn! Nur eine einzige Münze! Doch dein Leben hätte ich nicht angerührt! Die Hand soll mir abfallen und die Pest über mich kommen, wenn es nicht so ist, wie ich sage!«

»Die Hand eines Diebes fällt sowieso«, lautete Sadiks schroffe Antwort.

Tobias wusste nicht, ob Sadik ihm nur Todesangst einjagen wollte oder es tatsächlich so meinte. Wenn er sich recht erinnerte, wurde einem Dieb in Sadiks Heimat die Diebeshand abgehackt. »Was machen wir mit ihm?«, fragte er verunsichert und beklommen.

»Bruder Nepomuk hat sein Leben verwirkt! Die *Trompete von Jericho* hat diese Nacht ihren letzten missklingenden Ton von sich gegeben! Wir sind alle Knechte des Herrn, wie er so schön sagte. Nun, wir werden ihn zu seinem Herrn schicken, damit er endlich seinen verdienten Lohn empfängt.«

Nepomuk Mahn überfiel das große Zittern und Heulen. »Erbarmen! Barmherzigkeit! Öffnet eure Herzen Gottes Güte und Gnade! Nehmt mir nicht mein armseliges Leben! Ich schwöre bei allem, was ihr wollt, dass kein Blut an meinen Händen klebt!«

»Ein bisschen Gnade können wir doch walten lassen«, schlug Tobias vor, der einen schnellen Blick mit Sadik getauscht hatte und nun wusste, dass er den erbarmungslosen Richter nur spielte.

»Die Stechmücke auf deiner Wange erschlägst du besser, wenn du nicht willst, dass sie dich erneut sticht!«, erklärte Sadik grimmig.

»Vielleicht sagt er die Wahrheit und es klebt wirklich kein Blut an seinen Händen.«

»Mit der Wahrheit steht die *Trompete von Jericho* nicht gerade auf vertrautem Fuße, aber meinetwegen, ich werde es mir noch mal überlegen. Morgen entscheiden wir, was wir mit ihm machen«, lenkte er ein, fesselte ihn an ein Rad des Wagens und holte dann einen Blechlöffel sowie ein Ei.

Tobias sah ihm verwundert zu. »Was willst du denn damit?«

»Sehen, wie sehr er an seinem armseligen Leben hängt«, antwortete Sadik, schob Nepomuk Mahn den Löffel mit dem Stiel in den Mund und legte das Ei in die Löffelmulde.

»Schön mit den Zähnen festhalten, Bruder! Wenn das Ei morgen noch auf dem Löffel liegt, werden wir Gnade walten und dich am Leben lassen. Ist der Löffel dagegen leer – na ja, dann hast du wenigstens noch den neuen Morgen erlebt.«

Nepomuk Mahn gab einen erstickten Laut von sich, spannte die Wangenmuskel an und starrte wie hypnotisiert auf das Ei. Tobias glaubte fast sehen zu können, wie ihm der Angstschweiß ausbrach, das Ei könnte ihm vom Löffel rollen.

»Und was ist, wenn das Ei morgen in seinem Schoß liegt?«, wollte Tobias wissen, als er sich neben Sadik wieder in seinen Umhang wickelte.

»Das Ei liegt auch morgen noch auf dem Löffel«, versicherte Sadik. »Es wird die längste Nacht seines Lebens, aber er wird jede Sekunde so hellwach sein wie nie zuvor.«

»Und was machen wir morgen mit ihm?«

»Schreite nicht über eine Brücke, bevor du sie erreichst. Jetzt weiß ich nur eins: Er wird nicht die Strafe erhalten, die er verdient hat.«

»Aber bestrafen wirst du ihn?«

»Wer Honig essen will, der ertrage das Stechen der Bienen. Bruder Nepomuk war ganz versessen auf Honig. Morgen kommt die Stunde der Bienen«, antwortete er rätselhaft.

Tobias konnte lange nicht schlafen, obwohl er hundemüde war. Immer wieder hob er den Kopf und blickte zum Wagen hinüber, wo Nepomuk Mahn aufrecht ans Wagenrad gefesselt saß. Mittlerweile stand der zunehmende Mond wie eine abgegriffene Silberscheibe über den Baumspitzen und deutlich konnte er den Löffel im Mund des falschen Wanderpredigers sehen. Das Ei leuchtete wie eine Kreidekugel. Und ihm war so, als könnte er auch die von Todesangst geweiteten Augen sehen, die das Ei auf der Löffelspitze starr fixierten. Mitleid regte sich in ihm.

Diese Nacht sollte Strafe genug sein, ging es Tobias durch den Sinn, bevor er endlich in einen unruhigen, albtraumhaften Schlaf versank.

Sadik hatte sich nicht geirrt. Das Ei lag noch auf dem Löffel, als der Tag anbrach. Die Stunden der Angst standen Nepomuk Mahn auf dem Gesicht geschrieben. Es glänzte vor kaltem Schweiß.

»Also gut, die *Trompete von Jericho* wird nicht verklingen, aber ein paar schrille Töne werden wir ihr noch entlocken«, meinte Sadik und ließ sich auch von Tobias nicht davon abbringen, ihn zu bestrafen – nach seinem Verständnis sogar ausgesprochen milde.

Er schnitt sich eine biegsame Weidenrute ab, und dann musste Nepomuk Mahn seine Füße entblößen. »Nein! Nicht! Wie soll ich denn laufen?«, bettelte er.

»Du wirst nicht nach Bischofsheim laufen, Bruder Nepomuk!«, beschied Sadik ihn unerbittlich. »Du wirst einen Bußgang tun und auf Knien rutschen! Die Liste deiner Sünden und Verfehlungen ist sicher länger als der Weg von hier nach Bischofsheim. Und nun beiß auf das Stück Holz da! Für jeden lauten Schrei gibt es einen Schlag zusätzlich!«

Tobias entfernte sich, weil er es nicht mit ansehen konnte. Er ging zum Teich hinunter und versuchte nicht auf das scharfe Klatschen der Weidenrute und die unterdrückten Schreie von Nepomuk Mahn zu achten.

Zwölf Schläge zählte er.

Wimmernd lag Nepomuk im Gras. Sadik schwieg, fiel Tobias aber nicht in den Arm, als dieser eine alte Blechschüssel mit Wasser füllte und saubere Tücher zum Verbinden der blutigen Fußsohlen dazulegte. Dann schwang er sich zu Sadik auf den Kutschbock. Keinem von ihnen war nach Essen zu Mute.

»Wir stellen den Wagen in Bischofsheim im ersten Stall unter, der an der Straße liegt. Man wird dich dort erwarten, Bruder«, ermahnte Sadik den Wanderprediger scharf. »Und zwar auf den Knien, *Trompete von Jericho*! Wir werden das beobachten. Solltest du dich von irgendjemandem mitnehmen lassen oder dich sonstwie vor deinem Bußgang drücken, wirst du dir wünschen, lieber dem Satan als uns begegnet zu sein!«

»Der HERR ist mein Zeuge, ich werde büßen«, beteuerte Nepomuk Mahn mit zitternder Stimme.

Sadik schnalzte mit der Zunge und der Wagen setzte sich in Bewegung. Sie fuhren eine Weile schweigend. Petrus legte sich ordentlich ins Zeug, als spürte er, dass mit Sadik nicht zu spaßen war.

»Es war kein schöner Anblick, ich weiß«, brach er dann das Schweigen. »Eine Bastonade ist nie ein schöner Anblick und mir wäre lieber gewesen, ich hätte es nicht tun müssen. Aber er ist billig davongekommen und das weißt du.«

Tobias nickte. »Aber auf die nackten Fußsohlen ...«

»Eine empfindliche, aber nicht lebensgefährliche Strafe! Und es war nur ein Dutzend Schläge! Er wird eine Woche nicht laufen können, das ist alles. Wer weiß, ob er uns die Kehlen durchgeschnitten hätte oder nicht. Er hat jetzt allen Grund, unsere Güte und Barmherzigkeit zu preisen, Tobias. Eine Woche Schmerzen statt zehn, fünfzehn Jahre Kerker oder Steinbruch! Dein Onkel hat gegen keinen die Hand erhoben, sondern nur seine Gedanken zu Papier gebracht und anderen zugänglich gemacht – und was droht ihm für eine harte Strafe? Nein, du hast keinen Grund, Mitleid mit diesem falschen Bruder Nepomuk zu haben! Fromme Worte bekehren keinen Schurken.«

»Nein, Mitleid habe ich auch nicht mit ihm. Es hat mir nur den Magen umgedreht«, sagte Tobias, der einsah, wie Recht Sadik hatte. Und nach einer Weile fragte er: »Ob er wohl wirklich auf Knien nach Bischofsheim rutscht?«

»Was bleibt ihm anderes übrig?«

»Na ja, er könnte schummeln, sich trotz deiner Warnung mitnehmen lassen und nur das letzte Stück in die Stadt auf Knien zurücklegen.«

»Das würde er nicht wagen. Nein, er wird seinen Bußgang

ableisten, Tobias. Wer weiß, vielleicht bewirkt er bei ihm eine Offenbarung und er beschließt, demnächst ein wirklich gottgefälliges Leben zu führen. Eines aber ist sicher.«

»So? Was denn?«

»Er wird in Bischofsheim große Beachtung und Bewunderung finden – und dementsprechend gute Geschäfte tätigen. Die *Trompete von Jericho*, die sich selbst gegeißelt hat und auf Knien in die Stadt gerutscht ist«, sagte er sarkastisch. »Für derlei Spektakel haben die Menschen leider eine Menge übrig.«

Tobias musste unwillkürlich lachen. »Du hast Recht! Vielleicht bringt ihm die Bastonade so gesehen ein Vielfaches von dem ein, was er uns hätte abnehmen können. Wer weiß, ob du ihn damit nicht sogar zu einer Art Heiligen erhoben hast!«

Sadik machte ein verdutztes Gesicht. Die *Trompete von Jericho* bewundert wie ein frommer Asket? Das wäre eine groteske Umkehrung der Bastonade, die als Strafe gedacht gewesen war und nicht als Mittel, um Bruder Nepomuks faulem Zauber noch mehr Glaubwürdigkeit zu verleihen. Eine höchst ärgerliche Vorstellung.

Doch dann grinste auch er. »Möge Allah es so fügen, dass dieser Bußgang für ihn zu einem wahren Wendepunkt in seinem Leben wird. Es ist schon aus so manchem Saulus ein Paulus geworden. Die *Trompete von Jericho* ohne falsche Klänge – nicht das Schlechteste, was zwölf Schläge bewirken können!«

In der Falle

Noch vor dem Mittag verließen sie Bischofsheim auf dem Rücken von zwei Falben. Endlich Pferde! Im Vergleich zu den rassigen Vollblütern von *Falkenhof* schnitten sie zwar schlecht ab. Aber nach den langen Tagen zu Fuß hätten sie jeden Vierbeiner, der sie tragen konnte, mit Kusshand genommen. Sie hatten auch gar keinen so schlechten Kauf gemacht. Die Falben standen gut im Futter, und wenn sie auch keinem Sultan oder Astor das Wasser reichen konnten, so sahen sie zumindest nicht so aus, als würden sie so schnell ermüden wie Bruder Nepomuks Petrus. Zudem waren Zaumzeug, Sattel und Satteltaschen von ordentlicher Qualität und ihr Proviantsack war gefüllt. Was wollten sie mehr?

Sie hatten den Kastenwagen von Nepomuk Mahn auf dem Hof des Mietstalls abgestellt und dem Besitzer von dem besonderen Bußgang der *Trompete von Jericho* erzählt.

»Er wird hier wohl noch vor Einbruch der Dunkelheit eintreffen. Richten Sie ihm doch bitte aus, wir wären schon mal vorgeritten, um alles für den nächsten blutigen Bußgang vorzubereiten«, bat Sadik ihn.

»Heilige Mutter Gottes! Ein Büßer!«, rief der schnauzbärtige Stallbesitzer beeindruckt.

Als sie aus dem Hof ritten, wusste bereits der Sattler gegenüber vom Kommen des angeblich frommen Mannes. Tobias hätte jede Wette angenommen, dass ganz Bischofsheim am Abend Bruder Nepomuk erwarten würde. Er hoffte sehr, dass ihn Sadiks Bastonade tatsächlich geläutert und auf den rechten Weg gebracht hatte.

Was nun ihren eigenen Weg betraf, so hatten sie nach dem Studium der Karten beschlossen, über Heidelberg nach Mannheim zu reiten. Sie wollten die Städte jedoch meiden, bei Mannheim den Rhein überqueren und die Pferde dann geradewegs nach Speyer lenken. Worms, das Jana ihm als ihr nächstes Ziel genannt hatte, ließ Tobias vorerst unerwähnt. Wenn sie erst am Rhein standen, war es noch früh genug, Sadik diesen Ort ans Herz zu legen.

Sie kamen die nächsten Tage gut voran. Unerfreuliche Ereignisse blieben aus. Das Wetter zeigte sich auch weiterhin von seiner frühsommerlichen Seite, und es wäre für Tobias geradezu eine Lust gewesen, unterwegs zu sein, wenn ihn nicht immer wieder die Gedanken an *Falkenhof* und an seinen Onkel bedrückt hätten.

Zum Neckar war es nur noch ein Ritt von wenigen Stunden, als Tobias merkte, dass sein Pferd lahmte. Er stieg ab und stellte fest, dass der Falbe an einem Hinterlauf das halbe Hufeisen verloren hatte, und das Eisen am anderen Huf sah auch nicht danach aus, als würde es noch lange halten.

»Bis zum nächsten Ort ist es zum Glück nicht mehr weit. Dort wird sich wohl ein Hufschmied finden lassen«, meinte Sadik.

»Und ein Gasthof«, fügte Tobias hinzu. »Heute schaffen wir es jedenfalls nicht mehr über den Neckar.«

Sadik zuckte mit den Achseln. »Es besteht auch kein Grund zur Eile, Tobias. Wir haben noch viel Zeit. Es drängt mich gar nicht danach, so früh schon bei diesem Musikus Claus Detmer zu erscheinen. Und nach Lyrik steht mir der Sinn auch nicht. Die frühe Rast wird uns allen gut tun.«

Keine Stunde später erreichten sie das kleine Dorf Siebenborn. Gleich am Ortsanfang fanden sie Hufschmiede und Gasthof, beides beinahe unter einem Dach.

Zur Goldenen Ähre hieß der gepflegte Gasthof, der zugleich auch Postkutschenstation war, was Sadik weniger behagte. Aber diesmal konnten sie es sich nicht leisten, andernorts einzukehren. Die Hufschmiede lag gegenüber auf der anderen Seite des Hofes. Beide Gebäude wurden durch die Stallungen und die Scheune getrennt und bildeten gemeinsam ein U, dessen offene Seite zur Straße zeigte.

Leo Kausemann hieß der Gastwirt, der nicht nur das Handwerk des Hufschmieds ausübte, sondern zudem auch noch das Amt des Bürgermeisters innehatte. Er war ein Mann von beeindruckender Gestalt. Alles an ihm sprengte die Norm.

Tobias musste zu ihm aufblicken und dabei war er selber nicht gerade von kleiner Statur. Doch Leo Kausemann ragte vor ihm auf wie ein Fels in der Brandung. Er hatte sich eine Lederschürze vor die nackte, dicht behaarte Brust gebunden, die breit wie das Kreuz eines Ochsen war. Die Muskelpakete auf den Oberarmen erinnerten Tobias an einen Preisboxer. Und der markante Schädel, in dem wache Augen blitzten, schien geeignet, dicke Bohlenwände zu durchbrechen.

»Will euch nicht das Geld aus dem Fell zwicken, aber die Eisen taugen alle nicht mehr viel«, erklärte Leo Kausemann, nachdem er die Hufe bei beiden Pferden untersucht hatte.

»Ob ihr sie gleich hier beschlagen lassen wollt, ist euch überlassen. Aber ein guter Tagesritt und ihr könnt Ausschau nach dem nächsten Hufschuster halten.«

»Dann gehen Sie mal an die Arbeit, Meister«, forderte Sadik ihn auf. »Was getan werden muss, soll man immer gleich in Angriff nehmen.«

Der Koloss von einem Mann nickte bekräftigend.

»Ganz mein Reden. Bin nicht von ungefähr schon zwanzig Jahre Bürgermeister. Hab den Leuten immer klaren Wein ausgeschenkt! Nicht nur im Wirtshaus! Die Leute wissen ein offenes Wort zu schätzen, auch wenn es ihnen anfangs gegen den Strich geht.«

»Wie sieht es denn mit einem Zimmer für die Nacht aus?«, wollte Tobias wissen.

»Ihr habt die erste Wahl. Noch ist die Postkutsche nicht eingetroffen. Magdalena wird euch die Zimmer zeigen! *Magdalena!*« Seine Stimme schwoll zu einer Stärke an, dass sogar Bruder Nepomuk beeindruckt gewesen wäre. »*Magdalena! Gäste!* ... Immer derselbe Ärger mit diesen jungen Weibsbildern! Wenn doch meine Frau nur schon wieder zurück wäre! Ohne die Mutter läuft einfach nichts! Na, endlich!«

Eine junge Frau in einem einfachen Kleid eilte aus einem der Nebengebäude. Sie band sich hastig eine schneeweiße Schürze um. Magdalena war ausgesprochen hübsch, schlank in der Gestalt und üppig in den Brüsten. Achtzehn, neunzehn mochte sie sein. Sie trug das braune Haar im Nacken zu einem Zopf gebunden. Ihre Augen waren groß und rot geweint.

»Kümmere dich um unsere Gäste! Sie möchten ein Zimmer für die Nacht.«

Magdalena nickte, den Blick gesenkt. »Ja, Patron.«

»Und vielleicht möchten sie sich auch den Staub eines langen Tages aus der Kehle spülen«, regte der geschäftstüchtige Bürgermeister, Wirt und Hufschmied an. »Ich werde eine gute Weile mit ihren Pferden beschäftigt sein. Also trödel nicht irgendwo im Haus herum, sondern bleib im Schankraum und schau nach dem Rechten!«

Sie schnallten Satteltaschen, Decken und Proviantsack von den Pferden und folgten Magdalena ins Wirtshaus. Der Schankraum sah ebenso gepflegt aus wie das Äußere des Gasthofes. Doch Theke und Tische waren leer.

»Die Zimmer liegen oben«, sagte Magdalena und stieg die Treppe hoch, die rechts an der Wand hochführte und in einen schmalen, fensterlosen Gang mündete, von dem alle Zimmer nach vorn zum Hof hin abgingen.

»Wir haben zwei kleine Kammern, ein großes Zimmer mit Waschkabinett ...«

»Das nehmen wir«, fiel Sadik ihr ins Wort. »Gibt es auch einen Badebottich?«

»Sicher, mein Herr. Aber das kostet extra, wie auch Seife und Kerzenlicht.«

»Nur zu.«

Das Zimmer war hell und freundlich und die Bettwäsche sah nicht danach aus, als hätte schon eine Armee anderer Gäste in ihnen genächtigt, wie sie den Eindruck bei manch anderen Gasthöfen der letzten Tage gehabt hatten.

Magdalena machte Wasser in der Küche heiß und schleppte dann mehrere Eimer zu ihnen aufs Zimmer. Tobias hatte kein Verlangen nach einem Bad. Er wusch sich mit nackter Brust unten im Hof am Pferdetrog. Als er wieder in den Schankraum zurückkehrte, saß die junge Frau in der Ecke zur Küche. Sie hatte wieder geweint. Verlegen schnäuzte sie sich in ein Tuch.

Tobias fühlte sich bei ihrem Blick gerührt und ein wenig an Jana erinnert.

»Du hast Kummer, nicht wahr?«, sprach er sie an.

»Ach, es ist schon gut.«

»Den Eindruck erweckst du aber gar nicht«, sagte er und setzte sich ihr gegenüber an den Tisch. »Vorhin hast du auch geweint.«

Sie biss sich auf die Lippen, doch die Tränen rannen weiter über ihr hübsches Gesicht.

»Hast du Ärger mit deinem Patron?«

Sie schüttelte den Kopf.

»Willst mit einem Fremden nicht darüber reden, nicht wahr?«

»Was hilft denn schon reden?«, schluchzte sie. »Bald ist er weg und nichts kann ihn davon abbringen.«

»Ihn?«

»Der Ludwig, der mein ... mein Verlobter ist ... er will übers Meer in die Fremde ... wie sein Bruder ... in die Americas .. . will er. Hier wird er ewig ein armer Knecht bleiben und es zu nichts bringen, sagt er. Doch da drüben ist es anders. Der Hannes, sein Bruder, ist schon vor sechs Jahren gegangen, und er hat immer wieder geschrieben, dass er es auch wagen soll. Und nun tut er es! Morgen nimmt er Abschied.«

»Dein Verlobter will nach Amerika auswandern? Und dich lässt er zurück?«

Sie nickte schluchzend und presste das Tuch wieder vor die Augen.

»Aber warum gehst du nicht mit ihm?«, wollte Tobias wissen.

Sie ließ das Taschentuch sinken und sah ihn mit tränennassen Augen an, als könnte sie nicht verstehen, wieso ihm das nicht klar war.

»Wovon denn? Von meinem Lohn bleibt mir ja nicht mal genug, um mich anständig zu kleiden. Der Patron ist kein Unmensch und ich kann nichts Schlechtes über ihn sagen, aber fürstlich zahlt er nicht! Wer tut das schon? Ich kann noch zufrieden sein, dass ich die Stelle erhalten habe. Beim Bauer Biesenbach auf der Sanderhöhe, wo Ludwig Knecht war, wäre es mir noch schlechter ergangen. Arbeit vom Morgengrauen bis in die Nacht. Und was bleibt einem nach jahrelanger Schufterei für andere Leut? Nur die Schwielen und kaputte Knochen! Unsereins kommt auf keinen grünen Zweig nicht. Und wenn wir uns beklagen, verlieren wir zudem auch noch unser Dach über dem Kopf, das Strohlager und die Kost«, klagte sie ihm ihr Schicksal. »Ludwig will nicht mehr. Er sagt, wir können nie heiraten, wenn er bleibt. Wovon soll er auch die hundertfünfzig Gulden sparen?«

Tobias verstand nicht. »Hundertfünfzig Gulden? Braucht man denn so viel Geld, um zu heiraten?«

»O ja!«, bestätigte sie bitter. »Wenn man heiraten will, muss man Bürger der Gemeinde sein und liegendes Eigentum vorweisen, Haus und Hof. Besitzt man keinen eigenen Grund und Boden, muss man zumindest hundertfünfzig Gulden vorweisen, sonst braucht man das Aufgebot erst gar nicht zu bestellen. Das schreibt die Gemeindeordnung vor.«

Tobias war empört. »Aber das ist ja eine richtige Gemeinheit! Was hat denn Heiraten damit zu tun, wie viel Geld man hat?«

»Alles! Nur die Gulden zählen. Sie haben es zum Gesetz gemacht! Arme Leute sollen sich nicht breit machen und Kinder zeugen, heißt es«, fuhr sie verbittert fort. »Aber Ludwig meint, dass es ihnen in Wirklichkeit nur darum geht, uns arme Landleute auch in Zukunft knechten und ausbluten zu können. Denn wenn er auch genug Lohn verdienen würde, um mich und ein paar Kinder ernähren zu können, würden wir doch nie die hundertfünfzig Gulden zusammenkriegen, und so können wir eben nicht heiraten. Das schafft dem Bauern billige Knechte und Mägde, sagt Ludwig, und deshalb will er übers Meer. Der Hannes hat ihm Geld geschickt. Aber es reicht gerade für ihn allein. Und er will nicht, dass ich mit Schulden die Überfahrt antrete.«

»Geht das denn?«

Sie nickte. »Es gibt Agenten, die einem die Überfahrt bezahlen. Drüben dann, wenn man in den Americas ist, löst einen ein Großbauer oder jemand mit einer Fabrik aus. Und bei dem muss man dann die Überfahrt abarbeiten. Bis zu sieben Jahre und mehr, hat der Hannes geschrieben. Und der Auslöser kann einen in der Zeit sogar weiterverkaufen, an wen und wohin er will, ohne dass man etwas dagegen tun kann.«

»Aber das ist ja wie Leibeigenschaft! Sklaverei!«, entfuhr es Tobias ungläubig und erbost zugleich.

»Das hat Ludwig auch gesagt. Deshalb soll ich ja bleiben und warten, bis er mir genug Geld für die Überfahrt schicken kann. Aber Hannes' Frau hat vier Jahre warten müssen und das war noch gar nicht mal lange, wie ich gehört habe. Vier Jahre! Was ist, wenn er mich drüben vergisst und auf die schönen Augen eines anderen Mädchens hereinfällt?«

Wieder liefen ihr die Tränen.

Tobias wurde wieder einmal bewusst, wie privilegiert er doch war, wie sorglos er auf *Falkenhof* gelebt hatte und wie wenig er von dem harten, ungerechten Leben der einfachen Leute wusste, die unter der Knute derart grausamer Gesetze lebten. Und er begriff, dass der Kampf seines Onkels und dessen Freunde für Menschenrechte und Gerechtigkeit genau diese Form der Willkür und Unterdrückung beseitigen wollte.

Er dachte an die vielen Goldstücke, die er in der Tasche trug und von denen nur einige wenige genügten, um Magdalena mit einem Schlag von ihrem Kummer zu erlösen, ohne dass es ihn groß schmerzen würde. Er würde ihr helfen!

»Magdalena ...«, setzte er an, brach aber ab, als er Hufschlag auf der Straße hörte. Er blickte auf und sah drei Reiter auf den Gasthof zuhalten.

Es waren Zeppenfeld, Stenz und Tillmann.

Die Verführung

Einen Augenblick war er vor Schreck wie gelähmt. Die Gedanken jagten sich hinter seiner Stirn. Wie hatte Zeppenfeld sie gefunden? Oder war ihr Auftauchen ein schrecklicher Zufall? Sie saßen unbekümmert in den Sätteln, nicht so, als wüssten sie, dass sie hier waren. Aber was bedeutete das schon? Sadik saß oben im Badebottich und die Pferde standen drüben beim Hufschmied in der Scheune. An Flucht war nicht zu denken!

Tobias packte Magdalenas Handgelenk und drückte so fest zu, dass sie schmerzhaft zusammenfuhr.

»Du tust mir weh!«

»Entschuldige, das wollte ich nicht. Magdalena, hör mir gut zu!«, sprudelte er gehetzt hervor. »Die drei Männer da draußen suchen mich und meinen Freund. Wir haben nichts verbrochen, das schwöre ich dir bei allem, was mir heilig ist! Sie wollen uns etwas rauben, was meinem Vater gehört und was wir in Sicherheit zu bringen versuchen. Sie sind durch und durch schlecht und haben meiner Familie viel Kummer bereitet. Du darfst uns nicht verraten, hörst du? Wenn du uns hilfst, sorge ich dafür, dass du genug Geld hast, um mit deinem Ludwig nach Amerika auszuwandern.«

Verständnislos sah sie ihn an. »Ich verstehe nicht ...«

Tobias hielt sich nicht mit langen Reden auf. Er riss seinen Geldbeutel hervor, zerrte ihn auf und ließ sie das viele Gold sehen.

»Frag jetzt nicht! Hier sind zwei Goldstücke, damit du siehst, dass ich es ehrlich meine! Verrate uns nicht! Ich beschwöre dich! Wir haben nichts verbrochen! Doch diesen Männern dürfen wir nicht in die Hände fallen. Ich muss jetzt schnellstens aus dem Schankraum, sonst entdecken sie mich! Komm gleich aufs Zimmer!«

Und bevor sie ihm noch antworten konnte, sprang er auf und

eilte die Treppe nach oben, denn die drei Reiter glitten soeben vor dem Gasthof aus den Sätteln.

Sadik saß mit geschlossenen Augen und einer verzückten Miene in dem hölzernen Badebottich, der mitten im Zimmer stand. Er hatte den Verband abgenommen und sein Gesicht bot einen merkwürdigen Anblick. Die Streifen hatten ein Muster von roten Linien auf seiner Haut hinterlassen.

»Zeppenfeld!«, stieß Tobias hervor und im letzten Moment fiel ihm noch ein, dass er die Tür nicht zuschlagen durfte, wenn angeblich kein Gast im Haus war.

»La!«

»Nicht nein, sondern ja! Zeppenfeld, Stenz und Tillmann! Sie sind gerade angekommen!«

Sadik war mit einem Satz aus dem Bottich, dass das Seifenwasser in alle Richtungen davonspritzte. Splitternackt stürzte er zum Fenster. Fassungslos starrte er auf die drei Pferde hinunter. Er sah noch, wie Stenz die Zügel seines Pferdes festband und dann aus seinem Blickfeld verschwand. Er war wohl Zeppenfeld und Tillmann in den Schankraum gefolgt.

»Knochenfäulnis und Beulenpest über diese Schlangenbrut!«, fluchte er. »Wie haben sie so schnell unsere Spur aufnehmen können?«

»Das ist doch im Augenblick völlig nebensächlich! Wir sitzen hier in der Falle!«, flüsterte Tobias heiser. »Wir müssen uns etwas einfallen lassen, und zwar rasch!«

Sadiks Gesicht wurde hart. »Dann werden wir eben hier mit ihnen abrechnen«, raunte er, fuhr hastig in seine Hosen und griff zu seinen Messern. »Bringen wir die Angelegenheit ein für alle Mal hinter uns.«

Tobias schüttelte den Kopf. »Unmöglich. Ich habe gesehen, dass sie Musketen haben. Du kannst sie nicht alle mit deinen Messern erwischen. Himmel, das gäbe ein schreckliches Blutbad!«

Sadik zuckte kühl mit den Schultern. »Lassen sie uns denn eine andere Wahl? Wer mit dem Schmied umgeht, auf den fliegen Funken. Und schon Scheich Abdul Kalim sagte: ›Wer sich in den Ring der Dolchtänzer wagt, bezahlt Fehler mit seinem eigenen Blut.‹«

»Mir egal, was dein Scheich dazu sagt und was bei euch in der Wüste als richtig gilt. Ich will kein Blutbad. Und wer weiß, wo dieser dritte Mann steckt, den Zeppenfeld noch angeheuert hat?«

»Vielleicht ist der Kerl gar nicht mit ihm geritten, sondern in Mainz geblieben.«

»Weißt du mit Sicherheit, dass sie nur zu dritt sind?«

»La, nein, es ist nur eine Vermutung«, räumte er ein.

»Die falsch sein kann. Nein, zu einem offenen Kampf darf es nicht kommen«, sagte Tobias bestimmt. »Wir müssen uns vielmehr etwas einfallen lassen, wie wir sie überrumpeln können. Noch haben sie keine Ahnung, dass wir hier sind. Denn wenn sie von unserer Anwesenheit gewusst hätten, wären sie bestimmt nicht so sorglos herangeritten. Es muss sich um einen idiotischen Zufall handeln.«

»Zufälle und Vermutungen, daraus besteht das Leben«, knurrte Sadik. »Nimm dennoch besser das Florett zur Hand. Sie werden nach uns fragen. Wenn ihnen das Mädchen erzählt, dass noch zwei Fremde im Haus sind, werden sie unter irgendeinem Vorwand nachsehen, wer das ist. Und dann werden wir kämpfen müssen, ob du es willst oder nicht, mein Junge. Allah möge alle Gastwirte auf ewig in der Hölle schmoren lassen, die Flure ohne Fenster bauen!«

»Magdalena wird uns nicht verraten«, versicherte Tobias und hoffte, dass er sich nicht in ihr täuschte. Aber er hatte die Hoffnung in ihren Augen gelesen, als er ihr die beiden Goldstücke in die Hand gedrückt hatte. »Sie wird uns helfen, weil sie mit Ludwig nach Amerika will!«

»Du redest so wirr, als hätte dich ein Kamel ...«

Es klopfte. Sadik hatte augenblicklich sein Messer in der Hand und Tobias zog das Florett blank.

»Ich bin's, Magdalena«, erklang es leise von jenseits der Tür.

Tobias' Gesicht entspannte sich, er ging rasch zur Tür und schob den Riegel zurück. Magdalena huschte zu ihnen ins Zimmer. Verdutzt starrte sie Sadik an. Es war wohl das erste Mal, dass sie einen dunkelhäutigen Menschen sah.

»Er ist es! Ein Mohr!«

»Er ist kein Mohr! Ein Mohr ist ganz schwarz. Sadik ist ein Beduine, ein Araber«, flüsterte Tobias. »Sie haben also nach uns gefragt, ja?«

Magdalena nickte, ohne den Blick von Sadik zu nehmen.

»Und? Was hast du gesagt?«, fragte Tobias drängend und packte sie am Arm.

Sie wandte sich ihm zu. »Stimmt das wirklich, was du mir gesagt hast?«

»Was hat er dir denn gesagt?«, mischte sich Sadik ein und schob sich vorsorglich zwischen sie und die Tür. Sollte sich herausstellen, dass sie nicht auf ihrer Seite stand, würden sie gezwungen sein, sie festzuhalten und dafür zu sorgen, dass sie ihnen nicht schaden konnte.

»Dass die Männer da unten schlecht sind und lügen und viel Leid über seine Familie gebracht haben ...«

Sadik lächelte grimmig. »Dann hat er dir nur von ihren guten Charakterzügen erzählt! Die Männer da unten sind zu jedem Verbrechen und zu jeder Schandtat bereit, die ein gewissenloser Mensch sich nur auszudenken vermag.«

Magdalena schluckte. »Ja, zwei von ihnen sehen wirklich gefährlich aus. Doch der Herr ...«

»Der feine Herr ist die blutrünstigste Hyäne im Schafspelz!«, fiel Sadik ihr ins Wort.

Tobias schüttelte kaum merklich den Kopf. Es war ihnen nicht damit geholfen, dass Sadik ihr Angst einjagte. »Du hast uns also nicht verraten?«

»Wäre ich sonst hier?«

»Erzähl! Was haben sie gesagt?«

»Sie haben sich nach Fremden erkundigt. Der Herr mit dem Bart hat dich und ihn da«, sie wies auf Sadik, »beschrieben. Er sagt, ihr hättet ein Gut bei Mainz überfallen und wäret nun auf der Flucht.«

»Wenn er das Verbrecherpack sucht, das dieses Landgut bei Mainz überfallen hat, braucht er sich mit seinen Spießgesellen nur vor den nächsten Spiegel zu stellen, um sie zu finden«, murmelte Sadik zornig.

Tobias drückte ihren Arm. »Weiter! Was hast du ihnen geantwortet?«

»Ich habe gesagt, dass ich solche Fremde, wie er sie mir beschrieben hat, hier nicht gesehen habe – und dass wir zur Zeit auch keine Gäste unter dem Dach hätten«, berichtete sie und fügte dann mit sichtlicher Sorge hinzu: »Aber wenn der Patron nachher erscheint, werden sie wissen, dass ich gelogen habe.«

»Wo sind sie jetzt?«, wollte Sadik wissen.

»Unten im Schankraum. Ich habe den beiden Männern Branntwein ausgeschenkt und dem Herrn ein Bier gegeben und gesagt, ich würde schnell das beste Zimmer richten, denn sie wollen über Nacht bleiben.«

»Jetzt ist guter Rat teuer«, räumte Sadik ein.

Tobias' Blick fiel auf den Ausschnitt ihres Kleides, der nicht wenig von ihren vollen Brüsten sehen ließ. Und plötzlich hatte er eine Idee. »Magdalena, traust du dir zu, dem feinen Herrn da unten schöne Augen zu machen und so zu tun, als hättest du für Männer seines Schlages eine Menge übrig?«

Empört sah sie ihn an. »Ich bin keine billige Wirtshausdirne!«, verbat sie sich. »Ich bin meinem Ludwig treu! Auch wenn er in die Americas geht und ich Jahre auf ihn warten muss!«

Tobias hob beschwichtigend die Hand. »So meinte ich es doch auch gar nicht. Ich will nur wissen, ob du so tun und ihn an der Nase herumführen kannst? Glaubst du, du kriegst es fertig, ihn allein hier nach oben zu locken – unter dem Vorwand, ihm sein Zimmer zeigen zu wollen? Ich meine, er muss schon das Gefühl haben, dass du ihm nicht allein das Zimmer zeigen willst. Du verstehst schon, ja?«

Sadik schmunzelte. »Keine schlechte Idee, mein Junge. Zeppenfeld ist für solche – Abenteuer immer zu haben. Frauengeschichten, darauf versteht er sich. Und Magdalena wird ihm sicher gefallen, wenn sie ihn ein wenig ermuntert. Und dann können wir ihn hier oben aus dem Gefecht ziehen. Du lernst schnell, mein Junge.«

»Also, was ist, Magdalena«, drängte Tobias. »Tust du das für uns? Ich habe dir versprochen dir genug Geld für die Überfahrt zu geben. Aber erst müssen wir die drei Schurken vom Hals haben!«

Der Widerstreit ihrer Gefühle war von ihrem Gesicht abzulesen, auf dem sich abwechselnd Angst und Hoffnung spiegelten. Nervös knetete sie ihre Hände. »Und wenn ich ihn hochgelockt habe? Was dann?«

»Das überlass getrost uns«, meinte Sadik.

Doch Magdalena wollte Gewissheit. »Ihr werdet sie aber doch nicht – umbringen, nicht wahr?«

»Nein, ganz sicher nicht«, versprach Tobias mit Nachdruck. »Es soll kein Blutvergießen geben. Deshalb brauchen wir ja deine Hilfe.«

Magdalena schaute ihm einen Augenblick in die Augen. Dann nickte sie. »Gut, ich tue es. Aber dann müsst ihr mich auch mitnehmen. Ich kann danach unmöglich noch eine Minute länger in Siebenborn bleiben!«

»Versprochen. Aber jetzt geh runter, bring den beiden Kerlen noch etwas Branntwein und schmier dem feinen Herrn ein bisschen Honig um seinen Backenbart, damit er dir nach oben folgt.«

»Du führst ihn hier ins Zimmer«, trug Sadik ihr auf. »Den Rest erledigen wir schon. Schließ nur die Kammer neben uns auf, die näher zur Treppe liegt. Und gib uns fünf Minuten Zeit.«

Sie nickte. »Hoffentlich geht alles gut«, murmelte sie.

»Denk an deinen Ludwig und dass du mit ihm gehen kannst«, flüsterte ihr Tobias aufmunternd zu, als sie das benachbarte Zimmer aufgeschlossen hatte und mit einem verzweifelten Gesichtsausdruck im Flur stand.

»Man wird's mir am Gesicht ansehen«, fürchtete sie.

»Unsinn!«, raunte er und schmeichelte ihr: »So eine junge hübsche Frau wie dich hat er bestimmt schon lange nicht mehr gesehen. Du brauchst nur ein wenig zu lächeln und schon kannst du ihn um den kleinen Finger wickeln. Ich würde auch darauf reinfallen.«

Ihr Gesicht entspannte sich und sie lächelte ein wenig. »Das sagst du nur so, um mir Mut zu machen.«

»Nein, du bist hübsch und ganz das, was einem Mann gefällt«, sagte er, weil es die Wahrheit war.

»Tobias!«, zischte Sadik hinter ihm.

»Geh jetzt!«, sagte Tobias. »Du wirst sehen, es ist ein Kinderspiel. Und denk an die Goldstücke!«

Sie seufzte schwer, holte tief Atem und ging zur Treppe. Doch kurz davor blieb sie stehen. Sie blickte zu Boden. Dann hob sie den Kopf und ihr Körper straffte sich. Tobias sah, wie sie die Schürze losband, ihr Kleid glatt strich und an ihrem Ausschnitt zupfte. Den Kopf ein wenig keck in den Nacken gelegt, schritt sie die Stufen in den Schankraum hinunter.

Tobias huschte wieder zu Sadik zurück.

»Fass mit an! Der Bottich muss weg. Wir stellen ihn nebenan ins Waschkabinett!«

Eilig, doch jedes Geräusch vermeidend, räumten sie alles weg, was auf den ersten Blick verräterisch wirken konnte. Sie richteten das Bett, dass auch Magdalena nichts daran hätte aussetzen können. Decken, Satteltasche und Proviantsack trugen sie in die kleine Kammer nebenan.

»Ich nehme Zeppenfeld hier in Empfang!«, bestimmte Sadik. »Du greifst nur im Notfall ein, falls etwas schief gehen sollte. Dann schneidest du ihm den Fluchtweg zurück zur Treppe ab.«

»Und was ist mit Stenz und Tillmann?«

Sadik grinste kalt. »Sie werden dem Ruf ihres Herrn folgen,

wenn es so weit ist. Und jetzt geh auf Posten.« Er zog sein Elfenbeinmesser.

Tobias blieb in der Tür stehen und sah ihn eindringlich, ja fast drohend an. »Du weißt, was wir Magdalena versprochen haben, Sadik! Kein Blutvergießen.«

»Ich werde darum beten, dass Allah mir zur gegebenen Zeit den nötigen Großmut schenkt, mit dieser Hyäne nicht kurzen Prozess zu machen!«, knurrte er. »Und nun geh!«

Tobias nahm sein Florett und schlich auf den Gang hinaus. Sadik schloss lautlos die Tür hinter ihm. Die Tür zur Kammer nebenan stand offen. Schnell legte er das Florett aufs Bett, und zwar mit dem Griff zur Tür, sodass er sofort danach greifen konnte. Dann lief er auf Zehenspitzen zur Treppe und legte sich flach auf den Boden. Ganz langsam schob er sich vorwärts.

Aus dem Schankraum drangen die Stimmen von Stenz und Tillmann ganz deutlich zu ihm hoch. Er hörte ihr Lachen und das Geräusch von Würfeln. Er schob seinen Kopf noch ein Stück vor und konnte nun einen Teil des Schankraumes einsehen. Er zuckte gleich wieder zurück, denn Zeppenfeld saß zum Greifen nahe an einem Tisch gleich vor dem Treppenaufgang. Den Rücken zur Wand gedreht, war sein Blick auf die andere Seite des Raumes gerichtet, dort wo die Theke stand und Magdalena offenbar gerade hantierte. Denn das bewundernde Lächeln, das auf Zeppenfelds Gesicht lag, war eindeutig.

Stenz und Tillmann saßen weiter vorn bei der Tür und den Fenstern. Von dort aus konnten sie gut die Straße überblicken. Sie hatten einen Krug Branntwein auf dem Tisch stehen und würfelten. Sie lachten, waren fröhlich – und ahnungslos, wer bereits unter dem Dach der *Goldenen Ähre* logierte. Doch sie waren weit davon entfernt, betrunken zu sein. Und auf dem Stuhl neben Stenz ragten unter seinem verschlissenen Soldatenmantel zwei Musketen hervor.

Tobias konnte von ihrem Gespräch nur Satzfetzen verstehen, da sie ein paar Schritte zu weit von ihm entfernt saßen und das Knallen des Würfelbechers so manches Wort übertönte.

»... verdammt nichts dagegen einzuwenden, hier einen Tag Rast ... auf Valdek warten ... im Nachbarort nachfragen ... morgen bestimmt zurück«, hörte er Stenz sagen.

»... auch ohne ihn gut zurecht«, gab Tillmann abfällig zur Antwort. »... so gesellig wie 'n ausgedienter Stiefel ...«

»... Valdek unrecht ... zwar die Lippen zusammengenäht, aber sonst ... doch ganz in Ordnung«, meinte Stenz.

Tobias runzelte die Stirn. Valdek? War das vielleicht der Name des dritten Schurken, der für Zeppenfeld arbeitete? Sadik hatte ihm erzählt, dass er den Mann, der bei Stenz und Tillmann gestanden und seinen Onkel in Mainz angeschossen hatte, nie zuvor gesehen hatte. Und als Zeppenfeld in jener Nacht vor *Falkenhof* erschienen war, hatte er sich in Begleitung von drei Männern befunden – die uniformierten Gendarmen nicht gezählt. Es sprach also alles dafür, dass sie es nun mit vier Verfolgern zu tun hatten. Ein Glück, dass sich der vierte Mann augenblicklich woanders herumtrieb. Es würde schon so schwierig genug sein, mit diesem Trio fertig zu werden und es abzuschütteln.

Magdalena geriet in sein Blickfeld. Kein Zweifel, Zeppenfelds Blick galt ihr. Sie hatte einen Krug Bier in der linken Hand und einen Lappen in der rechten. Das Bier stellte sie auf dem Nachbartisch ab, nahm das leere Glas auf, das vor Zeppenfeld stand, und wischte über die Platte.

»Wäre doch eine Schande, wenn Sie sich Ihren schönen Rock beschmutzen würden, mein Herr«, sagte sie dabei und beugte sich weit hinunter. »Und wo es Ihnen doch gefallen soll bei uns.«

Zeppenfeld starrte unverschämt lange in ihren Ausschnitt. »Alles prächtig. Gefällt mir alles sehr, was ich sehe ... äh, alles sehr blitzeblank und frisch in diesem Haus. Bedienung eingeschlossen.«

»Oh, danke, der Herr«, sagte Magdalena verlegen, lächelte

ihn jedoch an und strich eine blonde Strähne aus dem Gesicht.

»Wir haben ja selten so feinen Besuch in unserem Haus und da möchte ich, dass auch alles zu Ihrer Zufriedenheit ist, wo der Herr doch sicherlich was viel Besseres gewohnt ist.«

»Weiß das Besondere wohl zu schätzen, auch wenn es mir auf dem Land unter die Augen tritt.«

Magdalena deutete mit einem errötenden Lächeln an, dass sie die Zweideutigkeit seiner Antwort sehr wohl verstanden hatte. Dabei entglitt ihr das Putztuch. »Oh!«, sagte sie und bückte sich danach.

Tobias hätte am liebsten laut gelacht, als er sah, wie Zeppenfeld sich ebenfalls vorbeugte und so tat, als wollte auch er das Tuch aufheben. Doch fasste er nach ihrer Hand.

»Entschuldigung. Wie ungeschickt von mir.« Magdalena richtete sich auf, lächelte verwirrt und fragte dann: »Möchten – möchten Sie vielleicht jetzt Ihr Zimmer sehen, mein Herr? Ich habe alles für Sie gerichtet.«

»Brenne darauf, Werteste. Wäre mir großes Vergnügen.«

Tobias sah noch, wie sie ihre Röcke weiter anhob, als es von der Treppe her erforderlich gewesen wäre, und so nahe an Zeppenfeld vorbeiging, dass sie ihn mit der Hüfte streifte.

Dann zog er den Kopf ein, sprang lautlos federnd auf und verschwand in der Kammer. Er gab Sadik im Nebenzimmer ein leises Klopfzeichen, griff zum Florett und presste das Ohr an die Tür. Bis jetzt klappte alles wie geplant. Magdalena hatte ihre Sache ausgezeichnet gemacht. Es durfte gleich nur keinen Lärm geben, der Stenz und Tillmann alarmierte. Dann stand er, Tobias, in vorderster Linie. Und gegen zwei Musketen war mit einem Florett nicht viel auszurichten, auch wenn man noch so gut damit umzugehen wusste. Eine Kugel war tausendmal schneller als die meisterlichste Parade.

Tobias schloss die Augen und schickte ein stummes Stoßgebet gen Himmel, dass nichts Unvorhergesehenes passierte und Zeppenfeld die Falle nicht zu früh erkannte.

Jetzt gingen sie den Flur entlang.

»... natürlich nur das beste Zimmer ausgesucht, das wir Gästen anzubieten haben«, hörte er Magdalenas Stimme. »Es hat ein wunderschön weiches Bett.«

»Werde mich erkenntlich zeigen, schöne Frau. Stets meine Devise. Entgegenkommen stets großzügig entlohnen. Kein Mann von kleinlichem Wesen.« Das war eindeutig!

»Da sind wir«, sagte Magdalena mit belegter Stimme. »Wenn Sie erlauben, gehe ich vor. Das Bett ist frisch bezogen und das Beste, was die *Goldene Ähre* ihren Gästen zu bieten hat.«

»Nur das Zweitbeste. Das Beste ...«

Jetzt muss es passieren!, schoss es Tobias durch den Kopf, er zog die Tür auf und trat auf den Gang.

Im selben Augenblick glitt Sadik im Nebenzimmer hinter der Tür hervor und setzte Zeppenfeld, der in ungläubigem Entsetzen die Augen aufriss, das Messer an die Kehle.

»Ganz richtig, das Beste ist die Stunde der Rache, nicht wahr? ›Die Übeltäter aber sollen auf ewig der Höllenstrafe verfallen sein!‹ 43. Sure, Vers 75.«

Zeppenfeld öffnete den Mund.

»Ein Laut und ich schneid Ihnen die Kehle von Ohr zu Ohr auf!«, warnte Sadik.

Tobias tauchte hinter Zeppenfeld auf und tippte ihm mit der Florettklinge auf die Schulter.

»Tut uns wirklich Leid, dass aus dem geplanten Schäferstündchen nun nichts wird, Zeppenfeld.« Er schloss rasch die Tür hinter sich. »Glaube auch nicht, dass ein Schleimer wie Sie ihren Geschmack trifft.«

Die Demütigung jagte ein wildes Funkeln in Zeppenfelds Augen. »Bauerndirne! Ahnte es doch! Passt zu euch!«, stieß er in ohnmächtiger Wut hervor.

Magdalena war zitternd auf das Bett gesunken. Nun aber sprang sie auf und bevor Sadik oder Tobias sie noch zurückhalten konnte, hatte sie Zeppenfeld schon eine schallende Ohrfeige gegeben.

»Niemand nennt mich eine Dirne und Sie schon gar nicht!«

»Wird ein Nachspiel haben!«, drohte Zeppenfeld und seine Nasenflügel bebten in ohnmächtiger Wut. »Werde ...«

»Sie werden den Mund halten und tun, was ich Ihnen sage!«, schnitt Sadik ihm das Wort ab.

»Habe nicht ...« Zeppenfeld brach jäh ab, als Sadik eine blitzschnelle Bewegung mit der Messerklinge machte.

»Diesmal habe ich kaum die Haut geritzt, Zeppenfeld! Doch beim nächsten Mal geht die Klinge tiefer, das schwöre ich Ihnen bei Allah und allen Suren des Korans!«, zischte Sadik. »Und dann halte ich mich an die Heilige Schrift, in der es da heißt: ›Seid daher nicht milde mit euren Feinden!‹ 47. Sure, Vers 36. Es liegt also ganz in Ihrer Hand, was mit Ihnen geschieht!«

»Tobias! Magdalena! Zerschneidet das Bettlaken. Wir brauchen ausreichend Fesseln!«, wies Sadik sie an und zwang Zeppenfeld sich auf den Stuhl hinter der Tür zu setzen. Sein Blick ging zum Fenster hinaus.

Abendrot überzog den Himmel. Sie hatten nicht mehr viel Zeit. Noch erklang Hämmern aus der Schmiede. Aber Leo Kausemann würde mit dem Beschlagen der Falben bald fertig sein. Und wenn dann Stenz und Tillmann noch unten im Schankraum saßen, würde es schwierig werden, mit heiler Haut den Gasthof und Siebenborn zu verlassen.

Zeppenfeld war schnell an den Stuhl gefesselt. Doch das hasserfüllte Feuer seiner Augen sagte genug.

Tobias hätte nur zu gern gewusst, woher er erfahren hatte, dass sie sich in dieser Gegend aufhielten. Doch die Zeit war zu knapp. Jede Minute, die sie mit unnützen Fragen vertrödelten, konnte ihren Plan wie ein Kartenhaus zum Einsturz bringen.

»Magdalena! Fahr dir mit den Händen durch die Haare und bring sie ein wenig in Unordnung«, forderte Sadik sie auf, als genügend Stoffstreifen für weitere Fesseln bereitlagen. »Und reiß den obersten Knopf vom Kleid. Das Leibchen kann auch ruhig etwas verrutscht sein.«

Sie kicherte leise. »So darf mich der Patron aber nicht sehen! Er würde mich sofort entlassen. Er führt nämlich ein ordentliches Haus.«

»Deine Zeit bei ihm ist so oder so abgelaufen, denn wir nehmen dich doch mit«, erinnerte Tobias sie.

»Ja, jetzt gibt es für mich wohl kein Zurück mehr. Ludwig, der mein Verlobter ist, wohnt aber auf der anderen Seite vom Neckar, in Stillinghausen, bis dahin müsst ihr mich unbedingt mitnehmen!«

»Du hast unser Wort. Und nun lauf runter und sag den beiden, du wärst gleich wieder zurück«, trug Sadik ihr auf. »Wenn sie dich so sehen, werden sie sich schon ihre Gedanken machen und wissen, was hier oben passiert ist. Dann pack deine Sachen zusammen und halte dich bereit. Aber denk daran, dass wir nur zwei Pferde haben und du nicht viel mitnehmen kannst.«

»Was ich besitze, passt in einen Wäschebeutel.«

Tobias zog seinen Geldbeutel hervor und zählte ihr ein halbes Dutzend Münzen in die Hand.

»Genügt das für die Überfahrt?«

Ihre Augen glänzten. »Oh, mein Gott! ... Ja, ja, es ist bestimmt genug! ... Wenn ich das dem Ludwig ...«

»Später! Wir müssen uns noch um die anderen beiden kümmern«, fiel ihr Sadik ins Wort. »Geh in den Schankraum hinunter und tu, was ich dir aufgetragen habe.«

»Und nun zu Ihnen, Zeppenfeld! Sie rufen jetzt diesen Stenz hier zu sich aufs Zimmer!«, befahl Sadik und setzte ihm wieder die Klinge an die Kehle. »Versuchen Sie erst gar nicht, besonders gerissen sein zu wollen. Es wird sich für Sie nicht auszahlen. Mag sein, dass wir Ärger mit Stenz und Tillmann kriegen, falls es Ihnen gelingt sie zu warnen. Aber ich glaube nicht, dass Sie so lange leben, um die Warnung ganz aussprechen zu können. Wir hatten damals in Ägypten und im Sudan monatelang Gelegenheit, einander gut kennen zu lernen. Sie wissen demnach, dass ich keine leeren Drohungen ausspreche! Also?«

»Gedenke nicht, für die beiden mein Leben zu riskieren«, antwortete Zeppenfeld gepresst. »Habe Geduld, Sadik. Werdet mir nicht entwischen. Habe euch jetzt gefunden, trotz Ballonflucht. Prächtige Idee. Aber Flucht letztlich zwecklos. Bekomme euch noch zu fassen! Besser für euch, ihr gebt mir den Spazierstock. Könntet dann ungehindert eurer Wege ziehen und euch eine Menge Ärger ersparen. Bekomme ihn früher oder später ja doch. Dumme Verzögerung, das hier, sonst nichts. Das nächste Mal ...«

»Das nächste Mal werden wir das anders austragen, Sie elender Lump!« Tobias spie ihm die Worte ins Gesicht und bereute nun fast, sich nicht auf einen Kampf Mann gegen Mann eingelassen zu haben.

»Sie haben auf meinen Onkel schießen lassen! Sie sind dafür verantwortlich, dass Pizalla triumphieren und ihn in den Kerker schließen konnte! Allein schon dafür müsste ich Sie töten, Sie erbärmlicher Feigling! Sie lassen die Drecksarbeit von anderen erledigen, weil Sie ein feiger Hund sind! Am liebsten ...«

Er hatte Zeppenfeld mit der Linken am Jackenkragen gepackt, während die Rechte noch immer das Florett umfasst hielt.

Sadik fiel ihm in den Arm. »Ruhig, Tobias! Tot nutzt er uns jetzt gar nichts. Zumindest heute nicht. Und warst nicht du derjenige, der unbedingt ein Blutbad vermeiden wollte?«, mahnte er ihn zu mehr Beherrschung.

Tobias ließ ihn los, Hass in den Augen, der Zeppenfeld einen Schauer durch den Körper jagte.

»Ja, ich weiß!«, stieß Tobias hervor. »Aber wenn er nicht genau das tut, was er soll, machen wir kurzen Prozess mit ihm!«

Sadik nickte. »In Ordnung. Du passt auf ihn auf und ich kümmere mich um das andere Lumpenpack.«

Er nahm das runde Holzbein, das er von einem Hocker abgebrochen hatte, und ließ den Knüppel in die linke Hand klatschen, prüfte Gewicht und Handlichkeit und nickte zufrieden.

»Ein bisschen kurz, aber nur der Knüppel des Feigen ist lang. Er wird seinen Zweck erfüllen. Für den nötigen Nachdruck werde ich schon sorgen.«

Er ging zur Tür und öffnete sie auf Mannesbreite. Tobias und Zeppenfeld waren vom Eingang aus nicht zu sehen. Sie befanden sich links davon, in der Ecke im Schutz des Türblattes.

»Wir können!«, rief Sadik leise.

Tobias hatte das Florett mit seinem Messer vertauscht. »Los, rufen Sie jetzt Stenz! Und zwar laut und deutlich!«, befahl er und fügte, einer spontanen Eingebung folgend, hinzu: »Er soll Ihren Bierkrug mitbringen.«

Er ruckte kurz mit dem Messer.

Zeppenfeld machte einen ganz langen Hals, räusperte sich und rief dann laut: »Stenz! ... Stenz! ... Hochkommen! ... Bierkrug mitbringen! ... *Stenz!*«

»Bin schon unterwegs, mein Herr!«, schallte es zurück.

Sadik nickte zufrieden und schob die Tür wieder bis auf einen Spalt zu. »Aufgepasst jetzt! Wenn er nicht spurt, soll er der Erste sein, der Blut schmeckt!« Er huschte hinter den Schrank.

Tobias nickte, leckte sich über die Lippen und fasste mit der linken Hand unbewusst nach der kleinen Holzkugel mit den vielen eingeschnitzten magischen Zeichen, die er an einem dünnen Lederband um den Hals trug. Jana hatte sie ihm zum Abschied geschenkt. Sie sollte ihm Glück bringen. Und Glück hatten sie jetzt bitter nötig. Wenn es nur gut ging!

Mit lautem Poltern stiefelte Stenz die Treppe hoch und ging den Flur entlang. »Soll ich Ihnen den Krug vor die Tür stellen?«

Tobias ruckte wieder mit dem Messer.

Zeppenfeld schluckte. »Nein! Komm rein! Tür ist offen!«

»Ganz wie Sie meinen«, sagte Stenz und drückte die Tür auf. »Bei allem Respekt, mein Herr, aber dass Sie die Kleine so schnell ...«

Weiter gelangte er nicht, denn in dem Moment sprang Sadik auch schon hinter dem bemalten Bauernschrank hervor und zog Stenz das Stuhlbein über den Hinterkopf. Er gab nur einen verwunderten Seufzer von sich und sackte bewusstlos zusammen. Sadik konnte ihn auffangen, nicht jedoch verhindern, dass der Krug auf dem Boden zerschellte.

»Tillmann!«, rief Sadik leise.

Tobias beugte sich zu Zeppenfeld hinunter. »Schimpfen Sie über Stenz' Ungeschicklichkeit und rufen Sie dann Tillmann! Los! Schnell!«

Zeppenfeld zögerte. Doch nachdem nun auch Stenz ausgeschaltet war, räumte er Tillmann keine großen Chancen ein, das Blatt allein zu ihren Gunsten zu wenden. Sinnlos, sein Leben in dieser aussichtslosen Situation zu riskieren. Der Beduine und der Junge hielten alle Trümpfe in der Hand. Und die ganze blinde Wut, die ihn erfüllte, kam in seiner Stimme zum Ausdruck, als er nun schrie: »Verdammter Trottel! ... Keine Augen im Kopf! Für nichts zu gebrauchen! ... Tillmann! ... Tillmann!«

»Ja, was gibt's denn?«

»Sofort herkommen! ... Auf der Stelle!«

Auch Tillmann ging ihnen in die Falle. Als er die Tür aufstieß und Zeppenfeld nicht im Bett vorfand, wie er es erwartet hatte, und auch nichts von Stenz sah, runzelte er die Stirn. Doch der Argwohn, der in ihm aufkeimte, erhielt keine Gelegenheit, Alarm in ihm auszulösen. Denn Sadik sprang ihn an.

Das Letzte, was Tillmann sah, war ein Knüppel, der aus dem Nichts erschien und sein ganzes Blickfeld ausfüllte. Dass er zu Boden ging, spürte er schon nicht mehr.

»*Al-hamdu lillah* ... Allah sei Dank, dass alles so geklappt hat!«, stieß Sadik unendlich erleichtert hervor und ging sofort daran, den Bewusstlosen Arme und Beine zu fesseln.

Tobias wollte ihm helfen, doch Sadik schüttelte den Kopf. »Das schaffe ich schon allein. Hol du unsere Sachen aus der Kammer und bezahl schon mal den Hufschmied. Halt ihn da unten im Hof fest und verwickle ihn in ein Gespräch. Denn wenn er die drei Pferde vor dem Gasthof sieht und drinnen keine Spur von den Männern, muss er zwangsläufig misstrauisch werden und dann haben wir neuen Ärger – mit dem falschen Mann.«

»Ich mach das schon«, versprach Tobias, nahm sein Florett und warf sich nebenan Satteltaschen und Proviantsack über die Schulter. Als er die Treppe hinunterging, tauchte Magdalena in der Küchentür auf, einen kleinen geblümten Kleidersack in der Hand.

»Habt ihr sie alle?«

Tobias lächelte ihr aufmunternd zu. »Alle Tauben im Schlag. Werden nur noch verschnürt. Wir brechen gleich auf.«

»Ich warte am anderen Ende des Dorfes auf euch. Wenn der Patron mich bei euch aufsteigen sieht, wird er Verdacht schöpfen, ich könnte etwas gestohlen haben oder so, und uns sofort verfolgen.«

»Gut, dass du daran gedacht hast. Also warte hinter dem Dorf auf uns.«

»Aber lasst mich nicht zurück!«

»Habe ich bisher nicht Wort gehalten? Hast du nicht schon die Goldstücke?«

Vertrauen zeigte sich wieder auf ihrem Gesicht. »Ich werde rechts bei der großen Eiche warten! Aber beeilt euch, die Kutsche trifft bald ein! Und dann ist auch die Frau des Patrons zurück!«, warnte sie und huschte an ihm vorbei auf die Straße. Noch war alles still. Ein trügerisch friedliches Bild, das jäh zerspringen konnte wie ein Spiegel unter einem Steinwurf.

Ein Mann von Ehre

Sadik hatte ein gutes Gespür gehabt. Tobias trat keine Minute zu spät zu Leo Kausemann in die Schmiede. Der Koloss von einem Mann hatte beiden Falben die schadhaften Eisen ersetzt und wollte gerade die Werkstatt verlassen. Schweiß glänzte auf seinem Gesicht und rann in kleinen Bächen durch den dichten Pelz auf seiner Brust.

»Wir haben es uns anders überlegt und reiten nun doch weiter«, unterrichtete Tobias den geschäftstüchtigen Bürgermeister.

Dieser stemmte die schwieligen Pranken in die Seite. »Ist euch mein Gasthof vielleicht nicht gut genug?«, verlangte er mit gekränkter Miene zu wissen.

»Nein, nein, überhaupt nicht. Ganz im Gegenteil. Ihre *Goldene Ähre* verdient den Namen wirklich zu Recht. So ein gepflegtes Haus ist uns schon lange nicht mehr begegnet. Wir wüssten nichts, was es daran auszusetzen gäbe«, beteuerte Tobias. »Es gibt bestimmt weit und breit keinen Gasthof, der so zur Einkehr einlädt wie der Ihre.«

Leo Kausemann stimmte dieses Lob wieder freundlich. »Wort und Siegel gebe ich dir darauf, junger Freund! Keiner kann mir das Wasser reichen. Noch nicht mal der flotte Hannes Kern mit seiner *Roten Laterne*, obwohl der kräftig in die Hände spucken und arbeiten kann. Hat was Ordentliches aus der Baracke gemacht, die er da vor ein paar Jahren übernommen hat. Aber dennoch, so richtig in Schwung kriegt er den Laden nicht«, brüstete er sich. »Anderes Publikum, das ihm den Schankraum füllt. Na ja, Siebenborn weiß eben, was es an Leo und seiner *Goldenen Ähre* hat. Aber sagt mal, wo wollt ihr denn noch hin? Es wird gleich dunkel!«

Tobias freute sich über die Gesprächigkeit des Mannes und er konnte ihn sich gut vorstellen, wie er jede Gelegenheit in Schmiede und Schankraum wahrnahm, um sich der Stimmen seiner Mitbürger zu versichern. Er war überzeugt, dass ihm nicht einmal am Amboss die Puste ausging und er den schweren Hammer genauso treffsicher schwang, während er gleichzeitig eine schwungvolle Rede hielt. Sadik brauchte sich mit dem Verschnüren von Stenz und Tillmann gar nicht zu beeilen.

»Wir wollen noch versuchen über den Neckar zu setzen«, antwortete er auf Kausemanns Frage.

»Über den Neckar? Bis zur nächsten Fährstation sind es zu Pferd noch fast zwei Stunden!«

»Ach, das stört uns nicht. Mein Freund hat es eilig, zu seiner Familie und in ärztliche Behandlung zu kommen. Es juckt ihn schrecklich unter dem Verband«, log Tobias und erzählte ihm die Geschichte von der Rauferei. »Und diese Nacht haben wir ja Vollmond.«

Leo Kausemann kratzte sich das kantige Kinn. »Vollmond oder nicht, der alte Jentsch wird nicht viel darum geben.«

»Jentsch? Wer ist das?«

»Der Fährmann unten am Gauler Strand. So heißt das flache Uferstück, obwohl es nur kiesig und sandig ist wie anderswo auch. Auf jeden Fall: Der alte Jentsch betreibt den Fährdienst. Ein Mann, auf den Verlass ist. Hält seinen Kahn in Schuss und legt sich kräftig ins Zeug. Aber nur von Sonnenaufgang bis Sonnenuntergang. Sowie die Sonne verschwunden ist, verschwindet er auch – und zwar in seiner Hütte.«

»Und dann?«

Leo Kausemann lachte. »Dann legt er die Beine hoch, räuchert sich mit Tabak ein und nimmt von seinem Selbstgebrannten gehörig einen zur Brust, junger Freund. Keine zehn Pferde kriegen ihn dann noch vor die Tür.«

Tobias dachte an seine Geldbörse und lachte. »Ach, den werden wir schon zu überreden wissen.«

Leo Kausemann machte eine skeptische Miene. »Da wäre ich nicht so zuversichtlich. Er ist so eigen, wie der Neckar nach der Frühjahrsschmelze reißend ist. Und wenn ich euch einen Rat geben darf: Macht euch bloß früh bemerkbar.«

»Weshalb denn das?«

»Weil er höllisch grantig werden kann, wenn er das Gefühl hat, jemand will ihm seinen sauer verdienten Abend vermiesen. Und mit einem grantigen Jentsch legt sich in dieser Gegend noch nicht mal der hitzigste Raufbold an, denn er weiß verteufelt gut mit der Flinte umzugehen. Der holt auch nach einem halben Dutzend Bechern Branntwein einen Vogel noch mit einem Schuss aus der Luft.«

Vermiesen? Wir werden diesem Jentsch den Abend höchstens vergolden und dagegen wird er kaum etwas einzuwenden haben, dachte Tobias, bedankte sich jedoch für den guten Rat. Er bezahlte für das Beschlagen und das Bad, das Sadik genommen hatte. Leo Kausemann weiterhin in ein Gespräch zu verwickeln, während er die Pferde sattelte und ihr Gepäck aufschnallte, bereitete ihm keine große Mühe.

Als Sadik, wieder den Verband um den Kopf, endlich über den Hof kam, atmete er dennoch auf. Sie bedankten sich noch einmal.

»Tut mir Leid für die Mühe und die Unannehmlichkeiten«, sagte Sadik, als er aufstieg.

»Von Mühe kann doch keine Rede sein«, wehrte Leo Kausemann ab.

»Das kommt noch«, murmelte Sadik leise und sie ritten los.

Magdalena hätten sie fast übersehen. Das letzte Licht des Tages verglomm im Westen und die graublauen Schatten der Dämmerung dunkelten rasch nach. Erst als sie sich vom Eichenstamm löste und ihr Bündel über dem Kopf schwang, sahen sie sie.

Tobias zügelte sein Pferd und streckte ihr eine Hand hin. »Spring auf! Schaffst du es?«

»So schwer ist das Gold in meinen Taschen nun auch wieder nicht!«, gab sie lachend zur Antwort. Erleichterung und die erwachte Hoffnung auf eine glückliche Zukunft mit ihrem Ludwig sprachen aus dem Lachen. Sie ergriff seine Hand, packte mit der anderen Hand die Sattelkante und zog sich zu ihm hoch.

»Halte dich an seinem Gürtel fest!«, rief Sadik ihr zu. »Wir müssen jetzt reiten, was die Tiere hergeben! Der Schmied wird nicht lange brauchen, bis er Zeppenfeld und seine Handlanger findet. Aber sie werden dennoch nicht so bald in der Lage sein, uns zu folgen.«

»Was hast du mit ihnen angestellt?«, wollte Tobias wissen, während sie nebeneinander über die dunkle Landstraße galoppierten.

»Ihnen die Kleider und Stiefel zerschnitten!«, rief Sadik ihm zu. »Werden kaum mit nackten Füßen und in Unterhosen auf Verfolgung gehen!«

Magdalena und Tobias brachen in fröhliches Gelächter aus, als sie sich die drei vorstellten, wie sie gefesselt, geknebelt und nur mit ihrer Unterwäsche bekleidet darauf warteten, dass man sie aus ihrer misslichen und peinlichen Lage befreite.

Die Nacht kam schnell. Nun ritt Sadik vorweg. Er hatte die scharfen Augen eines Raubvogels. Aber es war nicht nur die Schärfe seiner Augen, die ihn gefährliche Schlaglöcher und tiefe Spurrillen früh genug erkennen ließ, sondern er hatte ein besonderes Gespür dafür. Es glich dem faszinierenden Sinnesorgan einer Fledermaus, die auch in schwärzester Dunkelheit jedes Hindernis im Flug wahrnimmt und ihm stets rechtzeitig ausweicht.

Tobias folgte ihm mit drei, vier Pferdelängen Abstand. So hatte er Zeit genug, um auf seine Warnungen reagieren und seinen Ausweichmanövern folgen zu können. Es war ein wilder nächtlicher Ritt, der einen unerfahrenen und weniger mutigen Reiter in Angst und Schrecken versetzt hätte. Es gehörten Mut und blindes Vertrauen in Sadiks Fähigkeiten dazu, um so durch die Nacht zu jagen, denn noch war der Vollmond nicht aufgegangen.

Für Magdalena war es nicht damit getan, sich an Tobias' Gürtel festzuhalten. Längst hatte sie sich an seinen Rücken gepresst und die Arme um ihn geschlungen, um nicht vom Pferd geworfen zu werden. Doch kein Laut der Klage drang über ihre Lippen. Sie wusste nur zu gut, dass ihre Chance, ihren Verfolgern zu entkommen, nur in diesem geradezu lebensgefährlichen Ritt lag.

Tobias spürte ihren festen und zugleich doch weichen, anschmiegsamen Körper und es war ein angenehmes Gefühl, das ihn an Jana denken ließ – an die Nacht, als sie allein im Ballon aufgestiegen waren und er ihr einen Arm um die Schulter gelegt hatte. Und er stellte sich vor, es wäre sie und nicht Magdalena, die hinter ihm saß.

Jana!

Die Nacht flog an ihnen vorbei. Schaum sprühte von den Mäulern der Falben, die nun ihre Ausdauer unter Beweis stellten. Noch immer blieben sie im Galopp, ohne dass die Reiter sie mit schmerzhaften Hieben anzuspornen brauchten.

Sie erklommen eine Hügelkette und dann sahen sie den Fluss vor sich. Wie ein breites Band aus flüssigem Silber lag er vor ihnen. Der Mond warf seinen hellen Schein auf die schwarzen Bastionen der Wälder und die sanft gewellte Landschaft an den Ufern des Neckars.

Bis zur Heimstatt des Fährmanns war es nicht mehr weit. Lichtschein drang aus dem Fenster und den Rauch des Holzfeuers rochen sie, lange bevor sie die graue Fahne erkennen konnten, die aus dem Kamin aufstieg. Das Haus, das über kein Obergeschoss verfügte und sich unter dem klaren Nachthimmel zu ducken schien, lag gut fünfzig Schritte von der Anlegestelle des Fährkahns entfernt auf einer kleinen Anhöhe.

Eingedenk des Rates, den Leo Kausemann ihnen gegeben hatte, zügelten sie schon weit vorher ihre Pferde und ließen sie in einen mehr als verdienten Trab fallen.

»Heilige Jungfrau Maria!«, stieß Magdalena hervor. »Es ist uns wirklich nichts passiert! ... Und ich sitze immer noch auf dem Pferd! Ich kann es gar nicht glauben, dass wir uns nicht das Genick und alle Knochen im Leib gebrochen haben.«

Tobias wandte den Kopf. »Sag bloß, dir war bei dem Ritt nicht ganz wohl zu Mute?«, fragte er scherzhaft.

»Nicht ganz wohl?« Sie stöhnte auf und verdrehte die Augen. »Ich wäre fast gestorben! Ich glaube, ich habe wohl hundertmal den Rosenkranz rauf und runter gebetet!«

»Ach so, jetzt weiß ich auch, warum wir so gut vorangekommen sind«, zog er sie auf.

Sie löste sich ein wenig von ihm, lachte nun aber auch. »Hoffentlich gelangen wir auch noch über den Neckar. Er führt ziemlich viel Wasser in diesem Jahr«, sagte sie besorgt, als sie sich dem Fluss näherten, der aus der Entfernung bedeutend friedlicher ausgesehen hatte. Kraftvoll schossen die Fluten stromabwärts und an vielen Stellen blitzte es weiß auf, wo das Wasser in kleinen Strudeln schäumte.

»Wird schon klappen«, meinte Tobias betont zuversichtlich und erinnerte Sadik noch einmal daran, was Leo Kausemann ihm über den alten Jentsch gesagt hatte.

Der flache Fährkahn lag am Ufer vertäut. Er war groß genug, ein Fuhrwerk aufzunehmen. An den beiden Längsseiten gab es ein Geländer. An der Seite, die gegen den Strom gerichtet war, wies das Geländer besondere Verstärkungen auf sowie an beiden Enden schwere Eisenringe. Ein dickes Tau lief durch die Ringe und musste in der Mitte des Geländers noch eine Winde passieren. Mit Hilfe der Winde und des Seiles, das von Ufer zu Ufer reichte und im Wasser tief durchhing, um die Fahrt anderer Flussschiffer nicht zu behindern, wurde der Fährkahn über den Strom gezogen.

Sie führten die Pferde zur Anlegestelle hinunter. »Du bleibst hier bei den Pferden«, sagte Tobias zu Magdalena, die die Zügel nahm und sich vor Aufregung auf die Lippen biss.

»Fährmann Jentsch!«, rief Sadik, der sich des lästigen Verbandes entledigt hatte, kaum dass sie außer Sichtweite von Leo Kausemann gewesen waren. Diese Tarnung nutzte nun nichts mehr. Zeppenfeld würde vom Besitzer des Gasthofes erfahren, dass Tobias' Begleiter einen völlig verbundenen Kopf gehabt hatte. Es war somit sinnlos geworden, diese Täuschung aufrechtzuerhalten. Und er war froh, dass es vorbei war.

»Fährmann Jentsch?«, rief er laut, während er mit Tobias langsam auf die Hütte zuging. »Hören Sie mich?«

»Besser rede ich mit ihm, während du in meinem Schatten

bleibst«, sagte Tobias leise zu ihm. »Wer weiß, wie er reagiert, wenn er dich sieht. Einen Mann mit so dunkler Haut hat er sicher noch nie gesehen. Du weißt, die Vorurteile der Menschen sind grenzenlos.«

»Klugheit ist Kapital, Unverstand kann angelernt werden. Was Letzteres betrifft, so sind die meisten Menschen fürwahr sehr eifrige Schüler«, erwiderte Sadik spitz. »Also gut, übernimm du das Reden. Hauptsache, wir setzen so schnell wie möglich über den Fluss.«

Die Tür flog auf, als sie bis auf zehn Schritte an das Haus des Fährmanns herangekommen waren. Ein kräftiger Mann von gedrungener Gestalt trat ins helle Rechteck der Tür, eine doppelläufige Flinte in der Hand. Er stand ein wenig gekrümmt im Türrahmen, die Schultern leicht nach innen gezogen und den Kopf gebeugt, was seiner Haltung etwas Drohendes gab – von der Waffe einmal ganz abgesehen.

»Brauchen nicht zu schreien, Mann. Kann noch verdammt gut hören!«, schnarrte er unfreundlich. Man roch, dass er Alkohol getrunken hatte, doch seiner Stimme war nichts davon anzumerken. Er schwankte auch nicht, sondern stand breitbeinig und sicher in klobigen Stiefeln vor der Tür.

Tobias und Sadik waren augenblicklich stehen geblieben, denn er hielt die doppelläufige Flinte auf sie gerichtet. »Wir müssen ans andere Ufer, Herr Jentsch«, sagte Tobias betont freundlich und um ein gewinnendes Lächeln bemüht. »Ich weiß, dass Sie normalerweise nach Sonnenuntergang nicht mehr ...«

»Spar dir deinen Atem, du Grünschnabel!«, unterbrach ihn der Fährmann schroff. »Du weißt nicht mal genug, um damit den Boden von 'nem Fingerhut zu nässen! Denn wenn du was über den Fährmann Jentsch wissen würdest, ständest du nicht hier und würdest mir die Zeit stehlen. Jedermann weiß, dass ich nachts nicht auf den Fluss gehe, der Herr ist mein Zeuge!« Er bekreuzigte sich, als wäre allein schon der Gedanke so etwas wie Gotteslästerung.

»Niemand will Ihnen den Feierabend verderben. Wir erwarten auch nicht, dass Sie sich zu dieser späten Stunde noch abmühen und uns übersetzen«, fuhr Tobias unbeirrt fort. »Wir tun das schon selber.«

Der Fährmann spuckte geringschätzig aus. »Du willst die Winde bedienen, du halbes Hemd?«, bellte er. »Keine zehn Zahnräder weit kriegst du das Seil bei dieser Strömung voran! Das ist Arbeit für einen gestandenen Mann!«

Tobias schluckte die Beleidigung ohne mit der Wimper zu zucken hinunter. »Mein Freund und ich werden es schon schaffen«, beharrte er und fand es immer mühseliger, einen freundlichen Ton zu bewahren. Leo Kausemann hatte nicht übertrieben: Der Fährmann legte ein reichlich kratzbürstiges Benehmen an den Tag. Und die Flinte in seiner Hand ließ die ganze Sache noch unerfreulicher werden.

»Und wie kriege ich den Kahn wieder hier ans Ufer zurück, he? Mit 'nem Fingerschnippen vielleicht?«, fragte Jentsch sarkastisch.

Darauf wusste Tobias keine Antwort.

»Wir schicken jemanden aus Stillinghausen, dass er Ihnen den Fährkahn am Morgen wieder zurückbringt«, warf Sadik ein.

»Nein, verdammt noch mal! An meine Winde lass ich keinen anderen nicht!«, sagte Jentsch stur. »Betreibe den Fährdienst seit achtzehn Jahren und noch nie hat ein anderer als ich Hand an die Winde gelegt. Dabei wird es auch bleiben! Bin ein Mann von Ehre und Prinzipien! Werdet euch wie alle anderen bis Sonnenaufgang gedulden. Und glaubt ja nicht, ihr könntet euch den Kahn hinter meinem Rücken unter den Nagel reißen und übersetzen! Die Winde liegt an der Kette!« Er griff mit der Hand in die Tasche seiner Jacke und zog einen Schlüssel hervor. »Ohne den hier dreht sich die Kurbel nicht um eine Daumenlänge.«

»Die junge Frau da muss dringend zu ihrer Mutter. Sie liegt im Sterben!«, log Tobias. »Können Sie es über Ihr Herz bringen, sie die ganze Nacht hier am Ufer warten zu lassen, während ihre Mutter mit dem Tode ringt und den Morgen vielleicht nicht mehr erlebt? Nein, ich glaube einfach nicht, dass Sie so gefühllos sein und diese Schuld auf Ihr Gewissen laden können!«

»Wie heißt die Kranke und wo wohnt sie?«, wollte der Fährmann mit barscher Stimme wissen.

Tobias wurde bewusst, dass er noch nicht einmal Magdalenas Nachnamen kannte, geschweige denn die Größe des Ortes, in dem ihr Verlobter wohnte. Doch irgendeinen Namen musste er jetzt nennen, wenn er nicht ganz offensichtlich als Lügner dastehen wollte. »Maria Weber ist ihr Name und sie lebt in Stillinghausen«, antwortete er in der Hoffnung, dass zwei so gewöhnliche Namen wie Maria und Weber in dieser Kombination auch in Stillinghausen vertreten waren.

»Du lügst! Es gibt in Stillinghausen keine Maria Weber und da liegt auch keiner im Sterben nicht! Habe am Nachmittag erst Blumbergs Christopher übergesetzt, den Schuster, und mit ihm den Gemeindediener Ulrich Heukamp. Hat mir keiner was von einer Todkranken erzählt! Und was die beiden nicht wissen, gibt es auch nicht!«

»Ich lüge nicht. Die Frau muss wirklich dringend über den Fluss. Es handelt sich um eine Sache auf Leben und Tod!«, beteuerte Tobias und redete hastig weiter. »Natürlich wissen wir, was wir Ihnen mit unserem Anliegen zumuten. Eine nächtliche Überfahrt wagt gewiss nicht jeder und deshalb können Sie auch eine stolze Summe verlangen. Sagen Sie uns, wie viel Sie haben wollen – und Sie erhalten es! Wir zahlen jeden Preis, Herr Jentsch!« Es war ein letzter Versuch. Inständig hoffte er, dass der Fährmann habgierig war und sich mit Gold locken ließ. Deshalb brachte er schon im Reden seinen Geldbeutel zum Vorschein und ließ die Münzen hell in seine gewölbte Handfläche rieseln.

Als sich Jentsch mit raschen Schritten näherte, glaubte Tobias schon, endlich die schwache Stelle des Fährmanns getroffen zu haben. Ganz so falsch lag er damit auch nicht. Doch statt seinen Geiz geweckt zu haben, hatte er den grantigen Einsiedler noch mehr gegen sich aufgebracht.

Bevor Tobias wusste, wie ihm geschah, traf ihn der Zwillingslauf der Flinte von unten gegen die Hand. Die Geldstücke flogen durch die Luft und landeten rechts und links im Dreck.

»Mich kaufst du nicht! Hast du dir die Ohren nicht gewaschen?«, fauchte Jentsch aufgebracht, während Tobias ihn verdutzt anstarrte und sich die schmerzenden Knöchel rieb. »Ich habe gesagt, dass ich ein Mann von Ehre und Prinzipien bin! Ein feiner Herr wartet bei mir genauso wie ein Knecht! Der Kahn ist mein und wenn euch meine Fährzeiten nicht passen, sucht euch eine andere Stelle, wo man euch über den Fluss bringt!«

»Schon gut, wir haben verstanden, auch ohne dass Sie handgreiflich werden«, erwiderte Tobias mit mühsam beherrschtem Zorn. Aber angesichts einer Flinte, die in den Händen eines gereizten Mannes liegt, ist man klug beraten, seinem Temperament Zügel anzulegen. »Aber Sie erlauben, dass ich mein Geld wieder auflese, ja?«

»Nur zu und dann will ich meine Ruhe! Ihr habt schon genug von meiner Zeit gestohlen. Morgen bei Sonnenaufgang bringe ich euch rüber, wenn ihr dann noch wollt«, sagte der Fährmann Jentsch knurrig.

Tobias bückte sich langsam und begann die Münzen einzusammeln. Auch Sadik ging in die Hocke, um ihm dabei zu helfen. Er spürte, dass Sadik angestrengt überlegte, wie er den störrischen Fährmann überwältigen und ihm den Schlüssel zur Winde abnehmen konnte. Die Zeit drängte. Sie wussten nicht, wie groß ihr Vorsprung war. Es konnte eine halbe Stunde sein, aber vielleicht waren es auch nur ein paar Minuten. Zeppenfeld war unberechenbar.

Aber den Versuch zu unternehmen, Jentsch zu überrumpeln, erschien ihm zu gefährlich. Der Fährmann war kein Dummkopf und zudem ein ausgezeichneter Schütze, wie Leo Kausemann versichert hatte.

Deshalb sagte er mit warnendem Unterton zu Sadik: »Lass es sein!« Dabei tat er so, als meinte er damit das Aufheben der Geldstücke, doch Sadik wusste bestimmt, was er in Wirklichkeit damit meinte.

Seine Antwort bestätigte es. »Sein Schwanz ist aus Stroh und er reizt das Feuer.«

Tobias richtete sich auf und stellte sich so, dass er Sadik den Weg zum Fährmann verstellte. Eindringlich sah er seinem arabischen Freund ins Gesicht und fasste ihn an der Schulter. »Also, schlagen wir drüben am Wald unser Lager auf und warten wir bis zum Morgen«, sagte er und fürchtete einen Augenblick lang, Sadik könnte sich ihm widersetzen und doch noch versuchen alles auf eine Karte zu setzen.

Dann aber zuckte Sadik resigniert mit den Schultern und wandte sich um. »Du hast Recht, der Fuchs ist bei seiner Höhle ein Löwe«, brummte er missmutig, als sie sich von der Hütte des Fährmannes entfernten.

»Ich bin froh, dass du es nicht versucht hast«, sagte Tobias. »Er hätte uns glatt mit Schrot gespickt!«

»Und was meinst du, was Zeppenfeld mit uns anstellt, wenn er uns hier erwischt?«

»Wir *müssen* über den Fluss, nicht wahr?«

Sadik nickte knapp. »Ja, um jeden Preis!«

Wildwasserfahrt

Mit bangem Gesicht sah Magdalena ihnen entgegen. »Er bringt uns nicht hinüber, nicht wahr? Mein Gott, ich hätte es mir denken können, dass er sich nicht überreden lässt. Der Jentsch ist so stur wie ein Hauklotz.«

»Und auch das wohl nur, wenn er seinen guten Tag hat«, meinte Sadik.

»Was tun wir denn jetzt bloß?«, fragte sie ängstlich. »Wir können doch nicht bis Tagesanbruch warten!«

»Wie weit ist es bis zur nächsten Fährstelle?«, wollte Tobias wissen.

»Zu Pferd mindestens vier Stunden«, erklärte Magdalena. »Wir müssen dann aber erst wieder den halben Weg nach Siebenborn zurück und dann flussaufwärts. Außerdem gelangen wir da jetzt auch nicht über den Fluss. Denn der Mann, der dort den Fährdienst versieht, wohnt auf der anderen Flussseite und geht erst am Morgen zu seiner Anlegestelle.«

»Und auf dem Weg zurück nach Siebenborn würden wir unseren Verfolgern in die Arme reiten.« Tobias schüttelte den Kopf. »Unmöglich! Uns muss etwas anderes einfallen. Vielleicht sollten wir uns im Wald verstecken.«

Der Fährmann stand noch immer vor seiner Hütte, als traute er dem Braten nicht so recht. »He, auf was wartet ihr noch? Schlagt euer Lager gefälligst woanders auf!«, rief er ihnen zu. »Bei meinem Kahn will ich euch nicht haben!«

»Nein, ich weiß, was wir tun. Wir gehen *hier* über den Fluss!«, bestimmte Sadik energisch. »Für alles andere bleibt uns keine Zeit!«

»Du willst mit den Pferden durch diese reißenden Fluten?«, fragte Tobias ungläubig.

»Heilige Mutter Gottes, das ist unser Tod!«, stieß Magdalena entsetzt hervor. »Ich kann nicht schwimmen!«

Sadik machte eine ungeduldige Handbewegung. »Ich habe nicht vor, den Fluss zu durchschwimmen. Dass wir das niemals schaffen werden, sehe ich auch. Nein, wir nehmen den Fährkahn!«

Verständnislos sah Magdalena ihn an. »Ja, aber ...«

Sadik ließ sie nicht ausreden. »Es bleibt uns nicht viel Zeit zum Reden. Es muss schnell gehen, wenn ich das Zeichen gebe. Also hört genau zu, was ich euch sage«, forderte er sie auf und löste dabei den Satteltaschengurt seines Pferdes. »Tobias! Schnall die anderen Packtaschen ab! Der Fährmann soll glauben, wir hätten wirklich vor, hier irgendwo unser Nachtlager aufzuschlagen.«

»Jetzt verstehe ich gar nichts mehr«, gestand Tobias, tat aber, wie ihm geheißen.

»Ein bisschen Bewegung da unten!«, verlangte der Fährmann ungeduldig. »Habe nicht vor, mir die halbe Nacht die Beine in den Bauch zu stehen!«

Hastig erklärte ihnen Sadik seinen Plan. »Wir werden uns dem Fährkahn anvertrauen – und zwar ohne das Führungsseil, das durch die Winde läuft. Ich werde es durchschneiden, wie auch das andere Seil, mit dem das Boot an dem Pfahl dort festgebunden ist. Daraufhin wird die Strömung es packen und flussabwärts treiben – mit uns und den Pferden an Bord.«

Tobias' Gesicht hellte sich auf. »Natürlich! Das ist es! Bevor der Sturkopf begreift, was wir vorhaben, sind wir mit seinem Kahn auf und davon!«

»Aber ohne Führungsseil sind wir dem Fluss hilflos ausgeliefert! So ein Fährboot lässt sich nicht steuern«, wandte Magdalena entsetzt ein.

»Wenn ich an Zeppenfeld, Stenz und Tillmann mit ihren Musketen denke, erscheint mir eine Wildwasserfahrt bei Nacht als das kleinere Übel«, meinte Tobias trocken und hängte sich die schweren Packtaschen über die Schulter.

»Schnelligkeit ist jetzt alles!«, mahnte Sadik. »Ihr nehmt die Pferde am Zügel und bringt sie auf mein Zeichen hin auf den Kahn. Vielleicht werden sie scheuen. Widersetzen sie sich zu sehr, gebt sie frei und lasst sie laufen. Wichtig ist jetzt nur, dass wir auf den Kahn kommen und damit von hier verschwinden!«

»Ganz ruhig«, sagte Tobias zu Magdalena und berührte kurz ihren Arm, als er sah, wie sie auf den schäumenden Fluss blickte. »Wir schaffen es schon. Es sieht schlimmer aus, als es ist. Morgen lachst du darüber. Außerdem: Wir haben keine andere Wahl.«

»He, habt ihr Sand in den Ohren?«, brüllte der Fährmann ihnen zu. »Sucht euch woanders einen Lagerplatz!«

»Seid ihr bereit?«, fragte Sadik.

Magdalena packte die Zügel von Sadiks Pferd und nickte stumm.

»Bereit zum Entern!«, versuchte Tobias zu scherzen, doch seiner belegten Stimme war die innere Anspannung anzumerken.

»Dann los!«, rief Sadik gedämpft, warf die Satteltaschen auf das Boot und hielt im nächsten Augenblick sein Messer in der Hand. Er hörte den dumpfen Aufschlag der anderen Packtaschen und dann das schrille Wiehern der Falben, als Magdalena und Tobias die Pferde zum Fährkahn zerrten. Doch er kümmerte sich nicht darum, sondern sprang zum unteren Halteseil, das nur dem sicheren Vertäuen des Bootes am Ufer diente und nicht einmal halb so dick wie das Führungstau war. Mit Leichtigkeit fuhr die Klinge durch den Hanf und durchtrennte die gedrehten Stricke.

»Zum Teufel, was treibt ihr da? Runter von meinem Kahn!«, gellte des Fährmanns Stimme durch die Nacht und dann begriff er, was sie vorhatten. Er rannte den Hügel hinunter und schrie sich fast die Kehle aus dem Leib.

»Elendes Diebespack! Euch werde ich es zeigen! Ich werde euch schneller ans andere Ufer bringen, als euch lieb sein wird – und zwar mit ein paar Ladungen Schrot!« Er riss das Schrotgewehr hoch und drückte im Laufen ab.

Mit einem kanonenähnlichen Donnern löste sich der Schuss aus dem rechten Lauf der Flinte. Ein dichter Hagel Schrotkörner prasselte in den niedrigen Ginsterstrauch, der ein halbes Dutzend Schritte oberhalb der Stelle wuchs, wo Sadik gerade das Seil durchschnitten hatte. Die geballte Schrotladung riss den Strauch fast in Stücke. Blätter und Äste flogen davon, als wäre jemand mit einer riesigen Drahtbürste durch den Ginster gegangen.

Sadik hörte hinter sich Pferdehufe über Bohlenbretter poltern und sprang vom Pfahl zurück. Jetzt galt jede Sekunde. Als er herumfuhr, sah er, dass Magdalena ihr Pferd schon sicher auf das Boot gebracht hatte.

Tobias dagegen kämpfte verzweifelt mit seinem Falben, der immer wieder vor der kniehohen Bordkante scheute und mit angstvollem Wiehern in die Luft stieg. Der Schuss trug nicht dazu bei, ihn zu beruhigen.

»Wenn er nicht will, vergiss ihn! Los, auf den Kahn!«, schrie Sadik ihm zu und schlug dem Pferd im Vorbeilaufen mit der flachen Hand kraftvoll auf das Hinterteil. Der Falbe machte vor Schreck einen Satz vorwärts und sprang auf den Fährkahn. Geistesgegenwärtig griff Magdalena nach den Zügeln und hielt sie fest. Mit zitternden Flanken drängte sich das Tier gegen seinen weniger verstörten Artgenossen und stampfte verängstigt auf der Stelle.

Tobias, der beim Zerren an den Zügeln sein Gewicht nach hinten verlagert hatte, wurde von der Flucht des Pferdes nach vorn völlig überrascht. Er konnte sich vor den Hufen gerade noch in Sicherheit bringen, indem er sich zur Seite warf – mitten ins knietiefe Wasser. Eiskalt strömte es ihm unter seine Kleidung. Fluchend rappelte er sich auf, schwang sich über die Bordkante und wollte aufspringen.

Doch Sadik, der schon vor der Winde kauerte und das dicke Tau mit dem Messer bearbeitete, schrie ihm eine Warnung zu. »Flach liegen bleiben und den Kopf runter! Und du bleibst hinter den Pferden in Deckung, Magdalena!«

Fieberhaft säbelte er an dem fast armdicken Seil herum, das sich mit Wasser vollgesogen hatte und sich deshalb viel schlechter schneiden ließ als das Seil zum Vertäuen.

»Und was ist mit dir?«, rief Tobias erschrocken, als er den Fährmann am Ufer auftauchen sah. Sadik war dort an der Winde völlig ohne Schutz. Die nächste Schrotladung konnte ihn gar nicht verfehlen. Sie würde ihn aus so kurzer Entfernung in Stücke reißen.

»Allah ist mit den Rechtschaffenen, 30. Sure, Vers 70«, erwiderte Sadik unerschütterlich, während seine Klinge durch die zum Tau gedrehten Kardeele schnitt. »*Hasib!* ... Passt auf, gleich reißt uns die Strömung mit!«

»Gottverdammter Strauchdieb!«, brüllte der Fährmann, keine zwanzig Schritte mehr entfernt. »Du hast das letzte Mal ein Seil durchtrennt, das dir nicht gehört!« Er legte die Flinte auf ihn an.

Ein letztes Mal und mit all seiner Kraft zog Sadik das Messer durch den klaffenden Schnitt im Tauwerk. Die letzten Stränge rissen mit einem hohen, schnappenden Ton. Das Seil wurde durch den flussseitigen Ring gerissen und peitschte auf das Wasser. Von den Seilen befreit, stemmte sich der Kahn nicht länger gegen die andrängende Gewalt der Fluten. Mit einem Ruck, der Sadik rücklings auf die harten Bohlen warf und ihm wohl das Leben rettete, setzte sich das Fährschiff in Bewegung.

Keine Sekunde zu spät.

Die zweite Schrotladung aus dem Gewehr des Fährmanns war direkt auf Sadik gezielt gewesen, jedoch um einen lebensrettenden Bruchteil zu spät abgefeuert worden. Die Schrotkugeln klatschten in Brusthöhe in das Geländer und gegen das Gehäuse der Winde.

»Sadik! Hat es dich erwischt?«, stieß Tobias erschrocken hervor, als sich Sadik nicht von der Stelle rührte.

»*La*, alles in bester Ordnung. Allah sei Dank! Bin mit ein paar blauen Flecken und einem mächtigen Schreck davongekommen!«, antwortete der Araber und setzte sich mit einem Stoßseufzer der Erleichterung auf.

Tobias lachte über das ganze Gesicht. »Wir haben es geschafft! Wir haben es tatsächlich geschafft. Jetzt kann er uns nichts mehr anhaben!«, rief er, als sich das Boot rasch vom Ufer entfernte.

»Nein, er nicht«, murmelte Sadik mit einem besorgten Blick auf den reißenden Fluss.

Jentsch schickte ihnen lästerliche Flüche hinterher, während er am Ufer mit seinem davontreibenden Fährkahn Schritt zu halten und gleichzeitig die Flinte nachzuladen versuchte. Beides zur selben Zeit ließ sich schlecht miteinander in Einklang bringen. Er blieb schließlich stehen, um neues Pulver und Schrot in die Läufe zu stopfen. Dabei verlor er kostbare Zeit. Auch mit einem noch so schnellen Tempo vermochte er diesen Vorsprung hinterher nicht wieder aufzuholen. Zumal sein wilder und hoffnungsloser Wettlauf an einer Waldzunge, die bis ans Wasser reichte und dort in dichtes Gestrüpp überging, ein jähes Ende fand. In wilder Wut feuerte er auf den Kahn, der für seine Schrotgarben aber schon viel zu weit stromabwärts trieb.

»Fahrt zur Hölle!«, schrie er ihnen nach. »Das Genick sollt ihr euch brechen! Ersaufen sollt ihr! Weit werdet ihr nicht kommen! Ich werde dafür sorgen, dass ihr euch bis ans Ende eurer Tage in einem Steinbruch schinden müsst!«

Tobias formte mit beiden Händen einen Schalltrichter. »Haben Sie die Reihenfolge nicht ein wenig durcheinander gewürfelt, guter Mann?«, schrie er voller Spott zurück. »Wie möchten Sie es denn nun?«

»Lass ihn, Tobias«, sagte Sadik. »Tausend Flüche zerreißen noch nicht einmal ein Hemd.«

Tobias grinste. »Richtig, was kümmert die Wolken das Geheul der Schakale, nicht wahr? Selbst schuld, dass er seinen blöden Kahn jetzt los ist. Hätte er uns übergesetzt, hätte er eine Hand voll Goldstücke eingestrichen. Das hat er nun von seinem Starrsinn!«

Er versuchte sich aufzurappeln, doch das war leichter gesagt als getan. Erst jetzt, als die akute Gefahr durch den schießwütigen Fährmann gebannt war, wurde ihm wieder bewusst, dass sie nicht von sanft dahinfließenden Wogen eines trägen Flusses stromabwärts getragen wurden. Nein, der Boden unter ihm hob und senkte sich, dass er sich unwillkürlich an einen bockenden Esel erinnert fühlte, der seinen Reiter abzuwerfen versucht.

»Heiliger Strohsack! Da sind wir ja in einen mächtig wilden Tanz geraten!«, stieß er mit erzwungener Heiterkeit hervor, während ihm in Wirklichkeit ein flaues Gefühl kalten Schweiß auf die Stirn trieb. Wie ein Betrunkener wankte er zum Geländer und hielt sich daran fest. Einen Augenblick starrte er benommen auf den schäumenden Fluss.

Was sich vor seinen Augen abspielte, hätte für jeden Albtraum gereicht. Nur war diese rasante nächtliche Flussfahrt durch schäumende Wirbel Wirklichkeit! Von der Mitte dieser unbändig dahinjagenden Wassermassen sah der Neckar erschreckend breit aus. Wie fern die Ufer waren! Und wie schnell sie in der Dunkelheit dahinflogen! Die Bäume verschmolzen beidseits zu einer einzigen schwarzen Wand – ebenso undurchdringlich wie unerreichbar!

Wir sind verloren!, schoss es ihm durch den Kopf. Vaters Tagebücher, den Falkenstock, Sadik, Magdalena und mich – alles wird der Fluss verschlingen! Wir sind verloren! Verloren!

Es war Sadiks erregte Stimme, die ihn aus diesem tranceähnlichen Zustand riss. »Tobias! Bist du von allen guten Geistern verlassen? Hilf uns endlich, diese verflixten Biester unter Kontrolle zu bekommen!«, schrie er ihm zu. »Das hier ist keine gemütliche Ruderpartie. Die Pferde drehen durch! *Tobias!* ... Beim Barte des Propheten, nun beweg dich schon!«

Verstört fuhr Tobias herum. Schamesröte schoss ihm ins Gesicht, als er sich seiner Angst bewusst wurde, die ihn lähmte und die Hände nicht vom Geländer nehmen ließ. Sadik brauchte seine Hilfe! Und auch Magdalena! Die beiden Falben spielten verrückt und waren kaum zu bändigen. Was war nur mit ihm geschehen?

»Ich kann ihn nicht mehr halten!«, rief Magdalena mit angsterfüllter Stimme.

Als Tobias sah, wie sie zu Boden stürzte, ließ er das Geländer los und sprang zu ihr. Er konnte seinen Falben am Zaumzeug packen, musste aber alle Kraft aufwenden, um ihn an einem erneuten Aufbäumen zu hindern.

»So ist es schon besser!«, brummte Sadik.

Tobias wagte nicht, seinen arabischen Freund anzuschauen. Er schämte sich seines Versagens. Wie hatte ihm das nur widerfahren können?

Magdalena stand mit schmerzverzerrtem Gesicht auf und hielt sich am Bauchgurt des Pferdes fest, das Sadik zu beruhigen versuchte. »Der Fluss ist zu reißend! Wir schaffen es nie bis ans andere Ufer! Wir werden alle den Tod finden!«, jammerte sie, Tränen in den Augen.

»Das gilt für jede Kreatur«, erwiderte Sadik gelassen. »Doch es steht noch längst nicht fest, ob unsere Stunde ausgerechnet auf diesem Fluss geschlagen hat. Und wer mit seinem Unglück nicht zufrieden ist, den überfällt ein noch schlimmeres. Irgendwo wird diese wilde Flussfahrt schon ihr Ende finden. Also konzentrieren wir uns darauf, dass wir und die Pferde dann noch auf dem Kahn sind.«

Das Ende erfolgte früher als erwartet. Der Neckar vollführte wenig später eine scharfe Biegung nach rechts. Der Fährkahn rauschte durch diese Krümmung, geriet im Knick aus der Flussmitte und trieb auf das linke Ufer zu, das auch ihr Ziel war.

»Wir treiben ans Ufer!«, rief Tobias mit neu erwachter Zuversicht.

Es war Sadik, der auf der dem Ufer zugewandten Seite des flachen Kahnes stand und die vor ihnen liegende Untiefe zuerst bemerkte. Die Fluten türmten sich hier zu einer gut meterhohen Wasserzunge auf. Ihr Boot hielt direkt auf diese gefährliche Stelle, fünf Bootslängen vom Ufer entfernt, zu. Eine Kollision war unvermeidbar.

»Festhalten!«, schrie er.

Schon im nächsten Moment prallte der Fährkahn mit Wucht gegen die Untiefe und wurde von den nachdrängenden Fluten herumgerissen.

Tobias hörte Schreie, schrilles Wiehern und das Bersten von Holz. Er spürte, wie ihm der Zügel seines Falben entrissen wurde, sah aber nicht, wie das Pferd das Geländer durchbrach und in den Fluss stürzte. Er sah nur, wie der Sternenhimmel über ihm plötzlich jäh nach rechts kippte. Im selben Moment spürte er, dass er keinen Boden mehr unter den Füßen hatte.

Er hörte sich selbst schreien, während er vom Kahn geschleudert wurde und seine Hände nur in Luft griffen. Dann schlug er auf dem Wasser auf, tauchte unter und glaubte zu ersticken. Wild um sich schlagend und nach Atem ringend, kam er wieder hoch. Er sah den Kahn rechts von sich und einen wild gestikulierenden Sadik. Eine Welle schlug ihm ins Gesicht und er schluckte Wasser, hustete und würgte. Er kämpfte gegen die Panik an, die nun wieder nach ihm griff.

»... Seil! ...«, drang Sadiks gellende Stimme zu ihm. »Pack das Seil!«

Etwas flog auf ihn zu, klatschte einige Meter neben ihm ins Wasser. Ein Seil! Er warf sich nach vorn, peitschte mit den Armen die um ihn tobenden Wogen, griff nach dem Seil, das rasend schnell davontrieb, verfehlte es, setzte in wilder Verzweiflung nach, griff erneut daneben und konnte erst beim dritten Versuch das Ende gerade noch fassen.

»Festhalten! Nicht loslassen! Du schaffst es, Tobias!«, schrie Sadik ihm zu.

Tobias umklammerte das Seil, das eine Länge von gut vierzig Metern haben mochte, mit beiden Händen. Es spannte sich und er wurde in die Tiefe gerissen.

Plötzlich spürte er Grund unter seinen Füßen, stemmte sich ab und die kalte, nasse Decke über ihm brach auf. Gierig sog er die Luft in seine schmerzenden Lungen, während er zu seiner linken Hand das rettende Ufer erblickte – keine zehn Meter entfernt! Das Wasser reichte ihm hier gerade bis zur Brust. Doch der Kahn, mit dem er durch das Seil verbunden war, riss ihn von den Füßen und zog ihn mit sich. Immer wieder tauchte er unter.

»Lass das Seil los! Rette dich ans Ufer!«, schrie Sadik ihm zu, als er wieder einmal auftauchte und nach Atem rang.

Einen kurzen Moment lang war Tobias versucht der Aufforderung Folge zu leisten. Doch er gab das Seil nicht frei. Denn er sah, dass der Fluss vor ihnen wieder einer Biegung zustrebte, die diesmal jedoch einen weiten Linksbogen beschrieb. Und das bedeutete, dass die Strömung den Fährkahn wieder von diesem Ufer forttreiben würde. Und nur er allein hatte es in der Hand, das zu verhindern. Er musste die Fahrt des Bootes mit Hilfe des Seils stoppen.

Doch mit einem straff gespannten Seil, das ihn immer weiter mit sich riss, konnte ihm das unmöglich gelingen. Er brauchte zumindest ein paar Meter Spiel, wenn er eine Chance haben wollte.

Tobias holte Atem, tauchte unter und zog sich nun unter Wasser Hand über Hand am Seil dem Kahn entgegen. Jede Armlänge Tau musste er sich hart erkämpfen. Seine Lungen schienen platzen zu wollen.

Es war sein Instinkt, der ihm schließlich sagte, dass er nun genug Seillänge gewonnen hatte, um einen Versuch zu wagen. Er tauchte auf, spürte Grund unter den Füßen und mobilisierte nun alle Kräfte, um ans Ufer zu gelangen. Wie Blei waren seine Beine und die Strömung zerrte genauso an ihm wie das Seil. Er musste es durch seine Hände rutschen lassen, um nicht wieder von den Füßen gerissen zu werden. Und dabei rannte er doch schon durch das mittlerweile nur noch knietiefe Wasser! Verzweifelt hielt er Ausschau nach einem Baum, der nahe genug stand, um das Seil um seinen Stamm zu schlingen. Doch das Land stieg hier nur langsam und über breiten, wiesigen Grund zur Baumgrenze an, die für ihn unerreichbar war.

Tobias hatte Angst, das Seil könnte nicht reichen. Ihm waren nur noch zwei, drei Meter geblieben. Da wuchs vor ihm eine junge Trauerweide aus der Nacht. Das war die Rettung! Er lief vier, fünf Schritte schräg das Ufer hoch zu dem Stamm, der nicht dicker als sein Oberschenkel war.

Tobias sprang hinter den Baum, sodass das Seil nun ein U um die Trauerweide bildete. Augenblicklich spannte sich das Tau. Er stemmte sich gegen die gewaltige Kraft, die jetzt am anderen Ende zum Einsatz gelangte. Glühender Schmerz raste durch seine Arme, als er dieser Kraft standzuhalten versuchte. Die junge Trauerweide bog sich ächzend unter dem Druck von beiden Seiten und die Erde hob sich über dem dichten Wurzelgeflecht zu Tobias' Füßen.

Doch noch bevor diese Last, die auf den Baum einwirkte, ihn entwurzeln konnte, musste Tobias den Kampf aufgeben. Er hatte sich dem ungeheuren Gewicht, das ihm jetzt das Seil aus den Händen riss, nur wenige Sekunden widersetzen können.

Mit einem verzweifelten Aufschrei ließ er das Seil fahren und stürzte zu Boden. Er war fest davon überzeugt, seine Chance vertan und den Fährkahn nicht ans Ufer gebracht zu haben. Doch als er sich herumwälzte und aufschaute, sah er, dass er sich geirrt hatte.

Der Fährkahn trieb im flachen Wasser! Diese wenigen Sekunden des Widerstands mussten offensichtlich ausgereicht haben, um das Boot aus der Strömung und in Ufernähe zu bringen. Sadik sprang gerade an Land, bückte sich nach dem Seil, das durch den Ufersand schleifte, und rannte damit zu einem Baum hoch, der bedeutend kräftiger war als die Trauerweide. Und bevor der Kahn weitertreiben konnte, hatte er das Seil schon dreimal um den Stamm gewickelt. Ein letzter Ruck und der Fährkahn war endgültig am Ufer zum Stehen gebracht.

Unbändige Freude und Erleichterung durchströmten Tobias. Auch ein wenig Stolz. Sie hatten es geschafft und waren noch einmal mit ein paar Blessuren und einem gehörigen Schreck davongekommen.

Vergessen waren in diesem Moment die schmerzenden Glieder und Muskeln und die Hautabschürfungen an den Händen, die er sich zugezogen hatte, als er das Seil nicht schnell genug losgelassen hatte.

So schnell er konnte lief er zu Sadik und Magdalena hinüber. Sein Freund hatte den Falben schon vom Fährboot geholt und die Zügel sicherheitshalber an einen tief hängenden Ast des Baumes gebunden. Doch bis auf ein nervöses Schnauben zeigte der Falbe keine Anzeichen von Verstörung. Er hatte diese Wildwasserfahrt erstaunlich gut überstanden.

Was man von Magdalena dagegen nicht behaupten konnte.

Sie hockte wie ein Häufchen Elend im Sand, die Beine bis zur Brust angezogen und den Kopf zwischen den verschränkten Armen vergraben. Ein heftiger Weinkrampf schüttelte ihren Körper.

Tobias beugte sich zu ihr hinunter und legte ihr seine Hand sanft auf die Schulter. »Warum weinst du? Es ist alles gut. Wir sind sicher an Land. Der Albtraum ist überstanden. Und bis nach Stillinghausen werden wir es nun auch noch schaffen«, versuchte er sie trösten und hoffte die richtigen Worte gefunden zu haben. Doch sicher war er sich dessen nicht. Wie sollte er auch? Erfahrungen mit jungen, weinenden Frauen waren ihm bisher erspart geblieben.

»Ich weiß, es ist dumm und lächerlich, dass ich mich jetzt so aufführe, wo alles vorbei ist«, brachte sie unter Schluchzen hervor. »Aber ich kann einfach nicht dagegen an.«

»Nein, es ist weder dumm noch lächerlich«, widersprach er. »Ich glaube, uns allen sitzt der Schreck noch ganz mächtig in den Gliedern.«

»Es ist bestimmt gleich vorbei«, versicherte sie und fuhr sich über die Augen.

Sadik trat zu ihm und Tobias erhob sich. Er fühlte sich ein wenig beklommen und brachte daher nur ein schiefes Grinsen zu Stande.

Doch Sadik lachte ihn an und drückte ihn in einer Geste freundschaftlichen Überschwangs an sich. »Gut hast du das gemacht«, lobte er ihn. »Bei Allah, du hast dich tapfer gehalten. Sihdi Heinrich und Sihdi Siegbert wären stolz auf dich gewesen, wenn sie das miterlebt hätten! Das mit dem Seil war eine glänzende Idee! Wer weiß, was aus uns geworden wäre, wenn du tatsächlich auf mich gehört und das Seil losgelassen hättest, statt so geistesgegenwärtig zu handeln!«

Magdalena hob den Kopf und nickte heftig. »Ja, du hast uns damit das Leben gerettet!«, sagte sie voller Bewunderung.

»Ach, das stimmt doch gar nicht. Der Kahn ist mächtig stabil gebaut und kann ganz schön was wegstecken, wie wir gesehen haben. Ihr wärt nur woanders ans Ufer gespült worden. Außerdem ging alles so schnell, dass ich gar nicht recht wusste, was ich da tat«, wehrte Tobias ab, denn er hatte nicht vergessen, wie ihn die Angst zu Beginn der Flussfahrt gelähmt hatte. Von wegen Lebensretter! Nein, er sah sich wahrlich nicht als Held!

Sadik warf ihm einen bedeutsamen Blick zu. »Der Mensch ist eine Brücke, Gutes und Schlechtes geht darüber. In dieser Nacht haben wir bei dir eine Menge Lobenswertes gesehen, mein Junge.«

Tobias wechselte schnell das Thema. »Was ist mit meinem Falben passiert?«, wollte er wissen. »Und wo sind unsere Packtaschen?«

»Die Satteltaschen liegen da drüben. Es ist nichts verloren gegangen. Sie sind noch nicht einmal nass geworden, von ein paar Spritzern mal abgesehen.« Sadik wies zum Baum. »Doch dein Pferd hatte weniger Glück. Es ist mit dir über Bord gegangen, als wir die Untiefe gerammt haben.«

Tobias sah betroffen drein. »Ist es ertrunken?«

»Nein, es konnte sich ein gutes Stück oberhalb von der Stelle, wo du aus dem Wasser gekommen bist, ans Ufer retten«, berichtete Sadik. »Es hat sich bei dem Sturz auch nichts gebrochen. Ich habe deutlich gesehen, wie es in Richtung Wald galoppiert ist.«

»Dann kann es ja gar nicht weit sein«, sagte Tobias erleichtert.

»Nein, wir müssen es nur finden.« Sadik wandte sich Magdalena zu. »Hast du eine Ahnung, wo wir sind und wie weit es von hier bis nach Stillinghausen ist?«

Sie nickte. »Wir sind noch nicht an den Hütten der Fischer vorbeigekommen, die in etwa auf der Höhe der Ortschaft liegen. Bis nach Stillinghausen können es deshalb nur noch zwei, drei Kilometer sein. Die Landstraße muss gleich hinter dem Wald liegen, etwa einen halben Kilometer vom Fluss entfernt.«

»Das ist doch schon mal eine gute Nachricht«, stellte Sadik

zufrieden fest. »Jetzt müssen wir nur noch den Falben finden. Ich hoffe, er hat sich schnell beruhigt und ist nicht zu weit in den Wald galoppiert.«

»Zum Glück haben wir Zeit genug«, sagte Tobias. »Zeppenfeld und seine Männer werden nicht so schnell über den Fluss gelangen. Sie müssen erst zu dieser anderen Fährstelle, die immerhin ein paar Reitstunden weiter flussaufwärts liegt, und dort bis zum Tagesanbruch warten. Diesen Vorsprung kann uns keiner nehmen.«

Sadik nickte. »Dennoch zählt jede Minute. Suchen wir also nach unserem Ausreißer. Du bleibst hier und wartest auf uns«, sagte er zu Magdalena. »Tobias, du nimmst meinen Falben ...«

»Nein, reite du auf ihm. Ich möchte lieber zu Fuß auf die Suche gehen. Ich brauche die Bewegung, sonst friere ich noch mehr«, sagte Tobias, dem die klatschnassen Sachen am Leib klebten. Zwar war die Nacht nicht kalt, doch es herrschten noch längst nicht hochsommerliche Temperaturen, dass es einen nicht gestört hätte, die nächsten Stunden in durchweichten Kleidern zu verbringen.

»Bist du ein Fakir?«

Tobias sah ihn verständnislos an. »Wieso?«

»Na ja, wenn du mit nackten Füßen durch den Wald laufen willst ...«

Tobias blickte an sich hinunter und wurde sich erst jetzt bewusst, dass er mit nackten Füßen im Sand stand. Schuhe und Socken musste er verloren haben, als er das erste Mal im weichen Flussbett eingesunken war.

»Oh!«, entfuhr es ihm.

»Du musst nicht unbedingt triefnass durch den Wald laufen. Hast du vergessen, dass du eine trockene Hose, Hemd und sogar ein zweites Paar Schuhe in deinem Kleidersack hast?«, erinnerte ihn Sadik an die Sachen, die er am Morgen nach der Ballonlandung gegen den dunklen Anzug seines Vaters ausgetauscht hatte. »Also wie wäre es, wenn du dich umziehen würdest?«

Tobias schlug sich lachend vor die Stirn. »Mein Gott, natürlich! Wenn ich dich nicht hätte, Sadik!«

»Lass mich erst gar nicht darüber nachdenken. Wir haben für heute schon genug erlebt«, meinte dieser trocken.

Tobias zerrte den Kleidersack aus einer Packtasche, klemmte sich die Deckenrolle unter den Arm und verschwand damit im angrenzenden Wald. Welch eine Wohltat, sich der nassen Kleider entledigen zu können! Er trocknete sich oberflächlich mit der kratzigen Wolldecke ab und fuhr dann schnell in trockene Kleidung und Schuhe.

Dennoch blieb es dabei, dass Sadik den Falben nahm und er zu Fuß loszog.

Wenn die Nacht nicht so sternenklar und vom milchigen Licht des Vollmondes aufgehellt gewesen wäre, hätten sie das Pferd vermutlich gar nicht gefunden, denn es hatte sich in eine Mulde geflüchtet, die halb von dornigem Gestrüpp verdeckt wurde.

Doch auch so vergingen über zwei Stunden, bis Sadik zufällig auf ihn stieß. Eine Bewegung, die er bei bewölktem Nachthimmel mit Sicherheit nicht wahrgenommen hätte, erregte seine Aufmerksamkeit und brachte ihn zu dem Falben.

Wenn sich Magdalena in den Stunden des Wartens gefürchtet hatte, so ließ sie sich das nicht anmerken, als Tobias und Sadik endlich zu ihr zurückkehrten. Rasch wurden die Satteltaschen wieder aufgeschnallt, dann saß Magdalena hinter Tobias auf.

Keine zehn Minuten später hatten die Pferde den harten Boden der Landstraße unter den Hufen und ließen sich willig zu einem flotten Tempo anspornen.

Als die ersten Häuser zu sehen waren, zügelten sie die Pferde. »Du solltest so schnell wie möglich mit deinem Ludwig Stillinghausen, ja die ganze Gegend verlassen«, riet Sadik dem Mädchen. »Die Männer, die es auf uns abgesehen haben, werden ihre Zeit zwar nicht damit verschwenden, nach dir zu suchen um sich für deine Unterstützung an ihrer Überrumpelung zu rächen. Aber sollte der Zufall sie dir über den Weg führen, könnte es dir gehörig Unannehmlichkeiten bringen. Deshalb seid ihr klug beraten, wenn ihr euch nicht erst morgen in der Frühe, sondern schon jetzt auf die Reise begebt. Glaubst du, deinen Verlobten für einen nächtlichen Aufbruch gewinnen zu können, oder möchtest du, dass wir mit ihm reden, um ihn zu überzeugen?«

»Nein, nein, das wird mir schon nicht schwer fallen«, versicherte sie und glitt hinter Tobias vom Pferd. »Ich weiß, wo ich Ludwig jetzt finde. Er feiert mit ein paar Freunden im Gasthof *Kleineichen*, wo auch die Postkutsche hält. Mein Gott, wie wird er die Augen aufreißen, wenn er mich zur Tür hereinkommen sieht.«

»Hoffentlich ist er nicht zu beduselt«, meinte Tobias.

»Oh, nein! Nicht mein Ludwig!«

»Wie wollt ihr zu dieser Stunde überhaupt auf Reisen gehen? Die Postkutsche wird kaum vor Tagesanbruch losfahren«, gab Tobias zu bedenken.

»Ludwigs Freund, der Erich, wird uns ein Pferd verkaufen. Seinem Vater gehört der Mietstall. Wenn wir dann den Rhein erreicht haben, können wir es ja wieder verkaufen. Von dort wollte Ludwig sowieso mit einem Paketboot weiter.«

Sadik nickte. »Wenn ihr das tut und vorsichtshalber eine mehr südliche Route zum Rhein einschlagt, sehe ich keinen Anlass, mir Sorgen um euch beide zu machen«, meinte er.

Magdalena dankte ihnen noch einmal überschwänglich für die stattliche Summe, die sie für ihre Hilfe erhalten hatte, wünschte ihnen Gottes Segen und eilte dann die Straße hinunter zum besagten Gasthof.

»Lass uns warten und sehen, ob sich auch alles so gestaltet, wie sie es sich erhofft«, schlug Sadik vor, als sie das andere Ende der Ortschaft erreicht hatten.

Tobias hatte nichts dagegen einzuwenden. Im Gegenteil. Auch er wollte sichergehen, dass Magdalena mit ihrem Verlobten unverzüglich aufbrach.

Sie führten die Pferde von der Straße und warteten im Schutz einer Baumgruppe. Ihre Geduld wurde nicht lange in Anspruch genommen. Keine halbe Stunde später hörten sie Hufschlag, der sich ihnen schnell näherte, und dann galoppierte ein Grauschimmel mit einem kräftigen Mann und Magdalena auf dem Rücken an ihnen vorbei.

»Scheint keinen schlechten Fang mit ihrem Ludwig gemacht zu haben. Ein vernünftiger Bursche, der nicht viel Zeit vertrödelt«, bemerkte Sadik schmunzelnd. »Mögen sie ihr Glück in Amerika finden!«

Sie schwangen sich wieder auf ihre Pferde, ließen die Falben jedoch nicht im Galopp laufen. Die Nacht war noch lang und es war unklug, die Tiere durch ein forciertes Tempo zu schnell zu ermüden.

Schweigend ritten sie durch die helle Nacht. Tobias hatte bald mit der Müdigkeit zu kämpfen. Das gleichmäßige *Traptrap* der Hufe und das rhythmische Knarren von Sattelleder hatten eine zusätzlich einschläfernde Wirkung auf ihn. Er summte leise vor sich hin, um sich wach zu halten. Doch er konnte dennoch nicht verhindern, dass ihm immer wieder kurz die Augen zufielen.

Anfangs schreckte er schon nach zwei, drei Sekunden wieder hoch und konnte sich danach eine Weile wach und aufrecht halten. Doch das Verlangen nach Schlaf kehrte bald wieder zurück – in immer kürzeren Abständen und mit immer mehr Macht.

Schließlich übermannte ihn der Schlaf und der Kopf fiel ihm auf die Brust. Doch schon nach wenigen Minuten weckte ihn etwas. Ganz benommen richtete er sich im Sattel auf und bemerkte, dass sie sich nicht mehr auf der Landstraße befanden. Weicher Waldboden verschluckte den Hufschlag der Pferde. Sadik führte seinen Falben am Zügel und glitt nun aus dem Sattel.

»Was ist?«, fragte Tobias.

»Du bist im Sattel eingeschlafen. Wir legen eine Rast ein.«

»Das ist nicht nötig«, wehrte Tobias beschämt ab. »Ich bin nur mal kurz eingenickt. Wir können ruhig weiterreiten. Ich halte schon noch durch.«

»Nein, du bist erschöpft, mein Junge, und das ist nach den Ereignissen dieser Nacht auch wahrlich kein Wunder. Es besteht zudem kein Grund, weshalb du durchhalten müsstest«, erwiderte Sadik.

Tobias gab es auf, ihm etwas vormachen zu wollen. Die Erschöpfung stand ihm im Gesicht geschrieben. Mit schmerzenden Gliedern stieg er vom Pferd und nahm den Sattel ab. Sie pflockten die Falben an und streckten sich dann auf dem moosigen Waldboden aus.

Obwohl todmüde konnte Tobias dennoch nicht sofort wieder einschlafen. Ihn bedrückte etwas und er musste es loswerden. Er wollte nicht, dass etwas Unausgesprochenes zwischen ihnen stand.

»Sadik?«

»Mhm?«

»Vorhin auf dem Kahn ...« Er stockte, weil er nicht wusste, wie er seine Schande in Worte fassen sollte.

»War eine Fahrt, die wohl keiner von uns so schnell vergessen wird, nicht wahr?«, sagte Sadik unter herzhaftem Gähnen.

»Nein, ich bestimmt nicht, denn ich – ich habe noch nie solche Angst ausgestanden«, zwang sich Tobias zu sagen. »Ich ... ich war vor Angst wie gelähmt.«

»Ich weiß«, lautete Sadiks ruhige Antwort.

Tobias schwieg in banger Erwartung und hörte sein Herz klopfen. Sadiks Freundschaft und Achtung bedeuteten ihm so ungeheuer viel. Die Tagebücher seines Vaters, ja sogar der Falkenstock mit seinem Geheimnis waren ihm nicht halb so wichtig.

Es war Sadik, der das Schweigen brach. »Und jetzt schämst du dich, weil du meinst im Angesicht der Gefahr versagt zu haben.«

Tobias schluckte schwer. »Ja, ich schäme mich«, sagte er leise und mühsam. »Ich verstehe einfach nicht, wie mir das passieren konnte. Als mich Zeppenfelds Männer damals in die verlassene Hütte des Köhlers verschleppten und es da zum Kampf mit der blanken Waffe kam, hatte ich nicht die geringste Angst. Doch vorhin ...«

Er schüttelte im Dunkeln den Kopf.

»Hältst du mich für einen feigen Mann, Tobias?«

»Dich? Natürlich nicht!«, antwortete Tobias ohne Zögern und dachte an die unzähligen gefährlichen Abenteuer, die Sadik an der Seite seines Vaters gemeistert hatte. Sadiks Mut und Tapferkeit waren über jeden Zweifel erhaben.

»Auch ich hatte schreckliche Angst. Erinnerst du dich, wie ich gejammert habe, als ich aus der Bewusstlosigkeit erwachte und zu meinem Entsetzen feststellte, dass ich mich in der Gondel des Ballons befand, viele hundert Meter in der Luft? Und dann auch noch mitten in einem Unwetter? Du hast die Nerven behalten, während ich den halben Koran heruntergebetet habe, um vor Angst nicht verrückt zu werden.«

»Das war etwas anderes, weil es mit deinem Glauben zusammenhängt. Du hast den Ballon vom ersten Tag an für eine Herausforderung Allahs gehalten.«

»*Aiwa*, und daran halte ich noch immer fest.«

»Und du hast von Anfang an gewusst, dass dich eine Fahrt damit in Angst und Schrecken versetzen würde«, fügte Tobias noch hinzu. »Ich dagegen habe geglaubt, der reißende Fluss könne mich nicht schrecken – um dann plötzlich von dieser schrecklichen Angst befallen zu werden.«

»Kennst du die Geschichte vom Bildhauer und vom Marmorlöwen?«, fragte Sadik scheinbar ohne jeden Zusammenhang.

»Nein.«

»Dann höre mir zu.« Sadik setzte sich auf. »In Bagdad lebte einmal ein Bildhauer, der weit über die Grenzen des Landes hinaus berühmt war. Keiner konnte so herrliche Löwen aus dem Stein hauen wie dieser Mann. Sie wirkten so lebensecht, dass man meinte, jeden Moment könnten sie einen ansspringen. Seine Werkstatt war fast schon so etwas wie eine Pilgerstätte, besonders unter Bildhauern. Eines Tages stand wieder einmal ein Besucher in seiner Werkstatt und seine Bewunderung für den Löwen, den der berühmte Bildhauer gerade fertig gestellt hatte, kannte keine Grenzen. Und weil er sich beim besten Willen nicht erklären konnte, wie man solch ein Meisterwerk mit derlei primitiven Werkzeugen erschaffen konnte, wie sie der Bildhauer verwendete, fragte er ihn nach dem Geheimnis seiner Kunst, fest davon überzeugt, dass es ein solches einfach geben müsse. Darauf antwortete ihm der Meister, indem er auf einen rohen, unbehauenen Marmorblock wies: ›Ein Geheimnis gibt es nicht. Einen solchen Löwen zu schaffen ist überhaupt nicht schwierig. Ich schlag einfach alles weg, was nicht nach Löwe aussieht.‹ «

Tobias lächelte. »Eine hübsche Geschichte.«

»Nein, eine lehrhafte«, korrigierte Sadik. »Sie sagt uns, dass man Großes nicht einfach über Nacht durch eine Art Zauberei erreicht, sondern dass es nur einen Weg gibt, um ein meisterliches Ziel zu erreichen: harte, ausdauernde Arbeit.«

»Das mag sein«, räumte Tobias ein. »Nur verstehe ich nicht ganz, was das mit meiner Angst auf dem Fluss zu tun hat.«

»Angst ist nichts, dessen man sich schämen müsste, mein Junge«, erklärte Sadik. »Angst ist der Schutzschild unseres Instinktes. Und so wie Draufgängertum und Leichtsinn nicht mit Mut zu verwechseln sind, bedeutet Angst nicht gleichzeitig Feigheit. Wer in Momenten größter Lebensgefahr keine Angst hat, ist ein Dummkopf oder lebensmüde. Die Leistung auf dem Weg zu wahrem Mut besteht vielmehr darin, die Gefahren zu erkennen, sie einschätzen zu lernen und dann das Richtige im richtigen Moment zu tun. So wie physische Ausdauer weniger eine Frage der *Muskel*kräfte als der *Willens*kraft ist, sind auch Mut und Tapferkeit abhängig von einem anderen wichtigen Bestandteil – und der heißt Angst und seine bewusste Überwindung. Was das betrifft, mein Junge, können dein Onkel und dein Vater stolz auf dich sein.«

Tobias war es, als würde ihm ein Stein von der Seele genommen, und mit einem Anflug von Verlegenheit antwortete er: »Na, ich weiß nicht recht ...«

»Es reicht auch, wenn ich es weiß«, meinte Sadik trocken. »Und nun lass uns schlafen. Die Heldentaten des vergangenen Tages nutzen am Morgen der neuen Gefahr leider so wenig wie dem Hungrigen die Knochen vom letzten fetten Braten.«

Tobias lachte leise auf und drehte sich auf die Seite. Jetzt konnte er beruhigt einschlafen. Der Geruch von Erde, Moos und Unterholz, vermischt mit dem des Sattelleders unter seinem Kopf und dem nahen Pferd, umfing ihn und rief in ihm ein Gefühl des Friedens und der Geborgenheit hervor.

»Und vergiss nie: Allah ist mit dem Schwachen, damit der Starke sich ein Beispiel nehme«, drang Sadiks Stimme noch an sein Ohr, doch nur wie ein Flüstern.

Zwei Goldmakrelen für Jakob Bassermann

Im ersten grauen Licht des neuen Tages brachen sie auf. Tobias hatte Mühe auf die Beine zu kommen. Sein Körper schmerzte ihn jetzt mehr noch als in der Nacht. Er konnte kaum die Hände zur Faust ballen. Die Schürfwunden an den Innenflächen brannten. Als er sich in den Sattel zog, glaubte er im ersten Moment die Schenkel nicht weit genug spreizen zu können. Er war zwar ein geübter Reiter und auf *Falkenhof* regelmäßig ausgeritten, doch einen solchen Gewaltritt, wie er hinter ihnen lag, hatte er noch nie durchstehen müssen. Und der Ritt, der ihnen jetzt bevorstand, würde gleichfalls alles andere als ein gemütlicher Ausflug zu Pferde sein! Die Einsicht in die Notwendigkeit dieser Strapaze machte sie nicht weniger zermürbend.

Sie redeten an diesem Tag kaum mehr als zwei Dutzend Sätze miteinander. Weder waren sie in der Stimmung für belangloses Geplauder, noch gab es Veranlassung, irgendetwas Wichtiges zu besprechen. Ihre Route Richtung Heidelberg war abgesprochen und es bedurfte bei ihnen auch längst keiner Worte mehr, um bei gefährlichen Situationen übereinstimmend zu handeln.

Am frühen Mittag füllten sie in einer kleinen Ortschaft ihren Proviantsack wieder auf, gönnten sich und den Falben am Weiher eine verdiente Rast und tauschten sie dann im Nachbardorf mit einem kräftigen Aufgeld gegen zwei ausgeruhte Pferde ein. Dabei nahmen sie bereitwillig in Kauf, dass der Pferdehändler das mit Abstand bessere Geschäft machte. Er hatte an diesem Tag wahrhaftig Grund sich zu freuen – auch wenn er so tat, als hätte er zwei halblahme Gäule für ein halbes Vermögen in Zahlung genommen und zwei prächtige Vollblüter in einem Anfall von Spendierlaune verschenkt.

Mit den frischen Pferden ging es spürbar flotter voran. Sie ritten erneut bis tief in die Nacht und mieden die Gasthöfe entlang des Weges. Ihr Nachtlager schlugen sie wieder im Wald auf. Tobias war es gleich – solange er nur aus dem Sattel kam und sich irgendwo ausstrecken konnte. Er schlief augenblicklich ein.

Der folgende Tag glich dem vorangegangenen wie ein Ei dem anderen. Wieder zahlten sie am frühen Mittag in einem größeren Dorf für frische Pferde einen gesalzenen Aufpreis. Und wieder verbrachten sie die Hälfte der Nacht auf der Landstraße und die andere Hälfte auf einer einsamen Waldlichtung in einem totenähnlichen Schlaf.

»Wie lange willst du uns diese Tortur noch zumuten?«, wollte Tobias am nächsten Morgen wissen, als sie mit steifen Fingern die Pferde sattelten.

»Bis wir über den Rhein sind – und mit Allahs Hilfe kann uns das diese Nacht gelingen.«

Allah mochte es so gerichtet haben, doch Jakob Bassermann,

der sie dann im Schutze der Nacht über den breiten Strom brachte, hatte von Allah mit Sicherheit noch nie etwas gehört.

Jakob Bassermann war Fischer, ein hagerer Mann mit borstigem Schnurrbart, hoher Stirn, schwarzgrauem Haarzopf und einem zerfurchten Gesicht.

Sie hatten den Rhein einige Kilometer südlich von Mannheim erreicht und waren im warmen Licht des Nachmittags gemächlich flussaufwärts geritten – auf der Suche nach einer Möglichkeit, den Strom fernab der normalen Fährdienste und Kontrollen überqueren zu können.

Es war Tobias, der den Mast des kleinen Fischerbootes hinter dichten blühenden Ufersträuchern bemerkte. Sie führten ihre Pferde den sanft geneigten Hang hinunter und fanden nach kurzer Suche schließlich eine Stelle, wo die Büsche eine genügend breite Lücke ließen, um direkt ans Wasser zu gelangen. Dort stießen sie auf Jakob Bassermann. Er saß allein in seinem Boot und war sehr verdrießlicher Laune, als sie ihn ansprachen, was verständlich war, denn er hatte in Ufernähe gefischt und sein Netz an einem Hindernis unter Wasser beschädigt.

Anfangs bekundete er wenig Interesse, sie über den Rhein zu bringen. »Bin Fischer und kein Fährkutscher«, brummte er. »Geht zum Höller, der ist mit seinem Schiff für Pferd und Wagen gut gerüstet. Bei Jakob Bassermann könnt ihr euer Geld allein für frischen Fisch loswerden – und heute noch nicht mal dafür.«

»Uns ist ein Fischer wie Sie lieber«, sagte Tobias.

Der Fischer zuckte mit den Achseln. »Soll euch unbelassen bleiben. Nur habe ich Wichtigeres zu tun, als mich jetzt in die Riemen zu legen und euch über den Fluss zu bringen.«

»Wir haben auch nicht vor, jetzt überzusetzen«, griff Sadik in das Gespräch ein.

Den Fischer interessierte diese Einlassung so wenig, dass er noch nicht einmal fragte, wann sie denn vorhätten, über den Rhein zu setzen.

Deshalb fuhr Sadik fort: »Wir möchten so gegen zwei, drei in der Nacht ans andere Ufer hinüber.«

Nun hielt Jakob Bassermann in seiner Arbeit inne und schenkte ihnen zum ersten Mal seine volle, wenn auch von Argwohn bestimmte Aufmerksamkeit. »Was Sie nicht sagen! Mir scheint, Sie scheuen das Licht des Tages«, sagte er ihnen.

»So könnte man es nennen«, gab Sadik unumwunden zu. »Nicht dass wir auf der Flucht vor dem Arm des Gesetzes wären. Es sind mehr persönliche Gründe, warum es uns geraten scheint, einen weiten Bogen um die üblichen Fährstellen zu schlagen und nach einem Weg zu suchen, auf dem wir unbemerkt ans andere Ufer gelangen können. Es versteht sich von selbst, dass wir demjenigen, der uns dazu verhilft, seinen Gefallen großzügig entgelten werden.«

Der Fischer hob die struppigen Augenbrauen. »Was verstehen Sie unter großzügig?«

»Geld genug, dass Sie sich ein neues Netz zulegen können«, erklärte Sadik.

Der Fischer dachte nach. »Höfers Heinz schwört Stein und Bein drauf, dass einem nachts die dicksten Brocken ins Netz gehen. Habe nie viel davon gehalten, des Nachts im Trüben zu fischen. Doch vielleicht sollte ich diesmal eine Ausnahme machen«, sagte er mit einem verschmitzten Seitenblick auf Sadik.

»Wenn Ihnen der Sinn nach Goldmakrelen steht, ist die Stunde zwischen zwei und drei die beste Zeit für einen todsicheren Fang«, bestätigte Sadik.

»Also gut, ich tu's! Doch die Hälfte jetzt, die andere Hälfte heute Nacht vor dem Übersetzen!«, verlangte er.

»Einverstanden.« Eine Goldmünze aus Tobias' Lederbeutel wechselte den Besitzer.

Sie hatten Zeit genug, in den nächsten Ort zu reiten, ihre Pferde zu verkaufen, zwei Kleidersäcke zu erstehen und sich auf den Rückweg zu jener Stelle zu begeben, wo Jakob Bassermann sie um halb drei abzuholen versprochen hatte.

Der Fischer stand zu seinem Wort. Schon um kurz nach zwei tauchte das Fischerboot auf. Lautlos wie ein Schatten glitt es mit der Strömung dicht am Ufer entlang. Dann tauchten die Riemen ins Wasser, nahmen die Fahrt aus dem Boot und ließen es mit leisem Knirschen im Ufersand auflaufen.

Jakob Bassermann vergewisserte sich mit einem Biss in die zweite Münze davon, dass man ihn nicht im Dunkel der Nacht übers Ohr haute. Zufrieden mit dem Ergebnis dieser Prüfung, ließ er das Geldstück in seiner Hose verschwinden.

Sadik hatte die Zeit nicht schlecht berechnet. Der Mond hatte seinen höchsten Punkt schon überschritten, als Jakob Bassermann sich in die Riemen legte und sie mit kraftvollen Schlägen auf den Strom hinausbrachte. Die leichte Bewölkung des Nachthimmels kam ihnen ebenfalls gelegen.

Der Rhein war nicht weniger reißend als der Neckar. Doch das Boot des Fischer zeigte sich dem rasanten Spiel der Wellen naturgemäß weit besser gewachsen als der plumpe, breite Fährkahn, dem sie sich vor wenigen Nächten hatten anvertrauen müssen. Zudem war Jakob Bassermann mit den Tücken des Flusses bestens vertraut. Und wenn es auch nicht gerade eine ruhige Rheinfahrt war, so hatte Tobias nicht ein einziges Mal ein Gefühl von Angst. Er vertraute dem Boot und seinem Besitzer, der sie auch sicher ans andere Ufer brachte.

»Wo sind wir?«, fragte Sadik, als das Fischerboot im seichten Wasser ans Ufer glitt.

»Die Strömung hat uns weit flussab getrieben. Die nächste Ortschaft auf dieser Seite ist schon Bachhäusel, zu Fuß dürfte es keine halbe Stunde sein«, lautete die Auskunft des Fischers. »Zehn Minuten weiter mit dem Boot und man könnte die Festungslichter von Mannheim sehen.«

»Besten Dank. Sie haben uns sehr geholfen«, verabschiedete sich Sadik. »Und wir wären Ihnen noch dankbarer, wenn Sie kein Wort über diese Überfahrt verlauten lassen würden, sollten Ihnen Fragen nach unserem Verbleib zu Ohren kommen.«

»Was könnte ich schon sagen?«, gab sich Jakob Bassermann erstaunt. »Ich kenne Sie nicht, habe Sie nie zuvor gesehen.«

Sadik lachte leise auf, nahm seinen Kleidersack und sprang zu Tobias ans Ufer. Sofort drehte der Fischer den Bug seines Bootes gegen den Strom und begann dicht unter Land seinen langen Heimweg.

Die Kleidersäcke geschultert, marschierten sie eine halbe Stunde landeinwärts, bis sie auf eine Landstraße trafen. Dort schlugen sie sich in die Büsche und rollten ihre Decken aus.

»So, das wäre geschafft«, sagte Sadik mit unverhohlener Zufriedenheit, als er sein Lager richtete. »Drei Tage sind wir scharf geritten. Das dürfte reichen, um uns einigermaßen sicher zu fühlen.«

»Meinst du, wir haben sie abgeschüttelt?«

Sadik neigte skeptisch den Kopf. »Ein Prophet verließ sich auf den anderen und da ging die Kuh verloren«, erwiderte er mit einer arabischen Spruchweisheit. »Nein, dass wir ihn abgeschüttelt haben, würde ich nicht sagen. Gut möglich, dass Zeppenfeld öfter als wir auf frische Pferde zurückgegriffen hat. Unseren Vorsprung werden wir kaum ausgebaut haben.«

»Aber dafür hat er auch oft genug kostbare Zeit damit verschwenden müssen, nach uns zu fragen und festzustellen, welchen Weg wir genommen haben. Das gleicht den Vorteil mit den Pferden wieder aus«, wandte Tobias ein.

»Die Katze miaut nicht auf der Jagd, mein Junge. Und Zeppenfeld wird nichts unversucht lassen, um uns zu finden. Es wird ihn gewiss Zeit kosten, doch ein Mann von meinem Aussehen mit einem jungen Burschen an seiner Seite kann nicht plötzlich spurlos untertauchen«, sagte Sadik. »Damit wären wir bei unserem Hauptproblem – und das ist meine dunkle Hautfarbe, mein ganzes fremdländisches Aussehen, das uns immer wieder verrät und in Gefahr bringt. Vielleicht sollten wir uns trennen. Du könntest zu Jean und André Roland nach Paris reisen, während ich bei den Detmers in Speyer oder an der französischen Grenze auf die Nachricht von Weinroth warte.«

»Das kommt nicht infrage!«, entgegnete Tobias heftig. »Keine Trennung. Wir bleiben zusammen. Das war mit Onkel Heinrich so vereinbart und dass du dich allein in Gefahr begibst, lasse ich nicht zu! Wir schlagen uns auch weiterhin gemeinsam durch!«

»Mein Junge, es wäre aber wirklich vernünftiger und für dich bedeutend ungefährlicher, wenn wir getrennt ...«

»Nein, Sadik!«, fiel Tobias ihm scharf ins Wort. »Ich will davon nichts mehr hören! Und ein Junge bin ich auch nicht! Ich stehe meinen Mann – wie du hoffentlich zu deinem Wort stehst, das da hieß: Wir halten zusammen!«

Der Araber räusperte sich. »Also gut, vergiss, was ich vorgeschlagen habe. Wir bleiben zusammen. Womit das Problem, wie wir allzu große Aufmerksamkeit auf der Landstraße und in den Ortschaften vermeiden können, aber nicht gelöst ist.«

»Uns ist bisher noch immer etwas eingefallen«, sagte Tobias zuversichtlich und konnte sich eine Spitze nicht verkneifen: »Wo bleibt nur dein Vertrauen auf Allah, der doch mit den Rechtschaffenen ist?«

Sadik grinste. »Es ist ungebrochen. Doch der kluge Beduine bindet seine Kamele erst an, bevor er sich gen Mekka wendet und Allahs Güte preist.«

Tobias fand die Gelegenheit günstig, über seinen Herzenswunsch zu sprechen. »Wir sollten uns noch nicht gen Speyer wenden. Es ist erst eine Woche her, seit wir von *Falkenhof* geflüchtet sind. Bis nach Speyer ist es nicht mehr weit. In zwei Tagen könnten wir bei den Detmers sein.«

»Richtig.«

»Aber was dann? Mit Jakob Weinroths Eintreffen ist frühestens in zweieinhalb Wochen zu rechnen. Dieser Musikus und seine Frau, die Dichterin, mögen ja nette Leute sein und uns aus Freundschaft zu Onkel Heinrich so lange in ihrem Haus beherbergen. Doch fast drei Wochen an einen Ort gebunden zu sein, zu warten und zu hoffen, dass Zeppenfeld uns nicht schon wieder auf die Spur gekommen ist, gefällt mir gar nicht.«

»Mir auch nicht. Aber was sollen wir deiner Meinung nach dann tun? Du klingst mir so, als wüsstest du auf diese Frage schon eine Antwort, Tobias.«

»Nun ja, ich schlage vor, dass wir nicht nach Süden weiterziehen, sondern die nördliche Richtung einschlagen und versuchen in die Gegend von Worms zu gelangen.«

»Nach Worms und damit wieder zurück ins Großherzogtum Hessen-Darmstadt?«, fragte Sadik verblüfft. »Wenn das ein gerissener Schachzug sein soll, so ist er dir wirklich gelungen, denn ich verstehe ihn absolut nicht – und also wird auch Zeppenfeld seine Schwierigkeiten damit haben.«

Tobias blieb der leicht spöttische Unterton in Sadiks Stimme nicht verborgen. »Sicher wird er das. Dass wir wieder nach Norden gehen, vermutet er nie. Damit führen wir ihn also erst einmal in die Irre.«

»Möglich. Aber früher oder später müssen wir umkehren und wieder nach Süden«, sagte Sadik. »Also was bringt uns das? Da steckt noch etwas anderes hinter deinem Vorschlag. Ich kenne dich doch. Nun rück schon endlich damit heraus!«

Tobias zuckte ein wenig verlegen mit den Schultern. »Na ja, vielleicht treffen wir dabei auf Jana.«

»Jana?«, echote sein arabischer Freund verdutzt. »Habe ich richtig gehört? Du willst dieses Zigeunermädchen suchen?«

Tobias ging sofort hoch. »Jana ist kein Zigeunermädchen, das weißt du genau. Sie ist Landfahrerin, Kartenleserin und Akrobatin. Als sie vom *Falkenhof* aufbrach, hat sie mir gesagt, dass sie nach Worms fahren und unterwegs an den jeweiligen Maijahrmärkten teilnehmen wird. Also warum sollen wir nicht unterwegs auf sie treffen?«, sprudelte es ihm über die Lippen, als hätte er Angst, Sadik könnte ihm ins Wort fallen und sein Anliegen als völlig lächerlich und undurchführbar ablehnen. »In der Zeit, die inzwischen verstrichen ist, kann sie gar nicht viel weiter als bis Worms gereist sein. Außerdem haben wir ja Zeit genug und nichts zu verlieren.«

»Du willst also von Volksfest zu Volksfest ziehen und nach deiner Jana Ausschau halten?«

Tobias schoss das Blut ins Gesicht. »Sie ist nicht meine Jana.«

»Was du nicht sagst!«, spöttelte Sadik.

»Gut, ich mag sie und würde sie gerne wieder sehen. Aber tu du jetzt nicht so, als hättest du sie nicht auch in dein Herz geschlossen. Wer hat sie denn auf *Falkenhof* gesund gepflegt und nächtelang an ihrem Krankenbett gesessen?«, ereiferte sich Tobias. »Sogar ihren Affen Unsinn hast du neben dir geduldet! Dabei kannst du Affen doch sonst auf den Tod nicht ausstehen!«

Ein Schmunzeln huschte über das Gesicht des Arabers. »Mir ging es allein um ihre rasche Gesundung. Ansonsten sind Weiber ...«

Tobias drohte ihm mit dem Zeigefinger: »Komm jetzt bloß nicht wieder mit Sprüchen wie: ›Die Frauen sind die Fallstricke des Satans!‹ oder ›Die Hölle ist gepflastert mit Weiberzungen!‹ Das verfängt nicht mehr bei mir und ich nehm's dir auch nicht mehr ab!«, drohte er ihm. »Schon gar nicht bei Jana!«

Sadik lachte nun unverhohlen. »Gemach, mein Junge, gemach! Ich kann dir auch mit anderen arabischen Weisheiten dienen, als da wäre: ›Ein Haus ohne Frau ist wie eine Laterne ohne Licht.‹ Versöhnt dich das?«

»Ja, das ist schon besser«, brummte Tobias und kam wieder auf seinen Vorschlag zurück. »Es gibt zudem ein ganz handfestes Argument, warum es auch in Hinblick auf unsere Verfolger sehr sinnvoll ist, nach Jana zu suchen.«

»Da bin ich aber gespannt.«

»Wo fällt denn ein Mohr wie du«, Tobias grinste ihn an, »weniger auf als auf Rummelplätzen, wo sich die merkwürdigsten Gestalten und Schausteller ein Stelldichein geben?«

»Den Mohr lasse ich dir noch mal durchgehen. Aber sonst liegst du damit gar nicht mal so falsch«, räumte Sadik ein. »Und da wir ja in der Tat Zeit genug haben ...«

»Heißt das, du bist mit meinem Vorschlag einverstanden?«, fragte Tobias freudig erregt.

»In Ermangelung eines besseren: ja«, stimmte Sadik zu. »Suchen wir also Jana, die *Landfahrerin*.«

Tobias musste an sich halten, um seine Freude nicht über Gebühr zu zeigen und Sadik zu weiteren Sticheleien zu animieren. Mit einem glücklichen Lächeln legte er sich schließlich schlafen. Er zweifelte nicht daran, dass sie Jana finden würden.

Die Witwe und der Bettelmönch

Das Glück, das ihnen Jakob Bassermann über den Weg geführt hatte, blieb ihnen auch am nächsten Tag gewogen. Ein Fassbinder, der sich mit seinem hoch beladenen Fuhrwerk auf dem Weg von Bachhäusel nach Munderheim befand, nahm sie mit. Er war ein freundlicher Mann, dem jedoch Redseligkeit und neugierige Fragen fremd waren, was sie in ihrer Situation sehr zu schätzen wussten.

Er setzte sie am Marktplatz ab, wo Bauern aus der Umgebung und Händler aller Art ihre Stände und Buden errichtet hatten, um ihre Waren feilzubieten.

»Hier sollten wir uns nach Pferden umsehen«, meinte Sadik und wollte sich schon vom Marktplatz entfernen, auf dem ein geschäftiges Treiben herrschte.

Tobias hielt ihn zurück. »Warte! Mir ist da etwas eingefallen!« Ein Stand mit getragenen Kleidern hatte seine Aufmerksamkeit erregt.

Sadik folgte ihm mit verständnislosem Stirnrunzeln. »Wir haben genug anzuziehen. Jedes weitere Stück ist nur eine zusätzliche Belastung.«

Tobias hörte nicht auf ihn und ging die Sachen durch, die an langen Stangen hingen. Ein verstecktes Lächeln huschte auf einmal über sein Gesicht und er begann seine Wahl zu treffen.

»Ich möchte diese Sachen hier«, sagte er wenig später zu dem Verkäufer.

Dieser sah ihn skeptisch an. »Sind Sie sicher, dass Sie das Richtige ausgesucht haben?«, fragte er. »Ich meine, wäre es nicht sinnvoller, wenn die Person, die ...«

Tobias fuhr ihm ungnädig ins Wort: »Was verkaufen Sie denn nun – unverlangte Ratschläge oder gebrauchte Kleidung?«

»Natürlich Letzteres, mein Herr«, versicherte der Verkäufer und verneigte sich.

»Dann nennen Sie mir einen vernünftigen Preis!«, verlangte Tobias und feilschte mit ihm, bis sie sich auf eine Summe geeinigt hatten, die beiden angemessen erschien.

»Würdest du mir bitte mal verraten, was du mit diesem Plunder da vorhast?«, zischte Sadik.

»Das liegt doch auf der Hand, oder?«

Sadiks Augen wurden groß, als ihm dämmerte, wer diese Sachen anziehen sollte. »Bei Allah! Wenn du glaubst, ich ziehe so etwas an, dann habe ich dich für klüger gehalten, als du bist!«, brauste er auf. »Nie und nimmer werde ich ...«

»Du solltest Allah nicht zu laut im Munde führen, mein lieber Sadik!«, unterbrach ihn Tobias. »Und jetzt warte da drüben in der ruhigen Gasse auf mich. Ich muss noch etwas besorgen. Die Ausstattung ist noch nicht komplett.«

»Tobias! Das spiele ich nicht mit! Ich schwöre dir, ich werde niemals diese Kleider anziehen!«

Völlig unbeeindruckt von Sadiks Lamentieren, drückte er ihm seinen Kleidersack in die Hände. »Ich halte dich für vernünftig und einsichtig genug, dass du deinen Stolz nicht höher als unsere Sicherheit stellst«, sagte er gelassen und ließ ihn stehen.

Sadik musste fast eine geschlagene Stunde auf ihn warten. Endlich kehrte Tobias zurück, mit einem schwarzen, abgewetzten Koffer in der Hand. »War gar nicht so einfach, die jeweiligen Geschäfte ausfindig zu machen und das Richtige auszuwählen. Bin mir ganz schön dumm vorgekommen. Aber ich habe mir gesagt, dass man für die gute Sache auch Opfer bringen muss«, sagte er aufgekratzt. »Komm, lass uns vor die Stadt gehen und ein ruhiges Plätzchen suchen, wo du dich unbemerkt umziehen kannst.«

Eine halbe Stunde später verschwanden sie hinter einem hohen Gebüsch. Tobias klappte den Koffer auf und holte die Sachen, die er auf dem Markt erstanden hatte, aus seinem Kleidersack. »Garderobenwechsel, Sadik!«

»Tobias, bitte! Das kannst du mir nicht antun!« Er verlegte sich aufs Flehen.

»Tut mir Leid, Sadik, aber es muss sein!«

»Du stellst unsere Freundschaft auf eine harte Probe!«

»Hast du gestern nicht selber gesagt, dass uns etwas ganz Besonderes einfallen muss, um unsere Spur zu verwischen?«, hielt ihm Tobias vor. »Mir ist etwas eingefallen, wie du siehst. Und sage nicht, es würde nicht funktionieren! Also stell dich nicht so an!«

Sadik blickte drein, als wäre er den Tränen nahe. »Ich habe nichts gegen eine Verkleidung, Allah und seine Propheten sind meine Zeugen!«, rief er, und dann brach es beschwörend aus ihm heraus: »*Aber doch nicht als Weib, Tobias!*«

»Es ist nicht irgendeine Frauenrolle, die du spielen sollst, Sadik«, erwiderte Tobias sanft, »sondern die einer trauernden Witwe, die ihr von Gram gezeichnetes Gesicht hinter einem dichten schwarzen Schleier verbirgt.«

»*Aiwa*, das sehe ich, aber Weiberrock bleibt nun mal Weiberrock!«

»Weißt du überhaupt, wie schwer es war, einen einigermaßen preiswerten schwarzen Hut mit passendem Schleier zu finden? Und dazu auch noch schwarze Frauenschnürschuhe und Handschuhe? Du solltest froh sein, dass ich die Sachen aufgetrieben habe.«

»Aber ich kann doch nicht als trauernde Witwe über die Volksfeste ziehen!«, wandte Sadik ein.

»Erst mal müssen wir nach Hessen-Darmstadt kommen. Wenn du diese Sachen trägst, können wir die Kutsche nehmen. Ich spiele dann den Neffen, der seine Tante zum Begräbnis ihres Mannes begleitet. Niemand wird Fragen stellen und uns belästigen. Wir fahren also schnell und bequem zur Grenze. Und was noch viel wichtiger ist: Unsere Spur wird sich hier in Munderheim verlieren. Damit haben wir Zeppenfeld erst mal vom Hals!«

»Du verlangst viel von mir, Tobias!«

»Ja, aber hast du nicht mal gesagt, es sei besser, ein Hund zu sein, der frei herumlaufen kann, als ein Löwe, der liegen bleiben muss?«

Ein gequältes Stöhnen entrang sich Sadiks Kehle – und er gab seinen Widerstand auf. Die Vorteile dieser Verkleidung lagen eindeutig auf der Hand. Sie würden unbehelligt reisen können. Wie konnte er sich da noch länger sperren?

Er entkleidete sich bis auf die Leibwäsche, fuhr in die Unterröcke und zog dann das lange schwarze Kleid mit der hohen Halskrause und der doppelten Knopfleiste auf der Brust an. Es war ihm ein wenig weit, wie auch die Schuhe. Tobias riss aus einem Tagebuch kurzerhand ein halbes Dutzend leere Seiten, die zumindest das Problem der zu großen Schuhe notdürftig lösten. Hut und Handschuhe passten dagegen einwandfrei.

Tobias musste sich ein Grinsen verkneifen, als er Sadik so vor sich stehen sah. »Dein Gesicht gereicht einer trauernden Witwe zur Ehre. Dennoch solltest du es besser hinter dem schwarzen Schleier verbergen.«

»Noch ein Wort des Spottes und ich habe die längste Zeit eine Witwe gespielt!«, knurrte Sadik.

»Du wirst dich auch in Schweigen hüllen müssen«, ermahnte ihn Tobias und packte all ihre Sachen in den großen

Koffer. Das Florett wickelte er in eine Decke und klemmte es zwischen die Lederriemen, mit denen der Koffer zusätzlich verschnürt wurde.

»Mir ist auch nach nichts anderem zu Mute«, erwiderte Sadik verdrossen.

Sie gingen zurück in die Stadt, quartierten sich in einem ruhigen Gasthof ein und nahmen am folgenden Morgen die Postkutsche nach Oggersheim. Von dort ging es weiter zur Grenze nach Hessen-Darmstadt. Sadik spielte seine Rolle als Witwe zufrieden stellend. Er sprach kein Wort und hielt sein Gesicht peinlichst hinter dem Schleier verborgen. Doch sich halbwegs wie eine Frau zu bewegen gelang ihm nicht.

Als sie an einem schwülen Abend nach einer langen, staubigen Fahrt verschwitzt die Station in Frankenthal erreichten, konnte er nicht schnell genug die Kutsche verlassen. Und statt abzuwarten, dass Tobias vor ihm ausstieg und ihm hilfreich seine Hand reichte, wie es eine Tante von ihrem aufmerksamen Neffen erwarten durfte, raffte er ungeduldig seine Röcke und sprang hinaus.

Tobias sah die Verblüffung auf den Gesichtern ihrer Mitreisenden. »So ist sie auch zu Hause auf dem Hof«, sagte er entschuldigend. »Eine Bäuerin muss mit festen Beinen auf dem Boden stehen, sagt sie immer.«

»Fürwahr, das tut sie!«, entfuhr es einem Mann beeindruckt.

Tobias folgte seinem arabischen Freund nun schnell, packte ihn scheinbar fürsorglich am Arm und zog ihn in den dämmrigen Schankraum. »Bist du noch zu retten, so aus der Kutsche zu springen?«, zischte er ihm zu.

»Ich musste aus dem Käfig raus! Zehn Wochen auf dem Rücken eines Kamels bei Wüstenhitze ertrage ich besser als eine Tagesfahrt, eingepfercht in diesem Kasten!«

»Aber du kannst doch nicht herausspringen! Himmelherrgott, du bist eine trauernde Witwe! Willst du vielleicht das Misstrauen der Leute wecken?«

»Hölle und Verdammnis, du hast gut reden! Ich ersticke unter dem verdammten Hut und Schleier! Und die Handschuhe jucken. Außerdem habe ich ständig das Gefühl, die Schuhe beim nächsten Schritt zu verlieren!«

»Man flucht nicht, wenn man Trauer trägt!«

»Genug getrauert! Ich fühle mich allmählich selber schon wie begraben!«, beklagte sich Sadik bitterlich. »Mir reicht dieses Affentheater mit dem Weiberkram! Wir sind jetzt schon nahe genug an der Grenze. Auf die Kutsche sind wir nicht mehr angewiesen. Den Rest bringen wir zu Fuß hinter uns.«

»Sadik, bitte!«, versuchte Tobias ihn umzustimmen. »Einen Tag hältst du doch noch durch.«

»*La!* Ausgeschlossen! Nicht mal mehr eine Stunde ertrage ich das Zeug an meinem Körper!«, sagte Sadik störrisch. »Hol den Koffer und lass uns gehen. Wir werden die Nacht im Wald verbringen!«

Tobias schaffte es nicht, ihn umzustimmen. So holte er ihren Koffer, ließ beiläufig verlauten, dass seine Tante die Nacht in einem weniger stark besuchten Gasthof zu verbringen wünschte, und machte sich auf den Weg.

Sie verließen Frankenthal in westlicher Richtung und gingen dabei am Ortsausgang an einer Kirche vorbei. Als Sadik kurz im Schritt innehielt, folgte Tobias dem Blick des Arabers. Er sah zu ihrer Rechten ein schmuckes Pfarrhaus mit einem weitläufigen Garten, der von einer hüfthohen Mauer umgeben war. Eine korpulente, ältere Frau hängte gerade Wäsche auf.

»Ist was, Sadik?«

»Nein, nein«, gab dieser zur Antwort und ging weiter. »Sehen wir zu, dass wir nicht weit von hier einen Lagerplatz finden.«

»Ich dachte, du wolltest noch weiter zur Grenze?«

»Alles zu seiner Zeit. Erst mal muss ich diese grässlichen Kleider vom Leib kriegen.«

Als sie sicher sein konnten, von niemandem beobachtet zu werden, folgten sie einem schmalen Feldweg, der von der Landstraße abzweigte, und schlugen sich einen halben

Kilometer weiter ins Gebüsch. Sie stießen bald auf ein idyllisches Plätzchen an einem kleinen Bach, wo sie sich zu dieser Abendstunde vor Überraschungen sicher fühlen konnten.

Mit einem erlösten Aufatmen riss sich Sadik den Hut mit dem dichten Schleier vom Kopf und schleuderte die Schuhe von sich. »Endlich hat die Qual ein Ende!«

»Jetzt übertreibst du aber«, sagte Tobias, während er die Lederriemen des Koffers öffnete. »Diese Verkleidung hat uns bestimmt mehr gebracht als drei Tage im fliegenden Galopp.«

»Ein Trunk Wasser in der Heimat ist mir lieber als Honig in der Fremde«, brummte Sadik und zog wieder seine Sachen an.

»Mit Honig kann ich nicht dienen, aber wir haben noch Brot und Käse«, sagte Tobias und griff nach dem Beutel mit ihrem kargen Proviant. Wehmütig dachte er daran, dass die anderen Fahrgäste jetzt im Gasthof zu Tisch saßen und sich ein reichhaltiges warmes Essen munden ließen.

Sadik dachte jedoch weniger an Essen als an die rituellen Waschungen und Gebete, die er in den letzten Tagen gezwungenermaßen hatte vernachlässigen müssen. Eine trauernde Witwe, die eine Rast dazu nutzte, um auf einem handtuchschmalen arabischen Teppich niederzuknien und zu Allah zu beten, hätte auch dem Dümmsten verraten, dass mit dieser Person etwas nicht stimmte.

Nach den Waschungen verrichtete Sadik die fünf abendlichen *rakats*. »*Allahu akbar!* Allah ist am größten!«, rief er mit leiser Stimme und betete dann die erste Sure des Korans, die Al-Fatiha, die am Anfang eines jeden Gebetes steht.

Tobias war immer wieder aufs Neue von dem melodischen Singsang berührt, mit dem Sadik den Koran rezitierte. Der arabischen Sprache vermochte er ohne Schwierigkeiten zu folgen, denn Sadik hatte sie ihn gelehrt, und mittlerweile sprach er sie so gut wie die europäischen und althumanistischen Sprachen, in denen er auf *Falkenhof* seit Kindesbeinen an von Hauslehrern und auch von Onkel Heinrich unterrichtet worden war. Das Lernen war ihm nie schwer gefallen, was wohl an seiner außergewöhnlichen Begabung lag. Er brauchte nämlich nur eine Textseite kurz zu überfliegen, um ihren Inhalt zu behalten. Schlug er das Buch zu, konnte er den Text, den er nur wenige Sekunden lang vor seinen Augen gehabt hatte, Wort für Wort wiederholen. Onkel Heinrich hatte einmal gesagt, dass sein Gedächtnis noch besser und schneller arbeitete als eine *camera obscura*. Diese brauchte Stunden, um das festzuhalten, was durch ihre Linse auf die lichtempfindliche Silberplatte in ihrem Innern fiel.

Tobias, der mehr Sprachen beherrschte als sein Onkel, Sadik und mehr auch als sein weltgereister Vater, saß versonnen im Gras und fragte sich, wie es in einem fremden Land wie Frankreich wohl sein würde und ob er wohl jemals die Möglichkeit erhielt, sein Arabisch in Sadiks Heimat anzuwenden. Paris lag schon ein aufregendes Abenteuer entfernt. Wie weit war es da erst bis nach Ägypten? Doch wenn sie das Rätsel des Falkenstocks lösen und womöglich nach dem verschollenen Tal suchen wollten ...

Er fuhr aus seinen Gedanken auf, als Sadik seinen kleinen Gebetsteppich einrollte und sagte: »Ich muss noch etwas erledigen. In einer Stunde bin ich wieder zurück.«

Tobias sah ihn verblüfft an. »Du willst weg? Jetzt, da es gleich dunkel wird?«

»So ist es«, bestätigte er mit einem spöttischen Lächeln. »Und was hast du gegen die Dunkelheit einzuwenden? Sie ist der beste Freund der Lichtscheuen und der Verfolgten. Du brauchst mit dem Essen nicht auf mich zu warten.«

Tobias sprang auf. »Sadik, warte! Du kannst dich nicht einfach davonschleichen, ohne mir zu sagen, was du vorhast.«

»Nichts, was dich beunruhigen müsste«, gab Sadik belustigt zurück und fügte nicht ohne Spitze hinzu: »Und hast du mich nicht auch eine geschlagene Stunde in dieser Gasse in Munderheim warten lassen, ohne mich in deine Pläne eingeweiht zu haben? Also übe du dich diesmal in Geduld. Aber damit dir die Zeit nicht zu lang wird, gebe ich dir ein Rätsel auf.«

»Ich will kein Rätsel! Ich will wissen, wohin du willst und was du dort zu tun planst!«, protestierte Tobias.

Sadik lächelte. »Das Rätsel lautet folgendermaßen: Es ist etwas, dem du den Kopf abschlägst und das Herz herausnimmst; gibst du ihm dann zu trinken, so spricht es.«

»Ich möchte, dass *du* zu mir sprichst – und zwar nicht in Rätseln!«

»Ja, ja, des Menschen Wünsche sind vielfältig und nur die wenigsten gehen in Erfüllung«, zog Sadik ihn auf, schenkte ihm noch ein verschmitztes Lächeln und verschwand zwischen den Büschen.

Im ersten Moment war Tobias versucht ihm zu folgen. Doch er ließ es bleiben. Wenn er nicht wollte, dass er ihn begleitete, musste er das akzeptieren. Zudem hatte er mit dem Hinweis auf sein Vorgehen auf dem Markt von Munderheim nicht ganz Unrecht gehabt, wo er von Sadik Geduld verlangt hatte, ohne ihm vorher eine Erklärung gegeben zu haben.

Nun war er es, der sich in Geduld üben musste. Die Dunkelheit brach herein. Leise plätscherte der Bach über die rundbuckligen, glatt gewaschenen Steine seines schmalen Bettes. Auf dem Feld jenseits von Bach und Büschen stritten sich mehrere Raben und das Zirpen von Grillen brachte Tobias nachdrücklich zu Bewusstsein, dass der Sommer mit Macht im Land Einzug hielt.

Er dachte an Jana, während er sich im Gras ausstreckte, den Kopf auf dem Koffer und die Decke als weiches Polster im Nacken. Ob sie Jana wohl finden würden? Er wünschte es sich sehr. Die Wochen, die sie auf *Falkenhof* verbracht hatte, waren die schönsten gewesen, an die er sich erinnern konnte. Und wie traurig war er gewesen, als sie mit ihrem bunten Kastenwagen schließlich wieder losgezogen war, weil das Leben auf der Landstraße, das ruhelose Umherziehen, nun mal ihre Welt war.

Ja, er hatte Jana in all den Wochen, die seitdem vergangen waren, sehr vermisst. Auch die unglaublichen Erlebnisse, die sein bisher behütetes Leben völlig auf den Kopf gestellt hatten, hatten Jana nie aus seinen Gedanken drängen können. Sie fehlte ihm sehr. Und das war eine ganz neue, verwirrende Erfahrung für ihn. Denn gleichaltrige Spielkameraden hatte er auf dem Landgut nie gehabt. Auch keine Freunde aus der Umgebung. Früher hatte ihn das nicht gestört, ja es war ihm noch nicht einmal aufgefallen. Das Leben auf *Falkenhof* war immer ausfüllend gewesen und er hatte nie den Wunsch gehegt, Freunde unter Gleichaltrigen zu finden. Er hatte es vielmehr vorgezogen, mit Erwachsenen zusammen zu sein – mit Onkel Heinrich, Jakob, Klemens und natürlich mit Sadik und seinem Vater, wenn diese auf dem Gut weilten.

Doch seit er Jana kannte, hatte sich etwas in ihm verändert. Und dieses Etwas wünschte sich ein Wiedersehen mit ihr mehr als ... ja, mehr noch als die Lösung des Wattendorfschen Gedichtes beispielsweise! Nun war Worms nicht mehr weit. In spätestens zwei Tagen würden sie dieses Ziel erreicht haben. Doch je näher sie der Stadt kamen, desto größer wurden seine Zweifel, ob es tatsächlich so einfach sein würde, sie zu finden.

Das Knacken eines trockenen Zweiges, gefolgt von leisem Rascheln zwischen den Sträuchern, ließ ihn hochfahren. Vorsichtshalber umfasste er den Griff seines Floretts, um für den schlimmsten aller Fälle gewappnet zu sein. Er entspannte sich, als er sah, dass es Sadik war, der da zwischen den Sträuchern hervortrat.

»Du bist aber länger als eine Stunde weg gewesen«, begrüßte er ihn vorwurfsvoll.

»Ich musste warten – so wie du, Tobias. Die Hauswirtschafterin des Pfarrers nimmt es mit ihrem Gemüsegarten sehr genau und duldet nicht das kleinste Unkraut zwischen den Beeten. Erst als sie kaum noch die eigene Hand vor Augen sehen konnte, kehrte sie ins Haus zurück«, berichtete Sadik.

»Du wolltest in ihrem Gemüsegarten wildern?«, fragte Tobias verwundert.

»Nein, mir stand der Sinn mehr nach der Baumwolle, die an der Wäscheleine hinter dem Pfarrhaus hing«, erklärte Sadik.

Tobias sah nun das zusammengerollte Bündel, das er unter dem Arm trug. »Du hast des Pfarrers Wäsche gestohlen?«

»Ich habe fürstlich für das einfache Kleidungsstück bezahlt, mein Junge. In einer der Socken, die daneben hingen, wird die gute Frau morgen ein Goldstück finden«, erklärte Sadik und entrollte das Bündel. »Außerdem gehört dies hier nicht dem Pfarrer, sondern seinem Gast, einem Mönch. Es ist nämlich eine Mönchskutte mit Kapuze. Sie ist noch ein wenig feucht.« Er hängte sie über einen starken Ast.

Tobias war im ersten Moment sprachlos. »Sag bloß, du willst von nun an als christlicher Mönch durch die Lande ziehen, du als korangläubiger Muslim!«, rief er dann erheitert.

»Eine Mönchskutte ist mir zehnmal lieber als diese Weiberkleider, in die du mich gezwungen hast, mein Bester!«, erwiderte Sadik. »Und was den korangläubigen Muslim betrifft, so steht geschrieben: ›Es soll kein Zwang sein im Glauben‹, 2. Sure, Vers 256, sowie im Vers 62 derselben Sure: ›Wahrlich, die Gläubigen und die Juden und die Christen und die Sabäer – wer immer wahrhaft an Allah glaubt und an den Jüngsten Tag und gute Werke tut –, sie sollen ihren Lohn empfangen von ihrem Herrn, und keine Furcht soll über sie kommen, noch sollen sie trauern.‹ Du siehst, dem wahren Kenner des Korans ist Religionstoleranz nicht fremd.«

Tobias schmunzelte. »Nur fällt das Entwenden einer solchen Kutte wohl kaum unter die Rubrik ›gute Werke tun‹, oder?«

Schlagfertig antwortete Sadik darauf mit einem weiteren Koranzitat: »›Wer Böses tut oder sich gegen seine Seele versündigt und dann bei Allah Vergebung sucht, der wird Allah vergebend und barmherzig finden‹, 4. Sure, Vers 110.«

»Dir fallen wirklich stets die passenden Stellen zur rechten Zeit ein.«

Sadik lächelte. »Ein Buch ist wie ein Garten, von denen der Koran der schönste ist, und ein gewissenhafter Gärtner kennt in seinem Garten nun mal jedes Gewächs – ob nun Rose oder Distel.« Er setzte sich zu ihm, zog sein Messer und griff nach dem halben Brotlaib. »Nun, hast du mein Rätsel gelöst?«

»Etwas, dem man den Kopf abschlägt und das Herz herausnimmt und das spricht, wenn man ihm dann zu trinken gibt ...« Tobias schüttelte den Kopf. »Ich habe keine Ahnung, was das sein könnte.« Er verschwieg, dass er sich diesmal keine Mühe gegeben hatte, das Rätsel zu lösen, da seine Gedanken mit Jana beschäftigt gewesen waren.

»Ich will dir helfen«, sagte Sadik mit vollem Mund. »Man braucht dieses Etwas, damit ein Toter zu einem Lebendigen sprechen kann.«

Tobias grübelte und glaubte dann die Antwort gefunden zu haben. »Vielleicht eine Flöte. Die Flöte selbst ist tot, spricht durch ihre Musik jedoch zu dem, der sie aus ihr hervorbringt.«

Sadik nickte anerkennend. »Es stimmt nicht ganz, doch im Prinzip hast du das Rätsel gelöst. Bei dem gesuchten Etwas handelt es sich nämlich um eine Rohrfeder und mit dem Toten, der zum Lebendigen spricht, ist der Brief gemeint.«

»Ich bin gespannt, ob Jana es schafft, dieses Rätsel zu lösen«, sagte Tobias.

»Erst müssen wir sie finden.«

Kurz vor dem Morgengrauen gelangten sie über die Grenze, in sicherer Entfernung von der Landstraße und der Grenzstation. Das Großherzogtum Hessen-Darmstadt hatte sie wieder. Sadik trug nun die dunkelbraune Mönchskutte mit der Kapuze, die sein Gesicht ausgezeichnet verbarg.

Die Idee, im nächsten Ort ein einfaches Fuhrwerk und ein gutmütiges Pferd als Zugtier zu kaufen, stammte von Tobias. Er legte sich auch die derbe Kleidung eines gewöhnlichen Fuhrknechtes zu, erstand zwei Ortschaften weiter eine Ladung Reisig sowie eine speckige Lederkappe von der Farbe seines Haars und lenkte den Braunen dann in Richtung Worms.

Der sonnengebräunte Knecht auf dem Kutschbock erweckte

auf dem Land und in den Orten genauso wenig Aufmerksamkeit wie der Mönch, der sich scheinbar von den Strapazen der Wanderschaft ausruhte und hinten auf der Ladefläche zwischen dem Reisig zu dösen schien.

Die Suche nach Jana begann.

Wünsche und Zweifel

»Liliputaner auf dem Hochseil! Ohne Netz und doppelten Boden! Die kleinsten Menschen der Welt mit der größten Akrobatendarbietung, die es je gegeben hat! Die Sensation von Paris und Kopenhagen, von Moskau und New York jetzt endlich hier bei Ihnen in Osthofen! ... Kommen Sie, meine Herrschaften, treten Sie näher und lassen Sie sich diese Weltsensation nicht entgehen. Es ist die Gelegenheit Ihres Lebens, die kleinsten Menschen der Welt und ihre atemberaubenden akrobatischen Darbietungen mit eigenen Augen zu sehen. Sie werden noch Ihren Enkeln von den unglaublichen Darbietungen erzählen, die Sie zu erleben das Glück hatten. Darbietungen, die jedes noch so verwöhnte Zirkuspublikum schon auf fünf Kontinenten in atemloses Staunen versetzt haben. Ja, man muss es selbst gesehen haben, um es zu glauben: Die Todesspirale! ... Der Sprung durch die Feuerwand! Und der dreifache Salto über einem Wald von messerscharfen Lanzen! ... Was wir Ihnen hier bieten, ist in der Tat einmalig auf der Welt! Doch seien Sie gewarnt, verehrtes Publikum! Was Sie dort im Zelt sehen werden, ist nichts für schwache Nerven! Und wer es mit dem Herzen hat, ist besser drüben bei *Rudis Flohzirkus* aufgehoben oder in *Melchior Mellers Monstrositäten-Kabinett*. Wem da schon der Atem stockt, dem wird hier das Blut in den Adern gefrieren, denn der Tod sitzt unseren tollkühnen Akrobaten, die ihr Leben jedes Mal neu aufs Spiel setzen, stets im Nacken.«

Er machte eine Pause.

»Ich wiederhole: Das ist keine Vorstellung für zartbesaitete Gemüter! Wer nicht die Nerven und den Magen dafür hat, soll bei uns sein Geld stecken lassen, auch wenn er eine Weltsensation verpasst, die wohl nie wieder nach Osthofen kommen wird ...«

Fasziniert war Tobias stehen geblieben und hatte dem Schausteller zugehört, der auf einem Podest vor dem Eingang eines mit farbigen Wimpeln und Bändern geschmückten Zeltes stand und gestenreich seine kleinwüchsige Akrobatentruppe anpries. Er trug einen rot schillernden Anzug und einen hohen Zylinder von derselben Farbe. Das Sprachrohr, das er benutzte, um sich gegen die anderen Ausrufer zu behaupten, leuchtete wie eine rotweiße Spirale vor seinem Mund.

»Das ist einer von der Sorte, die sogar die Behauptung zu verkaufen wissen auch noch einem Floh einen Rock schneidern zu können. Aber der Mann versteht sein Geschäft«, murmelte Sadik neben ihm bissig, das Gesicht im Schatten der Kapuze verborgen. »Nichts lockt die Menschen so sehr an wie die Lebensgefahr, in die sich andere begeben. Dafür sitzt ihnen das Geld locker. Nun ja, es gibt eben genug Dumme, die den Schwanz eines Esels nur mit der Laterne sehen.« Er zupfte Tobias an der Jacke. »Und nun komm, wir sind nicht zu unserem Vergnügen hier. Gleich ist es dunkel.«

Nur widerstrebend löste sich Tobias vom Rand der Menge. Wenn er ehrlich war, hätte er sich diese Akrobaten gern angesehen, auch wenn er nicht so naiv war, die vollmundigen Ankündigungen des Mannes für bare Münze zu nehmen. Mit derlei Übertreibungen arbeiteten alle Schausteller, wie er sehr wohl wusste. Aber ob es sich nun tatsächlich um eine Weltsensation handelte oder nicht, kümmerte ihn wenig. Er hatte noch nie Akrobaten auf dem Hochseil gesehen und er hätte seiner Neugier jetzt gerne nachgegeben. Doch das behielt er klugerweise für sich, denn Sadik hatte für derlei Zirkussensationen bedauerlicherweise nicht viel übrig. Vier Jahrmärkte hatten sie im Umkreis von Worms mittlerweile schon aufgesucht, ohne jedoch eine Spur von Jana zu finden, was schon traurig genug war – aber auch ohne sich eine der so aufregend klingenden Attraktionen anzuschauen.

Sadik vermochte diesen Volksbelustigungen nichts abzugewinnen. Tobias dagegen liebte diese eigenartige, exotische Atmosphäre einer Kirmes. Stundenlang konnte er sich auf so einem Platz herumtreiben und sich in dieser fremden Welt der Farben, Gerüche und merkwürdigen Gestalten verlieren.

Der Jahrmarkt von Osthofen war der größte, den sie bisher besucht hatten. Der weitläufige Platz war mit Buden, Ständen und Zelten der verschiedensten Größe und Bemalung voll gestellt. Für die Kleinen gab es an den Buden Back- und Zuckerwerk jeder Art, Ballspiele, Ringewerfen, Rutschbahnen, Schaukeln und sogar ein richtiges Kettenkarussell. Die Älteren drängten sich um die Schießbuden, wo man mit der Armbrust auf Holztiere schießen und bei genügend Treffern etwas gewinnen konnte, amüsierten sich an der Nagelbude und zogen dann vielleicht zum Boxzelt hinüber, um die Mutigen unter ihnen anzufeuern, die gegen die Zirkusboxer in den Ring stiegen. Im Boxzelt, wo es nach Schweiß, Zigarrenrauch und Bier roch, ging es immer hoch her. Aber auch der Tanzboden und das Bierzelt hatten auf keinem Jahrmarkt über mangelnden Zuspruch zu klagen. Hier traf man sich immer wieder, nachdem man über den Platz gezogen war, sich an einer der vielen Essbuden gestärkt oder sich eine der angeblichen Sensationen angesehen hatte, wie die Tierdressur etwa oder die Clowns und Jongleure.

»Wir sollten zum Fuhrwerk zurückkehren. Morgen ist auch noch ein Tag, um uns hier umzusehen. Das Fest hat ja heute erst angefangen«, meinte Sadik, als überall Lampen und Fackeln angezündet wurden.

»Aber so eilig haben wir es doch gar nicht. Das Fuhrwerk ist doch in bester Obhut«, hielt Tobias ihm entgegen, dem es alles andere als eilig damit war, jetzt schon das Nachtlager aufzuschlagen. Es juckte ihn vielmehr in den Fingern, den einen und anderen Kreuzer hier unter die Schausteller und Budenbesitzer zu bringen. Und was sprach dagegen, der Suche nach Jana auch eine unterhaltsame Seite abzugewinnen?

»Wir müssen uns noch einen besseren Platz für die Nacht suchen, mein Junge«, erinnerte ihn Sadik. »Ich möchte mir nicht wieder die ganze Nacht das Gejohle der Betrunkenen anhören müssen.«

Tobias verzog das Gesicht. »Jetzt übertreibst du aber. So schlimm war es doch gar nicht.«

»Ich fand es schlimm genug.«

»Also gut, gehen wir zurück und suchen wir dir ein stilles Plätzchen«, brummte Tobias und wollte Sadik schon in die schmale Gasse zwischen zwei Budenreihen folgen, als eine Lücke im Gedränge vor ihm den Blick auf einen Kastenwagen freigab. Das farbenprächtige Gemälde, das auf die Längswand gemalt war, sprang ihm geradezu in die Augen: ein schillernder Regenbogen, der am hinteren Ende des Wagens zwischen Baumwipfeln aufstieg, unter zwei Wolken hindurchlief und vorn in einen Kessel mit Goldmünzen eintauchte.

Abrupt blieb er stehen, starrte mit aufgerissenen Augen zu dem Kastenwagen hinüber und konnte es im ersten Moment nicht fassen. Er fürchtete, sein Wunschdenken der letzten Tage könnte bei ihm eine Halluzination bewirkt haben. Doch seine Sinne spielten ihm mitnichten einen Streich. Der recht plumpe Kastenwagen mit seiner auffälligen Bemalung löste sich nicht in etwas anderes auf. Er blieb – und zwar noch klarer und deutlicher, als er ihn seit Janas Aufbruch vom *Falkenhof* in seiner Erinnerung bewahrt hatte.

»Mein Gott, Sadik!«

»Was ist?«

»Schau doch mal dort! Der Wagen da drüben! Das kann nur ... Nein, das *ist* Janas Wagen!«

Sadik blickte in die Richtung, in die Tobias deutete. »*Aiwa,* das ist er! Wir haben sie tatsächlich gefunden!« Er klang überrascht, als hätte er nicht wirklich daran geglaubt, dass ihnen das gelingen würde.

Tobias lachte und lief los, von unbändiger Freude erfüllt. Jana! Sie hatten Jana gefunden! Was hatte er ihr nicht alles zu erzählen!

Ein kleines Zelt, das oben spitz zulief, stand vor dem Kutschbock. Das Segeltuch war schwarz gefärbt und mit Tarotbildern und magischen Zeichen bemalt. Ein Vorhang aus Glasperlenschnüren verwehrte den Blick ins Innere, das von einer Lampe schwach erhellt wurde.

Tobias war abwartend stehen geblieben, sodass Sadik ihn hatte einholen können. »Auf was wartest du? Willst du nicht hineingehen? Oder hat dich plötzlich aller Mut verlassen?«, stichelte er.

»Mut? Dazu brauche ich keinen Mut.«

Sadik zuckte mit den Achseln. »Unterwegs zu sein ist manchmal das Schönste an einer Reise, schöner sogar, als ans Ziel zu gelangen.«

Tobias warf ihm nur einen belustigten Blick zu und ersparte sich eine Antwort. Sadik brauchte wirklich nicht zu wissen, wie sehr er sich freute, Jana wieder zu sehen. Schnell löste er nun das lederne Halsband, an dem er Janas Geschenk all die Wochen Tag und Nacht getragen hatte, nahm die Holzkugel in die Hand, schob sich die Lederkappe tief in die Stirn und teilte den Perlenvorhang.

Jana Salewa saß hinter einem kleinen Tisch, der mit einem mitternachtsblauen Tuch bedeckt war. Das spärliche Licht der Lampe, deren Docht fast ganz heruntergedreht war, reichte gerade aus, um die Tischfläche zu beleuchten. Von ihr sah er nur die tiefschwarze Flut ihrer Haare, die mit dem Schwarz ihrer Jacke verschwamm. Es schien, als glitzerten die silbrigen Sterne, die sie sich auf das Kleidungsstück genäht hatte, in ihrem Haar. Bis auf das knapp zwei Finger breite Stirnband aus kleinen bunten Perlen war ihr Gesicht in Dunkelheit gehüllt.

Sie saß über die handgemalten Tarotkarten mit ihren seltsamen Symbolen und figürlichen Darstellungen gebeugt, die sie vor sich auf dem Tuch ausgebreitet hatte, und blickte nicht auf, als er eintrat.

Rechts von Jana stand auf einer Kiste ein kleines Fass, auf dem ein buntes Kissen mit Zotteln lag. Auf diesem Kissen hockte ein kleiner Affe mit braunem Fell, etwas hellerem Gesicht und einem schneeweißen Schwanz. Aufgerichtet maß dieser Affe, der auf den Namen Unsinn hörte, keine dreißig Zentimeter. Mit großen Augen blickte er zu Tobias hoch, als erkenne er ihn am Geruch.

»Setzen Sie sich«, forderte ihn Jana mit ihrer dunklen, fast rauchigen Stimme auf, die ihn schon damals so fasziniert hatte, als sie aus ihrem Fieber erwacht war und zum ersten Mal mit ihm gesprochen hatte. »Die Sitzung kostet einen Kreuzer, im Voraus zu bezahlen. Was möchten Sie erfragen?«

Tobias ignorierte den hölzernen Schemel, der auf seiner Seite vor dem Kartentisch stand. Er trat näher, hielt die um die kleine Holzkugel geschlossene Hand über das Tuch und sagte: »Ich möchte zu gern wissen, wie es dem Mädchen geht, das mir dies hier zum Abschied geschenkt hat.« Dabei öffnete er die Hand und die Kugel rollte ihr entgegen.

Janas Kopf ruckte hoch, dass ihre langen, schwarzen Haare flogen. »Tobias?«, stieß sie ungläubig hervor.

Er nahm die Kappe ab und lachte. »Wirklich erstaunlich, was dir die Karten so alles verraten!«

»Tobias! Du bist es wirklich!«, rief sie überschwänglich und sprang so schnell auf, dass ihr Schemel umkippte. Sie hatte es so eilig, um den Tisch herumzukommen, dass sie beinahe auch noch die Lampe umgestoßen hätte.

Sie fiel ihm um den Hals und umarmte ihn stürmisch. »Du bist es wirklich! Mein Gott, ich kann es gar nicht glauben! Tobias! Du hier!«

Er lachte und wusste nicht, wo er seine Arme lassen sollte. Es war das erste Mal, dass ihn ein Mädchen umarmt hatte. Es war ein angenehm verwirrendes Gefühl. »Ja, ich bin es wirklich.«

Sie gab ihn frei und schaute ihm nun auch ein wenig verlegen ob ihrer stürmischen Begrüßung ins Gesicht. »Entschuldige, aber das ist wirklich eine riesige Überraschung, dich hier zu sehen!«

Unsinn bereitete ihrer Verlegenheit ein Ende, indem er sich auf seine Art an der Begrüßung beteiligte. Mit lautem Kreischen sprang er von seinem Kissen auf den Tisch und von dort auf Tobias' Schulter, wo er wild herumtobte.

»Na, erkennst du mich wieder, du Kobold?« Tobias kraulte ihn am Bauch und verzog dann schmerzhaft das Gesicht, als Unsinn kräftig in sein Haar packte, um auf die andere Schulter zu springen.

»Unsinn! Lass das gefälligst!«, rief ihn Jana zur Ordnung. »Du reißt ihm ja noch alle Haare aus!«

»Ach, er freut sich doch und so schlimm ist es schon nicht«, wehrte Tobias vergnügt ab.

»Manchmal ist er eine echte Plage, aber ohne ihn kann ich auch nicht sein. Ach, Tobias, dass du hier bist! Ich weiß gar nicht, was ich sagen soll.«

»Freust du dich denn?«

»Und wie!«

»Mhm, ich mich auch«, sagte er und fuhr schnell fort: »War gar nicht so einfach, dich zu finden.«

»Du hast nach mir gesucht?«, fragte sie und beugte sich über den Tisch, um den Docht der Lampe höher zu stellen. Licht flutete durch das Zelt.

»O ja!«

Der Glasperlenvorhang geriet hinter ihnen mit leisem Klirren in Bewegung und ein brauner Kapuzenkopf schaute zu ihnen herein. »*Es-salum 'alekum*, Zigeunermädchen! Ah, da ist ja auch Unsinn – die Kreatur, von der Sihdi Heinrich behauptete, sie wäre ein Glückssymbol der Laoten, die Verkörperung ihres Gottes Wischnu!«

»Sadik!«, rief Jana freudig und verwundert zugleich. »Du auch hier?« Sie ergriff seine Hand und drückte sie in herzlicher Wiedersehensfreude. Dann sagte sie lachend: »Die Antwort ist Wasser, nicht wahr?«

Sadik schmunzelte. »*Aiwa*, Wasser ist die richtige Lösung. Ich wusste doch, dass du Tobias in diesen Dingen haushoch überlegen bist.«

Dieser sah verständnislos von ihr zu Sadik. »Wasser? Wovon redet ihr?«

»Erinnerst du dich noch an das arabische Rätsel, das Sadik mir zum Abschied mit auf den Weg gegeben hat?«, erklärte Jana ausgelassen. »›Lässt sterben, bringt ans Leben und ist selber tot. Geht ohne Fuß in jede Richtung, bald wird es gesehen unten auf der Erde, und bald siehst du es erhaben in den Wolken.‹ So lautete das Rätsel, das er mir aufgegeben hat. Und er sagte, ich müsste schon ein halbes Beduinenmädchen sein, um es zu lösen.«

Sadik nickte belustigt. »Nun ja, du hast auch einiges an dir, was einem Beduinenmädchen alle Ehre machen würde«, sagte er wohlwollend.

Jana wurde erst jetzt bewusst, wie merkwürdig Sadik gekleidet war. Stirnrunzelnd fragte sie: »Aber sag mal, warum trägst du denn eine Mönchskutte? Und wie kommt ihr nach Osthofen? Was führt euch hierher und so weit weg vom *Falkenhof*?«

»Zeppenfeld«, antwortete Tobias knapp.

Die Freude verschwand von Janas Gesicht und wich tiefer Besorgnis. »Zeppenfeld?«, wiederholte sie erschrocken. »Hat es mit dem merkwürdigen Falkenstock zu tun, den er dir stehlen wollte?«

Tobias nickte düster.

»Um Gottes willen, was ist passiert? Hat er ihn an sich gebracht?«

»Nein, das ist ihm zum Glück nicht gelungen. Aber passiert ist viel. Wir sind auf der Flucht und Onkel Heinrich ist in Mainz im Kerker. Doch das ist eine lange Geschichte.«

Betroffenheit zeigte sich in Janas dunklen, flaschengrünen Augen. »Wir gehen in den Wagen. Dort sind wir ungestört«, sagte sie, sammelte rasch die Tarotkarten ein, steckte sie in die Tasche ihrer weiten braunen Hose, die sie über ihren Schnürstiefeln zugebunden hatte, und nahm die Lampe vom Tisch. Als sie das Zelt verließen, kletterte Unsinn an ihr hoch und setzte sich auf ihre Schulter. Doch kaum standen sie am Wagen, da sprang er mit einem Satz auf den Kutschbock und war im nächsten Moment schon hinter dem einfachen Teppich verschwunden, der vor dem Durchgang ins Wageninnere hing.

Der Kastenwagen war von innen geräumiger, als es von außen den Anschein hatte. Rechter Hand befand sich eine Schlafkoje, darüber Regale und einfache Haken, an denen Kleidungsstücke, Kochutensilien und kleine Leinensäcke mit verschiedenstem Inhalt hingen. Links vom Mittelgang zog sich eine Sitzbank über die gesamte Länge des Wagens. Als Tisch diente eine einfache Platte, die links an der Wand mit Scharnieren befestigt war und je nach Bedarf hoch- oder heruntergeklappt werden konnte.

Tobias und Sadik nahmen rechts und links von der Tischplatte auf der Bank Platz, während Jana sich ihnen gegenüber auf die Schlafkoje setzte. Unsinn kuschelte sich am Kojenende in die Ecke.

»Erzählt!«, forderte Jana sie auf und schaute sie mit angespanntem Gesicht an. »Was ist auf *Falkenhof* geschehen? Und wie kommt es, dass ihr auf der Flucht seid?«

Sadik warf Tobias einen auffordernden Blick zu.

Und Tobias begann zu erzählen. Er berichtete ihr von seiner Entführung und dem Kampf in der Hütte des Köhlers, von seiner Flucht und Zeppenfelds gemeiner Intrige, die zur Aufdeckung des Geheimbundes und zu zahlreichen Verhaftungen geführt hatte – und die seinem Onkel fast das Leben gekostet hätte.

Jana ballte in ohnmächtiger Wut die Hände zu Fäusten und

stieß einen grimmigen Fluch aus, als sie hörte, dass Sadik den verletzten Gelehrten nur mit Mühe und Not aus Mainz hatte herausbringen können. Doch sie unterbrach ihn nicht mit Fragen, sondern hing wie gebannt an seinen Lippen. Fast atemlos lauschte sie seinen Worten, als er von ihrer gelungenen Flucht im Ballon erzählte und den gefährlichen Abenteuern, die sie danach erlebt hatten.

»Wir hatten Glück, dass wir Zeppenfeld und seinem Gesindel am Neckar noch um Haaresbreite entwischt sind. Es hätte wirklich nicht viel gefehlt und unsere Flucht hätte dort ihr unrühmliches Ende gefunden«, schloss Tobias seinen Bericht.

Jana schüttelte verstört den Kopf. »Ich weiß gar nicht, was ich dazu sagen soll. Was du da erzählt hast, kommt mir wie ein schrecklicher Albtraum vor. Es ist schreiendes Unrecht, dass dein Onkel im Kerker sitzt und ihr wie Verbrecher flüchten müsst!«

»Die Süßigkeit der Welt ist mit Gift durchknetet, heißt es in meiner Heimat«, bemerkte Sadik. »Wir haben zur Zeit offenbar das vergiftete Stück erwischt. Und wir müssen retten, was noch zu retten ist.«

Tobias nickte. »Ja, und das ist unser Leben – und der Falkenstock.«

Janas Augen wurden wieder lebhaft. »Habt ihr sein Geheimnis inzwischen gelöst?«

»Nein, das heißt, wir haben eine neue Spur gefunden – nämlich den zweiten Teil des Briefes, den Eduard Wattendorf meinem Vater mit dem Stock geschickt hat. Die Lösung steckt offenbar in dem Gedicht«, sagte Tobias, zog den Brief hervor und reichte ihn ihr.

»Hier, vielleicht sagt dir das was.«

Jana las und zuckte ratlos mit den Achseln. »Reichlich verworren. Auf Anhieb werde ich daraus auch nicht schlau«, gestand sie. »Aber wo habt ihr den Stock gelassen?«

»Auf dem Fuhrwerk unter dem Reisig, wo auch all unsere anderen Sachen verborgen sind«, antwortete Tobias.

Jana schlug ihnen vor das Fuhrwerk zu holen, da hinter ihrem Wagen noch Platz genug für ein zweites Gespann war.

»Außerdem wird sich Napoleon«, das war ihr Brauner, der den Kastenwagen zog, »über Gesellschaft bestimmt freuen.«

»Bleib du nur hier. Ich erledige das schon«, meinte Sadik, als sich Tobias erheben wollte, und huschte aus dem Wagen in die Nacht.

Einen Augenblick sahen sie sich schweigend an. Ein warmes Lächeln stand auf ihrem hübsch geschnittenen Gesicht, das schon die Züge einer jungen Frau trug. Das oftmals harte Leben allein auf der Landstraße und die Notwendigkeit, völlig eigenständig zu handeln, hatten ihr eine Reife verliehen, die anderen erst sehr viel später zuteil wurde.

»Ich freue mich, dass du nach mir gesucht hast, Tobias. Ich habe auch oft an dich denken müssen.«

Er spürte ein heißes Brennen auf seinem Gesicht. »Ja?«

Sie nickte. »Ich wusste, dass wir uns wieder sehen würden.«

»Es stand ja auch in den Karten«, sagte er lächelnd. »Und jetzt ist es eingetroffen.«

Jana fuhr mit der Hand über Wattendorfs Brief, als wollte sie ihn auf der Tischplatte glätten. »Ihr wollt nach Paris, nicht wahr?«, fragte sie dann.

»Ja, zu Jean Roland und seinem Sohn André. Monsieur Roland bringt in Paris eine Zeitung heraus und ist ein guter Freund meines Vaters. Dort werden wir bestimmt freundliche Aufnahme finden. Aber bevor wir nach Frankreich gehen, müssen wir erst noch nach Speyer, vielleicht auch noch nach Furtwipper, einem Ort an der französischen Grenze auf der Höhe von Straßburg.«

»Was wollt ihr denn in Speyer?«

»Da wohnt ein Musikus namens Claus Detmer, ein Freund von Onkel Heinrich«, erklärte Tobias. »Seine Frau, die Gedichte schreibt, und er müssen ein sehr offenes Haus führen, wo allerlei Künstler aus und ein gehen. Dort sollen wir auf Jakob Weinroth warten. Onkel Heinrich will ihn mit einer

Nachricht, wie es ihm und den anderen geht, nach Speyer schicken.«

»Und wann wollt ihr euch mit Jakob bei dem Musikus treffen?«, fragte Jana interessiert.

»Genau vier Wochen nach unserer Flucht vom *Falkenhof*, also in gut zwei Wochen«, erwiderte Tobias. »Sollten wir uns dort aus irgendeinem Grund verpassen, ist als nächster Treffpunkt zwei Wochen später der Gasthof *Zur Goldenen Gans* in Furtwipper vereinbart. Ein gewisser Gerd Flosbach, auch Vierfinger-Jacques genannt, ist der dortige Patron und ebenfalls ein guter Freund meines Onkels.«

Von draußen ertönte das Rumpeln eines Fuhrwerks. Das musste Sadik sein.

»Wisst ihr schon, was ihr in der Zeit, bis ihr in Speyer sein müsst, unternehmen wollt?«

Tobias druckste ein wenig herum. »Na ja, ich dachte, wir – könnten doch zusammenbleiben, du, Sadik und ich. Natürlich nur, wenn du nichts dagegen hast«, fügte er hastig hinzu und sah sie erwartungsvoll an.

»Ganz im Gegenteil! Ich fände es wunderbar, wenn wir zusammenblieben!«, versicherte sie mit strahlenden Augen. »Hast du schon mit Sadik darüber gesprochen?«

»Nein, aber was sollte er dagegen einzuwenden haben? Besser könnten wir es doch gar nicht antreffen!«, versicherte Tobias im Brustton der Überzeugung, obwohl er insgeheim doch leichte Zweifel hegte, ob Sadik diese Regelung genehm sein würde. Er beschloss, das auf der Stelle mit ihm unter vier Augen zu klären und erhob sich. »Ich glaube, ich muss jetzt raus und Sadik beim Ausspannen zur Hand gehen.«

Auch Jana stand auf. »Und ich kümmere mich indessen um das Essen. Ihr werdet bestimmt hungrig sein. Ich habe noch einen Topf Gemüsesuppe, die ich bloß aufzuwärmen brauche.«

Tobias kletterte aus dem Wagen und ging zu Sadik hinüber. »So, du willst also, dass wir mit Jana von Kirmes zu Kirmes ziehen«, brummte er und es klang, als wäre er von der Vorstellung nicht eben begeistert.

»Ist es dir vielleicht lieber, noch ein paar Wochen als Mönch herumzulaufen und ständig befürchten zu müssen aufzufallen und Zeppenfeld wieder auf unsere Spur zu bringen?«, hielt Tobias ihm entgegen. »Schließen wir uns dagegen Jana an, haben wir die beste Tarnung, die wir uns nur wünschen können. Bei all diesen schillernden und exotischen Gestalten, die so eine Kirmes bevölkern, fallen wir überhaupt nicht auf.«

Sadik warf ihm einen Blick zu, als wollte er ihm zu verstehen geben, dass er sehr wohl wusste, wie viel ihm daran lag, Jana in seiner Nähe zu wissen – auch wenn Zeppenfeld nicht hinter ihnen hergewesen wäre. Doch er sprach es nicht aus, sondern beschränkte sich auf seine sachlichen Bedenken.

»*Aiwa*, das ist schon richtig. Nur vergiss nicht, dass du Jana möglicherweise in Gefahr bringst«, wandte Sadik ein. »Zeppenfeld kennt keine Skrupel. Sollten wir das Pech haben, dass er unsere Spur doch wieder aufnehmen kann, schwebt sie in derselben Gefahr wie wir. Ich glaube, dass Jana dir einiges bedeutet. Ja, und wenn das der Fall ist, solltest du es dir sehr gut überlegen, ob du das Risiko eingehen willst, sie dieser Gefahr auszusetzen.«

Tobias schwieg betreten und nagte unschlüssig an seiner Unterlippe. An die Gefahr, die ihr drohen konnte, hatte er gar nicht gedacht. Natürlich wollte er nicht, dass ihr etwas zustieß, Gott bewahre! Doch andererseits wollte er auch nicht, dass sich ihre Wege schon wieder trennten. Und sie empfand ebenso, wie sie ihm deutlich zu verstehen gegeben hatte. Also was sollte nun werden?

Als sie wenig später wieder im Wagen saßen und Jana ihre Teller mit köstlich duftender Gemüsesuppe füllte, rang Tobias sich dazu durch, sich Sadiks Bedenken zu beugen und ihr zu sagen, dass sie die nächsten Wochen besser doch nicht zusammenblieben, wie schwer es ihm auch fiel.

Doch Jana wollte nichts davon wissen. »Aber das ist doch

Unsinn! Wenn ich euch helfen kann, helfe ich, und da kann Zeppenfeld noch so gefährlich sein, wie er will. Glaubt ihr vielleicht, das Leben als Landfahrerin wäre gefahrlos? Mit Gesindel, das die Landstraßen unsicher macht, muss ich auch so fertig werden. Da fällt Zeppenfeld mit seinen Komplizen nicht groß ins Gewicht.«

»Niemand bezweifelt deinen Mut und deine Fähigkeit, dich zu behaupten. Doch Zeppenfeld ist nun mal nicht irgendein gewöhnlicher Wegelagerer«, hielt Sadik ihr vor. »Er ist ein Mann mit Vermögen und ohne jegliche Skrupel und das ist eine der gefährlichsten Mischungen, die es gibt. Wir können nicht verantworten, dass du in diese Geschichte verwickelt wirst und auch noch in Gefahr gerätst!«

Tobias nickte düster.

Doch Jana schüttelte unwillig den Kopf. »Du enttäuschst mich, Sadik.«

»Inwiefern?«

»Du hast mir das Leben gerettet und mich gesund gepflegt. Und wäre ich auf *Falkenhof* in Gefahr geraten, hättest du mich ohne zu zögern vor dieser Gefahr in Schutz zu nehmen versucht. Und nach alldem, was ihr für mich getan habt, willst du mir das Recht versagen, dass ich nun euch helfe?«, fragte sie mit bitterem Vorwurf. »Wenn so die Ehre eines Beduinen aussieht, ist sie nicht mal halb so viel wert wie die eines Landfahrers – und dann tust du mir Leid, Sadik Talib.«

Der Araber schaute sie einen Moment lang schweigend an, ohne dass sein Gesicht verriet, was er dachte. Dann hoben sich seine Mundwinkel kaum merklich zu einem Lächeln. »Die Ehre eines *bàdawi* sieht anders aus, Jana, wie du sehr wohl weißt«, entgegnete er bedächtig. »Und wenn du darauf beharrst, uns in dieser gefährlichen Situation beistehen zu wollen, werde ich meinen Widerstand aufgeben müssen.«

»Ja, ich bestehe darauf!«, bekräftigte sie.

»Ich habe befürchtet, dass du das sagen würdest. Es ehrt dich, Jana, dass du so denkst. Doch auch Ehre und Mut müssen ihre Grenzen haben, wenn sie nicht zu Verblendung und Leichtsinn führen sollen«, mahnte er sie. »Es gibt bei uns Beduinen einen Spruch, der da heißt: ›Berechne zuerst die Größe des Knochens nach deiner Kehle, ehe du ihn hinunterschluckst!‹«

»Ich habe nicht die Absicht, es allein mit Zeppenfeld aufzunehmen. Doch der gesunde Menschenverstand sagt mir, dass drei weniger Schwierigkeiten haben, einen dicken Knochen zu zernagen und zu verdauen, als wenn sich nur zwei die Zähne daran ausbeißen«, erwiderte sie schlagfertig.

Er hob in einer Geste der Resignation die Hände und seufzte. »Dann nehmen wir deine Hilfe an, Jana. Es scheint Allahs Wille zu sein und sein Wille geschehe.«

Jana lachte. »Endlich ein vernünftiges Wort!«

Tobias konnte sich ein spöttisches Grinsen nicht verkneifen. Es passierte äußerst selten, dass Sadik einmal nicht das letzte Wort behielt und sich geschlagen geben musste. Er empfand jedoch auch Stolz und Hochachtung für seinen Beduinenfreund, der nun, da die Entscheidung gefallen war, sie ohne Einschränkung akzeptierte und sich in ihren Dienst stellte.

»Da wir die nächsten Wochen also zusammen von Volksfest zu Volksfest ziehen werden und so wenig Aufmerksamkeit wie möglich erregen wollen, müssen wir das Fuhrwerk gleich morgen verkaufen«, schlug er in seiner vorausschauenden Art vor. »Unterwegs auf den Straßen sind Tobias und ich hier im Kastenwagen zehnmal besser aufgehoben als auf dem offenen Kutschbock unseres Fuhrwerkes. Auf den Volksfesten selbst werden wir am besten Verkleidungen tragen, wie sie hier üblich und damit völlig unauffällig sind.«

»Ich habe noch venezianische Masken und Spitzhüte mit bunten Papierperücken«, sagte Jana und fügte hinzu: »Zwei geheimnisvoll aussehende Gehilfen kann ich sehr gut brauchen. Sie werden mein müdes Geschäft bestimmt beleben.«

»Dann machen wir es so.« Sadik legte seinen Holzlöffel in den leeren Suppenteller und erhob sich. »Ihr werdet sicher nichts dagegen haben, wenn ich mich jetzt schlafen lege. Es war ein langer Tag und ich bin müde.«

»Aber du brauchst doch nicht draußen zu schlafen«, wollte Jana ihn zurückhalten. »In diesem Wagen ist Platz genug für drei. Aus der Sitzbank lässt sich eine zweite Koje machen. Und wenn man Decken im Mittelgang auslegt, ist es dort auch recht bequem. Ich habe jahrelang auf dem Boden geschlafen, als ich mit Tante Helena und Onkel René durch die Lande gezogen bin. Ihr beide könnt die Kojen haben.«

»*Alf schukr!* ... Tausend Dank, aber damit würdest du mir keinen großen Gefallen tun«, wehrte er freundlich ab. »Bei trockenem Wetter ziehe ich ein Nachtlager unter freiem Himmel jeder anderen Unterkunft vor. *Leltak sa'ida,* eine gute Nacht, meine Freunde.«

»*Leltak sa'ida mbarak*«, erwiderte Tobias den Gutenachtgruß fröhlich. »Möge Allah dem Bierzelt diese Nacht einen weniger guten Umsatz bescheren.«

Sadik lachte und stieg durch die schmale Tür in der Rückfront aus dem Kastenwagen.

Tobias und Jana saßen noch eine gute Stunde im warmen Schein der Lampe und redeten. Es gab so vieles, was sie beschäftigte. Der Falkenstock, den sie gemeinsam einer erneuten Untersuchung unterzogen, ohne sein Geheimnis jedoch lüften zu können, stand dabei trotz allem nicht im Mittelpunkt ihres Gespräches. Tobias tat es gut, seine Sorge um Onkel Heinrich mit ihr teilen zu können und sich dann von ihren Geschichten ablenken zu lassen.

Als sie dann die Lampe löschten und in ihren Kojen lagen, führten sie in der Dunkelheit ihr vertrauliches Zwiegespräch fort, bis es in der aufsteigenden Schläfrigkeit versickerte.

Sie hatten sich eine gute Nacht gewünscht und Tobias fielen schon die Augen zu, als Janas Stimme ihn noch einmal von der Schwelle des Schlafes zurückholte.

»Tobias?«

»Mhm?«

»In Wattendorfs Brief an deinen Vater steht, dass der Falkenstock nur *ein* Teil des Rätsels ist und Jean Roland und Rupert Burlington die beiden anderen Teile besitzen.«

»Ja, das stimmt. Wattendorf muss ihnen wohl auch etwas zugeschickt haben, das die Schlüssel zu den versteckten Pforten im Innern sein sollen.«

»Wenn du nach Paris gehst, wirst du bestimmt erfahren, was Monsieur Roland von Wattendorf erhalten und ob er sein Rätsel schon gelöst hat, nicht wahr?«

»Sicher.«

»Wirst du es dann dabei belassen?«

»Wie meinst du das?«

»Na ja, es gibt dann noch das dritte Rätsel, ohne das Wattendorfs Geheimnis um das verschollene Tal nicht zu lösen sein wird – und dieses Rätsel liegt bei Rupert Burlington in England. Also wirst du auch nach England gehen, oder?«

»Ich habe darüber bisher noch nicht nachgedacht. Aber da du es jetzt sagst ... Ja, ich glaube, ich werde wohl auch versuchen zu Mister Burlington nach England zu reisen. Aber das hängt natürlich davon ab, was mit Onkel Heinrich wird. Jakob wird hoffentlich gute Nachrichten bringen.«

»Aber du hast gesagt, dass dein Onkel auch im besten Fall mit einer Kerkerstrafe von einiger Dauer rechnen muss und du so schnell nicht nach *Falkenhof* zurückkehren kannst.«

»Ja, damit werde ich mich abfinden müssen«, gab er bedrückt zur Antwort. »Ich werde also Zeit genug haben, um auch Rupert Burlington aufzusuchen.«

»Und dann? Was wirst du tun, wenn du alle drei Rätsel gelöst hast?«

Tobias schwieg einen Moment. »Du denkst an Ägypten, nicht wahr?«

»Ja, Ägypten. Das verschollene Tal.«

»Ich weiß nicht. Natürlich brenne ich darauf, selbst nach Ägypten zu reisen, so wie mein Vater«, sagte Tobias, verwirrt von seinen Wünschen und Zweifeln, die ihn jetzt gleichermaßen befielen. »Aber um das in Angriff nehmen zu können, müssen wir erst mal alle Rätsel gefunden und gelöst haben. Außerdem werden wir ohne Sadiks Zustimmung und Hilfe keine Chance haben, nach dem verschollenen Tal zu suchen, geschweige denn einen Marsch durch die Wüste zu überleben. Sadik hat zwar sowieso vorgehabt, nach Ägypten zurückzukehren und in Chartoum auf meinen Vater zu stoßen. Aber ob er sich dazu überreden lassen wird uns mitzunehmen, darauf möchte ich jetzt keine Wette abschließen.«

»Uns?«, fragte Jana leise, und die Erwartung, die schon die ganze Zeit wie eine unterschwellige Frage in ihrer Stimme gelegen hatte, war nun unüberhörbar.

Tobias wurde mit Verwunderung bewusst, dass er unwillkürlich davon ausgegangen war, nicht nur während der nächsten zwei Wochen mit Jana zusammenzubleiben. »Entschuldige, ich habe das einfach so dahingesagt, ohne nachzudenken. Natürlich hast du mit der ganzen Geschichte gar nichts zu tun, und was sollst du …«

»Aber ich hätte es gerne«, fiel sie ihm hastig ins Wort. »Ich meine, wenn du nichts dagegen hast, würde ich gern mit euch nach Paris gehen. Du weißt, ich war schon mal ein paar Monate in Frankreich und René hat mir genug von seiner Muttersprache beigebracht, dass ich mir dort bestimmt nicht wie ein Fisch auf dem Trockenen vorkomme.«

»Ist das dein Ernst?« Tobias' Stimme war belegt und er räusperte sich.

»O ja! Ich hätte es wirklich gerne – wenn du es auch willst«, bekräftigte sie mit leiser, aber fester Stimme.

»Dann kommst du mit uns nach Paris!«, versprach er in freudiger Erregung. Er richtete sich in der Koje halb auf und schaute zu ihr hinüber. Im Dunkel sah er nur vage Umrisse, konnte jedoch feststellen, dass auch sie sich aufgesetzt hatte und zu ihm blickte. »Und wer weiß, wohin uns Wattendorfs Rätsel danach führen wird. Eines nach dem anderen, abgemacht, Jana?« Er streckte ihr die Hand über den Mittelgang hin.

Im nächsten Augenblick umschloss ihre Hand die seine mit warmem, festem Druck. »Abgemacht, Tobias«, flüsterte sie.

Er lächelte und obwohl er es nicht sehen konnte, wusste er, dass auch sie ihn anlächelte.

Wie Feuer und Eis

Tobias fand den Kastenwagen verlassen vor, als er am nächsten Morgen erwachte. Verschlafen stieß er die kleine Tür auf, schloss die Augen vor dem hellen Sonnenlicht, das ihm entgegenflutete, und stieg die dreistufige Treppe hinunter. Mit noch halb geschlossenen Augen reckte und streckte er sich im Freien.

Eine enorme Hitzewelle raste plötzlich an seinem Gesicht vorbei. Er riss die Augen auf, stieß einen erstickten Schrei aus und taumelte gegen die Treppe zurück, als er vor sich eine Flammenwand sah.

Dröhnendes Gelächter ertönte rechts von ihm. Er fuhr herum und sein verstörter Blick fiel auf einen Bär von einem Mann. Er war nur mit einer weiten, schwarzgelb gestreiften Pumphose bekleidet. Anstelle eines gewöhnlichen Gürtels trug er eine Kette aus dicken Eisengliedern um die Hüften. Die Muskelstränge auf seiner nackten Brust ähnelten einer bewegten Hügellandschaft. Handbreite Metallbänder umschlossen seine Unterarme, die nach oben hin in gewaltige Muskelpakete übergingen. Sein massiger Schädel war kahl und so rund und glatt wie eine Kanonenkugel. Und in der Rechten hielt er eine brennende Fackel.

»Habe ich dich erschreckt, mein Junge?«, sprach der Koloss von einem Mann Tobias an und ein fröhliches Glitzern blitzte in seinen Augen auf, die für einen so schweren Kopf viel zu klein schienen. Und bevor Tobias noch etwas antworten konnte, fuhr er munter fort: »Ein kleiner Spaß, nichts weiter. War dabei, mich ein wenig in Schwung zu bringen und für die erste Vorstellung aufzuwärmen. Das mache ich jeden Morgen. Ein paar Mund voll Höllenfeuer und der Tag kann so schlecht gar nicht mehr werden.«

»Oh, Sie sind also ein Feuerschlucker«, sagte Tobias und kam sich dabei unsäglich dumm vor.

»So ist es, mein Junge. Ursus, der Feuerschlucker und Kettensprenger, so nennt man mich«, stellte er sich leutselig vor, wirbelte die brennende Fackel in wahnwitziger Geschwindigkeit gut ein halbes Dutzend Mal um die Finger seiner Hand, warf sie hinter seinem Rücken hoch, fing sie mit der linken Hand in seinem Nacken auf und warf sie neben sich in eine Tonne, wo sie zischend im Wasser erlosch. Staunend hatte Tobias dieses rasante Kunststück verfolgt.

»Und du musst Bostia sein, der neue Gehilfe von Jana«, begrüßte ihn Ursus und reichte ihm seine Hand, die so groß wie eine Löwenpranke war. »Freut mich dich kennen zu lernen, mein Junge. Werden bestimmt gut auskommen. Der Zirkus braucht junge Leute so wie ich Feuer und Eisen.«

Tobias zögerte, denn er fürchtete, dieser Feuerschlucker und Kettensprenger könnte ihm mit einem gedankenlosen Händedruck alle Finger brechen.

»Keine Sorge, mein Junge, ich reiß dir schon nicht die Hand ab«, versicherte Ursus lachend, als könnte er Tobias' Gedanken lesen. »Zum Berserker werde ich erst, wenn ich da drüben auf dem Podest stehe, um Melli Meller, dem Schlitzohr, die Gaffer ins Zelt zu treiben.« Er deutete mit dem Kopf auf das große, aber schon recht verschlissen wirkende Zelt, über dessen Eingang ein grellbuntes Schild mit der Aufschrift prangte: *Melchior Mellers unglaubliches Monstrositäten-Kabinett*. Die Wohnwagen, die am hinteren Teil des Zeltes aufgereiht standen, hatten gleichfalls schon mal bessere Zeiten gesehen.

Tobias verlor nun seine Scheu und schlug ein. Dieser Ursus gefiel ihm. Er hatte etwas lustig Lebensfrohes an sich und das humorvolle Blitzen seiner Augen erinnerte ihn an den verschmitzten Gesichtsausdruck seines Onkels, der alles andere als ein trockener Gelehrter und Büchernarr war. »Sie arbeiten also im Monstrositäten-Kabinett?«

»Die netten Monster sind im Zelt, mein junger Freund. Ich bin sozusagen der Köder, Melli Mellers Stimmungsmacher und Anreißer, der die Leute dazu bringt, erst mal stehen zu bleiben und sich seine Sprüche anzuhören.«

»Das werde ich mir nachher ganz sicher ansehen«, versprach Tobias.

Ursus nickte erfreut. »Tu das, Bostia. Wirst so schnell keinen besseren Entfesselungskünstler finden, der es mit mir aufnehmen kann. Und was das Feuer betrifft, so hat sich bisher noch jeder das Grobmaul verbrannt, und zwar buchstäblich, der gegen mich angetreten ist«, erklärte er voller Stolz und schlug sich dabei mit der Faust auf die Brust. »Ich stecke eine Kerze auf acht Schritt Entfernung in Brand – und nur der Teufel persönlich kann mich in diesem Wettkampf aus dem Rennen werfen. Doch der hat es ja weniger auf Kerzenlichter als auf Lebenslichter abgesehen, hahaha!« Sein Gelächter dröhnte weithin über den Platz.

Tobias fand sein Lachen ansteckend.

Als Ursus sich wieder eingekriegt hatte, sagte eine Stimme hinter Tobias anzüglich: »Ja, du bist 'n ganz Feuriger. Du hast nur vergessen, dem Kleinen zu erzählen, dass du Zeltverbot bekommst und dir 'nen Eisenpfropfen hinten reinstecken musst, wenn du Blähungen hast, weil sonst die Gefahr besteht, dass der schäbige Fetzen Leinwand in Flammen aufgeht!«

»Und dir müsste man da oben einen Pfropfen reinstecken, Iwanowitsch, damit man sich dein dämliches Gesabbel nicht den ganzen Tag anhören muss«, sagte eine zweite Stimme bissig.

Tobias drehte sich nach den Stimmen um – und im nächsten Moment fuhr ihm der Schreck in alle Glieder. Nur mit Mühe konnte er einen Schrei unterdrücken.

Vor ihm stand eine Gestalt wie aus einem seiner schlimmsten Albträume: zwei Köpfe und zwei Hälse, die aber nur einen Körper mit zwei Armen und Beinen hatten. Und diese Gesichter, die herbe Züge trugen, beachteten ihn gar nicht, sondern funkelten sich gegenseitig wütend an. Er brauchte einige Sekunden, um seine Fassung wiederzugewinnen und sich darüber klar zu werden, dass er es mit siamesischen Zwillingen zu tun hatte, die an den Schultern zusammengewachsen und dazu verdammt waren, miteinander zu leben.

»Heute wieder miese Laune, Petrowitsch?«, fragte Ursus gelassen, doch der Zug um seine Augen verriet eine Spur von Ärger.

»Ist es denn ein Wunder, wenn man mit so einem Schwachkopf an seiner Seite Tag für Tag erwachen muss?«, gab der Kopf über der linken Brusthälfte zur Antwort.

»Tut mir Leid, Kleiner, ich bemühe mich ja nur, mich deinem Niveau anzupassen«, erwiderte der rechte Zwilling. »Aber trotz größter Mühe gelingt es mir nur sehr selten so tief hinabzusteigen, dass du was kapierst.«

»Du hast nichts als Hühnerscheiße im Kopf, Iwanowitsch, die dir den letzten Grips weggebrannt hat!«

»Und du weißt nicht einmal, wie man so ein Wort buchstabiert, Petrowitsch!«

Ursus wandte sich Tobias zu. »Bostia, ich habe das zweifelhafte Vergnügen, dir Iwanowitsch und Petrowitsch vorzustellen«, sagte er ironisch und vollführte eine dementsprechende Geste zu ihnen hin. »Nicht, dass sie tatsächlich Russen wären. Sie haben so viel russisches wie ich blaues Blut in den Adern – nämlich nicht einen lausigen Tropfen. Aber als siamesische Zwillinge aus dem Land der blutrünstigen Kosaken lassen sie sich nun mal besser verkaufen.«

»Oh!«, war alles, was Tobias herausbrachte. Von siamesischen Zwillingen hatte er in der Enzyklopädie seines Onkels gelesen. Doch nie hätte er geglaubt, dass er einem solchen Paar einmal wirklich gegenüberstehen würde.

»Dieses reizende Zwillingspaar zählt zu Mellers ›besten Pferden‹ im Stall«, fuhr Ursus etwas geringschätzig fort. »Immer ein Renner, wenn es darum geht, wer den dämlichen Gaffern durch ihren Anblick den schaurigsten Schauer über den Rücken jagt. Doch ihr wirklicher Lebensinhalt ist es, Kain und Abel zu spielen. Sie sind so gegensätzlich wie Feuer und Eis. Und sie hätten sich schon längst gegenseitig den Schädel eingeschlagen, wenn es da nicht das Dilemma gäbe, dass der Mord am anderen gleichzeitig auch Selbstmord bedeutet.«

»Eines Tages ist mir auch das egal. Aber was verstehst du schon davon, du Muskelaffe!«, entgegnete Petrowitsch schroff.

»Sag ich's doch: Die Dummheit der Menschen ist grenzenlos, vor allem die meines kleinen Zwillingsbrüderchens«, höhnte Iwanowitsch.

»Spiel dich bloß nicht so auf! Nur weil du dich mit deinem Querschädel ein paar Sekunden früher als ich in die Welt geschoben hast, bist du noch längst nicht mein großer Bruder!«, schimpfte Petrowitsch und drohte ihm mit der Faust.

Tobias war von dem skurrilen Streit der siamesischen Zwillinge abgestoßen und fasziniert zugleich. Und er fragte sich, wie diese bitterböse Auseinandersetzung wohl ausgehen mochte. Doch der Streit fand ein abruptes Ende.

Ein kleiner, schmächtiger Mann mit Halbglatze und dichtem Walrossbart, gekleidet in einen schwarzen Anzug mit gerüschter Hemdbrust, tauchte plötzlich zwischen den Wohnwagen auf. Mit wehenden Rockschößen eilte er auf sie zu.

»Oje!«, stöhnte Ursus gedämpft auf. »Das ist Melli Meller, der geschäftstüchtige Windhund, der uns in Brot und Arbeit hält. Er nennt sich Direktor oder auch *Showmaster*. Das hat er aus Amerika, wo er mal eine große Nummer war. Jedenfalls behauptet er das. Wie auch immer: Jetzt setzt es Zunder!«

Melchior Meller baute sich vor den Zwillingen auf und stemmte die Fäuste in die Hüften. Sein Gesicht war hochrot wie eine reife Tomate und die pomadisierten, hochgezwirbelten Enden seines Schnurrbartes zitterten vor Erregung.

»Seid ihr von allen guten Geistern verlassen, ihr Einfaltspinsel?«, herrschte er sie an und seine Stimme war für seinen schmächtigen Körperbau von überraschender Kraft und Schärfe. »Was habt ihr hier draußen zu suchen? Ich nehme Eintritt dafür, dass man einen Blick auf euch werfen darf! Wollt ihr mein Geschäft ruinieren, indem ihr Tölpel einfach vor dem Zelt herumspaziert und euch jedem zeigt, ohne dass er mir einen Kreuzer in die Kasse geworfen hat? Aber sagt es mir nur, wenn ihr eure eigene Vorstellung hier draußen haben und von Dreck leben wollt! Dann setze ich euch auf die Straße und ziehe ohne euch weiter! Das heulende Elend wird über euch Streithähne hereinbrechen und dann habt ihr höllischen Grund, euch endlich die Schädel einzuschlagen, weil ihr ohne mich und mein Kabinett nämlich elendig krepieren werdet!«

»Ich habe damit nichts zu tun, Herr Direktor«, beteuerte Petrowitsch. »Mein Bruder wollte unbedingt rumspazieren und ich konnte ihn nicht davon abhalten.«

»Lüg doch nicht! Du wolltest diesem drallen Weibsbild, das dem Spezereien-Anton die Brezen gebracht hat, einen Schreck einjagen!«

»Ich will nichts mehr hören!«, donnerte Melchior Meller. »Wenn das noch einmal passiert, könnt ihr sehen, wo ihr bleibt. Und jetzt geht mir aus den Augen!«

Wütenden Blickes, aber ohne ein einziges Widerwort leisteten die siamesischen Zwillinge der Aufforderung Folge und begaben sich auf schnellstem Weg in ihren Wohnwagen.

Melchior Meller sah nun zu Ursus hoch. Er musste sich dabei fast den Kopf verrenken, denn er reichte dem Kraftmenschen gerade bis zum Bauchnabel.

»Und was stehst du hier herum und guckst dumm aus der Wäsche?«, fuhr er ihn in seiner zornigen Erregung an. »Hast du nichts zu tun?«

Bevor der kleinwüchsige Direktor wusste, wie ihm geschah, hatte Ursus ihn unter den Armen gepackt und hochgehoben. Er hielt ihn so, dass sie sich auf einer Höhe in die Augen blicken konnten. Und mit trügerisch sanfter Stimme erwiderte er: »Sie geraten in Ihrem Geschäft mit zu vielen Monstern in Berührung, Direktörchen. Das ist nicht gut für die Gemütslage.«

Der Direktor strampelte wild in der Luft und verlangte mit nun dünner Stimme und blassem Gesicht: »Lass mich auf der Stelle runter, Ursus! Runterlassen, verdammt noch mal!«

Unbeeindruckt davon fuhr Ursus fort: »Und es gefällt mir gar nicht, wenn Sie mich so grob anfahren. Ich gehöre nicht zu Ihrem Kabinett, mein Bester. Ich arbeite vor Ihrem Zelt, nicht drinnen! Die Frau ohne Unterleib, Ihren Albino und den ewig besoffenen Haarmenschen können Sie mit solchen Tönen anpfeifen, ohne dass Sie um Ihren kurzen Hals fürchten müssten. Doch bei mir sollten Sie das besser bleiben lassen.«

Melchior Meller trommelte mit seinen Schuhspitzen auf die breite Brust des Kraftmenschen, ohne dass das irgendeine Wirkung gehabt hätte. »Ursus! Ich warne Sie!«

»Ah, das klingt schon wieder besser in meinen Ohren. Das stimmt mich gleich eine Nummer verträglicher«, sagte der Feuerschlucker mit breitem Grinsen und ließ ihn wieder auf den Boden hinunter. »Und wenn Sie mit meiner Arbeit nicht mehr zufrieden sind, verehrter Direktor, quälen Sie sich nicht zu lange damit, es mir zu sagen. Meine Sachen sind schnell gepackt.«

Melchior Meller zupfte seine Jacke ärgerlich zurecht, warf ihm einen irritierten Blick zu und sagte mit einer wegwerfenden Handbewegung: »Ach was, reden Sie doch nicht so einen Unsinn daher! In einer Stunde stehen Sie pünktlich vor dem Zelt auf Ihrem Podest! Und dass Sie mir diesmal nicht wieder ein halbes Dutzend Kerzen verschmelzen, bevor Sie den verdammten Docht zum Brennen kriegen!«, brummte er, wandte sich abrupt um und eilte davon.

Mit einem eigentümlich glucksenden, leisen Lachen sah Ursus ihm nach. »Kein übler Mensch, unser Direktor«, sagte er vergnügt. »Hartes Gewerbe, das er betreibt. Nur muss man ihn manchmal daran erinnern, dass man kein sechsbeiniges Kalb ist, das man nach Belieben herumstoßen und in die Box sperren kann. Und jetzt komm, Bostia. Ich lad dich zu einem Becher Kaffee ein. Siehst so aus, als könntest du einen heißen Schluck von meinem Gebräu gut vertragen. Bist noch nicht lange dabei, nicht wahr?« Er machte eine Handbewegung, die den Jahrmarkt umschloss.

»Nein«, gab Tobias zu und sah sich vergeblich nach Jana um. Auch Sadik war nirgends zu sehen. Er war wohl mit dem Fuhrwerk weg, das nun nicht mehr neben Janas Wagen stand. »Weißt du zufällig, wo Jana und mein Freund stecken?«

Ursus nickte. »Sind zu Ludwig Leineweber hinüber, dem das Karussell gehört. Ich glaube, dein Freund Dakis will ihm euer Fuhrwerk verkaufen. Es wird etwas dauern, bis sie zurück sind. Der Ludwig ist ein ausgekochtes Schlitzohr, der zudem das Feilschen liebt wie der Teufel die armen Seelen. Wir haben also Zeit genug für einen Muntermacher, mein Junge.«

Tobias folgte ihm mit einem Schmunzeln auf den Lippen. Wer wohl von den beiden auf die Idee gekommen war, die Buchstaben ihrer Namen zu einem Anagramm umzustellen und dadurch aus Tobias Bostia und aus Sadik Dakis zu machen?

»Hereinspaziert in Ursus' gute Stube!«, rief der kahlköpfige Feuerschlucker und Kettensprenger fröhlich.

Tobias betrat den Wagen, der von der Größe Janas rollendem Zuhause glich – und erlebte an diesem erlebnisreichen Morgen eine weitere Überraschung. Er hatte nicht darüber nachgedacht, wie es in Ursus' Behausung wohl aussehen mochte. Doch auch wenn er Vermutungen angestellt hätte, wäre er doch nie auf die Idee gekommen, dass er dort mehrere Regale mit Büchern sowie ein halbes Dutzend Käfige aus Weidengeflecht mit bunten Singvögeln vorfinden würde. Ein helles, fröhliches Gezwitscher begrüßte sie.

Ursus lachte über sein verdutztes Gesicht. »Überrascht?«, fragte er.

»Kann man wohl sagen!«

»Ein gutes Buch ist so treu wie ein verlässlicher Freund, auf den man stets zurückgreifen kann. Doch die treuesten Freunde des Menschen sind die Tiere. Ihnen ist alles Schlechte von Natur aus fremd«, erklärte Ursus, holte zwei Steingutbecher hervor und nahm eine Kanne von einem ofenähnlichen Eisenkasten, der wohl mit Glut gefüllt war, denn der Kaffee floss schwarz und dampfend in die Becher.

Tobias trank den Kaffee, der wahrlich ein Muntermacher ganz eigener Güte war, in kleinen Schlucken. Er genoss die Gesellschaft und Redseligkeit dieses merkwürdigen Mannes, der sein Geld als Feuerschlucker und Kraftmensch verdiente, sich aber gleichzeitig der liebevollen Pflege und Freundschaft von Singvögeln verschrieben hatte und gute Bücher liebte.

»Sosehr sie mir manchmal auch auf die Nerven gehen mit ihrem ewigen Gezänk, die Zwillinge können einem Leid tun«, sagte Ursus in Bezug auf Petrowitsch und Iwanowitsch. »Für sie gibt es nur ein Leben in einem solchen Monstrositäten-Kabinett. Eine Laune der Natur hat sie dazu verdammt, sich als Abartige begaffen zu lassen.«

»Es muss schrecklich sein, so leben zu müssen«, pflichtete Tobias ihm bei.

»Ja, vor allem keine Wahl zu haben, mein Junge«, sagte Ursus. »Sollte Meller sie tatsächlich einmal auf die Straße setzen, ist ihr Leben so viel wert wie ein Büschel Sauerampfer. Besonders auf dem Land, wo man sie für alles Mögliche verantwortlich macht, wenn man sie sieht. Ein missgeborenes Fohlen oder eine Kuh, die plötzlich keine Milch mehr gibt, und die Dörfler sind schnell bei der Hand, solch eine angebliche Ausgeburt des Teufels, die den bösen Blick hat, auf irgendeinem Acker zu steinigen.«

Tobias erschauerte.

»Aber reden wir von erfreulicheren Dingen«, wechselte Ursus das Thema. »Was hat dich und deinen indischen Freund zu uns getrieben? Ist er wirklich ein Schlangenbeschwörer?

Jana hat mir erzählt, dass man euch in Oppenheim euren Wagen mit euren Tieren und Kostümen gestohlen hat.«

Tobias war froh, dass Ursus ihm die richtige Antwort schon in den Mund legte und er diese Geschichte, die Jana ihm aufgetischt hatte, nur noch zu bestätigen brauchte. »Ja, so ist es. Viel ist uns nicht geblieben.«

Ursus schüttelte betrübt den Kopf. »Ein harter Schlag. Wird schwierig sein, diesen Verlust wieder zu ersetzen. Ja, es sind wahrlich unsichere Zeiten, mein Junge, und man muss immer mit dem Schlimmsten rechnen, um gewappnet zu sein.«

Durch das kleine Fenster sah Tobias, dass Jana über den Platz ging. Das enthob ihn glücklicherweise weiterer Erklärungen. »Da ist Jana! Mal sehen, was der Verkauf gebracht hat. Besten Dank für den Kaffee, Ursus!«

»War mir ein Vergnügen, Bostia. Wenn dir mal nach einem Schwatz mit mir oder meinen gefiederten Freunden zu Mute ist, du bist uns jederzeit willkommen.«

Janas magisches Spiel

Tobias sprang aus dem Wagen und lief zu Jana hinüber. »Warum habt ihr mich nicht geweckt?«

»Du hast so tief und fest geschlafen, dass ich es einfach nicht übers Herz gebracht habe«, erklärte sie. »Wie ich sehe, hast du Ursus schon kennen gelernt.«

»Und die siamesischen Zwillinge.«

Sie verdrehte die Augen. »Petrowitsch und Iwanowitsch! Das war bestimmt weniger nett, oder?«

»Ich dachte, ich erlebe einen Albtraum!«, gestand er.

»Ja, das Gefühl habe ich auch immer wieder.«

»Sag mal, hast du die Idee mit dem Anagramm gehabt?«, wollte Tobias wissen.

»Anagramm? Was ist das?«

»Ein Buchstabenrätsel, also die Buchstaben so umzustellen, dass aus Tobias Bostia wird – und aus Sadik Dakis, der indische Schlangenbeschwörer«, sagte er leise, damit sie auch niemand hören konnte.

»Dass man so etwas Anagramm nennt, habe ich nicht gewusst, aber was dabei rausgekommen ist, ist tatsächlich auf meinem Mist gewachsen. Ich hoffe, es stört dich nicht«, sagte sie, besorgt, über seinen Kopf hinweg eine Entscheidung getroffen zu haben, die ihm möglicherweise missfiel.

Tobias lachte. »Nein, überhaupt nicht. Ich finde, dass das eine gute Idee von dir war. Nur wäre es besser gewesen, wenn ich davon gewusst hätte. Zum Glück ist Ursus kein sonderlich neugieriger Mensch. Meist hat er das Wort geführt, sodass ich von ihm von unseren neuen Namen und unserer Vergangenheit als ausgeraubte Schlangenbeschwörer erfahren habe, bevor ich etwas Falsches sagen konnte.«

Jana sah zerknirscht aus. »Tut mir Leid, aber ich war der festen Überzeugung, dass du noch schlafen würdest, wenn ich zurückkomme. Es war dumm von mir.«

»Ach was, ist doch nichts passiert«, wehrte er ab. »Habt ihr Pferd und Wagen verkaufen können? Und wo bleibt Sa..., ich meine, wo treibt sich unser indischer Schlangenbeschwörer Dakis herum?«

»Er ist noch bei Ludwig Leineweber und es kann noch etwas dauern, bis die beiden ihr Geschäft abgewickelt haben«, meinte Jana. »Aber er wird es schon an ihn loswerden, denn der Karussellbesitzer kann das Fuhrwerk gut brauchen. So, und nun lass uns zusehen, dass wir was zum Frühstück zubereiten. Das Frühstück ist die einzige Mahlzeit am Tag, für die wir uns Zeit nehmen können.«

Jana stellte das Dreibein auf, unter das man Kanne, Topf oder Pfanne aufhängen konnte, entfachte geschickt ein Feuer und bereitete ein deftiges Frühstück aus Kartoffelscheiben, Erbsen, zwei Eiern, Zwiebeln und Speckstreifen. Letztere verschmähte Sadik, der gerade rechtzeitig zum Essen erschien, mit einer gefüllten Börse in der Hand und einem zufriedenen Lächeln auf dem Gesicht.

»Schweinefleisch ist für uns Mohammedaner tabu«, erklärte er Jana und setzte sich auf einen der Schemel. »Es ist unrein.«

»Steht das etwa auch im Koran?«, wollte Jana wissen.

Er nickte und rezitierte: »»Untersagt ist euch das von selbst Verendete sowie Blut und Schweinefleisch; das Erdrosselte; das zu Tode Geschlagene; das zu Tode Gestürzte oder durch Hörnerstoß getötete und das von reißenden Tieren Angefressene ...‹, Sure 5, Vers 3.«

»Mein Gott, da bleibt ja nicht mehr viel übrig«, sagte Jana erstaunt.

»Na ja, ganz so verkniffen sieht Allah die Sache aber nun doch nicht«, wandte Tobias ein, der im Koran auch recht belesen war. »Wenn mich nicht alles täuscht, hast du ein paar wichtige Zeilen dieses Verses ausgelassen, nicht wahr?«

Sadik schmunzelte. »Du hast schon immer der Neigung nachgegeben diejenigen Stellen des Heiligen Buches zu lernen, die dich von der Strenge der Gebote scheinbar befreien. Aber er hat schon Recht«, sagte er zu Jana gewandt. »Im 3. Vers der 5. Sure heißt es auch: ›Wer aber durch Hunger getrieben wird, ohne sündhafte Absicht – dann, wahrlich, ist Allah allverzeihend und barmherzig.‹«

»Ich werde immer von Hunger getrieben, du nicht auch?« Tobias grinste.

»Mit Hunger ist hier wahre Not gemeint, mein Junge!«, stellte Sadik klar. »Und bei einer Auswahl, wie Jana sie mir anbietet, kann von Not keine Rede sein. Guten Appetit allerseits!«

Sie ließen sich das Frühstück schmecken. Als Tobias die Kanne von der Glut des heruntergebrannten Feuers nahm, um den letzten Bissen mit einem Schluck Kaffee hinunterzuspülen, sagte Jana ein wenig zögernd: »Ich habe euch etwas vorzuschlagen.«

Sadik hob fragend die Augenbrauen.

»Nur zu!«, forderte Tobias sie auf. »Um was geht es denn?«

»Reißt mir nicht gleich den Kopf ab. Es ist wirklich nur ein Vorschlag!«, baute Jana vor.

»Wir werden es zu deinen Gunsten in die Waagschale werfen, falls uns danach sein sollte, dir deinen hübschen Hals umzudrehen«, neckte Sadik sie. »Und nun sprich!«

»Wisst ihr, das Geschäft mit dem Kartenlegen läuft nicht so gut, wenn man die Sache allein betreibt und – und zudem noch so jung ist wie ich«, begann sie und spielte nervös mit ihrem Kaffeebecher. »Die Leute glauben einem nicht, dass sie bei einem Mädchen wie mir wirklich etwas für ihr Geld bekommen.«

»Der Aberglaube hat eben tausend verschiedene Gesichter«, bemerkte Sadik ein wenig anzüglich, denn im Grunde genommen hielt er derartige Weissagungen für völligen Humbug.

Tobias warf ihm einen unwilligen Blick zu.

Jana dagegen nahm seine spitze Bemerkung gelassen hin. »Natürlich ist es jedem überlassen, ob er an die Kraft der Karten glaubt oder nicht. Und meist ist es ja auch wirklich Unsinn, was den Leuten da alles vorgegaukelt wird. Aber darum geht es jetzt nicht.«

Sadik nickte. »Ja, das dachte ich mir schon.«

»Ich lebe nun mal davon, dass ich die Karten schlage – und ich glaube daran und sage den Leuten, die mich aufsuchen, auch nur das, was mir die Karten verraten«, fuhr Jana nicht ohne Selbstbewusstsein fort. »Aber es läuft eben nicht so gut, wie ich schon sagte. Und nun ist mir etwas eingefallen, wie ihr mir dabei helfen könnt, dass ich mehr zu tun bekomme – und es nicht mehr so langweilig wird.«

»Na klar helfen wir dir, wenn wir können!«, versicherte Tobias spontan.

»Vorausgesetzt natürlich, dass wir nicht für dich Löcher in die Zukunft gucken sollen«, konnte sich Sadik nicht verkneifen zu sagen.

Sie lachte nur. »Nein, nein, das würde ich einem indischen Schlangenbeschwörer niemals zumuten!« Dann wurde sie wieder ernst. »Ich könnte mit euch das Spiel der magischen Gedankenleserin spielen. Das habe ich mit Tante Helena und Onkel René immer mit viel Erfolg veranstaltet.«

»Magische Gedankenleserin?«, wiederholte Tobias. »Das musst du uns erklären.«

»Das ist so etwas Ähnliches, was Ursus drüben bei Melchior Meller betreibt. Ich meine nicht das Spiel, sondern das Prinzip«, sagte Jana. »Mit seinen kostenlosen Kunststücken als Feuerschlucker und Entfesselungskünstler bringt er die Leute dazu, erst mal stehen zu bleiben. Denn was nichts kostet, kann man sich ja getrost ansehen. Wenn die Menge aber erst mal vor seinem Zelt steht, kriegt Melchior sie mit seinen Anpreisungen viel leichter dazu, doch auch mal einen Kreuzer auszugeben, um sich das anzusehen, was innen im Zelt an Spektakulärem verborgen ist. Es gibt immer ein paar, die zur Kasse gehen, und diese ziehen dann eine Menge anderer gleich mit.«

Sadik verzog das Gesicht. »In der Menge haben die Leute den Mut und das Selbstbewusstsein eines Riesen, aber den Verstand einer Ziege.«

»Aber so läuft es auf einem Jahrmarkt nun mal ab«, sagte Jana.

»Schön und gut, wir wissen jetzt, warum dieser Winzling Melchior Meller Ursus vor dem Zelt agieren lässt, ohne dass jemand dafür zu bezahlen braucht. Aber wie dein magisches Gedankenspiel aussieht, hast du uns noch immer nicht verraten«, sagte Tobias.

Jana erläuterte ihnen die Regeln dieses Spiels. »Es geht ganz einfach. Der Gehilfe, der natürlich einen wohlklingenden Namen wie Magierassistent erhält, fordert einen der vorbeibummelnden Jahrmarktsbesucher auf, aus einem Stoß Karten eine herauszuziehen. Ist das geschehen, sorgt man für ein bisschen Tamtam, dass hier jemand mit übersinnlichen Kräften sagen kann, was für eine Karte das ist.«

»Woraufhin immer mehr Menschen stehen bleiben und sich das Spiel ansehen«, folgerte Sadik.

Jana nickte. »Richtig, denn es kostet ja nichts. Nachdem ich dann zwei-, dreimal die Karte richtig benannt habe, macht man das Ganze noch ein bisschen spannender und aufregender, indem der Gehilfe jemanden bittet, sich eine beliebige Zahl von null bis hundert auszudenken, die dann ich – die Gedankenleserin – kraft meiner magischen Fähigkeiten benennen werde. Damit hinterher jeder sehen kann, dass niemand geschummelt hat, muss derjenige diese Zahl auf einen Zettel schreiben und in die Schatulle legen, die du dafür auf einem Tisch vor dir stehen hast. Am besten wählt man eine Person aus, die nicht den Eindruck erweckt, als könnte sie schreiben – etwa einen älteren Mann, dem man das harte Leben auf dem Feld oder in einer Werkstatt ansehen kann, oder ein junges Mädchen, das in Begleitung seiner Eltern und somit über jeden Verdacht erhaben ist. Dann lässt du dir die Nummer ins Ohr flüstern, notierst sie auf dem Zettel, steckst sie in die Schatulle – und ich verkünde diese Nummer nach ein paar sogenannten magischen Mätzchen.«

»Und danach sind dann genug Leute bereit, sich gegen Geld die Karten von dir legen zu lassen – trotz deines jugendlichen Alters«, sagte Sadik und ein missbilligender Tonfall schwang in seiner Stimme mit.

»Ja, so ist es! Und du kannst es ruhig beim Namen nennen: Es ist eine Täuschung«, sprach Jana aus, was er nicht direkt benannt hatte.

»Eine zugegebenermaßen geschickte Täuschung«, räumte Sadik ein.

»Es ist ein kostenloser Zeitvertreib, der niemanden dazu zwingt, sich in mein Zelt zu begeben, um sich für einen Kreuzer die Karten legen zu lassen«, verteidigte sich Jana nun mit Nachdruck. »Ich sehe darin nichts Verderbliches. Die Sensationen auf einem Jahrmarkt sind selten wirkliche Sensationen. Und wer wirft einem Zauberer vor, dass er die Leute mit seinen Kunststücken an der Nase herumführt? Denn bis auf die Kinder weiß doch jedermann, dass es wirkliche Zauberei nicht gibt, sondern alles nur auf einem geschickten Trick beruht. Wer tatsächlich zaubern kann, tingelt bestimmt nicht von einem Jahrmarkt zum anderen, oder? Und glaubst du, die Frau ohne Unterleib in Melchior Mellers Kabinett hätte wirklich keinen Unterleib? Er arbeitet bloß raffiniert mit Licht und Spiegeln, um diese optische Täuschung zu Stande zu bringen! Das Gleiche gilt für so vieles andere, was auf einer Kirmes an sogenannten unglaublichen Attraktionen geboten wird. Nur: Mein Kartenschlagen ist kein Humbug. Das nehme ich ernst! Ohne dass ich aber verlange, dass irgendjemand anderer es ernst nehmen müsste!«

»Der Mensch stolpert häufiger über seine Zunge als über seine Füße«, erwiderte Sadik selbstkritisch und sah Jana mit einem Lächeln an. »Womit ich sagen will, dass ich dich nicht verletzen wollte, Jana.«

»So schlimm habe ich es auch nicht aufgefasst«, erwiderte sie ohne jeden Groll.

»Ich finde die ganze Angelegenheit ja ungeheuer interessant«, meldete sich Tobias nun zu Wort. »Aber das Wichtigste hast du uns zu erklären vergessen – nämlich wie du die Karten und die Zahlen erraten willst!?«

Ein schelmisches Lächeln teilte Janas Lippen und ließ ihre perlweißen Zähne leuchten. »Wenn du bereit bist, mein Gehilfe zu sein, wirst *du* sie mir verraten – und niemand wird es bemerken.«

Er grinste. »Vom Fuhrknecht zum Magierassistenten – das lass ich mir gefallen. Nur ist mir noch immer schleierhaft, wie ich so schnell zu einem ... na ja, Gaukler werde, der dir die gezogenen Karten und Zahlen verrät, ohne dass die Zuschauer das merken.«

»Ganz einfach: durch ein System aus verabredeten Zeichen und Redewendungen«, eröffnete sie ihm amüsiert. »Wenn jemand beispielsweise eine Bildkarte gezogen hat, dann sagst du: ›Aufgepasst, verehrtes Publikum!‹ Damit weiß ich dann schon, dass alle Zahlkarten aus dem Spiel sind. Handelt es sich etwa um die Herz-Dame, dann hältst du die Karte in der linken Hand, die ja dem Herz am nächsten ist. Bei Kreuz hakst du den Daumen deiner linken Hand hinter den Gürtel. Sollte es zufällig eine Kreuz-Dame sein, dann nimmst du den rechten Daumen. Ein flüchtiger Griff an die scheinbar juckende Nase weist auf einen Buben hin. Die Karte in der Rechten bedeutet König und so weiter. Sagst du aber nach dem Ziehen der Karte: ›Ich bitte um allergrößte Ruhe, verehrtes Publikum!‹, so hältst du eine Zahlkarte in der Hand und alle weiteren Bewegungen und Redewendungen verraten mir dann die Nummer.«

Tobias lachte. »Raffiniert!«

»Aber auch höchst kompliziert«, warf Sadik ein. »Ihr müsst bei diesem Spiel ja Dutzende von Kombinationen im Kopf behalten haben – vor allem wenn es darum geht, eine Zahl von null bis hundert zu verschlüsseln.«

»Dass es ein Kinderspiel ist, habe ich ja auch nicht behauptet. Wenn man nichts im Kopf hat, kann man nun mal kein guter Gaukler sein«, sagte Jana nicht ohne Stolz. »Was nun die hundert Zahlen betrifft, so gibt es zehn Redewendungen, die jeweils eine Zehnergruppe verraten. ›Verehrtes Publikum!‹ bedeutet, dass eine Zahl von null bis neun zu raten ist. Bei ›Achtung, verehrtes Publikum!‹ handelt es sich um eine Zahl von zehn bis neunzehn. Sagt der Gehilfe ›Ich bitte um Aufmerksamkeit!‹, geht es um die Zahlen von zwanzig bis neunundzwanzig. Um dann die genaue Zahl in jeder Gruppe festzulegen, bedient sich der Gehilfe festgelegter Gesten. Die Schatulle ist dabei ein ungemein nützliches Hilfsmittel. Dreht sich der Gehilfe mit dem Kästchen zu mir um und hält er es in der linken Hand, heißt das: Es ist die erste Zahl der Gruppe, nach der Einleitung ›Verehrtes Publikum‹ also die Zahl Null. In der Rechten ist es die zweite Zahl. Liegt die rechte Hand oben auf dem Deckel, ist es die dritte, liegt die linke oben, ist es die vierte, hält er sie mit beiden Händen seitlich, ist es die fünfte. Stellt er sie mit dem Schloss zu mir auf den Tisch, handelt es sich um die sechste. Zeigen die Scharniere in meine Richtung, ist es die siebte, klopft er nach dem Absetzen mit den Fingerspitzen auf den Deckel, während er um Ruhe bittet, damit ich mich konzentrieren kann, ist es die achte. Klopft er mit den Knöcheln, ist es die neunte, lässt er seine flache Hand die ganze Zeit auf dem Deckel liegen, so verrät er mir damit, dass es die zehnte Zahl ist.«

»Toll!«, entfuhr es Tobias beeindruckt. »Wer merkt schon, dass Worte und Gesten irgendetwas bedeuten könnten?«

»Ja, toll«, pflichtete Sadik ihm ein wenig spöttisch bei. »Vor allem hast du toll was auswendig zu lernen, wenn Jana nicht zum Gespött der Zuschauer werden soll.«

»Du vergisst, dass ich so gut wie jeden Text innerhalb von wenigen Augenblicken auswendig lernen kann, wenn ich ihn nur schriftlich vor meinen Augen habe und mich entsprechend konzentriere«, erinnerte ihn Tobias.

»Ist das wahr?«, fragte Jana skeptisch.

»*Aiwa*, Allah hat ihn in der Tat mit einigen außergewöhnlichen Gaben gesegnet«, antwortete Sadik für ihn und fügte scherzhaft hinzu: »Womit wieder einmal bewiesen ist, dass die göttliche Gnade manchmal wundersame Wege geht.«

»Ja, davon weißt du ein Lied zu singen, nicht wahr?«, spottete Tobias gut gelaunt zurück.

»Wenn das stimmt, haben wir die Nummer ja im Handumdrehen einstudiert«, meinte Jana begeistert. »Aber dass du wirklich so wahnsinnig schnell etwas auswendig lernen kannst, kann ich gar nicht glauben!«

»Bring mir ein Buch und ich beweise es dir!«, forderte er sie vergnügt auf.

Jana sprang auf, kletterte in ihren Wagen und kam mit einem Buch zurück, das Tobias ihr vor Wochen zum Abschied geschenkt hatte. Es war Daniel Defoes *Robinson Crusoe*. Sie schlug das Buch in der Mitte auf und hielt es ihm hin.

»Da, die linke Seite!«, forderte sie ihn auf. »Jetzt bin ich wirklich gespannt.«

Tobias nahm das aufgeschlagene Buch entgegen und konzentrierte sich. Angespannt beobachtete Jana, wie sein Blick über die Zeilen flog. Und als er ihr das Buch schon nach weniger als zwei Minuten wieder zurückgab, hegte sie insgeheim die feste Überzeugung, dass niemand in so kurzer Zeit einen derart langen Text im Gedächtnis behalten konnte.

»Ich höre, Tobias.«

Er schloss kurz die Augen, holte tief Luft und begann dann aus der Erinnerung ›vorzulesen‹.

Mit wachsender Fassungslosigkeit verglich Jana seine Worte mit dem Text im Buch. Es gab nicht die geringste Abweichung. Er wiederholte Wort für Wort, was im Roman geschrieben stand! Es war unglaublich! Und dabei hatte er doch kaum mehr als einen längeren Blick auf diese Seite geworfen!

»›Es wurde mir nur allzu bald klar, dass dieser Fußabdruck kein Schreckgespenst, sondern etwas viel Schlimmeres war‹«, spulte Tobias derweil den Text in flüssigem Tempo weiter ab. »›Er musste von einem Eingeborenen stammen, der vom gegenüberliegenden, wenn auch entfernten Festland gekommen war. Es waren Eingeborenenkanus gelandet. Sie waren von den Strömungen oder von widrigen Winden hierher verschlagen worden, um dann ...‹«

Jana hob die Hände. »Lass gut sein! Das reicht, Tobias! Heilige Muttergottes, das reicht wirklich! Du kannst es tatsächlich!«, stieß sie tief beeindruckt hervor und gleichzeitig strahlten ihre Augen vor Begeisterung. »Wie machst du das bloß?«

Tobias zuckte mit den Schultern. »Da fragst du mich zu viel. Ich kann es einfach – so wie du eben was mit Tarotkarten anfangen kannst.«

»Und du könntest so ein Buch von vorn bis hinten auswendig herunterrasseln, wenn du die Seiten so schnell überfliegst?«

Er verneinte. »Das klappt nur bei ein paar Seiten. Irgendwie lassen dann die Konzentration und das Aufnahmevermögen nach. Auf jeden Fall müsste ich Pausen einlegen und mir auch mehr Zeit nehmen. Um so einen Roman auswendig zu lernen, bräuchte ich schon ein paar Wochen, damit der Text von der ersten bis zur letzten Seite auch sitzt.«

Jana verdrehte die Augen. »Schon ein paar Wochen! Mein Gott, ich könnte es noch nicht mal nach einem Jahr! Deine Begabung ist Gold wert, weißt du das?«

Sadik, der wortlos seinen Kaffee geschlürft hatte, räusperte sich. »Wissen ist besser als Reichtum«, sagte er mit sanftem Tadel. »Um Reichtum musst du dich kümmern. Wissen dagegen kümmert sich um dich.«

»Das ist alles schön und gut, Sadik, aber wer sein Wissen und seine Begabungen nicht auch praktisch zu nutzen versteht, für den ist der Jahrmarkt nicht gerade der richtige Ort«, erwiderte Jana. »Denn die Pfanne und die Kaffeekanne füllen sich nicht von allein.«

»Du kannst ja wohl schlecht behaupten, ich hätte meine Begabung nicht sinnvoll genutzt«, äußerte sich auch Tobias zu Sadiks moralischer Ermahnung. »Ich habe auf diese Weise mehr Sprachen gelernt, als du und mein Vater zusammen beherrschen, und das gilt auch für einige andere Lehrfächer. Jetzt werde ich diese Fähigkeit eben dafür einsetzen, um Assistent einer Gedankenleserin zu werden. Ihr ein bisschen zu helfen, ist ja wohl das Mindeste, was wir für sie tun können, oder?« Er bedachte seinen arabischen Freund mit einem verschmitzten Blick. »Und wenn mich nicht alles täuscht, hätte dein so oft zitierter Scheich Abdul Kalim jetzt dazu gesagt: ›Der Turban bedeckt nicht den Hintern.‹«

Sadik konnte sich eines Lächelns nicht erwehren. »*Aiwa*, das hast du gut behalten. Und damit nun genug davon. Nur dem Toren werden zwei Ohrfeigen geschlagen. Mir genügt die eine, die Jana mir verpasst hat«, lenkte er humorvoll ein. »Wenn ihr bei eurer Vorstellung noch Verwendung für mich habt, lasst es mich wissen. Denn Jana hat schon Recht: Heute ein Huhn ist besser als morgen eine Ziege.«

»Du kannst meinen stummen, maskierten Diener spielen«, sagte Jana bereitwillig. »Das macht sich immer gut, auch wenn du mir und Tobias nur mit Handreichungen zur Seite stehst.«

»Stumme Handreichungen sind ganz nach meinem Geschmack«, sagte Sadik. »Denn es sind die kleinen Hölzer, die die großen anzünden.«

Jana und Tobias gingen unverzüglich an die Arbeit.

Zuerst diktierte sie ihm für das Kartenspiel die Redewendungen und Gesten. Für das Zahlenraten erstellten sie eine zweite Liste.

Es bereitete Tobias keine Schwierigkeiten, beide Listen im Handumdrehen auswendig zu lernen. Es war jedoch eine Sache, die einzelnen Satz- und Versatzstücke sowie die dazu passenden Gesten nacheinander zu rekapitulieren, so wie sie auf den Listen standen. Eine völlig andere Sache war es dagegen, aus dem Stand heraus aus den dutzenden von verschlüsselten Wortwendungen und Handzeichen die beiden richtigen auszuwählen und so geschickt zu kombinieren, dass Bemerkungen und Gesten völlig willkürlich erschienen.

»Nicht so zappelig! Du musst deine Hände unter Kontrolle halten!«, ermahnte sie immer wieder. »Wenn du dir die Nase reibst und die Hand anschließend gedankenlos in die Hüfte stützt, habe ich die freie Wahl, ob ich nun Karo-Bube oder Herz-Ass sagen soll.«

Er sah sie entschuldigend an. »Natürlich, Hand auf die Hüfte bedeutet ja Ass. Tut mir Leid. Es ist wirklich nicht so leicht, das alles so fix auf die Reihe zu bekommen. Aber es wird schon, das versprech ich dir.«

»Du machst wohl Witze, dich für deine Schnitzer zu entschuldigen! Wofür ich Wochen gebraucht habe, schaffst du in ein paar Stunden«, sagte sie voller Bewunderung. »Wenn du so weiterlernst, haben wir morgen schon unsere erste Vorstellung!«

»Nur nicht übertreiben«, bremste er sie in ihrer Begeisterung. »Noch fühle ich mich himmelweit davon entfernt, vor ein Publikum zu treten. Werde mich beziehungsweise dich schon noch früh genug blamieren.«

»Das glaube ich nicht«, erwiderte sie und zog eine neue Karte. Es war die Karo-Zehn. »Nun, Magierassistent Bostia?«

Tobias nahm die Karte mit einem breiten Grinsen in die rechte Hand und rief mit pathetischer Stimme: »Ich bitte um allergrößte Ruhe, verehrtes Publikum! Beachten Sie, dass es für Jana Salewa unmöglich ist, die Karte zu sehen. Ich halte sie hier vor meine Brust. Nur Sie, verehrtes Publikum, wissen, welche es ist«, und dabei ließ er die linke Hand gerade herabhängen.

»Fehlerfrei!«

»Ja, diesmal«, sagte er seufzend.

Sie übten fast den ganzen Tag, bis Tobias der Kopf rauchte und er meinte nur noch eine Marionette zu sein, die auf den Zug an unsichtbaren Fäden die Arme hob, senkte, vor die Brust legte und zu Nase und Ohren führte.

»Du kannst es. Ich begreife es nicht, wie man so ein kompliziertes System so schnell im Kopf behält, aber du hast es geschafft!«, staunte Jana am späten Nachmittag.

»Mir brummt der Schädel aber auch mächtig«, gestand er ein. Und um allzu hoch gesteckte Erwartungen zu bremsen, meldete er Zweifel an, ob er am nächsten Morgen wieder alles so fehlerlos bringen würde wie während ihrer letzten Übungsstunde.

»Warten wir es ab«, meinte Jana zuversichtlich. »Und jetzt kümmern wir uns um eure Kostüme. Ich habe da noch ein paar Sachen in der Kiste, mit denen ich euch herausputzen kann.«

Sadik wurde mit einer geheimnisvollen venezianischen Maske und einem schwarzen Umhang ausgestattet, während sie für Tobias eine bunt getupfte Pluderhose sowie eine kurze Jacke mit demselben farbenfrohen Muster aus der Kiste zu

Tage förderte. Beides war ihm reichlich groß, doch Jana erwies sich auch mit Nadel und Faden als geschickt genug, um rasch Abhilfe zu schaffen.

Während sich Sadik in den Koran vertiefte, verbrachten Jana und Tobias den Abend damit, sich wieder mit dem Falkenstock und Wattendorfs Gedicht zu beschäftigen.

»Wenn ich genau wüsste, dass diese seltsamen Markierungen und Zeichen auf dem Ebenholz nur Verzierungen und zu nichts nutze sind, würde ich den Knauf einfach abbrechen, um zu sehen, ob der Stock ein Innenleben hat«, sagte Tobias und fuhr mit den Fingern über die Kerben und Zeichen, die in das dunkle, harte Holz geschnitzt waren.

»Aber wir wissen es eben nicht«, erwiderte Jana ratlos. »Was meinst du, Sadik, sollen wir es dennoch wagen?«

Sadik schaute kurz auf. »Ich rate davon ab, obwohl ich die Einkerbungen für Zierrat halte.«

»Aber wenn die Zeichen nichts zu sagen haben, ist es doch egal, wenn wir den Stock aufbrechen«, wandte Tobias ein.

»Mag sein, mag aber auch nicht sein. Seht euch die dritte Strophe des Gedichtes an. Da heißt es, dass dem Räuber die Beute nur durch einen raschen *Vorstoß* abgejagt werden kann. Hätte er aufbrechen gemeint, hätte er kaum das Wort ›Vorstoß‹ gebraucht. Man kann vieles gegen Eduard Wattendorf ins Feld führen, nicht jedoch, dass er seiner Muttersprache nicht mächtig wäre. Das Gegenteil trifft zu.«

Tobias drehte den Stock hin und her, umfasste den Falkenkopf und stach mit dem Spazierstock in die Luft. »Du meinst, dieser Stock passt möglicherweise in irgendeine Art Röhrenschloss, das man nur öffnen kann, wenn man ihn wie einen Stabschlüssel hineinstößt?«

Sadik zuckte mit den Achseln. »Was spricht dafür – und was spricht dagegen? Frage dich das selber, mein Junge. Ich jedenfalls sehe keine Veranlassung, eine voreilige Entscheidung zu treffen.«

»Sadik hat Recht«, stimmte Jana ihm zu. »Vielleicht ergibt

sich aus dem, was Monsieur Roland von Wattendorf geschickt wurde, die wahre Funktion dieses Falkenstockes.«

Tobias verzog das Gesicht. »Bis wir in Paris sind, ist es noch lange hin. Vier Wochen mindestens!«

Sadik lächelte. »Geduld ist der …«

Tobias fiel ihm ins Wort und beendete den ihm wohl bekannten Spruch mit einem Anflug von Verdrossenheit: »… Schlüssel zur Ausdauer! Ja, ja, ich weiß, dein weiser Scheich Abdul Kalim hat ein tröstliches Wort für jede Lebenslage«, brummte er und legte den Stock aus der Hand. Es wurmte ihn ungemein, dass es ihnen nicht gelang, das Geheimnis um den Stock zu lüften.

Sadik schlug den Koran zu und lehnte sich zurück, denn Tobias' sichtliche Enttäuschung berührte ihn. »Kennt ihr die Geschichte von der Höhle und der Spinne, die Allah Mohammed sandte, als er in höchster Not war?«

»Nein«, murmelte Tobias.

»Erzähl!«, forderte Jana ihn interessiert auf. Sie liebte es, wenn Geschichten erzählt wurden – und diejenigen Sadiks mochte sie ganz besonders. Als sie auf *Falkenhof* das Krankenbett gehütet hatte, hatte er ihr so manch lustige, aber auch nachdenklich stimmende Geschichte erzählt. Nun war sie gespannt, was es mit der Höhle und der Spinne auf sich hatte.

»Man schrieb das Jahr 622, als Mohammed und seine Glaubensgefährten von Mekka nach Medina flüchten mussten«, begann Sadik mit der ihm eigenen fesselnden Stimme zu erzählen. »Weshalb der Prophet die Stadt wechseln musste, ist eine Geschichte für sich. Als Mohammed Mekka verließ, befand er sich allein in Begleitung von Abubakr, einem reichen Mekkaner Kaufmann, der zu seinen ersten Anhängern zählte und nicht von ihm gewichen war, während alle anderen Moslems schon im sicheren Medina weilten.

Mohammed und Abubakr flohen auf schnellen Reitkamelen vor ihren omaijadischen Verfolgern. Doch ihr Vorsprung war zu gering, als dass sie es bis nach Medina hätten schaffen können. Da kriegte es Abubakr mit der Angst zu tun, denn die Wüste war flach, und die Omaijaden waren in großer Überzahl. ›Wir sind nur zu zweit! Wir werden den Tod finden!‹, klagte er. Doch Mohammed antwortete ihm: ›Du irrst, Abubakr, wir sind nicht zu zweit – wir sind zu dritt, denn Allah ist mit uns und wird uns in der Stunde unserer Not nicht allein lassen.‹

Kurz darauf stießen sie auf eine Höhle, die groß genug war, dass sie sich in ihr verstecken konnten. Kaum waren sie darin verschwunden, da schickte Gott eine große Spinne, die in Windeseile ihr dichtes Netz über den Eingang spann. Wenig später erreichten ihre Häscher die Höhle und versammelten sich vor dem Eingang. ›Die Wüste ist rundum flach wie ein Fladenbrot‹, stellte einer der Verfolger fest und folgerte: ›Sie können daher nur in dieser Höhle stecken!‹ Worauf der Anführer ihn verächtlich anfuhr: ›Du bist ein Dummkopf! Siehst du nicht das Spinnennetz vor dem Eingang? Wären sie in der Höhle, wäre das Netz zerrissen!‹ Da priesen die Omaijaden die Klugheit ihres scharfsinnigen Anführers, der sie vor der doch offensichtlich sinnlosen Mühe bewahrt hatte in die Höhle zu kriechen und sie zu untersuchen, schwangen sich wieder auf ihre Kamele und ritten von dannen. Nach drei Tagen wagten sich der Prophet und Abubakr aus der Höhle und erreichten unangefochten Medina.«

»Eine schöne Geschichte«, sagte Jana. »Erinnert mich irgendwie an Moses und die Teilung des Roten Meeres.«

»Nichts gegen die Geschichte«, meinte Tobias müde und unterdrückte mühsam ein Gähnen. »Aber was haben die Höhle und die Spinne mit dem Falkenstock zu tun? Deshalb hast du sie uns doch erzählt, nicht wahr?«

Sadik nickte. »Gar nichts und zugleich doch sehr viel. Du willst das Rätsel unbedingt lösen …«

»Natürlich«, gab Tobias zu.

»Aber du versteifst dich zu sehr darauf. Du willst die Lösung erzwingen statt zu warten, dass sie zu dir kommt.«

Tobias blickte skeptisch drein. »Ich wüsste nicht, wie die Lösung zu mir kommen soll.«

»Alles, was du im Augenblick wissen kannst, weißt du. Du kennst das Gedicht in- und auswendig, könntest den Stock im Schlaf bis ins kleinste Detail beschreiben und bist auch über Wattendorf und die katastrophale Expedition deines Vaters vor zwei Jahren gut unterrichtet«, erklärte Sadik geduldig. »All das arbeitet in dir, Tobias, auch wenn du mit ganz anderen Sachen als dem Falkenstockrätsel beschäftigt bist, ja es arbeitet im Unterbewusstsein von uns allen. Und irgendwann wird sich dieser Knoten, den wir zur Zeit trotz aller Anstrengungen nicht lösen können, ganz von selbst entwirren. Die Lösung wird uns wie eine Idee, wie ein Gedankenblitz einfallen, aus heiterem Himmel und wenn wir es am wenigsten erwarten.«

»Meinst du wirklich?«, fragte Tobias gedehnt. Stimme und Miene drückten starke Zweifel aus.

Sadik nickte. »Ich bin fest davon überzeugt – wie Mohammed, der nicht daran zweifelte, dass Allah ihnen beistehen würde. Geduld und der Glaube auf göttlichen Beistand, wenn einem die Situation ausweglos erscheint, sind mehr als nur platte Spruchweisheiten. Sie geben Kraft und Zuversicht, jedes Problem zu lösen – zu seiner Zeit. Habe etwas Geduld mit den unreifen Trauben, später wirst du reife essen. Noch ist das Geheimnis um den Falkenstock so eine unreife Traube. Doch auch sie wird reifen, dessen bin ich ganz gewiss.«

»Dein Wort in Allahs Ohr«, sagte Tobias mit einem schiefen Grinsen.

»Sadik hat Recht. Das Geheimnis mit dem Falkenstock läuft uns nicht weg«, pflichtete Jana ihm bei, »ganz im Gegensatz zum Schlaf. Ich finde, es wird langsam Zeit für die Koje. Morgen wird ein anstrengender Tag. Du musst ausgeruht und hellwach sein, Tobias. Ich möchte morgen schon die erste Vorstellung geben.«

»Unmöglich«, wehrte Tobias erschrocken ab.

»Ich weiß, dass du es kannst. Und wenn man schwimmen lernen will, muss man irgendwann ins Wasser springen, oder?«

Tobias verzog das Gesicht. »Sag mal, bist du vielleicht auch bei Scheich Abdul Kalim in die Schule gegangen?«

»Die einzige Schule, die ich kenne, ist die der Landstraße«, antwortete sie und zog die Decken hervor. »Und nun lass uns schlafen.«

Die stundenlangen Proben, die stärkste Konzentration von ihm verlangt hatten, waren nicht spurlos an Tobias vorbeigegangen. Er fühlte sich erschöpft wie nach einem beschwerlichen Marsch vom Morgengrauen bis in den Abend. Kaum hatte Jana die Flamme hinter dem Glaszylinder ausgeblasen und er sich in seiner schmalen Bettstelle ausgestreckt, da trug ihn auch schon der Schlaf hinfort – dem Tag entgegen, an dem er sich als Gaukler bewähren sollte.

Als Gaukler unter Gauklern

Sonderbare Träume suchten ihn in der Dunkelheit heim. Sie stiegen aus seinem Unterbewusstsein auf wie wirre Nebelgebilde aus dunklen Waldungen im Dämmerlicht zwischen Tag und Nacht. Und sie trugen all die Fragen, Zweifel und Ängste mit sich, die auf dem tiefen Grund seiner Seele lagen.

Es war schon gegen Morgen, als ihn die Albträume in den Kerker nach Mainz verschleppten. Er fand sich in einem katakombenähnlichen Gewölbe wieder. Das grauschwarze Gestein der mächtigen Quader, aus denen Mauer und Decken errichtet waren, glänzten nass im Schein rußender Fackeln. Ein eisiger Windzug aus irgendeinem fernen Gang oder Gitterfenster fegte immer wieder durch das mächtige Gewölbe, in das noch nie ein Sonnenstrahl gefallen war. Dann neigten sich die lodernden Flammen der Fackeln.

Tobias jedoch schwitzte, den wiederkehrenden Eiswinden zum Trotz. Er schwitzte aus allen Poren und glaubte ersticken zu müssen. Voller Entsetzen war sein Blick auf Onkel Heinrich gerichtet, der in einem offenen Nebengelass auf einer hölzernen Streckbank lag. Eisenbänder umschlossen Hand- und Fußgelenke. Von dort führten Ketten zu den Winden am Kopf- und Fußende der Streckbank. Tillmann und Stenz bedienten die Speichenräder und hielten die Ketten straff gespannt. Die teuflische Freude am Foltern war ihren verschwitzten, grinsenden Visagen deutlich anzusehen.

Zeppenfeld stand zwischen ihm und der Streckbank, wie immer makellos gekleidet. Er hielt einen Packen Karten in der rechten und ein mit schwarzem Sand gefülltes Stundenglas in der linken Hand. Rechts von ihm saß ein Falke auf einem Eisengestänge. Sein Schnabel, seine Krallen, sein Gefieder – alles an ihm war von silbriger Farbe. Nur die Augen leuchteten in einem kalten Rot.

Tobias wollte einen Schritt nach vorn tun. Doch da breitete der Falke kurz die Schwingen aus und flatterte einmal und Tobias war, als hielte ihn ein gewaltiger Luftstrom auf der Stelle, obwohl er sich mit aller Macht dagegenstemmte.

Zeppenfeld lachte höhnisch. »Auch wenn dich der Falke ließe, du kannst nicht entkommen. Du bist verloren, Tobias Heller! Ein Schritt – und du stürzt in die Tiefe!«

Tobias richtete den Blick nach unten – und erschrak. Er stand auf einem Gitter, das aus dutzenden von Falkenstöcken bestand. Doch die Hölzer waren brüchig und ächzten schon unter seinem Gewicht. Und jenseits dieses Gitters gähnte ein bodenloser Abgrund. Ihm wurde bewusst, dass er weder vor noch zurück konnte. Er war so gefangen wie sein Onkel, der den Folterknechten hilflos ausgesetzt war.

»Dein Leben und das deines Onkels liegen in deiner Hand! Jetzt zeige, was du gelernt hast, Tobias!«, rief Zeppenfeld ihm zu. »Doch überlege gut! Eine falsche Antwort und dein Onkel lässt sein Leben dort auf der Streckbank!«

Tobias war zu keiner Antwort fähig. Er sah, wie Zeppenfeld mit dem Daumen die oberste Karte vom Stoß schnippte. Sie segelte durch die Luft, am Falken vorbei, dessen Schnabel jäh vorstieß und die Karte festhielt – und zwar so, dass Tobias erkennen konnte, was auf die Karte gemalt war.

Herz-Ass!

Der schwarze Sand begann durch das Stundenglas in Zeppenfelds Hand zu rinnen – und dieser Sand war sein Leben und das seines Onkels.

Fieberhaft überlegte Tobias. Wie sahen dafür die Zeichen aus, die Jana ihm beigebracht hatte? Hüfte! Hand in die Hüfte für Herz-Ass!

»Nicht schlecht!«, hallte Zeppenfelds Stimme durch das Gewölbe, während der Falke die Karte verschlang, ohne seinen kalten Vogelblick von ihm zu nehmen. »Du hättest sogar noch etwas Zeit gehabt! Also dann, die nächste Karte!« Er schob die zweite Karte mit einem Daumenstoß vom Packen und wieder schnappte der Falke sie im Flug.

Die Karte trug die Zahl Null.

Tobias öffnete den Mund, bekam erst nur ein heiseres Krächzen heraus und stieß dann hervor: »Verehrtes Publikum! Ich drehe mich mit der Schatulle in der linken Hand zu Jana herum!«

»Gut gebrüllt, Löwe!«, höhnte Zeppenfeld. »Und nun zur letzten und wichtigsten Karte. Denk daran, was für dich und deinen Onkel auf dem Spiel steht!«

Wieder flog eine Karte durch die Luft und landete im Schnabel des Raubvogels.

Entsetzt starrte Tobias auf das Bild, das ihn geradezu ansprang. Diesmal handelte es sich nicht um eine Zahl oder eine andere gewöhnliche Spielkartenabbildung, sondern um genau ein Dutzend Zeilen, die dort auf der Karte geschrieben standen – und die er auch aus gut zehn Schritt Entfernung klar und deutlich lesen konnte: Es war Wattendorfs Gedicht!

Er war wie gelähmt. Wie sahen die Zeichen aus und wie

lauteten die magischen Redewendungen für Wattendorfs Gedicht? Warum nur hatte Jana vergessen sie ihm beizubringen?

»Ich warte, Tobias! Und die Uhr läuft!«, mahnte Zeppenfeld drohend.

»Ich kenne sie nicht!«

»O doch, du kennst sie!«, donnerte Zeppenfeld. »Du willst sie nur nicht verraten! Aber glaube ja nicht, dass meine Drohungen leere Worte sind! Ihr werdet sterben! Beide! Also sprich! Dir bleibt nicht mehr viel Zeit!«

Der schwarze Sand fiel in der oberen Hälfte des Stundenglases schon zu einem Trichter zusammen und rieselte auf die schwarze Pyramide in der unteren Hälfte.

Tobias ballte die Hände. »Ich weiß sie nicht! Ich weiß sie nicht! Keiner weiß sie!«, schrie er verzweifelt.

»Du lügst! Heraus mit dem Geheimnis!«

»Ich kenne es nicht!«, gellte Tobias' Stimme durch das Gewölbe.

»Dann nimm dein Wissen mit in den Abgrund!«, schrie Zeppenfeld.

Das letzte schwarze Sandkorn glitt durch die gläserne Enge des Stundenglases. Zeppenfeld schleuderte es hinter sich. Es zerschellte auf dem rauen Steinboden und die Hand voll Sand verwandelte sich in eine riesige Staubwolke, die das Licht der Fackeln verdunkelte, und der Raum mit der Streckbank verschwand hinter einem schwarzen Schleier.

»Nein! Nein!«, schrie Tobias in grenzenloser Todesangst und wollte vom Gitter springen. Doch die Stöcke gaben mit einem lauten Bersten unter ihm nach. Und während er schon in die Tiefe stürzte, sah er, wie sich der Falke erhob und auf ihn zuschoss. Die Schwärze mächtiger Schwingen umfing ihn und Federn legten sich auf seinen Mund und erstickten seine Schreie ...

»Tobias! So beruhige dich doch! Es ist nur ein Traum!«
Jana?

Tobias saß aufrecht in seiner Koje und zitterte. Er spürte eine

Hand auf seinem Mund. Die Bilder seines grässlichen Albtraums wichen langsam von ihm.

»Bist du wach?«, erklang Janas besorgte Stimme aus der Dunkelheit und sie nahm die Hand von seinem Mund.

»Ja – ja, ich bin wach«, kam es ihm mühsam über die Lippen. Er fuhr sich über das Gesicht und stellte fest, dass er völlig verschwitzt war.

Jana schlug den Teppich zurück, der vor dem Durchgang zum Kutschbock hing. Sofort hellte sich die undurchdringliche Schwärze im Wohnwagen auf, sodass Umrisse zu erkennen waren. »Du hast im Schlaf geredet und dann geschrien. Du hast mir einen richtigen Schreck eingejagt. War es denn so schlimm?«

Tobias atmete stoßartig aus. »Es war der schlimmste Traum, der mich je verfolgt hat.« Unsinn sprang zu ihm in die Koje und er kraulte ihn, während er ihr erzählte, an was er sich noch erinnern konnte.

»In den ersten Wochen, als ich mich von Helena und René getrennt hatte und völlig auf mich allein gestellt war, hatte ich auch schlimme Albträume. Vermutlich weil ich insgeheim doch Angst hatte, ob ich auch wirklich allein zurechtkommen würde. Das Gefühl, von nun an zu niemandem zu gehören und auch auf keinen bauen zu können, habe ich am Tag unterdrückt, doch nachts hat mich meine Angst dann häufig umso heftiger überfallen«, gestand Jana. »Aber so entsetzlich wie das, was du mir da erzählt hast, waren meine Albträume dennoch nicht.«

»So schlimm hat es mich auch noch nie gepackt«, murmelte Tobias.

»Möchtest du was trinken?«

»Ja, bitte.«

Jana holte den Wasserkrug vom Regal, füllte einen Becher und reichte ihn Tobias. Er hielt kurz ihre Hand fest. Die Berührung tat ihm gut. »Danke, dass du mich geweckt hast. Wer weiß, wie tief ich sonst gefallen wäre«, versuchte er zu scherzen.

»Ist doch selbstverständlich«, versicherte sie.

Er leerte den Becher auf einen Zug und atmete danach tief durch. »Ich möchte so gern wissen, wie es Onkel Heinrich geht und ob er die Verwundung gut überstanden hat«, sagte er.

»In zwei Wochen erfahren wir es.«

»Wenn wir Glück haben.«

»Auf Jakob Weinroth ist Verlass«, erklärte sie zuversichtlich. »Er wird kommen, so oder so.«

»Ja, da hast du Recht.« Er drehte den leeren Becher in seinen Händen. »Weißt du, manchmal verfluche ich diesen Spazierstock und auch Wattendorf. Warum hat er meinem Vater nicht einfach geschrieben, was es mit dem verschollenen Tal auf sich hat und wo es zu finden ist? Er wollte doch seinen Verrat damit wieder gutmachen! Weshalb also diese Rätsel?«

»Wer kann schon sagen, was im Kopf eines anderen vor sich geht?«, antwortete Jana mit einer Gegenfrage.

»Hätte Wattendorf nicht den Falkenstock geschickt, wäre das alles nicht passiert und Onkel Heinrich säße jetzt nicht in Mainz im Kerker.«

»Und du nicht hier«, fügte Jana leise hinzu. »Versteh mich nicht falsch. Was deinem Onkel zugestoßen ist, tut auch mir sehr weh, denn ich habe ihm viel zu verdanken. Und es macht mich ganz krank, wenn ich daran denke, dass man ihn wegen ein paar lächerlicher Flugschriften eingekerkert hat. Aber wir haben keine Möglichkeit, irgendetwas für ihn zu tun, so bitter das auch ist. Andererseits habe ich es mir immer so sehr gewünscht, dich wieder zu sehen – und nun bist du wirklich hier. Muss ich mich schämen, dass ich mich trotz allem darüber freue?«

Ein Lächeln entspannte sein ernstes Gesicht. »Nein, das brauchst du bestimmt nicht.«

»Dann bin ich froh – und traurig zugleich, wie du.«

Er nickte. »Ja, so hat alles seine guten und seine schlechten Seiten«, räumte er ein und lachte auf einmal leise auf. »Weißt du, was Sadik dazu sagen würde?«

»Was denn?«

»Na ja, so etwas wie ... ›Jeder Mensch ist für einen besonderen Schmerz geschaffen‹. Oder er würde eine von Scheich Abdul Kalims tröstlichen Lebensweisheiten zum Besten geben, etwa die mit den zwei Taschen.«

»Die kenne ich noch nicht. Was ist das für ein Spruch?«, fragte Jana interessiert.

»Mal sehen, ob ich ihn noch richtig zusammenbekomme.« Tobias überlegte und nickte dann. »Also, er geht folgendermaßen: Zwei Taschen muss der Mensch an seiner Jacke haben. In der einen findet er die Worte: ›Die Welt wurde nur um meinetwillen erschaffen.‹ In der anderen: ›Ich bin nur aus Staub und Asche.‹«

»Der gefällt mir«, sagte Jana. »Da steckt genau das drin, was du eben gesagt hast, nämlich dass nichts nur gut oder nur schlecht ist, sondern alles seine zwei Seiten hat. Irgendwie schon ganz tröstlich.«

Sie redeten noch eine Weile mit gedämpften Stimmen. Dann legten sie sich wieder schlafen und diesmal blieb Tobias von weiteren Albträumen verschont.

Am Vormittag setzten sie ihre Proben fort. Das Ergebnis war so ermutigend, dass sie beschlossen, noch am selben Tag den Sprung ins kalte Wasser zu wagen und ihre Kunststücke vor einem Publikum zum Besten zu geben.

Tobias war aufgeregt. »Hoffentlich werfe ich nachher nicht alles durcheinander«, bangte er. »Die Generalprobe hat so gut geklappt, dass die Premiere ja geradezu in die Hose gehen muss!«

»Unsinn! Du wirst schon alles richtig machen«, beruhigte ihn Jana. »Und falls dir doch mal ein Fehler unterläuft, ist das auch kein Beinbruch.«

»Nein, aber eine peinliche Blamage«, murmelte Tobias.

Der Jahrmarkt begann sich zu beleben. Nebenan warf Ursus seine Eisenketten rasselnd auf das Podest und spie die ersten Feuerstöße in den sommerlichen Nachmittag.

Der Augenblick, da sich Tobias als Gaukler und Assistent der Magierin bewähren musste, kam ihm viel zu schnell. Jana saß vor ihrem Zelt, mit Unsinn auf seinem geliebten Fransenkissen an ihrer Seite, während Sadik mit geheimnisvoller Maske und Umhang als stummer Diener einen Schritt hinter ihr stand. Auf dem kleinen Tisch, der aus zwei einfachen Holzböcken und einer verschrammten Platte bestand und in Tobias' Nähe aufgestellt war, lag alles für die Vorstellung bereit: Spielkarten, Stift und ein paar Zettel. Die Schatulle würde Sadik später aus dem Zelt holen, damit die Sache noch einen Hauch spannender und rätselhafter wurde.

Es konnte losgehen!

Tobias holte tief Luft, gab sich selbst einen Ruck und griff nach den Karten. »Meine Damen und Herren!« Er räusperte sich, um den Kloß in seinem Hals loszuwerden. Wie dumm und ungeschickt er sich fühlte! Und dieses Gefühl trieb ihm die Hitze ins Gesicht. Seine Ohren mussten ja regelrecht glühen! »Meine Damen und Herren! ... Darf ich einen Augenblick um Ihre geschätzte Aufmerksamkeit für ... für die unglaublichen Fähigkeiten der Kartenlegerin Jana Salewa bitten?«, setzte er erneut an. Seine belegte Stimme erzwang ein weiteres kräftiges Räuspern. Wie fremd ihm seine eigene Stimme war! »Diese Vorstellung kostet Sie nicht einen Kreuzer. Also gönnen Sie sich das aufregende und kostenlose Vergnügen, Zeuge zu sein, wie Jana Salewa *Ihre* Gedanken liest!«

Ein spöttisch-ungläubiger Blick traf ihn und er schaute schnell weg. Sah man ihm an, dass die Sensation nur eine raffinierte Täuschung war? Wenn er sich schon jetzt so ungeschickt verhielt, wie sollte es dann erst werden, wenn es richtig ernst wurde? Auf was hatte er sich da bloß eingelassen? Aber ein Zurück gab es nicht mehr. Da musste er jetzt hindurch!

Tobias zwang sich zu einem Lächeln, das ihm selbst eher wie eine verzweifelte Grimasse erschien. »Jawohl, Sie haben richtig gehört, verehrtes Publikum! Janas ... äh, einzigartige magische Kräfte ermöglichen es ihr nicht nur, beim Kartenlegen jedem von Ihnen einen Blick in die Zukunft zu gewähren – wozu Sie nach dieser kostenlosen Demonstration Gelegenheit haben werden –, nein, sie vermag auch in das geheime Reich Ihrer Gedanken einzudringen!«

Er freute sich, dass ihm diese Formulierung eingefallen war, und sein Lächeln wurde bedeutend lebhafter – wie auch seine Stimme. »Eine Sensation, die zu erleben Sie andernorts viel Geld kosten würde, sofern es überhaupt noch jemanden gibt, der mit dieser phantastischen Gabe gesegnet ist! Mir jedenfalls ist keiner bekannt!«

Das erste wahre Wort!

Die ersten Neugierigen blieben stehen, hielten jedoch noch unschlüssig Distanz.

Die Tatsache, dass er tatsächlich das Interesse einiger Besucher erregt hatte, stärkte seinen Mut. Und das beklemmende Gefühl, sich wie ein linkischer Tölpel aufzuführen, wich einem langsam erwachenden Zutrauen in die Wirkung seiner Worte – und seiner Schauspielkunst. In seine Stimme geriet Schwung und seine Bewegungen wurden gestenreicher. Jana hatte völlig Recht: Was hatte er denn zu verlieren? Von denen da, die zögernd zu ihm herüberschauten, kannte er keinen. Alles Fremde. Leute, die sich auf dem Jahrmarkt amüsieren wollten. Also gut, sollten sie ihren Spaß haben – so oder so!

»Treten Sie nur näher. Was Sie hier sehen werden, kostet Sie nichts weiter als ein paar Minuten Ihrer Zeit! Und sind Sie denn nicht hier auf dem Jahrmarkt, um das Ungewöhnliche zu erleben? Wir bieten es Ihnen – und zwar ohne dass Sie dafür bezahlen müssten!«, fuhr Tobias in der anreißerischen Rede fort, die er mit Jana einstudiert hatte. Es begann ihm regelrecht Vergnügen zu bereiten, sie mit seinen großspurigen Worten anzulocken. »Was wir hier ohne jeden Eintritt präsentieren, ist – obwohl schon unglaublich genug! – nur ein Abfallprodukt von Jana Salewas magischer Begabung. Und auch nur eine Magierin von ihrer Bedeutung kann es sich erlauben, so großzügig mit ihren übersinnlichen Kräften umzugehen und kostenlose Vorstellungen von ihrem Können zu geben. Also treten Sie näher. Sie werden es nicht bereuen, Sie haben mein Wort drauf!«

Er lachte insgeheim auf. Als ob sein Wort auch nur irgendwelches Gewicht hätte. Aber manches musste man offenbar einfach nur frech weg behaupten, um es Wirklichkeit werden zu lassen. Wenn Onkel Heinrich ihn jetzt sehen könnte!

Mittlerweile war die Menge aus Jung und Alt schon auf gut zwei Dutzend Köpfe angewachsen. Und der Umstand, dass sich hier Menschen zusammendrängten, erregte die Aufmerksamkeit und Neugier weiterer Jahrmarktsbesucher. Schnell bildete sich ein mehrere Reihen tiefer Halbkreis.

»Beginnen wir also mit der Vorstellung! Ich halte hier ein ganz gewöhnliches Kartenspiel in der Hand und Jana Salewa wird gleich jede Karte, die einer von Ihnen aus diesem Stapel zieht, benennen – denn sie fängt Ihre Gedanken auf!«, erklärte Tobias und hielt nach einem geeigneten Kandidaten Ausschau. Seine Wahl fiel auf eine korpulente Frau mit schon ergrautem Haar, die mit einem halbwüchsigen Jungen an ihrer Seite in vorderster Reihe stand.

»Darf ich Sie bitten eine Karte zu ziehen und sie sich genau anzuschauen?«, forderte er sie auf und hielt ihr den Kartenfächer hin.

»Ich?«, rief sie verwirrt, errötete und blickte sich unsicher um, als wollte sie sich vergewissern, dass tatsächlich sie gemeint war. »Ja, aber – ich weiß nicht ...«

»Zieh schon, Mutter!«, drängte ihr Sohn sie. »Ist doch nichts dabei – und kostet auch nichts! Dafür haben wir Zeugen! Jeder hat das gehört!«

Tobias lächelte. »Ganz wie Ihr Sohn sagt: Es ist wirklich nichts dabei und kostet Sie auch nichts!«

»Na los!«, rief jemand von hinten. »Zieh schon, Muttchen!«

Mit spitzen Fingern zog die Frau eine Karte. Es war der Kreuz-Bube.

»Aufgepasst, verehrtes Publikum!«, rief Tobias nun mit theatralischer Stimme, griff sich kurz an die Nase, hakte den Daumen der freien Hand hinter den Gürtel und fuhr dann fort: »Beachten Sie, dass nur Sie sehen können, was ich hier in der Hand halte. Ich bitte jetzt um Ruhe, damit sich Jana Salewa konzentrieren kann. Absolute Ruhe bitte!«

Stille kehrte ein. Jana schloss die Augen, legte die Fingerspitzen an die Schläfen und verzog leicht das Gesicht, als müsste sie sich anstrengen.

»Kreuz ... Das Kreuz ist ganz stark ... in den ... Gedanken, die ich auffange«, kam es nach wenigen Augenblicken stockend über ihre Lippen. »Ja, es ist Kreuz ... und jetzt ... jetzt ... ja!« Sie brach ab, öffnete die Augen, lächelte und sagte mit fester Stimme: »Kreuz-Bube!«

Staunen breitete sich auf den Gesichtern der Zuschauer aus, aufgeregtes Stimmengewirr setzte ein. Auch Tobias lächelte jetzt. Die erste Hürde hatte er mit Bravour überwunden. Und es machte tatsächlich Spaß! Ungemein sogar! Langsam verstand er, was damit gemeint war, wenn Jana von der Faszination des Schaustellerberufes sprach.

Auch bei der nächsten Karte ging das vorgebliche Gedankenlesen problemlos über die Bühne. Doch dann schob sich ein bulliger Mann in derber Zimmermannskluft nach vorn. »Kann ich auch mal?«, verlangte er. Seine verkniffene Miene drückte eine gehörige Portion Misstrauen aus.

Tobias sah keine Möglichkeit, ihm das zu verwehren, obwohl er sofort spürte, dass dieser Mann ganz offensichtlich nicht daran glaubte, dass Jana Gedanken lesen konnte.

»Nur zu, mein Herr!«

»Bin kein Herr nicht, doch Stroh im Kopf habe ich deshalb noch lange nicht«, knurrte er und zog eine Karte aus dem Fächer. Doch als Tobias sie ihm abnehmen wollte, trat er schnell einen Schritt zurück.

»Darf ich die Karte haben?«, fragte Tobias freundlich, während sich sein Magen in Erwartung der Probleme, die ihn erwarteten, zusammenzog.

»Wozu?«, fragte der Zimmermann herausfordernd zurück. »Ich denke, sie kann meine Gedanken lesen, Kleiner? Oder habe ich da vielleicht was falsch verstanden?«

»Nein, natürlich nicht ...«

»Also, wozu brauchst du dann die Karte?«

»Na ja, damit die anderen auch wissen, um welche Karte es sich handelt«, improvisierte Tobias und merkte, wie ihm der Schweiß ausbrach. Denn er sah den Umstehenden an, dass diese Wendung ganz nach ihrem Geschmack war. Den Trick eines Zauberkünstlers zu entlarven war noch besser, als die besten Kunststücke zu bewundern.

»Die kriegen sie hinterher noch früh genug zu sehen!«, erklärte der Mann. »Erst sagt sie, was das für eine Karte ist, die ich in der Hand halte!«

»Recht so, Zimmermann!«, rief eine Männerstimme. »Gib ihm bloß nicht die Karte!«

»Ja, jetzt wollen wir doch mal sehen, wie es um die magischen Kräfte der Zigeunerin bestellt ist!«, pflichtete eine junge Frau in der zweiten Reihe bei und erntete allgemeine Zustimmung.

»Also, dann soll sie mal anfangen meine Gedanken zu lesen!«, höhnte der Zimmermann und legte die Hände auf den Rücken, als fürchtete er, Tobias könnte ihm die Karte doch noch entwenden.

Tobias schwitzte Blut und Wasser. Er sah sich schon im Stein- und Dreckhagel einer johlenden Menge, die ihnen auf die Schliche gekommen war. Und er unternahm einen letzten Versuch, auf Zeit zu spielen und den Mann vielleicht doch noch zum Einlenken zu bewegen. Doch er wusste, dass er nicht zu beharrlich sein durfte, weil er dann jegliche Glaubwürdigkeit verlieren würde.

»Wer garantiert uns denn, dass Sie auch wirklich intensiv an die Karte denken, die Sie in der Hand halten?«, gab er zu bedenken. »Denn wenn Sie bewusst an eine andere Karte denken, wird Jana Salewa natürlich diese falschen Gedanken auffangen und eine scheinbar falsche Antwort geben.« Keine schlechte Idee, die ihm da gekommen war! Vielleicht gelang es ihnen, sich damit aus der Falle zu lavieren.

Doch der Zimmermann ließ auch diesen Einwand nicht gelten. »Ich garantiere euch mit meinem Wort dafür!« , rief er in die Menge. »Und auf das Wort von Karl Stein von der Neye könnt ihr euch so verlassen wie auf die Dachstühle, die ich baue! Da sitzen jede Pfette und jeder Nagel an der rechten Stelle!«

»Das kann ich bezeugen!«, rief ein Mann von hinten. »Auf Kalle Stein ist Verlass!«

Tobias bekam den Zwischenruf kaum mit. Seine Aufmerksamkeit galt den beiden Jungen, die hinter dem Zimmermann standen. Einer von ihnen konnte offenbar einen Blick auf die Karte werfen, die Karl Stein hinter seinem Rücken hielt. Und er gab seinem Freund ein Zeichen: Er streckte ihm kurz die gespreizte Hand hin, machte einen Schmollmund und verdrehte die Augen, während er sich ans Herz fasste. Die beiden Jungen begannen zu kichern.

Die Gedanken jagten sich hinter seiner Stirn. Im Zeitraum eines Atemzuges gingen ihm ein Dutzend Überlegungen durch den Kopf. Der Zimmermann hatte eine Zahlkarte gezogen, so viel stand für ihn fest. Doch hatte der Junge seinem Freund die ganze gespreizte Hand hingehalten, um ihm eine Fünf anzuzeigen, oder war der Daumen angelegt gewesen? Nein, den Daumen hatte er auch gesehen. Also lautete die gesuchte Zahl fünf. Doch die Fünf von welcher Farbe? Standen der Schmollmund, die verdrehten Augen und die Hand über der Brust für Herz? Oder wollte er damit den Begriff Dame anschaulich machen? In dem Fall konnte die gespreizte Hand auch Schippe, also Pik, bedeuten.

Tobias traf die Entscheidung nach dem Gefühl und blieb

bei seiner ersten Deutungsmöglichkeit. Herz-Fünf! »Es soll so sein, wie Sie es wünschen, Zimmermann Karl Stein!«, verkündete er. »Sie bringen mich zwar um die Möglichkeiten, es noch ein wenig spannender zu machen, aber selbstverständlich brauche ich die Karte nicht zu kennen. Denn es sind des Zimmermanns Gedanken, die Jana Salewa lesen kann! Und nach dieser Demonstration wird wohl jeglicher Zweifel ausgeräumt sein. Denn niemand außer dem Zimmermann Karl Stein hat die Karte, um die es geht, gesehen!«

Tobias legte eine dramatische Pause ein und drehte sich zu Jana um. »Bist du bereit, Jana Salewa?«

Sie hob kaum merklich die Augenbrauen, um ihm ihre Hilflosigkeit zu verstehen zu geben. Wie sollte sie die Karte erraten, wenn er sie nicht gesehen hatte und ihr somit nicht die entsprechenden Zeichen geben konnte? Doch als sie das versteckte Lächeln in seinen Mundwinkeln bemerkte, fasste sie Zutrauen und nickte.

»Ja, das bin ich!«, gab sie mit ihrer dunklen, rauchigen Stimme zur Antwort.

Tobias nickte und streckte den linken Arm Aufmerksamkeit heischend in die Luft. »Ich bitte um allergrößte Ruhe, verehrtes Publikum!«, rief er.

Jana atmete insgeheim auf. Es war also eine Zahl und der linke hochgestreckte Arm wies eindeutig auf Herz hin. Damit vermochte sie immer noch ihr Gesicht zu wahren, wenn sie Pech hatte und die falsche Nummer erriet. Aber woher wusste Tobias überhaupt, dass es sich um eine Herzzahl handelte?

»Jetzt folgt quasi die Nagelprobe! Der unumstößliche Beweis ihrer einzigartigen übersinnlichen Kräfte!«, verkündete Tobias und vollführte eine pathetische Geste in Janas Richtung. »Bitte geben Sie Acht!«

Jana glaubte ihren Ohren nicht zu trauen. *Nagelprobe!* Das war das Wort für die Zahl Fünf. Der fünfte Trumpf im Tarot trug den hebräischen Buchstaben *Waw*, was soviel wie Nagel bedeutete. Daher die Eselsbrücke ›Nagel‹ für die Fünf.

Also Herz-Fünf? Woher wusste er das nur?

Jana hoffte inständig, dass er sich nicht irrte, und presste bei geschlossenen Augen die Fingerspitzen wieder gegen die Schläfen.

Vorsichtshalber baute sie einem möglichen Fehlschlag vor: »Ich lese Misstrauen ... starkes Misstrauen, das alle anderen Gedanken ... unterdrückt ... wie ein Schleier ist dieser Unglaube an die ... Kraft der Magie! ... Es ist kaum möglich ... diese Wand ... des Misstrauens zu durchdringen«, stieß Jana mit bewährt stockender Stimme hervor, die den Reiz des Geheimnisvollen noch verstärkte und bei manchen eine Gänsehaut bewirkte.

»Nichts als billige Ausflüchte! Du kannst gar nicht Gedanken lesen, Zigeunermädchen!«, rief eine höhnische Stimme.

Andere zischten »Schsst!«, und es blieb bei diesem einen Zwischenruf. Die Spannung konnte man jetzt mit Händen greifen.

»Jetzt sehe ich die Karte ... verschwommen ... mit viel Rot ... Rot wie Blut. Karo ...«

Tobias hatte den Zimmermann nicht aus den Augen gelassen. Mit Erschrecken bemerkte er, wie sich Karl Steins rechter Mundwinkel geringschätzig nach oben hob. Karo war falsch! Er hatte ihr doch klar und deutlich Herz angezeigt! Der linke ausgestreckte Arm! Wie konnte sie das nur mit Karo verwechseln? Er war sich doch nicht mit der gespreizten Hand durchs Haar gefahren!

Doch schon im nächsten Moment trat an die Stelle von mühsam unterdrückter Verstörung ein herrliches Gefühl der Erleichterung.

Denn Jana fuhr fort: »Nein ... nicht Karo ... es ist Herz, was hinter dem Schleier des Misstrauens liegt!«, verbesserte sie sich mit Nachdruck. »Herz und eine Zahl ... Drudenfuß und Menschenstern ... Hierophant und das astrologische Zeichen des Stiers – ihnen allen ist diese Zahl zugeordnet ... Es ist die Zahl ... Fünf!« Sie schlug die Augen auf und sagte noch einmal mit fester Stimme: »Der Zimmermann hält die Herz-Fünf in seiner Hand!«

Aller Augen richteten sich auf den Zimmermann. Dem war die sprachlose Verblüffung deutlich anzusehen. Er sperrte den Mund auf und gab mit seinem ungläubigen Blick das Bild eines Tölpels ab, der die Scherze nicht begriff, die auf seine Kosten gemacht wurden. Und in Tobias regten sich Gewissensbisse, dass er ihn so an der Nase herumgeführt hatte. Immerhin hatte er ja gesunden Menschenverstand und auch eine gehörige Portion Courage bewiesen, als er Janas Fähigkeit des Gedankenlesens geradeheraus angezweifelt und irgendeinen faulen Trick bei dieser Vorstellung vermutet hatte.

Aus der Menge wurden gespannte, ungeduldige Stimmen laut, die wissen wollten, wer nun Recht behalten hatte.

»Na los, Kalle Stein! Hoch mit der Karte!«

»Ja, lass sie sehen, Zimmermann!«

»Ist es wirklich die Herz-Fünf?«

»Los, rück sie raus, Mann!«

Der Zimmermann holte die Karte widerwillig hinter dem Rücken hervor. »Es stimmt! Es ist die Herz-Fünf«, sagte er knapp und gab sie Tobias zurück.

Nun redete alles wild durcheinander.

»Gedanken lesen! Der Teufel soll mich holen, wenn das hier mit rechten Dingen zugegangen ist!«, brummte der Zimmermann, doch sein Kommentar ging im allgemeinen Stimmengewirr unter. Kopfschüttelnd wandte er sich um und ging rasch davon.

Tobias tauschte mit Jana einen verschwörerischen Blick. Er hätte vor Freude jubeln mögen. Doch er beherrschte sich, erlaubte sich nur ein selbstbewusstes Lächeln und rief: »Verehrtes Publikum! Ich denke, nach dieser eindrucksvollen Demonstration steht außer Frage, dass wir Ihnen nicht zu viel versprochen haben! Die kostenlose Vorstellung ist hiermit beendet!« Auf das Spiel mit den Zetteln verzichtete er, denn eine Steigerung war nach dem Vorfall mit dem Zimmermann nicht mehr möglich. Jetzt galt es, die Gunst des Augenblicks zu nutzen und die Bewunderung der Leute in klingende Münzen zu verwandeln.

»Jana Salewa steht jetzt denjenigen von Ihnen zur Verfügung, die sich von ihr für den wahrlich bescheidenen Betrag von einem Kreuzer die Karten legen lassen wollen. Was immer Ihnen auf dem Herzen liegt und Sie von der Zukunft wissen möchten, Jana Salewas Karten werden Ihnen den Weg weisen. Also zögern Sie nicht! Nirgendwo ist Ihr Geld besser angelegt als hier.«

Die Menge begann sich zu zerstreuen, doch elf der Zuschauer brannten darauf, sich von Jana im Zelt Fragen nach ihrer Zukunft beantworten zu lassen.

Tobias kassierte bei den Männern und Frauen sofort ab, wie Jana es ihm geraten hatte. Denn wer bezahlt hatte, überlegte es sich nicht wieder, während er darauf wartete, an die Reihe zu kommen.

»Na, wie war ich?«, fragte er voller Stolz, als Sadik zu ihm hinter den Wohnwagen trat und die Maske vom Gesicht nahm.

»Dass Allah dich in seiner unergründlichen Güte großzügig beschenkt hat, als er die Begabung unter den Menschen verteilte, war mir bekannt. Aber von diesen verborgenen Talenten habe ich nichts geahnt, du Bauernfänger«, antwortete er mit freundschaftlichem Spott.

Es dauerte mehr als eine Stunde, bis der Letzte das Zelt verlassen hatte. Dann kam Jana, mit Unsinn auf ihrer Schulter, strahlenden Blickes heraus und fiel Tobias vor Begeisterung um den Hals.

»Mein Gott, Tobias! Du warst wunderbar! Und statt Prügel zu beziehen, haben wir elf Kunden gehabt! So viele hatte ich noch nie! Auch nicht, als ich mit Onkel René die Leute mit diesem Trick geködert habe! Wie hast du das bloß geschafft? Ich dachte schon, gleich fliegen die ersten Steine und Fäuste. Woher hast du denn gewusst, was das für eine Karte war? Du hast sie doch gar nicht sehen können?«, sprudelte sie überdreht vor Freude hervor.

Er erzählte es ihr und sogar Sadik räumte ein, dass er diese riskante Situation bewundernswert gemeistert hatte. Eine halbe Stunde später stand er mit Jana und Sadik wieder auf dem Platz, um die zweite Vorstellung des Tages zu geben. Sie verlief ohne Zwischenfälle und brachte immerhin fünf Kunden ins Tarotzelt.

Als er seine erste Abendvorstellung im Schein von Fackeln gab, agierte er vor den staunenden Zuschauern so sicher in Wort und Gestik, als hätte es die nur wenige Stunden zurückliegende Verlegenheit und Angst zu versagen nie gegeben. Was er jetzt empfand, war eine Art Rausch, ein kontrollierter Höhenflug. Er genoss die Herausforderung, dieses nicht ungefährliche Spiel mit einer stets unberechenbaren Menge zu spielen, die Stimmungen früh genug zu erspüren und die Menschen vor ihm abzuschätzen, damit sich ein Vorfall wie der mit dem Zimmermann nicht wiederholte.

Und als er wieder das andächtige Staunen auf den Gesichtern sah und die überraschten Ausrufe hörte, war das wie eine berauschende Droge. Er verstand nun, wieso Menschen wie Jana und Ursus diesem rastlosen Schaustellerleben verfallen waren wie andere dem Alkohol oder dem Opium. Und er musste unwillkürlich an das denken, was Jana ihm damals auf *Falkenhof* über ihresgleichen erzählt hatte.

»Wir sind Könige und Bettler der Landstraße!«, hatte sie stolz und mit glänzenden Augen verkündet. Bei einer anderen Gelegenheit hatte sie zwar auch selbstkritisch eingestanden, dass das Leben der Schausteller nicht nur ein wunderbarer Regenbogen der Freiheit und des Frohsinns war. Doch Gedanken an die dunklen Seiten des Lebens auf der Landstraße waren Tobias zu dieser Stunde so fern wie der Mond.

Er fühlte sich wie ein König!

Wegelagerer

Am Sonntag ging es auf dem Jahrmarkt von Osthofen noch einmal hoch her und Tobias absolvierte seine Vorstellungen beinahe schon so routiniert wie ein ›Alter‹. Sie machten auch an diesem letzten Tag ein gutes Geschäft.

Am nächsten Morgen brachen die Schausteller Zelte, Buden und Stände ab und zogen weiter. Sie blieben jedoch nicht zusammen, sondern bildeten unterschiedlich große Gruppen, die alle anderen Zielen zustrebten. Während die beiden Schießbuden, die Tierdressur und Rudis Flohzirkus nach Kreuznach zogen, schlossen sich die Russische Schaukel, die Nagelbude und das Reifenspiel Ludwig Leineweber an, der mit seinem publikumsträchtigen Karussell gen Norden strebte, nach Oppenheim.

Da auch Melchior Meller mit seinem Monstrositäten-Kabinett und die Akrobatentruppe der Liliputaner nach Süden wollten, reihten sich Jana, Tobias und Sadik mit ihrem Wohnwagen in diesen Tross ein. Im Schutz dieser vielköpfigen Gruppe höchst seltsamer Gestalten gelangten sie wieder nach Bayern. Zehn Tage verbrachten sie in der Gesellschaft dieser Leute und gemeinsam nahmen sie an drei weiteren Jahrmärkten teil.

Für Tobias war es eine aufregende Zeit. Er vertiefte seine Freundschaft zu Ursus, lernte den zänkischen siamesischen Zwillingen aus dem Weg zu gehen und verlor seine Scheu vor Albert, dem ›Mann mit der Klauenhand‹, die ohne einen Oberarm an der rechten Schulter saß. Albert war ein begnadeter Kartentrickkünstler und hätte sich an den exklusiven Spieltischen dieser Welt schon längst ein Vermögen erspielen können, wenn ihm die Natur nicht diese schlimme Missbildung mit auf den Weg ins Leben gegeben hätte.

»Habe schon mal daran gedacht, mir den Armstummel mit

dieser Klauenhand einfach abzuhacken«, sagte er einmal, während er die Karten mischte, ohne dass Tobias seinen Bewegungen mit den Augen zu folgen vermochte. »Aber für meine Tricks brauche ich nun mal beide Hände. Und als Einarmiger bin ich nicht mal mehr für Melli Meller von Interesse. Du siehst, mein Junge, mir geht es wie dem Schiffbrüchigen, den es mit einer Kiste Gold und Juwelen auf eine einsame Insel verschlagen hat: Er ist zwar ein reicher Mann, kann mit seinem Schatz aber nicht das Geringste anfangen.«

Tobias lernte auch Liselotte Saalfeld kennen, die sich kaum von ihrem verstärkten Bett im Wohnwagen oder von ihrem kirschroten Diwan in Mellers Monstrositätenzelt erhob – was auch nur zu verständlich war, wurde ihr Lebendgewicht doch in Zentnern gemessen. Als er sie das erste Mal sah, glaubte er einen Berg Fleisch vor sich zu haben, der in Wolken von fliederfarbenem Stoff und betäubendem Parfüm gehüllt war. Dass diese wogende Masse tatsächlich ein Mensch war, hatte er im ersten Moment des Schocks nicht glauben wollen. Melchior Meller pflegte ja einen starken Hang zu Übertreibungen. Doch was Liselotte Saalfeld betraf, so nahm Meller den Mund nicht zu voll, wenn er sie als ›Die dickste Frau der Welt‹ ankündigte. Viel hatte er von der Welt ja noch nicht gesehen, aber dass jemand dicker als Kringel-Lotte sein sollte, konnte er sich nicht vorstellen. Wann immer er sie in den zehn Tagen aufsuchte, stets hatte sie neben sich eine Schale mit schmalzgebackenen Kringeln stehen. Und ein Kringel nach dem anderen verschwand in ihrem Mund, der dabei nicht müde wurde, lustige Anekdoten zu erzählen.

Er lernte auch Johanna Oesterly kennen, die Frau ohne Unterleib, die ihn mit ihrer Gelenkigkeit in genauso atemloses Staunen versetzte wie Julius Bukow, der todesmutige Trapezkünstler, der ihm von der Körpergröße her gerade bis zur Hüfte reichte, ihm in vielen anderen Dingen aber himmelweit überlegen war – unter anderem auch in der Trinkfestigkeit. In Julius Bukows Wagen erlebte Tobias die Freuden seines ersten Rausches – den bitterlichen Jammer des Katers durchlitt er dagegen bei Jana, die ihm kalte Umschläge machte und ihm immer wieder versicherte, dass seine letzte Stunde noch nicht geschlagen hätte, auch wenn er sich sterbenselend fühlte.

Die Bemerkungen, mit denen Sadik seinen Zustand kommentierte, waren dagegen mehr spöttischen als tröstenden Charakters: »Der Bart, der Weihrauch nicht gewöhnt ist, verbrennt«, belehrte er ihn. Und: »Wenn das Huhn neidisch auf die Gans ist und ebenso große Eier legen will, zerspringt es.«

»Jana! Schaff mir diesen Kameltreiber aus den Augen!«, stöhnte Tobias gequält. »Mir ist nicht nach Witzen zu Mute!«

»*Aiwa*, wenn der Schnee schmilzt, kommt der Mist zum Vorschein«, meinte Sadik noch vergnügt, bevor er ihn wieder der liebevollen Pflege Janas überließ.

Dieser Kater war die einzig unerfreuliche Erfahrung in diesen anderthalb Wochen, die jedoch auch ihr Gutes hatte, wusste er nun doch, dass er gut beraten war, die Finger vom Alkohol zu lassen.

Tobias fühlte sich in der Gemeinschaft der Schausteller ungemein wohl. Besonders bewunderte er die Kameradschaft und den Zusammenhalt, der trotz aller Konkurrenz und auch persönlicher Antipathien unter dem fahrenden Volk herrschte. Viel zu rasch verstrichen diese Tage, die ein schillerndes Kaleidoskop ungewöhnlicher Erfahrungen waren.

Doch der Tag, an dem sie in Speyer bei den Detmers sein wollten, um auf Jakob zu warten, rückte unaufhaltsam näher. In Neustadt trennten sie sich schließlich von ihren neu gewonnenen Freunden. Nach einem rührend herzlichen Abschied lenkten Jana, Tobias und Sadik ihren Wagen nach Osten.

In den vergangenen Wochen hatten sie von Zeppenfeld und seinen Komplizen nichts gesehen, sodass sich bei ihnen ein Gefühl der Sicherheit eingestellt hatte. Tobias hätte daher gern vorn bei Jana auf dem Kutschbock gesessen. Doch Sadik traute dem Frieden nicht und bestand darauf, dass er hinten bei ihm im Wagen saß. Das Einzige, was er ihnen zubilligte, war, dass der Teppich vor dem Durchgang hochgerollt wurde, sodass sie hinausschauen und sich mit Jana unterhalten konnten.

»Man kann es mit der Vorsicht auch übertreiben«, meinte Tobias dazu.

»Gewiss, nicht jede Wolke bringt Regen, mein Freund«, erwiderte Sadik ungerührt. »Doch nur der Einfältige stellt sich bei einem aufziehenden Unwetter freiwillig unter die Regenrinne und sagt dann verwundert: ›Hui, wie ist es nass!‹«

»Von einem aufziehenden Unwetter kann ich aber weit und breit nichts sehen, Sadik.«

»Wenn es dem Menschen zu gut geht, beginnt er zu klagen«, hielt Sadik ihm gelassen vor.

Tobias seufzte resigniert und gab es auf, ihn umstimmen zu wollen.

»Erzähl uns ein Rätsel, Sadik!«, rief Jana vom Kutschbock, um dem Gespräch eine andere Wendung zu geben.

»Ja, tu das«, brummte Tobias.

Sadik lächelte. »Nun, dann hört gut zu: ›Die Könige benötigen sie, die Emire verlangen nach ihr und in den Zelten der Beduinen ist sie ebenso willkommen. Ein Meer ist in ihrem Leib und ihr Abendessen kocht sie auf der Glatze ihres Mannes.‹«

»Ganz schön schwierig«, meinte Tobias und grübelte.

Jana wandte sich zu ihm um, während Napoleon in gemächlichem Tempo über die einsame Landstraße zockelte, die durch die südlichen Ausläufer des Massera-Waldes führte. »Ein Suppentopf?«

Sadik schüttelte den Kopf. »*La*, ein Suppentopf ist es nicht.«

»Aber irgendetwas kocht doch, nicht wahr?«

»Es *brodelt* in ihrem Leib«, erinnerte Sadik sie an den Wortlaut des Rätsels.

»Könige, Emire und Beduinen verlangen gleichermaßen nach ihr«, sinnierte Tobias. »Also was Besonderes kann es nicht sein, oder?«

»Du sollst das Rätsel lösen, Tobias, nicht mich nach der Lösung fragen.«

»Ein Gefäß, in dem Wasser brodelt und auf dessen Glatze, was immer damit gemeint sein mag, das Abendessen kocht«, murmelte Tobias nachdenklich.

»Vergiss nicht, dass in einem arabischen Rätsel die Wörter nicht wortwörtlich zu nehmen sind, sondern Bilder umschreiben. Eine Bratpfanne ist mit der Glatze also sicherlich nicht gemeint«, half Sadik ihnen auf die Sprünge.

Jana lachte. »Nach einer Bratpfanne würden Könige und Emire auch kaum verlangen. Es muss vielmehr etwas sein, womit sie sich die Zeit vertreiben, ohne aber so außergewöhnlich und teuer zu sein, dass man es nicht auch in den Zelten der Beduinen kennen würde – ein Spiel vielleicht oder ...«

»Jetzt weiß ich es!«, rief Tobias freudestrahlend.

»Dann heraus damit!«, forderte Sadik ihn auf. »Was ist es?«

»Die Wasserpfeife!«

»Richtig.«

»Jana hat mich darauf gebracht«, gab Tobias zu. »Als sie das mit dem Zeitvertreib erwähnte, fiel es mir wie Schuppen von den Augen.«

»Schuppen – dazu fällt mir ein anderes Rätsel ein«, sagte Sadik, kam jedoch nicht mehr dazu, es auszusprechen.

Denn in dem Moment rief Jana erschrocken: »Sadik – Tobias! Die Kerle da vorn – die sehen ganz so aus, als führten sie was im Schilde!« Sie zerrte an den Zügeln und brachte Napoleon zum Stehen.

Sadik und Tobias beugten sich gleichzeitig so schnell vor, dass sie beinahe mit den Köpfen zusammenstießen. »Zeppenfeld?«, stieß Tobias erschrocken hervor.

»Nein, die Burschen sehen mir eher wie Wegelagerer aus«, meinte Sadik.

»Die wollen uns ausrauben«, sagte Jana.

Es waren vier Männer, die ein gutes dutzend Wagenlängen vor ihnen aus dem Wald getreten waren, der an dieser abgelegenen Stelle bis fast an die holprige Landstraße reichte. Sie waren mit Knüppeln bewaffnet. Zwei trugen Säbel an ihrer Hüfte.

»Mein Florett!«, rief Tobias seinem arabischen Freund aufgeregt zu. »Es liegt im Kasten unter der Bank! Denen werden wir es zeigen!«

»Warte!« Sadik hatte ein ungutes Gefühl. Wer an dieser Stelle einen Überfall plante, der hatte bestimmt auch daran gedacht, ihnen den Rückweg abzuschneiden und eine Flucht zu verhindern. Mit einem Satz war er an der hinteren Tür, in die ein kleines Guckloch eingelassen war. Er riss den Holzschieber zurück und spähte hinaus. Er fand seine Vermutung bestätigt. Drei weitere Gestalten versperrten die Straße. Einer von ihnen hielt sogar eine Flinte in den Händen.

Tobias wurde blass, als Sadik ihnen zurief, wer sich da hinter ihnen näherte. »Zwei gegen sieben!«, stöhnte er auf.

»Ein ungesundes Verhältnis«, pflichtete Sadik ihm bei. »Auch wenn jedes Messer sitzt, wird es höllisch knapp.«

»Ich weiß, wie wir uns dieses Gesindel vom Hals halten können, ohne dass deshalb Blut fließen muss. Noch haben sie mich nicht deutlich gesehen. Das ist unsere Chance!«, stieß Jana hastig hervor und kletterte zu ihnen ins Wageninnere. »Geh du nach vorn auf den Kutschbock, Tobias! Sadik bleibt noch bei mir! Beeil dich!«

»Mein Gott, wie willst du das anstellen?«, fragte Tobias verwirrt. »Und warum soll Sadik ...«

»Um das zu erklären ist jetzt keine Zeit! Vertraut mir! Es ist nicht das erste Mal, dass ich meine Haut auf diese Weise rette! Man lernt eine Menge, wenn man auf der Landstraße lebt – und da auch überleben will!«, fiel sie ihm ins Wort. »Sag dem Pack, wir hätten einen ansteckenden Aussatz und bräuchten unbedingt Hilfe! Nun mach schon!«

Sadik zögerte kurz und nickte dann. »Vertrauen wir ihr! Sie wird schon wissen, was sie tut. Notfalls bleibt uns immer noch der blanke Stahl! Ich halte dein Florett für dich bereit!«

Tobias kletterte auf den Kutschbock, während der Teppich

hinter ihm herunterfiel. Er fühlte sich entsetzlich allein gelassen und ohne sein Florett in der Hand völlig schutzlos. Angst würgte ihn, als sich die Männer mit raschen Schritten näherten, die Prügel drohend erhoben. Wie wollte Jana dieses Räubergesindel vertreiben? Auf einen Bluff fielen diese hartgesottenen Kerle bestimmt nicht herein!

»Los, runter vom Bock, Milchbart!«, herrschte ihn einer der vier Männer an. Er überragte seine Komplizen um gut eine Haupteslänge und hatte einen ausgesprochenen Stiernacken. Sein Gesicht war von unzähligen Pockennarben entstellt. »Du hast dir eine Rast verdient – und deine beiden Begleiter ebenso! Sie brauchen sich erst gar nicht im Wagen zu verkriechen! Sag ihnen, sie sollen aussteigen!«

»Sonst prügeln wir sie aus eurem Zigeunerkarren!«, rief ein anderer.

Tobias schluckte mühsam. »Wir – wir brauchen Hilfe!«, stieß er hervor und kam sich dabei angesichts der Wegelagerer reichlich idiotisch vor. Die einzige Sprache, die diese Männer verstanden, war die der Gewalt!

»Keine Sorge, wir werden euch schon auf die Sprünge helfen!«, höhnte das Pockengesicht und ließ seinen Knüppel krachend auf die Trittstufe niedersausen. »Hölle und Verdammnis, hast du Dreck in den Ohren? Runter mit dir oder ich zieh dir die Beine lang! Und das gilt auch für die anderen im Wagen!«

»Sie – sie haben eine schrecklich ansteckende Krankheit, es – ist der Aussatz oder so«, stammelte Tobias und schob seine rechte Hand vorsichtshalber schon in Richtung des Vorhangs. Hoffentlich konnte er sein Florett auch gleich mit einem Griff fassen! Aber Sadik kauerte hinter dem Teppich bestimmt schon zum Sprung bereit, das Florett in der einen und sein Messer in der anderen Hand. »Deshalb verstecken sie sich auch im Wagen.«

Er erntete schallendes Gelächter, das jedoch bar jeglicher Fröhlichkeit war, sondern böse und gemein klang. Es war ein

Lachen, das Tobias unwillkürlich an Stenz und Tillmann erinnerte. Die hätten zu diesem Schurkenpack gepasst wie ein Ei zum anderen.

»Du Rotznase glaubst doch wohl nicht im Ernst, dass wir auf diese lächerliche Lüge hereinfallen, oder?«, fauchte ihn der Anführer der Bande an. »Ich werde dir zeigen, was wir mit Zigeunerpack wie dir ...« Er brach mitten im Satz ab, denn in diesem Moment wurde der Teppich hinter Tobias zurückgeschlagen – und Sadik zeigte sich.

Sein Gesicht war über und über mit roten Schwellungen bedeckt, als wäre ein wild gewordener Bienenschwarm über ihn hergefallen.

»Hilfe!«, krächzte er.

Jana zwängte sich an ihm vorbei. »Helft uns!«, wimmerte auch sie. »Kann uns denn keiner helfen? ... Wir brauchen einen Arzt!«

Ihr Erscheinen hatte einen vielstimmigen Aufschrei des Entsetzens zur Folge und die Wegelagerer wichen in panischer Angst zurück.

»Aussätzige! Es sind wirklich Aussätzige!«, schrie einer.

Auch Tobias erschrak im ersten Moment, als Jana zu ihm auf den Kutschbock kroch. Ihr Gesicht sah noch grässlicher aus als Sadiks. Rote Quaddeln entstellten ihr Gesicht und überzogen auch ihre Hände. Mund und Zähne waren wie eine schwarze Höhle und schmutziger Schaum bedeckte ihre Lippen. Sie bot fürwahr einen Anblick, der einem das Grauen in die Glieder treiben konnte.

»So helft uns doch!«, schrie Jana, taumelte scheinbar entkräftet vom Kutschbock und streckte die Arme nach den Männern aus, die sie hatten ausrauben wollen. »Warum hilft uns denn keiner!«

»Los, bloß weg von hier!«, brüllte der Anführer, von Panik erfasst. »Sie schleppen den Tod mit sich!«

Die Männer spritzten wie Dreck unter dem Einschlag einer Kanonenkugel auseinander und flüchteten in den Wald, der sie Augenblicke später verschluckte wie die Nacht einen Schatten.

Jana sprang wieder zu Tobias und Sadik auf den Kutschbock. »Sehen wir zu, dass wir von hier verschwinden!«, rief sie gedämpft.

Tobias ließ die Zügel auf Napoleons Rücken klatschen, der sich auch sofort kräftig ins Geschirr legte, als spürte er, wie wichtig es war, dass sie diesen Ort so schnell wie möglich hinter sich ließen.

»Heiliger Lazarus, ihr seht ja wirklich zum Fürchten aus! Vor allem du, Jana! Man könnte tatsächlich meinen, ihr hättet ansteckenden Aussatz. Wie hast du das bloß angestellt?«, wollte Tobias wissen.

»Indem sie mich und sich mit ihren verdammten Brennnesseln gepeitscht hat!«, erklärte Sadik mit verzerrtem Gesicht. »Möge Allah mir die Kraft geben, dass ich mir nicht das Gesicht blutig kratze! Es juckt wie die Hölle! Hoffentlich hilft die Salbe, die ich in meinem Medizinkasten habe.« Er hatte es sehr eilig, nach hinten zu gelangen und sein Sandelholzkästchen hervorzukramen, das allerlei arabische Heilmittel enthielt.

»Besser ein blutig gekratztes Gesicht als ein Blutbad mit ungewissem Ausgang«, erwiderte Jana mit einem reichlich schiefen Grinsen. Auch ihr mussten Gesicht und Hände fast unerträglich jucken.

Tobias sah sie mitleidig an. »Brennnesseln, mein Gott!«, murmelte er.

»Wenn ich allein unterwegs bin, pflücke ich morgens immer ein Bund Brennnesseln, das dann in einem alten Beutel griffbereit rechts vom Teppich hängt«, sagte Jana und spuckte aus. »Das ist mir so in Fleisch und Blut übergegangen, dass ich es fast schon unbewusst tue. Meine Haut reagiert auf die Pflanzen nämlich unheimlich stark. Ich krieg davon augenblicklich Ausschlag.«

»Aber das tut doch weh«, murmelte Tobias betroffen.

»Sicher, aber nicht halb so weh, als wenn man geschlagen,

ausgeraubt und vielleicht auch noch vergewaltigt wird«, erwiderte sie.

Tobias schauderte. »Danke, dass du es getan hast.«

Jana machte eine etwas verlegene, abwehrende Handbewegung. »Ach was! Hätte ich diesen Trick nicht gekannt, hättet ihr euch ja auch mit diesem Gesindel in einen Kampf eingelassen, ohne dass ich dabei viel hätte ausrichten können. Es war schon besser so. Außerdem erlebe ich das ja nicht zum ersten Mal. Ich habe dir doch gesagt, dass das Leben auf der Landstraße seine guten und seine unangenehmen Seiten hat. Wichtig ist nur, dass man solch üble Situationen mit heiler Haut übersteht. Das haben wir geschafft.«

Er nickte, noch immer betroffen, was sie sich selbst angetan hatte, um die Gefahr zu bannen. Was musste es für Überwindung kosten, sein Gesicht in einen Bund Brennnesseln zu stecken? Er schämte sich, als er sich bei dem Gedanken ertappte, dass er es vielleicht vorgezogen hätte, sich auf seine Fechtkünste zu verlassen.

Schnell fragte er: »Aber was ist mit deinem Mund und dem Schaum?«

Jana lachte. »Ach, das ist nichts weiter als eine Mischung aus Tinte und Seife. Schmeckt zwar abscheulich, ist aber unheimlich wirkungsvoll, wie du gesehen hast – sofern einem derjenige, den man erschrecken will, nicht zu nahe ist. Aber wenn man so aussieht, ist die Gefahr, dass einem jemand ganz nah auf die Haut rückt, zum Glück ja nicht sehr groß.«

»Brennnesseln, Tinte und Seife!« Tobias schüttelte in fassungslosem Staunen den Kopf. »Damit hast du eine siebenköpfige Bande Wegelagerer in die Flucht geschlagen! Das nenne ich wahren Mut – und Überwindung!«

»Die beste Waffe des Menschen ist immer noch die Schärfe seines Verstandes, nicht die Schärfe einer Klinge«, bemerkte Sadik und schob eine Schüssel mit kaltem Wasser zwischen sie. »Kühl dir Hände und Gesicht, Jana. Danach versuchen wir es mit der Salbe. Möge Allah deinen Mut und deine Geistesgegenwart mit einer raschen Heilkraft meiner Salbe belohnen.«

»Ja, dagegen hätte ich nichts«, gab sie zu und tauchte die Hände mit einem tiefen Seufzer in das Wasser. »Aber wir sind auch so schon belohnt worden, indem unsere Täuschung seinen Zweck erfüllt hat.«

»*Aiwa*, Allah sei Dank!«, pflichtete Sadik ihr bei und begann dann die Salbe auf Gesicht und Hände aufzutragen. Er tat es mit einer Behutsamkeit, die fast schon an Zärtlichkeit grenzte.

Tobias wünschte, er hätte etwas tun können, um ihre Schmerzen zu lindern. So jedoch blieb ihm nichts anderes, als insgeheim mit ihr zu leiden. Es war eine neue Erfahrung, am eigenen Leib zu spüren, wie es war, sich als *Bettler* der Landstraße zu fühlen.

Warten auf Jakob

Speyer erreichten sie einen Tag vor Ablauf der vereinbarten Frist. Das Haus des Musikus Claus Detmer zu finden war mit einigen Schwierigkeiten verbunden. Schließlich aber bog der auffällige Wohnwagen in den Tannenweg ein, passierte die Schlosserwerkstatt des Peter Hille und hielt vor dem Haus des Künstlerehepaares, das am Ende der Häuserzeile mit dunklem Fachwerkgebälk in den leicht diesigen Junihimmel aufragte, idyllisch an einem munter plätschernden Bach gelegen und umschlossen von einem verwilderten Garten.

Dramatisches Klavierspiel, das in Tobias unwillkürlich das Bild einer wilden Brandung erweckte, drang aus einem der offen stehenden Fenster – und übertönte sogar das Hämmern und Poltern aus der nahen Schlosserei.

Sadik schaute mit zweifelndem Blick zum Fenster hoch und sagte halb spöttisch, halb besorgt: »Könnte man einen Menschen nach seinem Klavierspiel beurteilen, so würde ich den da für einen gewalttätigen Mann halten und ihm nur mit gezogener Klinge gegenübertreten!«

Jana lachte. »Mhm, klingt wirklich so, als sollte da oben jemand mit Klaviermusik erschlagen werden«, stimmte sie ihm zu.

»Dafür eignet sich auch keiner besser als Beethoven«, sagte Tobias lachend, der den Komponisten und sogar das Stück zu erkennen glaubte. Wenn er sich nicht täuschte, hieß es ›Die Wut über den verlorenen Groschen‹.

»Das ist von Beethoven?« Jana sah ihn überrascht an, dass er in der Lage war, den Komponisten zu benennen.

Tobias nickte. »Karl Maria Schwitzing, mein Hauslehrer, war ein großer Verehrer von Beethoven.« Er verzog das Gesicht. »Nur stand seine Bewunderung leider in keinem guten Verhältnis zu seinen beschränkten Talenten am Klavier. Ihn hättet ihr mal hören sollen. Er tat dem Klavier und seinen Zuhörern tatsächlich Gewalt an!«

»Ich hoffe, unser Musikus versteht sich auch auf die mehr beruhigenden Werke eines Mozart«, meinte Sadik trocken und tat einen tiefen Seufzer, als das Klavierspiel jäh abbrach. »Sonst wird mir der Tag zum Albtraum.«

»Vielleicht ist Jakob Weinroth ja schon da. Dann brauchen wir uns hier erst gar nicht lange aufzuhalten«, erwiderte Tobias leise.

Tobias war den ganzen Tag in Sorge gewesen, ob sein Onkel die Dauerhaftigkeit seiner Freundschaft zu diesem Musikus und seiner lyrisch veranlagten Frau nicht vielleicht doch überschätzt hatte. Denn immerhin hatten sie sich seit Jahren nicht mehr gesehen, und fast Wildfremden Obdach und Schutz zu gewähren, war etwas, was noch nicht einmal unter Künstlern zum selbstverständlichen Alltag zählen dürfte.

Mit diesen Bedenken schwang er sich vom Kutschbock, als die Haustür schwungvoll aufgerissen wurde und ein schlanker, hoch gewachsener Mann in den Vierzigern vor das Haus trat. Er war in schwarze Tuchhosen und Rock gekleidet, deren Stoff an vielen Stellen schon den starken Glanz peinlichst gepflegter, aber abgetragener Kleidung aufwies. Auch der weiße Hemdkragen war zwar makellos sauber, doch sichtlich abgescheuert. Eine scharfgeschnittene Nase und lebhafte Augen beherrschten sein schmales Gesicht, das in eine hohe Stirn überging. Die schwarzen, streng nach hinten gekämmten Haare trug er im Nacken zu einem kurzen Zopf gebunden.

»Also doch etwas Mozart«, murmelte Sadik, als sein Blick auf den Zopf fiel. »Das lässt hoffen.«

»Ah, die geheimnisvolle Welt der Magie gibt uns die Ehre! Wirklich ein hübscher Wagen, junger Freund!«, rief Claus Detmer und schaute Tobias an. »Was kann ich für euch tun? Detmer ist mein Name, Claus Detmer, meines Zeichens ...«

»Scholar und Musikus«, beendete Tobias den Satz für ihn.

In frohgemuter Überraschung hob Claus Detmer die Augenbrauen. »Ist das eine erste Kostprobe eures magischen Könnens, junger Freund, oder kennen wir uns?«

»Nein, wir sind uns noch nicht begegnet, Herr Detmer. Doch mein Onkel versicherte mir, dass Sie und er gute Freunde wären und ich es wagen könnte, Sie zu belästigen«, antwortete Tobias.

»Dein Onkel? Wie ist sein Name?«

»Heinrich Heller – aus Mainz.«

»Und du bist sein Neffe Tobias, der Sohn des Entdeckungsreisenden Siegbert Heller?«

Tobias nickte.

»Sagte dein Onkel tatsächlich, wir wären Freunde?«

»Na ja ...«, setzte Tobias verlegen zu einer Antwort an, denn er glaubte aus der Frage herauszuhören, dass sein Onkel wohl doch etwas übertrieben hatte.

Claus Detmer ließ ihn nicht ausreden. Lachend rief er: »Junger Freund! Blutsbrüder könnten sich nicht näher stehen als dein Onkel und ich!« Und bevor Tobias sich versah, hatte ihn der Musikus an seine Brust gedrückt, als wäre er der verloren geglaubte Sohn, den der Weg endlich wieder nach Hause geführt hatte.

Sadik und Jana sahen sich verdutzt an.

»Mir scheint, wir sind willkommen«, bemerkte Sadik und es klang so, als wüsste er nicht recht, ob er sich darüber freuen sollte oder nicht.

Jana lachte, als sie seinen nachdenklichen Blick auf das offen stehende Fenster gerichtet sah, aus dem vorhin das Klavierspiel gedrungen war. Sie ahnte, was ihn beunruhigte, und es belustigte sie. »So schlimm wird es schon nicht werden«, beruhigte sie ihn.

Sadik seufzte. »*Aiwa*, das Trommeln klingt gut, wenn man es von ferne hört«, murmelte er.

Während Tobias in seiner Hoffnung, Jakob Weinroth schon anzutreffen, enttäuscht wurde, erwiesen sich seine geheimen Befürchtungen hinsichtlich der Gastfreundschaft als absolut unbegründet. Onkel Heinrich hatte nicht zu viel versprochen. Claus und Benita Detmer hießen sie in ihrem Haus mit einer Herzlichkeit willkommen, die kaum weniger überwältigend war wie das Klavierspiel, das ihnen im wahrsten Sinne des Wortes entgegengeschlagen war.

Benita, die sich ganz der Lyrik verschrieben hatte, schwirrte wie ein aufgeregter Schmetterling um sie herum, besser gesagt wie ein schwarzer Nachtfalter, denn Schwarz war auch ihre bevorzugte Farbe – und im Haus der Detmers wurde die Nacht zum Tage gemacht. Schwarzer Taft raschelte um ihre zarte Gestalt, und ihr Haar, das sie in einer ungewöhnlichen und gewagten Pagenfrisur trug, schimmerte gleichfalls schwarz wie die Tinte, in die sie ihren schwarzen Federkiel eintauchte, wenn sie ihre Gedichte zu Papier brachte – an einem schwarz gebeizten Schreibpult.

»Schwarz ist die wahre Farbe der Muse! Denn beginnt der Höhenflug unserer strahlendsten Gedanken nicht in den schwarzen, unergründlichen Tiefen unseres Geistes? In der ewigen Nacht unserer unerforschten Seele?«, schwärmte sie mit theatralischem Ton und ihr Gesicht mit den ausgeprägten Wangenknochen und dunklen Augen verklärte sich.

Sadik verdrehte dazu die Augen. »Weide vom Grün deiner Heimat und wenn es Disteln wären«, murmelte er und wünschte sich in diesem Moment nichts sehnlicher, als irgendwo am Rand der Wüste im Schatten eines Palmenhains zu sitzen, eine Wasserpfeife zu rauchen und das bunte Treiben in der Oase zu verfolgen – in einer Oase ohne Klavier und schwarz gekleidete Lyrikerinnen, die von der ewigen Nacht unerforschter Seelen schwärmten. Ja, er war schon viel zu lange fern der Heimat. Und das ließ ihn immer häufiger unleidlich und ungerecht werden, wie er insgeheim zugeben musste.

Die Dichterin wandte sich zu ihm um. »Bitte, was sagten Sie?«

»Oh, wie beeindruckt ich von Ihrem Haus und Ihrer Gastfreundschaft bin«, bemühte er sich um ein Kompliment, das seine Wirkung auch nicht verfehlte – und zudem gerechtfertigt war.

Von der Gastfreundschaft der Detmers konnte man nämlich wirklich nur tief beeindruckt sein. Das verwinkelte Haus bot am Tage ihrer Ankunft schon fünf anderen Gästen Unterkunft und freie Verköstigung. Und jeder von ihnen nannte sich ein Künstler. Wie weit ihre Fähigkeiten, Theaterstücke zu schreiben, Bilder zu malen oder Musik zu komponieren, gediehen waren, vermochten Tobias, Jana und Sadik nicht zu beurteilen. Was jedoch ihr skurriles Benehmen anging und ihr egozentrisches Auftreten, da war ihre Begabung ins Auge fallend und wahrhaft meisterlich zu nennen.

Gerold Leu, ein vollbärtiger Buchverleger aus der Schweiz von fast schon zwergenhaftem Wuchs, der Benitas Balladenepos *Undine* zu verlegen gedachte, gehörte dabei schon zu den eher seriösen Gästen. Immerhin hatte er schon ein paar Bändchen Lyrik verlegt, wenn auch mit mäßigem Erfolg. Dass er bei Ausflügen mit der Kutsche alle paar Minuten anhalten ließ, weil er das ›Eingeschlossensein‹ nicht länger ertragen konnte und um seine Gesundheit fürchtete, und dass er dann eine Weile neben der Kutsche gestenreich und prustend herlief, hielt Tobias für den Tick eines Mannes, der stets im Mittelpunkt stehen musste. Doch diese Effekthascherei war harmlos – im Vergleich etwa zu dem Dramatiker, der behauptete, dass ihm jemand aus dem Reich der Toten die Feder führe (er sah so ausgemergelt aus, dass man eher der Behauptung, er selbst wäre aus dem Reich der Toten zu Besuch erschienen, mehr Glauben hätte schenken können!), dem Maler mit dem irren Blick, der Blut in seine Farben mischte, und dem jungen Komponisten, der immer erst eine Flasche Absinth leeren musste, bevor er seine zitternden Hände unter Kontrolle hatte und dann buchstäblich über das Klavier herfiel, um sogar die musikalische Gewalttätigkeit des Gastgebers noch in den Schatten zu stellen. Nicht weniger anstrengend war es, dem Poeten Derrösch beim Rezitieren zuzuhören. Denn nicht allein, dass seine Verse von unsäglicher Bedeutungslosigkeit waren, nein, er stotterte auch noch entsetzlich, als raubten ihm die eigenen hohlen Worte den Atem, was seinen Darbietungen beinahe den Charakter einer Selbstgeißelung gab – für alle Beteiligten. In diesem Tollhaus nahmen sich die Detmers, obwohl selbst nicht gerade der Normalität zuzuordnen, wie ein Fels in der Brandung aus.

»Nicht eine Nacht verbringe ich in diesem Haus der Wirrköpfe!«, verkündete Sadik, kaum dass sie ein paar Stunden diese ungewöhnliche Gastfreundschaft genossen hatten.

»Sag bloß, du fühlst dich hier nicht wohl?«, erklärte Tobias und tat ahnungslos, doch in seinen Augen blitzte ein spöttischer Ausdruck, »Weißt du, irgendwie erinnert mich das hier fast an den Jahrmarkt.«

»In der Tat!«, knurrte Sadik. »Dieser Melchior Meller könnte sich hier ein völlig neues Kabinett zusammenstellen! Gegen diesen Maler und den Schreiberling aus dem Totenreich ist Ursus doch ein blasses Licht – und die siamesischen Zwillinge geradezu die liebreizende Krönung einer jeden Gesellschaft!«

»Das klingt ja fast so, als hättest du tatsächlich etwas gegen das Künstlervolk einzuwenden«, stichelte Jana nun.

Sadik warf ihr einen finsteren Blick zu. »Gar nichts habe ich einzuwenden. Ich werde nur inständig zu Allah beten, dass er mir diese schwere Prüfung nicht allzu lange auferlegt und uns Jakob bald schickt – möglichst noch heute!«

Sadik beharrte darauf, außerhalb des Hauses zu nächtigen. Er war jedoch so höflich, seine beduinischen Gewohnheiten sowie religiöse Gründe vorzuschieben, warum er das ihm angebotene Zimmer ausschlug.

Seine starre Haltung ermöglichte es Jana und Tobias, es ihm gleichzutun und die Nächte wie gewohnt im Wohnwagen zu verbringen, den sie so weit wie möglich hinter dem Haus im verwilderten Garten zwischen zwei laubreichen Eiben abstellten.

»Gern würde ich Ihr Angebot, im Haus zu schlafen, annehmen, aber aus Freundschaft möchten wir ihm da draußen doch besser Gesellschaft leisten«, sagte Tobias scheinbar bekümmert zum Musikus, der für diese Eigenart seiner neuesten Gäste genauso viel Verständnis aufbrachte wie für die Eskapaden seiner Künstlerkollegen, die er unter seinem Dach beherbergte.

Den Detmers erzählten sie nur so viel von den Ereignissen der vergangenen Wochen und Monate, wie sie unbedingt wissen mussten, um zu verstehen, warum sie auf Jakob warteten und es vorzogen, so wenig Aufsehen wie möglich zu erregen. Sie berichteten ihnen von der Enttarnung des Geheimbundes und Onkel Heinrichs Einkerkerung, was die Detmers mit tiefer Betroffenheit und ohnmächtigem Zorn aufnahmen. Zeppenfeld erwähnten sie jedoch nur beiläufig und schilderten ihn als Mann, der mehr oder weniger in Pizallas Auftrag handelte, auch wenn er noch ein privates Interesse daran hatte, ihrer habhaft zu werden. Was aber den Falkenstock und das Rätsel um das verschollene Tal betraf, so sagten sie darüber nicht ein Wort.

Die Verfolgung durch Zeppenfeld bot ihnen eine dankbare Entschuldigung, warum sie es vorzögen, den größten Teil des Tages unter sich und fern des Hauses zu bleiben. Doch nicht immer konnten sie sich der Aufforderung ihrer Gastgeber verschließen, an dieser oder jener Zusammenkunft teilzunehmen. Die musikalischen Darbietungen des Musikus ließen sich dabei noch am besten verkraften, auch wenn er zu Sadiks Enttäuschung Mozarts Kompositionen bestenfalls als Kaffeehausmusik gelten ließ.

Doch nach einem Lyrikabend hörte Tobias seinen Freund hinter dem Wohnwagen zu Allah beten: »O Herr, warum sendest du ihnen nicht ein Zeichen vom Himmel herab, unter welches sie ihren Nacken demütig beugen und ihre Lippen auf ewig verschließen müssten?«

Tobias lachte darüber. Doch das Lachen verging ihm und wurde zu wachsendem Groll, als die Tage verstrichen, ohne dass Jakob zu ihnen stieß, und der stotternde Dichter Jana schmachtende Blicke zuwarf.

Als Jana ihm dann amüsiert ein Gedicht zeigte, das der lausige Verseschmied ihr gewidmet hatte, platzte ihm beinahe der Kragen. »Für wen hält sich dieser Schmierer überhaupt?«, verschaffte er seinem Unmut bei Sadik Luft, als er mit ihm allein war. »Nicht genug damit, dass er sie mit seinen schwülstigen Stolperreimen belästigt, nein, er scharwenzelt auch ständig um sie herum und wirft ihr anzügliche Blicke zu! Langsam reicht es mir!«

»Höre ich Eifersucht aus deinen Worten heraus, mein Junge?«, fragte Sadik spöttisch.

Tobias ärgerte sich, dass er gegen seinen Willen errötete. Er konnte sich tatsächlich von einer gewissen Eifersucht nicht freisprechen, auch wenn er es nie und nimmer zugegeben hätte. »Eifersucht? Dummes Zeug! Mir geht das Getue dieses Lackaffen auf die Nerven!«

»So erging es mir schon am Tag unserer Ankunft und es ist seitdem nicht besser geworden«, erwiderte Sadik.

»Das ist nun schon der fünfte Tag, den wir hier vertrödeln, ohne dass eine Nachricht von Jakob eingetroffen ist«, stellte Tobias verdrossen fest. »Ich bin dafür, dass wir unsere Zelte abbrechen und unten im Süden, an der französischen Grenze, auf ihn warten. Was meinst du?«

»Ich glaube auch nicht mehr daran, dass er noch kommen wird«, pflichtete Sadik ihm bei. »Wenn er es hätte schaffen können, wäre er längst eingetroffen. Sollte er *Falkenhof* erst jetzt verlassen haben, wird er sich den Abstecher nach Speyer sparen, weil der vereinbarte Zeitpunkt schon um mehrere Tage verstrichen ist. Und wenn wir noch rechtzeitig den Gasthof von Vierfinger-Jacques erreichen wollen, wird es Zeit, dass wir wieder auf die Landstraße ziehen.«

Sie besprachen sich wenig später noch einmal mit Jana, die ihre Einschätzung voll und ganz teilte und es ebenfalls nicht erwarten konnte, Speyer den Rücken zu kehren und nach Süden weiterzuziehen.

Schon am nächsten Morgen, beim ersten Licht des Tages, verabschiedeten sie sich vom Musikus und seiner Frau, die sie nur sehr ungern ziehen ließen. Sie bestanden darauf, sie mit reichlich Proviant zu versorgen, als planten sie eine Expedition in die Wildnis.

Als Speyer mit seinen Türmen und Mauern hinter ihnen zurückfiel und zu einer reizvollen Kulisse in der Ferne zusammenschrumpfte, die Sonne warm vom Himmel lachte und Napoleon auf der Landstraße in seinen gemächlichen, aber beständigen Trott fiel, atmeten sie befreit auf. Und Sadik sprach Jana und Tobias aus der Seele, als er mit einem tiefen Seufzer der Erleichterung feststellte: »Sich mit der Axt zu rasieren und in einem Dornenbusch zu schlafen ist manchmal leichter zu ertragen als die Gefälligkeiten der Leute, derer man sich nicht erwehren kann!«

Die Axt und der Kahn

Der Himmel hing erdrückend tief über dem Schwarzwald. Blitze zuckten mit gleißender Helle aus den dunklen, regenschweren Gewitterwolken, der Donner krachte und rollte über das Land.

Mensch und Tier verkrochen sich in den Schutz ihrer Behausungen und warteten auf den Regen, der folgen musste. Denn die Luft war von einer unerträglich schweren Feuchte, als wäre der ganze Landstrich eine einzige Waschküche ohne Abzug. Als der Regen endlich sintflutartig vom Himmel herabstürzte und den Schweiß und Staub der vergangenen heißen Tage vergessen ließ, ging ein Aufatmen durch die Natur, und in den Häusern wurde das wilde Trommeln auf die Dächer mit derselben Erleichterung begrüßt, auch wenn so mancher Bauer in Sorge um seine Kornfelder auf die dichte Regenwand starrte, hinter der die Welt zu ertrinken schien.

Wer von dem Gewitter an diesem Nachmittag jedoch im Freien überrascht wurde, teilte die große Erleichterung über die reinigende Kraft des Regens mit der nicht minder großen Sorge, wo er vor diesen herabstürzenden Fluten Schutz finden sollte. Sadik und Tobias gehörten zu diesen Bedauernswerten.

Einen guten Kilometer von der kleinen Ortschaft Furtwipper entfernt, warteten sie am Waldrand auf Janas Rückkehr. Sie kauerten unter einer Eiche mit mächtiger Krone. Doch bei diesem heftigen Gewitterregen bot noch nicht einmal eine derart stattliche und dicht belaubte Eiche ausreichend Schutz. Innerhalb von Minuten drang die Nässe durch ihre Umhänge.

»Von wegen das Gewitter zieht vorbei! Es hat uns voll erwischt! Ich frag mich, warum wir Tölpel nicht im Wagen geblieben sind?«, ärgerte sich Tobias.

»Weil es noch immer besser ist, ein Bad im Freien zu nehmen, als durch einen noch so dummen Zufall im Dorf bemerkt zu werden«, erwiderte Sadik gelassen und leckte sich die Wassertropfen von den Lippen.

»Seit fünf Wochen haben wir nicht ein einziges Mal von Zeppenfeld gehört, geschweige denn einen Zipfel von ihm gesehen. Also wie soll er uns ausgerechnet hier in Furtwipper über den Weg laufen?«

»Die Hyäne heult nicht auf der Jagd, mein Junge! Erst nachdem sie ihr Opfer gerissen hat!«

»Wenn du Zeppenfeld meinst, den haben wir abgeschüttelt«, gab Tobias überzeugt zur Antwort und fuhr sich über das triefende Gesicht. »Wir haben einen großen Bogen geschlagen, um von Speyer hier in die Nähe der französischen Grenze zu gelangen. Wir sind trotz der Hitze immer im Wagen geblieben und haben sogar die meisten Ortschaften gemieden, als hätten wir die Krätze. Kannst du mir verraten, wie er uns da auf die Spur gekommen sein soll? Nein, wir hätten uns deine Vorsichtsmaßnahme sparen und geradewegs zum Gasthof *Zur Goldenen Gans* fahren sollen, statt Jana ins Dorf zu schicken, damit sie sich dort ein wenig umhört. Vielleicht hockt Jakob schon seit Tagen bei diesem Vierfinger-Jacques in der Schankstube und wartet voller Ungeduld auf uns.«

Sadik schüttelte skeptisch den Kopf. »Ich wünschte, ich könnte deine Zuversicht teilen. Doch ich kann es nicht. Uns unterwegs aufzuspüren, haben wir Zeppenfeld vermutlich so gut wie unmöglich gemacht ...«

»Das sage ich doch die ganze Zeit!«

»Aber das sollte uns nicht dazu verleiten, Zeppenfeld zu unterschätzen«, fuhr Sadik tadelnd fort. »Er weiß mehr über den Falkenstock als wir. Und da dem so ist, müssen wir auch damit rechnen, dass er von den beiden anderen Geschenken weiß, die Wattendorf an Sihdi Roland und Sihdi Burlington geschickt hat. Er wird sich längst ausgerechnet haben, dass wir auf dem Weg nach Paris sind.«

»Schon«, sagte Tobias zögernd und suchte unter der Eiche vergeblich nach einer Stelle, wo er vor den Regenfluten besser geschützt war. »Aber dann wird er doch so schlau sein, uns dort eine Falle zu stellen, als sich hier irgendwo entlang der Grenze herumzutreiben und darauf zu hoffen, zufällig auf uns zu stoßen.«

»Da bin ich anderer Meinung. Seine Möglichkeiten sind in Paris begrenzt, ganz abgesehen davon, dass seine Handlanger vielleicht nicht bereit sind, ihm dorthin zu folgen. Er weiß zudem, dass wir in Paris bei Sihdi Roland relativ sicher sind und eine Strafverfolgung nicht zu fürchten brauchen. Dagegen gelten wir hier auf deutschem Boden noch immer als Volksaufhetzer und Umstürzler, zumindest kann sich Zeppenfeld dieser Verleumdung bedienen, um sich der Unterstützung der Gendarmen zu versichern.«

Tobias musste zugeben, dass Sadiks Einwände nicht von der Hand zu weisen waren. »Das mag ja sein. Aber nicht mal Zeppenfeld ist in der Lage, halbwegs genau vorherzusehen, an welcher Stelle wir die Grenze zu überqueren gedenken. Wie soll er wissen, dass wir hier bei Straßburg über den Rhein wollen?«

Sadik sah ihn mit bedrückter Miene an und zögerte sichtlich, bevor er sagte: »Zeppenfeld hat nach unserer Flucht von *Falkenhof* die Spur unseres Ballons aufgenommen und uns in Siebenborn aufgestöbert. Anschließend hat er uns wieder verloren. Das war vor gut fünf Wochen. Weißt du, was in diesen Wochen in Mainz passiert ist – und wie gut Zeppenfelds Verbindung zu Pizalla in dieser Zeit war?«

Tobias brauchte einen Moment, um zu begreifen, welch entsetzlicher Verdacht in Sadiks Frage mitschwang. Er erbleichte. »Mein Gott, du glaubst doch nicht etwa, dass sie Onkel Heinrich ...« – er brachte es kaum über sich, dieses schreckliche Wort auszusprechen – »... gefoltert haben?«

»*La*, ich glaube es nicht, mein Junge. Aber was ich glaube, ist in dieser Situation ohne Bedeutung«, erwiderte Sadik düster. »Was sich hinter Kerkermauern abspielt, ist oftmals die Hölle auf Erden – auch ohne Folter.«

»Nein! Nein, das werden sie niemals wagen!«, stieß Tobias entsetzt hervor. »Nicht mit Onkel Heinrich!«

Sadik legte ihm beruhigend eine Hand auf die Schulter. »Es ist nicht Folter, was ich fürchte. Es ist vielmehr die Möglichkeit, dass Zeppenfeld mit Pizalla eine Vereinbarung getroffen hat, *Falkenhof* und seine Bewohner einer intensiven Beobachtung zu unterziehen.«

Dass auch Sadik Folter ausschloss, befreite Tobias von dem kalten Entsetzen, das ihn befallen hatte. »Du meinst, jemand könnte Jakob gefolgt sein?«

»*Aiwa*, genau das.«

»Aber Jakob ist nicht auf den Kopf gefallen. Er wird damit rechnen und entsprechende Maßnahmen ergreifen.«

»Gewiss, aber mit welchem Erfolg? Jakob Weinroth ist ein tüchtiger Stallknecht, aufrecht und verlässlich. Doch mit Männern wie Zeppenfeld, Stenz, Tillmann und diesem Valdek, von dem du uns erzählt hast, wird er es kaum aufnehmen können. Deshalb sollten wir gerade jetzt größte Vorsicht walten lassen. Sind wir erst auf französischem Boden, können wir uns freier bewegen. Jetzt aber noch nicht.«

Tobias sah ein, wie Recht Sadik damit hatte, und versank in dumpfes Schweigen, während der Regen mit unverminderter Kraft niederging. All die Wochen hatte er sich um seinen Onkel gesorgt und es nicht erwarten können, endlich Nachricht von ihm zu erhalten. Doch regelrecht Angst hatte er nie um ihn gehabt – bis jetzt.

Die Wut des sommerlichen Gewitters verlor allmählich an Kraft. Die letzten Wolken zogen vorbei. Dann brach der Himmel auf und die Nachmittagssonne glitzerte auf dem nassen Laubkleid von Bäumen und Sträuchern, fing sich überall in Regentümpeln und vergoldete auf Feld und Acker schmutzige Rinnsale, die sich in tiefer gelegene Gräben und Mulden ergossen.

»Hoffentlich kehrt Jana bald zurück, damit wir aus den nassen Sachen kommen«, seufzte Tobias.

»Allah scheint dir sein Ohr geliehen zu haben, denn da ist sie schon!«, rief Sadik nicht weniger erleichtert, als er den bunten Wohnwagen zwischen den Bäumen auftauchen sah. Die Räder gruben sich tief in den aufgeweichten Boden der Landstraße.

Sie traten unter der Eiche hervor, als Jana den Wagen in den schmalen Waldweg lenkte und ihn dann auf ihrer Höhe zum Halten brachte. »Na, so kann man seine Kleider natürlich auch waschen«, scherzte sie bei ihrem Anblick. »Wie durch den Waschtrog gezogen seht ihr aus.«

»Was du nicht sagst! Es ist ein Wunder, dass wir bei der Sintflut nicht im Stehen ertrunken sind! Aber davon hast du ja nicht viel mitbekommen, wie ich sehe«, brummte Tobias, doch ihr Lächeln war viel zu ansteckend, als dass er ihm länger als einen Augenblick hätte widerstehen können.

»Zieht eure nassen Umhänge, Jacken und Hosen aus und schmeißt sie hier über den Sitz, bevor ihr euch drinnen umzieht«, forderte Jana sie auf.

Sadik sah sie verdutzt an.

»Was ist?«, fragte Jana keck. »Ihr müsst den Wohnwagen ja nicht unbedingt unter Wasser setzen, oder?«

»Aber dann schau bitte auf die andere Seite, Jana!«, verlangte Sadik knurrig.

»Ja, o Herr und Gebieter!«, spottete sie und wandte ihnen den Rücken zu, pfiff dabei aber spöttisch vor sich hin.

»Die Flauen sind wie die Heuschrecken«, murmelte Sadik. »Nichts ist für ihre Zähne zu bitter.«

Tobias warf Umhang und Jacke ab und fuhr schnell aus der Hose. »Hast du nicht mal gesagt, der Scherz in der Rede sei wie das Salz in der Speise?«

Sadik warf ihm nur einen missmutigen Blick zu, zog sich bis auf seine Leibwäsche aus und folgte Tobias hastig durch die Hintertür in den Wohnwagen.

»Wo bist du gewesen, Jana?«, rief Tobias ihr zu, während er sich der letzten nassen Sachen entledigte und sich rasch abtrocknete. »Und hast du was über den Gasthof und seinen Patron, diesen Gerd Flosbach alias Vierfinger-Jacques, in Erfahrung bringen können? Erzähl schon mal!«

»Ich habe es gerade noch so bis zum Dorfplatz und in das dortige Wirtshaus *Zur Alten Mühle* geschafft. Dann brach auch schon das Unwetter los«, drang Janas Stimme, vom Teppich vor dem Durchgang gedämpft, zu ihnen in den Wagen.

»Es war gar nicht so leicht, die Leute auszuhorchen. Denn kaum hatte ich den Schankraum betreten, da erlitt die Tochter des Wirtes einen Unfall, und es herrschte helle Aufregung, sodass mir natürlich niemand Aufmerksamkeit schenkte.«

»Einen Unfall?« Tobias hängte das nasse Handtuch an einen Holzhaken und klappte die Sitzbank hoch, um trockene Sachen unter den Betttüchern hervorzukramen.

»Ja, sie ging die Treppe hinunter und rutschte auf einer nassen Jacke aus, die jemand auf den unteren Stufen abgelegt hatte«, berichtete Jana. »Sophie, so heißt die Tochter des Wirtes, stürzte so unglücklich, dass sie sich den rechten Arm brach.«

»Sie muss mit Blindheit geschlagen sein, wenn sie wegen einer Jacke auf den Stufen stürzt!«, meinte Sadik, noch immer verdrossener Stimmung.

»Du ahnst gar nicht, wie Recht du damit hast, Sadik«, fuhr Jana fort. »Diese Sophie ist tatsächlich so gut wie blind, nämlich schon seit Kindesbeinen an. Deshalb ist der Unfall ja auch passiert.«

»Oh! Dann will ich es nicht so gemeint haben«, bereute Sadik seine wenig freundlichen Worte. »Wie schwer hat sie sich denn beim Sturz verletzt? Du sagst, sie hat sich den Arm gebrochen? Hat sie sich dabei eine offene Wunde zugezogen?«

»Nein, ich glaube nicht«, antwortete Jana. »Aber ich dachte, du könntest vielleicht mal nach ihr sehen. Du verstehst doch so viel von der Heilkunst. Und bestimmt hat sie Schmerzen, die du mit deinen Narkoseschwämmen lindern kannst, so wie du das damals bei mir getan hast, als ich im Fieber lag und du mein Leben gerettet hast.«

Sadik zögerte. »Aber du sagst, sie schwebt nicht in Lebensgefahr, richtig?«

»Ja, aber ...«

Er fiel ihr ins Wort. »Gut, dann hat das keine Eile. Ich werde nach ihr sehen, ich verspreche es dir. Aber zuerst müssen wir uns vergewissern, dass sich Zeppenfeld und seine Bande nicht in der Gegend herumtreiben. Hast du was darüber erfahren, ob in letzter Zeit Fremde aufgetaucht sind und Fragen gestellt haben?«

»Ja. Ich habe vorgegeben, mich mit Freunden im Gasthof *Zur Goldenen Gans* verabredet zu haben und nun wissen zu wollen, ob sie wohl schon eingetroffen sind.«

Tobias schloss den Gürtel seiner Hose, stopfte das Hemd hinein und schlug den Vorhang zurück, um sich mit einem Satz neben Jana auf den Kutschbock zu schwingen.

»Und? Was haben sie gesagt?«

Jana lächelte ihn an. »Hübsche Frisur, steht dir wirklich gut, du Wirrkopf!«

Er erwiderte ihr Lächeln, während er sich mit der gespreizten Hand flüchtig durch das struppelige Haar fuhr. »Sadik? Bring bitte den Kamm mit! – So, und nun erzähl weiter!«

»Ein paar Fremde sind hier durchgekommen. Auf Zeppenfeld passte keine der Beschreibungen, was aber nicht viel zu bedeuten hat, denn so genau konnte ich ja auch nicht nachfragen«, sagte sie. »Doch ein Bauer gab mir die Beschreibung eines Fremden, der mit Sicherheit kein feiner Herr war, wie er sagte, der auf ihn aber auch nicht wie ein Herumtreiber wirkte. Er kam vor drei Tagen nach Furtwipper und fragte nach dem Gasthof *Zur Goldenen Gans*.«

»Jakob?«, stieß Tobias hoffnungsvoll hervor.

Jana wiegte den Kopf zweifelnd hin und her. »Ich will es nicht beschwören, aber die Beschreibung würde passen.«

»Eine genaue Beschreibung von Jakob Weinroth passt allein in diesem Landstrich auf tausende Männer seines Alters«, bemerkte Sadik trocken und warf Tobias den Kamm zu. »Und was ist mit den anderen Fremden? Wann sind sie hier durchgezogen? Und haben auch sie nach dem Gasthof gefragt?«

»Man wusste von zwei Männern zu Pferd zu berichten«, fuhr Jana fort, »die nicht viel später durch den Ort geritten sind, aber weder angehalten noch Fragen gestellt haben. Irgendetwas Bemerkenswertes konnte mir jedoch keiner über diese Reiter sagen. Und ich wollte auch nicht allzu sehr nachbohren, um kein Misstrauen zu erregen.«

»Die Brücke über den Rhein nach Straßburg ist nicht weit«, sagte Tobias. »Dass hier ab und zu Fremde erscheinen, ist deshalb bestimmt nichts Ungewöhnliches.«

»Aber direkt an der Überlandstraße, die zur Brücke führt, liegt Furtwipper nun auch wieder nicht«, erwiderte Sadik und riet auch weiterhin zur Vorsicht. »Fahren wir zum Gasthof. Wie weit ist es noch bis dahin?«

»Eine knappe Stunde, wie man mir sagte«, erwiderte Jana. »Die Straße führt über eine Anhöhe, den Krähenberg, und noch durch ein Stück Wald. Dann soll man den Gasthof, der an einem großen Teich liegt, schon sehen können.«

»Dann los!«, gab Sadik das Zeichen zum Aufbruch.

Doch als sie den Krähenberg erklommen hatten, bestand er darauf, dass Jana von der Landstraße abfuhr und einem schmalen Pfad folgte, der für einen breiten Wagen wie ihren nicht geschaffen war. Zu beiden Seiten kratzten Äste an den Wänden entlang und schabten Farbe von den Brettern.

»Muss das sein?«, fragte Jana mit unglücklicher Miene.

»*Aiwa!*«, beharrte Sadik. »Wir gehen den Rest des Weges zu Fuß, und zwar nicht auf offener Landstraße, sondern im Schutz des Waldes. So, das reicht. Hier können wir den Wagen getrost zurücklassen.«

Sie hielten sich parallel zur Straße. Regentropfen perlten überall auf dem Laubkleid von Bäumen und Sträuchern. Wenn sie im Unterholz nicht Acht gaben und tief hängende Äste streiften, ging ein kleiner Schauer auf sie nieder.

Nach einer knappen halben Stunde führte die Landstraße in

einem Bogen nach links und aus dem Wald hinaus. »Da! Ein Haus! Das muss es sein!«, rief Jana aufgeregt, als sie sich der Baumgrenze näherten und einige hundert Meter entfernt ein Fachwerkhaus bemerkten, das an einem großen Teich lag.

»*Aiwa*, das dürfte der Gasthof sein«, sagte Sadik und ließ seinen Blick forschend über das Haus und das umliegende Gelände schweifen. Rauch stieg aus dem Schornstein. Auf der eingezäunten Wiese, die sich hinter dem Haus anschloss und bis an den Teich mit seinen schilfbestandenen Ufern reichte, watschelten mehrere dutzend Gänse umher. Ein Pferd graste auf einer Koppel. Zwei Kühe lagen träge im Gras. Auf der Landstraße zeigte sich noch nicht einmal ein einzelner Wandersmann. Es herrschte eine friedvolle Stille.

Tobias stellte Florett und Spazierstock gegen den Stamm eines Baumes. »Ich schlage vor ...«

Sadik gebot ihm mit einer jähen Handbewegung Schweigen, denn in diesem Moment trat eine korpulente Frau in einem bunten Bauernrock und einer weißen Bluse vor die Tür des Gasthofes. In der Armbeuge trug sie einen großen Krug. Sie ging zum Brunnen, füllte den Krug und kehrte ins Haus zurück.

»Das gefällt mir nicht«, murmelte Sadik kopfschüttelnd.

»Was gefällt dir nicht?«, wollte Tobias wissen.

»Ich kann es so schlecht benennen, mein Junge. Es ist mehr ein Gefühl. Irgendwie passt mir diese ganze Ruhe nicht. Es ist mir da unten zu still – trügerisch still«, sagte er.

»Was hast du denn erwartet? Ein Volksfest?«, fragte Tobias spöttisch. »Also ich kann weit und breit nichts Verdächtiges bemerken. Und du, Jana?«

Sie schüttelte den Kopf. »Sieht wirklich friedlich aus.«

»Und genau das stimmt mich unruhig«, beharrte Sadik mit verkniffenem Gesicht. »Niemand ist im Garten, auf der Gänsewiese oder da drüben beim Stall.«

»Warum denn auch?«

»Wo hast du deine Augen und deinen Verstand gelassen, Tobias? Schau mal zum Teich hinüber!«, forderte Sadik ihn auf.

»Fällt dir nicht auf, dass dieser kleine Kahn mitten auf dem Teich treibt?«

»Doch, das sehe ich schon ...«

»Und da drüben vor dem Schuppen liegt die Axt neben dem Hauklotz«, fuhr Sadik fort. »Inmitten einer Regenpfütze!«

Tobias zuckte mit den Achseln. »Der Kahn war vielleicht nicht angebunden und ist vom Ufer getrieben worden, als das Unwetter losbrach. Und was die Axt betrifft, so ist da jemand beim Holzhacken vom Regen überrascht worden.«

»*Aiwa*, so wird es wohl gewesen sein. Aber jetzt sage mir, was du nach einem solch heftigen Regen tun würdest, wenn dir das Anwesen gehören würde?«

Tobias zog die Stirn kraus. »Die Axt aufheben und den Kahn wieder ans Ufer holen?«

Sadik nickte. »*Mazbut!* Genau!«

»Na ja, es kommt ganz darauf an, wie ordentlich jemand ist«, wandte Jana ein, die sich genauso wenig vorstellen konnte, dass da unten eine Gefahr lauerte.

»Haus, Hof, Stallung, Koppeln – alles wirkt *sehr* ordentlich. Und niemand, der auf Ordnung hält, lässt eine Axt im Regen liegen«, hielt Sadik ihnen vor.

Tobias war des Redens überdrüssig. »Ob dich dein Gefühl nun trügt oder nicht, Gewissheit erhalten wir nur, indem wir hinuntergehen, uns im Gasthof umsehen und mit dem Patron reden.«

»Das scheint mir zu gefährlich zu sein! Oder sehnst du dich vielleicht danach, plötzlich Zeppenfeld gegenüberzustehen und in den Lauf einer Muskete zu blicken?«

»Sadik!«

»Nein, nein, wir sollten das Haus noch ein paar Stunden beobachten, auf die Nacht warten und uns dann anschleichen«, schlug der Araber vor.

Dieser Vorschlag stieß bei Tobias auf Ablehnung. Stundenlang im nassen Unterholz zu kauern reizte ihn wenig – zumal er fest davon überzeugt war, dass dazu überhaupt kein Anlass bestand. »Ich denke, du siehst Gespenster, wo gar keine sind. Deshalb werde ich jetzt da hinuntergehen.«

»Und was ist, wenn Sadik nun doch Recht hat?«, fragte Jana, die nun auch Bedenken hatte. »Wenn Zeppenfeld und seine Männer im Gasthof auf euch warten, bist du geliefert. Wie sollen wir dir dann helfen?«

Sadik nahm die Gelegenheit wahr, um sofort in diese Kerbe zu schlagen. »Den Falkenstock und sein Geheimnis wirst du dann für immer verlieren, denn Zeppenfeld wird ihn mir abpressen. Es mag sein, dass du mit dem Leben davonkommst, mein Junge. Aber Stenz und Tillmann werden dich gewiss nicht ziehen lassen, ohne sich an dir gerächt zu haben.«

»Tobias, bitte! Verfahren wir so, wie Sadik vorschlägt! Ein paar Stunden mehr oder weniger fallen nicht ins Gewicht! Geh nicht hinunter!«, bat Jana ihn und ihr Blick war so eindringlich wie ihre Stimme.

»Ist deine Ungeduld wirklich so unbezähmbar, dass du dafür dieses Risiko eingehen willst? Und vergiss nicht, dass du nicht nur dich in große Gefahr bringst, sondern auch Jana und mich. Also überleg es dir gut«, fügte Sadik mahnend hinzu.

»Schon gut, ich gehe nicht. Warten wir bis zur Dunkelheit«, sagte Tobias und nickte. »Aber wenn du Recht hast und Zeppenfeld uns dort unten wirklich eine Falle zu stellen versucht, dann haben sie unter Umständen schon Jakob in ihrer Gewalt.«

Sadik nickte. »Nicht unter Umständen, sondern mit Sicherheit«, korrigierte er ihn. »Sollte Zeppenfeld mit seiner Bande im Gasthof sein, können sie dorthin nur gelangt sein, indem sie Jakob gefolgt sind. Und dann befindet er sich in ihrer Gewalt – wie auch der Patron und seine Frau.«

»Angenommen, es verhält sich so: Wie können wir sie befreien?«, fragte Tobias. »Der Gasthof steht doch so frei, dass wir ihm uns gar nicht unbemerkt nähern können. Nicht mal im Schutz der Nacht. Die Ersten, die Alarm schlagen werden, sind die Gänse!«

Jana nickte. »Gänse sind wachsamer als scharfe Hunde.«

»*Aiwa*, das ist in der Tat ein großes Problem«, gab Sadik zu, schaute mit gefurchter Stirn zur Gänsewiese am Teich hinüber und sagte dann mit einem Lächeln: »Aber auch dafür gibt es eine Lösung.«

Tobias sah ihn überrascht an. »Sag bloß, du hast schon eine Idee?«

Sadik nickte. »Kommt, wir müssen schnellstens zurück nach Furtwipper! Was wir brauchen, um die Gänse friedlich zu stimmen, erhalten wir nur dort. Doch wir müssen uns beeilen, um wieder rechtzeitig zurück zu sein.« Auf dem Weg zurück zum Wagen erzählte er ihnen, was ihm eingefallen war.

Sadiks Schlummerhappen

Wie ein dunkles Tuch lag die Nacht über Hof und Teich sowie Wäldern und Wiesen rund um den Gasthof *Zur Goldenen Gans*. Der Himmel war bedeckt und ein schwacher Sommerwind wehte aus Nordosten von den grünschwarzen Höhen des Schwarzwaldes.

»Besser hätten wir es gar nicht treffen können«, raunte Sadik zufrieden, nachdem er die Windrichtung noch einmal geprüft hatte.

»Ein Gasthof ganz ohne Gänse und ohne Zeppenfeld wäre noch besser gewesen«, antwortete Tobias leise und noch außer Atem. Schweiß bedeckte sein Gesicht und das Hemd klebte ihm am Körper, während ihm sein Mund so ausgetrocknet erschien wie ein oberägyptisches Wadi im Hochsommer.

Es war schon dunkel gewesen, als sie aus Furtwipper in den Wald jenseits vom Krähenberg zurückgekehrt waren. Nach einer letzten Besprechung mit Jana waren sie dann losgezogen, Sadik und er, schwer beladen wie die Packesel. Sie hatten einen großen Bogen um den Gasthof geschlagen, um auf die andere Seite des Anwesens und des Teiches zu gelangen. Und da sie mit ihrem äußerst unhandlichen und auch nicht eben leichten Gepäck möglichst schnell und zugleich doch auch so leise wie möglich vorankommen mussten, waren sie gehörig ins Schwitzen geraten.

Sie kauerten jetzt hinter einem Gebüsch, das in unmittelbarer Nähe des Ufers wuchs und einen intensiven, schweren Blütenduft verströmte. Vor ihnen lag die dunkle, glatte Fläche des Teiches. Bis ans andere Ufer waren es gut und gern fünfzig Meter. Licht fiel aus den hinteren Fenstern auf die Gänsewiese, ohne jedoch mehr als ein paar Meter des eingezäunten Geländes zu erhellen. Ganz anders sah es auf der Vorderfront des Gasthofes aus, den sie jetzt nicht mehr einsehen konnten. Doch als sie sich vor anderthalb Stunden in der Nähe der Landstraße von Jana getrennt hatten, hatten die beiden großen Lampen rechts und links der Zufahrt zum Gasthof sowie die Laternen über der Tür gebrannt. Der Schein der Laternen hob den gesamten Vorplatz aus der Dunkelheit.

Bis zu diesem Moment hatte Tobias insgeheim große Zweifel an Sadiks Verdacht gehegt, dass Zeppenfeld mit seinen Komplizen in diesem Haus dort auf der Lauer lag. Der auf dem Teich treibende Kahn und die achtlos liegen gelassene Axt hatten ihn nicht überzeugt, sondern bestenfalls verunsichert. Als er jedoch den hellen Lichterschein gesehen hatte, waren seine letzten Zweifel augenblicklich verflogen. Und ihm war ein Schauer durch den Körper gefahren, als er daran gedacht hatte, dass er beinahe blindlings in die Falle getappt wäre. Und der Gasthof *Zur Goldenen Gans* war eine Falle, das wusste er jetzt!

Sie hatten in Furtwipper nämlich noch einmal über den Gasthof und seinen Patron Erkundigungen eingezogen, weil sie wissen wollten, wie viele Personen Zeppenfeld neben Jakob Weinroth möglicherweise in seiner Gewalt hielt. Dass Sadik sich um die verunglückte Tochter des Wirtes gekümmert und ihr schmerzlindernde Mittel verabreicht hatte, hatte sich dabei als sehr hilfreich erwiesen. Denn der Vater des Mädchens hatte sich daraufhin nicht nur überaus dankbar, sondern auch sehr gesprächig gezeigt. Von ihm hatten sie erfahren, dass Vierfinger-Jacques den abgelegenen Gasthof allein mit seiner Frau Helga führte. Sie hätten zwar ihr Auskommen, zumal er von Natur aus sparsam sei und mit seiner Gänsezucht eine glückliche Hand beweise, doch die Zahl seiner Logiergäste halte sich zu sehr in Grenzen, als dass eine zusätzliche Kraft nötig wäre. Wer aus Frankreich kam und die Grenze bei Einbruch der Dunkelheit erreichte, übernachtete verständlicherweise in Straßburg. Wer diesseits der Grenze gegen Abend eintraf und es nicht mehr über die Brücke schaffte, blieb dagegen in Furtwipper. Nein, große Geschäfte mit Durchreisenden machte Vierfinger-Jacques nicht.

Und ein Mann, der von Natur aus sparsam war und wusste, dass nach Einbruch der Dunkelheit mit Logiergästen nicht mehr zu rechnen war, würde den Teufel tun, die Lampen vor dem Haus unnütz brennen zu lassen. Die einzig logische Erklärung dafür hieß: Zeppenfeld!

»Sicher, ein Gasthof ohne Zeppenfeld und ohne Gäste wäre auch mir lieber. Aber wem das Fleisch entgangen ist, zeigt sich dankbar für die Brühe!«, erwiderte Sadik spöttisch. »Was in unserer Situation bedeutet, dass ich über das Licht im hinteren Schankraum sehr dankbar bin.«

»Wie bitte?«, fragte Tobias verständnislos. »Ich weiß wirklich nicht, was daran gut sein soll. Irgendjemand hält sich da hinten in dem Raum auf, der zur Wiese rausgeht ...«

»Ja, womöglich einer von Zeppenfelds Männern oder gar er selber«, pflichtete ihm Sadik gelassen bei.

»Richtig! Und das erschwert unser Vorhaben, uns unbemerkt anzuschleichen, doch noch mehr!«

»Du irrst, mein Freund«, widersprach Sadik mit geflüsterter Belustigung. »Hast du schon mal aus einem hellen Raum in die Dunkelheit geschaut?«

»Ja, schon ...«

»Aber nicht bewusst, denn dann wüsstest du, dass du nicht viel erkennen kannst. Die Helligkeit um dich herum beeinträchtigt dein Sehvermögen so sehr, dass du nicht viel weiter zu sehen vermagst, wie der Lichtschein in die Dunkelheit reicht«, erklärte Sadik. »Du musst in einem *dunklen* Zimmer sitzen, wenn du etwas in der Dunkelheit draußen frühzeitig erkennen willst. Da dem nicht so ist, nehme ich an, dass auch Zeppenfeld auf die Wachsamkeit der Gänse vertraut und der Rückfront des Gasthofes wenig Beachtung schenkt.«

Tobias war verblüfft. »Natürlich! Das hatte ich wirklich vergessen.«

»Das habe ich bemerkt«, sagte Sadik trocken. »So, und nun lass uns an die Arbeit gehen, sonst sind wir nicht fertig, wenn Jana auf der Landstraße auftaucht.«

Neben ihnen im Gras lagen ihre Waffen sowie drei Säcke, die sie aufbanden. Ein kleines Fass Branntwein rollte aus dem ersten Sack. Im zweiten befanden sich vier strohumwickelte Holzeimer. Aus dem dritten holten sie sechs Laibe Brot. Während Sadik zum Messer griff, den Korken aus dem Spundloch zog und einen der Wassereimer zu einem Drittel mit dem hochprozentigen Alkohol füllte, schnitt Tobias schon ein Brot auf, riss den weichen Teig heraus und warf ihn in den Branntwein.

»Und du bist sicher, dass die Gänse dieses Branntweinbrot auch fressen?«, fragte er skeptisch.

»Warum sollten sie nicht? Mir ist bisher noch keine Gans begegnet, die sich nicht sofort auf ein Stück Brot gestürzt hätte, das man ihr vorgeworfen hat – allein schon aus Futterneid. Und so einen köstlichen Schlummerhappen werden sie sich erst recht nicht entgehen lassen.«

»Und wenn doch?«

Sadik zuckte mit den Achseln. »Dann verstehe ich die Gänsewelt nicht mehr«, antwortete er leichthin, als ginge es hier nur um einen fröhlichen Scherz. »Aber warten wir es ab. Wir werden es ja bald wissen.«

»Himmel, du hast vielleicht Nerven!«, stöhnte Tobias leise auf und höhlte den Brotlaib völlig aus.

»Zerschneide auch die Kruste, am besten in daumengroße Stücke. Je mehr sie von dem Brot fressen, desto eher wirft der Alkohol sie um.«

»Wenn sie diese Branntweinbrotpampe wirklich hinunterwürgen, werden einige aus dem Rausch nicht wieder zu sich kommen«, fürchtete Tobias. »Das Zeug ist so stark, dass man schon vom Geruch benebelt wird.«

Sadik hatte den Inhalt des Fässchens zu gleichen Teilen auf die vier Eimer verteilt und griff nun seinerseits zu einem Brot. »*Aiwa*, das mag sein. Doch wer seine Gabel bei Tisch in ein saftiges Stück Braten stechen möchte, darf den Schlächter nicht einen gefühllosen Menschen schimpfen. Auch für die Schuhe, die du trägst, hat ein Tier seine Haut zu Markte tragen müssen.«

»Ja, ich weiß«, sagte Tobias und fügte leise hinzu: »Und dennoch tun sie mir Leid.«

Sadik nickte nur und eine Weile hockten sie schweigend im Schutz des Gebüsches, zerfetzten die Brote und tunkten die Stücke in den Branntwein. In jeden Eimer kamen anderthalb große Laibe. Als sie mit dem Zerstückeln fertig waren, kneteten sie die feuchte Brotmasse noch einmal gründlich durch, bis sie den Alkohol völlig aufgesogen hatte.

Danach zogen sie Hemd und Hose aus, wickelten sie in einen Sack und banden ihn auf ein breites Bündel Stroh, das sie in den Säcken mitgebracht hatten. Aus dem Rest fertigten sie ein zweites langes Strohgebinde. Zwischen die Stricke schob Tobias sein kostbares Florett. Ihre Schuhe nahmen sie nicht mit.

»Alles fertig? Gut. Jetzt gilt es, unsere Schätze sicher und unbemerkt in die Nähe des anderen Ufers zu bringen. Sehen wir also zu, dass wir ins Wasser kommen«, sagte Sadik und gab nach kurzem Zögern das Zeichen zum Aufbruch.

Tobias verzog das Gesicht. »Ich hasse es, in so einem Teich baden zu gehen – und dann auch noch bei Nacht!«

»O doch! Ich kann es dir sehr gut nachempfinden!« Sadik warf ihm einen gequälten Blick zu. »Aber wir haben keine andere Wahl. Bringen wir es hinter uns!«

»Meinst du nicht, dass wir viel zu früh sind?«

»*Aiwa*«, sagte Sadik, griff aber zwei Eimer, »wenn es danach geht, sind wir auch in einer Woche noch viel zu früh. Nur zählt dieses Gefühl leider nicht.« Und ohne eine Antwort abzuwarten, lief er geduckt am Gebüsch vorbei und watete ins Wasser. Er ging in die Hocke, sodass nur noch Schultern, Kopf und die beiden Holzeimer aus dem Wasser ragten.

Tobias nahm die beiden Strohbündel, setzte sie auf das Wasser und schob sie Sadik zu, als er sich vergewissert hatte, dass sie auch wirklich sicher auf der Oberfläche schwammen. Dann holte er seine beiden Eimer und watete nun selber in tiefere Teichgewässer hinaus.

Fast bis zu den Knien sackte er im Uferschlamm ein, der seine Füße wie eine schleimige Hand zu umfassen schien, so als wollte er sie nie wieder freigeben. Ihn ekelte vor dem Morast, der bei jedem Schritt unter seinen nackten Fußsohlen wegglitt, sich aber saugend an seine Haut heftete, wenn er den Fuß wieder heben wollte. Eine Gänsehaut kroch über seine Arme.

»Bleib hinter mir«, raunte Sadik ihm zu.

»Worauf du dich verlassen kannst«, gab Tobias zurück, legte sich das Bündel mit seinem Florett quer vor die Brust und schob die beiden Eimer mit der Hand vor sich her, während sie langsam und so nahe wie möglich dem Bogen des Teichufers folgten. Hier und da wuchs Schilf und bildete kleine Riegel, die ihnen einen idealen Schutz vor Entdeckung boten. Doch dazwischen lagen immer wieder vier, fünf Meter breite Stellen, wo es keine Deckung für sie gab. Dann tauchten sie bis zum Kinn unter, hielten ihr Strohbündel mit den Zähnen fest und schoben die Eimer mit den branntweingetränkten Brotstücken vor sich her.

Es war eine überaus mühselige und anstrengende Methode,

sich im morastigen Teich vorwärts zu bewegen. Meter um Meter näherten sie sich ihrem Ziel, einem Schilfgürtel am südwestlichen Rand der Gänsewiese.

Schließlich nahmen sie die letzte deckungslose Strecke in Angriff. Knappe zwei Meter waren es noch, als Tobias plötzlich das entsetzliche Gefühl hatte, in ein Unterwasserloch zu stürzen. Er war etwas versetzt zu Sadik gegangen – und in eine Mulde im Grund geraten. Da er schon bis zum Kinn eingetaucht gegangen war, versank er nun völlig – und ein Schwall Wasser schoss ihm in den Mund, den er vor Schreck unwillkürlich aufgerissen hatte.

Er ließ die Eimer los, richtete sich in einem Anflug von Panik auf, durchbrach die Oberfläche und hätte mit Sicherheit lauthals gespuckt und gehustet – wenn Sadik nicht gewesen wäre.

Der Araber handelte geistesgegenwärtig. Er fuhr herum, als er den erstickten Laut hinter sich vernahm. Und als Tobias wieder auftauchte und loshusten wollte, verschloss er ihm von hinten mit einer Hand Mund und Nase, riss ihn an sich und zerrte ihn zwischen das Schilf. Fast begrub er ihn unter sich, als Tobias nach Atem rang und um sich treten wollte.

»Tobias! Reiß dich zusammen!«, zischte Sadiks Stimme an seinem Ohr. »Willst du uns verraten?«

Tobias würgte und krümmte sich unter ihm, den Kopf kaum aus dem Wasser. Tränen schossen ihm in die Augen. Doch die Hand seines arabischen Freundes lag wie eine Klammer auf seinem Mund.

Er wird nicht nachgeben und wenn ich bewusstlos werde!, schoss es Tobias durch den Kopf. Ich muss es so schaffen! Ich muss!

Er bot all seine Willenskraft und Selbstbeherrschung auf, um das entsetzliche Gefühl des Erstickens zu überwinden und den Würgreiz zu unterdrücken. Angstschweiß brach ihm aus, als ein lautes Geschnatter einsetzte.

Die Gänse! Sie haben uns bemerkt und schlagen Alarm! Ich

habe alles verpatzt!, ging es Tobias verzweifelt durch den Sinn und mit einem Mal hatte er sich wieder unter Kontrolle. Zu spät! ... Zu spät!

»Hast du es überstanden?«, raunte Sadik hastig.

Tobias nickte und die Hand verschwand von seinem Mund. »Es tut mir Leid! Verschwinden wir, so schnell wir können!«, stieß er mit leiser, krächzender Stimme hervor. »Hoffentlich ist Jana noch nicht auf dem Weg!«

»Bleib da liegen! Sie ist schon da!«, sagte Sadik hastig. »Allah hat sie uns geschickt, und zwar genau im richtigen Moment!«

Tobias schob den Kopf etwas hoch und hörte nun auch das Rumpeln und Knirschen der Räder, in das sich das Klappern von Töpfen mischte. Jana hatte sie bewusst an die Haken unter dem Boden gehängt, wie Sadik es ihr geraten hatte. Denn es war ihre Aufgabe, die Aufmerksamkeit der Männer im Gasthof auf sich zu ziehen und sie in dem Glauben zu wiegen, das Nähern des Wagens hätte die Gänse aufgeschreckt. Zeppenfeld und seine Komplizen waren ihr noch nie begegnet, sodass man sie nicht mit Tobias in Verbindung bringen würde. Sie war einfach nur eine Landfahrerin, die sich den Gästen des Gasthofes als Kartenlegerin anbot, um eine warme Mahlzeit zu erhalten. Sie würde sich auch nicht so schnell abwimmeln lassen, um ihnen so viel Zeit wie möglich zu verschaffen. So hatten sie es abgesprochen.

Drei der Eimer und das Bündel mit den Schuhen waren zwischen das Schilf getrieben. Sadik watete hastig aus dem Schutz der Gräser, um den vierten Eimer und das Strohbündel mit dem Florett zu holen, die einige Armlängen von ihnen entfernt schwammen.

»An die Arbeit!«, sagte Sadik leise, als er beides in Sicherheit gebracht hatte.

Dem Geräusch nach zu urteilen, bog Jana mit ihrem Wagen jetzt auf den Hof ein. Eine Tür schlug und sie hörten zwei Stimmen. Eine Männerstimme und die von Jana, doch was vor dem Haus gesprochen wurde, konnten sie nicht verstehen.

Sadik und Tobias griffen in ihre Eimer und warfen die Brotstücke, so schnell sie konnten, über das Schilf auf die dahinter liegende Wiese. Und die Gänse stürzten sich mit einem wahren Heißhunger auf die unerwartete Futterzuteilung. Es war Brot genug, dass keine zu kurz kam.

»Sag ihr, sie soll endlich verschwinden, sonst helfen wir euch!«, hörten sie wenig später eine barsche Stimme rufen.

»Stenz!«, stieß Tobias gedämpft hervor. Und obwohl er gewusst hatte, dass sich er und Zeppenfeld und wohl auch die anderen beiden im Gasthof versteckt hielten, fuhr ihm doch der Schreck in die Glieder.

Sadik nickte. »Beeil dich! Uns bleibt nicht mehr viel Zeit!«

Ihre Eimer waren leer, als Jana ihren Wagen auf dem Hof wendete und ihn zurück auf die Landstraße lenkte. Sie fuhr in Richtung Rheinbrücke und bald hatte die Nacht sie wieder verschluckt.

Jetzt begann für Sadik und Tobias die zweitschlimmste Phase ihres Planes – das Warten, dass der Alkohol seine Wirkung tat und niemand im Haus bemerkte, wie eine Gans nach der anderen betäubt ins Gras sank. Schon ein einziger forschender Blick aus einem der hinteren Fenster konnte ihr ganzes Vorhaben vereiteln. Wollten sie dann noch Jakob, Vierfinger-Jacques und dessen Frau auslösen, würden sie Zeppenfeld den Falkenstock zum Tausch anbieten müssen – ohne vorher sein Geheimnis entschlüsselt zu haben.

Bei dem Gedanken zog sich Tobias der Magen zusammen. Das durfte nicht passieren! Dann war alles vergebens gewesen, die Ballonflucht sowie die Gefahren und Strapazen der vergangenen Wochen. Und dann hatten mit Zeppenfeld die Ungerechtigkeit und das Böse doch noch gesiegt.

Alles auf eine Karte!

Verkrampft und bis zu den Hüften im Ufermorast, kauerten sie zwischen dem Schilf und nahmen den Blick nicht von der Rückfront des Gasthofes. Ihre innere Anspannung ließ sie in bangem Schweigen verharren, als fürchteten sie, schon ein geflüstertes Wort könne die Katastrophe herbeiführen. Die hingestreckten Körper der betäubten Gänse sprenkelten die Wiese und das Gefiederweiß sprang in der Nacht so nachdrücklich ins Auge, dass eine Entdeckung unausweichlich erschien.

Dazu bedurfte es nur eines einzigen Blickes!

Das Warten zerrte an ihren Nerven, während die Kälte in ihre Glieder kroch. Hatten sie anfangs das Wasser des Teiches als lauwarm empfunden, schien es ihnen nun so, als säßen sie in einem Eisbecken.

Das Branntweinbrot hatte die gewünschte Wirkung erzielt. Eine Gans nach der anderen war vom Alkohol umgeworfen worden. Bis auf zwei, die noch immer auf den Beinen standen und daher Sadik und Tobias zwangen, in ihrem Versteck weiter auszuharren.

Hatten diese beiden Gänse vielleicht nichts von ihren Schlummerhappen geschluckt? Wenn das der Fall war, war ihr Plan fehlgeschlagen.

Tobias fror und schwitzte abwechselnd. Sadiks Hand legte sich plötzlich auf seinen Arm und drückte zu, während er einen unterdrückten Laut des Erschreckens von sich gab, nicht lauter als ein scharfes Atemholen.

Im selben Augenblick hörte Tobias, dessen Aufmerksamkeit gerade den beiden Gänsen gegolten hatte, das typische Geräusch eines klemmenden Fensters, das mit einem Ruck geöffnet wurde. Entsetzt hob er den Kopf und sein Blick ging an der Rückfront hoch.

Eines der Fenster im Obergeschoss war aufgerissen worden. Wie gelähmt starrte er auf die dunkle Öffnung im hellen Fachwerk des Hauses. Der Alarmschrei! Jeden Augenblick musste ein Schrei aus diesem Zimmer in die Nacht hinausgellen. Verloren! Alles verloren!

Doch der Schrei blieb aus.

Tobias glaubte erst, das Entsetzen hätte ihn taub werden lassen oder ihm jegliches Gefühl für die Zeit genommen, sodass ihm die Schrecksekunde des Mannes dort oben im Zimmer wie Minuten erschienen. Doch dann lockerte sich Sadiks schmerzhafter Griff um seinen Arm und er hörte ihn mit erlöster Stimme flüstern: »Gelobt sei Allah, der uns fernhält vom Übel und vom Irrtum! Seine Güte und Barmherzigkeit ist grenzenlos!« Das leichte Zittern in seiner Stimme verriet, dass auch er das Schlimmste erwartet hatte.

Tobias begriff, dass derjenige, der dort oben das Fenster geöffnet hatte, keinen Blick in die Nacht geworfen hatte. Der bittere Kelch war noch einmal an ihnen vorübergegangen. Aber wie knapp war das gewesen!

Sadik stieß ihn an. »Mach dich bereit! Wir können uns aus dem elenden Morast wagen«, raunte er ihm zu.

Tobias' Blick suchte die beiden Gänse, die eben noch umhergewatschelt waren, konnte sie jedoch nirgends finden. Endlich hatte der Alkohol auch sie niedergestreckt!

Eine Zentnerlast fiel von Tobias ab. »Ja, endlich«, flüsterte er erlöst. »Das Warten hier war das Schrecklichste, was ich je erlebt habe. Lieber trete ich einem Dutzend Tillmanns und Zeppenfelds mit der Klinge entgegen, als dass ich so etwas noch einmal erleben muss!«

»Ein Dutzend muss es ja nun nicht gleich sein«, gab Sadik leise zurück. »Wir werden auch so schon alle Hände voll zu tun haben.«

»Da oben scheint sich einer hingelegt zu haben.«

»Ja, *einer*! Aber wir können nicht hoffen, dass wir alle im Schlaf überraschen. Im Schankraum brennt noch immer Licht.

Und wie ich Zeppenfeld kenne, wird er dafür gesorgt haben, dass mindestens einer von seinen Männern Wache hält. Los, schauen wir uns um.«

Vorsichtig krochen sie aus dem Schilf an Land und hasteten mit ihren Strohbündeln über die Wiese zum Haus. Im tiefen Schlagschatten der Wand hockten sie sich auf den Boden. Während Sadik seine Messer trockenrieb, zog Tobias behutsam sein Florett aus dem Stroh. Die Scheide hatte er erst gar nicht mitgenommen, weil jedes Klirren von Metall sie verraten konnte.

Sie entledigten sich ihrer nassen Leibwäsche und fuhren in Hemd und Hose, die relativ trocken geblieben waren.

»Versuchen wir einen Blick in den Schankraum zu werfen«, flüsterte Sadik.

Sie krochen auf allen vieren an der Hauswand entlang. Das hintere Fenster war verschlossen. Ein karierter Vorhang verwehrte ihnen den Blick ins Innere. Doch als sie um die Ecke bogen, sahen sie, dass eines der Fenster an der Seite einen Spalt offen stand. Jetzt hörten sie auch Stimmen, begleitet von einem leisen Klatschen.

»... dummes Zeug, sich die Nacht um die Ohren zu schlagen«, hörten sie jemanden sagen, als sie unter dem Fenster kauerten.

»Tillmann!« Tobias formte das Wort mehr mit den Lippen, als dass er es aussprach.

Sadik nickte.

»Was willst du? Dafür bezahlt er uns doch nicht schlecht«, antwortete eine andere Stimme, die sie sofort als die von Stenz erkannten.

»Ich hau mich jetzt aufs Ohr. Weckt mich in zwei Stunden.« Diese dritte Stimme war ihnen unbekannt, doch im nächsten Moment erfuhren sie, wem sie gehörte, denn Tillmann erwiderte brummig: »Worauf du dich verlassen kannst, Valdek.«

Ganz langsam richtete sich Sadik auf und spähte über die Fensterbank in den Schankraum. Er sah Stenz und Tillmann.

Sie saßen ganz in der Nähe des Fensters an einem Tisch und spielten Karten. Er erhaschte auch noch einen Blick auf Valdek, der gerade seine Muskete griff und in einem angrenzenden Zimmer verschwand. Mit einem weiteren Blick prägte er sich die Räumlichkeiten und die Lage der Treppe ein, die ins Obergeschoss führte. Dann zog er sich schnell zurück und gab Tobias ein Zeichen, ihm hinters Haus zu folgen. Dort besprachen sie sich.

»Ich nehme an, dass sich Zeppenfeld oben in einem der Gastzimmer schlafen gelegt hat«, vermutete Sadik. »Das Fenster hat er aufgerissen, um frische Luft hereinzulassen, bevor er sich zu Bett begab. Wir haben Glück gehabt.«

»Und was ist mit Jakob und den Flosbachs?«

»Die haben sie natürlich eingesperrt. Vermutlich im Keller. Ich habe neben der Treppe eine Luke mit einem Eisenring bemerkt.«

»Also müssen wir erst durch den Schankraum, wenn wir sie befreien wollen. Oder hast du hier irgendwo eine Tür bemerkt, durch die man von außen in den Keller gelangen kann?«, fragte Tobias.

»*La*«, verneinte Sadik.

»Und was tun wir jetzt? Stürmen wir den Schankraum?«

Sadik schüttelte den Kopf. »Viel zu riskant. Mit Stenz und Tillmann würden wir wohl fertig werden, aber dieser Valdek ist im Nebenzimmer – und er hat seine verdammte Muskete bestimmt griffbereit neben dem Bett stehen. Außerdem könnte uns Zeppenfeld von oben in den Rücken fallen.«

»Aber was bleibt uns dann?«

Sadik deutete nach oben. »Wir müssen erst Zeppenfeld außer Gefecht setzen.«

Tobias verzog das Gesicht. »Keine üble Idee, nur hat dieser Plan leider einen gravierenden Schönheitsfehler: Ohne Leiter gelangen wir nicht ans Fenster.«

»Dann holen wir uns eben eine.«

»Und wo willst du die hernehmen?«

»Hast du schon mal gehört, dass es auf einem Anwesen wie diesem keine Leiter gibt?«, fragte Sadik zurück. »Ich gehe jede Wette ein, dass wir dort drüben im Schuppen eine finden werden.«

»Dein Wort in Allahs Ohr«, raunte Tobias.

Sie schlichen auf der anderen Seite um das Haus herum und suchten nach einer Leiter. In der kleinen Scheune, die sich an den Stall anschloss, wurden sie auch tatsächlich fündig.

Sie hoben die Leiter von den Haken, trugen sie hinter das Haus und stellten sie ganz behutsam an das Fenster. Sadik zog sein Messer. »Ich geh vor! Du folgst mir, wenn ich oben bin!« Er nahm die Klinge zwischen die Zähne und stieg die Sprossen hoch.

In atemloser Spannung sah Tobias ihm nach. Lautlos erklomm Sadik die Leiter, schwang sich dann über die Fensterbank und verschwand im Zimmer.

Jetzt klemmte sich auch Tobias das Florett zwischen die Zähne und folgte ihm rasch. Als er oben war, stand Sadik schon neben dem Bett, in dem tatsächlich Zeppenfeld lag, in tiefem Schlaf und schnarchend.

Sadik gab ihm ein Zeichen, noch mit dem Hineinklettern zu warten. Vermutlich fürchtete er, er könnte mit dem langen Florett irgendwo gegenstoßen und Zeppenfeld zu früh aus dem Schlaf holen.

Tobias nickte. Dann ging alles sehr schnell. Sadik presste Zeppenfeld die linke Hand auf den Mund und setzte ihm gleichzeitig die Messerklinge an die Kehle.

Zeppenfeld riss die Augen auf, wollte aufschreien und mit dem Oberkörper hochfahren.

»Ein Sterbenswort und der Totengräber von Furtwipper bekommt Arbeit!«, zischte Sadik und presste ihn in die Kissen zurück.

Zeppenfeld gab einen erstickten Laut des Erschreckens und Entsetzens von sich. Steif wie ein Brett blieb er liegen.

Tobias kletterte zu Sadik ins Zimmer.

»Machen wir es wieder so wie in Siebenborn?«, fragte er leise.

Sadik schüttelte den Kopf. »Ein zweites Mal werden die Burschen nicht auf diesen Trick hereinfallen. Wir fesseln und knebeln ihn erst mal!«

Tobias wusste, was er zu tun hatte. Er zog seinem Freund das zweite Messer aus dem Gürtel und zerschnitt den Bettbezug in lange Streifen. Zuerst verpassten sie Zeppenfeld einen Knebel. Dann fesselten sie ihm Arme und Beine an die Bettpfosten. Tobias fühlte sich an die Streckbank in seinem Albtraum erinnert.

»Gut, das hätten wir«, sagte Sadik erleichtert und fragte Zeppenfeld nach Jakob Weinroth und den Flosbachs. Dafür brauchten sie ihm den Knebel nicht abzunehmen, denn ihnen genügte ein Kopfschütteln oder ein Nicken. Sadik drohte ihm, ihm nacheinander die Nasenflügel aufzuschneiden und sich danach anderen empfindlichen Körperteilen zuzuwenden, sollte er auch nur einmal mit der Antwort zögern. Und Zeppenfeld nahm diese Drohung ernst. Er kannte Sadik.

Die Antworten bestätigten Sadiks Vermutung. Jakob Weinroth sowie die beiden Flosbachs waren im Keller eingeschlossen, in den man nur über die Luke neben der Treppe gelangen konnte.

»Dann ist ja alles klar«, meinte Tobias zufrieden. »Wir tauschen Zeppenfeld gegen Jakob und das Ehepaar aus.«

Sadik zog Tobias in eine Ecke des Zimmers und sagte mit gedämpfter Stimme: »So einfach, wie du dir das vorstellst, geht das nicht.«

»Wieso denn nicht? Tillmann, Stenz und Valdek werden es nicht wagen, etwas gegen uns zu unternehmen. Immerhin haben wir den Mann, der sie bezahlt. Der Falkenstock interessiert sie doch gar nicht. Garantiert rücken sie ihre Geiseln kampflos heraus, wenn Zeppenfeld ihnen den Befehl dazu gibt.«

»Das ist schon richtig. Aber dann sind wir gezwungen, auch

Zeppenfeld laufen zu lassen«, entgegnete Sadik. »Und das bedeutet, dass wir kaum noch eine Chance haben ihn, abzuschütteln und heil nach Paris zu gelangen. Sie werden den Gasthof und uns nicht eine Sekunde aus den Augen lassen und bei der nächstbesten Gelegenheit über uns herfallen – oder uns die örtliche Gendarmerie auf den Hals hetzen, denn wir gelten ja als Komplizen deines Onkels, der wegen angeblicher Volksaufhetzung im Kerker sitzt. Zeppenfeld weiß, wie man so etwas macht. Und das Wort eines Heiden gilt da wenig, geschweige denn das einer Landfahrerin. Nein, einen Gefangenenaustausch darf es nicht geben, weil er uns alle ins Verderben stürzt – ob mit oder ohne Mitwirkung der Gendarmerie.«

Tobias machte ein betroffenes Gesicht. »Du hast Recht. Erst wenn wir auf französischem Boden sind, können wir aufatmen.«

»Ein wenig«, schränkte Sadik ein. »Aber wenn wir Zeppenfeld gegen die Geiseln austauschen, werden wir erst gar nicht so weit kommen. Denn er wird zu verhindern wissen, dass wir über die Grenze gelangen. Doch es reicht noch nicht einmal, dass wir die andere Rheinseite erreichen, wenn es uns nicht gleichzeitig auch gelingt, Zeppenfeld abzuschütteln.«

Tobias warf einen Blick zum Bett hinüber und ihm war, als könnte er den Hass mit Händen greifen, der ihm aus den Augen des Gefesselten und Geknebelten entgegenschlug. Ein Gefühl tiefer Verunsicherung befiel ihn. Es ließ ihn schaudern zu sehen, zu welchen Verbrechen sich Menschen fähig zeigten, die von etwas besessen waren und dieses Ziel mit der Gnadenlosigkeit des Fanatikers verfolgten. Für einen flüchtigen Moment schoss ihm die Frage durch den Kopf, ob das Geheimnis, das der Falkenstock barg, all diesen Hass, die Strapazen und Lebensgefahren überhaupt wert war. Lohnte es sich, wegen eines verschollenen Wüstentals im fernen Ägypten sein Leben in die Waagschale zu werfen – und auch viele Unbeteiligte in diese gefährliche Auseinandersetzung zu verwickeln? War es nicht unverantwortlich, dass sie sich weigerten, auf Zeppenfelds Forderungen einzugehen und ihm den Stock zu überlassen? Doch nein! Das wäre eine Kapitulation vor Gewalt und Unrecht gewesen! Männer wie Zeppenfeld, das hatte Onkel Heinrich ihn gelehrt, durften nicht über Recht und Menschlichkeit triumphieren! Man musste standhaft bleiben und für sein Recht eintreten, wenn man nicht wollte, dass Gerechtigkeit und Freiheit unter die Räder von Gewalt und Willkür gerieten – und dieser Gewalt durfte man sich nicht beugen, egal ob sie sich in Gestalt eines Fürsten oder eines Mannes wie Zeppenfeld zeigte!

»Was wir brauchen, ist ein Vorsprung von mehreren Tagen, um lange vor ihm in Paris bei Monsieur Roland zu sein«, fuhr Sadik leise fort. »Sihdi Heinrich hat uns versichert, dass Vierfinger-Jacques ein aufrechter, verlässlicher Freund ist. Wir können also davon ausgehen, dass er uns helfen wird, Zeppenfeld und seine Komplizen auf irgendeine Weise für ein paar Tage festzuhalten. Es muss ja nicht unbedingt hier im Gasthof sein, denn sein Leben und das seiner Frau möchte ich nicht in Gefahr bringen. Aber irgendetwas wird uns gewiss einfallen – wenn die Vorbedingungen dafür geschaffen sind.«

Tobias begriff, was das bedeutete. »Wir müssen es also riskieren und versuchen Stenz, Tillmann und Valdek zu überwältigen, nicht wahr?«

Sadik nickte. »*Aiwa*, wir müssen diesmal alles auf eine Karte setzen, mein Junge. Sonst können wir Zeppenfeld gleich mit dem Falkenstock laufen lassen. Das ist natürlich auch eine Möglichkeit ...« Er hob fragend die Augenbrauen.

»Das kommt gar nicht in Frage!«

Sadik lächelte. »Das dachte ich mir. Und ich gebe zu, ich hätte nicht anders entschieden. So, und nun wollen wir überlegen, wie wir sie am besten überrumpeln können.«

Tobias' Blick war auf Zeppenfelds Kleider und Hut gefallen, die neben der Tür hingen, und da hatte er eine Idee.

»Ich habe in etwa Zeppenfelds Größe. Wenn ich seine Sachen anziehe und mein Gesicht unter dem Hut da verberge, werden sie mich im ersten Moment für ihn halten, wenn ich die Treppe hinuntergehe«, sprudelte er aufgeregt hervor. »Und unter seinem Umhang kann ich mein Florett gut verbergen. Auf jeden Fall werden wir ein paar kostbare Sekunden gewinnen.«

Sadik nickte. »Zieh seine Sachen an, dann sehen wir, ob du in der Verkleidung eine Chance hast, auf den ersten Blick als Zeppenfeld durchzugehen.«

Zeppenfelds Kleider passten Tobias zwar nicht wie angegossen, saßen aber passabel genug. Wichtig war nur, dass er sein Florett unter dem Umhang verstecken konnte und der Hut sein Gesicht in Dunkelheit tauchte. Für sie von Vorteil war zudem die Tatsache, dass die Treppe nicht im Lichtkreis der Lampe lag, denn die stand auf der anderen Seite des Schankraums auf dem Tisch, an dem Stenz und Tillmann Karten spielten.

»Bei Allah und seinem Propheten, im Halbdunkel könnte man dich in diesem Aufzug tatsächlich für Zeppenfeld halten«, sagte Sadik leise, aber begeistert, als Tobias in den fremden Kleidern vor ihm stand.

»Werde mein Bestes geben!«, imitierte Tobias den knappen Redestil ihres gefährlichen Gegenspielers. »Können sich auf mich verlassen, Kameltreiber!«

Sadik grinste und griff sich Zeppenfelds Säbel, den er samt Gürtel an eine Stuhllehne gehängt hatte, und zog ihn blank. »Pass auf, du kümmerst dich um die beiden am Tisch und hältst sie in Schach. Ich denke, das schaffst du ganz gut allein.«

»Worauf du dich verlassen kannst!«, versicherte Tobias mit grimmiger Entschlossenheit.

»Sowie du den Treppenabsatz unten erreicht hast, springe ich von oben über das Geländer und stürze in das Zimmer, wo sich Valdek hingelegt hat«, sagte Sadik. »Der Überraschungsmoment ist auf unserer Seite und sollte reichen, sie zu überrumpeln, bevor ein richtiger Kampf entbrennt.«

»Von mir aus können sie den ruhig haben!«

»Nicht so hitzig, mein Freund! Und jetzt los!«

Sadik öffnete vorsichtig die Tür und sie schlichen auf den Flur hinaus, Tobias voran. Kurz vor der Treppe blieben sie einen Moment stehen und lauschten hinunter in den Schankraum.

Stenz und Tillmann schienen sich in die Wolle geraten zu sein, denn ihre Stimmen drangen erregt ins Obergeschoss.

»Mann, schon wieder ziehst du Dame und König hintereinander aus dem Ärmel!«

»Hab eben die besseren Karten, Stenz!«

»Die hast du für meinen Geschmack ein bisschen zu häufig und merkwürdigerweise immer dann, wenn wir um Geld spielen. Da steigt mir was ganz faul in die Nase.«

»Was willst du damit sagen?«, schnappte Tillmann.

Sadik stieß Tobias an. »Los, runter, bevor Valdek sein Zimmer verlässt, um sich in den Streit einzumischen!«, zischte er.

Tobias nickte, zog sich den Hut schief nach rechts in die Stirn und ging die Treppe hinunter. Zeppenfelds Stiefel waren ihm reichlich groß. Das konnte sich bei einem Kampf als schwere Behinderung erweisen. Sadik hatte Recht: Es durfte erst gar nicht passieren! Tobias hatte sich das Florett mit der Glocke nach oben unter die linke Achsel geschoben. Während seine linke Hand das kalte Metall der Klinge umschloss und an die Seite gepresst hielt, lag seine rechte unter dem Umhang auf seiner Brust, sodass er das Griffstück blitzschnell fassen und die Waffe hervorreißen konnte.

»Bist doch sonst nicht auf den Kopf gefallen. Ich denke, du ziehst mich hier über den Tisch, Mann! Jawohl, du bescheißt mich!«, sagte Stenz gereizt.

»Hast du sie noch alle? Wenn hier einer bescheißt, dann doch wohl du!«, brauste Tillmann auf. »Immerhin sind das deine dreckigen Karten, mit denen wir spielen!«

»Wenn hier irgendwo Dreck klebt, dann an deinen Händen«, gab Stenz aggressiv zurück.

»Das nimmst du sofort zurück!«

»Ich denk ja nicht daran! Wenn dir nicht passt, was ...« Stenz brach mitten im Satz ab, weil er in dem Moment die schwarz gekleidete Gestalt auf der Treppe bemerkte. Die Täuschung gelang, denn er zischte seinem Komplizen vorwurfsvoll und doch laut genug zu: »Jetzt siehst du, was du von deinem Geschrei hast! Wir haben Zeppenfeld aus dem Bett geholt.«

Noch drei Stufen!, dachte Tobias, innerlich angespannt und doch erstaunlich ruhig. Er wusste, dass er sich auf seine Fechtkünste verlassen konnte.

»Spar dir dein Geseiche!«, polterte Tillmann. »Du hast den Streit doch vom Zaun gebrochen!«

»Mein Herr ...«, sagte Stenz zu Tobias gewandt, der nun das Ende der Treppe erreicht hatte. Er führte den Satz nicht mehr zu Ende.

Denn plötzlich sprang Tillmann auf, zog seinen Degen und schrie: »Das ist nicht Zeppenfeld! Valdek!«

Tobias hatte fest damit gerechnet, dass die beiden Schurken die Täuschung ein wenig später durchschauen würden. Drei Sekunden mehr Zeit hätte er sich schon gewünscht, denn er musste erst um einen langen Tisch herum, um auf die andere Seite des Schankraumes zu gelangen.

Vier, fünf Schritte sind es mindestens!, schoss es ihm durch den Kopf, als Tillmann seinen Warnschrei ausstieß. Er zog das Florett unter dem Umhang hervor, riss sich mit der linken Hand den Hut vom Kopf und lief los. Das reicht ihnen, um blankzuziehen! O Gott! Diese verdammten Stiefel!

Die Ereignisse im Schankraum *Zur Goldenen Gans* überstürzten sich in den nächsten Sekunden.

Auch Stenz war von seinem Stuhl hochgeschossen. Doch im Gegensatz zu seinem Kameraden hatte er seine Waffe abgeschnallt und auf den Nebentisch gelegt. Er streckte die Hand danach aus. Er kam jedoch nur mit seinen Fingerspitzen an das Griffstück heran. Denn Sadik flankte in diesem Moment über das Treppengeländer, Zeppenfelds Säbel in der Linken, ein Messer in der Rechten. Federnd landete er auf einem Tisch und schleuderte das Messer. Es sauste haarscharf an Tillmann vorbei, bohrte sich in die ausgestreckte Hand von Stenz und nagelte sie auf die Tischplatte.

Stenz brüllte vor Schmerz auf und ging vor dem Tisch in die Knie. Um ihn brauchten sie sich nicht mehr zu kümmern. Er würde in diesen Kampf nicht mehr eingreifen.

Tobias griff Tillmann an, der vor Schreck einen Schritt zurückgesprungen war. Klirrend schlugen ihre Klingen aufeinander, als der Söldner seinen Vorstoß parierte.

Die Hoffnung, Valdek im Schlaf zu überraschen, hatte Tillmanns Schrei zunichte gemacht. Schon vom Streit seiner beiden Kameraden aufgewacht, riss er die Tür der Schlafkammer auf, die Muskete in der Hand.

Er zielte auf Tobias. Sadik sprang vor und schwang Zeppenfelds Säbel. Er war noch zu weit von der Tür weg, um Valdek selbst treffen zu können. Deshalb galt sein kraftvoller Schlag dem Lauf der Muskete. Mit einem ohrenbetäubenden Krachen löste sich der Schuss.

Die Kugel schlug neben Tobias in einen der Stützbalken und fetzte Splitter aus dem Holz. Einer davon traf ihn im Gesicht und riss eine brennende Wunde in seine rechte Wange. Er wankte zur Seite und seine Konzentration ließ für eine Schrecksekunde nach.

Tillmann erkannte seine Chance, sprang vor und wollte ihm seine Waffe in den Unterleib stoßen. Tobias entging dem Stoß nur um Haaresbreite. Sein Florett lenkte den Degen ab, dessen Spitze an seiner Glocke entlangkratzte und dann zwischen seinen Beine ins Leere fuhr. Noch bevor sein Gegner zurückspringen und sich in Sicherheit bringen konnte, brachte Tobias seine Waffe mit einer blitzschnellen Drehung seines Handgelenks nach oben und setzte ihm die Klinge auf die Brust. Er war versucht zuzustechen, hielt jedoch inne. »Lass den Degen fallen oder ich stoße zu!«

Tillmann erstarrte, Todesangst in den Augen. Seine Hand

öffnete sich und der Degen polterte auf die Dielen. »Zur Hölle mit dir!«, sagte er ächzend.

»Du bist auf dem besten Weg dorthin!«, warnte ihn Tobias.

Der Kampf war vorbei. Denn während Tobias Tillmanns Angriff abgewehrt und ihn entwaffnet hatte, war Valdek bewusstlos zu Boden gegangen, niedergestreckt von einem kraftvollen Säbelhieb, den Sadik mit der stumpfen Seite der Klinge sofort nach dem Schuss gegen die Schläfe des Mannes geführt hatte.

Er ging zu Tobias hinüber und warf einen Blick auf den blutenden Schnitt auf der Wange. Die Wunde war nicht tief und würde schnell verheilen. Sie hatten eine Menge Glück gehabt! »Gut gefochten, mein Junge. Es war knapp, aber wir haben es geschafft«, sagte er mit hörbarer Erleichterung.

»Wir werden noch mit euch abrechnen, du verfluchter Heide! Und dann dürft ihr euer eigenes Blut schmecken, bis ihr daran erstickt!«, stieß Tillmann mit ohnmächtigem Zorn und Hass hervor.

Sadik schlug ihm mit der flachen Hand ins Gesicht, dass er zurücktaumelte. »Elender Abschaum!« Seine ganze Verachtung lag in diesen beiden Worten. »Wärst du mir in meiner Heimat vor die Klinge geraten, hätte ich dich den Aasgeiern zum Fraß vorgeworfen! Und jetzt runter auf den Boden! Mit dem Gesicht nach unten, die Hände hinter den Kopf!«

Ein wildes Feuer brannte in Tillmanns Augen, doch er presste die Lippen zusammen und folgte dem Befehl auf der Stelle.

Eilige Schritte näherten sich dem Haus. Dann flog die Tür auf und Jana stürzte atemlos in die Schankstube. Ihr Blick fiel auf Tobias und Sadik und mit einem Stoßseufzer sank sie auf den nächsten Stuhl. »Dem Himmel sei Dank, euch ist nichts zugestoßen!«

»Na, zugestoßen ist uns schon eine ganze Menge«, meinte Sadik schmunzelnd, »aber zum Glück nichts, was bleibende Wunden hinterlassen wird.«

»Ich habe nur einen Kratzer abbekommen, sonst ist alles blendend gelaufen. Sadiks Schlummerhappen waren ein voller Erfolg und unser Überraschungsbesuch hat die Kerle buchstäblich umgeworfen, wie du siehst. Damit hatten sie nicht gerechnet«, sagte Tobias fast vergnügt und fuhr sich über die Schnittwunde auf seiner Wange. »Zeppenfeld haben wir auch. Er liegt oben in seinem Bett – gut verschnürt natürlich!«

»Ihr wisst ja gar nicht, was für eine Angst ich um euch ausgestanden habe«, sagte Jana. »Als ich den Schuss hörte, konnte ich einfach nicht länger auf euer Zeichen warten und bin losgerannt!«

Tobias wandte seine Aufmerksamkeit Stenz zu. Dieser stand gekrümmt über den Tisch gebeugt. Seine Schreie waren in eine Mischung aus Wimmern und Stöhnen übergegangen. Leichenblässe und kalter Schweiß bedeckten sein Gesicht. Blut rann über den Tisch und tropfte von der Kante. Kein schöner Anblick.

»Ich hatte keine andere Wahl«, sagte Sadik nüchtern. »Er wird daran nicht sterben, sondern seine Hand nur ein paar Wochen nicht gebrauchen können – was bei seinem verbrecherischen Gewerbe gewiss keinen Anlass zu Bedauern gibt.«

»Nein, wahrlich nicht«, pflichtete ihm Tobias bei.

»Geh nach drüben und leg diesem Valdek Fesseln an«, trug Sadik ihm auf. »Ich kümmere mich schon um Stenz und Tillmann. Jana kann mir dabei zur Hand gehen. Und dann holen wir Jakob und die Flosbachs aus dem Keller. Aber erst müssen die drei hier sicher verschnürt sein.«

Wenig später waren Zeppenfelds Komplizen gefesselt und Stenz' Hand verbunden. Mit finsteren Gesichtern hockten sie nebeneinander auf dem Boden, mit dem Rücken gegen die Theke gelehnt.

Tobias griff in den Eisenring der schweren Kellerluke und klappte sie auf. Sadik holte eine Lampe und stieg die steile Treppe in das dunkle, kühle Kellergewölbe hinunter, gefolgt von Jana und Tobias.

Und da saßen sie, Jakob Weinroth, der Patron des Gasthofes, und seine Frau, die sie Stunden zuvor beim Wasserholen auf dem Hof beobachtet hatten, gefesselt und geknebelt auf einer dünnen Lage Stroh, zwischen Tonnen und Vorratskisten.

Der Lichtschein fiel auf das Gesicht von Jakob Weinroth. Es war blass und wirkte eingefallen. Die Gefangenschaft hatte ihre sichtbaren Spuren hinterlassen. Als er Tobias, Sadik und Jana erblickte, gab er einen lang gezogenen, erstickten Laut von sich, schloss die Augen und sackte in sich zusammen, als hätte ihm die Erlösung die letzte Kraft geraubt. Die Tage und Nächte der Angst und Selbstvorwürfe waren vorbei.

Nachrichten aus Mainz

»Nun lassen Sie es genug sein, Herr Flosbach! Wer soll denn das alles essen?«, rief Sadik lachend, als der Patron des Gasthofes zu dem Kuchen, dem großen Brotkorb, dem kalten Braten und der überquellenden Käseplatte auch noch eine Schüssel mit Leberpastete auf den Tisch stellte.

Gerd Flosbach lachte nur. Er war ein Mann von kräftiger Statur mit einer ausgeprägt energischen Kinnpartie, einem ansehnlichen Speckpolster um die Leibesmitte und einem wirren, grau melierten Haarkranz um den sonst blanken Schädel. Auf der Nase, weit heruntergerutscht, trug er eine Nickelbrille mit ovalen Gläsern, über deren Rand er zumeist hinwegschaute, als bedürfe er dieser Sehhilfe überhaupt nicht. Bekleidet war er mit einer schwarzweiß karierten Hose und einer weißen Kochjacke mit doppelter Knopfleiste auf der Brust und kurzem Stehkragen.

»Ich glaube, ich kriege keinen Bissen nicht runter«, sagte Jakob, der mit den drei Freunden am Tisch saß und noch immer recht mitgenommen aussah. Die Freude und Erleichterung darüber, dass Zeppenfelds Hinterhalt glücklicherweise rechtzeitig entdeckt worden war und die entsetzliche Geschichte einen so guten Ausgang genommen hatte, waren ihm auf den Magen geschlagen. Um die Nase herum war er noch reichlich blass. »Doch einen Schnaps, den könnte ich jetzt vertragen.«

»Ach, die Pastete kann ruhig bleiben. Sie sieht wirklich verlockend aus«, meinte Jana.

»Wie auch alles andere«, fügte Tobias fröhlich hinzu, den es mit großer Genugtuung erfüllte, Zeppenfeld und seine Komplizen da unten im Keller zu wissen. Auf Knebel hatten sie verzichtet, nicht jedoch auf Hand- und Fußfesseln. Allein Stenz hatte eine Sonderbehandlung erhalten. Zwangsläufig. Sadik hatte seine Wunde mit Branntwein gesäubert, verbunden und ihm sogar seine kostbaren schmerzstillenden Mittel verabreicht. »Ich muss gestehen, ich habe einen mächtigen Heißhunger!«

»Kein Wunder, wir haben heute ja auch nichts zu Abend gegessen«, stellte Sadik fest. »Diese nächtliche Mahlzeit ist uns daher sehr willkommen, Herr Flosbach. Aber Sie müssen zu dieser späten Stunde doch nicht so viel auftischen, dass sich die Platte biegt.«

»Ach, was! Das ist überhaupt nicht der Rede wert! Morgen stelle ich mich an die Pfannen und Töpfe und bringe einen wirklichen Festschmaus auf den Tisch. Heute reicht es ja nur für kalte Speisen. Und nun greifen Sie ordentlich zu! Sie haben es sich redlich verdient. Und der Schnaps kommt auch gleich. Was Sie da heute Nacht vollbracht haben, verschlägt mir noch immer den Atem, und dabei habe ich in den Wirren der Französischen Revolution gewiss nicht wenig erlebt. Aber dieses Bravourstück stellt alles in den Schatten«, sagte er voller Bewunderung.

»Nun ja, der Mensch ist wie eine Ameise: gleichzeitig schwach und gewaltig«, erwiderte Sadik mit bescheidener Zurückhaltung.

Der Patron nickte nachdrücklich. »In der Tat! In der Tat! Selten ist ein wahreres Wort gesprochen worden! Doch vergessen Sie bitte das ›Herr Flosbach‹, wenn Sie mir einen Gefallen tun möchten. Für meine Freunde bin ich schlicht und einfach der Jacques und es würde mich freuen, Sie alle zu meinen Freunden zählen zu dürfen, so wahr man mich Vierfinger-Jacques nennt!« Er sah Janas fragend belustigten Blick und hob seine rechte Hand mit dem fehlenden Mittelfinger. »Jawohl, auf diesen Namen bin ich stolz! Es war die Kugel eines blutrünstigen Royalisten, die mir den Finger abgerissen hat. Doch das war der letzte Schuss gewesen, den dieser Mann in die Menge aus Frauen und Kindern abgegeben hat! Damals war ich noch ein schneidiger junger Mann und ...«

»Schon gut, Jacques! Verschon sie bloß mit deinen haarsträubenden Geschichten aus deiner Jugend!«, fiel ihm da seine resolute Frau Helga ins Wort, die gerade aus der Küche kam, in der einen Hand eine Kanne mit frisch aufgebrühtem Kaffee und in der anderen einen Krug Milch. »Unsere Gäste interessieren sich jetzt bestimmt nicht für deine wilden Jugendjahre.« Und zu Sadik gewandt fuhr sie fort: »Wenn Sie ihn jetzt reden lassen, sitzen Sie noch bei Sonnenaufgang hier, ohne dass er in seinen Erzählungen auch nur ein Jahr älter geworden wäre.«

Sie lachten und auch Jacques nahm die Bemerkung seiner Frau mit einem Schmunzeln hin, zuckte mit den Achseln und sagte mit übertriebener Resignation in der Stimme: »Sie hören, wer in diesem Haus die goldene Gans ist und wer das Kommando führt. Na, dann werde ich mal den Schnaps holen.«

»Vom Zerschneiden einer Melone allein bekommt man keinen kühlen Mund, heißt es in meiner Heimat – also langen wir zu!«, forderte Sadik Jana und Tobias auf und ging selbst mit gutem Beispiel voran.

So hungrig Tobias auch war, so sehr brannte er doch darauf, nun endlich zu erfahren, was Jakob aus Mainz zu berichten hatte. »Erst will ich wissen, wie es Onkel Heinrich geht und was es Neues von *Falkenhof* gibt«, sagte er.

Jakob machte eine kummervolle Miene. »Nun ja«, begann er zögerlich, »es gibt gute und weniger gute Nachrichten.«

»Solange es keine ausnehmend schlechten gibt, wollen wir uns nicht beklagen«, meinte Sadik nüchtern und säbelte sich ein dickes Stück Käse ab. »Ich schlage vor, du fängst mit den weniger guten an.«

Jacques trat mit einem Steinkrug und zwei kleinen Zinnbechern an den Tisch. »Nehmen Sie erst einen kräftigen Schluck, Jakob Weinroth. Sie sehen noch immer so weiß aus wie das beste Leinen in unserem Hochzeitszimmer. Ist erstklassiger Wacholderschnaps und selbst gebrannt. Da ist nichts drin, was Ihnen die Gedärme zerfrisst, mein Wort drauf!«, sagte er mit ansteckender Munterkeit, denn zum ersten Mal zeigte sich wieder ein Lächeln auf dem Gesicht des Knechtes. »Ein Jacques-Brannt lockert die Zunge und bringt frische Farbe ins Gesicht. Zum Wohl!« Er nahm seinen Zinnbecher in die Lücke zwischen Zeige- und Ringfinger und kippte sich den Schnaps mit einer sichtlich routinierten Drehung des Handgelenkes in den Rachen.

Auch Jakob leerte seinen Becher auf einen Zug und während Jacques ihn sogleich wieder füllte, kam er nun Sadiks Aufforderung nach.

»Die Nacht, als der junge Herr und Sie mit dem Ballon davonflogen ... also das war die schlimmste meines Lebens. Eine ganze Abteilung Soldaten ritt vor *Falkenhof* auf. Die ganzen Fenster auf der Westseite haben sie zerschossen! Aus purer Zerstörungswut, denn der Herr Professor stand schon am Tor, um sie hereinzulassen. Vorhänge, Bilder und einige von den Kostbarkeiten, die der Professor aus aller Welt zusammengetragen hatte, sind dabei beschädigt worden. Eine volle Salve haben sie auf die Fenster im Westtrakt abgegeben!« Seine Stimme zitterte vor Empörung und er griff wieder zum Schnaps, nahm diesmal jedoch nur einen kleinen Schluck. »Und dann sind sie hereingeströmt: die Soldaten, dieser Lump von Zeppenfeld mit seinen Halsabschneidern und der Bluthund Pizalla! Der Herr Professor hat ihnen gleich gesagt, dass sie weder den Falkenstock noch republikanische

Schriften finden würden, auf die Pizalla so versessen war. Doch das hat sie nicht davon abgehalten, *Falkenhof* geschlagene zwei Tage lang auf den Kopf zu stellen! Pizallas Männer haben sich aufgeführt wie die ...« Er suchte nach einem passenden Wort.

»Vandalen?«, half Tobias ihm aus.

»Richtig, wie die Vandalen! Ich will gar nicht aufzählen, was sie alles kurz und klein geschlagen haben. Auf jeden Fall sah es in den Studierräumen und Experimentierstätten hinterher so aus, als wäre eine Horde – Vandalen säbelschwingend hindurchgeritten.«

»Hat Onkel Heinrich das alles miterlebt?«, fragte Tobias betroffen.

»Nein, und dem Herrgott sei Dank dafür! Es hätte ihm wohl das Herz gebrochen, wenn er das mit angesehen hätte«, sagte Jakob bedrückt. »Den Herrn Professor haben sie noch in der Nacht nach Mainz gebracht.«

»Ist seine Schulter gut verheilt?«, wollte Sadik wissen.

Der Knecht nickte. »Ja, das ist eine der guten Nachrichten. Er ist von einem schweren Wundfieber verschont geblieben, wohl dank Ihrer medizinischen Künste. Die Schussverletzung hat der Herr Professor gut überstanden.«

»Wird er um einen Prozess herumkommen und bald wieder freigelassen?«, fragte Tobias.

Jakob machte eine vage Handbewegung. »Ja und nein. Seine Freunde, zu denen wohl auch einige sehr hoch gestellte Persönlichkeiten zählen, haben sich für ihn verwendet, wie mir Pagenstecher berichtete. Er und seine Freunde vom Geheimbund werden wohl nicht der Volksaufhetzung und des versuchten Umsturzes angeklagt werden, wie Pizalla es sich gewünscht hat. Doch die Strafe, die sie erwartet, wird sie dennoch für gut zwei Jahre hinter Kerkermauern bringen.«

Tobias ließ das Messer sinken. »Zwei Jahre Kerker!«, stöhnte er auf. Er versuchte sich vorzustellen, mehr als siebenhundert

Tage eingesperrt zu sein. Es gelang ihm nicht. Schon eine Woche erschien ihm unerträglich lang. Aber zwei Jahre ...

»Jeder Tag davon ist zu viel«, sagte Sadik. »Aber es hätten auch leicht zehn, fünfzehn Jahre und mehr sein können, mein Junge! Deshalb sollten wir eher erleichtert als bedrückt sein, so ungerecht seine Einkerkerung auch ist. Wer zum Löwen sagt: ›Dein Maul stinkt!‹, muss damit rechnen, dass er in Schwierigkeiten gerät. Zwei Jahre Kerker, gewiss, das ist bitter. Aber Sihdi Heinrich hätte es noch bedeutend schlimmer treffen können.«

»Ein schwacher Trost«, murmelte Tobias.

»Wer den Einäugigen bedauert, vergisst, dass die Blinden ihn beneiden.«

Jana pflichtete Sadik mit einem Nicken bei und zu Tobias sagte sie aufmunternd: »Sadik hat Recht. Wir müssen eher dankbar sein, als mit dem Schicksal zu hadern. Es hätte für deinen Onkel wirklich sehr viel schlimmer ausgehen können. Die zwei Jahre wird er bestimmt überstehen, ohne Schaden zu nehmen. Er wird sich in dieser Zeit nicht unterkriegen lassen. Dafür ist er viel zu willensstark. Stell dir einfach vor, er würde eine lange Reise unternehmen – wie dein Vater, den du doch oft auch über Jahre nicht gesehen hast. Es ist eine schlimme Reise, die dein Onkel durchstehen muss, aber er wird von ihr zurückkehren, das weiß ich.«

»So sehe ich es auch, junger Herr. Ihr Onkel lässt sich von niemandem nicht unterkriegen!«, meinte Jakob nachdrücklich und mit Stolz in der Stimme. »Und solange er sich mit Büchern umgeben darf, was der Fall ist, macht sich auch der Herr Pagenstecher keine Sorgen nicht. Er ist guten Mutes und es gibt keinen Grund nicht, sich um Ihren Onkel Sorgen zu machen – das soll ich Ihnen von ihm ausrichten.«

Tobias wurde es ein wenig leichter ums Gemüt. Auf Pagenstecher war Verlass. Wenn dieser Mann guter Hoffnung war, gab es auch für ihn keinen Anlass, den Kopf hängen zu lassen. »Hast du für mich Post von meinem Onkel?«

»Natürlich, der Brief von Ihrem Onkel! Heilige Muttergottes, wie konnte ich den nur vergessen! Ich habe ihn in meine Jacke eingenäht. Noch nicht mal Zeppenfeld hat ihn gefunden! Pagenstecher brachte ihn mir mit der Aufforderung des Herrn Professors, mich nun unverzüglich hierher auf den Weg zu machen. Ich weiß, mich trifft die Schuld, dass Zeppenfeld Ihnen eine Falle stellen konnte. Aber ich war so vorsichtig, wie ich konnte, aber doch auch in Eile«, entschuldigte sich der Knecht nun für das Versäumnis, ihm noch nicht den Brief ausgehändigt zu haben, sowie für seine mangelhaften Vorsichtsmaßnahmen. Schuldbewusstsein stand deutlich auf seinem Gesicht.

»Nur das Kamel kann Last auf zwei Seiten tragen«, beruhigte ihn Sadik. »Du hast dein Bestes gegeben, Jakob, und gegen einen Mann wie Zeppenfeld den Kürzeren zu ziehen ist keine Schande. Zudem: Nur der Dumme klagt über das trockene Fladenbrot am Morgen, während er am Abend vor leeren Schüsseln sitzt.«

Jakob warf ihm einen dankbaren Blick zu und wollte aufstehen. »Ich hole den Brief des Professors.«

»Das hat jetzt keine Eile. Der Brief kann noch etwas warten«, hielt Sadik ihn zurück. »Wir müssen zuerst besprechen, wie wir uns Zeppenfeld und seine Männer vom Hals schaffen.«

Jacques, der bis dahin aufmerksam, aber schweigend zugehört hatte, sagte verwundert: »Aber das liegt doch auf der Hand! Wir übergeben sie der Gendarmerie! Sie haben uns überfallen und dafür werden sie im Kerker landen!«

Tobias verzog das Gesicht. »Schön wäre es, aber leider können wir uns das nicht erlauben.«

»Aber wieso denn nicht?«

Sadik erklärte es ihm und schloss mit den Worten: »Wir müssen Zeppenfeld ein paar Tage aus dem Verkehr ziehen, ohne dass wir mit den Behörden etwas zu tun haben. Denn sonst gelingt es Zeppenfeld noch, den Spieß umzudrehen und uns hinter Gitter zu bringen.«

»Und dann sind wir den Falkenstock endgültig los«, fügte

Tobias düster hinzu. »Was wir brauchen, ist ein Vorsprung von mindestens drei, vier Tagen.«

Jacques grinste. »Aber das ist doch gar kein Problem, meine Freunde! Ich hänge ein Schild vorn an die Einfahrt, dass mein Gasthof vorübergehend geschlossen ist, und halte dieses Gesindel einfach eine Woche da unten im Keller fest!«, bot er ihnen ohne lange zu zögern an.

Sadik sah ihn ernst an. »Ihr Angebot ehrt Sie, Jacques. Aber wir können es nicht annehmen, denn es würde Ihren Tod und den Ihrer Frau bedeuten! Irgendwann müssten Sie Zeppenfeld und seine Bande ja laufen lassen. Und bevor sie unsere Verfolgung aufnähmen, würden sie blutige Rache an Ihnen und Ihrer Familie nehmen.«

Jacques schluckte sichtlich. »Ich bin kein Feigling! Nie gewesen! Ich werde mit den Kerlen schon fertig! Ich schaffe sie Ihnen vom Hals, das bin ich meiner Ehre und meinem Freund Heinrich schuldig!«, sagte er tapfer.

»Und Ihrer Frau sind Sie es schuldig, dass Sie am Leben bleiben und sie beschützen«, erwiderte Sadik fast schroff. »Nein, schlagen Sie sich das aus dem Kopf. Wir brechen ganz gewiss nicht mit dem Wissen von hier auf, dass Zeppenfeld seine Wut an Ihnen und Ihrer Frau auslassen kann. Nein! Sparen Sie sich jedes weitere Wort, Jacques! Es muss eine andere Lösung geben, die Sie nicht gefährdet, sondern Zeppenfelds Wut einzig und allein auf uns richtet. Was immer wir zu seinem Nachteil aushecken, er muss der Überzeugung sein, dass allein wir ihm das eingebrockt haben. Sie und Ihre Frau dürfen ihnen von nun an gar nicht mehr unter die Augen treten.«

Tobias nickte. »Richtig. Wir haben nichts mehr zu verlieren, denn er hasst uns ja jetzt schon wie die Pest. Und ein bisschen mehr Wut macht da den Braten auch nicht mehr viel fetter. Die Frage ist nur, *wie* wir Zeppenfeld hier irgendwo ein paar Tage festhalten, ohne denjenigen in Gefahr zu bringen, der uns dabei hilft. Und ohne Hilfe schaffen wir es nicht. Wir können sie ja kaum eine Woche nackt im Wald aussetzen.«

»Verdient hätten sie es«, meinte Jana grimmig. »Zeppenfeld und seine Söldner sind gemeiner und skrupelloser als die schlimmsten Wegelagerer!«

»Ja, ja, sie sind wahrer Abschaum. Dagegen ist das Gesindel, das die Straßen unsicher macht, ein geradezu edelmütiger Menschenschlag – was mich auf eine Idee bringt!« Jacques legte die Stirn in Falten und sog seinen Selbstgebrannten mit einem lauten, genussvollen Schlürfen durch die Lippen.

»Wenn du schon eine Idee hast, Jacques!«, meinte seine Frau skeptisch.

»Warte es ab, Frau«, sagte Jacques munter und wandte sich Sadik zu. »Ich wüsste da schon jemanden, der uns helfen kann, ohne dass Zeppenfeld ihn verdächtigen wird, etwas mit Ihnen zu tun zu haben. Zudem wird er es auch nicht wagen.«

»Und wer soll dieser Jemand sein?«, fragte Helga Flosbach.

Er zwinkerte ihr zu. »Daemgens Peter! Der wird das schon deichseln, so wahr ich Vierfinger-Jacques heiße!«

Ein überraschter Ausdruck trat auf Helgas Gesicht und dann schlug sie sich vergnügt auf den Oberschenkel. »Natürlich! Unser fescher Peter! Ja, das nenn ich endlich mal eine Idee, die es in sich hat!«

»Wie mein Selbstgebrannter, stimmt's?«

Sie nickte lachend.

Jana, Sadik und Tobias warteten gespannt auf eine Erklärung und hofften, dass die Idee des Patrons auch wirklich Hand und Fuß hatte.

»Peter Daemgen ist unser Schwiegersohn, der Mann unserer Tochter Astrid«, unterrichtete sie Jacques auch sogleich. »Ein Mann, der das Herz auf dem rechten Fleck hat und auch nicht zögern wird, Ihnen zur Seite zu stehen. Und er ist ein Mann, der wirklich helfen kann, denn er führt das Kommando über die hiesige Zollstation!«

»Ein Zöllner, das trifft sich gut, wenn wir über die Grenze wollen«, räumte Sadik ein. »Aber wie soll er uns helfen können, was Zeppenfeld betrifft?«

Jacques lächelte verschmitzt. »Kleider machen Leute, nicht wahr? Und dass Zeppenfeld ein Mann mit Geld und Namen ist, erkennt man an seiner Kleidung. Doch was ist, wenn man ihm sein Geld, seine Ringe und seine Papiere abnimmt, ihn in die abgerissene Kleidung eines Strauchdiebes steckt und ihn zudem noch gemeinsam mit seinen Komplizen mächtig unter Branntwein setzt? Wer wird ihn dann noch für einen Mann halten, den man mit Samthandschuhen anfassen müsste? Zumal wenn man sie sinnlos betrunken dabei überrascht, wie sie einen Heuschober in Brand gesteckt haben? Es werden Tage ins Land gehen, bis Zeppenfeld bewiesen hat, dass er kein Landstreicher ist!«

»Bei den Suren des Korans, das ist natürlich eine treffliche Idee!«, rief Sadik begeistert.

»Vorausgesetzt, Ihr Schwiegersohn ist auch wirklich bereit, sich darauf einzulassen«, merkte Tobias fragend an.

»Keine Frage, das tut er«, versicherte Jacques. »Der Heuschober, an den ich denke, befindet sich ganz in der Nähe der Zollstation. Niemand wird ihm vorwerfen, dass er die angeblichen Brandstifter hinter Schloss und Riegel setzt und es nicht sonderlich eilig damit hat, die Behauptungen dieses Herrn zu überprüfen.«

Je länger sie über die Einzelheiten sprachen, desto zuversichtlicher wurden sie. Doch noch stand die Zustimmung des Zöllners zu ihrem Plan aus.

»Ich reite gleich morgen in der Frühe los und hole ihn«, versprach Jacques. »Doch Sie können sich beruhigt zu Bett begeben. Peter Daemgen wird Sie nicht im Stich lassen!«

Gänsekopf und Falkenkopf

Vierfinger-Jacques brach beim ersten Licht des neuen Tages zum Haus seines Schwiegersohnes auf. Jana, Sadik, Tobias und Jakob saßen noch beim Frühstück, als er mit ihm zurückkehrte.

»Hoffentlich hat er nicht zu viel versprochen«, murmelte Jana.

Auch Tobias bangte, wie sich der Zöllner zu ihrem Ansinnen stellen würde, waren sie ihm doch völlig fremd. Und wer war schon so rasch bereit, für einen Fremden seine Haut zu Markte zu tragen, auch wenn es um eine gute Sache ging? Menschen wie Vierfinger-Jacques waren überall auf der Welt dünn gesät. Sollten sie tatsächlich das Glück haben, ausgerechnet hier auf zwei von dieser seltenen Sorte zu treffen?

Mit energischen Schritten trat Peter Daemgen hinter seinem Schwiegervater in den Schankraum. Er war ein kräftiger Mann mit dunkelbraunem Haar und erweckte auf Anhieb einen sympathischen Eindruck. Jacques hatte ihn schon auf dem Ritt zum Gasthof über alles informiert, sodass sie sich sofort zusammensetzen und über ihr weiteres Vorgehen reden konnten.

»Um es gleich vorweg zu sagen«, begann der Zöllner in einem grimmigen Tonfall, der Jana und Tobias dazu bewog, sich einen sorgenvollen Blick zuzuwerfen. »Es gefällt mir ganz und gar nicht, was mir mein Schwiegervater da unterbreitet hat!«

Sadik räusperte sich. Auch er sah seine Hoffnung dahinschwinden. »Ich kann Ihnen gut nachfühlen, dass Sie mit unseren Problemen nichts zu tun haben wollen. Es lag auch nicht in unserer Absicht ...«

»Entschuldigen Sie, dass ich Ihnen so unhöflich ins Wort falle, aber ich habe mich wohl missverständlich ausgedrückt«, unterbrach ihn der Zöllner. »Ich bin sehr wohl bereit, Ihnen mit allem, was in meiner Macht steht, zur Seite zu stehen. Was mir nicht gefällt, ist die Tatsache, dass dieser ...«

»Zeppenfeld, Armin von Zeppenfeld«, warf Jacques ein.

»Richtig, dass dieser Zeppenfeld und seine Spießgesellen so billig davonkommen sollen«, fuhr Peter Daemgen fort. »Denn wenn ich meinen Schwiegervater recht verstanden habe, geht es letztlich nur darum, sie ein paar Tage hinter Schloss und Riegel zu halten, statt sie ihrer Verbrechen anzuklagen und sie für den Rest ihres Lebens einzusperren! Aber genau das hätten sie verdient!«

Seine zornigen Worte hatten allgemeine Erleichterung zur Folge. »Natürlich sähen auch wir das lieber«, gab Sadik zu. »Nur würde es zu keinem gerechten Prozess kommen ...«

»Ja, ja, ich weiß. Ich habe gehört, wie übel man Ihnen und Ihrem Onkel«, dabei sah der Zöllner Tobias mitfühlend an, »mitgespielt hat. Und wir werden uns wohl leider damit abfinden müssen, dass Lumpen wie dieser Zeppenfeld noch immer zu viel Einfluss genießen, um sie ihrer gerechten Strafe zuführen zu können. Also konzentrieren wir uns darauf, wie ich Ihnen dieses Pack möglichst lange vom Hals halten kann.«

Jacques blickte strahlend und stolz in die Runde, als wollte er sagen: Na, habe ich zu viel versprochen? Ein aufrechter Mann, den meine Astrid zum Mann genommen hat! Ganz wie ihr Vater. Einmal Jakobiner, immer Jakobiner!

Sadik dankte ihm tief bewegt für seine Bereitschaft und dann ging es zur Sache. Sie kamen überein, ihren Plan am späten Nachmittag auszuführen. Jacques und seine Frau sollten gar nicht mehr in Erscheinung treten. Auch Jakob nicht. Sadik wollte alle Vorbereitungen allein mit Tobias und Jana treffen, um die Gefahr für alle anderen gering zu halten. Für die nötige Kleidung und den Branntwein wollte Jacques sorgen.

»Füllt sie gehörig ab«, ermahnte sie Peter Daemgen noch einmal, als er eine Stunde später aufbrach. »Je später sie aus ihrem Rausch erwachen, desto länger bleiben sie eingesperrt.«

»Worauf du deine schmucke Uniform verwetten kannst«, versicherte Jacques.

»Ich wünsche Ihnen schon jetzt alles Gute«, verabschiedete sich der hilfreiche Zöllner von Sadik, Tobias und Jana per Handschlag. »Später an der Grenze kenne ich Sie ja nicht. Sehen Sie zu, dass Sie so schnell wie möglich nach Paris kommen. Ich werde alles tun, was möglich ist, um sie festzuhalten, ohne dass jemand misstrauisch wird. Aber mit mehr als fünf, sechs Tagen Vorsprung können Sie nicht rechnen.«

»Das reicht uns völlig«, erwiderte Sadik und wollte sich noch einmal für die Hilfe bedanken, die er ihnen so großzügig gewährte.

Peter Daemgen ließ ihn nicht ausreden. »Schon gut. Halten Sie den abgesprochenen Zeitplan ein. Viel Glück«, sagte er, schwang sich auf sein Pferd und ritt davon.

»Ich schlage vor, dass sich Jakob auch gleich auf den Heimweg macht«, meinte Sadik wenig später.

»Das geht nicht«, widersprach Tobias. »Ich möchte ihm einen Brief für Onkel Heinrich mitgeben und den muss ich erst noch schreiben!«

»Dann beeilst du dich besser damit!«

»Jakob kann nach dem Essen aufbrechen. Es wäre doch eine Schande, wenn er vom herrlichen Gänsebraten nichts abkriegen würde«, sprach sich nun auch Jacques für ein längeres Verbleiben des Knechtes aus. Und ein wenig spöttisch fügte er hinzu: »Wer soll denn sonst all das Gänsefleisch essen? Gewisse Schlummerhappen haben mir nämlich eine übervolle Speisekammer Geflügel beschert.«

»Für den Verlust bezahlen wir natürlich«, versicherte Sadik.

»Ach was, das Entgelt hole ich mir schon aus Zeppenfelds prall gefüllter Börse«, erwiderte Jacques. »Was ich mir wünsche, sind ordentliche Esser bei Tisch! Und was das betrifft, steht Jakob Weinroth gewiss seinen Mann.«

Der Knecht schmunzelte. »Tja, an mir soll's bestimmt nicht liegen«, sagte er mit einem fragenden Blick zu Sadik.

Dieser erwiderte das Lächeln. »Also gut, warum sollst du um diesen Festschmaus kommen. Es reicht wirklich, wenn du dich erst nach dem Essen auf den Rückweg begibst.«

Jacques klatschte in die Hände. »Ausgezeichnet! Dann werde ich mal an die Arbeit gehen, damit ihr dieses Essen immer in bester Erinnerung behaltet!«, rief er und begab sich in die Küche.

Während Sadik nach den im Keller Eingeschlossenen sah, noch einmal Stenz' Wunde versorgte und sich anschließend mit Jana und Helga Flosbach auf den Weg zum Heuschober begab, um sich mit den Örtlichkeiten vertraut zu machen und einige Vorbereitungen zu treffen, saß Tobias an einem Fenstertisch im Schankraum und verfasste einen langen Brief an seinen Onkel.

Onkel Heinrichs Brief hatte er letzte Nacht noch gelesen und dann gleich noch einmal, als er am Morgen aufgewacht war. Aus Heinrichs Zeilen klang weder Bitterkeit noch Mutlosigkeit, sondern fast so etwas wie heitere Gelassenheit in seinem Schicksal. Er vermochte sich sogar mit spöttischer Belustigung über einen seiner Wärter auszulassen, den es seiner Meinung nach viel härter getroffen habe als ihn, Heinrich Heller, da er doch sein ganzes Leben in diesen dunklen Kerkergewölben verbringen müsse.

Onkel Heinrich berichtete mit ungebrochenem Lebensmut und Zuversicht über sein Alltagsleben, das ihm offenbar verhältnismäßig wenig Entbehrungen und Unannehmlichkeiten abverlangte. Er teilte mittlerweile eine geräumige Zelle mit zwei anderen verhafteten Geheimbündlern und Pagenstecher hatte mit großzügigen Bestechungsgeldern einige Annehmlichkeiten für die Inhaftierten erreicht. So wurden sie mit besserem Essen versorgt, durften Bücher bestellen und erhielten auch genügend Federkiele, Tinte und Papier zu ihrer freien Verwendung.

»Natürlich können wir nicht *alles*, was uns einfällt und des Niederschreibens wert wäre, zu Papier bringen, wie du dir sicher vorstellen kannst. Dass manche vor einem simplen Federkiel fast noch mehr Angst haben als vor tausend Schwertern, ist doch merkwürdig, findest du nicht auch?«, hatte Onkel Heinrich voller Sarkasmus geschrieben. »Aber lass uns von was anderem reden: Meine Werkstätten und Experimente fehlen mir natürlich sehr, ganz besonders mein kleines Studierzimmer. Aber es hat auch sein Gutes, dass ich eine Zeit lang nicht auf *Falkenhof* bin. So kann die gute Agnes endlich einmal überall da putzen und Ordnung schaffen, wo ich sie bisher nicht habe herumfuhrwerken lassen – und das trifft auf ein gutes dutzend Räume zu. Wie ich übrigens gehört habe, geht auf dem Gut alles wieder seinen gewohnten Gang ...«

Anfangs fiel es Tobias schwer, einen auch nur annähernd munteren Tonfall zu treffen, als er seinem Onkel von ihren abenteuerlichen Wochen berichtete, ohne jedoch Namen zu nennen, als er etwa über den Musikus und seine dichtende Frau schrieb. Da begnügte er sich mit Andeutungen, die Heinrich Heller schon verraten würden, wer damit gemeint war. Und je länger seine Feder über das Papier kratzte und die Seiten füllte, desto besser fühlte er sich. Es gab so vieles, was er ihm schreiben wollte! Was hatten sie seit ihrer Flucht von *Falkenhof* nicht alles erlebt! Ja, sein Onkel konnte auf ihn und Sadik stolz sein – und natürlich auch auf Jana! Sie hatten Zeppenfeld mehr als einmal ein Schnippchen geschlagen und würden sich auch in Zukunft von ihm nicht in die Knie zwingen lassen. So wie Onkel Heinrich sich nicht vom Leben in Kerkermauern seinen Optimismus und seinen Glauben an eine bessere Zeit nehmen ließ, so würden auch sie der Gefahr trotzen und sich behaupten. Sadik hatte völlig Recht. Was waren schon zwei Jahre! Die würden sie schon überstehen – sie alle, egal mit welchen Widrigkeiten sie zu kämpfen hatten.

Und während seine Zeilen Seite um Seite bedeckten, begann sich intensiver Bratengeruch auszubreiten. Wie ein laues Lüftchen kroch er erst unter der Küchentür hervor und reizte mit feinem Duft Tobias' Nase. Doch schon bald nahm die Intensität der Küchengerüche zu. Sie nahmen Besitz vom Gasthof und drangen unaufhaltsam weiter, bis der Duft von Gänsebraten jeden Winkel des Gasthofes, vom Dach bis zum Keller, erreicht hatte.

Tobias bemühte sich, nicht daran zu denken, dass sie es gewesen waren, die für Gänsebraten mitten im Sommer gesorgt hatten. Es tat ihm Leid, dass mehrere Tiere bei ihrer nächtlichen Überrumpelungsaktion daran hatten glauben müssen.

Nachdem er seinen langen Brief fertig hatte, begab er sich nach draußen, um dem starken Geruch im Haus zu entfliehen. Als Jacques sie an den Tisch bat, hätte er am liebsten abgelehnt, denn er verspürte nicht den geringsten Appetit. Doch der Gastwirt war auf seine Kochkünste, die Tobias unter anderen Umständen gewiss zu höchstem Lob und mehrmaligem Auffüllen seines Tellers veranlasst hätten, so stolz, dass er es ihm nicht antun konnte, dem Festessen fernzubleiben.

Jana erging es wohl nicht anders, denn auch sie aß nur sehr zögerlich und begründete ihre kleine Portion damit, noch immer vom Frühstück gesättigt zu sein. Sadik und Jakob dagegen mundete der Gänsebraten offensichtlich ganz ausgezeichnet und sie nahmen reichlich. Sie geizten auch nicht mit ihrem Lob für den Koch.

»Das ist die saftigste Gans, die ich je gegessen habe!«, verkündete Sadik. »Das Fleisch hat einen köstlichen Beigeschmack!«

Ja, vom Branntwein vermutlich, an dem die armen Tiere gestorben sind, dachte Tobias und stocherte in seinem Essen herum.

»Fürwahr! Da soll noch jemand sagen, Gänsebraten schmeckt nur im Winter«, sagte Jakob mit vollem Mund und griff nach einer zweiten Keule. »So einen Braten wünsche ich mir zu jedem Festtag!«

Jacques strahlte.

Tobias brachte bald keinen Bissen mehr hinunter. Übelkeit stieg in ihm auf, je länger er bei Tisch saß und mit ansehen musste, wie alle außer ihm und Jana dem Braten mit wahrer Wonne zusprachen.

»Ich – ich muss mal an die frische Luft. Entschuldigt mich bitte«, murmelte er, schob seinen Stuhl zurück und begab sich eiligst nach draußen.

Er ging in den Schatten der Scheune hinüber und wünschte im nächsten Moment, er wäre besser in der prallen Mittagssonne stehen geblieben. Denn auf dem Weg dorthin kam er am Hauklotz vorbei. Die dunklen Flecken getrockneten Blutes auf der von zahllosen Axthieben gekerbten Oberfläche und die Federn auf dem Klotz verrieten ihm auf den ersten Blick, dass Jacques die Gänse hier geköpft hatte, und einer der Köpfe war liegen geblieben.

Tobias wandte sich sofort ab. Doch das Würgen vermochte er nun nicht mehr zu unterdrücken. Jäh schoss es in ihm auf und er lehnte sich mit einer Hand gegen die Seitenwand der Scheune, während sich sein Magen nach außen zu kehren schien und er alles erbrach, was er zu sich genommen hatte.

Zitternd wankte er zum Brunnen, schöpfte einen Eimer Wasser, spülte seinen Mund mehrmals aus und goss sich den Rest über den Kopf.

Den ekelhaften Geschmack war er losgeworden, doch noch immer hatte er den abgehackten Gänsekopf mit dem weit aufgerissenen Schnabel vor Augen.

Dieses Bild verband sich in seinem Kopf plötzlich mit dem Falkenkopf und dessen aufgerissenem Maul. Ein Schauer durchfuhr ihn, als sich Gedanken aus dem Labyrinth seines Gehirnes zu lösen begannen und aufeinander zutrieben.

Aufgerissenes Maul!
Der Falkenkopf!
Dem Räuber gierig Schlund!
Würgt aus des Rätsels Rund!
Würgen! Auswürgen!
Wo rascher Vorstoß wird gewagt!
Tobias wusste plötzlich die Lösung, die Wattendorf in sei-

nem Gedicht versteckt hatte. Wie ein Blitz kam ihm die Erkenntnis!

Er wirbelte herum und stieß dabei den Holzeimer in den Brunnen, ohne dass er es bemerkte. »Sadik! Jana! Ich habe es!«, schrie er aufgeregt und vergessen waren Gänsebraten und Übelkeit. »Jana! Sadik!«

Mit dem blanken Säbel in der Hand stürzte Sadik allen voran aus dem Gasthof, denn er wähnte Tobias in Gefahr. Auch Jakob, Jacques und Jana hatten sich bewaffnet. Als sie jedoch sahen, dass von einer Gefahr nicht die Rede sein konnte, da Tobias einen wahren Freudentanz um den Brunnen aufführte, ließen sie ihre Waffen sinken, Verwirrung auf den Gesichtern, denn sie konnten sich sein Verhalten nicht erklären.

»Ich habe es!«, jubilierte Tobias.

»Was denn? Einen Sonnenstich?«, fragte Sadik verständnislos und ein wenig ungehalten, dass sich Tobias wie ein Irrer aufführte und sie vom Mittagstisch geholt hatte, als Jacques gerade mit einer köstlichen Nachspeise aus der Küche erschienen war. Wo er doch eine ausgeprägte Schwäche für alles Süße hatte!

Tobias lachte. »Von wegen Sonnenstich! Mich hat vielmehr Allahs Erleuchtung getroffen! Ich habe das Geheimnis um den Falkenstock gelöst!«

Jana riss die Augen auf. »O nein!«, rief sie unwillkürlich, weil es zu schön klang, um wahr zu sein.

»O ja! So muss es heißen! Ich weiß tatsächlich, wie man dem Stock sein Geheimnis entreißt«, erwiderte Tobias und war sich seiner Sache absolut sicher. »Hol bitte den Stock, Jana! Dann beweise ich es euch!«

Jana rannte ins Haus zurück.

»Du weißt wirklich, was es mit dem Stock auf sich hat?«, fragte Sadik, zwischen Skepsis und freudiger Erregung sichtlich hin- und hergerissen.

»Ich wette mit dir um mein Florett!«

»Dann musst du dir deiner Sache wirklich sehr sicher sein.«
»Bin ich auch!«

Jana eilte mit dem Stock wieder zu ihnen auf den Hof hinaus und reichte ihn Tobias. »Himmel, was bin ich aufgeregt!«, gestand sie.

Das galt nun auch für Sadik. »Sag schon, welchen Geistesblitz Allah dir beschert hat!«, drängte er.

Tobias genoss die Spannung. Er strich über das Ebenholz und legte seine Hand dann auf den Falkenkopf. »Erinnert ihr euch noch an die letzte Strophe von Wattendorfs Gedicht?«

»Jeder von uns kann das ganze Gedicht vorwärts und rückwärts herunterbeten. Im Schlaf, wie du sehr wohl weißt! Also spann uns jetzt bloß nicht auf die Folter«, drohte Sadik.

Tobias wollte die Situation jedoch noch ein wenig auskosten. »Die erste Strophe von seinem seltsamen Gedicht war ja nicht schwer zu verstehen. Die zweite hat uns schon Kopfzerbrechen bereitet, doch die dritte war uns völlig unverständlich und schien dem verqueren Hirn eines geistig Verwirrten entsprungen zu sein«, erinnerte er sie noch einmal. »Dabei enthält sie den genauen Hinweis, wie man den Stock handhaben muss, um hinter sein Geheimnis zu kommen – und um dem Falken seine Beute abzujagen, wie es in dem Gedicht auch wörtlich geschrieben steht!«

»Tobias, bitte!«, flehte Jana und trat ungeduldig von einem Fuß auf den anderen.

Tobias begegnete Sadiks grimmigem Blick mit einem fröhlichen, unbeschwerten Lächeln. Jetzt kam es doch auf ein paar Minuten mehr oder weniger nicht an, oder?

»Ein rascher Vorstoß muss gewagt werden, um dem Falken die Beute abzunehmen«, fuhr er ohne Hast fort. »Dann würgt er sie aus! Aber wohin muss der Vorstoß gerichtet sein?« Er gab sofort mit Triumph in der Stimme die Antwort: »Natürlich in des *Räubers gierig Schlund!* In seinen Rachen! Dann würgt er die Beute aus! So steht es auch im Gedicht. Man muss ihm also den Finger ganz tief in den Rachen stoßen! Da hinten muss es einen versteckten Mechanismus geben!« Er deutete mit dem Finger in das aufgerissene Maul des silbernen Falkenkopfes.

Sadik stöhnte auf. »Nun mach schon! Lass sehen, ob das tatsächlich des Rätsels Lösung ist!«, forderte er ihn auf, von unerträglicher Spannung gepeinigt.

Tobias zögerte. Seine zur Schau gestellte Gelassenheit wich einer Erregung, die ihm fast Herzschmerzen bereitete. Wenn er sich nun doch geirrt hatte? Nein! Es gab keine andere Lösung!

Er stieß seinen Finger tief in den Rachen des Raubvogels. Einen winzigen Moment lang fürchtete er, doch Opfer eines irrigen Gedankens geworden zu sein. Doch dann gab das Metall unter seiner Fingerkuppe nach. Eisenstifte klappten nach innen weg, während gleichzeitig eine Feder aktiviert wurde. Und begleitet von einem hellen Klicken sprang der Kopf wie der Korken aus einer Champagnerflasche aus dem Stock. Ein metallverstärkter Innenrand mit einem Kranz kleiner Vertiefungen für die Eisenstifte kam zum Vorschein – und eine lange hohle Röhre in Ebenholz.

»Der Stock ist innen hohl! Eine Papierrolle steckt in der Kammer! Vermutlich eine Karte! Ich wusste es doch!«, stieß Tobias hervor, von Freude und Stolz über seine Entdeckung regelrecht überwältigt. Der Stock zitterte in seiner Hand.

Jana stieß einen Freudenschrei aus, als hätten sie den Stein der Weisen gefunden.

»Bei Allah! Du hast das Rätsel wirklich gelöst!«, sagte Sadik fast andächtig.

Jacques und seine Frau freuten sich mit ihnen, auch wenn ihnen die Aufregung um geheimnisvolle Täler in fremden Ländern so fremd war wie die Orte, die bei Jana, Sadik und Tobias die Phantasie so heftig anregten.

Alles drängte sich nun um Tobias, der die Karte aus dem Ebenholzstock zog. »Der Gang des Skarabäus, damit war das hohle Innere des Stockes gemeint«, murmelte er mit einem verklärten Lächeln, als er sich hinkniete und das dünne Papier ausrollte, »und mit den Papyrusschwingen, auf denen eingebrannt das verschollene Tal im Wüstensand reist, hat Wattendorf auf diese Karte hier angespielt.«

Die Karte aus dünnem Papier maß etwa vier Handspannen im Quadrat. Falken schwebten in ihren Ecken, während das Innere von unzähligen Zeichen und Ortsnamen in der krakeligen Handschrift bedeckt war, die für Wattendorf so typisch war. Ortschaften, Karawanenwege, Oasen, Sandwüsten, schroffe Bergzüge, ausgetrocknete Flussläufe und andere landschaftliche Merkmale waren durch entsprechend primitive zeichnerische Darstellungen recht leicht zu erkennen. Hütten und Zelte standen für kleine Siedlungen. Waren sie von einer Mauer umgeben, handelte es sich um eine Stadt. Drei Palmen kennzeichneten eine Oase und ein Wasserschlauch eine der seltenen Wasserquellen in der Wüste.

»Das muss der Nil sein!« Tobias deutete auf die dicke blaue Linie, die sich im linken Drittel der Karte vom oberen bis zum unteren Rand schlängelte. »Hier sind Alexandria und Cairo! Und der Punkt da links unten ist bestimmt Chartoum! Richtig, da steht es ja auch!«

»Da! Die Nubische Wüste! Und hier, die Oase Al-Kariah!«, rief Sadik, während sein Zeigefinger aufgeregt wie ein Derwisch von einer Markierung zur anderen über die Karte tanzte.

»Das verschollene Tal muss dort irgendwo in der Nähe sein!«, stieß Tobias mit trockener Kehle hervor, während er sich bemühte Wattendorfs miserable Handschrift zu entziffern.

Sadik war schneller. »Das Tal des Falken! Hier liegt es! Seht ihr den Falkenkopf? Er trägt den Namen, der in Arabisch geschrieben ist, in seinem Maul. Und daneben ist das einzige rote Zeichen auf der Karte. Eine Scheibe! Die Sonnenscheibe! Ein wichtiges Symbol der Gottkönige im alten Ägypten. Ja, das ist das verschollene Tal. Es liegt in den Bergen.«

Tobias kniff die Augen zusammen. »Aber da steht noch etwas«, stellte er fest und verfluchte Wattendorfs kaum zu entziffernde Handschrift. Und als wenn diese in Deutsch nicht schon schlimm genug gewesen wäre, hatte er die Eintragungen zu allem Übel auch noch auf arabisch vorgenommen. »Bals ... und Al wud ...« Er zuckte hilflos mit den Schultern. »Tut mir Leid, ich muss passen! Dieses Gekrakel ist vielleicht was für Jana. Um Wattendorfs Klaue lesen zu können, muss man fast schon hellseherisch begabt sein!«

Sadik lachte. »Du übertreibst. Es ist halb so schlimm.«

»So? Und was steht da neben dem Namen Tal des Falken?«, wollte Tobias wissen.

»*Boni-Israil* und *Al-Hudschurat*«, entzifferte Sadik.

Tobias runzelte verwirrt die Stirn. »*Die Nachtreise* und *Die inneren Zimmer*?«, übersetzte er für Jana. »Tragen nicht zwei Koransuren diese Überschriften?«

Sadik nickte. »Ja, und zwar die 17. und 49. Ein Zufall ist das kaum. Wattendorf hat sich etwas dabei gedacht, aber was die Namen bedeuten sollen, wird nicht so einfach herauszufinden sein, wie ich ihn einschätze.«

»Du meinst, er hat Roland und Burlington auch so ein Rätsel zugeschickt wie meinem Vater?«

»*Aiwa!* Mit Sicherheit!«, erwiderte Sadik im Brustton der Überzeugung. »Es würde mich gar nicht wundern, wenn es sich bei der Nachtreise und den inneren Zimmern um die beiden inneren Pforten handelt, von dem er in seinem Brief an deinen Vater geschrieben hat. Die Zeichen weisen nämlich darauf hin, dass alle drei Begriffe zusammengehören. Von Sihdi Roland und Sihdi Burlington werden wir gewiss mehr darüber erfahren, wenn ich mich nicht sehr täusche. Zumindest wird uns eine Art Rätsel erwarten, wie der Falkenstock es gewesen ist.«

»Du glaubst, sie haben auch so einen Falkenstock erhalten?«, fragte Tobias.

Sadik schüttelte den Kopf und lachte kurz auf. »*La*, das bestimmt nicht. Das wäre zu einfach. Wattendorf hat sich für Sihdi Roland und Sihdi Burlington garantiert etwas anderes einfallen lassen. Eine blühende Phantasie hatte er ja immer, das musste man ihm lassen. Wir dürfen also gespannt sein, was er sich für sie ausgedacht hat, um ihnen die Entdeckung der Schlüssel für die inneren Pforten zu erschweren.«

»Was immer mit den inneren Pforten gemeint sein mag«, murmelte Tobias.

»*Aiwa*, was immer damit gemeint sein mag«, wiederholte Sadik nicht weniger grüblerisch.

Jana studierte die Karte mit ganz anderen Augen als Tobias und Sadik, die eifrig Vermutungen anstellten. Sie war einfach nur fasziniert, dass diese Landkarte mit all den geheimnisvollen Eintragungen überhaupt existierte – und damit die Legende von dem verschollenen Tal der Könige zu einem Ort werden ließ, den es tatsächlich irgendwo jenseits der großen ägyptischen Wüste gab.

Und der darauf wartete, wieder entdeckt zu werden!

Hoch die Kanne!

Die scharfe Klinge von Sadiks Messer durchtrennte Zeppenfelds Fesseln. Mit einer wütenden Gebärde schleuderte er die Stricke von sich und rieb sich die Handgelenke. »Wurde auch Zeit!«, stieß er in dem Irrglauben hervor, jetzt endlich freigelassen zu werden. »Hat lange genug gedauert, bis ihr begriffen habt, auf wie verlorenem Posten ihr steht! Will jedoch Nachsicht üben und vergessen, was geschehen ist! Gebt mir jetzt den Falkenstock und ich lass euch unbehelligt ziehen!«

Sadik bemühte sich erst gar nicht, darauf einzugehen. »Ausziehen!«, befahl er knapp.

Zeppenfeld sah ihn fassungslos an. Stenz, Tillmann und Valdek, die noch gefesselt am Boden hockten und gleichfalls erleichtert aufgeatmet hatten, waren nicht minder verstört.

»Ausziehen!«, wiederholte Sadik scharf.

Zeppenfeld straffte sich. »Was maßt du dir an, Sadik?«, stieß er empört hervor und warf jetzt auch einen drohenden Blick zu Tobias hinüber, der neben der Treppe stand. »Können uns noch im Guten trennen! Warne euch zum ...«

»Und das ist meine letzte Warnung!«, fiel ihm Sadik grob ins Wort. Gleichzeitig vollführte seine Hand mit dem Messer eine blitzschnelle Aufwärtsbewegung. Die Klinge fetzte Zeppenfelds Hemd über der Brust auf, ohne jedoch seine Haut zu ritzen. »Wenn Sie sich nicht freiwillig ausziehen, erledige ich das auf meine Weise! Ich kann Ihnen jedoch nicht versprechen, dass Sie dabei so ungeschoren davonkommen wie bei diesem Schnitt!«

Zeppenfeld zuckte erschrocken zurück. »Muss den Verstand verloren haben!«, keuchte er.

»Ich zähle bis drei!« Sadiks Stimme war so schneidend wie sein Messer. »Eins! Zwei ...!«

»Werdet dafür bitter büßen!«, stieß Zeppenfeld wutschnaubend hervor, beeilte sich jetzt jedoch, Sadiks Aufforderung zu befolgen. Seine ohnmächtige Wut wuchs noch, als er auch seine seidenen Socken und die teure Leibwäsche ausziehen musste. Nackt und zitternd vor Empörung stand er vor ihnen.

»Wir haben Kleider, die besser zu Ihnen passen, Zeppenfeld«, höhnte Sadik. »Gib ihm seine neuen Sachen, Tobias!«

Dieser warf ihm die Kleider, die Jacques zusammengesucht hatte, vor die Füße. »Lumpen für einen Lumpen!«, bemerkte er.

Zeppenfeld funkelte ihn an, als wollte er ihn mit Blicken töten. »Wirst dafür bezahlen! Hast mein Wort drauf!«, zischte er.

»Ja, das Wort eines Lumpen«, entgegnete Tobias voller Verachtung.

»Anziehen!«, befahl Sadik knapp.

Mit sichtlichem Ekel zog Zeppenfeld die zerlumpten Kleider an und erging sich dabei in lästerlichen Flüchen.

Nachdem Sadik ihm wieder die Hände auf den Rücken gebunden hatte, befreite er Stenz, Tillmann und Valdek von ihren Fußfesseln. »Los, nach oben! Wir unternehmen eine kleine Spazierfahrt!«

»Wir müssen uns beeilen und verschwunden sein, bevor der Wirt und seine Frau aus dem Ort zurück sind. Jakob sitzt jetzt bestimmt schon in der Postkutsche«, sagte Tobias ungeduldig und tat so, als brächten sie Zeppenfeld und seine Handlanger ohne Wissen der Flosbachs aus dem Haus. Das war so mit ihnen abgesprochen, um die Gefahr so gering wie möglich zu halten, dass Zeppenfeld später auf die Idee verfiel, seine Wut an Jacques und dessen Frau auszulassen. In Wirklichkeit hatten sie den Gasthof gar nicht verlassen, sondern beobachteten das Geschehen von einem der oberen Fenster aus. Jakob dagegen saß tatsächlich schon in der Kutsche. Jana hielt sich auch nicht mehr auf dem Anwesen der Flosbachs auf. Sie war mit dem Kastenwagen schon vorgefahren und würde unweit des Heuschobers auf sie warten. Da nicht sicher war, inwieweit Zeppenfeld sie mit ihnen in Verbindung gebracht hatte, hatten sie beschlossen, sie nicht in dieses Unternehmen einzubeziehen.

»Keinen Schritt mehr! Will wissen, wohin ihr uns bringt«, verlangte Zeppenfeld mit einer Mischung aus Furcht und Trotz auf dem Gesicht.

»Sechs Fuß unter die Erde, wenn Sie nicht augenblicklich auf die Ladefläche steigen!«, drohte Sadik und setzte ihm die Messerspitze unter die Kehle.

Zeppenfeld stieg auf das Fuhrwerk. »Beduinenschwein!«, stieß er hervor und wollte ihm ins Gesicht spucken, doch Sadik konnte dem Speichel ausweichen.

Wenig später nahmen Tobias und Sadik auf dem Kutschbock Platz und fuhren los. Von den vier Männern hinter ihnen auf der Ladefläche war nichts zu sehen. Sie hatten sich nämlich flach hinlegen müssen, bevor Tobias eine Plane über sie geworfen hatte.

Den windschiefen Heuschober hatten sie bald erreicht. Es

war noch früh am Nachmittag, sodass ihnen noch Zeit genug blieb, ihren Plan in aller Ruhe auszuführen. Sie entzündeten in unmittelbarer Nähe des Bretterschuppens ein Feuer, in dem sie Zeppenfelds Kleider und Papiere verbrannten. Das Geld, das er bei sich getragen hatte, sowie seine Ringe steckten sie ohne die geringsten Gewissensbisse in ihre Geldbörse. Der Schaden, den er angerichtet hatte, war mit Geld überhaupt nicht wieder gutzumachen.

In die Nähe des Feuers verstreuten sie reichlich Gänsefedern sowie ausreichend abgenagte Knochen. Wer sich hier mit offenen Augen umschaute, musste zwangsläufig den Eindruck haben, dass sich diese verwahrlosten Strauchdiebe an fremdem Federvieh gütlich getan, sinnlos betrunken und durch Unachtsamkeit auch noch den Heuschober in Brand gesetzt hatten.

Sadik holte aus dem Stroh hinter dem Kutschbock eine verbeulte Kanne sowie drei Flaschen und zwei Steinkrüge hervor, die mit billigstem Branntwein gefüllt waren. Er füllte die Kanne randvoll und stieß sie Zeppenfeld vor die Brust, der mit seinen Komplizen ein Stück vom Feuer entfernt im Gras saß. Herausschwappender Alkohol tränkte sein löchriges Hemd.

»Hoch die Kanne und runter mit dem edlen Gesöff!«, forderte er ihn auf, nachdem Tobias ihm die Handfesseln abgenommen hatte. »Wir wollen jetzt ein wenig feiern. Vielleicht vertragen wir uns danach besser.«

»Billiger Fusel! Hasse das Zeug!«, stieß Zeppenfeld hervor und wandte den Kopf ab.

»Soll ich den Trichter holen?«, fragte Tobias grinsend.

Der Trichter war bei keinem nötig. Sie tranken alle ohne Ausnahme. Zeppenfelds Söldner anfangs sogar mit sichtlichem Genuss. Doch das Tempo, mit dem Tobias die Kanne immer wieder auffüllte, bereitete ihnen bald Schwierigkeiten.

Sadik wachte mit Argusaugen darüber, dass Zeppenfeld sein Quantum auch wirklich zu sich nahm. Als er einmal absichtlich Branntwein vergoss und ihn bei geschlossenen

Lippen an Kinn und Kehle hinunterrinnen ließ, brachte ihm Sadik schmerzlich in Erinnerung, dass er nicht nur leere Drohungen ausstieß. Von da an hatten sie keine Schwierigkeiten mehr mit ihm.

Ihr Vorrat an Branntwein war mehr als ausreichend, um die vier Männer sinnlos betrunken werden zu lassen. Sogar Stenz und Tillmann, obwohl einiges gewöhnt, spürten bei diesem gewaltsamen Zechen die Wirkung des Hochprozentigen schnell. Dass sie seit dem Morgen nichts mehr gegessen hatten, erwies sich dabei als sehr hilfreich.

Sadik überstürzte nichts. Sie mussten ganz sicher sein, dass keiner von ihnen mehr in der Lage war, einen bewussten Gedanken zu fassen. Schließlich war es so weit. »Sie sind hinüber, total betrunken«, stellte er fest.

Tobias sprang auf. »Dann wollen wir dem Zöllner das verabredete Zeichen geben«, flüsterte er und sorgte dafür, dass das Feuer hell auflöderte. Augenblicke später flog brennender Reisig in den Heuschober.

Mit atemberaubender Schnelligkeit breitete sich das Feuer aus. Die Flammen leckten unter lautem Prasseln gefräßig an den Wänden hoch und hatten rasch das Dach erreicht.

Noch ein letzter Blick auf die vier Männer, die in sicherer Entfernung im Gras lagen, betäubt vom Branntwein. Krüge und Flaschen sowie einige dicke Knochen mit Fleischresten lagen zwischen ihnen.

»Sehen wir zu, dass wir von hier verschwinden!«, rief Sadik Tobias zu. Als der Heuschober unter der Feuersbrunst in sich zusammenstürzte und Peter Daemgen mit zwei Untergebenen heranritt, hatten sie längst die Lichtung auf der anderen Seite des Waldes erreicht, wo Jana voller Ungeduld mit dem Wagen auf sie gewartet hatte.

Anderthalb Stunden später begaben sie sich zur Zollstation, wie sie es mit dem Zöllner vereinbart hatten. Vor ihnen lag der Rhein, der golden im Abendlicht glitzerte und über den sich die Brücke hinüber nach Frankreich spannte.

Peter Daemgen war auch tatsächlich zur Stelle und schickte seinen Untergebenen zurück ins Haus. »Ah, fahrendes Volk! Ich erledige das schon! Bin jedes Mal froh, wenn ich diese Herumtreiber verschwinden sehe! Sind nicht viel besser als dieses versoffene Pack, das wir vorhin aufgegriffen haben!«, rief er scheinbar gereizt. Doch als er zu ihnen an den Wagen trat, nickte er kaum merklich und lächelte ihnen zu.

Es fiel ihnen schwer, sich jegliches Dankeswort zu verkneifen. Der Schlagbaum hob sich und der Kastenwagen rumpelte über die Brücke. Frankreich! Jetzt galt es, so schnell wie möglich zu Jean Roland nach Paris zu gelangen!

Doch würde der Vorsprung, den der Zöllner ihnen verschaffen konnte, auch reichen?

DRITTES BUCH

Die Freiheit auf den Barrikaden

Juli 1830

Tollhaus Paris

Der beißende Qualm der Feueressen und der bestialische Gestank der Siedereien, die sie auf ihrem Weg durch die östlichen Außenbezirke der Stadt passiert hatten, waren nur ein Vorgeschmack dessen gewesen, was sie im Zentrum von Paris erwartete.

Kaum hatten sie den stinkenden Canal Saint Martin überquert, einen der wichtigsten Transportwege im Osten der Stadt, da hatte das unüberschaubare Häusermeer mit seinem Gassenlabyrinth sie regelrecht verschluckt und der chaotische Verkehr sie mitgerissen wie ein reißender Strom ein Stück Treibholz.

Sadik zeigte sich von dem Menschengewimmel im Gewirr ineinander verschlungener Häuserschluchten, die oftmals sechs Stockwerke und höher reichten, sowie dem unbeschreiblichen Lärm, Dreck und Gestank nicht im Mindesten beeindruckt. Derartige Zustände kannte er von Cairo her. Doch Tobias war zutiefst verstört und enttäuscht. Das Bild einer prächtigen Weltmetropole, das er sich von Paris gemacht hatte, zerstob im Angesicht der schockierenden Wirklichkeit wie eine Seifenblase.

Die einzige große Stadt, die er bisher gekannt hatte, war Mainz gewesen und das geschäftige Treiben auf den Straßen dort hatte ihn jedes Mal in Erstaunen versetzt. Doch im Vergleich zu Paris erschien ihm Mainz nun wie ein beschauliches Dorf.

Das Schlimmste war der durchdringende Gestank, der aus den Abwässerkanälen drang und von dem Unrat aufstieg, der sich überall auf den Straßen befand. Die Wasserrinnen, die leicht abgesenkt in der Mitte des Straßenpflasters verliefen, waren vielerorts von Dreck, Abfällen und Fäkalien verstopft, die in der Hitze des Julitages gen Himmel stanken. Blut aus Metzgereien und Abdeckereien bildete hier und da vor den Häusern Lachen oder floss quer über das Pflaster aus unregelmäßig geformten Sandsteinen und vermischte sich mit dem anderen Unrat in der Wasserrinne.

Und niemand schien daran Anstoß zu nehmen. Zwischen all diesem Dreck wimmelte es von Müßiggängern, fliegenden Händlern, eiligen Dienstboten, Bettlern, Straßenmusikanten, Prostituierten und herumstreunenden Kindern, Katzen und Hunden, während sich Kutschen, schwer beladene Fuhrwerke, Lastkarren und leichte Cabriolets gegenseitig die Straße streitig machten. Die leichten Einspänner, von jungen Männern in auffällig modischer Kleidung gelenkt, legten eine besondere Rücksichtslosigkeit an den Tag. Sie kümmerten sich nicht um den Dreck und Kot, den ihre Räder hochspritzen ließen, und gaben auch nichts auf die Flüche und Drohgebärden, die ihnen nachgeschickt wurden. Die zahlreichen Schuhputzer- und Kleiderreiniger, auf die man an fast jeder Straßenecke traf, waren ein deutlicher Hinweis, wie sehr ihre Dienste in dieser Stadt vonnöten waren. Das galt auch für die so genannten Groschenfechter und Schnäpper, die wie die Schuhputzer und Kleiderreiniger den verdreckten Straßen ihren Lebensunterhalt verdankten.

Wollte jemand die Straße überqueren, ohne sich Schuhe und Kleider zu beschmutzen, so eilten sie mit einer Laufplanke herbei, für deren Benutzung man einige Centimes zu entrichten hatte. Und wo noch nicht einmal eine Laufplanke genügte, um dem Dreck zu entgehen, nahm man einen *Passeur* in Anspruch, eine Art Fährmann, der seine Kunden huckepack über die Straße trug. Ein Geschäft, das besonders bei Regen blühte, wenn die Straßen einem ekelhaften Morast glichen, in den sich zusätzlich noch die rauschenden Fluten von den Wasserspeiern der Häuser ergossen.

Dass es ein Gesetz gab, demnach das Entleeren von Nachtgeschirren aus dem Fenster auf die Straße unter Strafe stand, kümmerte kaum einen. Immer wieder hörte man in den verwinkelten Gassen einen kurzen Warnruf, dem dann aus einem der oberen Stockwerke ein ekelhafter Guss aus einem Nachttopf folgte.

Tobias war angewidert von dem, was Augen und Nase zu ertragen hatten. Was ihm jedoch völlig unbegreiflich blieb, war in dieser verbauten Stadt mit ihrem noch mittelalterlichen Kern das Nebeneinander von Armut und Reichtum, von Dreck und Pracht, von Gestank und Wohlgerüchen.

Dass sich in unmittelbarer Nachbarschaft eines prächtigen Juwelierladens, in dessen Schaufenster glitzernde Geschmeide auslagen, ein Berg verfaulten Obstes auftürmte, schien weder den Juwelier noch seine zahlungskräftige Kundschaft zu irritieren. Das Gleiche galt für den Laden, in dem es Parfüm und Pomaden zu kaufen gab. Rotblaue Stoffbahnen hingen vom vierten Stockwerk bis über den Laden herunter, auf denen goldene Lettern auf dieses Geschäft der tausend Duftwasser und Tinkturen hinwiesen. Schlanke Pilaster und Rosetten aus Gusseisen schmückten den Eingang. Doch die Wohlgerüche, die aus diesem Geschäft auf die Straße drangen, reichten nicht weit. Gegen den Gestank der Innereien, die der Fischhändler zwei Türen weiter auf die Straße warf, und den stechenden Geruch, der den Kiepen der Lumpensammler entströmte, kamen sie nicht an.

Dass überall ansehnliche Bürgerhäuser zwischen schmalbrüstigen, völlig verbauten und heruntergekommenen Gebäuden zu finden waren, steigerte Tobias' Verständnislosigkeit. Doch wohlhabende Bürger und arme Schlucker schienen in diesen Vierteln nicht nur Haus an Haus zu wohnen, sondern vielerorts sogar *unter einem Dach!* Denn elegant gekleidete Männer und Frauen, auf die eine Mietdroschke wartete, traten aus derselben Haustür wie der Krämer von nebenan sowie Dienstmädchen und Tagelöhner in abgerissener Kleidung.

Wie Tobias erfahren sollte, war dies auch tatsächlich der

Fall. Zahlreiche Häuser im Kern der Stadt beherbergten Mieter der unterschiedlichsten Stände. Während sich im Erdgeschoss zumeist Geschäftsräume, Werkstätten und Ladenlokale befanden, wurde das Zwischengeschoss von dem jeweiligen Ladenbesitzer und seiner Familie bewohnt. Der erste Stock, die so genannte *Bel Etage*, war jedoch einem reichen Mieter vorbehalten. Die Räume dieser Etage waren großzügig geschnitten und boten mit Kamineinfassungen aus italienischem Marmor, reich verzierten Stuckdecken, Parkettböden und anderem Komfort einen Luxus, von dem die Mieter in den darüber liegenden Stockwerken noch nicht einmal zu träumen wagten. Denn je höher man die Treppe stieg, desto schäbiger wurden die Behausungen und dementsprechend ärmer auch die Mieter. Während in der Bel Etage ein Vicomte verschwenderische Feste gab und im zweiten Stock ein Rentner sein bescheidenes Leben fristete, hausten unter dem Dach die Glücklichen unter den Armen, die den Mietzins für eine kleine, im Winter ungeheizte Kammer gerade noch bezahlen konnten, sich von Brot und Kohlsuppe ernährten und in der ständigen Angst lebten, vielleicht schon am nächsten Tag zum riesigen Heer der Arbeitslosen zu zählen und dann bald vom Hausbesitzer auf die Straße gesetzt zu werden.

Tobias wusste aus den Büchern, die er auf *Falkenhof* studiert hatte, dass diese Stadt auch noch ein anderes Gesicht aufwies und sich rühmen konnte, eine ganze Anzahl imposanter Bauwerke und Prachtstraßen ihr eigen zu nennen. Aber auch ohne diese architektonischen Sehenswürdigkeiten gesehen zu haben, spürte er instinktiv, dass diese Paläste und imposanten Plätze, wo immer sie sich auch befinden mochten, die Enge der stinkenden Straßen und die bedrückende Armut der Bevölkerung nur noch unterstreichen würden, statt sie vergessen zu lassen.

Nein, Paris war keine Stadt des Glanzes und der berückenden Schönheit, nicht die strahlende Kapitale eines mächtigen Landes, das unter Napoleon einst ganz Europa beherrscht hatte. Paris war ein verwirrend dichter Wald zusammengedrängter Häuser ohne Ende, ein unruhig auf und ab wogendes Meer von Dächern, auf dem tausende verschiedenster Schornsteine wie die zusammengeschossenen Masten einer bunt zusammengewürfelten Armada in den Himmel strebten. Paris war ein unergründliches Straßenlabyrinth, das im Unrat und Gestank seiner Bewohner versank, eine Stadt mit gut achthunderttausend Einwohnern, die bei Tobias den Eindruck erweckte, ein einziges unüberschaubares Tollhaus zu sein.

»Augenklappe« greift ein

»Was für eine zum Himmel stinkende Stadt!«, stieß Tobias voller Abscheu hervor, als sie an einem zerlumpten Mann vorbeifuhren, von dem ein ekelhafter Gestank ausging. Er trug eine große Kiepe auf dem Rücken und kaufte offenbar Hasenfelle auf, wie seine kehligen Rufe »Peaux de Lapin! Peaux de Lapin!« verrieten. »Dagegen roch die Kloake auf *Falkenhof* geradezu wie kostbarer arabischer Balsam!«

»Und was für eine Hitze!«, stöhnte Jana, die sich von der Stadt genauso abgestoßen fühlte wie er.

»*Aiwa*, Paris hat es in sich«, pflichtete Sadik ihnen mit einem spöttischen Lächeln bei. »Doch ihr kennt Cairo noch nicht.«

»Na, schlimmer als hier kann es auch da kaum sein«, zweifelte Tobias.

»Wer Kamel und Pferd nicht kennt, hält den Esel schon für das beste Reittier«, entgegnete Sadik mit einer seiner Spruchweisheiten.

Tobias wischte sich den Schweiß von der Stirn. »Mag sein, Sadik«, brummte er missmutig. »Doch mir würde es jetzt schon reichen, wenn wir den richtigen Weg zur Rue Bayard kennen würden. Ich habe nämlich den dumpfen Verdacht, dass wir immer mehr in die Irre fahren und vielleicht gar nicht mehr aus diesem stinkigen Labyrinth herauskommen. Denn dass Monsieur Roland in einem solchen Viertel wohnen soll, kann ich nicht glauben.«

Jana nickte. »Ich auch nicht.«

»*Hasib!* Pass auf!«, rief Sadik warnend, als vor ihnen plötzlich ein Wasserträger aus einer schmalen Gasse trat und ihren Weg kreuzte. Das hölzerne Joch auf den Schultern und zwei gefüllte Eimer an den Haken, eilte er zu seinem Kunden, der es sich leisten konnte, sich Wasser ins Haus bringen zu lassen.

Der Verkehr vor ihnen geriet ins Stocken und kam zum Erliegen. Nicht wegen des Wasserträgers, der längst die andere Straßenseite erreicht hatte, sondern weil ein klobiges Fuhrwerk weiter oberhalb angehalten und der Kutscher damit begonnen hatte, Fässer vor einer Weinhandlung abzuladen. Die ärgerlichen Zurufe der hinter ihm folgenden Kutschen und Wagen berührten ihn überhaupt nicht. Sie mussten warten, da die Straße zu schmal war, um ein Passieren des Fuhrwerkes an dieser Stelle zu ermöglichen.

Tobias erblickte einen Gemüseladen, vor dem Kisten mit Obst standen und dicke Melonen zu einer kleinen Pyramide aufgestapelt waren. Beim Anblick der Melonen lief ihm das Wasser im Mund zusammen. »Ein dickes Stück Wassermelone, das ist jetzt doch genau das Richtige, was meint ihr?«, rief er und deutete zum Gemüseladen hinüber.

»Zeit genug dafür ist ja«, meinte Sadik mit Blick auf das Fuhrwerk. »Wird wohl noch etwas dauern, bis der Bursche seine Fässer abgeladen hat.«

Auch Jana fand, dass das bei der Hitze eine ausgezeichnete Idee war, und Tobias zwängte sich an ihr vorbei, sprang vom Kutschbock und lief zum Geschäft hinüber. Er wählte eine gut gewachsene Melone von der Größe eines Ochsenkopfes und fragte den Händler gleich nach dem Weg.

»Rue Bayard?« Der Mann schüttelte bedauernd den Kopf. »Nie gehört.«

»In der Straße muss es eine Druckerei geben. Sie gehört einem Monsieur Roland, dem Herausgeber der Abendzeitung *Le Patriote*«, erklärte Tobias, in der Hoffnung, seinem Gedächtnis mit diesen Angaben auf die Sprünge zu helfen. »Wir wollen zu ihm, doch sind fremd in der Stadt.«

»*Le Patriote*? Die kenne ich natürlich! Eine gute Zeitung! Madame Picot, die Modistin nebenan, bekommt sie und liest mir regelmäßig daraus vor und im Café um die Ecke liegt sie auch aus«, teilte der Händler ihm stolz mit und wurde regelrecht gesprächig, als hätten sie festgestellt, dass sie gemeinsame Freunde hatten.

»Aber Sie wissen nicht, wo die Rue Bayard liegt?«, fragte Tobias noch einmal, dem mit dieser Antwort natürlich nicht geholfen war.

»Auf der anderen Seite der Seine, vermute ich mal«, sagte der Gemüsehändler nach kurzem Nachdenken. »Habe mal gehört, dass sich da drüben viele Zeitungen mit ihren Druckereien angesiedelt haben. Aber wo genau das ist, kann ich dir nicht sagen. Bin noch nie auf der anderen Seite gewesen.«

Eine grobe Richtung war immer noch besser als gar keine, fand Tobias und wollte nun wissen, wie sie auf dem schnellsten Weg zur Seine und über den Fluss gelangen konnten.

Der Händler wich einem ambulanten Geflügelhändler mit seinem vergitterten Hühnerkarren und einer Brotausträgerin mit weißer Schürze und Häubchen aus, die einen Brotwagen aus Weidengeflecht vor sich herschob.

»Der kürzeste Weg zur Seine wäre die Rue Felbert zwei Straßen weiter links. Aber die Gasse ist so elend schmal und die Prellsteine stehen vor den Häusern so weit vor, dass ihr mit eurem Wohnwagen kaum durchkommen werdet. Also müsst ihr einen Bogen fahren, weil die Straße hier jenseits der Rue Felbert gesperrt ist.« Er schüttelte grimmig den Kopf. »Da ist gestern der Abwasserkanal aufgerissen worden, weil er verstopft war. Irgendwelche faulen Mistkerle haben sich weiter oberhalb auf die billige Methode ihren Bauschutt vom Hals geschafft. Das hat zu einer schönen Sauerei geführt!«

Tobias hätte nicht weit zu suchen brauchen, um etwas zu finden, was den Namen ›Sauerei‹ verdiente. Da bedurfte es nicht dieses Abwasserkanals und auch nicht des Fäkalienschlammes in der Rinne mitten auf der Straße. Die Tonne neben dem Ladeneingang mit den fauligen Abfällen, in denen gerade ein Bettler nach Essbarem herumwühlte, hätte ihm schon gereicht. Doch das behielt er klugerweise für sich.

»Es scheint gar nicht so einfach zu sein, von hier aus zur Seine zu kommen«, sagte er.

Der Mann lachte und zeigte dabei faulige Zähne. »Ach, das erscheint einem nur so verwirrend, wenn man fremd in der Stadt ist und sich noch nicht auskennt. Das gibt sich schon.«

Tobias hatte nicht vor, so lange in dieser Stadt zu bleiben, bis er sich in ihrem Straßenlabyrinth problemlos zurechtfand. Er wusste schon jetzt, dass er Paris so schnell wie möglich den Rücken kehren würde – nämlich sowie er wusste, was Wattendorf Monsieur Roland geschickt hatte und was es mit dem ›Schlüssel der inneren Pforten‹ auf sich hatte. Sollte er ihm Wattendorfs Geschenk gar überlassen, konnten sie womöglich schon nach einigen Tagen Höflichkeitsaufenthalt wieder verschwinden.

Und das Ziel, das sie dann einschlagen würden, stand für ihn schon jetzt fest: der Ärmelkanal! England!

»Ihr werdet schon zum Fluss gelangen, keine Sorge. Ihr müsst nur die erste Abzweigung links hinter der gesperrten Straße nehmen. Das ist die Rue de la Galette, auch ein schmales Gässchen, aber noch breit genug für euch. Die bringt euch auf die Rue Saint Denis. Wenn ihr euch dort links haltet, stoßt ihr zum Quai de Gevres und zum Pont au Change. Die Brücke führt euch auf die Ile de la Cité hinüber.«

»Ist das nicht die Insel mitten in der Seine?«

»Richtig. Aber wie ihr von da die Druckerei des *Le Patriote* findet, müsst ihr einen anderen fragen. So weit reicht meine Kundschaft nun wirklich nicht«, scherzte er.

Tobias wollte sich gerade bedanken und zu Jana und Sadik zurückkehren, als ihn eine grelle Sonnenreflexion schmerzhaft in die Augen traf und er unwillkürlich die rechte Hand schützend vors Gesicht hob, in der er noch die Geldbörse hielt.

Im selben Augenblick registrierte er neben sich eine Gestalt, die nach seiner erhobenen Hand griff und ihm die Geldbörse entriss.

Geistesgegenwärtig fuhr Tobias herum und ließ dabei die dicke Melone fallen, die er sich unter den linken Arm geklemmt hatte. Und dieser Frucht verdankte er es, dass dem Dieb nicht die Flucht mit seiner Beute gelang. Die Melone rollte dem Halbwüchsigen nämlich zwischen die Beine und brachte ihn zu Fall. Er schlug der Länge nach hin.

Tobias war sofort bei ihm und zerrte ihn hoch. »Das hast du dir wohl so gedacht!«, rief er wütend. »Los, her mit meiner Geldbörse!«

Bevor der jugendliche Dieb, kaum älter als zwölf und barfüßig, reagieren konnte, trat ein merkwürdig aussehender junger Mann zu ihnen. Er mochte etwas älter als Tobias sein, hatte dunkles, krauses Haar und trug eine Augenklappe aus braunem, speckigem Leder über dem rechten Auge. Ein dünner, verschlissener Umhang hing um seine schmalen Schultern. Er entriss dem verstört dreinblickenden Dieb den Geldbeutel und warf ihn Tobias zu, der den Dieb unwillkürlich freigab, um die Geldbörse aufzufangen, völlig überrascht vom Eingreifen dieser seltsamen Gestalt.

Der junge Mann gab dem Dieb eine schallende Ohrfeige und versetzte ihm einen groben Tritt, während er ihm gleichzeitig wüste Beschimpfungen an den Kopf warf. »Mach bloß, dass du verschwindest, du Scheißkerl!«, schrie er ihn an. »Abschaum wie dich sollte man in der Seine ersäufen!« Wieder setzte es einen derben Tritt und der Dieb rannte davon, so schnell ihn seine Füße trugen.

Dies alles spielte sich in wenigen Sekunden ab und Tobias war so verdattert gewesen, dass er überhaupt nicht mehr dazu kam, noch in den Ablauf des Geschehens einzugreifen.

»Danke für deine Hilfe«, sagte er verwirrt zu dem jungen Mann mit der Augenklappe, während er die Geldbörse einsteckte. Wäre der Dieb damit entwischt, hätte es ihn gewiss geärgert. Doch den Verlust hätten sie verschmerzen können. Denn ihre Barschaft an Goldstücken trugen Sadik und er in einem separaten Beutel unter dem weiten Hemd. »Aber ich wäre auch allein mit dem Jungen fertig geworden.«

»Und was hättest du mit ihm gemacht? Ihn zur Polizei geschleppt?« Spöttisch hob sich seine linke Augenbraue und er fuhr fort, ohne eine Antwort abzuwarten: »Lohnt gar nicht, sich mit solchen Straßenratten abzugeben. Bringt nur Ärger und ändert nichts. Hier wimmelt es nur so von diesem diebischen Gesindel.«

»Tobias!«, drang Janas Stimme über die Straße.

Er schaute sich um und sah, dass sich der Fuhrknecht wieder auf sein Gefährt schwang. Es ging also endlich weiter. Schnell bückte er sich nach seiner Melone, in der nun ein daumenbreiter Riss klaffte. Doch zum Glück war sie beim Aufprall nicht völlig aufgeplatzt.

»Vermutlich hast du Recht. Also, nochmals besten Dank«, sagte Tobias und eilte zum Wohnwagen.

Augenklappe hielt mit ihm Schritt. »Ihr seid fremd in der Stadt, nicht wahr?«

Tobias nickte, reichte Jana die Melone und kletterte auf den Kutschbock. Der Wagen setzte sich in Bewegung.

Augenklappe blieb mit ihnen auf einer Höhe. »Ich habe gehört, dass du den Händler nach dem Weg gefragt hast. Ich kann euch führen! Ich kenne in dieser Stadt jeden noch so versteckten Winkel!«, bot er sich ihnen an.

»Auch die Rue Bayard?«, wollte Jana wissen, die sich nichts sehnlicher wünschte, als so schnell wie möglich dieses Viertel zu verlassen.

Er grinste zu ihnen hoch und durch seine speckige Augenklappe bekam dieses Grinsen etwas sehr Verwegenes. »Wenn ich jeden versteckten Winkel sage, dann meine ich es auch so«, versicherte er, während er neben ihnen herlief. Den Umhang hielt er mit seiner linken Hand an die Seite gepresst. »Für achtzig Centimes bringe ich euch hin!«

»Achtzig Centimes?«, wiederholte Sadik spöttisch, denn dieser Betrag entsprach fast dem halben Tageslohn eines einfachen Arbeiters. »Du hast dir wohl deine ganz eigene Methode ausgedacht, um die Leute auszuplündern, was?«

»Versuchen kann man es ja, oder? Gibt genug Fremde, denen das Geld locker in der Tasche sitzt!«, gab Augenklappe unumwunden zu.

»Uns aber nicht!«, beschied Jana ihn.

Er schraubte seine Forderung sofort herunter. »Ich mache es auch für fünfzig! Aber die muss ich haben, denn es ist für mich nachher ein ganz schön langer Weg zurück!«

Sadik schüttelte den Kopf. »Zwanzig! Und keinen Centime mehr! Und du erhältst das Geld erst, wenn wir in der Rue Bayard angelangt sind!«

»Einverstanden!«

»Aber du wirst dich mit der Trittstufe begnügen müssen«, sagte Jana. »Hier oben ist für dich kein Platz mehr.«

»Das stört mich nicht. Besser schlecht gefahren als gut gelaufen.«

»Dann spring auf!«

Augenklappe sprang auf die Trittstufe und hielt sich am Eisenbügel fest, der rechts und links aus dem Rückbrett des Kutschbockes hervortrat und seitlich herumführte, sodass diejenigen, die außen saßen, ihn als Armlehne benutzen konnten.

»Hier geht es nach rechts!«, gab er Jana seine erste Anweisung. »Und da hinten fährst du links! Bis zur Rue Saint Denis ist es nicht mehr weit. Wir müssen über den Fluss, denn die Rue Bayard ist eine Seitenstraße der Rue Saint André des Artes und liegt im zweiundvierzigsten Quartier. Keine üble Gegend, die ihr euch ausgesucht habt. Da kann man es aushalten. Ist auf jeden Fall nicht so ein Dreckviertel wie das hier. Aber ob da auch fahrendes Volk wie ihr willkommen ist …?« Er blickte skeptisch drein.

»Keine Sorge, wir wollen da keinen Gauklergeschäften nachgehen. Wir haben Freunde in der Rue Bayard, die wir besuchen wollen«, stellte Sadik klar.

»Dann seid ihr zu beneiden. So, jetzt musst du links abbiegen. Aber gib auf die Prellsteine Acht! Sie stehen hier weit vor und die Fahrbahn ist höllisch schmal«, wies er Jana auf die schweren Poller in der engen Gasse hin, die in einem Abstand von wenigen Metern vor den Häusern mehr als kniehoch aus dem Pflaster ragten und verhindern sollten, dass die Räder von Kutschen und Fuhrwerken die Grundmauern der Gebäude beschädigten.

Tobias fasste Zutrauen zur behaupteten Ortskenntnis dieses überaus merkwürdigen Burschen, dessen Verhalten ihm vorhin doch sehr absonderlich erschienen war. Ein Verdacht regte sich in ihm, doch da es sinnlos war, ihn auszusprechen, schob er ihn beiseite. Wichtig war jetzt einzig und allein, dass sie auf dem schnellsten Weg zum Haus von Monsieur Roland gelangten.

»Wie heißt du?«, wollte er wissen.

»Gaspard – Gaspard Vallon. Und wie ich gehört habe, heißt du Tobias, nicht wahr?«

»Richtig, und das sind Jana und Sadik, die besten und zuverlässigsten Freunde, die man sich nur wünschen kann!«

Jana bedankte sich dafür mit einem strahlenden Lächeln, während Sadik zu seinem Messer griff und Tobias die Melone aus dem Schoß nahm.

Der Saft tropfte nur so von den halbmondförmigen Scheiben, die Sadik aus der Melone schnitt. Tobias nahm die erste, die sein arabischer Freund ihm reichte, beugte sich vor und hielt sie Gaspard hin.

»Möchtest du auch eine?«

Gaspard zögerte.

»Nun nimm schon!«, forderte Jana ihn auf. »Allein schaffen wir dieses dicke Monstrum sowieso nicht. Und Sadik hat mal den klugen Spruch getan, dass man nur vom Zerschneiden einer Melone noch keinen kühlen Mund kriegt.«

Gaspard lachte. »Den muss ich mir merken! Danke!« Er schlug den weiten Umhang zurück, unter dem sein linker Arm bis dahin verborgen war.

Tobias erschrak unwillkürlich, als die linke Hand des Franzosen zu sehen war. Auch Jana und Sadik blickten mit Betroffenheit auf die Hand, die gar keine Hand aus Fleisch und Blut war, sondern eine plumpe Holzprothese, aus der ein gekrümmter Eisenhaken und eine Art Gabel mit zwei Zinken herausragten.

Es gab einen dumpfen Laut, als Gaspard den Eisenhaken seiner Prothese hinter den hochstehenden Rand des Brettes klemmte, das den Beinschutz des Kutschbockes nach vorn hin abschloss. Erst jetzt ließ seine rechte Hand die Eisenstange los und nahm Tobias die Melonenscheibe ab.

Tief gruben sich seine Zähne in das rotblaue Fruchtfleisch, dass ihm der Saft an den Mundwinkeln hinunterlief.

»Wirklich gut!«, lobte er mit vollem Mund. »Da oben wieder links! Das ist schon die Rue Saint Denis. Bald könnt ihr die Seine sehen!« Und als würde er erst jetzt ihre betroffenen Mienen bemerken, was ganz sicherlich nicht der Fall war, fügte er noch fast beiläufig hinzu: »Man kann ganz ordentlich damit leben, wenn man sich erst mal an das Ding gewöhnt hat!« Dabei deutete er auf seine Prothese.

Tobias wusste nicht, was er sagen sollte. Er verstand jetzt, warum Gaspard auch bei dieser Hitze einen Umhang trug: Er verdeckte den Arm mit der Handprothese.

Es war Sadik, der das betroffene Schweigen brach. Ruhig fragte er: »Wie ist das passiert?«

»Ein Unfall«, antwortete Gaspard schulterzuckend, als gäbe

es darüber nicht mehr zu sagen, spuckte Kerne auf die Straße und biss erneut in die Melone.

Tobias hätte gern mehr über diesen Unfall erfahren, brachte es jedoch nicht über sich, nach Einzelheiten zu fragen. So nahm er die Scheibe, die Sadik ihm reichte, und aß schweigend. Die Melone war herrlich erfrischend, doch so ganz unbeschwert vermochte er sich diesem Genuss doch nicht hinzugeben. Denn er versuchte sich vorzustellen, wie schwer es Gaspards Behauptung zum Trotz wohl sein musste, mit einem fehlenden Auge und einer solchen Prothese leben zu müssen. So jung und schon ein Krüppel!

Sie gelangten wenig später zur Seine und es gab dort so vieles zu sehen, dass Tobias über diese Ablenkung regelrecht erleichtert war.

Gaspard wies auf ein großes, mehrstöckiges Gebäude zu ihrer Linken, das sich fast über die Länge eines ganzen Häuserblockes erstreckte.

»Das da drüben ist das Hôtel de Ville, der Sitz des Stadtpräfekten Comte Chabrol de Volvic«, erklärte er. »Und die vielen Leute, die dort auf dem Place de Grève herumstehen, sind Tagelöhner, die auf Arbeit hoffen. Morgens stehen sie da zu hunderten.«

Ein lärmendes Treiben herrschte rund um den Platz, der jedoch nicht allein den Arbeitssuchenden vorbehalten war. Zahlreiche Händler hatten hier ihre Stände aufgebaut und boten alles Mögliche zum Kauf an, besonders aber gebrauchte Kleider aller Art, die auf offener Straße anprobiert wurden. Fliegende Händler, die ihre Waren in Bauchläden oder Weidenkörben mit sich trugen, gingen in der Menge auf und ab, ebenso die Tee-, Wein- und Schnapsverkäufer mit ihren blechernen Behältern auf dem Rücken.

Ein Stück weiter unterhalb davon, am Ufer des stark befahrenen Stromes, drängte sich ein wahres Heer von Wäscherinnen. Über einen der zahllosen Waschsteine gebeugt, schufteten sie sich den Rücken krumm. Das Wasser schäumte unter ihren Händen und die Luft war erfüllt vom Klatschen nasser Bettlaken und Handtücher auf die Steine, die von Generationen von Wäscherinnen glatt- und rundgewaschen waren.

Vor ihnen lag die Seine-Insel Ile de la Cité, die gut einen Kilometer in der Länge und vierhundert Meter an ihrer breitesten Stelle maß. Wie ein steinernes Schiff ragte diese dicht bebaute Insel mit seinem ganz eigenen, verwinkelten Labyrinth von Straßenschluchten und fast zwanzig Kirchen aus dem Fluss.

Jana lenkte den Kastenwagen über die Brücke Pont Notre Dame. Weiter oberhalb führten noch zwei weitere Brücken vom rechten Seine-Ufer hinüber. Dreck und Elend starrten ihnen auch hier aus den schmalen Gassen entgegen, als sie der Straße zum anderen Ufer der Insel folgten.

Tobias erhaschte einen kurzen Blick auf die weltberühmte Kathedrale Notre-Dame. Dann schob sich ihm ein anderes, düster wirkendes Bauwerk ins Blickfeld, das wie eine zu groß geratene Kaserne aussah.

»Was ist das?«, fragte er unwillkürlich.

»Das Hôtel Dieu! Ein Hospiz für die Armen.« Gaspard spuckte verächtlich aus. »Aber das Einzige, was die Kranken dort erwartet, ist der Tod! Ein Wunder, dass ich lebend aus dieser Hölle auf Erden herausgekommen bin! Sollen tausende sein, die jedes Jahr von dort geradewegs im nächsten Massengrab der Armen landen! Wer da eingeliefert wird, kann besser gleich mit dem Leben abschließen.«

Tobias fuhr ein Schauer über den Rücken. Die Herberge Gottes! Welch ein Hohn! Denn was Gaspard da gesagt hatte, war keine Übertreibung. Er erinnerte sich noch sehr genau an die entsetzliche Passage, die ihm Onkel Heinrich über die fast unvorstellbaren Zustände in diesem Krankenhaus vorgelesen hatte.

Über den Petit Pont gelangten sie Augenblicke später auf das linksseitige Ufer und Tobias war froh, als sich neue Häuserschluchten zwischen sie und diesen grauenvollen Ort schoben, der auch noch in unmittelbarer Nachbarschaft eines so wunderbaren Bauwerkes wie Notre-Dame lag.

»Jetzt ist es nicht mehr weit«, erklärte Gaspard, der sich inzwischen wieder mit seiner rechten Hand an der seitlichen Eisenstange festhielt. »Wir sind schon auf dem Platz, in den die Rue Saint André des Artes mündet. Die Rue Bayard ist eine der nächsten Seitenstraßen!«

Dass sie sich in einem besseren Viertel der Stadt befanden, war offensichtlich. Die Straßen sahen bedeutend gepflegter aus und erstickten auch nicht dermaßen im Unrat und Dreck wie die Gassen, durch die sie auf ihrem Weg zum Fluss gefahren waren. Und wenn die Luft auch nicht gerade nach Blumen und Sommerwiese roch, so war sie aber auch nicht vom bestialischen Gestank sich auftürmender Abfälle und verstopfter Abwässerkanäle erfüllt.

Die Häuser reihten sich zudem längst nicht so schmalbrüstig und so verbaut und heruntergekommen aneinander, wie sie es auf der anderen Seine-Seite gesehen hatten. Hier wiesen die vielen aufwendig gestalteten Fassaden und die zarten Vorhänge vor den Fenstern eindeutig darauf hin, dass dies ein Viertel war, in dem der Anteil der besser gestellten Bevölkerung eindeutig überwog.

Was Tobias noch auffiel, waren die kleinen Gruppen von ordentlich gekleideten Passanten, zumeist Männer, die vor Geschäften und Hauseingängen standen und sich erregt unterhielten. Viele hielten Zeitungen in den Händen, schienen daraus vorzulesen und über den Inhalt mit Empörung zu debattieren.

»Weißt du, was das zu bedeuten hat, Gaspard?«, wollte Tobias wissen.

»Vermutlich reden sich die Leute mal wieder den Kopf über unseren König heiß«, meinte Gaspard. »In dieser Gegend gibt es viele Zeitungsdruckereien und Journalisten und die stehen seit einiger Zeit mit König Charles X. und seiner Politik auf Kriegsfuß. Ich versteh nicht viel davon, aber wie ich gehört habe, will der König unsere Rechte noch mehr beschneiden. Seit heute Morgen schwirren eine Menge Gerüchte durch die Stadt. Es heißt, unser Bourbonenkönig will seinen Widersachern in der Abgeordnetenkammer endgültig den Todesstoß versetzen. Aber um was es da genau geht, kann ich euch nicht sagen. So, jetzt musst du hier links abbiegen, Jana!«

Sie hatten die Rue Bayard erreicht, bei der es sich um eine Sackgasse mit noch altem Baumbestand handelte. Das Haus von Jean Roland befand sich ganz am Ende der Straße, lag in einem kleinen Garten und war von einer hohen, efeuberankten Mauer umgeben.

Jana lenkte den Wohnwagen durch das offen stehende Tor auf den Vorhof und hielt vor dem ansprechenden zweistöckigen Bürgerhaus, das im klassizistischen Baustil errichtet war und an das sich rechter Hand ein flacher Anbau neueren Datums anschloss. Ein großes Schild über dem dortigen Eingang wies darauf hin, dass sich hier die Druckerei, Anzeigenannahme und Redaktion der Abendzeitung *Le Patriote* befanden. Ein gutes dutzend kleiner Handkarren, die neben dem Anbau standen und mit denen die Zeitungen wohl ausgefahren wurden, trugen ähnliche Schilder.

»Da wären wir!« Gaspard sprang von der Trittstufe.

»Danke, dass du uns so gut geführt hast«, sagte Tobias und steckte ihm statt der ausgehandelten zwanzig Centimes das Doppelte zu.

»Wenn ihr mal wieder einen Führer oder einen Boten für irgendeine Erledigung braucht, ich stehe euch immer zu Diensten«, sagte Gaspard.

»Na, dich zu finden dürfte für uns wohl reichlich schwierig sein«, erwiderte Jana. »Wir wissen ja noch nicht mal, wo du zu Hause bist, und auch wenn wir es wüssten, hätten wir wohl wieder einen Führer nötig, um dich zu finden.«

Gaspard lachte kurz auf. »Das glaube ich nicht. Ich habe kein festes Zuhause. Ganz Paris ist mein Zuhause. Wir sehen uns bestimmt noch mal.«

»Allahs Wege sind unergründlich«, sagte Sadik, nickte ihm zu und schritt die Stufen zum Portal hoch. Jana und Tobias folgten ihm.

Sadik betätigte den schweren bronzenen Türklopfer und als sie warteten, dass ihnen geöffnet wurde, schaute Tobias sich noch einmal um. Irgendwie überraschte es ihn nicht, dass er Gaspard vor dem Tor auf einem der Prellsteine sitzen sah, als rechnete er fest damit, ihnen schon bald ein zweites Mal nützlich sein zu können.

Was für ein Unfall es wohl gewesen sein mag, bei dem er Hand und Auge verloren hat?, fragte er sich. Dann ging die Tür auf und er vergaß Gaspard zunächst. Er war gespannt auf Jean Roland, dessen Sohn André – und auf das zweite Wattendorfsche Rätsel.

Wie auf einem Pulverfass!

Ein hageres Dienstmädchen in einem taubengrauen Kleid mit gestärkter Schürze und nicht minder makellos weißer Haube stand in der Tür. Sie warf einen raschen Blick auf den bunt bemalten Wohnwagen, der hinter den Besuchern am Fuße des Treppenaufganges stand. Sie sah nicht viel älter als zwanzig aus. Doch sie schien die Erfahrung und äußere Ausdruckslosigkeit eines altgedienten Butlers zu haben. Denn weder ihr wenig reizvolles Gesicht noch ihre Stimme verrieten auch nur einen Anflug von jener Verwunderung, die ein solch merkwürdiges Gefährt und die vor ihr stehenden Personen in ihr hervorrufen mussten. Sadik, Tobias und Jana entsprachen vom Alter und ihrem äußeren Erscheinungsbild her wohl kaum jenen Besuchern, die Monsieur Roland gewöhnlich in seinem Haus empfing.

»Ja, bitte? Womit kann ich Ihnen dienen?«, fragte sie mit

überraschender Höflichkeit, als zählte fahrendes Volk zu den gern gesehenen Gästen ihrer Herrschaft.

Sadik ließ Tobias den Vortritt, der sich nun vorstellte. »Tobias Heller ist mein Name. Mein Vater, der Forschungsreisende Siegbert Heller aus Mainz, ist ein guter Freund von Monsieur Roland. Im letzten Jahr war er noch hier bei ihm zu Gast. Sie waren zusammen in Ägypten und Sadik Talib kennt Monsieur Roland auch. Wir sind hier, weil wir eine wichtige Nachricht für ihn haben.«

»Treten Sie mit Ihren Freunden doch bitte ein, Monsieur Eller«, bat das Dienstmädchen, das H seines Namens verschluckend. »Monsieur Roland wird sich über Ihren Besuch gewiss sehr freuen. Er ist nebenan in der Druckerei. Ich werde ihn sofort von Ihrem Kommen unterrichten. Wenn Sie solange im Salon warten wollen?«

Der Salon war geschmackvoll, aber ohne Prunk eingerichtet. Was sie aber alle bestaunten, waren die Malereien auf den Wänden, die wunderbar farbige Landschaftsbilder und Tiere zeigten. Und es dauerte eine Weile, bis sie feststellten, dass die Bilder nicht auf die Wände gemalt waren, sondern dass es sich um so genannte Tapeten handelte, die man aufklebte. Tobias hatte davon zwar schon mal gehört, aber gesehen hatte er eine solche Bildtapete noch nicht.

Wenig später hörten sie rasche Schritte auf dem Parkett in der Eingangshalle. Dann flog die Tür auf und Jean Roland stürmte in den Salon.

Tobias hatte sich unter einem Zeitungsverleger einen Mann von Statur und gesetztem Auftreten vorgestellt, der Respekt einflößte. Doch diesem Bild entsprach der Freund seines Vaters ganz und gar nicht.

Jean Roland war von eher kleiner und schmächtiger Gestalt. Nur die grauen Strähnen an den sich lichtenden Schläfen entsprachen ein wenig seiner Vorstellung. Klare Züge, lebhafte Augen, eine etwas zu kräftige Nase und ein buschiger Schnurrbart gaben seinem schmalen Gesicht eine sehr lebensfrohe Note.

Auch wer ihn nicht kannte, begriff schon nach wenigen Augenblicken in seiner Gesellschaft, dass er ein Mann war, der immer in Bewegung sein musste. Er glich einem Wirbelwind, der alles, was er in Angriff nahm, mit atemberaubendem Tempo und Elan ausführte. Dementsprechend überschäumend fiel auch seine Begrüßung aus.

»Es ist wahr! Ihr seid es wirklich! Sadik, mein Bester! Wie schön, dich nach so langer Zeit endlich wieder zu sehen! Dass du mal den Weg nach Paris finden würdest, hätte ich nie gedacht. Umso glücklicher stimmt es mich, dich bei mir begrüßen zu können! Machte mir schon Sorgen, als Siegbert mir von deiner Erkrankung erzählte! Aber einen wahren Beduinen wirft so schnell nichts um, nicht wahr? Ach, wenn ich mich doch der Expedition unseres kühnen Siegbert hätte anschließen können! – Ah, und du bist also Tobias, der Sohn unseres kühnen Forschers, ja? Natürlich! Man sieht es. Bist deinem Vater ja wie aus dem Gesicht geschnitten. Lass dich an meine Brust drücken, mein Junge. Habe viel Gutes von dir gehört, machst Siegbert und deinem Onkel viel Freude. – Und wen haben wir denn da? Welch ein reizendes Geschöpf! Würdest du bitte die Güte haben, mich Mademoiselle vorzustellen, Tobias? Welch eine unverzeihliche Unhöflichkeit, dass ich diese junge Dame zuallerletzt in meinem Haus willkommen heiße! Meine Frau würde mich einen ungehobelten Bauern schimpfen und das zu Recht, wenn mir das unter ihren Augen passiert wäre! ... Jana Salewa? Ein trefflicher Name für eine junge Schönheit.«

Jean Rolands atemlose Herzlichkeit war wie ein Wasserfall, der sich urplötzlich über sie ergoss und sie wehrlos unter sich begrub, insbesondere für Jana und Tobias, die ihn noch nicht kannten und kaum einen halben Satz über die Lippen bekamen, ohne dass Roland ihnen ins Wort fiel. Sadik dagegen nahm mit dem amüsierten Lächeln des Wissenden in einem der chintzbezogenen Sessel Platz und versuchte erst gar nicht dem unglaublichen Redestrom ihres Gastgebers Einhalt zu gebieten. Er wusste aus Erfahrung, dass Jean Roland seine Zeit brauchte, um sich bei so einem Wiedersehen seine übersprudelnde Begeisterung vom Herzen zu reden.

Hektisch lief er hin und her und erteilte dem hageren Hausmädchen, das auf den Namen Isabelle hörte, eine ganze Reihe von Anweisungen.

»Gib Edouard Bescheid, dass er ihr Pferd ausspannt, im Stall unterstellt und gut versorgt! Den Wagen soll er hinters Haus fahren! Und Marie kann uns Tee und schnell einen kleinen Imbiss für unsere Gäste bereiten. Und sag Eugene, dass sie zwei Gästezimmer richtet! Die beiden, die zum Garten hinausgehen!«

Isabelle knickste und huschte lautlos davon.

»Kommt man bei diesem Mann überhaupt jemals zu Wort?«, flüsterte Tobias Sadik zu.

»Eile treibt die Kamele nicht, mein Junge«, gab Sadik leise und belustigt zur Antwort. »Hab etwas Geduld. Nach den langen Wochen, die wir auf den Landstraßen Frankreichs verbracht haben, kommt es wohl auf eine halbe Stunde mehr oder weniger nicht mehr an, oder? Und etwas anderes als Geduld nutzt dir bei Sihdi Roland sowieso nicht. Erst wenn sie satt ist, hört die Biene vom Honig zu naschen auf. Doch lass dich nicht täuschen: Redseligkeit allein macht noch keinen zum Schwätzer, wie auch Wortkargheit noch kein Beweis von Weisheit ist.«

Tobias hatte dennoch Mühe, seine Ungeduld zu bezähmen und nicht sofort mit der Frage herauszuplatzen, die ihm auf der Zunge brannte. Doch er war vernünftig genug, um einzusehen, dass dies nicht nur sehr unhöflich, sondern vor allem auch erfolglos gewesen wäre.

Jean Roland redete fast ohne Atem zu holen. Voller Bedauern unterrichtete er sie davon, dass seine schwangere Frau Louise Paris schon zu Beginn des heißen Sommers verlassen habe und bei ihren Eltern auf dem Land weile, wo sie sich dort in ihrem Zustand bedeutend besser fühle als in Paris. Sein Sohn leiste ihr in dem beschaulichen Ort nahe der Küste Gesellschaft. Er habe André auch deshalb bewogen, seine Mutter aufs Land zu begleiten, weil er hoffe, dass sein Sohn in der ländlichen Abgeschiedenheit, fern der Hektik und Ablenkungen von Paris, die Ruhe dazu nutzen werde, sich endlich darüber klar zu werden, ob er nun in die Fußstapfen seines Vaters treten wolle oder nicht.

»Ja, ich habe es gut gemeint, als ich André aus der Stadt schickte, gut für ihn und für mich. Aber wie es aussieht, ist es das Dümmste, was ich bisher getan habe«, fügte er verdrossen hinzu. »Wie gut könnte ich ihn jetzt brauchen! Und wie gut könnte er gerade in diesen Tagen erleben, was es bedeutet, eine Zeitung herauszugeben! Er träumt von Abenteuern! Gut, ich verstehe ihn, denn auch mich lockten die Fremde und der Nervenkitzel. Deshalb ging ich auch mit deinem Vater nach Ägypten, Tobias. Gewiss, die Welt in jenen Breiten ist voller Abenteuer. Aber ich kann mir dennoch kein größeres und mitreißenderes Abenteuer vorstellen, als im eigenen Land die Geschichte zu gestalten und mit einer kämpferischen Presse gegen einen König anzutreten. Doch wie hätte ich auch ahnen können, dass König Charles es wagen würde, einen solchen Umsturz auch nur in Erwägung zu ziehen!«

»Umsturz?«, nutzte Tobias den schweren Seufzer von Jean Roland für eine Frage. »Wie kann denn ein König einen Umsturz planen?«

»Indem er die Rechte, die dem Volk in der Verfassung verbrieft sind, außer Kraft zu setzen versucht – gemeinsam mit seinem Günstling Fürst Jules de Polignac, der als Ministerpräsident die Regierung anführt. Und die vier Ordonanzen des Königs, die heute Morgen im *Moniteur*, dem Regierungsanzeiger, veröffentlicht wurden, sind ein klarer Anschlag auf unsere Verfassung!«, erregte sich Jean Roland.

Das Hausmädchen Isabelle schob einen Servierwagen ins Zimmer. Und während sie zwei Platten mit belegten Broten auf den Tisch stellte und in zartes Porzellan Tee eingoss, sprang Jean Roland auf und holte die Regierungszeitung.

»Ich weiß nicht, wie gut ihr mit der politischen Situation in diesem Land vertraut seid ...«, sagte er mit einem fragenden Blick in die Runde.

»Nicht sehr gut, Sihdi Roland«, gab Sadik ehrlich zu. »Wir hatten es sehr eilig, zu Ihnen nach Paris zu gelangen. Doch unterwegs haben wir schon gehört, dass Charles X. offenbar kein sehr beliebter König ist. Und bei den Wahlen zur Abgeordnetenkammer vor wenigen Wochen hat er, wie wir von vielen nicht ohne Häme hörten, wohl eine schwere Niederlage erlitten.«

Roland lachte grimmig auf. »O ja, es war eine bittere Niederlage für unseren arroganten Monarchen! Und wie sicher ist er sich seiner Sache gewesen, nun endlich eine Kammer zu erhalten, in der die Mehrheit nicht mehr gegen ihn opponieren, sondern ihn in seiner rückschrittlichen Politik unterstützen würde. Krone und Klerus haben in den Wochen vor den Wahlen ganz massiv gegen die liberale Opposition Stimmungsmache betrieben. Doch sie haben die Rechnung ohne das Volk gemacht. Zählte die Opposition vor der Wahl 221 Abgeordnete, so wuchs sie nun sogar noch auf 274 von 401 Abgeordneten. Das muss ihn so hart getroffen haben, dass er seine einzige Rettung darin sah, quasi einen Staatsstreich von oben zu wagen! Denn nichts anderes bedeuten diese vier Ordonanzen.«

»Um was geht es denn in diesen vier Ordonanzen?«, fragte Jana.

»Sie setzen unsere liberale Charte, unsere Verfassung, praktisch außer Kraft«, erklärte Roland erbost und schlug mit der flachen Hand auf die Zeitung. »Die Pressefreiheit wird aufgehoben! Wir erhalten wieder eine Vorzensur! Außerdem hat sich der König erdreistet, die gerade erst gewählte Kammer wieder aufzulösen und neue Wahlrechtsbestimmungen zu erlassen, die eindeutig zu Lasten der Opposition gehen. Das ist Verfassungsbruch. Aber wenn er glaubt, er kommt damit durch, dann irrt er sich! Wir werden dagegen angehen und um unsere Rechte kämpfen! Mit Druckerschwärze – und notfalls auch mit der Waffe!«

Tobias glaubte fast seinen Onkel reden zu hören. »Ist es so schlimm?«

»Paris ist wie ein Pulverfass! Und König Charles hat mit seinen vier Ordonanzen die Lunte in Brand gesetzt«, sagte Roland und griff damit zu einem drastischen Vergleich, um den Ernst der Lage zu veranschaulichen. »Es fragt sich nur, wann das Pulverfass hochgeht und welche Folgen diese Explosion haben wird. Aber eines ist sicher: Hinnehmen werden wir diese Machenschaften des Bourbonen nicht.«

Jana machte eine bedenkliche Miene. »Dann haben wir uns ja den richtigen Zeitpunkt ausgesucht, um nach Paris zu reisen«, meinte sie sarkastisch.

Erst jetzt fiel es Jean Roland ein, sie nach dem Grund ihres Besuchs zu fragen.

»Wir sind nicht ganz freiwillig hier, Sihdi Roland«, antwortete Sadik. »Sihdi Heinrich sitzt im Kerker von Mainz und ich musste mit Tobias *Falkenhof* fluchtartig verlassen.«

»Dein Onkel im Kerker?«, stieß Jean Roland fassungslos und betroffen hervor. »Das darf nicht sein!«

»O doch! Sein Geheimbund ist aufgeflogen. Und dass dies passiert ist und wir flüchten mussten, ist allein das verbrecherische Werk von Zeppenfeld!«, erklärte Tobias zornig.

»Zeppenfeld? Armin von Zeppenfeld?« Jean Roland verstand nun gar nichts mehr.

Tobias begann zu berichten, was sich während der letzten Monate auf Onkel Heinrichs Gut, in Mainz und auf ihrer Flucht ereignet hatte. Sprachlos hörte Jean Roland ihnen zu und es fiel ihm sichtlich schwer, das Gehörte zu glauben und zu verarbeiten.

Verstört schüttelte er den Kopf, als Tobias geendet hatte. »Ich hätte nie geglaubt, dass ich von diesem Schweinehund Zeppenfeld noch einmal hören würde – und schon gar nicht in diesem Zusammenhang. Glaubt ihr denn tatsächlich, dass dieses

Geschwätz von Wattendorf einen wahren Kern hat?«, fragte er voller Zweifel.

»Die Antwort auf diese Frage lässt sich wohl nur im Sudan finden. Doch die Karte, auf der die Lage des verschollenen Tals verzeichnet ist, existiert«, erwiderte Sadik. »Und die Tatsache, dass Zeppenfeld vor nichts zurückschreckt, um in ihren Besitz zu gelangen, spricht für sich. Man kann ihm ja viel vorwerfen, nicht jedoch, dass er ein Phantast ist.«

»Nein, er ist vielmehr ein kaltschnäuziger, berechnender Lump«, räumte Jean Roland ein und furchte die Stirn. »Wattendorf hat damals also nicht nur wirres Zeug geredet ... Himmel, ich kann es noch gar nicht glauben. Keiner hat ihm geglaubt. Auch Zeppenfeld nicht.«

»Oder er hat nur so getan«, gab Sadik zu bedenken.

»Ja, das sähe ihm ähnlich.«

»Aus dem Brief, den Wattendorf meinem Vater zusammen mit dem Falkenstock geschickt hat, wissen wir, dass er auch Ihnen und Rupert Burlington irgendetwas geschickt hat«, kam Tobias nun auf das zu sprechen, was ihn am meisten beschäftigte und ihm die letzten Wochen keine Ruhe gelassen hatte. »Er bezeichnete es als einen Schlüssel für die inneren Pforten des Tales. Haben Sie wirklich etwas von ihm erhalten, Monsieur Roland?«

Dieser nickte mit einem Gesichtsausdruck, der gleichermaßen Verwirrung wie Geringschätzung verriet. »In der Tat, das habe ich. Aber wie dein Vater war auch ich der festen Überzeugung, dass diesem Geschenk und dem Begleitbrief nicht die geringste Bedeutung beizumessen wäre. Ich hielt es für das lächerliche Geschreibsel eines wirren Kopfes.«

»Was hat er Ihnen denn zugeschickt?«, fragte Tobias, der wie auf heißen Kohlen saß. Gleich würden sie Wattendorfs zweites Rätsel in den Händen halten!

»Einen Koran!«, lautete Jean Rolands Antwort.

Die Verwunderung war bei Sadik, Tobias und Jana gleich groß. Damit hatten sie nicht gerechnet. Wie sollte ein Koran einen der Schlüssel zu jenen inneren Pforten enthalten?

»Einen ganz gewöhnlichen Koran?«, fragte Tobias nach.

»Nein, gewöhnlich kann man diesen Koran bestimmt nicht nennen, auch wenn man mal von dem absonderlichen Gedicht absieht, das Wattendorf innen auf das Vorsatz gekritzelt hat. Aber fragt mich nicht, wie es lautet. Es war so verquer, dass ich es auch nach mehrmaligem Lesen kaum behalten hätte. Ich habe es nur einmal überflogen und das reichte mir.«

»Das Geheimnis des Falkenstocks war auch in einem Gedicht versteckt«, sagte Jana erregt.

Sadik nickte. »Aber was ist außerdem an dem Koran so ungewöhnlich, Sihdi Roland?«

»Nun ja, das Buch selber fällt nicht aus dem Rahmen, was Druck, Papier und dergleichen angeht. All das ist von eher minderer Qualität«, erklärte der Zeitungsverleger. »Nur der Einband, besser gesagt der vordere Buchdeckel, ist ungewöhnlich. Denn er besteht nicht aus Leder, sondern aus gehämmertem Kupfer. Eine sehr aufwendige Arbeit, all die vielen Ornamente und Arabesken aus dem Metall zu hämmern. Obwohl ich sagen muss, dass die Arbeit von der künstlerischen Gestaltung her viel zu wirr und überladen ausgefallen ist, um ansprechend zu wirken.«

Tobias' Augen leuchteten. Sein Vater hatte einen Falkenstock von Wattendorf erhalten. *Falkenhof* hieß das Gut, das sein Zuhause war, und so ein kostbarer Stock symbolisierte, wie ein Marschallstab beim Militär, gleichzeitig die Stellung seines Vaters bei der Expedition, nämlich die des Anführers. Da war es nur logisch, dass Jean Roland, dessen Beruf mit dem gedruckten Wort zu tun hatte, sein Rätsel in Form eines Buches, eines Korans, erhalten hatte. Es ergab Sinn und passte derart gut zusammen, dass man Wattendorf nicht länger als Spinner und Wirrkopf abtun konnte. Die Art seiner Rätsel war viel zu intelligent ausgedacht, als dass sie dem Hirn eines Geistesgestörten hätten entsprungen sein können.

»Dürfen wir den Koran mal sehen?«, bat er.

Jean Roland seufzte. »Das ist leider unmöglich«, bedauerte er.

Sadiks Gesicht verdüsterte sich. »Zeppenfeld?«, fragte er knapp. »Ist er uns …?«

»Nein, nein!«, fiel Jean Roland ihm ins Wort. »Er ist euch nicht zuvorgekommen. Keine Sorge! Dieser Lump hat sich nicht bei mir blicken lassen. Das würde er auch niemals wagen. Er weiß, dass er mir niemals über die Türschwelle käme. Aber dennoch befindet sich der Koran nicht mehr in meinem Besitz. Es tut mir Leid, dass ich mich in der Beurteilung dieses Korans so sehr geirrt habe. Jetzt bin ich natürlich schlauer und wünschte, ich hätte es nicht so eilig gehabt, Wattendorfs Geschenk loszuwerden. Doch so liegen die Dinge nun mal.«

Diese Nachricht traf sie wie ein Schock, ganz besonders Tobias. Er konnte es erst gar nicht glauben. Wenn er Wattendorfs Ausführungen richtig verstanden hatte, kam der Karte, die im Falkenstock gesteckt hatte, die größte Bedeutung zu. Und die befand sich ja immerhin in ihrem Besitz. Aber war das Geheimnis des verschollenen Tales auch ohne den ›Schlüssel‹ zu lösen, den Wattendorf im Koran versteckt hatte?

Sadik überwand schneller als Jana und Tobias die Enttäuschung. »Darf ich fragen, wem Sie den Koran gegeben haben?«

»Einem gewissen Horace Blancourt. Er ist Journalist von Beruf, ohne die nötige Ausdauer, was seine Arbeitsmoral betrifft, aber unübertrefflich, wenn er es endlich geschafft hat, einen Artikel zu Papier zu bringen. Ich kenne niemanden, der so scharf und engagiert zu formulieren versteht wie er, besonders wenn es um die Sache der Freiheit geht. Vor den Wahlen schrieb er für meine Zeitung einige brillante Artikel, die viel Aufsehen erregten. Als ich ihn dann in meinem Büro auszahlen wollte, lag dort zufällig der Koran. Er gefiel ihm und da verschenkte ich ihn. Ich war froh, ihn auf diese Weise loszuwerden.«

Tobias fasste neue Zuversicht. »Vielleicht können wir diesem Horace Blancourt den Koran wieder abkaufen – oder aber doch zumindest für eine Zeit lang ausleihen, bis wir das Rätsel gelöst haben und wissen, was es mit dem Koran auf sich hat.«

»Ja, sagen Sie uns seine Adresse«, bat Jana, »und wir werden ihn mit Ihrer Unterstützung bestimmt dazu bewegen können, uns den Koran für eine Weile zu überlassen.«

»Ich wünschte, das wäre so einfach«, sagte Jean Roland.

»Wo liegt das Problem?«, fragte Sadik.

»Bei Horace Blancourt. Denn er ist nicht nur sehr nachlässig, was seine journalistische Tätigkeit betrifft, sondern auch sonst ein unsteter Geist. Eine feste Adresse hat er nicht. Er wohnt vielmehr bei seinen jeweiligen ...« Er hielt inne, warf einen unsicheren Blick in Janas Richtung und fuhr dann aber achselzuckend fort: »Nun ja, sprechen wir es ruhig aus: Er wohnt bei seinen jeweiligen Mätressen, die er aber so häufig wechselt, wie ein Schmetterling von einer Blume zur anderen flattert. Wem er im Augenblick seine zweifelhafte Gunst schenkt, entzieht sich leider meiner Kenntnis.«

»Aber irgendwo muss er doch zu finden sein«, beharrte Tobias.

Jean Roland nickte. »Gewiss, es gibt da bestimmte Orte, wo man ihn mit relativer Sicherheit antreffen kann. Doch dabei handelt es sich um gewisse Etablissements, die ...« Er führte den Satz nicht zu Ende. »Wartet! Jetzt fällt mir ein, wo ihr Horace Blancourt antreffen könnt, ohne euch der lasterhaften Atmosphäre seiner bevorzugten Vergnügungsstätten aussetzen zu müssen: im *Café du Caveau*! Das ist sein Stammlokal, wo er sich mit seinen Freunden trifft.«

»Und wo finden wir das?«, fragte Sadik.

»Unter den Kolonnaden vom Palais Royal, auf der anderen Seite der Seine, in der Nähe der Tuilerien und des Louvre. Das Café ist ein beliebter Treff von Journalisten, Künstlern und anderen Intellektuellen. Da geht es heute nach der Bekanntmachung der königlichen Erlasse bestimmt hoch her und Blancourt wird es sich kaum nehmen lassen, dort das Wort zu führen.«

»Dann nichts wie hin!«, schlug Jana vor.

»Ja, wir wollen keine Zeit verlieren!«, rief auch Tobias ungeduldig. »Ich wette, Gaspard hockt noch immer da draußen vor dem Tor. Er wird uns bestimmt gern zu diesem *Café du Caveau* bringen! Also machen wir uns auf den Weg! Je eher wir den Koran in der Hand halten, desto besser ist es. Wer weiß, wie groß unser Vorsprung war.«

»Und ob uns Zeppenfeld nicht schon auf dem Weg nach Paris überholt hat«, fügte Jana besorgt hinzu. Sie hatten sich zwar in Straßburg ein zweites, ausdauerndes Pferd gekauft, das den Wagen abwechselnd mit Napoleon bis kurz vor Paris gezogen hatte. Doch wenn es dem Zöllner Daemgen nicht gelungen war, die Bande lange genug hinter Schloss und Riegel zu halten, mussten sie damit rechnen, dass ihnen Zeppenfeld schon wieder dicht im Nacken saß.

»Und wenn er schon in Paris wäre, so wüsste er doch nichts von Horace Blancourt«, beruhigte Sadik sie.

»Dennoch müssen wir den Koran so schnell wie möglich sicherstellen«, beharrte Tobias und machte Anstalten sich zu erheben.

»Keine unnötige Hast!«, hielt Jean Roland sie in ihren Sesseln zurück und streckte dabei die Hände aus, als wollte er ihnen das Aufstehen verwehren. »Ihr werdet Horace Blancourt zu dieser frühen Stunde nicht im Café antreffen.«

»Frühe Stunde?«, wiederholte Tobias fast belustigt. »Aber wir haben doch schon Nachmittag!«

»Was für das Zeitverständnis dieses Mannes ausgesprochen früh am Tag ist, mein Junge«, sagte Jean Roland mit einem spöttischen Lächeln. »Horace Blancourt pflegt sein Frühstück nicht vor zwei Uhr mittags einzunehmen, was nicht unwesentlich mit dem ausschweifenden Lebenswandel seiner – Nachtschönen zu tun hat, die sich erst zur Nachtruhe legen, wenn es schon wieder hell über Paris geworden ist. Dies ist eigentlich kein Thema, das man in Gegenwart eines jungen Mädchens erörtern sollte«, fügte er entschuldigend hinzu.

»So jung bin ich nun auch wieder nicht«, warf Jana selbstbewusst ein. Sie unterdrückte jedoch die Versuchung, ihn darauf hinzuweisen, dass sie in einem Milieu aufgewachsen war, das nicht gerade der behüteten Welt eines Mädchenpensionates entsprach. Was sie in den vielen Jahren auf der Landstraße, in fremden Orten und auf Volksfesten gesehen, gehört und am eigenen Leib erfahren hatte, machte das Gespräch über Mätressen und Lebemänner, wie Horace Blancourt wohl einer war, zu einer harmlosen Belanglosigkeit. Und der Blick, den sie von Tobias auffing, sagte ihr, dass er genau wusste, was ihr in diesem Moment durch den Kopf ging. Dieses gegenseitige Einfühlungsvermögen stimmte sie froh und sie erwiderte seinen Blick mit einem Lächeln.

»... aber in Anbetracht der Umstände lässt es sich ja nicht ganz vermeiden«, fuhr der Zeitungsverleger unbeirrt fort. »Kurz und gut: Blancourt dürfte jetzt erst damit beschäftigt sein, die Blenden zu öffnen und sich von seiner – Auserwählten das Frühstück ans Bett bringen zu lassen. Er ist zwar ein sehr talentierter Journalist, aber leider keiner von der Sorte, die sich einer harten Selbstdisziplin unterwirft. Doch eine löbliche Angewohnheit kann er schon für sich ins Feld führen: Er setzt sich täglich an seinen Schreibtisch und arbeitet an seinen Formulierungen. Viel zu kurz, aber immerhin. Sein Tageswerk beschränkt sich nämlich auf die kurze Spanne zwischen vier und sechs Uhr. Diese zwei Stunden Arbeit hält er jedoch ein. Vor sechs, sieben Uhr setzt er den Fuß deshalb nie vor die Tür. Ihr seht, es besteht also kein Grund zur Eile.«

»Anders wäre es mir dennoch lieber gewesen«, murmelte Tobias.

»Wer die Fähigkeit hat, einen ganzen Strom auszutrinken, bekommt bei einem Bächlein keinen Erstickungsanfall«, bemerkte Sadik mit sanftem Tadel und erinnerte sie daran, dass sie sich wochenlang in Geduld hatten üben müssen. »Nutzen wir die Zeit, um unsere Sachen aus dem Wagen zu holen und uns etwas zu erfrischen. Einen Bottich mit Wasser und reichlich Seife können wir jetzt alle gut vertragen.«

»Und ich muss Unsinn ausführen und versorgen«, fiel es Jana ein wenig schuldbewusst ein. Ihr geliebter Affe hatte den ganzen Tag in seinem Käfig bleiben müssen und würde sich über ein wenig Auslauf im Garten bestimmt freuen.

»Isabelle wird euch eure Zimmer zeigen und dafür sorgen, dass ihr alles bekommt, was ihr nötig habt«, versicherte Jean Roland und erhob sich. »Mich müsst ihr bis zum Abend entschuldigen. Es wird Zeit, dass ich in die Druckerei zurückkehre. Wir stecken mitten in der Arbeit für die Abendausgabe. Ich habe heute Morgen alle Artikel, die ich für die erste Seite eingeplant hatte, gestrichen, um Raum für meine Antwort auf die vier Ordonanzen zu schaffen. Dies ist möglicherweise ein schicksalhafter Tag für die Geschichte unserer Nation und ich möchte mir nicht eines Tages vorwerfen müssen, nicht alles in meinen Kräften Stehende getan zu haben, um dem gewissenlosen Machtstreben unseres Königs Einhalt zu gebieten und für unsere Verfassung einzustehen!«

»Möge Allah seine schützende Hand über Sie halten, Sihdi Roland«, hoffte Sadik, denn sie alle wussten aus Erfahrung, wie gefährlich es war, sich gegen Monarchen und Fürsten zu stellen, die nicht davor zurückschreckten, ihre Macht zu missbrauchen und ihre Widersacher notfalls sogar mit der Macht der Bajonette in den Staub zu drücken.

»Und über euch, mein Bester! Ihr seid fremd in dieser unruhigen Stadt und habt guten Grund, äußerst vorsichtig zu sein! Denn ich habe nicht übertrieben, als ich sagte, dass Paris wie ein einziges großes Pulverfass mit schwelender Lunte ist!«, warnte Jean Roland sie noch einmal eindringlich. »Und dass die Lunte brennt, steht außer Zweifel. Es fragt sich nur, wie lang sie ist – und ob es jemand schafft, sie auszutreten, bevor es zu einer Explosion kommt. Denn dann wird Blut fließen! Viel Blut!«

Tumult unter den Kolonnaden

Sadik hatte auf dem edlen Parkett des Gästezimmers, das er sich mit Tobias teilte, seinen kleinen Gebetsteppich ausgerollt und sich gen Osten niedergekniet. »Im Namen Allahs, des Gnädigen, des Barmherzigen«, begann er zu beten.

»Sadik! Hat das denn nicht Zeit bis später?«

»Nein, hat es nicht«, erhielt er ruhig zur Antwort. »Preis sei Allah, dem Herrn der Menschen in aller Welt ...«

»Aber es ist doch schon sechs durch!«, fiel Tobias ihm erneut ins Gebet. Er hatte sich beeilt, ihre persönlichen Sachen aus dem Wagen ins Zimmer zu bringen und sich zu waschen, und konnte es nun nicht erwarten, dass sie sich endlich auf den Weg zum *Café du Caveau* machten. Er hatte sogar schon mit Gaspard gesprochen, der nur zu bereit war, sie zu Horace Blancourts Stammlokal zu bringen.

»Jede Sache auf der Welt hat seine Stunde. Jetzt ist die Zeit für das Nachmittagsgebet, mein Junge! Hinterher folgt die Zeit, Ausschau nach dem Journalisten zu halten!«, wies Sadik ihn scharf zurecht. »Ich bitte dich also, das zu respektieren und mich nicht noch einmal zu unterbrechen. Und warte draußen!«

Tobias bekam einen roten Kopf ob dieser barschen Zurechtweisung. »Entschuldige, Sadik. Tut mir Leid. Ich warte auf dem Hof«, murmelte er und verließ schnell das Zimmer. Welcher Teufel ihn bloß geritten hatte, dass er seinen Freund zweimal im Gebet unterbrochen hatte? Er wusste doch, wie ernst Sadik seine Pflichten als Muslim nahm.

Jana war im Zimmer nebenan untergebracht. Er klopfte an die Tür. »Bist du fertig? Kann ich eintreten?«, fragte er.

»Besser nicht«, lautete ihre fröhliche Antwort. »Ich steige nämlich gerade erst aus dem Bottich. Ich weiß, dass ich spät dran bin, aber Unsinn wollte einfach nicht vom Baum klettern.«

»Schon gut«, meinte Tobias und schmunzelte, weil er sich diese Szene recht bildhaft vorstellte. Hübsch wie eine junge Venus musste sie aussehen. Und seine Ohren brannten noch mehr, als er sich bei diesem Gedanken ertappte. Und schnell sagte er: »Sadik ist auch noch nicht fertig. Du kannst dir also ruhig Zeit lassen. Ich bin unten im Hof bei Gaspard.«

Tobias lief die Treppe hinunter. Die Tür zum Salon stand offen und er sah, dass Isabelle die Platten mit den kleinen appetitlichen Happen, die Jean Rolands Köchin so schnell zubereitet hatte, noch nicht vom Tisch geräumt hatte. Vermutlich nahm sie an, dass sie sich davon noch zu bedienen wünschten. Und genau das tat er nun auch. Er stapelte ein halbes Dutzend Schnitten mit kaltem Bratenfleisch auf seine Hand und begab sich damit zu Gaspard.

Dieser lachte, als Tobias ihn damit überraschte. Heißhungrig fiel er darüber her. »Wenn man so wie ich auf und von der Straße lebt, dann heißt Leben in ein Stück Brot beißen«, erklärte er mit vollem Mund. »Doch in Brot mit Bratenfleisch beißen, heißt wie ein kleiner König leben.«

So habe ich immer gelebt – und noch viel besser, fuhr es Tobias beschämt durch den Kopf. Nie hatte er viel über die bedrückende Armut anderer Menschen nachgedacht. Und zu seiner Verteidigung konnte er auch nur ins Feld führen, dass er auf *Falkenhof* fast abgeschieden vom Rest der Welt gelebt hatte, wie in einem goldenen Käfig, und so gut wie gar nichts über diese Art von Elend erfahren hatte, die besonders hier in Paris so erschreckend deutlich wurde. Denn die Armut, die er von der Landbevölkerung rund um *Falkenhof* und von Mainz her kannte, ließ sich mit dieser nicht gleichsetzen.

Mit genussvollem Schmatzen verschlang Gaspard ein Brot nach dem anderen und Tobias saß schweigend neben ihm. Immer wieder fiel sein Blick auf die Handprothese, dieses klobige Stück Holz mit dem Haken und dem gabelähnlichen Eisenstab daneben.

»Was war das für ein Unfall?«, entfuhr es ihm plötzlich zu

seinem eigenen Erschrecken. Seine Lippen hatten seinen Gedanken aufgenommen, ohne dass er es bewusst gewollt hatte.

Gaspard warf ihm einen Blick von der Seite zu. »Kein sehr angenehmer, das kannst du mir glauben«, erwiderte er mit einem schiefen Grinsen.

»Entschuldige, ich – ich wollte nicht neugierig sein. Es ist mir einfach so rausgerutscht«, sagte er verlegen.

Gaspard rollte die letzte Bratenscheibe zusammen, steckte sie in den Mund und leckte sich dann die Finger ab. »Liegt jetzt schon sechs Jahre zurück, der Unfall. Damals war ich glücklich dran. Ich hatte Eltern, ein Zuhause und eine richtige Arbeit. Ein guter Freund meines Vaters hatte mir Arbeit in einer Waffenschmiede verschafft und es ging uns gut. Zwei Zimmer bewohnten wir und wir brachten genug Geld nach Hause, dass wir zu essen hatten und im Winter abends sogar ein, zwei Stunden heizen konnten. Es war eine gute Zeit.«

Gaspard schwieg einen Augenblick versonnen, als hätte er schon seit langem nicht mehr an jene Zeit gedacht, und Tobias saß still neben ihm und wartete.

»Und dann«, fuhr er fort, »ja, dann passierte das, was Unzähligen täglich passiert, hier in Paris und anderswo: Das Pech hängt sich an einen wie eine Klette, die man nicht mehr loskriegt, ohne kräftig Haare zu lassen. Als meine Mutter eine Totgeburt zur Welt brachte und an Kindbettfieber starb, soff sich mein Vater ins Delirium und folgte ihr nicht lange hinterher. Ein halbes Jahr später passierte in der Waffenschmiede jener Unfall. Ein schlecht gefertigter Gewehrlauf zerbarst beim Probeschuss. Es war wohl auch zu viel Pulver im Spiel. Ich habe es nie genau erfahren. Ich fand mich nach der Explosion nur am Boden wieder. Ein Stück des Gewehrlaufes hatte mir die Hand weggerissen und ein Splitter war mir ins Auge gedrungen. Ich sah nur Blut. Man brachte mich ins Hôtel Dieu und dass ich da lebend wieder rausgekommen bin, ist das einzige Wunder meines Lebens.«

Tobias wusste vor Betroffenheit nicht, was er sagen sollte.

Und es überstieg sein Fassungsvermögen, wie Gaspard so ruhig darüber reden konnte.

»Na ja, danach sah es natürlich bitter aus. Für einen verkrüppelten Jungen gibt es keine Arbeit. Damals hatte ich ja noch nicht mal diese Prothese. War nicht leicht, das Geld für dieses Ding zusammenzukratzen.«

Tobias wagte nicht danach zu fragen, wie er das geschafft hatte. Doch er glaubte zu wissen, auf welche Weise er das Geld ›erworben‹ hatte.

Gaspard schien seine Gedanken erraten zu können, denn er lachte nur spöttisch auf. »Nein, nicht wie du denkst. Ich habe mich nicht an fremder Leute Geldbörsen vergriffen. Dafür war ich damals noch viel zu jung und unerfahren. Ein Totengräber bot mir an, ihm nachts zur Hand zu gehen, wenn er Leichen aus den Massengräbern der Armen holte und sie an Medizinstudenten und junge Chirurgen verkaufte, damit sie sich mit ihren Skalpellen an ihnen üben konnten.«

Tobias erschauerte. »Ist das wahr?«

Gaspard sah ihn erstaunt an, als verstünde er wiederum nicht, dass Tobias von diesen Praktiken nichts wusste. »Und ob das wahr ist! Jede Nacht werden von den Friedhöfen Leichen gestohlen. Jeder weiß das. Und es ist ja auch so einfach. Die Armen werden in Reih und Glied in eine riesige Grube gelegt und nur mit einer dünnen Schicht ungelöschtem Kalk und Erde bedeckt. Zu hunderten liegen sie da. Man muss nicht tief graben, um sie zu finden. Aber ich konnte es nicht und habe das Angebot abgelehnt. Ich habe meine Prothese mit Blei bezahlt.«

»Blei?« Tobias war erleichtert, dass nicht länger von Leichenraub die Rede war.

Gaspard nickte. »Ich bin nachts auf die Dächer gestiegen und habe da die Bleiverkleidungen gestohlen. Schon mit zwei gesunden Armen eine riskante Sache, denn wenn du dabei erwischt wirst, fackeln sie nicht lange mit dir. So ein Ausflug kann schnell damit enden, dass man mit zerschmettertem

Körper auf dem Straßenpflaster landet. Habe zwei gekannt, die nachts vom Dach in den Tod gestürzt sind. Aber mich haben sie nie erwischt, obwohl es manchmal schon höllisch knapp war«, erzählte er mit deutlichem Stolz in der Stimme. »Fast ein Jahr habe ich gebraucht, um die Summe zusammenzubekommen, die der alte Dupin für die Prothese verlangt hat. Dann habe ich die Finger davongelassen.« Er betrachtete das hölzerne Ende seines linken Armes und zog eine Grimasse. »Nicht gerade eine Luxusausführung, nicht wahr? Aber ich komm mit dem Ding wirklich ganz ordentlich zurecht, wie ich schon sagte.«

Kurz darauf traten Sadik und Jana aus dem Haus. Tobias war froh, dass es nun endlich losging, und sie brachen zu Fuß auf.

Die krassen Gegensätze, die das Leben dieser Stadt bestimmten, wurden ihnen jetzt noch nachdrücklicher bewusst als vor wenigen Stunden, als sie mit dem Wagen durch die Straßen gefahren waren. Wie konnte man es verstehen, dass zwischen engen, dunklen Gassen geradezu herrschaftliche Paläste standen? Hier ragten Häuser mit prunkvoller Fassade sieben Stockwerke in die Höhe, während sich daneben eines mit nur zwei Etagen duckte. Tobias glaubte seinen Augen nicht zu trauen, als sein Blick in eine schmale Straße fiel, in der ein abgestochenes Schwein auf dem Pflaster lag und von zwei Männern abgesengt wurde. Zehn Schritte weiter gingen sie an einer mit Marmor ausgelegten Passage vorbei.

Welche Gegensätze!

Als sie wieder auf das andere Seine-Ufer gelangten, wies Gaspard auf die herrlichen Laternen vor einem prächtigen Theaterbau hin. »Das sind Gasleuchten!«, verkündete er stolz.

»Gas?«, fragte Jana verwundert.

»Ja. Sie haben ein ganz anderes Licht, das viel heller ist als all die anderen Laternen. Es gibt noch viele andere Bauten und Plätze in der Stadt, wo solche Gaslaternen stehen. Wenn sie brennen, kann man es richtig summen und zischen hören.«

»Leuchtgas!«, erinnerte sich Tobias. Onkel Heinrich hatte

ihm mal davon erzählt. Es war ein Franzose, der das erfunden hatte. Doch ihren Durchbruch hatte diese technische Neuerung zuerst in London gefunden, wo das Gaslicht schon seit vielen Jahren als Beleuchtung von Straßen und Plätzen Verwendung fand.

Als sie sich in Richtung Louvre wandten, sah Tobias noch etwas anderes zum ersten Mal in seinem Leben. Große Karossen, die von zwei Pferden gezogen wurden und zwischen zwölf und zwanzig Passagieren Platz boten. Wie Gaspard ihnen erzählte, verkehrten diese Kutschen auf festgelegten Strecken innerhalb der Stadt. Es gab eine ganze Reihe von Unternehmen, die sich auf diesen innerstädtischen Massentransport von Fahrgästen spezialisiert hatten. Da gab es die Linien *Dames-Blanches*, *Favorites*, *Parisiennes* und andere mehr. Der Einheitstarif von fünfundzwanzig Centimes erlaubte es auch den weniger Begüterten, die sich weder ein eigenes Gefährt noch eine Mietdroschke leisten konnten, ein solch bequemes und verhältnismäßig preiswertes Transportmittel in Anspruch zu nehmen.

Ihr Weg führte sie am imposanten Gebäudekomplex des Louvre vorbei. Wie auf fast allen freien Plätzen der Stadt waren auch hier Marktstände und Händler aller Art anzutreffen.

Dann rief Gaspard: »Da drüben ist es! Das Palais Royal!« Sie überquerten die Straße und gelangten zu einer breiten Eingangspassage, die von Säulen eingefasst war. Zwei Männer in farbenprächtigen Livreen standen zu beiden Seiten des Portals.

»Ich warte hier draußen auf euch«, sagte Gaspard und lehnte sich gegen eine Straßenlaterne.

Jana sah ihn verwundert an. »Aber warum willst du denn nicht mitkommen?«

»Ganz einfach: Weil man mich nicht reinlassen würde. Seht ihr die beiden Livrierten am Eingang? Die passen auf, dass sich ja kein Straßenjunge, Bettler oder sonst eine ärmlich gekleidete Gestalt unter die Leute im Palais Royal mischt. Unsereins hat da nichts verloren. Noch nicht einmal die Lieferanten dürfen hier hindurch. Sie müssen die Geschäfte über die rückwärtigen Straßen beliefern.«

Tobias ersparte sich die Bemerkung, dass er dieses Verbot für ein schändliches Unrecht an der einfachen Bevölkerung hielt. Er hatte an diesem Tag schon so vieles gesehen, was ihn mit Zorn und Abscheu erfüllte. Und am liebsten wäre er wieder umgekehrt. Doch sie mussten ja Horace Blancourt finden.

»Na, dann wird man uns ja wohl auch zurückschicken«, befürchtete Jana und sah unwillkürlich an ihrem Kleid hinunter, das Lisette ihr auf *Falkenhof* zum Abschied geschenkt hatte. Bisher hatte sie es für sehr hübsch gehalten und noch nicht einmal angezogen, weil es ihr bestes Stück war. Doch im Vergleich zu den Kleidern der Frauen, die da in Begleitung elegant gekleideter Männer durch den Eingang strömten, musste es doch sehr schlicht wirken.

»Nein, ihr seid anständig gekleidet. Euch lassen sie bestimmt durch«, widersprach Gaspard ohne Neid und Bitterkeit. »Eure Hemden und Hosen sind von gutem Stoff, das sieht man sofort. Und das Kleid steht dir gut zu Gesicht, Jana. Ihr werdet keine Schwierigkeiten haben.«

»Also gut, versuchen wir unser Glück«, meinte Sadik.

Die Aufpasser warfen ihnen einen prüfenden Blick zu, ließen sie jedoch wortlos passieren, ganz wie Gaspard vorhergesagt hatte. Sie traten in eine Welt, in der es keinen Hunger und keine Armut, keinen Gestank und keinen Dreck gab. Eine leuchtende Oase von scheinbar grenzenlosem Wohlstand und verschwenderischem Luxus hieß sie willkommen.

Beim Palais Royal handelte es sich nicht um einen königlichen Palast, wie der Name suggerierte, sondern um einen in sich geschlossenen und besonders luxuriösen Einkaufskomplex unter Arkaden. Juweliere, Modegeschäfte, Buchläden, Stoffhandlungen und Bildergalerien reihten sich zu dutzenden Tür an Tür. Wie die Wandelgänge eines Palastes angelegt und um ein großzügiges parkähnliches Gartengeviert gebaut, boten die Geschäfte unter den Kolonnaden mit ihren hundertachtzig Arkadenbögen der zahlungskräftigen Oberschicht Waren und Luxus aus aller Welt zum Kauf. Es gab kaum etwas, was das Herz begehren konnte und hier nicht zu finden war. Und wem der Sinn nicht nach Einkäufen stand, fand unter den Promenaden vielfältige Möglichkeiten, sich auf andere Weise zu zerstreuen, nämlich in den Cafés und Restaurants, in den Varietés, Billardsalons und Heilbädern.

»Heiliger Krösus!«, entfuhr es Sadik leise.

Auch Jana und Tobias waren überwältigt von dem Glanz der Schaufensterauslagen sowie von all dem Marmor und dem wie Gold glänzenden Messing, auf das das Auge überall traf. Die Laternen brannten schon vor den Läden und an den Säulen der Rundbögen, hinter denen sich die gepflegten Gartenanlagen mit bunter Blumenpracht erstreckten und zu einem Spaziergang einluden. Zur Gartenseite hin standen Tische und Stühle mehrere Reihen tief, sodass man sich hier von der Strapaze der Einkäufe ausruhen konnte, sofern man nicht eines der vielen Cafés und Restaurants bevorzugte.

»Als gäbe es den Dreck und Gestank und das schreiende Elend nicht, das anderswo auf den Straßen herrscht«, murmelte Tobias, dem dieser so prahlerisch zur Schau gestellte Luxus Unbehagen bereitete – und dumpfe Schuldgefühle. Denn seiner Herkunft nach gehörte auch er zu dieser Welt der Privilegierten.

»Das Wesen der Ochsen zeigt sich, wenn sie unter dem Joch sind – die wenigsten wehren sich dagegen«, meinte Sadik lakonisch. »Lasst uns das *Café du Caveau* suchen.«

»Na, auf diesen Horace Blancourt bin ich wirklich mal gespannt«, sagte Jana in ihrer Mitte. »Wenn das hier seine bevorzugte Umgebung ist, verstehe ich nicht, wie Jean Roland behaupten kann, er wäre ein sehr engagierter Journalist und Republikaner.«

»Wer den Kalifen verflucht und aus seinem Palast jagen will, muss deshalb noch längst nichts gegen einen weichen Diwan und dienstbare Geister einzuwenden haben«, entgegnete Sadik sarkastisch.

»Da hast du Recht«, räumte Jana ein.

Sie fragten nach dem *Café du Caveau*, das seinen Namen nach im Souterrain gelegen sein musste, und wurden auf den gegenüberliegenden Kolonnadengang verwiesen. Ihnen fiel jetzt auf, dass trotz aller Unbeschwertheit und Frivolität, die das Palais Royal ausstrahlte, ein Teil der Besucher an diesem Abend mit ernsten Gesichtern zusammenstand und ernste Gespräche führte, statt sich dem Müßiggang entlang der Geschäfte hinzugeben. Hier und da wurden sogar erregte Stimmen unter den Arkaden laut, wo sich größere Gruppen Diskutierender gebildet hatten. Kein Zweifel, die vier Ordonanzen des Königs schlugen auch hier hohe Wellen.

Das *Café du Caveau* hatten sie schnell gefunden, doch in das Lokal zu gelangen erwies sich als weniger leicht. Nicht dass Türsteher ihnen den Zugang verwehrt hätten. Nein, es war vielmehr die Menschenmenge, die sich vor dem Café drängte, um an dem Geschehen teilzuhaben, das sich im Innern abspielte, in dem offenbar hitzige Reden geschwungen wurden.

»Was nun?«, fragte Tobias ratlos.

»Was soll schon sein?«, fragte Sadik zurück. »Das Café scheint sich wirklich größter Beliebtheit zu erfreuen, aber so voll, als dass da nicht noch Platz für uns wäre, kann es gar nicht sein. Und hinein müssen wir. Also stürzen wir uns in das Gewoge!«

Von Stürzen konnte keine Rede sein. Es war ein mühsames Geschiebe und Gequetsche. Jeden Meter mussten sie sich erkämpfen und dabei derbe Stöße und unfreundliche Anraunzer einstecken.

Sie kamen nur einige Meter in das Lokal hinein. Auch zwischen den Tischen und Säulen, auf denen Büsten von Musikern und Literaten standen, war jeder freie Platz besetzt. Es ging einfach nicht weiter.

Weiter vorn stand ein Mann von attraktivem Äußeren, aber

in der auffälligen Kleidung eines Stutzers, auf einem Stuhl und erntete gerade Beifall von den im Lokal Versammelten.

»Polignac soll seinen Hut nehmen!«, rief jemand aus der Menge.

»Ja, zum Teufel mit Polignac und seiner Clique!«, griff ein anderer den Ruf auf. »Abdanken soll die Regierung! Sie hat keine Legitimation!«

Zustimmendes Gemurmel erhob sich im Raum.

»Polignac? Wer ist Polignac? Kann mir einer von Ihnen sagen, was diesen Mann auszeichnet, dass wir über ihn sprechen müssten?«, rief der Mann auf dem Stuhl verächtlich und vollführte eine schwungvolle Geste, als suchte er in der Menge vor sich jemanden, der ihm diese Frage beantworten könnte. Doch er wartete nicht auf einen Zuruf, sondern gab selbst im nächsten Moment die Antwort: »Polignac ist ein Niemand! Ein Nichts! Er ist nichts weiter als eine Marionette und wer wollte sich schon über den Charakter einer Marionette ereifern, die mit dem Kopf wackelt, wenn man an den richtigen Schnüren zieht?«

Die Schmähung des Ministerpräsidenten weckte lautes Gelächter.

»Eine austauschbare Marionette in den machtgierigen Händen von König Charles X. - das und nichts weiter ist Jules de Polignac!«, bekräftigte der Redner auf dem Stuhl noch einmal und fuhr mit feurigem Temperament fort: »Nicht er, sondern unser König ist es, der die gewählte Kammer auflösen, uns die Pressefreiheit nehmen und uns wieder in ein Zeitalter absolutistischer Monarchie prügeln will! König Charles hat sich diese landesverräterischen Erlasse ausgedacht! Ja, nennen wir diese politische Missgeburt ruhig bei dem Namen, der ihr zusteht –meine Freunde! Landesverräterisch!«

Ein erregtes Raunen ob dieser unverblümten Angriffe auf den König ging durch die Menge.

»Pass auf, was du sagst! Du trägst hier deine Haut zu Markte! Spitzel gibt es überall!«, warnte ihn jemand.

Der Redner machte eine wegwischende Handbewegung. »Der Sturm der Geschichte wird sie hinwegfegen wie Spreu im Wind!«, verkündete er mit einer guten Prise Pathos und warf sich in die Brust. »Wir dürfen jetzt nicht schweigen! Wir müssen uns geschlossen zeigen und uns mit Wort und Tat gegen diese Beschneidung unserer Rechte zur Wehr setzen! Denn diese Ordonanzen sind ein eklatanter Verstoß gegen unsere Verfassung! Ein Attentat auf unsere Freiheit! Niemand hat das Recht, die Charte außer Kraft zu setzen und uns dessen zu berauben, wofür unsere Väter und Vorväter gekämpft und mit ihrem Blut bezahlt haben! Die Revolution von 1789 ist nicht vergessen! Das Rad der Geschichte lässt sich nicht einfach zurückdrehen. Die Zeiten der Herrscherwillkür sind vorbei! Und so wie uns unsere Nation heilig ist, ist uns auch die Charte unantastbar! Nicht mal der König kann sich darüber hinwegsetzen!«

»Du sprichst uns aus der Seele, Blancourt!«, rief eine begeisterte Stimme in den aufbrausenden Beifall.

»Ich glaube, wir haben unseren Mann gefunden«, sagte Sadik trocken. »Ein rechter Paradiesvogel, wie mir scheint, und nicht eben unerfahren in der Redekunst.«

»Wahrlich nicht«, pflichtete ihm Tobias lachend bei. Diesen Horace Blancourt hatte er sich anders vorgestellt. Er hatte mit einem geistvollen Lebemann gerechnet, der seine fortschrittlichen Ansichten mit der Feder zu Papier brachte und sie vielleicht auch im Kreis seiner Freunde eifrig vertrat – nicht jedoch mit einem Mann, der ein so temperamentvoller, mitreißender und zudem auch noch furchtloser Redner war. Wie ausgeprägt seine Schwächen auch sein mochten, die Stärken von Horace Blancourt gefielen ihm außerordentlich gut.

»Jetzt fragt sich nur, wie wir zu ihm vordringen können«, sagte Jana.

»Mit Geduld«, lautete Sadiks Antwort. »Wir können ihn ja nicht vom Stuhl zerren, ganz abgesehen davon, dass wir erst gar nicht so weit kämen. Hören wir uns deshalb an, was er zu sagen hat, und hoffen wir, dass er nicht zu jenen Pfauen auf der Rednerbühne gehört, die in ihr eigenes Wort verliebt sind und kein Ende finden können.«

Bedauerlicherweise gehörte Horace Blancourt doch zu diesen Pfauen. Zu seiner Ehrenrettung musste aber gesagt werden, dass die Menge ihn liebte, seine Worte durstig aufsog und ihn mit ihrem Applaus zu neuen rednerischen Kühnheiten gegen den König und die Regierung anfeuerte.

Tobias wusste später nicht mehr zu sagen, wie lange sie nun schon in der Menge eingezwängt gestanden und Horace Blancourt zugehört hatten, gepackt von seiner Art zu reden, die ganz offensichtlich auch jeden anderen im Raum die Zeit vergessen ließ.

Plötzlich kam Unruhe auf. Sie setzte von draußen her ein. Und dann lief ein Ruf wie ein Lauffeuer durch das *Café du Caveau*.

»Polizei! Polizei! Sie beschlagnahmen die Druckerpresse von Henri Fournier und wollen ihn verhaften!«

»Fournier?«, hörte Tobias einen Mann zu seiner Begleiterin sagen. »Das ist doch eine Druckerei hier im Palais Royal!«

»Männer, das dürfen wir nicht zulassen!«, schrie jemand weiter vorn.

»Haltet die Handlanger des Königs auf!«

»Zur Druckerei, Freunde!«

Alle weiteren Rufe gingen im jäh einsetzenden Stimmengewirr der erzürnten Masse unter, die nun wie eine einzige Woge zum Ausgang drängte.

»Wir müssen versuchen Blancourt an der Tür abzufangen!«, schrie Tobias Sadik und Jana zu, als sich eine Gruppe Männer wie ein lebender Keil zwischen sie schob und trennte.

Er sah, wie Jana hochsprang, dass ihre schwarzen Haare flogen, und etwas zurückrief. Er bekam nur Bruchstücke ihrer Antwort mit, doch sie sagten ihm, dass sie ihn verstanden hatte. »... Ordnung! ... warten ... Tür!«

Tobias hatte beabsichtigt, noch im Inneren des Lokals seine

Stellung neben der Tür zu behaupten. Doch es gelang ihm nicht. Der Strom riss ihn mit sich, schob ihn die Treppe hinauf und gab ihm erst draußen Gelegenheit, sich rechts von der Tür an die Mauer zu pressen.

Glücklicherweise gehörte Horace Blancourt zum letzten Schwung, sonst wäre er ihnen in dem allgemeinen Gedränge wohl doch noch durch die Lappen gegangen. Er hatte es sichtlich eilig, aus der Nachhut der Menge herauszukommen, um bei der Druckerei in vorderster Linie zu stehen.

»Monsieur Blancourt!«, rief Tobias und zwängte sich zu ihm durch. »Ich muss Sie dringend sprechen.«

»Später, mein Junge, später!« Der Journalist scherte aus dem Gedränge aus und suchte die Abkürzung durch die Gartenanlagen. Tobias hielt mit ihm Schritt, während er sich mit einem schnellen Blick über die Schulter vergewisserte, dass Sadik und Jana ihm folgten.

»Es ist wirklich sehr dringend! Eine Empfehlung von Monsieur Roland ...«

»Tut mir Leid, aber der Gute wird jemand anderen finden müssen, der ihm die Titelseite füllt. Ich stehe beim *National* im Wort«, unterbrach er Tobias.

»Nein, deshalb bin ich nicht hier. Es geht um den Koran!«

Horace Blancourt hastete durch ein Blumenbeet. »Koran? Ach ja, ich erinnere mich. Interessantes Stück.«

»Als Monsieur Roland ihn an Sie verschenkte, wusste er nicht, dass er eine ... wichtige Nachricht des Mannes enthielt, der ihm den Koran aus Cairo geschickt hat«, sprudelte Tobias hastig hervor. »Er lässt anfragen, ob Sie ihm das Buch nicht wieder verkaufen oder doch wenigstens für eine Weile überlassen können.«

»Den Gefallen würde ich ihm ja gerne tun, aber ich habe ihn nicht mehr«, teilte Blancourt ihm mit und lief auf die Menge zu, die sich vor dem Eingang der Druckerei gebildet hatte.

Tobias hielt ihn am Arm fest. »Aber wir brauchen den Koran ganz dringend, Monsieur Blancourt! Es ist von größter Wichtigkeit, dass Monsieur Roland das Buch so schnell wie möglich zurückerhält!«

»Das mag sein, aber ich kann ihm damit leider nicht dienen. Ich habe ihn einer Dame geschenkt. Und wenn du erlaubst, möchte ich mich dieser Polizeiaktion widmen, die gewiss um einiges wichtiger sein dürfte als dieser Koran!« Er klang jetzt unverhohlen ungehalten, dass Tobias sich erdreistete, ihn festzuhalten.

»Sagen Sie mir doch bitte den Namen der Dame und wo wir sie ...«

Horace Blancourt fiel ihm schroff ins Wort und schüttelte seine Hand ab. »Nicht jetzt! Vielleicht später!«, beschied er ihn und tauchte in der Menge unter.

Jana und Sadik hatten ihn inzwischen eingeholt.

»Was hat er gesagt?«, fragte Jana.

»Er hat den Koran verschenkt. An eine *Dame*! Und er hat jetzt Wichtigeres zu tun, als mir darüber Auskunft zu geben, wie diese Dame heißt und wo sie wohnt«, teilte er ihnen erbost mit. »Vielleicht später, meint er.«

Jana ließ enttäuscht die Schultern sinken. »Einen günstigeren Tag hätten wir uns wohl auch nicht aussuchen können«, meinte sie sarkastisch. »Ausgerechnet heute muss hier so etwas passieren!«

»Warten wir eben, bis sich die Aufregung gelegt und sich die Menge verlaufen hat.« Sadik schickte sich in das Unvermeidliche.

Es sah jedoch nicht so aus, als würde sich die Menge verlaufen. Ganz im Gegenteil. Die Nachricht von der Beschlagnahmung der Druckerei verbreitete sich wie ein Lauffeuer und drang auch aus dem Palais Royal in die benachbarten Straßen. Immer mehr Menschen strömten unter die Kolonnaden, die nun zum Schauplatz tumultartiger Szenen wurden.

Als die Polizisten Henri Fournier aus seiner Druckerei führten und zu einem Nebenausgang des Palais Royal eskortieren wollten, wich die Menge nicht aus. Drohungen wurden laut und fast schien es so, als wollten sich Männer wie Horace Blancourt auf die kleine Gruppe Polizisten stürzen und ihnen an den Kragen gehen. Es war Henri Fournier, der sie zur Besonnenheit mahnte und dadurch wohl ein Handgemenge vermied, das einen blutigen Ausgang genommen hätte.

Eine Gasse öffnete sich für die verängstigt dreinblickenden Uniformierten, die ihre Säbel blankgezogen hatten und offenbar jeden Moment damit rechneten, sich gegen einen wild gewordenen Mob zur Wehr setzen zu müssen, um nicht gelyncht zu werden.

Der gefürchtete Ausbruch gewaltsamer Angriffe auf die Polizisten blieb aus. Doch der Menschenandrang im Palais Royal hielt auch nach der Verhaftung an. Kaum waren die Polizisten mit Henri Fournier verschwunden, als sich die angestaute Wut der Menge Luft verschaffte und die ersten Leuchten unter Stockschlägen zerbarsten.

»Da drüben ist er!«, rief Jana. Sie hatte sich mit Tobias und Sadik etwas abseits gehalten und war kurzerhand auf einen Tisch gestiegen, um den Journalisten nicht aus den Augen zu verlieren. Sadik und Tobias hatten es ihr nachgemacht. Doch sie waren nicht die Einzigen, die auf Tischen und Stühlen standen, um besser sehen zu können, was sich weiter vorn abspielte.

Sadik schlug Tobias kurz auf die Schulter. »Schnappen wir ihn uns! Dann nichts wie weg von hier. Es wird nicht lange dauern, bis Soldaten aufmarschieren. Und dann kann es hier verteufelt ungemütlich werden!«

Zu dritt gelang es ihnen, Horace Blancourt regelrecht in den Eingang eines Modegeschäftes abzudrängen. Aus Angst vor weiteren Ausschreitungen hatte sein Besitzer die Tür schon verriegelt.

Verwirrt blickte der Journalist von einem zum anderen. »Also diese Art verbitte ich mir! Ich muss jetzt unverzüglich zu meinen Freunden und mich mit ihnen besprechen!«

»Das wird Ihnen auch niemand verwehren, Monsieur Blancourt«, versicherte Sadik und schmierte ihm Honig ums Maul, um ihn zugänglicher zu stimmen. »Ein Mann von Ihren außerordentlichen Qualitäten wird jetzt ohne Zweifel dringend gebraucht. Wir zählen zu Ihren Bewunderern. Ihre Rede im *Café du Caveau* war so mitreißend und mutig, wie ich noch keine gehört habe. Würde mich nicht wundern, wenn Sie damit Geschichte machen werden!«

Der grimmige Ausdruck verschwand von Blancourts Gesicht. Er lächelte geschmeichelt. »Finden Sie wirklich, dass ich so gut war?«

Sadik nickte ernst. »Sie waren phantastisch! Monsieur Roland hat wahrlich nicht übertrieben, als er Sie in den höchsten Tönen lobte und versicherte, dass Sie ein Mann von außergewöhnlichem Format seien.«

Stolz schwellte die Brust von Horace Blancourt. »Jaja, der gute Roland. Wir haben uns schon viel zu lange nicht mehr gesehen. Ich habe da seit einiger Zeit eine Idee für eine Artikelserie, die genau das Richtige für den *Patriote* wäre ...«

»Er wird sich bestimmt freuen, wenn Sie ihn wieder aufsuchen würden«, sagte Sadik und bog das Gespräch geschickt in die richtige Richtung. »Aber im Moment wäre er Ihnen zu größtem Dank verpflichtet, wenn Sie ihm dabei helfen würden, den Koran wiederzubeschaffen.«

»Ach ja, der Koran. Wie ich schon sagte, ich habe ihn leider verschenkt. An eine Dame, mit der ich recht gut ... äh, befreundet war.« Es war ihm sichtlich peinlich.

»Das war auch Ihr gutes Recht«, sagte Sadik verständnisvoll. »Es geht eigentlich keinen etwas an. Bedauerlicherweise hat Monsieur Roland erst jetzt erfahren, dass der Koran etwas enthält, was für ihn von persönlicher Bedeutung ist. Er will ihn auch nicht unbedingt zurückkaufen. Es genügt, wenn diese Dame ihm den Koran für eine Zeit lang leihweise zur Verfügung stellt. Wären Sie also so freundlich, uns den Namen und die Adresse Ihrer Bekannten mitzuteilen? Wir werden uns dann schon mit ihr in Verbindung setzen.«

»Diesen Gefallen will ich dem guten Roland gern tun«, erwiderte Horace Blancourt und zögerte dann, als hätte er auf einmal Schwierigkeiten, sich zu erinnern, wem er den Koran geschenkt hatte.

»Ich glaube, es war Henriette ... oder habe ich der kleinen Marie ...? Nein, warten Sie! Es war Jacqueline, die rothaarige Wildkatze!« Die Erinnerung entlockte ihm ein kurzes Auflachen. »Jacqueline Maupas, Rue de la Vanniere 13. Ich weiß aber nicht, ob sie noch da wohnt. Ist schon ein paar Monate her, seit ich sie das letzte Mal gesehen habe.«

Sadik wiederholte Name und Adresse, bedankte sich höflich im Namen von Monsieur Roland und beeilte sich dann, mit Jana und Tobias das Palais Royal zu verlassen, in dem die Wogen der Erregung immer höher schlugen.

»Henriette, die kleine Marie oder die rothaarige Wildkatze Jacqueline!«, äffte Jana den Tonfall des Journalisten nach, als sie dem Ausgang zustrebten. Sie verdrehte dabei die Augen. »Hoffentlich hat uns dieser eingebildete Schürzenjäger auch den richtigen Namen aus seiner Sammlung ›befreundeter Damen‹ genannt!«

»*Aiwa*, hoffen wir das Beste«, erwiderte Sadik.

Gaspard ging auf der Straße unruhig auf und ab. Er hatte sich schon Sorgen gemacht und überlegt, sich unter die Menge zu mischen, um sie zu suchen. Das ganze Viertel schien in Aufruhr zu geraten. Männer und Frauen aller Schichten liefen zusammen. Längst hatten es die livrierten Aufpasser aufgegeben, jemandem den Zutritt verwehren zu wollen. Sie hatten sich einfach verdrückt. Das Palais Royal war nicht länger ein Ort, der allein der bürgerlichen Oberschicht vorbehalten war. Jetzt war dort auch das einfache Volk willkommen. Nicht mehr Herkunft und Kleidung waren von Entscheidung, um unter den Kolonnaden dazuzugehören, sondern allein die Stimme zählte, die sich gegen den König erhob. Und da war die der Marktfrau so gut wie die des Stutzers.

»Dem Himmel sei Dank, dass ihr endlich aus dem Hexenkessel auftaucht! Da hinten marschieren schon Soldaten auf!«, rief Gaspard erleichtert. Doch schnell fügte er hinzu, als schämte er sich seiner Besorgnis: »Nächstens lasse ich mich im Voraus bezahlen.«

Eine Abteilung Soldaten eilte die Rue de la Richelieu entlang, im Laufschritt und mit aufgepflanztem Bajonett. Scharfe Kommandos übertönten das rhythmische Klatschen von hundert oder mehr Stiefeln.

Sadik schob Jana vor sich her. »Zeit, dass wir ruhigere Gewässer ansteuern. Gaspard, bring uns in die Rue de la Vanniere, Hausnummer 13. Weißt du, wo das ist?«

Gaspard warf ihm einen Blick zu, als hätte er ihn beleidigt. »Weiß ich, wo meine Nase im Gesicht sitzt?«, fragte er frech.

Jana warf einen letzten Blick auf die aufmarschierenden Soldaten. »Hoffentlich gibt es kein Blutvergießen«, murmelte sie.

»Würde nicht darauf wetten«, erwiderte Tobias und nahm ihre Hand, die sie ihm auch nicht entzog.

Zwanzig Minuten später befanden sie sich in der Rue de la Vanniere, die sich in einer schäbigen Wohngegend in der Nähe vom Place de l'Hôtel de Ville befand. Das Haus Nummer 13 hatten sie schnell gefunden und Jacqueline Maupas war dort noch immer wohnhaft. Im vierten Stock. Sie war nicht zu Hause.

Von einer abgehärmten Frau, die ihnen im Treppenhaus begegnete, erfuhren sie, dass Jacqueline Maupas um diese Zeit nie in ihrer Wohnung anzutreffen sei.

»Die kehrt erst gegen Morgen und manchmal auch erst gegen Mittag zurück. Bringt ihre Arbeit so mit sich, wenn man das, was sie nachts so treibt, überhaupt Arbeit nennen kann«, teilte sie ihnen abfällig mit. »Nennt sich Schauspielerin und Tänzerin! Pah! Wenn Sie mich fragen, hat sie ihre erfolgreichsten Auftritte nicht auf der Bühne dieses miesen Lokals, sondern ganz woanders. Dreimal können Sie raten, wo das ist! Sogar dem Hausbesitzer soll sie statt Miete schon …«

Sadik fuhr ihr schnell ins Wort. »Danke, so genau wollen

wir es gar nicht wissen. Wir werden unser Glück morgen noch einmal versuchen.«

»Ein Flittchen, genau das ist sie! Können ruhig sagen, dass ich sie so genannt habe!«, rief die Frau ihnen nach.

Tobias war enttäuscht. »So ein Mist! Hätten wir sie zu Hause angetroffen, hätten wir uns jetzt schon mit dem Koran und Wattendorfs Gedicht beschäftigen können« , sagte er verdrossen, als sie sich auf den Rückweg zu Jean Rolands Haus begaben.

»Wer der Geduld folgt, dem folgt der Sieg«, entgegnete Sadik. »Wollen wir mit dem, was wir heute erreicht haben, zufrieden sein.«

Tobias verzog das Gesicht. »So? Was haben wir denn erreicht? Den Koran haben wir jedenfalls noch nicht aufgetrieben.«

»Aber wir haben Horace Blancourt getroffen, was unter diesen Umständen schon ein Glücksfall war, und können uns genauso glücklich schätzen, dass Jacqueline Maupas allen Befürchtungen zum Trotz noch in ihrer Wohnung in der Rue de la Vanniere anzutreffen ist – wenn auch zu anderen Tageszeiten. Wir rücken dem Koran also Schritt für Schritt näher.«

»Ja, im Schneckentempo!« Tobias seufzte. »Und das ist garantiert nicht das Tempo, in dem Zeppenfeld hinter uns her ist!«

Darauf blieb sogar Sadik eine Antwort schuldig. Sie wussten alle nur zu gut, dass die Gefahr, die ihnen von Zeppenfeld drohte, mit jedem Tag wuchs.

Paris vor einer Revolution?

Der Palais Royal wurde ohne Blutvergießen geräumt. Daraufhin versammelte sich die Menge auf dem vorgelagerten Platz. Auch von hier vertrieben, bildeten sich zwei Demonstrationszüge, in deren Verlauf zahlreiche Laternen und einige Fenster des Finanzministeriums zu Bruch gingen. Zu blutigen Zusammenstößen kam es jedoch nicht.

Gegen Mitternacht herrschte wieder Ruhe auf den Straßen. Doch es war eine trügerische Stille, die am nächsten Morgen die Behörden zu der irrigen Annahme veranlasste, die Situation unter Kontrolle zu haben und mit unverminderter Härte gegen die unliebsame Presse vorgehen zu können, ohne den Zorn eines rebellierenden Volkes fürchten zu müssen. Mit derartigen Protesten wie dem im Palais Royal würde man schon fertig werden.

Obwohl die Behörden ein Veröffentlichungsverbot erlassen hatten, erschienen drei Ausgaben der wichtigsten oppositionellen Zeitungen am Morgen des 27. Juli. Und mit welchen Aufmachern! *Le National*, *Le Temps* und *Le Globe* begnügten sich nicht mehr mit heftigen journalistischen Attacken gegen den König, Polignac und die Ordonanzen, sondern erhoben die geradezu revolutionäre Forderung, dass offener Widerstand gegen den Staatsstreich von König Charles X. die Pflicht eines jeden wahren Patrioten sei! Zu hunderten wurden die Zeitungen auf den Straßen, in den Cafés und Lesesalons verteilt sowie auf offener Straße verlesen. Von Haus zu Haus, von Geschäft zu Geschäft und von Werkstatt zu Werkstatt wurden sie weitergereicht.

»Das ist ein Aufruf zur Revolte gegen die Krone!«, stellte Jean Roland mit glänzenden Augen fest, als die drei Freunde am Vormittag im Haus auf ihn trafen – eine dieser Zeitungen in der Hand. »Jetzt müssen wir zusammenstehen und dürfen auch vor der Gewalt nicht zurückweichen! Zwölftausend Soldaten sind in und um Paris kaserniert und es geht das Gerücht, sie ständen schon Gewehr bei Fuß in Alarmbereitschaft! Doch nicht mal hunderttausend Soldaten könnten den König noch retten, wenn der Funke der Revolte zur lodernden Flamme der Revolution wird! Und davon sind wir nicht mehr weit entfernt. Ja, wir stehen am Rande einer Revolution, meine Freunde!«

Augenblicke später eilte er in seine Druckerei, um seiner patriotischen Pflicht zu folgen und ein Flugblatt aufzusetzen, das dem rebellischen Aufruf der drei Zeitungen in nichts nachstehen sollte. Jetzt galt es, Stellung zu beziehen und Flagge zu zeigen! Und er hatte auch schon den Titel des Flugblattes, den er in seinen fettesten Lettern drucken würde: *Vive la Charte!*

Jana nahm die brisanten politischen Nachrichten nicht eben mit Begeisterung auf. Sie machte im Gegenteil eine sehr bedenkliche Miene. »Eine Revolution hat uns jetzt gerade noch gefehlt!«

»Der König hat es ja nicht anders verdient«, meinte Tobias hitzig. »Solche Machthaber wie ihn und Polignac muss man zum Teufel jagen! Ich wünschte, bei uns in Deutschland gäbe es so mutige Leute wie Blancourt, Roland und diese anderen Zeitungsverleger. Dann säße jetzt nicht Onkel Heinrich im Kerker, sondern tatsächliche Verbrecher wie Zeppenfeld, Pizalla und Graf Prettlach.«

»Du hast ja Recht«, lenkte Jana ein. »Aber was ist mit dem Koran und Zeppenfeld, wenn in Paris eine Revolution ausbricht und wir hier festsitzen?«

»Hm, ja, das passt natürlich nicht gut zusammen«, räumte Tobias ein und sah nun ebenfalls besorgt aus.

»Beeilen wir uns, die Rue de la Vanniere aufzusuchen. Wer das Kamel verliert, sucht nicht nach dem Sattel«, bemerkte Sadik.

Tobias zog die Augenbrauen hoch. »Was heißen soll?«

»Wenn hier eine Revolution ausbricht, werden wir anderes zu tun haben, als nach einem Koran zu fahnden. Dann haben wir wahrscheinlich genug damit zu tun, um mit heiler Haut aus der Stadt hinauszukommen. Deshalb lasst uns keine Zeit verlieren. Gaspard wartet unten im Hof.«

Angesichts der ungewissen Lage beschlossen Sadik und Tobias, sich mit Florett und Säbel zu bewaffnen. Auch Gaspard trug ein langes Messer an seinem Gürtel.

Sie hatten noch nicht die Seine erreicht, als sie auf der Straße die nächsten Hiobsbotschaften vernahmen: Die Behörden hatten die Druckerpressen der drei Zeitungen beschlagnahmt und von Soldaten zerstören lassen. Dieses Ereignis heizte die Stimmung in den Straßen noch mehr an. Und es ging das Gerücht, in einigen Bezirken der Stadt hätten Studenten der Universität und Schüler des Polytechnikums schon damit begonnen, Barrikaden zu errichten und den Widerstand gegen die Staatsgewalt zu organisieren.

Auf ihrem Weg in die Rue de la Vanniere konnten sie noch keine Zusammenstöße zwischen Soldaten und Zivilisten beobachten. Doch es lag Gewalt in der Luft!

»Hoffentlich ist sie jetzt zu Hause«, meinte Tobias, als sie das dunkle, übelriechende Treppenhaus betraten und in den vierten Stock hochstiegen. Gaspard wartete auf der Straße auf sie.

Sadik klopfte an die Wohnungstür. Doch es rührte sich nichts dahinter. Er klopfte noch einmal, diesmal jedoch so heftig, als wollte er sich mit Gewalt Einlass verschaffen. Und nun antwortete ihnen eine gereizte Frauenstimme aus der Wohnung.

»Himmelherrgott, was soll dieses Gepolter? Ich bin doch nicht taub! Ich komme ja schon! Werde mir aber wohl noch was überziehen dürfen, oder?«

Tobias grinste. »Mir scheint, du hast sie aus dem Schlaf geholt.«

»Es hindert sie niemand daran, sich wieder hinzulegen, wenn wir erst den Koran haben«, erwiderte Sadik gelassen.

»Sofern sie ihn herausrückt«, meinte Jana skeptisch.

Die Tür wurde einen Spalt geöffnet und sie erhaschten

einen Blick auf eine junge, rothaarige Frau, die trotz verschmierter Schminke im Gesicht und wirrer Frisur zweifellos hübsch zu nennen war. Sie trug einen fliederfarbenen Morgenrock.

»Wer sind Sie und was wollen Sie?«, herrschte sie Sadik unfreundlich an, der der Tür am nächsten stand.

»Bitte entschuldigen Sie, dass wir zu so unpassender Zeit vor Ihrer Tür stehen und Sie mit unseren Problemen belästigen, Mademoiselle Maupas«, erwiderte Sadik mit ausgesuchter Höflichkeit. »Aber wir sind auf Ihre Hilfe angewiesen. Es handelt sich nämlich um den Koran, den Monsieur Blancourt Ihnen ...«

»Horace schickt Sie?«, fiel sie ihm mit schriller, aufgebrachter Stimme ins Wort. »Das ist ja wohl der Gipfel der Unverschämtheit, dass er jetzt auch noch seine Geschenke wiederhaben will! Sagen Sie ihm, er soll sich zum Teufel scheren!«

»Warten Sie!«, rief Sadik eilig. »Es ist nicht so, wie Sie glauben. Der Koran hat nichts mit Horace Blancourt zu tun!«

»Lassen Sie mich mit dem blöden Koran in Ruhe! Ich will nichts mehr hören! Mit dem Schweinehund bin ich ein für alle Mal fertig!« Sie knallte ihnen die Tür vor der Nase zu.

Sadik sah verdutzt drein. »Ein Haar vom Steiß des Teufels bringt Segen. Ein wütendes Weib ist dagegen so ergötzlich wie ein wunder Gaul«, brummte er missmutig.

Tobias konnte sich ein Grinsen nicht verkneifen. »Ich schätze, du wirst dein Glück noch einmal bei ihr versuchen müssen. Oder soll ich mal mit ihr reden?«

»Vielleicht bringt es mehr, wenn ich mit ihr rede, sozusagen von Frau zu Frau«, mischte Jana sich ein.

»Mir soll es recht sein«, meinte Sadik verdrossen.

»Ich brauche Geld«, sagte Jana.

Tobias drückte ihr seinen Geldbeutel in die Hand. »Zahl ihr einen anständigen Preis für den Koran, aber lass dich nicht übers Ohr hauen!«

»Im Feilschen macht mir keiner etwas vor«, versicherte sie

mit einem zuversichtlichen Lächeln. »Und nun geht besser eine Etage tiefer, damit sie euch erst gar nicht mehr zu Gesicht bekommt.«

»Wir drücken dir die Daumen, Jana.«

»Wird schon klappen.«

Sadik und Tobias begaben sich ein Stockwerk tiefer und setzten sich auf die Treppe. Sie hörten Jana an die Tür klopfen und Jacqueline Maupas bitten, ihr doch zu öffnen und sie anzuhören.

Jacqueline Maupas öffnete ihr tatsächlich. »So, und wer bist du?«, drang ihre erboste Stimme zu ihnen herunter. »Vielleicht sein neues Liebchen? Hübsch genug bist du ja. Wusste gar nicht, dass er sich jetzt auch schon so junges Gemüse hält! Aber er hat es wohl nötig.«

»Nein, sein Liebchen bin ich nicht. Ich kenne Horace Blancourt überhaupt nicht«, erwiderte Jana ruhig.

»Ach, nein! Und was willst du dann von mir?«

»Ihnen ein Geschäft anbieten. Aber darf ich Ihnen das in Ihrer Wohnung erklären?«

»Also gut, komm rein. Aber glaube ja nicht, mir mit irgendwelchen alten Geschichten auf die Nerven gehen zu können«, warnte sie Jana, noch immer argwöhnisch, sie könnte doch etwas mit ihrem verflossenen Liebhaber zu tun haben.

Tobias stieß Sadik freundschaftlich in die Rippen. »Sie hat es geschafft!«

»Weißt du, was Scheich Abdul Kalim einmal gesagt hat, als die Rede um ein zänkisches Weib ging?«

»So wie ich dich manchmal reden höre, hat er ohne Zweifel genug von sich gegeben, um ein Dutzend Bücher mit Spruchweisheiten zu füllen«, erwiderte Tobias mit gut gelauntem Spott. Gleich würden sie den Koran in den Händen halten! Jana schaffte es bestimmt! »Wovon einiges aber weniger als Weisheit, sondern vielmehr als Engstirnigkeit zu bezeichnen wäre. Aber rede es dir nur von der Seele, Sadik. Was hat er denn über zänkische Frauen gesagt?«

»Dass es gegen die Schlange, die unfolgsame Tochter und das zänkische Weib nur eine einzige Medizin gibt – nämlich den Stock!«

Tobias konnte nicht umhin, über Sadiks Groll, den Jacquelines schroffe Abfuhr in ihm geweckt hatte, herzhaft zu lachen. »Lass das bloß nicht Jana hören! Die würde dir die passende Antwort bestimmt nicht schuldig bleiben und die würde einem Beduinen wie dir genauso wenig schmecken wie Jana das, was du da von dir gegeben hast! Ein zänkischer, rechthaberischer Mann ist nämlich genauso unausstehlich wie eine zänkische Frau – eine Weisheit von Scheich Sihdi Heinrich!«

Sadik warf ihm einen missvergnügten Blick zu, schüttelte den Kopf und hüllte sich in Schweigen, als hielte er es für seiner nicht würdig, darauf etwas zu erwidern.

Gute zehn Minuten verstrichen. Dann verließ Jana die Wohnung der Tänzerin. Sadik und Tobias vergaßen ihre kleine Verstimmung, sprangen auf und blickten ihr erwartungsvoll entgegen. Ihre freudige Erwartung fiel jedoch augenblicklich wie ein Strohfeuer in sich zusammen.

Jana ging mit leeren Händen die Treppe hinunter!

»Der Koran? Wo ist der Koran?«, stieß Tobias hervor.

»Jacqueline Maupas hat ihn nicht mehr. Sie hat das Buch schon vor gut zwei Wochen verkauft«, teilte Jana ihnen niedergeschlagen mit. »Sie war damals ohne Arbeit und hat alles zu Geld gemacht, was sie entbehren konnte und irgendwie von Wert war, um sich bis zu ihrem nächsten Engagement über Wasser zu halten.«

Tobias schluckte schwer und sackte wieder auf die Treppe. Das war ein Tiefschlag, der sie völlig unerwartet traf. Er hatte so fest damit gerechnet, den Koran an diesem Vormittag endlich in seinen Händen zu halten. Und nun dies! Er hätte vor Wut und Enttäuschung heulen können.

»Und an wen?«, fragte Sadik grimmig und warf Tobias einen Blick zu, als wollte er sagen: Habe ich es dir nicht gesagt? So einem zänkischen Weib ist alles zuzutrauen!

Jana setzte sich zu ihnen und atmete tief durch. »An einen Antiquitäten- und Kuriositätenhändler.«

»Dann nichts wie hin zu diesem Händler! Kann mir nicht vorstellen, dass ein Koran in Paris so schnell verkauft wird«, meinte Sadik. »Allah sei Dank, dass wir Gaspard haben. Er wird uns schnell zu diesem Geschäft bringen.«

»Das glaube ich nicht«, widersprach Jana langsam. »Jacqueline kann sich nämlich nicht mehr erinnern, in welchem Geschäft sie den Koran verkauft hat.«

»Sie erinnert sich nicht mehr? Das gibt es doch gar nicht!«, erregte sich Tobias.

»Leider doch. Wie sie mir erzählt hat, war sie mit einem ganzen Koffer voll Plunder unterwegs und hat nicht immer das erstbeste Angebot angenommen«, berichtete Jana. »Sie ist zwischendurch auch in eine Wirtschaft eingekehrt und wenn ich sie recht verstanden habe, hat sie da einiges getrunken. Nicht dass sie betrunken gewesen wäre, aber sie kann sich nun mal nicht mehr daran erinnern, in welchem Geschäft sie den Koran losgeworden ist. Sie weiß nur noch, dass es ein kleiner Laden irgendwo im Viertel östlich vom Place des Victoires war – und dass im Schaufenster zwischen allerlei Trödel eine kleine Guillotine aus Porzellan gestanden hat.«

Sadik stöhnte auf. »Irgendwo ein Geschäft, in dessen Fenster eine Porzellanguillotine steht! *Irgendwo!*«

»Lasst uns die Sache mit Gaspard bereden«, schlug Tobias vor, der sich bei aller Enttäuschung nicht geschlagen geben wollte. Die Angabe eines Stadtviertels war immerhin noch besser als gar keine. »Wenn uns einer helfen kann, dann er.«

Gaspard fand die ganze Angelegenheit gar nicht so deprimierend, was von seiner Warte aus betrachtet auch nur zu verständlich war. Er machte kein schlechtes Geschäft, ihnen als Führer dienlich zu sein. Und je länger sich die Sache hinzog, desto lukrativer fiel sie für ihn aus.

»Östlich vom Place des Victoires? Ja, da gibt es ein hübsches

Gewirr von Straßen und schmalen Gassen, wo viele Läden mit alten Büchern, Möbeln und anderem Trödel zu finden sind«, bestätigte er mit einem breiten Grinsen. »Kein Wunder, dass sie sich nicht mehr erinnern kann, wo genau sie dieses Buch verkauft hat. Man kann sich in der Gegend schnell verlaufen und den Überblick verlieren.«

»Aber du hilfst uns doch, nicht wahr?«, fragte Tobias eindringlich.

Gaspard kratzte sich mit dem Eisenhaken am Kinn. »Klar helfe ich euch, diesen Laden zu finden. Aber es sind unruhige Zeiten, meine Freunde. Und ich muss auch an mein Auskommen denken, wenn ihr versteht, was ich meine.«

Sadik verstand sofort. »Es soll dein Schade nicht sein. Wir zahlen dir von jetzt an doppelten Lohn. Einverstanden?«

Gaspard strahlte. »Das ist ein Wort, Beduine!«

»Dann lasst uns gehen!«, drängte Tobias.

In dem Gassengewirr zwischen Rathaus und Louvre stießen sie auf die ersten Barrikaden, die von den Bürgern aus umgestürzten Kutschen, gefällten Bäumen, Kisten und Tonnen errichtet worden waren, um den Aufmarsch der alarmierten Truppen zu verhindern. Die Stadt glich einem brodelnden Hexenkessel, der jeden Augenblick in Stücke springen und die Stadt mit einer Welle blutiger Gewalt überschwemmen konnte. Aus der Gegend um die Rue Saint Honore kam die Nachricht, dass dort erstmals Truppen eingegriffen hätten, um Menschenaufläufe auseinander zu treiben. Auch um die Börse und am Place de Vendôme begannen die Bürger weitere Sperren zu errichten.

Ohne Gaspard wären sie aufgeschmissen gewesen. Er führte sie über Hinterhöfe und Hausdächer um die Barrikaden herum. Doch diese Umwege kosteten viel Zeit. Und als sie endlich in das Viertel um den Place des Victoires gelangten, war es früher Nachmittag.

Sie begannen die ersten Straßen nach dem besagten Geschäft abzusuchen. Doch sie gelangten nicht weit. Soldaten versuchten in das Viertel einzudringen, trafen jedoch auch hier auf Barrikaden. Und dann fielen die ersten Schüsse.

Tobias wollte der Gefahr trotzen und die Suche fortsetzen, denn die Kämpfe lagen einige Straßen entfernt, dem Klang der Schüsse nach zu urteilen. Doch Sadik dachte nicht daran, ein Risiko einzugehen, das sie nicht abschätzen konnten. Wer wusste denn, ob dieses Viertel nicht im Handumdrehen von Pulverdampf und Waffengeklirr erfüllt war!?

»Kommt gar nicht infrage! Wir brechen die Suche ab, kehren ins Haus von Sihdi Roland zurück und warten ab, bis sich die verworrene Lage geklärt hat! Zu wessen Gunsten auch immer!«

»Nur noch die Seitenstraße da drüben!«, versuchte ihn Tobias umzustimmen.

Sadik ließ jedoch nicht mit sich reden. »*La!* Wir kehren auf der Stelle um! Wenn der Koran bisher noch keinen Käufer gefunden hat, wird er auch morgen oder übermorgen noch auf einen harren. Und jetzt nichts wie weg von hier. Gaspard! Bring uns so schnell wie möglich raus aus dem Viertel! Wo geschossen wird, haben wir nichts zu suchen, Tobias! Und Jana schon gar nicht!«

Der Hinweis auf Jana verfehlte seine Wirkung nicht und Tobias wehrte sich nicht länger gegen den sofortigen Abbruch der Suche.

Als sie das Viertel fast schon hinter sich gelassen hatten, sahen sie sich plötzlich berittenen Soldaten gegenüber, als sie ahnungslos um eine Straßenecke bogen. Sie erschraken, als sie die Kavalleristen mit ihren in der Sonne funkelnden Brustharnischen sahen, die hier wohl auf ihren Einsatzbefehl gewartet hatten.

Und er erfolgte im selben Augenblick, als sie um die Ecke hasteten. Eine befehlsgewohnte Stimme schallte durch die Straße und die Abteilung setzte sich in Bewegung.

»Zurück!«, schrie Gaspard.

Tobias sah das hasserfüllte Gesicht eines Reiters, der seinem Pferd die Sporen gab und direkt auf sie zuhielt. Er wollte sie über den Haufen reiten!

»Jana!« Er packte sie am Arm und wollte sie zu sich an die Hauswand reißen.

In dem Moment war der Kavallerist schon heran. Sein Stiefel fuhr aus dem Steigbügel. »Aus dem Weg, Pöbel und Zigeunerpack!«, schrie er und trat zu.

Jana schrie auf, als der Stiefel sie an der linken Schulter erwischte. Sie wurde Tobias' Griff entrissen, um ihre eigene Achse herumgewirbelt, stürzte zu Boden und gab einen zweiten gellenden Schmerzensschrei von sich. Mit schadenfrohem Gelächter ritten die Soldaten an ihnen vorbei.

Tobias griff zum Florett und wollte blankziehen. Doch Sadik schlug ihm die Hand blitzschnell vom Griffstück der Waffe und zischte warnend: »Sei kein Selbstmörder! Damit ist keinem geholfen!«

»Gemeine Lumpen!«, schickte Tobias den Soldaten mit ohnmächtiger Wut hinterher.

Stöhnend und mit Tränen in den Augen richtete sich Jana auf. Tobias kniete sich sofort zu ihr. Sadik tastete ihre Schulter ab. Der brutale Stiefeltritt hatte glücklicherweise keine Knochen gebrochen. Doch die Prellung, die sie sich dabei zugezogen hatte, war mindestens genauso schmerzhaft. Zudem hatte sie sich beim Sturz auch noch den rechten Knöchel verstaucht.

Tobias stützte sie. Doch sie kamen jetzt nur noch sehr langsam voran. Der Weg zurück auf die andere Seite der Seine wurde ihnen allen sehr lang. Ganz besonders aber Jana. Sie biss sich fast die Lippen wund, um nicht vor Schmerz laut zu stöhnen. Doch die Tränen, die ihr über die Wangen liefen, setzten Tobias viel mehr zu, als wenn sie ihre Schmerzen laut kundgetan hätte.

Er hatte auf einmal Angst. Seine Angst, die mehr einer dunklen Ahnung glich, hing direkt mit dieser übervölkerten, verwinkelten Stadt zusammen. Paris erschien ihm wie ein finsteres Labyrinth aus Elend, Dreck und Gewalt, in das sie sich immer tiefer verirrten.

Wo war der Koran?

Und wo war Zeppenfeld?

Barrikadenkämpfe

Das Zimmer war in Halbdunkel getaucht. Doch hinter den Gardinen zeichnete sich das helle Rechteck des Fensters ab, auf dem die Morgensonne stand. Verschlafen richtete sich Tobias im Bett auf. Irgendetwas hatte ihn geweckt. Doch im Haus war es still. Es musste daher noch früh am Tag sein.

Da war es wieder, das Geräusch, das ihn aus dem Schlaf geholt hatte! Ein Klirren der Fensterscheibe! Als ob jemand mit kleinen Steinen warf!

Tobias schwang sich aus dem Bett, trat zum Fenster und schob die Vorhänge zurück. Er kniff die Augen vor dem hellen Sonnenlicht zusammen und spähte in den Garten hinunter.

»Was ist?«, fragte Sadik, der nun ebenfalls aufgewacht war, verschlafen.

»Gaspard! Ich soll zu ihm kommen! Er hat wohl eine wichtige Nachricht für uns!« Tobias gab ihm ein Zeichen, dass er verstanden hätte und sich schnell anziehen würde.

»Dann lauf runter und hör dir an, was er so dringend loswerden will. Aber vergiss deinen Geldbeutel nicht. Der Bursche kennt seinen Wert sehr genau.« Sadik gähnte und streckte sich im Sitzen, während Tobias hastig in Kleider und Schuhe fuhr, sich zwei Hände voll Wasser aus der Waschschüssel ins Gesicht schlug und dann aus dem Zimmer huschte.

Er hatte angenommen, dass ihn Gaspard vor der Tür erwarten würde, doch da war er nicht. Er ging ums Haus. Gaspard stand nahe der Mauer bei zwei dichten Sträuchern und winkte ihn zu sich.

Als Tobias nur noch zwei Schritte entfernt war, griff er hinter sich ins Gebüsch, zog eine Muskete hervor und warf sie ihm zu.

Tobias fing sie auf und machte große Augen. »Heiliges Kanonenrohr! Wo hast du die denn her?«

Gaspard brachte noch eine zweite Muskete zum Vorschein. »Toll, was? Ich habe auch genug Pulver und Blei, um es mit der halben Schweizer Garde aufnehmen zu können!«, verkündete er stolz.

»Mein Gott, wo hast du die Waffen her?«, wiederholte Tobias seine Frage fast erschrocken.

»Während ihr in euren weichen Betten gelegen habt, habe ich mir die Nacht um die Ohren geschlagen, wie übrigens viele andere auch. Da war ganz schön was los auf den Straßen heute Nacht, das kann ich dir sagen. Vor allem im Zentrum und drüben im Osten sind jede Menge neuer Barrikaden errichtet worden. Da hat so mancher Baum und manche Kutsche dran glauben müssen«, berichtete er voller Begeisterung. »Und dann haben wir im Faubourg Saint Antoine die Waffengeschäfte aufgebrochen und geplündert. Die Soldaten, die sich heute in die Stadt wagen, werden einen heißen Empfang bekommen, darauf kannst du dich verlassen. Schon jetzt wird überall in den Werkstätten gearbeitet, damit nachher genug Kartuschen zur Hand sind. Aus den Druckereien schleppen sie die bleiernen Typen an und die Kinder liefern ihre Murmeln ab. Damit werden die Kartuschen gefüllt, auch mit Nägeln und Schrauben! Wir haben in Paris wieder eine echte Revolution und dieser feiste Marschall Marmont, der den Oberbefehl über die Truppen hat, kann sich auf einen Straßenkampf einrichten, von dem man bestimmt noch spricht, wenn er schon längst im Grab liegt. Es sollen schon Truppenteile zu uns übergelaufen sein.«

Tobias war zuerst völlig sprachlos. Dann fragte er: »Und du wirst an den Barrikadenkämpfen teilnehmen?«

»Hätte nicht übel Lust, den Burschen eins auf den Pelz zu brennen, die König Charles an der Macht halten wollen«, antwortete er und zielte mit der Muskete auf einen imaginären Angreifer. »Doch zuerst muss ich mit euch in die Rue Calbrot.«

»Rue Calbrot? Was sollen wir denn da?«

Gaspard grinste. »Ich denke, ihr seid auf das merkwürdige Buch so scharf, das ihr in dem Geschäft mit der Porzellanguillotine vermutet?«

Tobias riss die Augen auf. »Sag bloß, du hast das Geschäft gefunden?«, stieß er erregt hervor.

»Du hast es erraten. Ich habe mich diese Nacht noch mal in der Gegend umgeschaut und in der Rue Calbrot stand ich dann plötzlich vor einem kleinen Laden, der so eine Guillotine im Schaufenster stehen hat. Die sollte man König Charles auf den Frühstückstisch stellen, damit er weiß, was die Stunde geschlagen hat!«

Tobias hätte ihn am liebsten umarmt. »Gaspard! Du bist ein Teufelskerl! Das vergesse ich dir nie.«

Gaspard lachte. »Das hoffe ich auch! Wir sollten so schnell wie möglich aufbrechen. Wir gehen über die Dächer. Aber wer weiß, wie weit wir gelangen, wenn nachher überall gekämpft wird. Da können wir dann leicht irgendwo festsitzen.«

Tobias gab ihm die Muskete zurück. »Warte hier! Ich sage Sadik Bescheid. Wir können sofort los!«

Er eilte ins Haus zurück. Sadik war schon angezogen, doch als er hörte, wie sehr sich die Lage in Paris zugespitzt hatte, war er von der Idee, sich jetzt ins Zentrum zu begeben, wenig begeistert.

Doch Tobias wollte von Abwarten nichts wissen. »Wir nehmen den Weg über die Dächer. Und sollte es brenzlig werden, bleiben wir einfach, wo wir sind. Sadik, wir müssen es wagen! Wer weiß, wie lange es hier noch drunter und drüber geht. Vielleicht dauern die Kämpfe wochenlang! Willst du etwa so lange hier herumsitzen und Däumchen drehen?«, redete er beschwörend auf ihn ein. »Zeppenfeld kann so gut wie jede Stunde auf den Plan treten und dann ist guter Rat teuer. Noch haben wir eine Chance, den Koran an uns zu bringen und Paris zu verlassen, bevor es zu spät ist.«

Sadik gab nach, wenn auch widerstrebend. »Aber Jana bleibt hier.«

»Klar, sie könnte mit ihrer Schulterprellung und dem verstauchten Fuß ja auch gar nicht mit uns Schritt halten. Ich schreib ihr schnell eine Nachricht, damit sie sich keine Sorgen um uns macht.«

Tobias eilte in den Salon hinunter, kritzelte schnell ein paar Zeilen auf ein Blatt Papier und betrat wenig später Janas Zimmer. Sie schlief noch tief und fest. Er legte die Nachricht auf den Waschtisch und schlich dann wieder lautlos aus dem Zimmer.

Gaspard hatte nicht übertrieben. In Paris herrschte die Revolution. Fast jedes Viertel hatte sich hinter hohen Barrikaden verschanzt, auf denen nicht selten die Trikolore wehte, die schon einmal das Freiheitssymbol einer französischen Revolution gewesen war.

Auf der anderen Seite des Flusses gelangten sie fast nur noch über das Dächermeer voran und manchmal pochte Tobias das Herz wild im Hals und der Mund wurde ihm trocken, wenn sie in Schwindel erregender Höhe über die Grate turnten, über Schornsteinbarrieren kletterten und über sechs Stockwerke tiefe Abgründe springen mussten. Doch eine andere Möglichkeit, um ihr Ziel zu erreichen, gab es nicht. Denn Marschall Marmont hatte seinen Truppen Befehl erteilt, den Aufruhr mit Waffengewalt zu beenden. Unter ihnen tobten die Kämpfe. Und auf beiden Seiten floss Blut. Viel Blut.

Die Soldaten waren zwar besser bewaffnet. Doch in den engen Gassen kamen sie kaum von der Stelle und behinderten sich gegenseitig, was besonders auf die Kavallerie zutraf, die ihre Schlagkraft nicht entfalten konnte. Zudem kämpfte die Bevölkerung der Stadt mit allen Mitteln gegen die zersplitterten Truppeneinheiten an, wenn sie nicht mit der Waffe in der

Hand eine der unzähligen Straßensperren verteidigte. Wo immer die königstreuen Soldaten auftauchten, gerieten sie nicht nur in das Kreuzfeuer von Barrikadenkämpfern und in den Häusern versteckten Heckenschützen, sondern aus den Fenstern ging auch ein dichter und nicht weniger wirksamer Hagel aus Blumentöpfen, Steinen, Dachziegeln, Möbelstücken und vollen Nachtgeschirren auf sie nieder. Und dieser unablässige Beschuss ließ die Soldaten nicht nur zum Gespött der Leute werden, sondern hinderte sie auch daran, den Revolutionären ein reguläres Gefecht zu liefern.

Für die Aufständischen war zudem noch von Vorteil, dass viele Truppenteile außerhalb der Stadt stationiert waren, sich in Paris nicht auskannten und ziellos durch das Gewirr der Gassen irrten, bald demoralisiert und zermürbt von den Scharmützeln und dem Bombardement aus den Häusern. Sie waren darauf gedrillt, ihren Mann in einer offenen Feldschlacht zu stehen, nicht jedoch einen Straßenkampf zu führen, bei dem man nicht wusste, wo die gegnerischen Linien verliefen. Genau genommen war der Gegner überall und nirgendwo und damit nicht zu stellen. Denn wurde hier mal eine Barrikade eingenommen, was selten genug der Fall war, entstand ein paar Straßen weiter eine neue – oder aber die Aufständischen räumten eine der breiteren Straßen vor einer anrückenden Abteilung mit Kanonen, um den Soldaten wenig später in einer engen Gasse in den Rücken zu fallen, wo sie keine Möglichkeit mehr fanden, ihre Geschütze schnell genug zu wenden. Und welchem erfahrenen Soldaten, der doch selbst aus einfachen Verhältnissen stammte und nur einen bescheidenen Sold bezog, bereitete es noch dazu Vergnügen, auf Frauen und Kinder zu feuern, die an der Seite ihrer Männer und Väter heftigen Widerstand leisteten? So war es kein Wunder, dass immer mehr Mannschaften der Linientruppen, dem Rückgrat der königlichen Armee, im Laufe des Tages in den Ruf *Vive la Charte!* einstimmten, die Fronten wechselten und unter der Trikolore kämpften.

Als Tobias, Sadik und Gaspard endlich ihr Ziel erreichten, hatten die Aufständischen schon den Sitz des Stadtpräfekten besetzt, den seine Verteidiger, ohne einen Schuss abzugeben, fluchtartig geräumt hatten, und auf dem Dach des Hôtel de Ville die Trikolore gehisst. Doch an zahlreichen Punkten der Stadt gingen die Kämpfe mit unerbittlicher Härte und Verbissenheit auf beiden Seiten weiter. Dazu gehörte auch die Barrikade am oberen Ende der Rue Calbrot.

Ein letzter Sprung von einem Vorsprung auf das Dach eines Hauses, das ein Stockwerk weniger aufwies, und ihr abenteuerlicher Weg hoch über den Straßen der Stadt hatte sein Ende gefunden. Sie zwängten sich durch eine Luke, liefen das dunkle Treppenhaus hinunter und standen dann in der heißen Julisonne auf der Rue Calbrot.

»Da drüben ist das Geschäft! Gleich links neben der Toreinfahrt!«, rief Gaspard und wies über die Straße.

Es war ein kleiner Laden, der ein buntes Durcheinander von billigem Trödel und preiswerten Antiquitäten führte. Im Fenster stand neben zwei Kerzenleuchtern und einem Heiligenbild tatsächlich eine kleine Guillotine aus Porzellan. Das Geschäft war natürlich geschlossen, die Tür durch ein Eisengitter versperrt.

Sie fragten eine alte Frau, die aus der benachbarten Toreinfahrt kam und einen Korb mit Kartuschen schleppte, nach dem Besitzer.

»Sie suchen Monsieur Taynard? Den finden Sie da oben auf der Barrikade! Wie alle anderen aus unserer Straße, die wissen, wo zu dieser Stunde ihr Platz ist!«, teilte sie ihnen mit und ihr runzeliges Gesicht zeigte Stolz und Entschlossenheit.

»Lassen Sie mich das tragen! Wir kommen mit«, sagte Sadik und nahm der Frau den schweren Korb ab. Im Schutz der Hausfassaden liefen sie zur Barrikade. Sie bestand aus mehreren umgestürzten Fuhrwerken, gefällten Bäumen, dutzenden von Schränken, Tischen und Stühlen, Pflastersteinen, Tonnen und Kisten sowie einem Gewirr von Brettern und Balken, Kesseln, Blechen und sandgefüllten Säcken. Sie ragte gut zwei Meter in die Höhe, von einer Hauswand zur anderen. Oben auf der Spitze wehte die blau-weiß-rote Trikolore, die Fahne der Revolution.

Mehr als drei Dutzend Männer und Frauen hatten sich dahinter verschanzt und feuerten auf die Soldaten, die gegen die Sperre anstürmten. Am Fuß der Barrikade waren Kinder und Alte damit beschäftigt, Pistolen und Flinten nachzuladen, die ihnen von den Verteidigern nach unten gereicht wurden. Zwei Frauen mit blutbefleckten Kleidern kümmerten sich um die Verletzten. Drei Tote lagen etwas abseits unter einer verschlissenen Plane. Pulverrauch trieb über die Straße und immer wieder mischten sich Schreie in das Krachen der Feuerwaffen.

»Das da oben ist Monsieur Gustave Taynard!« Die alte Frau wies auf einen korpulenten, grauhaarigen Mann, der gerade seine Flinte lud.

Sadik rief ihn an, doch Gustave Taynard verstand ihn im Lärm der unablässig aufpeitschenden Schüsse nicht. Er winkte, dass sie zu ihm hochsteigen sollten.

»Du bleibst hier!«, sagte Sadik zu Tobias.

Doch dieser dachte nicht daran, der Aufforderung Folge zu leisten. Auch er kletterte die Barrikade hoch. »Du bist mein Freund, nicht mein Vater oder Kindermädchen!«

»Republikaner oder verkappte Royalisten?«, lautete die erste Frage des kämpferischen Ladenbesitzers. Sein graues, verschwitztes Haar hing ihm in feuchten Strähnen ins Gesicht, auf dem sich der Schweiß mit Pulver, Dreck und Blut aus einer Platzwunde verschmiert hatte.

»Republikaner!«, rief Tobias voller Überzeugung. Und auch wenn Onkel Heinrich ihn nicht in dieser Geisteshaltung erzogen hätte, spätestens nach dem gestrigen Vorfall mit dem brutalen Kavalleristen wäre er einer geworden!

»Dann macht euch nützlich! Die Burschen da drüben haben soeben Verstärkung erhalten. Wird verdammt hart werden, die Stellung zu verteidigen!«

»Monsieur Taynard, wir sind keine Franzosen ...«, begann Sadik, der immer noch hoffte, sich und Tobias aus diesen Kämpfen heraushalten zu können.

»Das hört man, auch wenn ihr unsere Sprache hervorragend sprecht. Aber ob man für die Republik und die Rechte des Volkes ist, hängt nicht davon ab, aus welchem Land man stammt. Die Freiheit ist unteilbar, sie durchdringt alle Gebiete der menschlichen Existenz und sie kennt auch keine Landesgrenzen! Hier gibt es nur eins: Freund oder Feind!«, fiel Taynard ihm ins Wort, schob seine Flinte durch einen Spalt und drückte ab.

»Das ist schon richtig«, unternahm Sadik einen neuen Anlauf. »Wir haben gehört, dass Sie vor zwei Wochen einer jungen Frau einen Koran mit einem Deckel aus gehämmertem Kupferblech abgekauft haben.«

»Jaja, und ich habe ihr mehr gezahlt, als das Buch wert ist, weil sie mir Leid tat. Tat so stolz und war doch den Tränen nahe.«

»Haben Sie den Koran noch?«, fragte Tobias hastig und voll banger Erwartung, wie wohl die Antwort ausfallen würde.

»Keine Sorge, ich habe ihn noch.«

»Gott sei Dank!«, stieß Tobias überglücklich hervor.

»Dieser Koran muss ja mächtig wichtig für euch sein«, stellte Gustave Taynard fest.

»Er hat für uns eine große persönliche Bedeutung, die nichts mit seinem Wert als Buch zu tun hat«, bestätigte Sadik. »Und wir wären Ihnen überaus dankbar, wenn wir Ihnen den Koran abkaufen dürften.«

»Mit Vergnügen, aber da werdet ihr euch wohl noch etwas gedulden müssen. Ich werde jetzt bestimmt nicht von der Barrikade steigen, um mich mit so einer Lappalie abzugeben. Hier steht die Freiheit unseres Volkes auf dem Spiel. Und wenn ihr Manns genug seid, werdet ihr euren Teil dazu beitragen, dass wir siegen und König Charles vom Thron stürzen! Ich sehe, ihr seid bewaffnet, und euer Begleiter trägt sogar zwei Musketen. Wir können sie verdammt gut brauchen. Also schließt euch uns an!«, forderte er sie fast grob auf. »Jawohl, das ist der Preis, den ich für den Koran verlange! Helft uns, die Barrikade zu halten. Dann bekommt ihr den Koran.«

Sadik und Tobias erhielten keine Gelegenheit mehr, ihm darauf eine Antwort zu geben. Der Strudel der Ereignisse riss sie mit sich, als zwei schnell aufeinander folgende Gewehrsalven mit ohrenbetäubendem Krachen auf die Barrikade abgegeben wurden. Ein Mann von vielleicht neunzehn, zwanzig Jahren, der links von Tobias hinter einem Fass gekauert hatte, wurde von einer Kugel getroffen und stürzte aufschreiend hinunter. Auch an anderen Stellen forderte der gegnerische Kugelhagel seinen blutigen Tribut unter den Verteidigern.

»Alles zu den Waffen! Sie wollen die Barrikaden stürmen!«, gellte der Schrei eines jungen Mannes auf, dessen schwarze Uniform ihn als Studenten des Polytechnikums auswies. Die jungen Männer dieser Lehranstalt waren es, die seit dem Montag überall in der Stadt den Widerstand straff organisierten.

Die Schweizer Söldnertruppen auf der anderen Seite der Barriere setzten tatsächlich zum Sturmangriff an. Eine Woge blauer Uniformen, in der Bajonette und Säbel in der gleißenden Mittagssonne blitzten, brandete mit markerschütterndem Geschrei gegen die Barrikade an – und stieg an ihr hoch.

Sadik und Tobias hatten gar keine andere Wahl, als sich an diesem Kampf zu beteiligen. Überrannten die Truppen die Barrikade, war auch ihr Leben keinen Centime mehr wert. Sie mussten mithelfen, den Angriff abzuwehren, schon um ihre eigene Haut zu retten.

Florett und Säbel flogen aus den Scheiden und ein erbitterter Kampf Mann gegen Mann begann. Tobias hatte Mühe, sich mit seinem Florett gegen die Soldaten mit ihren schweren Säbeln und bajonettbewehrten Gewehren zur Wehr zu setzen. Seine Schnelligkeit und meisterliche Fechtkunst wogen zum Glück die Leichtigkeit der Klinge auf.

Das Krachen von Musketen, das Klirren von blankem Stahl auf Stahl und die Schreie der Getroffenen vermischten sich zu einem einzigen Inferno. Er sah verzerrte Gesichter, zum Schrei aufgerissene Münder und überall Blut. Er kämpfte mit Sadik Seite an Seite und keinem Soldaten gelang es an ihrer Stelle, die Barrikade zu übersteigen. Gerade hatte er einen Angreifer abgewehrt und ihn mit einem gezielten Stich in den rechten Arm kampfunfähig gemacht, als er seinen Namen hörte.

Es war Gaspard. »Tobias! Achtung! Links von dir!«, schrie er warnend, ließ seine Muskete fallen, die er hatte nachladen wollen, und griff in die Tasche.

Tobias fuhr herum und erblickte einen Soldaten, der sein Gewehr auf ihn anlegte. Er war zu weit von ihm weg, als dass er ihn mit seinem Florett hätte erreichen können. In dem Moment sah er etwas in Gaspards Hand aufblitzen und ein greller Lichtfleck legte sich gleichzeitig auf die Augen des Söldners. Geblendet verriss dieser den Schuss. Die Kugel sirrte über seinen Kopf hinweg und klatschte in die Hauswand. Sadiks Messer bohrte sich fast sekundengleich in die Schulter des Schützen und schleuderte ihn von der Barrikade.

Gaspard! Er steckte mit dem Taschendieb unter einer Decke!, schoss es Tobias durch den Kopf. Es war Gaspard, der mich vor dem Gemüseladen mit einem Spiegel geblendet hat! Doch wie konnte er ihm jetzt noch böse sein?

Es fehlte ihm auch die Zeit, sich Gedanken darüber zu machen. Der Kampf wogte noch immer wild hin und her. Doch die Männer und Frauen unter der Trikolore wichen nicht zurück. Sie wussten, wofür sie kämpften und mit ihrem Blut bezahlten. Und das brachte die Entscheidung. Denn die Schweizer Söldnertruppe rannte nur gegen die Barrikade an, weil sie dafür bezahlt wurde. Doch die Verluste, die sie erlitten, und der unerschütterliche Widerstand der Aufständischen ließen ihren käuflichen Kampfeswillen ins Wanken geraten.

Die Entschlossenheit, mit der sie gegen die Sperre anstürmten, nahm immer mehr ab. Schließlich brach der Sturmangriff in sich zusammen und die Söldner zogen sich gedemütigt hinter ihre Deckungen zurück.

»Wir haben sie zurückgeschlagen! *Vive la Charte!*«

Jubel brandete hinter der Barrikade auf und ein Junge zerrte die Trikolore, die ein tödlich getroffener Söldner bei seinem Sturz niedergerissen hatte, unter dem Leichnam hervor und schwenkte sie triumphierend. Blut tränkte das Hemd an seinem linken Arm, wo ihn eine Kugel verletzt hatte. Er wankte und schnell packte ihn der Student des Polytechnikums um die Hüften und trug ihn auf die Straße hinunter, damit sich die Frauen seiner Verletzung annahmen.

Tobias war noch wie benommen. Das Florett zitterte in seiner Hand. Er war unglaublich erregt und fühlte sich gleichzeitig jeglicher Kraft beraubt. Wie lange hatte der Kampf gedauert? Eine Stunde oder nur wenige Minuten? Er wusste es nicht zu sagen. Sein Blick fiel auf die Klinge. Sie war blutbefleckt. Hatte er mit dieser Klinge Menschen getötet? Menschen, die er nie zuvor gesehen hatte und deren Namen er noch nicht einmal kannte? Was hatte er hier überhaupt verloren?

Ein Gefühl der Schwäche bemächtigte sich seiner und der saure Geschmack von Übelkeit stieg ihm aus seinem leeren Magen in den Mund. Schweiß lief über sein bleiches Gesicht und er musste sich setzen. Er fürchtete, die Beine würden ihm im nächsten Moment den Dienst versagen.

Sadik schüttelte ihn sanft. »Alles in Ordnung, Tobias?«, fragte er besorgt.

»Ja, es geht wieder«, murmelte er. »Mein Gott, es war so schrecklich – die Schreie und all das Blut.«

»Ich weiß, wie du dich jetzt fühlst, mein Junge«, sagte Sadik leise zu ihm. »So ein erstes Gefecht ist für jeden ein schwerer Schock. Ich kenne das nur zu gut. Man braucht lange, um darüber hinwegzukommen, wenn man nicht zu denjenigen gehört, die den Kampf für etwas Ehrenvolles halten und sich am Blut der anderen berauschen. Doch sei beruhigt, Tobias. Du hast dich nicht nur tapfer gehalten, sondern auch Großmut gezeigt. Du hättest sie alle töten können, die dich angegriffen haben, doch du hast es verstanden, ihnen nur Verletzungen zuzufügen, die sie ihrer Kampfkraft beraubten, nicht jedoch ihres Lebens.«

Tobias sah ihn zweifelnd an. Er hätte ihm nur zu gern geglaubt, doch es fiel ihm schwer, da sein Florett so voller Blut war.

»Stimmt das auch? Ich – ich kann mich an nichts mehr erinnern, ich meine an nichts Zusammenhängendes. Der ganze Kampf ist wie – wie ein verschwommenes Bild mit tausend nicht zueinander passenden Szenen«, sagte er stockend.

»Du hast mein Ehrenwort als Beduine«, versicherte Sadik.

Tobias schloss kurz die Augen und atmete tief durch. Im nächsten Augenblick schreckte er hoch, als ihn ein kräftiger Handschlag auf die Schulter traf. »Alle Achtung, mein Sohn!«, rief Gustave Taynard begeistert. »Du hast wie ein Löwe gekämpft! Was sag ich da: wie drei Löwen! Mir ist noch keiner begegnet, der die Klinge so trefflich zu führen verstand wie du. Hätte ich es nicht mit eigenen Augen gesehen, ich würde es nicht glauben. Und das gilt für Sie ebenso, mein Freund«, sagte er zu Sadik gewandt. »Wir haben Ihnen viel zu verdanken. Warten Sie, ich bin gleich mit dem Koran zurück.«

Tobias schob sein Florett in die Scheide und kletterte mit Sadik die Barrikade hinunter. Gaspard trat zu ihm, einen Wasserkrug in der Hand.

»Auch einen Schluck?«, fragte er. Sein Umhang war an mehreren Stellen eingerissen und eine Kugel hatte aus seiner Prothese einen fingerlangen Holzsplitter herausgerissen.

Tobias nickte und trank gierig. »Danke.«

»Für das Wasser?«, fragte Gaspard spöttisch.

»Dass du mir das Leben gerettet hast – mit deinem Spiegel.«

Gaspard grinste verlegen. »Dafür habe ich auch versucht dir deine Geldbörse zu stehlen.«

»Ich weiß, aber das ist jetzt ohne Bedeutung.«

Gustave Taynard kehrte im Eilschritt zu ihnen zurück. Er

überreichte Sadik den Koran. »Ihr habt ihn euch mehr als redlich verdient, Freunde der Revolution! Ich wünschte, ich könnte noch mehr für euch tun. Möge Gott euch auf all euren Wegen begleiten.«

»Und möge Allahs Friede mit Ihnen sein, Monsieur Taynard«, erwiderte Sadik.

Der Ladenbesitzer hatte es eilig, wieder auf die Barrikade zu steigen. Denn wenn sie den Sturmangriff auch erfolgreich abgewehrt hatten, so war der Kampf noch längst nicht vorbei.

»Wir haben mehr als unseren Teil dazu beigetragen, dass die Revolution der Pariser nicht im Kugelhagel von Söldnern zusammenbricht«, stellte Sadik mit einem grimmigen Unterton fest, der seinen Unwillen darüber verriet, dass sie überhaupt in diese Revolutionswirren verwickelt worden waren. »Jetzt ist es Zeit, dass wir an unsere Sicherheit und unsere Interessen denken. Und die liegen klar und deutlich jenseits dieser Stadt. Drei Dinge verlängern das Leben: eine gehorsame Frau, ein ausdauerndes Kamel und ein kundiger Führer! Also lass uns gehen, Gaspard!«

Als sie sich auf den Dächern wieder in relativer Sicherheit befanden, verlangte Tobias eine kurze Rast. Er wollte unbedingt den Koran anschauen und das Gedicht lesen, das Wattendorf auf das Deckblatt geschrieben hatte.

Ein wahrer Dschungel von Ranken, Ornamenten und arabischen Schriftzügen, aus dem Kupferblech gehämmert, bedeckte den metallenen Korandeckel. Er wirkte, ganz wie Jean Roland gesagt hatte, viel zu überladen, um den Ansprüchen an ein Kunstwerk gerecht zu werden. Auch wies die Ausführung an vielen Stellen handwerkliche Mängel auf. Manche Ornamente und Ranken ragten viel weiter empor als andere.

Tobias schüttelte den Kopf. »Was für ein wirres Muster! Da tun einem ja die Augen weh, wenn man zu lange hinschaut. Das hat bestimmt kein Meister seines Fachs aus dem Kupfer gehämmert.«

»So wirr wie Wattendorf eben«, meinte Sadik.

Tobias klappte den Deckel um, dessen Rücken mit schwarzem Tuch bespannt war. Gleich rechts davon hatte Wattendorf sein Gedicht gekritzelt. Zumindest nahm er an, dass es sich bei diesen zittrigen Zeilen um ein solches handelte.

»Der Kerl hat wirklich eine unmögliche Handschrift. Da war der Brief, den er meinem Vater geschickt hat, ja geradezu eine kalligrafische Spitzenleistung. Sadik, das kann ich nicht entziffern. Das sieht mir mehr danach aus, als wäre ein Huhn mit Tinte an seinen Füßen über das Blatt gelaufen.«

»Lass mich mal sehen«, bat Sadik und nahm ihm den Koran ab. »Ich bin mit Wattendorfs Handschrift besser vertraut als du. Oh, du hast Recht! Sie ist tatsächlich noch miserabler geworden. Aber wir werden sein Gekrakel schon entziffern. Einen Augenblick ... Ah, ich glaube, ich habe es. Also hör zu!« Er räusperte sich.

Gespannt hörte Tobias zu, als Sadik ihm Wattendorfs Gedicht vortrug.

Caspard zeigte dafür jedoch kein Interesse. Ihn faszinierte vielmehr das Geschehen unten in der Straße. Er hatte auch nie gefragt, warum ihnen so viel daran lag, den Koran in ihren Besitz zu bringen. Ihm hatte es genügt, dass er ihnen von Wert war. Die Menschen hatten seiner Erfahrung nach die merkwürdigsten Schrullen und Leidenschaften.

> *Die Buße für die Nacht*
> *Die Schande und Verrat gebar*
> *Der Koran darüber wacht*
> *Was des Verräters Auge wurd' gewahr*
>
> *Den Führer durch die Schattenwelt*
> *Hinter Ranken, Ornament versteckt*
> *Das Tuch der Nacht verborgen hält*
> *Wo ein erhabener Weg sich klar erstreckt*

Muss glänzen in des Druckers Blut
Die tiefen Höh'n in Allahs Labyrinth
Dann aus dem Land der Sonnenglut
Der Plan ins Tal Gestalt annimmt

»Das Gedicht ist genauso wirr wie der kupferne Einband und nicht weniger schwierig wie das zum Falkenstock«, stellte Tobias kopfschüttelnd fest, nachdem ihm Sadik Wattendorfs Rätsel noch zweimal vorgelesen hatte. »Was meint er bloß mit Schattenwelt und tiefen Höhen? Das ist doch paradox. Entweder ist etwas tief, eine Schlucht etwa, oder hoch wie ein Berg. Aber *tiefe Höhen*? Und wo soll Allahs Labyrinth sein?«

»Wenn Wattendorf in irgendetwas unübertrefflich ist, dann wohl in verqueren Gedanken und Formulierungen«, erwiderte Sadik. »Erinnere dich doch nur an das andere Gedicht. Es erschien uns anfangs nicht weniger unlogisch und unverständlich. Aber dann ergab es doch einen Sinn.«

»Na, hoffentlich beißen wir uns an diesem Koran und seinem Rätsel nicht genauso lange die Zähne aus wie an dem Falkenstock. Jaja, ich weiß schon, was du jetzt sagen willst: Eile treibt die Kamele nicht und der Sieg folgt dem Geduldigen. Aber mir wäre schon lieb, wenn wir diesmal nicht wieder Monate brauchten, um zu kapieren, was Wattendorf mit dem Koran bezweckt und was er wo an wichtigen Informationen für uns erhält.«

Sadik schlug den Koran zu und klemmte ihn sich hinter den Gürtel. »Sei beruhigt. Diesmal sind wir schlauer. Die Erfahrung mit seinem ersten Gedicht wird uns helfen, sein zweites in entschieden kürzerer Zeit zu enträtseln. Und nun wollen wir uns beeilen, dass wir das Viertel der Barrikadenkämpfe wieder heil hinter uns lassen.«

Tobias nickte. »Jana wird sich schon um uns sorgen!« Er lachte stolz und voller Freude. »Ich kann es gar nicht erwarten, ihr den Koran zu zeigen! Augen machen wird sie! Mein Gott, ich kann es ja selbst kaum glauben, dass wir ihn haben!«

»Sehen wir zu, dass wir ihn auch behalten«, meinte Sadik und gab Gaspard ein Zeichen, dass es weitergehen konnte.

Das Ultimatum

Dass ihnen nicht Isabelle oder Eugéne öffnete, sondern Jean Roland höchstpersönlich in der Tür stand, hätte Tobias zu denken geben müssen, wie auch die kranke Blässe seines Gesichtes und die Wortlosigkeit, mit der er sie ins Haus ließ. Nicht einmal ein Gruß kam ihm über die Lippen. Doch in seiner überschwänglichen Freude, endlich im Besitz des Korans zu sein und sich Wattendorfs zweitem Rätsel widmen zu können, hatte er für diese Merkwürdigkeiten weder Blick noch Gespür.

»Wir haben ihn, Monsieur Roland!«, rief er freudestrahlend. »Wir haben den Koran! Sie werden es nicht glauben, wenn Sie hören, was wir erlebt haben! Wir mussten uns das Buch regelrecht erkämpfen! Mit der Waffe in der Hand und gegen eine Abteilung Schweizer Söldner!«

»Nun mal langsam«, dämpfte Sadik seine übersprudelnde Freude. Im Gegensatz zu Tobias fiel ihm das veränderte Wesen ihres Gastgebers sehr wohl auf und brachte es mit der unsicheren politischen Lage in Verbindung. »Sihdi Roland hat in diesen Tagen den Kopf gewiss mit anderen Dingen voll.«

»Ja, natürlich. Es tut mir Leid, Monsieur Roland«, entschuldigte sich Tobias für sein unerzogenes Benehmen. »Ich schau mal, wo Jana ist.«

Jean Roland hielt ihn am Arm zurück. »Ich – ich muss euch etwas Entsetzliches mitteilen«, flüsterte er stockend und ein nervöses Zucken schien seine Augenlider befallen zu haben. »Ich weiß gar nicht, wie ich es euch beibringen soll. Und es ist in meinem Haus geschehen!«

»Ist etwas mit Jana?«, stieß Tobias erschrocken hervor.

Jean Roland nickte. »Es war Isabelle! Hätte es nie für möglich gehalten, dass sie zu so einem schändlichen Verhalten fähig wäre. Doch sie hat mit Zeppenfeld gemeinsame Sache gemacht und die Männer hereingelassen, die – die Jana entführt haben. Sie ist gleich mit ihr verschwunden.«

Ein eisiger Schreck fuhr Tobias in die Glieder. »O mein Gott, nein! Nicht Jana!« Fassungsloses Entsetzen ließ seine Stimme zittern.

Bestürzung zeigte sich auch auf Sadiks Gesicht. »Zeppenfeld! Sind Sie sich auch ganz sicher, dass Jana entführt wurde? Gibt es keine andere Erklärung für ihr Verschwinden und das Ihres Hausmädchens?«

Jean Roland schüttelte müde den Kopf. »Sie befindet sich in seiner Gewalt. Das hat er mir selber gesagt.«

»Zeppenfeld?«, fragte Sadik verwirrt.

»Ja, Armin von Zeppenfeld«, bestätigte der Zeitungsverleger bitter. »Hätte nicht geglaubt, dass ich diesen Charakterlumpen noch mal in mein Haus lassen würde. Und nun muss ich es erdulden, dass er schon seit einer geschlagenen Stunde im Salon sitzt und meinen besten Kognak trinkt.«

Dass Zeppenfeld nebenan im Salon saß und sie erwartete, raubte ihnen im ersten Moment die Sprache. Dann riss Tobias in einem Anfall blinden Zorns sein Florett aus der Scheide, stürmte durch die Eingangshalle und stieß die Flügeltüren zum Salon auf.

Zeppenfeld saß entspannt in einem der chintzbezogenen Sessel. Er trug einen eleganten Sommeranzug aus leichtem, rehbraunem Tuch, hatte lässig die Beine übereinandergeschlagen und drehte auf der Armlehne ein cognacgefülltes Kristallglas in der Hand. Er fuhr noch nicht einmal zusammen, als Tobias mit gezücktem Florett in den Salon stürzte.

»Ich bringe Sie um!«, schrie Tobias außer sich vor Wut und Angst um Jana. Dabei setzte er ihm die Klinge auf die Brust. »Wenn Sie Jana auch nur ein Haar gekrümmt haben, sind Sie ein toter Mann!«

Zeppenfeld lächelte unbeeindruckt, doch es war ein kaltes Lächeln, wie auch seine Stimme kalt war, als er ihm befahl: »Weg mit der lächerlichen Klinge! Ein Kratzer auf meiner Haut und das Mädchen verliert seinen ersten Finger!«

Tobias schluckte heftig, zögerte jedoch.

Sadik war ihm schnell gefolgt. »Tu, was er verlangt!«, forderte er ihn grimmig auf. »Er säße nicht hier, wenn er sich seiner Sache nicht sicher wäre!«

»Hast es begriffen, Beduine. Blatt hat sich gewendet. Keine Chance, mich noch einmal kalt zu überraschen. Habe diesmal für alle Fälle vorgesorgt.«

»Wer mit dem Schädel gegen einen Fels anrennt, erreicht damit nichts weiter als einen blutigen Kopf«, raunte Sadik Tobias zu. »Also lass das Florett sinken und hören wir ihm zu.«

Mit verbissener Miene nahm Tobias die Klinge von Zeppenfelds Brust. »Er soll aber nicht glauben, dass er uns in der Hand hätte, weil er Jana entführt hat! Wir können den Spieß auch umdrehen!«, drohte er und rammte die Klinge wieder in die Scheide.

Zeppenfeld bedachte ihn mit einem höhnischen Blick. »Irrtum! Halte das Heft fest in der Hand. Kein Handel möglich, der mich zum Inhalt hat. Haben klare Befehle, meine Männer. Habt vielleicht die Kutsche gesehen, die ein Stück oberhalb von Jeans Haus stand und anfuhr, als ihr zurückkamt?«, fragte er und nahm genüsslich einen Schluck Kognak.

Sadik nickte widerstrebend.

»Saß Tillmann drin«, fuhr Zeppenfeld lächelnd fort. »Ist längst auf dem Weg zu unserem Quartier. Kehre ich nicht in spätestens einer Stunde zurück, hat das Mädchen nur noch neun Finger, nach einer weiteren halben Stunde nur noch acht. Keine leere Drohung, habt mein Wort drauf!«

»Sie dreckiger Schweinehund!« Tobias musste an sich halten, ihm nicht doch an die Kehle zu gehen.

»Nur ruhig«, mahnte Sadik besorgt, dass sich Tobias in seinem verständlichen Zorn und Abscheu zu einer unbedachten

Reaktion hinreißen lassen würde.»Hören wir uns an, was er uns anzubieten hat.«

»Mache kein Angebot, sondern stelle Ultimatum! Verlange die Karte und den Koran für das Leben des Mädchens! Werdet annehmen müssen! Habt keine andere Wahl. Weiß von Isabelle, dass Jana euch viel bedeutet. Kenne also Wert meines Pfandes.«

Tobias ballte in ohnmächtigem Zorn die Hände zur Faust. Sie vermochten dieser Forderung nichts entgegenzustellen, das wusste er. Janas Leben war wichtiger als tausend verschollene Königstäler. Es war sinnlos, Zeppenfeld bluffen zu wollen und so zu tun, als wäre ihnen Jana diesen Preis nicht wert. Dafür war er zu gut informiert.

Auch Sadik hielt es für zwecklos, mit Zeppenfeld handeln zu wollen. Sie standen mit dem Rücken zur Wand. Jetzt musste ihre einzige Sorge Jana gelten.

»Also gut, Sie erhalten die Karte und den Koran, Zeppenfeld«, sagte er beherrscht. »Doch wir verlangen Garantien! Glauben Sie ja nicht, uns täuschen und hereinlegen zu können. Wir wissen nur zu gut, dass Stenz und Tillmann es kaum erwarten können, sich besonders an Tobias zu rächen. Ohne Sicherheiten für Tobias und Jana gibt es keinen Handel! Und darauf haben Sie *mein* Wort!«

Zeppenfeld verzog spöttisch das Gesicht. »Können beruhigt sein. Habe mehr Interesse an Karte und Koran als an der Rache meiner Männer, wiewohl berechtigt. Werden das Geschäft morgen an einem Ort vornehmen, der beiden Parteien klaren Überblick beim Austausch gewährt.«

»Und wo soll das sein?«, fragte Sadik knapp.

»Im Süden der Stadt, am Fluss Bièvre«, erklärte Zeppenfeld und zog einen Zettel hervor, der eine Skizze mit Ortsangaben enthielt. »Gibt da eine Brücke in der Nähe einer abgebrannten Mühle. Auf beiden Ufern weithin freie Fläche. Keine Möglichkeit für einen Hinterhalt, für keinen von uns. Übergabe erfolgt auf der Mitte der Brücke!«

»Und wann soll sie stattfinden?«

»Morgen bei Sonnenaufgang«, bestimmte Zeppenfeld, trank sein Glas aus und erhob sich. »Nehme den Koran jetzt schon mit. Als Zeichen des guten Willens.« Er lächelte gemein und streckte die Hand aus.

»Kommt überhaupt nicht infrage!«, rief Tobias in wütender Erregung. »Wir werden keine Vorleistungen erbringen! Jana gegen den Koran und die Karte!«

»Schweig! Den Koran!«, verlangte Zeppenfeld schroff. »Habe nicht die Absicht, dies Haus mit leeren Händen zu verlassen. Habt immer noch die Karte, das wichtigste Stück! Gehe nicht ohne das Buch. Denkt an die Stunde! Stenz wird sich freuen, wenn ich nicht früh genug zurückkomme. Taugt noch nicht viel, seine rechte Hand. Führt das Handbeil aber auch mit links für den Zweck gut genug!«

»Gib ihm schon den Koran!«, sagte Sadik gepresst. Sie würden Wattendorfs Rätsel sowieso nicht in den wenigen Stunden lösen können, die ihnen noch bis zum Austausch blieben. »Er liegt in der Halle auf der Kommode!«

Die ohnmächtige Wut trieb Tobias fast die Tränen in die Augen, als er den Koran in stummer Verzweiflung holte und ihn Zeppenfeld vor die Füße warf.

»Lässt sehr zu wünschen übrig, dein Benehmen. Wirst lernen müssen, einem Ehrenmann Respekt zu erweisen«, zischte Zeppenfeld. »Bück dich! Auf die Knie und heb den Koran auf, du Rotznase! Oder willst du dieses Zigeunermädchen für deinen Stolz büßen lassen?«

Tobias kostete es ungeheure Überwindung, vor Zeppenfeld in die Knie zu gehen. Er hob den Koran auf und mit verkniffenem Gesicht stieß er ihm das Buch in die ausgestreckte Hand. Dabei formten seine Lippen einen stummen Fluch.

Zeppenfeld stieß ihn grob zur Seite. »Morgen bei Sonnenaufgang! Erwarte euch auf der Westseite des Flusses. Wir kommen auf dem Ostufer zur Brücke. Eine letzte Warnung noch: Valdek wird bei der Übergabe die ganze Zeit seine

Muskete auf das Mädchen gerichtet halten. Kenne keinen besseren Schützen als ihn. Der Professor weiß ein Lied davon zu singen!«

»Auch wir werden bewaffnet sein, Zeppenfeld!«, warnte ihn Sadik. »Und wir werden uns unserer Haut zu wehren wissen, falls Sie nicht zu Ihrem Wort stehen sollten!«

»Bringt die Karte und ihr bekommt das Mädchen«, erwiderte er geringschätzig und wandte sich zum Gehen.

»Seit wann sind Sie in Paris?«, wollte Sadik noch wissen.

Zeppenfeld wandte sich ihm mit einem überheblichen Lächeln zu. »Habt mir übel mitgespielt. Saßen fünf elende Tage in der Zelle. Geschickt ausgedacht. Aber sagte euch schon einmal, dass man mit einer gewonnenen Schlacht noch längst keinen Krieg gewinnt. Habt mich unterschätzt«, prahlte er und genoss seinen Triumph. »Gewiss, hat mich eine Menge Geld gekostet, die Angelegenheit zu bereinigen. Mussten auch ein gutes dutzend Pferde zu Schanden reiten, um euren Vorsprung aufzuholen. Doch hat sich gelohnt. Waren schon am Freitag in der Stadt. Hatten Zeit genug, Kontakt mit Personal aufzunehmen. Reizloses Geschöpf, diese Isabelle, doch nicht auf den Kopf gefallen. Hat sich fürstlich für ihre Dienste bezahlen lassen, davon die Hälfte gleich im Voraus.«

»Kein Wunder, dass sie nicht überrascht war, als wir am Montag vor der Tür standen«, murmelte Tobias. »Dieses bestechliche Miststück!«

»Ein Judas! Ein Judas in meinem Haus!«, stöhnte Jean Roland gequält auf, der bisher kein Wort von sich gegeben hatte. Der Verrat seines Dienstmädchens und Janas Entführung hatten ihn zutiefst erschüttert.

»Ein sehr nützliches Miststück, das überall sein Ohr und Auge hatte und mich ständig über eure Fortschritte unterrichtete. Hielt es für ausgesprochen fair, euch die Wiederbeschaffung des Korans in diesen unruhigen Pariser Tagen zu überlassen«, höhnte Zeppenfeld. »Haben uns die Arbeit ganz nach meinem Geschmack geteilt. Einen angenehmen Tag noch. Sehen uns morgen bei Sonnenaufgang! Keine Umstände, mein bester Jean! Finde schon allein aus deinem gastfreundlichen Haus.«

Erschöpft sank Jean Roland auf die Couch, als die Haustür hinter Zeppenfeld zufiel. Er schien um Jahre gealtert. »Mir fehlen die Worte, um euch meine Beschämung und meine Betroffenheit auszudrücken«, murmelte er und hockte da wie ein Häufchen Elend. »In meinem Haus ...«

Sadik fiel ihm ins Wort: »Sie trifft keine Schuld. Für den schlechten Charakter dieses Hausmädchens können Sie nichts. Niemand kann in die Seele eines anderen blicken. Wir selbst tragen die Schuld, dass Zeppenfeld Jana entführen konnte! Wir glaubten noch einen Vorsprung zu haben und ließen es an der nötigen Vorsicht fehlen.«

»Ja, das stimmt«, pflichtete ihm Tobias dumpf bei. »Wir haben uns hier zu sicher gefühlt. Mein Gott, ich darf gar nicht daran denken, dass sich Jana in der Gewalt dieser Dreckskerle befindet! Wenn sie ihr etwas angetan haben, bringe ich sie um! Alle!«

»Jetzt steigere dich nicht in solche Hassgefühle hinein. Und verlier bloß nicht die Nerven, mein Junge«, ermahnte ihn Sadik zur Besonnenheit. »Wenn du deinen Verstand gebrauchst, wird der dir sagen, dass Zeppenfeld so etwas niemals zulassen würde. Dafür kennt er mich und mittlerweile auch dich zu gut. Er weiß, dass wir alles tun werden, um Janas Leben nicht zu gefährden. Er weiß aber auch, dass wir ihn bis ans Ende der Welt jagen, wenn ihr etwas zustößt. Und das ist bestimmt das Letzte, was er sich wünscht.«

»Entschuldige«, sagte Tobias beschämt. »Du hast Recht, er wird es nicht wagen.«

Sadik nickte zufrieden. »Gut, dass du das einsiehst. Und nun hol Gaspard ins Haus. Wir müssen überlegen, wie wir uns morgen vor bösen Überraschungen schützen können. Vielleicht kennt er den Ort, den Zeppenfeld uns hier aufgezeichnet hat.«

Gaspard hatte sich zur hinteren Küchentür begeben, um sich von der Köchin versorgen zu lassen. Jean Roland hatte ihn nicht in seinem Haus haben wollen, doch nichts dagegen einzuwenden gehabt, dass er so lange draußen im Garten nächtigte und ordentlich zu essen und zu trinken erhielt, wie sie auf seine Dienste als Führer angewiesen waren.

Jetzt waren sie froh, ihn noch nicht weggeschickt zu haben, denn die Gegend, wo am morgigen Tag der Austausch stattfinden sollte, war ihm wohl vertraut.

Er warf nur einen kurzen Blick auf die Skizze. »Ja, den Ort kenne ich. Die Mühle ist vor zwei Jahren abgebrannt und nicht wieder aufgebaut worden. Der Besitzer kam damals im Feuer um.«

»Wie sieht es da aus?«, bat Sadik um eine Beschreibung.

»Reichlich öde. Der Fluss ist nicht sehr breit, höchstens ein Dutzend Schritte. Die Brücke ist eine einfache Holzkonstruktion. Außer ein paar Bäumen und Büschen und der Ruine auf der Ostseite steht da nichts. Die nächsten Häuser sowie einige Seifenkocher und Färbereien liegen ein gutes Stück entfernt. Kein Ort für einen Hinterhalt, so viel ist sicher«, erklärte Gaspard.

»So«, murmelte Sadik nachdenklich.

»Warum fahren wir nicht einfach hin und sehen uns dort um?«, wollte Tobias wissen. »Vielleicht haben wir irgendeine Idee.«

Sadik sah ihn prüfend an. »Was für eine Idee denn?«

»Na ja …« Tobias wusste nicht so recht, wie er das, was ihm durch den Kopf ging, in Worte kleiden sollte.

»Wenn Gaspard sagt, dass sich der Ort für einen Hinterhalt nicht eignet, so glaube ich ihm das auch«, erklärte Sadik. »Wir werden uns morgen gut bewaffnet an den Ort begeben. Das ist alles, was wir tun können.«

»Ich stehe euch mit meinen Musketen gern zur Seite«, bot Gaspard ihnen an. Er roch ein letztes einträgliches Geschäft. Zudem hatte Jana in den wenigen Tagen seine uneingeschränkte Sympathie gewonnen. Was ihn jedoch nicht davon abhalten würde, für seine Unterstützung morgen ein gutes Handgeld einzustreichen. Es gab nichts Befriedigenderes, als das Nützliche mit dem Angenehmen verbinden zu können.

»Das Angebot nehmen wir gern an, Gaspard. Wir wissen, dass auf dich Verlass ist«, erwiderte Sadik mit einem kaum merklichen Lächeln um die Augen.

»Auf mich könnt ihr natürlich auch zählen«, sagte Jean Roland.

Sadik nahm das mit einem Nicken zur Kenntnis.

»Und?«, fragte Tobias.

Sadik hob die Augenbrauen. »Und was?«

»Ist das alles, was wir tun?«

»Was sollten wir deiner Meinung nach denn sonst noch tun?«

Tobias zuckte ratlos mit den Schultern. »Ich weiß auch nicht«, sagte er unglücklich. »Zeppenfeld hat den Koran. Das ist schon schlimm genug. Aber wenn er morgen auch noch die Karte erhält, hat er sein Ziel erreicht – auch wenn wir sie abzeichnen und es schaffen sollten, noch vor ihm in England bei Rupert Burlington zu sein. Mit der Karte weiß er, wo das Tal liegt. Zudem hat er dann auch noch die Information, die im Koran verborgen ist. Damit hat er gewonnen!«

»Und das kannst du nicht akzeptieren, nicht wahr?«

Tobias zögerte. »Nein«, gab er dann wütend zu. »Ich kann und ich will nicht!«

Sadik legte ihm mit einem schweren Seufzer die Hand auf die Schulter. »Ich weiß, wie dir zu Mute ist, mein Freund. Es zerreißt einen innerlich, wenn man einem Mann wie Zeppenfeld unterliegt – nach allem, was man gewagt und durchgestanden hat. Aber du wirst dich damit abfinden müssen, dass nicht immer das Gute im Leben den Sieg davonträgt. Es sei denn, du willst Janas Leben aufs Spiel setzen. Und das kann ich mir nicht vorstellen.«

Tobias schüttelt unwillig den Kopf und sprang auf, weil es

ihn nicht länger im Sessel hielt. »Natürlich werde ich nichts tun, um ihr Leben zu gefährden. Aber es will mir nicht in den Kopf, dass es keinen Weg geben soll, Jana aus ihrer Gewalt zu befreien – und Zeppenfeld gleichzeitig doch auch die Karte vorzuenthalten.«

»Jana gegen die Karte – so wird der Tausch morgen auf der Brücke aussehen«, erinnerte ihn Sadik an die Abmachung, die sie mit Zeppenfeld getroffen hatten. »Du kannst sie ihm nicht vorenthalten. Es ist unmöglich.«

Tobias zermarterte sich das Gehirn nach einer Lösung. »Ich will sie ihm morgen ja schon geben, aber wir müssten sie irgendwie präparieren, dass sie ...«

»Dass sie sich in Luft auflöst oder in seinen Händen zu Staub zerfällt?«, sprach Sadik aus, was Tobias sich so sehnlichst wünschte.

»Ja, richtig!«

Sadik lächelte traurig. »So etwas gibt es nur in Märchen. Ich jedenfalls wüsste nichts, womit man die Karte präparieren könnte, damit sie sich selbst zerstört, *nachdem* wir sie Zeppenfeld übergeben haben.«

»Gibt es denn nicht irgendeine Art von Säure, in die man sie tauchen kann, die aber erst nach fünf, zehn Minuten ihre richtige Wirkung entfaltet?«, ließ Tobias nicht locker.

»*La*, nicht dass ich wüsste.«

»Oder irgendetwas anderes! Vielleicht können wir sie mit einem Mittel tränken, das so leicht entzündlich ist wie die Schwefelsäure, mit denen ich meine Zündhölzer entflamme«, spann Tobias seine Wunschidee beharrlich weiter. »Wir reiben die Karte kurz vorher ein und ...« Er stockte, weil er nicht weiterwusste.

»Und dann? Willst du eine verborgene Lunte über die Brücke legen?«, spottete Sadik. »Das System der Tunkzündhölzer basiert doch darauf, dass du den Zündholzkopf aus Schwefel, chlorsaurem Kali und Zucker in konzentrierte Schwefelsäure tauchst. Dann schlägt sofort eine Stichflamme hoch. Aber du kannst das doch nicht schon vorher zusammenmischen und die Reaktion fünf Minuten hinauszögern wollen. Die Chemie tut dir noch nicht mal den Gefallen, *eine einzige* Sekunde mit ihrer Reaktion zu warten. Chemie ist nun mal keine Zauberei, sondern folgt ...« Sadik brach mitten im Satz ab. Verblüffung zeigte sich auf seinem Gesicht. »Bei Allah und seinem Propheten, da bringst du mich auf eine Idee!«

»Wirklich? Was ist dir eingefallen, Sadik? Gibt es doch eine Möglichkeit, die Karte noch im letzten Moment zu vernichten?«, sprudelte Tobias hoffnungsvoll hervor.

»Möglich«, antwortete Sadik knapp. »Hol deine Tunkhölzer!«

Augenblicke später standen Zündholzdose und Schwefelsäurefläschchen auf dem Tisch. Gaspard und Jean Roland beobachteten gespannt, wie Sadik einen Tropfen Säure in eine Schale goss und dann mit dem Messer die Verdickung vom Zündholzkopf schabte. Als die Brösel in die winzige Lache Schwefel fielen, schoss eine kleine Stichflamme hoch, gerade stark genug, um das dünne Hölzchen in Brand zu setzen.

Sadik fuhr sich nachdenklich über das Kinn. »Wie stark wäre wohl die Reaktion, wenn man *alle* Zündholzköpfe gleichzeitig in die *gesamte* Menge Schwefelsäure dieses Fläschchens tauchen würde?«

Gaspard grinste. »Gäbe garantiert eine ganz ordentliche Stichflamme, als hätten Sie eine fette Kartusche gezündet!«

Sadik fuhr zu ihm herum. »Gaspard! Wie viel Schießpulver hast du noch?«

»Fast ein ganzes Fässchen!«

»Eine solche Reaktion inmitten von zwei, drei Pfund Schießpulver ...«, murmelte Sadik grübelnd vor sich hin, während er im Zimmer gedankenversunken auf und ab ging. »Das gäbe in der Tat ein hübsches Feuerwerk. Es gibt nur zwei schwerwiegende Probleme: Pulver sowie Säure und Zündholzköpfe müssen Zeppenfelds Augen verborgen bleiben, gleichzeitig aber doch in unmittelbarer Nähe des Übergabeortes versteckt sein. Und das zweite Problem lautet: Wie bleibt man Herr über den exakten Zeitpunkt der chemischen Reaktion? Sie muss schlagartig erfolgen, völlig überraschend, wenn Jana schon in Sicherheit ist ... Wir brauchen also ein Behältnis, ein völlig unverfänglich aussehendes Behältnis, das man bei der Übergabe benutzen kann, ohne dass es Zeppenfelds Misstrauen erweckt. Aber damit ist noch nicht die Frage der Zündung und der Distanz geklärt. Und daran hängt alles.« Plötzlich blieb er stehen. »Eine Weidenkiste! Eine Weidenkiste mit doppeltem Boden! Bei Allah, das ist es!«

Tobias, Jean Roland und Gaspard bestürmten ihn jetzt mit Fragen und Sadik erklärte ihnen seinen Plan in groben Zügen. Tobias war begeistert. Was Sadik da vorschlug, war zwar nicht ohne Risiko, konnte aber den gewünschten Erfolg haben, wenn sie nicht gerade sehr viel Pech hatten.

Sadik erstellte eine Liste von den Dingen, die sie brauchten. »Pulver und zwei Weidenkisten, wovon mindestens eine schon sehr ramponiert und reif für den Müll aussehen muss.«

»Das besorge ich!«, rief Gaspard sofort.

Sadik nickte. »Gut, dann brauchen wir noch ein zweites dünnes Glasfläschchen ...«

»Kein Problem«, sagte Jean Roland. »Davon stehen noch genug von meiner Frau auf der Frisierkommode herum.«

»Das wäre also auch geklärt«, sagte Sadik. »Egal wie es ausgeht, wir werden Paris auf der Stelle verlassen müssen und wir müssen damit rechnen, dass sie uns verfolgen. Das bedeutet, dass wir Janas Wohnwagen hier zurücklassen müssen und eine Kutsche mit schnellen Pferden brauchen.«

»Ich besorge euch ein Vierergespann, das schnell wie der Wind ist!«, versicherte Jean Roland überglücklich, seinen Teil bei der Ausführung ihres Planes beitragen zu können.

Tobias schüttelte den Kopf. »Nein, es muss eine Kutsche mit zwei Pferden sein. Ein Vierergespann würde Zeppenfelds Misstrauen wecken, sowie er es sähe.«

»Tobias hat Recht. Zwei schnelle Pferde, mehr nicht«, pflichtete Sadik ihm bei und warf ihm ein anerkennendes Lächeln zu. »Aber es müssen erstklassige Läufer sein.«

Tobias' Einwand leuchtete auch Jean Roland ein. »Also gut, ein schnelles Zweiergespann. Ich werde mich sofort darum kümmern.«

»Da ist nur noch eine Sache, die mir Kopfschmerzen bereitet«, kam Sadik auf den letzten Punkt zu sprechen, der noch nicht ganz zu seiner Zufriedenheit geklärt war. »Und zwar ist das Valdek. Ich zweifle nicht an Zeppenfelds Worten. Dieser Schütze wird Jana die ganze Zeit im Visier behalten. Auch ihn müssen wir ausschalten, zumindest lange genug ablenken. Fragt sich bloß wie, weil er auf der anderen Seite des Flusses steht.«

Tobias tauschte einen verschmitzten Blick mit Gaspard. »Um Valdek wird sich unser Freund hier kümmern, wenn ich mich nicht sehr täusche.«

Sadik hob fragend die Augenbraue und Gaspard erklärte es ihm. Der Vorschlag räumte nicht all seine Bedenken aus. Doch schließlich gelangte auch er zu der Überzeugung, dass ihr Plan im Ganzen gesehen Janas Leben nicht gefährdete und gute Aussichten auf Erfolg hatte.

Gaspard und Jean Roland verließen auf verschiedenen Wegen Haus und Hof, um ihre Besorgungen zu erledigen. Bei Einbruch der Dunkelheit rollte eine schwarze Kutsche mit zwei herrlichen Grauschimmeln in den Hof.

Tobias hatte sich in der Zwischenzeit um ihre persönlichen Habseligkeiten gekümmert, die sie mitnehmen wollten und mussten, wie etwa die Reisetagebücher seines Vaters. Er packte auch Janas Sachen zusammen und versorgte Unsinn. Dann machte er sich an die Arbeit, die Karte so genau wie möglich abzuzeichnen.

Derweil kratzte Sadik die Paste von den restlichen zwanzig Tunkhölzern und füllte sie in eine dünne Phiole, die er vorher gut ausgewaschen und in der Nähe einer offenen Flamme innen absolut ausgetrocknet hatte. Er vergewisserte sich, dass die Pfropfen von beiden Fläschchen fest saßen, und band sie mit dünnem, festem Garn zusammen, sodass nur noch zwei dünne Glaswände die Chemikalien voneinander trennten. Brachen sie, würde es eine kräftige Stichflamme geben.

Aus dem Fass, das Gaspard angeschleppt hatte, schüttete er dann etwa vier Pfund Schießpulver auf ein Bettlaken, das er im Salon auf dem Parkett ausgebreitet hatte. Das Pulver verteilte er über eine Fläche, die so groß war wie der Boden der alten, deckellosen Weidenkiste. Sie war von der mittleren Größe, wie man sie für ein Familienpicknick brauchte.

Die zwei zusammengebundenen Fläschchen drückte er an einer Außenkante gut zur Hälfte in das Schießpulver. Mit einem Faden, den er daneben ins Bettuch nähte, sicherte er die Außenlage der Phiolen. Den Teil des Lakens, den er nicht brauchte, schnitt er ab. Dann nähte er das Schießpulverpaket gut zu, sodass nichts herausrieseln konnte. Es war fast so lang wie sein Arm, halb so breit und drei Finger hoch.

Vorsichtig legte er es in die Weidenkiste und vergewisserte sich, an welcher Stelle die Phiolen gegen Tuch und Weidengeflecht drückten. Dort nähte er das Tuch mit wenigen Stichen an die Seitenwand. Von außen markierte er die Position, indem er ein nur fingerkurzes, ausgefranstes Stück rote Kordel zwischen das Geflecht klemmte. Es sah unverfänglich aus, verriet ihm jedoch auf einen Blick, wo sich die Fläschchen befanden. Und von Schnelligkeit und Genauigkeit hing ihr ganzer Plan ab.

Abschließend schnitt er aus dem anderen, verdreckten Korb den Boden heraus und band ihn über das explosive Pulverpaket, sodass die Weidenkiste bei flüchtiger Betrachtung völlig leer wirkte.

Es war noch nicht Mitternacht, als sie all ihre Vorbereitungen getroffen hatten und bereit für das Wagnis der Übergabe waren.

Es war in Paris ruhig geworden. Nur an wenigen Stellen der Stadt wurde noch gekämpft. Der Oberbefehlshaber der Regierungstruppen, Marschall Marmont, hatte in den späten Abendstunden die Nutzlosigkeit militärischer Aktionen gegen den ungebrochenen Widerstand der Pariser Bevölkerung eingesehen, seinen Einheiten den Rückzugsbefehl erteilt und damit seine Niederlage eingestanden. Der König, der fernab der Barrikadenkämpfe in seinem Schloss in Saint Cloud residierte, dachte jedoch noch immer nicht daran abzudanken. Er klammerte sich an die Loyalität seiner Schweizer Garde, die ihm den Thron mit noch mehr Gewalt und Blutvergießen erhalten würde, wie er hoffte. Doch die Julirevolution hatte schon jetzt gesiegt. Das Ende seiner Herrschaft war nur noch eine Frage von Tagen.

Im Haus von Jean Roland trafen ununterbrochen Nachrichten über die politische Lage ein. Doch sosehr Sadik und Tobias auch Anteil an der Erhebung des Pariser Volkes nahmen, ihre tiefe Sorge galt allein dem, was in wenigen Stunden im Süden der Stadt an einem kleinen Fluss namens Bièvre bei Sonnenaufgang geschehen würde.

Ein genialer Wurf

Die Pendeluhr im Salon schlug drei Uhr, als Tobias, Sadik und Gaspard das Haus in der Rue Bayard verließen und sich auf den Weg zur Bièvre machten. Sadik hatte diesen frühen Aufbruch angeordnet, obwohl es bis zum Übergabeort mit der Kutsche keine Stunde hin war. Dennoch hatte er darauf bestanden. Zwar waren aus den südlichen Stadtteilen keine Kämpfe gemeldet worden, doch das genügte ihm nicht als Garantie, dass sie auch tatsächlich rasch vorankommen würden. Sie brauchten mindestens zwei Stunden Toleranz für den Fall, dass sie sich irgendwelchen unvorhergesehenen Schwierigkeiten gegenübersahen oder ganze Viertel weiträumig umfahren mussten.

Sie saßen zu dritt auf dem Kutschbock. Unsinn war der einzige Fahrgast im Innern des nachtschwarzen Gefährts. Jean Roland hatte sie unbedingt begleiten wollen, doch Sadik hatte abgelehnt. Ihr Plan basierte auf der Weidenkiste und ein, zwei Schrecksekunden, nicht jedoch auf einer möglichst starken Bewaffnung. Zwar wusste Jean Roland mit dem Degen wohl noch immer gut umzugehen, aber als Pistolenschütze war er das Pulver nicht wert, wie er selber freimütig eingeräumt hatte. Allein in dieser Rolle hätte er ihnen jedoch noch von Nutzen sein können.

Das Rattern der Räder über das Kopfsteinpflaster und der helle Hufschlag der Grauschimmel klangen in Tobias' Ohren viel zu laut durch die ausgestorbenen Straßen. Gaspard und er hatten schussbereite Musketen quer über ihrem Schoß liegen, während Sadik das Gespann lenkte. Doch auch er hatte die doppelläufige Jagdflinte, die Jean Roland ihm noch beschafft hatte, griffbereit zwischen den Beinen stehen.

»Haltet die Augen auf!«, hatte er sie vor ihrer Abfahrt ermahnt. »An der Brücke mag ein Hinterhalt unmöglich sein, doch nicht auf dem Weg dorthin! Wer weiß, was Zeppenfeld wirklich vorhat!«

»Er will die Karte, Sadik. Die wird er nicht aufs Spiel setzen.«

»Am liebsten hätte er uns *und* die Karte, Tobias! Es ist deshalb zu unserer eigenen Sicherheit, wenn wir erhöhte Vorsicht walten lassen und auf alles gefasst sind.«

Es erwies sich als richtig, dass sie schon mitten in der Nacht aufgebrochen waren. Mehrmals versperrten ihnen Barrikaden den Weg, sodass sie umkehren und ihr Glück an anderer Stelle versuchen mussten, was viel Zeit kostete. In Kämpfe gerieten sie jedoch nicht. Auch der befürchtete Hinterhalt blieb aus.

Sie drangen in die südlichen Außenbezirke von Paris vor. Das Gewirr enger Straßen und Gassen mit vielgeschossigen

Häusern dicht an dicht ging in eine Gegend von fast schon ländlichem Charakter über. Hier waren die Straßen ungepflastert und zwischen den Häusern und Werkstätten klafften immer wieder breite Lücken unbebauten Landes.

»Jetzt sind es keine zehn Minuten mehr bis zur abgebrannten Mühle«, informierte sie Gaspard, als sie am lang gestreckten Werkstattschuppen eines Fassbinders vorbeifuhren.

Sadik lenkte die Kutsche in die Lücke zwischen der Werkstatt und dem nächsten Gebäude und zügelte die Grauschimmel. »Dann warten wir hier, bis die Sonne aufgeht«, sagte er und blickte gen Osten, wo sich die Schwärze der Nacht schon zu einem fahlen Grau aufzuhellen begann. »Sprechen wir unseren Plan noch einmal in allen Einzelheiten durch.«

Nachdem sie ihn zum wiederholten Mal durchgegangen waren, holte Sadik die arg ramponierte Weidenkiste aus der Kutsche, legte einen halb gefüllten Hafersack und ein altes Halfter hinein und stellte die Kiste auf die linke Seite des Kutschbockes.

Damit waren alle Vorbereitungen abgeschlossen und ihnen blieb nur noch das nervenzehrende Warten auf den Sonnenaufgang, der in ihrem Plan eine wichtige Rolle spielte. Sie redeten nicht. Jeder hing seinen Gedanken nach. Tobias dachte unablässig an Jana und wie es ihr wohl ergehen mochte. Deutlicher als je zuvor wurde ihm bewusst, wie sehr er ihr zugeneigt war und dass er es sich nicht mehr vorstellen konnte, von ihr getrennt zu sein.

Ein rotes Glühen kündigte den Aufstieg der Sonne an. Ein erster feurig goldener Lichtschimmer überzog den Horizont im Osten mit dem hellen Schein des neuen Tages.

»Fahren wir!«, gab Sadik endlich das Kommando, auf das Tobias schon voll angespannter Ungeduld gewartet hatte. »Möge Allah seine schützende Hand über uns und Jana halten!«

Tobias nahm seine Muskete und stieg in die Kutsche, wie es vereinbart war, während Sadik neben Gaspard auf dem Bock Platz nahm.

Gaspard lenkte jetzt die Kutsche. Sie fuhren die Straße hinunter, bogen noch einmal links ab und sahen dann den Fluss vor sich liegen. Die Bièvre war ein schmales, schmutziges Gewässer, in das die Färbereien, Seifenkocher und Gerbereien ihre stinkigen Abwässer leiteten.

Es war, wie Zeppenfeld und Gaspard gesagt hatten. Freies Land erstreckte sich rund um die geschwärzten Grundmauern der Mühle, von denen nicht genug übrig geblieben waren, um einem Heckenschützen ein sicheres Versteck zu bieten.

Auf der Ostseite der Bièvre, gut vier Kutschenlängen von der Holzbrücke entfernt, wartete Zeppenfeld bereits auf sie. Makellos gekleidet, wie es seine Art war, ging er neben seiner Kutsche auf und ab. In der Rechten hielt er eine Pistole. Stenz saß auf dem Bock. Tillmann sicherte die Kutsche nach hinten. Auch er hatte sich mit einer Pistole bewaffnet. Von Valdek und Jana war nichts zu sehen. Vermutlich saßen sie im Wagen. Der Vorhang vor dem Fenster im Türschlag war bis auf einen handbreiten Spalt zugezogen.

Gaspard brachte ihre Kutsche genau auf der Höhe der Brücke zum Stehen. Sadik sprang mit der Flinte in der Hand vom Bock. Tobias stieß den Schlag auf und trat heraus, seine Waffe gut sichtbar in den Händen. Die Sonne schien ihnen ins Gesicht, wie es Zeppenfelds Absicht gewesen war.

»Habt euch verdammt viel Zeit gelassen!«, rief Zeppenfeld ihnen gereizt über den Fluss zu. »Hatte *bei* Sonnenaufgang gesagt! Nicht *nach* Sonnenaufgang!«

»Erzählen Sie das mal den Aufständischen und den Truppen des Königs«, erwiderte Sadik mit derselben gereizten Schroffheit. »Wir können froh sein, dass wir es überhaupt geschafft haben.«

»Genug der Rede! Kommen wir zum Geschäft!«, drängte Zeppenfeld und trat an die Brücke. »Will die Karte sehen!«

»Und wir Jana!«, rief Tobias grimmig.

»Richtig!«, pflichtete ihm Sadik bei und blieb gleichfalls auf seiner Seite vor den ersten Bohlen der Brücke stehen.

Zeppenfeld vollführte mit der linken Hand eine auffordernde Bewegung in Richtung Kutsche, ohne sich jedoch dabei umzudrehen. »Bring sie raus, Valdek!«

Der Schlag flog auf und Jana taumelte ins Freie, dicht gefolgt von Valdek, der ihr den Lauf seiner Muskete in den Rücken presste. Sie bemühte sich um einen gefassten Ausdruck, doch so ganz konnte sie die Angst nicht von ihrem bleichen Gesicht verbannen. Ihr Blick suchte Tobias und blieb auf ihm liegen, als flößte er ihr Zuversicht und Ruhe ein.

Tobias packte seine Waffe unwillkürlich fester. Sein Magen zog sich bei der entsetzlichen Vorstellung zusammen, ihr Plan könnte schief gehen und Jana etwas zustoßen.

»Zufrieden?«, bellte Zeppenfeld.

»Bis jetzt ja«, antwortete Sadik.

»Wo bleibt die Karte?«

Tobias griff hinter sich, nahm die Karte von der Sitzbank und reichte sie Sadik. Er blieb ein Stück links von der Brücke stehen, sodass er auf derselben Höhe mit Stenz stand, nur noch vom Fluss getrennt. Mit hasserfülltem Blick starrte dieser zu ihm.

Sadik wechselte die Flinte in die linke Hand und betrat mit der Karte in der rechten die Brücke. Zeppenfeld ging ihm entgegen.

»Das reicht!«, befahl Sadik, als sie sich bis auf drei Schritte genähert hatten.

»Verdammt, kaufe die Katze nicht im Sack! Will die Karte sehen!«, fuhr Zeppenfeld ihn an, blieb jedoch stehen.

»Das können Sie haben.« Sadik klemmte sich die Flinte unter den Arm, rollte die Karte aus und hielt sie ihm kurz hin. »Zufrieden?«

In Zeppenfelds Augen leuchtete es auf. »Fürwahr, das ist sie!«, stieß er erregt hervor.

Sadik gab ihm jedoch keine Gelegenheit, sie eingehend zu studieren. Er rollte sie wieder zusammen.

Zeppenfeld streckte die Hand aus. »Gib sie her!«, verlangte er.

»Nicht so eilig, Zeppenfeld. Wer garantiert uns, dass Sie Jana laufen lassen, wenn Sie die Karte in der Hand halten?«, entgegnete Sadik kalt. »Nein, so läuft der Handel nicht. Ich verlange Sicherheit für beide Parteien. Ich werde die Karte hier auf die Brücke legen und wir beide gehen zurück. Dann schicken Sie Jana zu uns herüber. Wenn sie auf unserer Seite ist, können Sie sich die Karte holen. So und nicht anders werden wir den Tausch abwickeln!«

Zeppenfeld sah ihn scharf an und schien zu zögern. Dies war einer der kritischen Augenblicke. »Einverstanden. Sollst deinen Willen haben«, erklärte er dann und kehrte an das Ostufer zurück.

Sadik tat so, als wollte er die Karte in der Mitte der Brücke auf die Bohlen legen. Doch noch im Bücken schien er zu zögern. Sein Blick ging zum geländerlosen Rand, als fürchtete er, ein leiser Windzug könnte das kostbare Dokument in den Fluss befördern.

Er drehte sich um, hängte sich die Flinte am Lederriemen über die Schulter und ging zur Kutsche. »Gib mir die Haferkiste, die da oben bei dir steht!«, rief er Gaspard zu.

»Die hier?«, tat Gaspard begriffsstutzig.

»Ja! Nun mach schon!«, rief Sadik ungeduldig.

Gaspard hob die Weidenkiste hoch, stellte sie auf den Kopf, dass Sack und Halfter herausfielen – und warf sie dem Araber zu, als handelte es sich tatsächlich nur um eine leere, harmlose Weidenkiste – und nicht um eine Art Bombe.

Tobias fuhr der Schreck in die Glieder und fast hätte er sich durch ein sichtbares Erschrecken verraten. Wenn die Kiste zu Boden fiel und die Phiolen zerbrachen!

Sadik fing sie jedoch sicher auf, schwenkte sie so herum, dass Zeppenfeld einen Blick in ihr scheinbar leeres Inneres werfen konnte, und bückte sich nach zwei Steinen. Damit kehrte er auf die Brücke zurück.

Er stellte die Kiste so mit dem Boden nach oben auf die Bohlen, dass die Kante mit der roten Kordel zu ihm hinwies. Dann rollte er die Karte aus, beschwerte sie mit den Steinen und kehrte zur Brückenauffahrt zurück.

»So, jetzt kann es losgehen!«, rief er Zeppenfeld zu.

Tobias' Hände wurden feucht und sein Herz raste wie wild. Er warf einen verstohlenen Blick zu Gaspard hinüber. Dieser hatte sich die Muskete quer über den Schoß gelegt und hielt seinen Spiegel in der Hand verborgen.

Zeppenfeld trat zu Jana und packte sie am Arm. »Bring sie euch rüber! Aber denkt an Valdek! Wird sie nicht eine Sekunde aus den Augen lassen, den Finger am Abzug!«, warnte er.

»Nun kommen Sie schon!«, rief Sadik zurück, die Flinte wieder in den Händen. »Aber Sie bleiben zwei Schritte vor der Kiste stehen und nehmen sich die Karte erst, wenn Jana auf unserer Seite ist! Sonst sind Sie ein toter Mann!«

»Nimmst den Mund zu voll! Werde ihn dir eines Tages noch mal stopfen. Hat aber noch Zeit!« Zeppenfeld führte Jana auf die Brücke. Zwei Schritte vor der Kiste blieb er stehen und gab ihr einen groben Stoß. »Geh schon zu deinen Freunden! Los! Aber langsam!«

Jana ging mit steifen Bewegungen an der Kiste vorbei. Ihr war, als könnte sie die Mündung von Valdeks Muskete noch immer zwischen ihren Schulterblättern spüren.

»Warten Sie, verdammt noch mal!«, rief Sadik, als Zeppenfeld an die Kiste trat, obwohl Jana die Brücke noch nicht verlassen hatte.

»Habe genug gewartet«, erwiderte Zeppenfeld und streckte die Hände nach der Karte aus.

Sadik zögerte nur kurz, dann gab er das verabredete Kommando: »*Hasib!* Pass auf! Hinwerfen, Jana!«, brüllte er. Dabei riss er sein Messer aus dem Gürtel und schleuderte es auf den mit der Kordel markierten Punkt der Weidenkiste.

Es war wohl Sadiks genialster Wurf. Das Messer durchbrach das Weidengeflecht und zertrümmerte die beiden Phiolen. Die Chemikalien vermischten sich. Die Stichflamme brachte das

Pulverpaket zur Explosion. Die Kiste samt der Karte wurde in Stücke gerissen.

Zeppenfeld schrie gellend auf und wurde von der feurigen Explosion zu Boden geworfen. Er rollte über die Bohlen und stürzte schreiend in den Fluss.

Im selben Augenblick fuhr Gaspards Hand mit dem Spiegel hoch, den er so vortrefflich einzusetzen verstand. Er fing das Sonnenlicht auf und warf es zurück – Valdek genau in die Augen.

Jana hatte sich fallen gelassen.

Valdeks Kugel verfehlte sie und schlug in die Seitenwand der Kutsche ein.

Tobias feuerte zur selben Zeit auf die Hufe der Pferde, die wiehernd aufstiegen und Stenz vom Sitz schleuderten, als sie sich mit einem Ruck ins Geschirr warfen und losgaloppierten.

Sadik hatte blitzschnell zur Flinte gegriffen und jagte Tillmann zwei geballte Ladungen Schrot vor die Füße, sodass dieser mit einem Schrei zurücksprang und sich seine Muskete in den Himmel entlud.

»Zur Kutsche!«, schrie Tobias und lief zu Jana, die völlig verstört auf die Beine kam. Er packte sie am Arm und zerrte sie von der Brücke.

»Haltet sie auf …! Tötet sie …! Mein Gesicht …! Ich sehe nichts!«, schrie Zeppenfeld mit sich überschlagender Stimme, halb im Uferschlamm liegend. »Mein Gesicht brennt wie Feuer!«

Valdek riss seinen Degen aus der Scheide und wollte ihnen nachsetzen, doch da hielt Gaspard schon seine Muskete in der Hand.

»Noch einen Schritt, Mann, und du hast ein Loch in der Brust, in das man einen Fuß setzen kann!«, schrie er ihm zu. »Das Ding ist mit Schrauben geladen!«

Valdek blieb auf halbem Weg stehen, das Gesicht von Hass und ohnmächtiger Wut entstellt. Die Sache war verloren, das sah ein Blinder. Die Karte zerstört und Zeppenfeld im Gesicht und an den Händen übel zugerichtet. Und keine Pferde, um die Verfolgung unverzüglich aufnehmen zu können!

Jana und Tobias waren in die Kutsche gesprungen und Sadik schwang sich gerade zu Gaspard auf den Bock. Er griff zu Zügel und Peitsche und feuerte sie zu einem wilden Galopp an. Willig legten sich die feurigen Grauschimmel ins Zeug und schon bald zogen sie eine gewaltige Staubfahne wie eine Schleppe hinter sich her.

Zeppenfelds Schreie und die Flüche seiner Handlanger blieben rasch hinter ihnen zurück – und mit ihnen Paris, wo die Kämpfe zwischen den Aufständischen und den letzten königstreuen Truppen an diesem 29. Juli des Jahres 1830 ihren blutigen Fortgang nahmen.

Sie hatten es geschafft. Jana befand sich in Sicherheit und die Karte war vernichtet. Nun galt es, so schnell wie möglich zur Küste und über den Kanal zu gelangen. England wartete auf sie, vielleicht auch Ägypten, und damit neue, gefährliche Abenteuer. Zeppenfeld würde auch dort ihren Weg kreuzen, das stand fest. Doch um sich darüber Sorgen und Gedanken zu machen, fand sich später noch Zeit genug …

Nachwort zur französischen Julirevolution

Der Aufruhr, der mit der Bekanntmachung der berüchtigten vier Ordonanzen in den Straßen von Paris einsetzte und sich innerhalb eines Tages zur Revolution entwickelte, war eine Bewegung der breiten Massen. Von keiner oppositionellen Partei geführt und anfangs auch ohne jegliche Organisation, strömte die Bevölkerung auf die Straßen und räumte sie erst, nachdem sie den Sieg errungen hatte. Der entschlossene Kampf des einfachen, nicht organisierten ›Mannes aus dem Volke‹ gegen Unterdrückung war das Neue an der Julirevolution. Es waren vor allem Arbeiter und Handwerker, kleine Ladenbesitzer und Schankwirte, Lehrjungen und Dienstmädchen sowie eine Anzahl Studenten, die den Sieg erfochten – und mit ihrem Blut dafür bezahlten. Über 3000 Tote forderten die Straßenkämpfe.

Von den Abgeordneten der Opposition ließ sich keiner auf den Barrikaden erblicken. Sie diskutierten in ihren Bürgerhäusern vielmehr darüber, ob man es wagen könne, dem König eine *Protestnote* zuzustellen, in der sie ihn dazu aufforderten, die Auflösung der gewählten Kammer zurückzunehmen. Erst am 28. Juli fassten sie den ›Mut‹, König Charles eine solche Aufforderung zuzustellen – während in den Straßen schon seit zwei Tagen das Blut floss. Die Autorität des Königs wagten sie jedoch noch immer nicht infrage zu stellen. Einige führende liberale Köpfe flüchteten sogar aus Angst um ihr Leben aus der Stadt.

Das Blutvergießen hätte schon einen Tag früher sein Ende finden können, hätten die gewählten Volksvertreter ihre Verantwortung ernst genommen. Doch so zogen sich die erbitterten Kämpfe noch bis in den Abend des 29. Juli hin. Erst mit der Eroberung der Kasernen der Schweizer Garde streckten die Söldner des Königs die Waffen.

Das Volk hatte die Revolution zu einem siegreichen Ende geführt. Doch es waren die hasenfüßigen liberalen Politiker, die es um ihre Früchte betrogen. Aus Angst, die konstitutionelle Monarchie könne in Frage gestellt und eine Republik ausgerufen werden, rissen sie das Ruder nun an sich – nachdem die Gefahr für Leib und Leben gebannt war. Zwar musste Charles X. am 2. August abdanken und nach England ins Exil gehen, womit die Herrschaft der Bourbonen ihr Ende fand. Doch an seiner Stelle hievten die Abgeordneten den Herzog von Orleans als den neuen König Louis-Philippe I. auf den Thron. Um ihn dem Volk schmackhaft zu machen, titulierte man ihn schon auf den ersten Proklamationen als ›Bürgerkönig‹. Der neue König leistete den Treueschwur auf die Verfassung und erfreute sich auch bald einer großen Beliebtheit bei allen Teilen der Bevölkerung. Nüchtern betrachtet hatte die blutige Revolution somit nur einen Wechsel der Dynastie gebracht – jedoch dem Volk auch eine erste Ahnung von der Macht, die es besaß, wenn es sich einig und entschlossen wusste. Damit begann sich ein neues Bewusstsein der einfachen Klassen zu formen. Darin lag vielleicht der größte Sieg der Revolution.

Bibliografie

Im Zeichen des Falken

Bergeron, Louis u. a. (Hrsg.), *Das Zeitalter der europäischen Revolution 1780–1848*, Fischer Taschenbuch Verlag, Frankfurt am Main 1969
Bonsack, Wilfried M. (Hrsg.), *Das Kamel auf Pilgerfahrt – Arabische Spruchweisheiten*, Gustav Kiepenheuer Verlag, Leipzig 1978
Bruckner, Peter, »*... bewahre uns Gott in Deutschland vor irgendeiner Revolution!*«, Verlag Klaus Wagenbach, Berlin 1978
Craig, Gordon A., *Geschichte Europas 1815–1980*, Verlag C.H. Beck, München 1984
Engelmann, Bernd, *Die Freiheit! Das Recht!*, Verlag J.H.W. Dietz Nachf., Bonn 1984
Heisenberg, Werner, *Wandlungen in den Grundlagen der Naturwissenschaft*, S. Hirzel Verlag, Stuttgart 1949
Jarausch, Konrad H., *Deutsche Studenten 1800–1970*, Suhrkamp Verlag, Frankfurt am Main 1984
Johannsmeier, Rolf, *Spielmann, Schalk und Scharlatan*, Rowohlt Verlag, Hamburg 1984
Jung, Kurt M., *Weltgeschichte in einem Griff*, Ullstein Verlag, Berlin 1985
Paturi, Felix R., *Chronik der Technik*, Chronik Verlag, Dortmund 1988
Schulz, K./Ehlert, H., *Das Circus Lexikon*, Greno Verlag, Nördlingen 1988
Shah, Idries, *Karawane der Träume*, Sphinx-Verlag, Basel 1982
Shah, Idries, *Die fabelhaften Heldentaten des vollendeten Meisters und Narren Mulla Nasrudin*, Herder Verlag, Freiburg 1984
Stoffregen-Büller, Michael, *Himmelfahrten – Die Anfänge der Aeronautik*, Physik-Verlag, Weinheim 1983
Straub, Heinz, *Fliegen mit Feuer und Gas*, AT Verlag, Aarau/Schweiz 1984
Weber-Kellermann, Ingeborg, *Landleben im 19. Jahrhundert*, Verlag C.H. Beck, München 1987
Weber-Kellermann, Ingeborg, *Frauenleben im 19. Jahrhundert*, Verlag C.H. Beck, München 1983
Wedekind, Eduard, *Studentenleben in der Biedermeierzeit*, Verlag Vandenhoeck & Ruprecht, Göttingen 1984
Valentin, Veit, *Geschichte der Deutschen*, Kiepenheuer & Witsch, Köln 1979

Auf der Spur des Falken

Bertraud, Jean-Paul, *Alltagsleben während der Französischen Revolution*, Verlag Ploetz, Würzburg 1989

Boehncke, Heiner / Zimmermann, Harro (Hrsg.), *Reiseziel Revolution*, Rowohlt Verlag, Hamburg 1988

Gautrand, Jean-Claude, *Paris der Photographen*, Herder Verlag, Freiburg 1989

Hürten, Heinz, *Restauration und Revolution im 19. Jahrhundert*, Klett-Cotta, Stuttgart 1981

Petersen, Susanne, *Marktweiber und Amazonen – Frauen in der Französischen Revolution*, Pahl-Rugenstein Verlag, Köln 1987

Siegburg, Friedrich, *Im Licht und Schatten der Freiheit*, Deutsche Verlagsanstalt, Stuttgart 1979

Wehler, Hans-Ulrich, *Deutsche Gesellschaftsgeschichte 1815–1845/49*, Verlag C.H. Beck, München 1987

Willms, Johannes, *Paris – Hauptstadt Europas 1789–1914*, Verlag C.H. Beck, München 1988

Vovelle, Michel, *Die Französische Revolution – Soziale Bewegung und Umbruch der Mentalitäten*, Oldenbourg Verlag, München 1982

Im Banne des Falken – Im Tal des Falken

Assaf-Nowak, Ursula (Üb. & Hrsg.), *Arabische Märchen*, Fischer Taschenbuch Verlag, Frankfurt am Main 1977

Beltz, Walter, *Sehnsucht nach dem Paradies – Mythologie des Koran*, Buchverlag Der Morgen, Berlin 1979

Boehringer-Abdalla, Gabriele, *Frauenkultur im Sudan*, Athenäum Verlag, Frankfurt am Main 1987

Ceram, C.W, *Götter, Gräber und Gelehrte*, Rowohlt Verlag, Hamburg 1988

Croutier, Alev Lytle, *Harem – Die Welt hinter dem Schleier*, Wilhelm Heyne Verlag, München 1989

Delcambre, Anne-Marie, *Mohammed, die Stimme Allahs*, Otto Maier Verlag 1990

Eaton, Charles Le Gai, *Der Islam und die Bestimmung des Menschen*, Eugen Diederichs Verlag, Köln 1987

Fagan, Brian M., *Die Schätze des Nil*, Rowohlt Verlag, Hamburg 1980

Fischer, Ron, *Spione des Herzens – Die Sufi-Tradition im Westen*, Knaur Verlag 1989

Fuchs, Walter R., *Und Mohammed ist ihr Prophet*, Droemer Knaur Verlag, München 1975

Housego, Jenny, *Nomaden-Teppiche*, Busse Verlag, Herford 1984

Hunke, Dr. Sigrid, *Der Arzt in der arabischen Kultur*, Deutsche Verlagsanstalt, Stuttgart 1978

Kluge, Manfred (Hrsg.), *Die Weisheit der alten Ägypter*, W. Heyne Verlag, München 1980

Kraus, Wolfgang, *Mohammed – Die Stimme des Propheten*, Diogenes Verlag, Zürich 1987

Martin, Heinz E.R., *Orientteppiche*, W. Heyne Verlag, München 1983

Pollack, Rachel, *Der Haindl Tarot*, Droemer Knaur Verlag, München 1988

Poppe, Tom (Hrsg.), *Schlüssel zum Schloß – Weisheiten der Sufis*, Schönbergers Verlag, München 1986

Pückler-Muskau, Herman Fürst von, *Aus Mehemed Alis Reich – Ägypten und der Sudan um 1840*, Manesse Verlag, Zürich

Seefelder, Matthias, *Opium – Eine Kulturgeschichte*, Deutscher Taschenbuch Verlag, München 1990

Taeschner, Franz, *Geschichte der arabischen Welt*, Kröner Verlag, Stuttgart 1964

Ullmann, Ludwig, *Der Koran*, Goldmann Verlag, München 1959

Vercoutter, Jean, *Ägypten – Entdeckung einer alten Welt*, Otto Maier Verlag, Ravensburg 1990

Weigand, Jörg (Hrsg.), *Konfuzius – Sinnsprüche und Spruchweisheiten*, Wilhelm Heyne Verlag, München 1983

Woldering, Irmgard, *Ägypten – Die Kunst der Pharaonen*, Holle Verlag, Baden-Baden 1962

Yücelen, Yüksel, *Was sagt der Koran dazu?*, Deutscher Taschenbuch Verlag, München 1986

Liebe Leserinnen, liebe Leser,

es gibt ein arabisches Sprichwort, das lautet: »Ein Buch ist wie ein Garten, den man in der Tasche trägt.« Ich hoffe, dass euch (Ihnen) der Roman, der in den Gärten meiner Phantasie entsprungen ist, gefallen hat.

Seit vielen Jahren schreibe ich nun für mein Publikum, und die Arbeit, die Beruf und Berufung zugleich ist, bereitet mir viel Freude. Doch warum tauschen wir zur Abwechslung nicht mal die Rollen? Ich würde mich nämlich über ein paar Zeilen freuen, denn es interessiert mich sehr, was die Leserinnen und Leser von meinem Buch halten.

Also: Wer Lust hat, möge mir seinen Eindruck von meinem Roman schreiben. Und wer möchte, dass ich ihm eine signierte Autogrammkarte zusende – sie enthält auf der Rückseite meinen Lebenslauf sowie Angaben zu und Abbildungen von weiteren Romanen von mir –, der soll bitte nicht vergessen, das Rückporto für einen Brief in Form einer Briefmarke beizulegen. (Nur die Briefmarke beilegen! Manche kleben sie auf einen Rückumschlag, auf den sie schon ihre Adresse geschrieben haben. Diese kann ich nicht verwenden!) Wichtig: Namen und Adresse in DRUCKBUCHSTABEN angeben! Gelegentlich kann ich auf Zuschriften nicht antworten, weil die Adresse fehlt oder die Schrift beim besten Willen nicht zu entziffern ist – was übrigens auch bei Erwachsenen vorkommt! Und schickt mir bitte keine eigenen schriftstellerischen Arbeiten zu, die ich beurteilen soll. Leider habe ich dafür keine Zeit, denn sonst käme ich gar nicht mehr zum Schreiben.

Da ich viel durch die Welt reise und Informationen für neue Romane sammle, kann es Wochen, manchmal sogar Monate dauern, bis ich die Post *erhalte* – und dann vergehen meist noch einmal Wochen, bis ich Zeit finde zu antworten. Ich bitte daher um Geduld, doch meine Antwort mit der Autogrammkarte kommt ganz bestimmt.

Meine Adresse:
Rainer M. Schröder • Postfach 1505 • 51679 Wipperfürth

Wer jedoch dringend biografische Daten, etwa für ein Referat, braucht, wende sich bitte direkt an den Verlag, der gern Informationsmaterial zuschickt (C. Bertelsmann Jugendbuch Verlag, Neumarkter Straße 18, 81673 München); oder aber er lädt sich meine ausführliche Biografie, die Umschlagbilder und Inhaltsangaben von meinen Büchern sowie Presseberichte, Rezensionen und Zitate von meiner *Homepage* auf seinen Computer herunter. Dort erfährt er auch, an welchem Roman ich zurzeit arbeite und ob ich mich gerade im Ausland auf Recherchenreise befinde. Meine Homepage ist im *Internet* unter folgender Adresse zu finden:

http://www.rainermschroeder.com

(Ihr)
euer

Die fesselnde Geschichte einer jungen Frau, die trotz widrigster Umstände sich selbst und ihren Idealen treu bleibt.

Rainer M. Schröder
ABBY LYNN
Verbannt ans Ende der Welt

OMNIBUS Nr. 20080

Abby Lynn ist gerade vierzehn Jahre alt, als sie an einem kalten Februarmorgen des Jahres 1804 in den Straßen Londons einem Taschendieb begegnet. Angeblich der Komplizenschaft überführt, wird sie in das berüchtigte Gefängnis von Newgate gebracht. Nach qualvollen Wochen des Wartens wird Abby zu sieben Jahren Strafarbeit in der Kolonie Australien verurteilt. Zusammengepfercht im Rumpf eines Segelschiffes beginnt für sie und ihre Leidensgenossinnen die Reise in eine ungewisse Zukunft.

Rainer M. Schröder
ABBY LYNN
Verschollen in der Wildnis

OMNIBUS Nr. 20346

Abby ist glücklich auf der Farm der Chandlers. Seit kurzer Zeit ist sie Andrew Chandlers Frau. Als ein Nachbar die Familie um Hilfe bittet, soll Abby ihn zu der nahe gelegenen Farm begleiten. Doch dort kommt der Planwagen nie an. Obwohl eine tagelange Suche nach den Vermissten ohne Ergebnis bleibt, will Andrew nicht an den Tod seiner jungen Frau glauben. Er heuert den Fährtenleser Baralong an, um Gewissheit über Abbys Schicksal zu erlangen. Gemeinsam dringen sie tief in das Land der Aborigines ein ...

Für Leser ab 12

Der Taschenbuchverlag für Kinder und Jugendliche von Bertelsmann